KB239695

한국어의 정비와 세계화 (Ⅰ)

박창원

박문사

발간사

　20세기 후반기를 거쳐 21세기에 접어들면서 우리 민족과 국가는 세계사에서 새로운 위치를 가지게 되었습니다. 세계에 존재하는 수백의 국가 혹은 수천의 민족 중에서 경제적인 측면이나 언어 사용의 인구수적인 측면에서 우리 민족과 국가는 전체적으로는 세계 10위 내외의 서열에 자리매김하는 도약을 이루고, 그것을 공고히 하는 토대를 구축하였습니다. 더 나아가 몇몇의 분야에서는 세계 최고라는 위치까지 자리매김하게 되었습니다. 그 결과, 인근에 있는 국가에 국적을 두고 있는 많은 사람들의 머리 속에 〈새로운 인생의 구상은 한국의 노동자 생활에서부터〉 혹은 〈새로운 인생의 구상은 한국인과 결혼함으로써〉라는 생각이 자리잡게 되었습니다. 이로 인해 〈Korean Dream〉을 이루려는 많은 나라의 외국 여성들이 한국에 시집을 와서 한국의 가정을 이루거나, 외국 남성들이 한국의 노동자로 와서 하나의 집단 사회를 이루는 상황이 생성되어, 세계에 유례를 찾아 볼 수 없는 〈한국적 다문화 사회〉가 이루어졌습니다.

　이러한 우리의 현재는 과거로부터 물려받은 유산에 바탕을 둔 것이지만, 과거에 항상 이러한 모습을 가지고 있었던 것은 아니었던 것 같습니다. 지구상의 많은 언어와 민족이 생멸을 하거나, 혹은 분열과 통일을 반복하면서 축소와 확장을 하게 되는데, 우리 민족 역시 예외가 아니었습니다. 한반도와 만주 일원에 살던 종족이 (고)조선의 등장으로 단일민족에 의한 언어공동체를 생성한 후, 한 민족 둘 이상의 국가라는 분열된 양상과 한 민족 한 국가라는 통일된 양상을 되풀이해 왔습니다. 최초의 분열은 한사군의 설치로 인해 남북 언어의 분열이었을 것입니다. 이 분열은 통일신라에 의해 하나의 언어공동체로 재통일되었습니다. 하나의 언어공동체로 지내오다가 20세기 중반에 다시 남쪽과 북쪽으로 분열되는 양상에 처하게 되었습니다. 이러한 분열된 양상에도 불구하고, 한반도의 남쪽은 20세기 후반을 거치면서 비약적인 발전을 거듭하여 21세기 초반기에 이르러 세계사의 한 축으로 발돋움하기에 이르렀습니다. 그 결과 〈Korean Dream〉을 이루려는 많은 외국인들이 한국에 몰려오는 상황이 생성된 것입니다.

　이러한 새로운 사회의 생성에 능동적으로 대처하기 위해 이화여자대학교에서는 다문화연구소를 만들게 되었습니다.

　이화여자대학교 다문화연구소는, 동화주의를 넘어서는 문화적 권리의 상호 평등을 인정하고, 학술연구와 현장실천을 잇는 연구·교육·정책의 순환적 모델을 구축하고자 합니다. 더 나아가 현재와 미래의 다문화 현상에 대한 연구·정책개발을 위해 다문화와 관련된 DB를 구축하고, 교내외 연구·교육 자원의 네트워크를 통한 다문화 연구·교육 역량을 극대화하면서 국내외 유관기관과의 교류를 통한 파트너

십을 구축하고자 합니다.

그리하여 우리 연구소는 문화적 역량으로 사회통합을 이끄는 21세기 다문화전문 연구기관이면서, 다문화 시대의 한국 사회·문화 발전을 선도하는 학제간 종합 연구기관이 되고자 합니다. 동시에 다문화 사회에서 소통과 공존을 선도하는 다문화 연구·교육 공동체가 될 것입니다.

이러한 일을 효과적으로 수행하고자 이화여자대학교 다문화연구소에서는 ≪다문화연구≫라는 학술지와 ≪이화다문화총서≫를 간행하고자 합니다. ≪이화다문화총서≫는 우선 언어, 사회, 의학, 교육의 네 분야로 나누어 출간됩니다. 한국의 다문화사회를 진단하고, 공존과 조화의 길을 찾기 위해 〈언어〉에서는 언어와 문화의 상관관계와 언어의 보편성과 개별성의 관계, 언어간 비교 대조의 문제 등을 다루게 될 것입니다. 〈사회〉에서는 다문화 사회를 진단하고 사회통합프로그램을 구축할 수 있는 사회적 역량을 구축하고, 이를 제도화할 수 있는 방안을 연구하고 실천할 것입니다. 〈의학〉에서는 이주민의 건강과 관련된 문제 즉 이주민과 원주민의 면역체계, 다문화가정 자녀와 한국인의 면역체계, 다문화가정을 위한 임신 출산 등 다문화가정과 의료 건강 분야에 관한 것이 다루어지게 될 것입니다. 〈교육〉에서는 이중언어사회에서의 언어교육에 관한 문제, 특히 국내의 경우 다문화가정과 그 자녀을 위한 한국어교육의 문제, 국외의 경우 동포들의 자녀에 대한 한국어 교육, 외국인을 대상으로 한 한국어교육 등의 문제가 주로 대상이 될 것입니다.

　우리 연구소에서는 현재보다 더 나은 사회를 구축하는 데 약간의 도움이 되기 위해 이 책을 간행합니다. 현재보다 미래가 좀더 밝은 민족, 현재보다 좀더 강력한 국가가 되고, 그 속에 살고 있는 모든 사람이 다같이 더불어 살아가는 사회가 되기 위한 조금의 밑거름이 되기를 희망하면서 이 책을 간행합니다. 좀더 많은 사람이 이 분야에 애정어린 관심을 기울여 주시기를 기원합니다.

2009년 5월 30일
이화여자대학교 다문화연구소장　박창원

머리말

1.

현재 대학에서 국어음운론을 공부하면서 학생들을 가르치게 되는 과정에는 두 번의 전환점이 있었다. 하나는 고등학교 시절에 만들어진 것이고 하나는 대학 시절에 만들어진 것이다.

지금으로부터 대략 40년전쯤, (당시 부산고등학교 1학년 4반에서 1등을 제법 많이 했었다.) 1학년을 마치고 2학년에 진급할 무렵 1학년 담임 선생님께서 '박군 자네의 목표는 서울대 수석이야.'라고 말씀하셔서, 고등학교 2학년 내내 앞으로의 진로는? 내 인생의 방향은? 등등을 고민하게 되었다. 그러다가 2학년 말쯤 내린 결론은 "한글전용을 해야 나라가 발전할 수 있고, 나라가 발전해야 **을 이길 수 있다. 국어국문학과에 진학해서 한글전용을 위해 노력해야겠다."는 것이었다.

1978년 군 제대 후 4년만에 (학교를 계속 다니느냐 아니면 인권변호사의 길로 가느냐로 고민하다가) 다시 대학 2학년을 다니게 되었는데 당시 학부 2학년 2학기에 개설되었던 국어음운론 수업을 들으면서 인생의 방향을 다시 생각하게 되었다. 당시 음운론을 가르치던 선생님의 열정과 학문 자체의 논리 정연함. 나를 완전히 무식한 놈(?)으로 만드는 새로운 학문 분야와의 접촉 - 이러한 제반 상황은 다시 허황된 생각을 하게 하였다. "이 분야에서 세계 1등이 되어서 이 분야를 공부하고자 하는 사람은 내 논문을 읽게 만들겠다. 즉 한글과 한국어를 배우게 만들겠다."

고등학교 시절 우리말을 공부해야겠다는 생각의 밑바탕에 잠재되어 있는 시각에서 보면 순수음운론을 연구한다는 것이 외도가 되는 듯하고, 순수음운론의 시각에서 보면 국어운동이나 국어정책같은 것이 외도가 되는 듯이 보이기도 한다. 어느 것이 외도인지 판단이 안 서는 방황의 언저리에서 다시 다른 생각을 해 보기도 한다.

안과 밖이라는 것이 진정 존재하는 것인지. 인간이 제 있는 공간을 중심으로 적절한(?) 곳에 제 마음의 선을 긋고, 그밖에 있는 것과 그 안에 있는 것을 구분하는 것은 아닌지. 공간의 시점을 바꾸면 안이 밖이 되고 밖이 안이 되는 것은 아닌지. 안과 밖을 구분하는 경계선은 본질적으로 존재하는 것인지. 선 없는 미분리의 상태가 애초의 본질을 반영하는 존재의 진정한 양상은 아닌지.

이런저런 우여곡절이 있었지만, 그리고 지나쳤던 꿈을 제대로 실현시키지 못했지만, 국어선생이 되어 지금까지 우리말 우리글을 가르치며 한국어의 해외보급과 관련된 일을 하고, 한국어의 아름다움을 말하며 살았으니 지난 세월이 송구하고 고마운 세월이라 할 것이다.

2.

그 동안 썼던 글 중에서 〈한국어의 정비와 세계화〉란 제목 아래 묶일 수 있는 것을 모아 보았다. 본문의 내용과 직접 관련되는 본래 논문의 서지 사항은 다음과 같다.

제1장 국어기본법의 개정 방향(1)
(2007), "국어심의회를 중심으로" 〈말과 글〉 세113호. 한국이문교열기자협회.

제2장 한글맞춤법 '총칙 제1항'의 신해석
(2008), "한글맞춤법 '총칙 제1항'의 남북 비교", 〈KBS 한국어 연구논문〉, KBS 한국어연구회.

제3장 외래어의 된소리 표기
(2008), "외래어 표기법의 된소리 표기에 대하여", 〈새국어생활〉, 18권 제4호, 국립국어원.

제4장 한국어의 역사, 제5장 한국어의 현재, 제6장 한국어의 세계화
(2006), "한국어의 세계화와 관련된 제반 사항", 〈국학연구〉제8집, 한국 국학진흥원.
(2008), "한국어의 미래 - 세계화와 관련하여", 〈인문논총〉 제22집, 경남대학교 인문과학연구소.

제7장 남북한 공동 언어 순화의 기초
(2005), "남북한 공동 언어 순화(1)", 〈Korean 연구와 교육〉창간호, Korean 교육연구 국제협의회, 이화여자대학교 한국어문학연구소.

제8장 남북의 순화대상어 대비
(2006), "남북한 공동 언어 순화(2)", 〈Korean 연구와 교육〉 2호, Korean 교육연구 국제협의회, 이화여자대학교 한국어문학연구소.

눈에 띄는 오타는 수정하고, 너무 거친 표현은 조금 다듬기도 하였다. 또 약간은 새로 집필하기도 하였고, 내용을 조금 수정하기도 하였다. 그럼에도 부족한 부분이 너무 눈에 띄는데, 눈을 감고 그냥 내기로 한다.

3.

저자가 재직하고 있는 이화여자대학교에서 다문화연구소를 만들고, 그 초대 소장의 임무를 맡았을 때 난감한 일들이 참으로 많았는데, 그 중에 가장 큰 것이 연구소의 연구업적을 쌓아가는 것이었다. 이 책은 연구소 차원의 연구업적을 쌓기 위한 구상 속에서 만들어졌다. 그것이 아니었다면 이 책은 아직 구상되지 않았을 것이다.

잡다라한 분야의 종합으로 상업성이 거의 없을 이화다문화총서의 구상을 구체화시키는 과정에는 박문사 윤석원 사장의 공이 크다. 그리고 편집부의 직원들이 열심히 만들어준 데 대해서도 이 자리를 빌어 감사드린다.

2009년 10월 1일
이화여자대학교 다문화연구소장 박창원

이화다문화총서 언어 1

목차

제2부 한국어의 세계화

제3부 남북의 언어 정비

제**1**부
규범의 정비

규범이란 공동체가 만들어낸 하나의 약속이다. 소통하면서 더불어 살기 위해 만들어낸 약속이다. 규범이란 공동체가 지향하는 하나의 목표다. 동일한 가치관을 가진 공동체가 나아가고자 하는 지향점이다. 우리 민족의 언어 생활을 위해 선언적 의미를 가지고 있는 국어기본법이 더 나은 언어 생활을 위해 지향해야 할 방향을 제시하고, 우리의 어문 규범에 대한 한두 가지 검토를 하는 것이 제1부의 목표이다.

이화다문화총서 언어 1

한국어의 정비와 세계화 (Ⅰ)

제1장
국어기본법의 개정 방향(1)
- 국어심의회를 중심으로

국어의 발전을 위한 국어기본법이 제 기능을 수행하기 위한 가장 핵심적인 과제는 국어심의회를 독립적으로 활성화는 일이다. 그런데 현재의 법 조문 안에서는 국어심의회가 제 기능을 수행할 수 없게 되어 있다. 태생적 의존성과 한계성 그리고 폐쇄성을 가지게 되는 것이다. 이러한 문제를 해결하기 위한 단기적인 과제는 국어심의회의 예산을 독립적으로 확보하고, 구성 절차의 투명성을 확보하는 것이고, 장기적으로는 국어에 관련된 일을 총괄하는 국어위원회로 확대 설립하는 일이다.

1. 서론

국어의 사용을 촉진하고, 국어의 발전과 보전의 기반을 마련하기 위한 국어기본법이 2005년에 제정되고, 이 법을 효과적으로 시행하기 위한 국어기본법 시행령이 2005년 7월 28일부터 시행하는 것으로 제정되었으니, 2009년 10월 현재로 보면 법이 시행된 지 대략 4년이 지난 셈이다.

이 법에 담겨 있는 내용은, 당시에 하지 않던 것을 새로이 혁신적으로 하자는 것보다는, 당시에 하고 있던 내용에 법적인 근거를 부여하고, 좀더 구체적으로 그 내용을 명시적으로 표현해 본 것이 주류를 이룬다. 그래서 별다른 내용도 없는 밋밋한(?) 법을 왜 만드느냐 하는 비판이 제기되기도 하였고, 내용은 그렇지만 그래도 국어에 관한 법을 만드는 것 자체가 획기적인 일이라는 평가도 있었다.

이 법의 제정에 관한 평가는 두 부류로 갈렸지만, 이 법이 국어의 발전을 위해 미래 지향적인 몇 가지를 담고 있다는 사실은 누구도 부인하지 못할 것이다. 예를 들어, 첫째 국가기관에서 국어발전기본계획을 반드시 수립하도록 하는 강제적 의무를 부여한 점, 둘째 국가기관 및 지방자치단체의 장이 국어책임관을 지정할 수 있게 한 점, 셋째 민간단체 중에서 국어상담소(뒤에 국어문화원으로 수정)를 지정하여 그 운영에 필요한 경비의 일부를 예산의 범위 내에서 보조할 수 있게 한 점 등은, 그 표현의 강도나 실질적인 업무의 생산성 향상에는 문제가 제기될 수 있다 하더라도, 국어의 발전을 위한 획기적인 변화의 하나라고 해도 무방할 것이다.

한편 제정 당시의 법 속에 반드시 포함되어야 하는데도 제대로 반영되지 못하여 운영에 차질이 빚어지는 분야가 있어 안타까운 부분이 있는 것도 사실이다. 예를 들어, 한국의 위치나 한국어의 위상에 관한 인식이 제대로 정립되지 못하여, 한국어 해외 보급에 관한 사항을 당시의 입안자가 그 중요성을 크게 인식하지 못하거나, 부처 간의 이해(혹은 업무)관계로 인해[1] 관련된 내용이나 필요한 내용이 제대로 담기지 못하는 사례가 발생한 것은 그러한 사례의 대표적인 것으로서 참으로 유감스러운 일이라 하지 않을 수 없는 것이다.

그러므로 앞으로 국어의 발전이 지속적으로 이루어지기 위해서는 새로이 담긴 내용을 창조적으로 수행하기 위한 준비를 철저히 하고, 빠진 부분에 대해서는 능동적으로 대처하면서 앞으로 법의 개정에 반영하여 그 근거를 확보할 수 있도록 해야 할 것이다.

그런데 국어기본법에 규정된 일 중에 위와 다른 한 예들도 존재한다. 즉 국어기본법과 기본법시행령에 법적 근거나 업무의 내용이 어느 정도 명시되어 있지만, 그 기능을 효율적으로 수행하지 못하는 경우가 그것인데 예를 들면, 국어심의회의 운영이 대표적인 예가 될 것이다. 국어심의회는 구성의 과정이나 운영에 여러 가지 문제들이 내재되어 있어서 그 기능을 제대로 수행하기 어렵게 되어 있는 것이다.

이러한 상황을 고려하여 본고에서는 국어심의회를 염두에 두고, 국가와 민족의 발전을 위해 국어에 대한 제도적인 정비를 어떻게 해야 할 것인가에 대해 간단하게 의견을 개진해 보기로 한다. 논의의 순서는 국어정책이나 연구에 관한 일이 법으로 규정되는 것이 과연 좋은 것인가에 대해 우선 짚어 본 후, 국어심의회에 관한 규정을 살펴 보기로 한다. 그 후 국어심의회의 한계와 앞으로의 방향에 대해 조금씩 언급해 보기로 한다.

---

1) 한국어 해외 보급에 관한 사항은 교육인적자원부, 외교통상부, 문화관광부의 일이 겹치는 부분이다.

2. 국어기본법 제정의 득과 실

2.1. 득

국어기본법의 제정은 국어의 발전을 위해 획기적인 사건의 하나로 기록될 것이다. 우리 민족은 15세기 훈민정음의 창제로 인하여, 인류 문자의 역사를 달리 쓰게 만드는 쾌거를 이루게 되는데, 국어기본법의 제정은 말과 글의 균형있는 발전을 위한 종합적인 최초의 법률이 되는 것이고, 이로 인해 실질적으로 우리는 우리말과 글에 대해 어떤 태도와 인식을 가져야 하는가 하는 문제에 대해 명시적인 해답을 가지게 된다.

그뿐만 아니라, 국어의 발전을 위해 해야 할 일을 구체적으로 명시함으로써 국가기관(문화관광부의 국어 담당부서나 국립국어원)이 자의적 해석에 의해 복지부동의 자세로 직무 유기를 해도 아무도 이의를 제기할 수 없던 상황에서, 담당기관이 제대로 일을 하고 있는지를 점검할 수 있는 최소한의 잣대로 만들어졌다는 의미를 가질 수 있다.

2.2. 실

국어기본법의 제정이 국어에 대한 인식을 새롭게 하는 대단한 중요한 의미를 가지지만, 이러한 법의 제정으로 인해 야기될 수 있는 허점도 우리도 짚어 보고 가야 할 것이다. 그 방향은 대략 두 가지 측면에서 생각해 볼 수 있다. 하나는 국어에 대한 관련 부서에 관한 것이고, 다른 하나는 국어에 대한 인식 그 자체에 관한 문제이다.

이 국어기본법에 의하면, 국어에 관한 대부분의 일이 문화관광부 장관의 책임 아래 수행되게 함으로써 실질적인 작업의 수행에도 한계를 가지게 되었다. 국어에 관련된 일은 국가 전체의 일이어서 많은 관련 부서가 관여될 수밖에 없는데, 그 일이 정부의 한 부서의 일인 것처럼 오도되게 하는 문제점이 대두될 수 있게 된 것이다. 국어에 관한 일은 국가 발전의 가장 기본이 되고, 민족의 흥망성쇠에 가장 직결되는 일임에도 불구하고, 관련부서 밖에서는 이러한 인식을 할 수 있는 동기를 말살시키는 효과를 만들게 되는 것이다. 아울러 이 법의 시행과 때를 같이 하여, 문화관광부 내에 있던 국어정책과가 국어민족문화과로 개명하고, 국어에 관한 업무를 국립국어원으로 이관함으로써 국어에 관한 정책의 총책임이 국가의 장관에서 1급 공무원으로 하향 이동하는 결과가 초래되었다. 이러한 결과는 국어에 관한 중요한 행사, 예를 들어 한글날 행사에 관한 사항 등에 관한 업무의 책임이 문화관광부 장관에서 국립국어원 원장으로 하향 조정되는 인상마저 주게 되는 것이다.

또 하나의 문제는 창조적 언어에 관한 창조적 언어 정책에 개발과 수립에 관련된 것이다. 국어기본법에는 국어 정책에 관한 많은 일들이 나열되어 있지만, 당시 시행령 제정 당시의 사람들이 가지고 있던 한계 때문에 빠져 있는 일들이 많은데, 이 일들은 관련된 법에서 제외되었기 때문에 불필요한 것으로 오해되어 국가기관에서 관장해야 하는 범위에서 제외될 위험에 처하게 된 것이다. 아울러 새로운 일들이 계속 새롭게 제기될 수밖에 없는 것이 언어에 관련된 일인데, 이러한 일들도 제도권 내에서 다루어지기 어려운 상황으로 내몰리게 될 위험성이 있는 것이다.

3. 국어심의회의 현 상황과 문제점

3.1. 현 상황

국어기본법의 제도적인 문제점을 극복할 수 있는 현재의 방법은 제도권 속에 명시되어 있는 국어심의회를 효과적으로 활용하는 것이다. 즉 법률 조항이 가지고 있는 문제점과 미비점, 그리고 국가공무원이 가지고 있는 한계점과 제약성을 민간의 전문가들이 모인 심의회에서 모자라는 부분은 보완하고, 빠진 부분은 메우고, 잘못된 부분에 대해서는 융통성을 발휘하는 작업을 수행할 수 있는 것이다.

그런데, 현재의 제도권에서는 그러한 작업을 국어심의회가 수행하기에는 원천적으로 봉쇄되어 있는 것이 문제점으로 제기될 수 있다. 이러한 문제를 검토하기 위해 규정을 검토해 보기로 한다. 국어심의회에 기능과 구성 등에 관한 법률 조항은 〈국어기본법〉과 〈국어기본법 시행령〉 그리고 〈문화관광부와 그 소속 기관 직제〉에 나와 있다.

가 ▌ 국어기본법의 국어심의회

국어심의회는 국어기본법 제6조와 제13조에 나와 있는데, 제6조는 국어심의회가 5년마다 수립·시행하는 국어발전기본계획에 대한 심의를 해야 한다는 것이고, 그 구성에 관한 일반적인 사항은 제13조에 나온다. 그 조항을 그대로 옮겨 보면 다음과 같다.

제13조 (국어심의회)
① 국어의 발전과 보전을 위한 중요사항을 심의하기 위하여 문화관광부

에 국어심의회(이하 "국어심의회"라 한다)를 둔다
② 국어심의회는 다음 각호의 사항을 심의한다.
  1. 기본계획의 수립에 관한 사항
  2. 어문규범의 제정 및 개정에 관한 사항
  3. 그 밖에 국어의 발전과 보전에 관하여 문화관광부장관이 부의하는 사항
③ 국어심의회는 위원장 1인과 부위원장 1인을 포함한 60인 이내의 위원으로 구성한다.
④ 위원장과 부위원장은 위원 중에서 호선하고, 위원은 국어·언어학 또는 이와 관련된 분야에 전문지식이 있는 자 중에서 문화관광부장관이 위촉한다.
⑤ 제2항 각호의 사항을 심의하기 위하여 국어심의회에 분과위원회를 둘 수 있다.
⑥ 제1항의 규정에 의한 국어심의회의 구성 및 운영 등에 관하여 필요한 사항은 대통령령으로 정한다.

그리고 국어기본법을 시행하기 위한 시행령에는 다소 구체적으로 기술되어 있는데 시행령의 조문을 옮겨 보면 다음과 같다.

나 ▎국어기본법시행령의 국어심의회

제5조 (국어심의회의 위원의 임기)
법 제13조제1항의 규정에 의한 국어심의회(이하 "국어심의회"라 한다)의 위원의 임기는 2년으로 한다.
제6조 (국어심의회의 회의)
국어심의회는 문화관광부장관 또는 국어심의회의 위원장이 필요하다고 인정하는 경우에 소집하되, 재적 위원 과반수의 출석으로 개의하고, 출석 위원 과반수의 찬성으로 의결한다.

제7조 (관계기관 등에 대한 협조 요청)

국어심의회는 직무수행에 필요하다고 인정하는 경우에는 관계기관, 단체 또는 해당 분야의 전문가 등에 대하여 자료나 의견의 제출, 회의 출석 등의 협조를 요청할 수 있다.

제8조 (분과위원회)

① 법 제13조제5항의 규정에 의한 분과위원회의 종류 및 심의사항은 다음 각 호와 같다.

  1. 언어정책분과위원회

    가. 기본계획에 관한 사항

    나. 국민의 국어능력 향상과 국어사용 환경개선에 관한 사항

    다. 국어의 국외 보급에 관한 사항

    라. 국어의 정보화에 관한 사항

    마. 그 밖에 다른 분과위원회의 소관에 속하지 아니하는 사항

  2. 어문규범분과위원회

    가. 한글맞춤법에 관한 사항

    나. 표준어규정 및 표준어발음법에 관한 사항

    다. 외래어 및 외국어의 한글 표기에 관한 사항

    라. 로마자표기법 등 국어를 외국 문자로 표기하는 방법에 관한 사항

    마. 한자의 자형(字形)·독음(讀音) 및 의미에 관한 사항

    바. 어문규범에 관한 영향평가에 대한 사항

  3. 국어순화분과위원회

    가. 국어순화에 관한 사항

    나. 전문 분야 용어의 표준화에 관한 사항

② 제1항 각 호의 규정에 의한 분과위원회는 위원장 1인을 포함한 15인 이상 30인 이하의 위원으로 구성한다.

③ 국어심의회의 위원은 1개 분과위원회의 위원이 됨을 원칙으로 하되, 필요한 경우에는 2개 이상의 분과위원회의 위원이 될 수 있다.

④ 분과위원회의 위원장은 분과위원회의 위원 중에서 호선한다.

⑤ 분과위원회의 회의는 문화관광부장관 또는 분과위원회의 위원장이 필요하다고 인정하는 경우에 소집하되, 재적 위원 과반수의 출석으로 개의하고, 출석 위원 과반수의 찬성으로 의결한다.

제9조 (간사 및 서기)

① 국어심의회와 각 분과위원회에 간사와 서기 각 1인을 둔다.

② 간사와 서기는 국립국어원 소속공무원 중에서 문화관광부장관이 임명한다.

제10조 (수당 등)

국어심의회와 분과위원회에 출석하는 위원 및 관계전문가에 대하여는 예산의 범위 안에서 수당과 여비를 지급할 수 있다.

이러한 규정에 의하면, 국어심의회는 막강한 권한을 가지고 국어에 관한 중요한 일들을 수행할 수 있을 듯한데, 실질적으로 많은 한계 상황에 직면할 수 밖에 없는 태생적 한계를 가지고 있다.

3.2. 문제점

가 | 기본법과 시행령의 유기성 미흡

현행 국어기본법과 시행령의 가장 큰 문제점은 두 규정 사이의 유기성이 현저하게 떨어진다는 점이다. 그 첫 번째는 국어심의회의 기능 혹은 분과위원회의 구성과 국립국어원의 직제 내지는 기능이 전혀 일치성을 보이지 못하는 점을 들 수 있다. 알다시피 국립국어원은 언어정책부, 국어생활부, 국어진흥교육부 등 세 개의 부서로 이루어져 있는데, 세 부서의 대부분의 일들이 국어심의회의 언어정책분과위원회

의 일로 소속되고, 어문규범분과위원회나 국어순화분과위원회는 언어
정책부의 일 중 일부를 맡아 하고 있는 것이다.[2]

그 결과 첫째로는 '국어의 발전과 보전을 위한 중요 사항' 중 많은
일들이 국어심의회의 심의를 거치지 못할 위험성이 대두되고, 둘째로
는 분과위원회 간의 업무가 현저한 불균형을 이루고, 그 성격의 방향
도 달라지게 되는 것이다. 즉 언어정책분과위원회의 업무는 너무 개방
적이고 추상적이어서, 해야 할 일을 스스로 만들어가야 할 사항인데,
나머지 두 분과는 일 자체의 성격이 폐쇄적이고 한정적이어서 명시된
일만 하면 임무가 완수되는 상황이 초래된 것이다.

나 ▌ 심의회 운영의 자의성과 종속성

국어기본법에서는 '국어심의회의 구성 및 운영에 관하여' 대통령령
으로 정하도록 하였는데, 막상 그 시행령에서는 구성과 운영에 관한
중요한 사항이 빠져 있다. 즉 국어심의위원의 자격에 관한 사항과 선
출에 관한 사항이 빠져 있고, 임기의 지속성과 관련된 심의회의 정체
성과 관련된 사항 등이 빠져 있는 것이다. 그리하여 문화관광부 장관
의 위임을 받은 국어원장이 임의적으로 무자격자를 선출하여 심의회
를 구성할 수도 있게 되어 있는 것이다.

국어심의회의 운영과 관련하여 그것이 국립국어원에 종속적인 업무
만 처리할 수밖에 없는 직접적인 이유는 그것의 운영이, 〈문화관광부
와 그 소속기관 직제(개정 2007.5.2. 대통령령 제20042호)〉에 의하면,

---

2) 이러한 현상은 업무의 균형을 제대로 파악하지 못했기 때문에 발생한 현상이
   라고 할 수 있을 것인데, 하루 속히 시정되어야 할 것이다.

국립국어원의 언어정책부에 소속되어 있기 때문이다.

이러한 한계를 가진 국어심의회는, 문화관광부의 소속기관인 국립국어원에 의해 운영될 수밖에 없고, 문화관광부의 업무 한계를 벗어날 수 없고, 또한 국립국어원의 업무 한계도 벗어날 수 없는데, '국어'에 대한 '심의'는 그러한 한계를 가질 수 없는 일인 것이다.

4. 국어심의회의 확내

4.1. 확대의 필요성

가 ▎ 언어 문제는 인간과 민족의 기본 문제

언어가 개인적으로는 지성과 감성의 원천이 되고, 사회적으로는 그 사회의 유대감 현상과 사회 생활의 기본이 될 뿐만 아니라, 더 나아가 국가와 민족의 구성과 발전에 초석이 된다는 것은 누구나 알 수 있는 일이다.

나 ▎ 국어 문제는 부처간 복합적 협조 사항

이러한 일반적인 언어의 중요성 외에, 당장 우리의 현안은 정부 부처의 한 소속기관이 담당하기 어려운 상황으로 이미 발전해 있다. 남북의 언어와 관련해서는 통일부가 관련되어 있고, 해외 동포들의 한국어 교육에 관해서는 교육인적자원부가 관련되어 있고, 이주 여성들의 한국어 교육과 관련해서는 여성가족부가 관련되어 있고, 국내 거주 외국인 노동자나 외국인 노동자 고용과 관련해서는 노동부가 관련되어 있다. 그리고 국립국어원과 관련해서는 문화관광부가 관련되어 있다.

다 ▌ 국어위원회 설립

이렇게 여러 정부 부서와 관련된 일을 효과적으로 처리하기 위해서는 관련된 일만 집중적으로, 모든 부서와 관련된 일을 효과적으로 처리할 독립된 부서가 필요하다. 이를 가칭 '국어위원회'라 칭하면, 이의 설치는 빠르면 빠를수록 국부의 창출에 도움이 될 것이다.

4.2. 국어위원회의 임무

국어위원회의 임무를 한 마디로 표현하면, 대학에서 수행하는 순수히 학문적인 영역과 일선 학교에서 수행하는 실질적인 교육 행위 외에, 현재 국립국어원의 기능과 각 부처의 산하기관이나 소속기관에 흩어져 있는 국어에 대한 임무 등을 모두 포괄하여 명실상부하게 국어의 정책에 관한 모든 것을 총괄하는 기구가 되는 것이다. 그 임무를 분야별로 나누어 개략적으로 제시해 보면 다음과 같게 되어야 할 것이다.[3]

가 ▌ 법령 및 공공 인쇄물의 사전 검토 및 오류 수정

법치주의가 완성에 가까워질수록 법 조문의 투명성과 확실성에 대한 요구는 강해질 것이다. 일반 국민이 법 조문을 읽고, 명확하게 그 뜻을 이해할 수 있도록 법 조문이 중의적이거나 애매모호한 표현이 없도록 정비해야 할 것이다. 아울러 공공기관에서 인쇄되는 모든 인쇄물

---

3) 크게 고민하지 않고, 한두 시간 만에 작성한 것이다. 천천히 정리하면 상당한 부분이 추가될 것이다.

에 대해 사전 검토 혹은 사후 오류 수정을 통해 올바른 문자 생활을 선도해야 할 것이다.

나 ▌ 국어 생활의 향상 및 기준 마련

일상적인 언어 생활에 있어서 교양있는 표현, 수준있는 표현 등을 정비하여, 살아 있으면서 변화해 가는 언어 생활의 규범을 그때그때 정리해서 역동적인 표준안의 수립을 계속 수행해 나가야 할 것이다.

다 ▌ 매체 언어의 사용 기준 마련

현대사회는 다양한 매체가 새로이 창조적으로 개발되어, 매체가 매체 이상의 역할을 하는 경우가 많으므로 이에 대한 정비 활동을 해 나가야 할 것이다. 즉 방송, 신문, 인터넷, 영화 등 대중매체를 이용한 국민의 언어 생활을 관장할 필요가 있는 것이다. 이와 관련된 기존의 방송위원회의 업무 중 언어 생활과 관련된 업무를 이관하여 총괄적으로 그 임무를 수행해야 할 것이다.

라 ▌ 국내 국어 교육 총괄

유아의 국어교육에서부터 대학에서의 국어교육을 총괄해야 할 것이고, 이를 넘어서서 일상적인 국어 생활의 기준에 이르기까지, 국어 교육과 생활의 이론적인 면을 총괄해야 할 것이다. 즉 교육인적자원부의 업무 중 국어교육에 관한 이론 개발에 관한 사항을 이관하여 그 임무를 수행해야 할 것이다.[4] 이외에 국내에 이주하는 이주민 특히 국제결혼한 이주민에 한국어 교육 등[5] 제2언어 습득과 이중언어의 교육에 관한 이론을 개발해야 할 것이다. 그리고 한국에 일시적으로 거주하는 외국인 노동자에 관한 한국어 교육에 관한 이론과 실제를 총괄해야 할 것이다.

마 ▐ 한국어 해외 보급 및 확산 총괄

한국어의 해외 보급 − 해외에 거주하는 한국인 및 동포들 그리고 외국에서의 한국어 교육에 관한 사항을 총괄적으로 처리해야 할 것이다. 이에는 다음의 사항들이 포함될 것인데, 이에 대해서는 국가별로 지역별로 구분되어 수행되어야 할 것이다.

> 1. 한국인 거주자와 동포의 양적 변화
> 2. 한국어 및 한국 문화 교육을 위한 요구사항 조사
> 3. 교재 등을 포함한 교육 매체와 교육 기자재의 요구도 조사
> 4. 교사에 대한 현지 파견 연수 및 국내 초청 연수
> 5. 한국학 연구자 및 교사에 대한 세계적 네트 워크 구성 및 협조

5. 결론

국어를 유지하고 보수하며 발전시키는 것을 목적으로 하는 국어기본법의 제정은 우리말의 표기할 수 있는 수단을 만드는 작업 이상으로 중요한 것인데, 이와 관련된 인식은 아직 태동조차 하지 못하고 있다.

---

4) 현재의 교육인적자원부의 업무 중 국어교육 이론 개발에 관한 사항만 이관.
5) 현재의 노동부 산하의 일들 중 한국어 교육과 관련된 부분 이관.

아주 부족한 상태이지만, 국어기본법의 제정 그 자체는 아주 높이 평가되어야 할 것이다.

미비한 상태의 국어기본법이 제 기능을 수행하기 위한 가장 핵심적인 과제는 국어심의회를 독립적으로 활성화하는 일이다. 그런데 현재의 법 조문안에서는 국어심의회가 제 기능을 수행할 수 없게 되어 있다. 태생적 의존성과 한계성 그리고 폐쇄성을 가지게 되는 것이다.

이러한 문제를 해결하기 위한 단기적인 과제는 국어심의회의 예산을 독립적으로 확보하고, 구성 절차의 투명성을 확보하는 것이고, 장기적으로는 국어에 관련된 모든 일 — 국어에 대한 연구, 국내인을 대상으로 하는 국어교육, 외국인이나 동포들을 대상으로 하는 한국어 교육 — 그리고 이와 관련된 정책의 수립, 집행, 감독을 총괄하는 기구를 국어심의회의 발전적인 해체와 확대를 통해, (가칭)국어위원회와 같은 기구를 설립하는 일이다.

제2장
한글맞춤법
'총칙 제1항'의 신해석[*]

한글맞춤법 통일안에 나오는 '소리대로'의 '소리'는 '문자'에 대립되는 개념으로, 표기의 대상을 지칭하는 개념이고, '-대로'의 의미는 문자 그대로 '있는 그대로'의 의미가 된다.

'어법에 맞게'는 언어 상황에 따라, 음소적 표기(표면형 표기)를 하기도 하고 형태소적 표기(기저형 표기)를 하는, 절충에 의한 두 원칙의 조화를 의미한다.

1. 서론

한글맞춤법[1] 총칙 제1항은 한글맞춤법의 기본적인 정신을 표현하는 것인데,[2] 남과 북이 상당히 이질적인 듯이 보이는 내용을 담고 있

---

[*] 본 장의 내용은 2007년 국어학회 공동연구회에서 발표한 것을 약간 보완한 것이다. 당시 질문을 하고, 관심을 표명해준 분들에게 감사드린다.

1) 남쪽의 어문 규범 이름은 '한글맞춤법'이고, 북쪽의 어문 규범 이름은 '조선말규범집'이라 한다. 구분할 필요가 있을 경우에는 각각의 이름을 사용하고, 통칭할 필요가 있을 경우에는 '한글맞춤법'으로 부르기로 한다.

2) 이러한 사정은 북한의 조선말규범집도 비슷한 성격을 가진다.

고, 남쪽은 표현된 내용과 어긋난 해석을 하고 있다. 이러한 사정을 극복하기 위해, 본고는 한글맞춤법 총칙 제1항의 의미를 되새겨 보고, 정당한 새로운 해석을 하기로 한다. 이를 위해 남북을 포함하여 한글맞춤법 총칙의 변화를 대강 훑어보고, 그것의 언어학적 의미 특히 음운론적인 의미를 파악하고, 남북에서 구체적으로 실현되는 양상을 비교해 보고자 한다. 아울러 한글맞춤법 총칙 속에 들어 있는 정신문화적인 의미를 되새겨 보는 것도 본고의 목적 중 하나가 된다. 이러한 작업을 통해 남북 규범의 통일 방안도 제시될 수 있을 것이다.

한국 어문 규범의 기준이 되는 한글맞춤법의 총칙 제1항은 "한글 맞춤법은 표준어를 소리대로 적되, 어법에 맞도록 함을 원칙으로 한다."라고 기술되어 있다. 즉 총칙 제1항에서는 한글맞춤법이 무엇을 대상으로 하는가, 그리고 그것을 어떻게 표기할 것인가에 대한 기본적인 원칙이 제시되고 있는 것이다.

이 항목 중 본 장에서 다루고자 하는 '소리대로 적되, 어법에 맞도록'에 대한 해석의 가능성은 대체로 세 가지로 나누어 생각해 볼 수 있다.

첫째는 지금까지 대부분의 남한 학자들이 해석해 오던 방식으로 '소리대로'를 '소리 나는 대로'로 해석하고 표기의 방식에서는 음소적 표기(표면형 표기)를 천명한 것이고, 이에 대립되는 '어법에 맞게'는 형태음소적 표기(기저형 표기)를 천명한 것으로 해석하는 것이다.

둘째는 위 첫째의 해석 방식은 한글맞춤법의 실제 - 즉 형태음소적 표기(기저형 표기)를 기본으로 하고 음소적 표기를 수용하는 방식과 표현이 맞지 않기 때문에, '소리대로'를 중의적으로 해석하는 방식이다. 즉 '소리대로'의 의미는 우리 문자가 가지고 있는 표음문자로서의 특징과 표기 방식에서 소리 나는 대로 적는 음소적 표기를 둘 다 아우르는 것으로 해석하는 것이다. 그리하여 문자의 기능에 대한 선언적인 언명이 포함되어 있기 때문에, '어법에 맞게' 보다 앞서 원칙으로 제시했다는 것으로 해석하는 것이다.

셋째는 '소리대로'의 '소리'의 의미를, 문자와 소리를 일치시켜 온 전통적인 자연관을 반영하면서, 문자에 대립되는 개념으로서 이해하는 것이다. 그리고 표기의 원칙은 '어법에 맞게'로 한정시켜 해석하는 것이다. 즉 '어법에 맞게'의 의미를 '기본형을 밝혀야 할 것은 밝히고, 밝히지 말아야 할 것은 밝히지 않고'로 해석하는 것이다.

본 장은 위의 세 가지 중 세 번째의 해석이 타당한 것이라고 생각하고, 이를 증명하기 위한 것이다. 논의의 순서는 다음과 같다. 우선 〈2. 규범의 변화와 기존의 해석〉에서는 〈한글맞춤법통일안〉에서부터 현행까지 총칙 제1항이 변화한 모습을 추적해 본다. 그리고 〈3. '소리'와 '어법'의 개념〉에서는 한글맞춤법통일안과 남쪽의 한글맞춤법에 나오는 '소리'와 '어법'의 개념을 살펴 보고, 〈4. 표기의 실제〉에서는 '어법에 맞게' 표기되는 구체적인 예를 나누어 보고, 〈5. 표기법의 기본 정신〉에서는 그러한 표기법이 가지고 있는 정신문화적인 의미를 되새겨 보기로 한다. 마지막 장에서는 이러한 정신을 이어받아 남북이 총칙 제1항을 통일할 수 있는 방법을 제시하기로 한다.

2. 규범의 변화와 기존의 해석

2.1. 규범의 변화

2.1.1. 한글맞춤법통일안(1933) 이전

한글의 표기법에 관한 고민은 훈민정음 창제에서부터 시작된다. 문자로서의 훈민정음을 창제한 세종은 이를 운용하기 위해 초성과 중성과 종성을 아울러 표기하는 방법을 고민하게 되는데, 그 결과가 현재 우리가 사용하고 있는 음절 표기법이다. 즉 모음 중 'ㅏ, ㅓ, ㅣ' 등과 같이 '서 있는' 모양을 하고 있는 중성은 초성 자음의 오른쪽에 붙여 쓰고, 'ㅗ, ㅜ, ㅡ' 등과 같이 '누워 있는' 모양을 하고 있는 모음은 초성 아래에 붙여 쓰고, 종성은 초성과 중성의 아래에 붙여 쓰는 표기법을 채택하는 것이다. 그리고 종성에 표기하는 문자는 '8종성'에 한정하여 음소적 표기(표면형 표기)를 채택하고, 어간이나 어근에 모음으로 시작하는 접사나 어미 조사 등이 결합하여 연음이 될 경우에는 연음되는 대로 표기하는 방식을 채택하는 것이다. 이러한 표기 방식은 대체로 개화기까지 이어지게 된다.

개화기에 이르러 표기에 관한 정비와 규칙의 제정이 필요하게 되어, 관 주도로 표기에 관한 문제를 본격적으로 논의하게 되는데, 그 결과로 나오는 것이 〈국문연구 의정안〉이다. 이 위원의 한 사람으로 활약했던 주시경 선생은 자신의 본음주의 이론에 의거하여 형태음소적 표기(기저형 표기)법을 주창하게 된다.

일제의 강점기에 접어들어 교육기관에 사용하기 위한 표기법이 만들어지게 되는데, 〈보통학교용언문철자법〉(1912)이 그것이다. 이 표기법에서는 '표음주의를 바탕으로 하고', 이에 따라 받침은 'ㄱ, ㄴ, ㄹ, ㅁ, ㅂ, ㅅ, ㅇ, ㄺ, ㄻ, ㄼ' 등 10개만 인정하였다. 1921년의 〈보통학교용언문철자법대요〉를 거쳐 1930년에 〈언문철자법〉이 공표되는데, 여기에서는 형태주의 철자법 채택하게 된다.

이들은 일제의 조선총독부에서 교육용으로 정리한 것으로 초기에는 표음주의 원칙으로 하였으나, 후기에는 당시 조선 학자들 주장의 대종을 이루었던 형태주의 표기를 수용하여 전환하게 된다.

2.1.2. 한글맞춤법 통일안(1933)

일제 강점기 시절 한글 표기에 관한 여러 학자들의 산발적인 주장들은 1933년에 이르러 〈한글맞춤법 통일안〉이라는 이름으로 통일된 하나의 규범으로 완성된다. 그것의 총칙은 다음과 같다.

一 한글 맞춤법(綴字法)은 표준말을 그 소리대로 적되, 語法에 맞도록
  함으로써 原則을 삼는다.
二 표준말은 大體로 現在 中流 社會에서 쓰는 서울말로 한다.
三 文章의 各 單語는 띄어 쓰되, 토는 그 웃말에 붙여 쓴다.

이것은 당시 민간 학술단체인 조선어학회에서 공식적으로 당시 학자들의 의견을 집약하여 통일안으로 내놓은 것이다. 여기에서 제시된 원칙은 이후 남한과 북한의 맞춤법의 기간이 된다.

2.1.3. 남한

남한에서는 이후 1958년, 1980년 그리고 1988년에 약간의 수정을

가하게 되는데 우선 총칙을 그대로 옮겨 보면 다음과 같다.

가 ▌ 개정한 한글 맞춤법 통일안(1958)

〈개정한 한글맞춤법 통일안〉(1958)의 총칙 제1항은 아래에서 보듯이 〈한글맞춤법통일안〉의 내용을 그대로 이어가고 있다.

1. 한글 맞춤법은 표준말을 그 소리대로 적되, 어법에 맞도록 함으로써 원칙을 삼는다.
2. 표준말은 대체로 현재의 중류 사회에서 쓰는 서울말로 한다.
3. 문장의 각 낱말(단어)은 띄어 쓰되, 토는 그 윗말에 붙이어 쓴다.

나 ▌ 한글맞춤법(1980)

규범의 이름을 〈한글맞춤법〉으로 수정한 1980년의 규범은 아래에서 보듯이, 제1항에 '각 형태소를'을 추가하고, '어법에 맞게'를 '그 원형을 밝힘을'으로 수정하여 '소리대로'와 '어법에 맞게'라는 두 개념이 표기법 상 대립되는 개념이 되게 한다. 즉 '소리대로'는 '소리 나는 대로 표기하는 방법'으로 해석하고, '원형을 밝힘'은 기본형을 밝혀 표기하는 방법으로 해석하게 하는 것이다.

1. 한글 맞춤법은 표준말의 각 형태소를 소리대로 적되, 그 원형을 밝힘을 원칙으로 한다.
2. 각 낱말은 띄어 씀을 원칙으로 한다.

다 ▌ 한글맞춤법(1988)

1988년에 공시된 〈한글맞춤법〉에서는 아래에서 보는 것과 같이 제1
항의 기술이 1933년의 〈한글맞춤법 통일안〉으로 돌아가게 된다.

> 제1항 한글 맞춤법은 표준어를 소리대로 적되, 어법에 맞도록 함을 원칙
> 으로 한다.
> 제2항 문장의 각 단어는 띄어 씀을 원칙으로 한다.
> 제3항 외래어는 '외래어 표기법'에 따라 적는다.

이에서 보듯 남한의 규정은 총칙에 관한 한 〈한글맞춤법 통일안〉의
내용을 거의 그대로 수용하여 현재까지 이르고 있다.

2.1.4. 북한

북쪽에서는 총칙에 관한 한 1948년에 대폭적인 수정이 가해지는데,
1987년에 약간의 내용이 추가되어 현재 사용하고 있다. 구체적인 내용
은 다음과 같다.

가 ▌ 조선어 신철자법(1948)

분단 후인 1948년에 공표되는 〈朝鮮語 新綴字法〉은, 아래에서 보
듯이, 총칙의 내용을 대폭적으로 수정하는데, 그 내용은 형태소의 형
태를 고정시켜 표기하는 이른바 형태주의의 천명이었다.

> 1. 朝鮮語 綴字法은 現代 朝鮮 人民의 言語 意識 가운데에 共通的으로
>   把握할 수 있는 것은 一定한 形態로 表記함으로써 原則을 삼는다.

2. 朝鮮語 綴字法은 그 表記에 있어 一般 語音學的 原理에 依據하되,
   朝鮮 固有의 發音上의 諸原則을 尊重한다.
3. 文章의 單語는 原則的으로 各各 띄어 쓴다.
4. 標準語는 朝鮮 人民 사이에 使用되는 共通性이 가장 많은 現代語
   가운데서 이를 定한다.
5. 모든 文書는 왼쪽으로부터 오른쪽으로 橫書함으로써 原則을 삼는다.

나 ▮ 조선어 철자법(1954)

1954년에 공표되는 〈조선어 철자법〉에서도, 아래에서 보듯이, 총칙 제1항의 내용은 동일하다.

1. 조선어 철자법은 단어에서 일정한 의미를 가지는 매개의 부분을 언
   제나 동일한 형태로 표기하는 형태주의 원칙을 그 기본으로 삼는다.
2. 조선어 철자법은 그 표기에 있어 일반 어음학적 원리에 의거하되, 조
   선어에 고유한 발음상의 제 규칙을 존중한다.
3. 문장에서 단어는 원칙적으로 띄어 쓴다.
4. 표준어는 조선 인민 사이에 사용되는 공통성이 가장 많은 현대어 가
   운데서 이를 정한다.
5. 모든 문자는 왼쪽으로부터 오른쪽으로 가로 쓰는 것을 원칙으로 삼
   는다.

다 ▮ 조선말규범집(1966)

1966년에 공표되는 〈조선말규범집(1966)〉에서도, 규범의 내용이 분 리되지만, 아래에서 보는 바와 같이 제1항의 실질적인 내용은 동일하다.

1. 맞춤법은 단어에서 뜻을 가지는 매개의 부분을 언제나 같게 적은 원

칙을 기본으로 한다.

2. 조선글은 왼쪽에서 오른쪽으로 가로 쓰는 것을 원칙으로 한다.

라 ▎조선말규범집(1987)

현재 사용되고 있는 것으로, 1987년에 공표된 〈조선말규범집(1987)〉에서는 이전의 형태주의를 수용하면서, 실질적으로 '소리 나는 대로 적거나 관습을 따르는' 경우를 고려하여 그 내용을 추가한다. 구체적인 내용은 다음과 같다.

조선말맞춤법은 단어에서 뜻을 가지는 매개 부분을 언제나 같게 적는 원칙으로 기본으로 하면서 일부 경우 소리 나는 대로 적거나 관습을 따르는 것을 허용한다.

위에서 보듯이, 북쪽에서는 해석상의 문제가 제기될 소지가 있는 총칙 제1항의 내용을 구체적으로 풀어서 제시하고 있기 때문에 별다른 해석상의 문제가 없이, 실질적으로 사용하고 있는 방법을 구체적으로 제시하고 있는 것이다.

2.2. 총칙 제1항의 해석(남한의 경우)

한글맞춤법 통일안의 총칙 제1항은 남북 분단 후 각기 상이한 경로로 발전하게 되는데, 북한의 경우 실질적인 표기 방식에 맞게 표현 자체를 바꿔 버렸기 때문에 해석상의 문제가 제기되지 않는다. 남한의 경우 표현을 변화시켰다가 한글맞춤법 통일안의 원래 모습으로 되돌아가면서 그 해석을 실질적인 표기에 맞게 하기 위해 노력해 왔다.

남한에서 수행한 기존의 해석을 잘 반영하고 있는 것은, 남한에서 국어정책과 관련된 유일한 국가기관인 국립국어원의 해설이 될 것이다. 총칙 제1항에 대한 해설을 옮기면 다음과 같다.

한글 맞춤법은 표준어를 소리대로 적되, 어법에 맞도록 함을 원칙으로 한다.

<해설> 한글 맞춤법의 대원칙을 정한 것이다. '표준어를 소리대로 적는다'라는 근본 원칙에 '어법에 맞도록 한다'는 조건이 붙어 있다. 표준어를 소리대로 적는다는 것은 표준어의 발음 형태대로 적는다는 뜻이다. 맞춤법이란 주로 음소 문자(音素文字)에 의한 표기 방식을 이른다. 한글은 표음 문자(表音文字)이며 음소 문자다. 따라서 자음과 모음의 결합 형식에 의하여 표준어를 소리대로 표기하는 것이 근본 원칙이다.
예컨대,
구름   나무   하늘   놀다   달리다
따위는 표준어를 소리 나는 대로 적는 형식이다.

그런데 표준어를 소리대로 적는다는 원칙만을 적용하기 어려운 경우도 있다. 예컨대 '꽃(花)'이란 단어는 그 발음 형태가 몇 가지로 나타난다.

(1) [꼬ᄎ] — (꽃이) [꼬치]   (꽃을) [꼬츨]   (꽃에) [꼬체]
(2) [꼳]   — (꽃나무) [꼰나무]   (꽃놀이) [꼰노리]   (꽃망울) [꼰망울]
(3) [꼳]   — (꽃과) [꼳꽈]   (꽃다발) [꼳따발]   (꽃밭) [꼳빧]

이것을 소리대로 적는다면, 그 뜻이 얼른 파악되지 않고, 따라서 독서의 능률이 크게 저하된다. 그리하여 어법에 맞도록 한다는 또 하나의 원칙이 붙은 것이다.

어법(語法)이란 언어 조직의 법칙, 또는 언어 운용의 법칙이라고 풀이된다. 어법에 맞도록 한다는 것은, 결국 뜻을 파악하기 쉽도록 하기 위하여 각

형태소의 본 모양을 밝히어 적는다는 말이다. 형태소는 단어의 기초 단위가 되는 요소인 실질 형태소(實質形態素)와 접사(接辭)나 어미, 조사처럼 실질 형태소에 결합하여 보조적 의미를 덧붙이거나 문법적 관계를 표시하는 요소인 형식 형태소(形式形態素)로 나뉜다. 맞춤법에서는 각 형태소가 지닌 뜻이 분명히 드러나도록 하기 위하여, 그 본 모양을 밝히어 적는 것을 또 하나의 원칙으로 삼은 것이다.

예컨대,

(늙고)	(늙지)	(늙는)
[늘꼬]	[늑쩌]	[능는]

처럼 발음되는 단어를 '늙-'으로 쓰는 것은, (늙어) [늘거], (늙은) [늘근]을 통하여 실질 형태소(어간)의 본 모양이 '늙-'임을 인정하게 되기 때문이다.

그러나 이 원칙은 모든 언어 형식에 적용될 수는 없는 것이어서, 형식 형태소의 경우는 변이 형태(變異形態)를 인정하여 소리 나는 대로 적을 수 있도록 한 것이다.

예컨대,

막-아/먹-어   소-가/말-이

따위와 같이, 음운 형태가 현저하게 다른 것을 한 가지 형태로 통일할 수는 없기 때문이다. '어법에 맞도록 한다'가 아니라, '어법에 맞도록 함을 원칙으로 한다'라는 표현에는 예외가 있을 수 있다는 뜻이 담겨 있다.

다만, 한자어의 경우는, 예컨대 '국어(國語) <나라+말>, 남아(男兒) <남자+아이>'처럼, 결합한 글자가 각기 독립적인 뜻을 표시하는 것이므로, 각 글자의 음을 밝히어 적는 것이다.

국립국어원에서 이러한 해설을 하고 있는 이유는, 국어학자들이 대체로 이와 비슷하거나 동일한 해석을 해 왔기 때문일 것인데, 이 방면에 대표적인 해설서의 하나라고 할 수 있는 〈한글맞춤법 강의〉(1989, 이희승·안병희 공저, 신구문화사)에도 이와 거의 유사하게 설명되어 있다.

이러한 해석의 기본은, '소리대로'를 소리 나는 대로 표기하는 음소적 표기(표면형 표기)를 천명한 것이고, '어법에 맞게'는 기본형을 밝혀 적은 형태소적 표기(기저형 표기)를 천명한 것으로 해석하는 것이다.

2.3. 해석의 문제점

〈한글맞춤법통일안〉 혹은 남한의 현행 〈한글맞춤법〉의 총칙 제1항에 대한 해석은 여러 가지 오해에서 비롯된 것인데, 그 중 몇 가지를 짚어 보기로 한다.

2.3.1. 개념의 자의적 변형

총칙에 표현된 '소리대로'의 개념은 문자 그대로 '소리대로'라는 의미인데, 옛날부터 20세기 초반기인 당시까지 써 오던 '소리'의 의미를 제대로 파악하지 못해서 그 본래의 뜻과는 전혀 다른 '소리 나는 대로'로 해석하는 잘못을 범하게 된 것이다.

'소리'는, 한글맞춤법통일안의 이론적인 기초를 제공한 주시경 선생에 의하면 본음과 변음의 두 가지를 가지고 있는, 문자 표기의 기초가 되는 '음학'인 것이다.

2.3.2. 대립되는 개념의 잘못된 파악

총칙에 표현된 '소리'는 문자 사용 혹은 표기의 기본이 되는 것으로, 문자와 대립되는 개념인데, '소리대로'를 '소리 나는 대로'로 잘못 해석함으로써, 이어지는 '어법에 맞게'라는 개념과 대립되는 것으로 오해하게 된 것이다.

'소리대로'란 한글맞춤법이라는 표기법의 기본 원칙을 천명한 것이고, '어법에 맞게'는 힌글 표기를 하는 구체저인 방법을 천명한 것이다.

2.3.3. 원칙 조항과 단서 조항의 위계 파괴

총칙에 의하면 '소리대로' 적는 것이 한글맞춤법의 기본 정신이고, '어법에 맞게'라는 것은 그 하위의 방법에 관한 표현이 된다. 그런데 '소리대로'를 '소리 나는 대로'로 해석함으로써 소리 나는 대로 표기하는 것을 기본으로 하고, 기본형을 밝히는 것을 예외적인 것으로 해석되게 하였다. 이러한 해석에 의해, 한글맞춤법의 실질적인 원칙 즉 형태소적 표기(기저형 표기)를 원칙으로 하고, 음소적 표기(표면형 표기)를 예외적으로 인정하는, 한글맞춤법의 실제와 어긋나게 되었다.

이러한 문제점은 '소리'와 '어법'의 개념을 잘못 파악한 데서 기인하는 것이므로, 이제 그 의미를 파악해 보기로 한다.

3. '소리'와 '어법'의 개념

3.1. 소리의 개념

3.1.1. 훈민정음에서의 '소리'

고유어의 '소리'에 해당할 수 있는 표현이 훈민정음 해례에서는 '語音' 혹은 '聲音'으로 나타난다. 관련된 문장을 옮기면 다음과 같다.

1. 國之語音 異乎中國 與文字 不相流通 故愚民 有所欲言而終不得 伸其情者 多矣(우리나라 **말소리**가 중국과 달라서 한자(漢字)와는 서로 통하지 않으므로 일반 백성들은 말하고자 하는 바가 있어도 마침내 제 뜻을 펼 수 없는 사람이 많다.)

2. 故人之聲音 皆有陰陽之理 顧人不察耳(그러므로 사람의 **소리[聲音]** 도 다 음양의 이치가 있는 것인데 생각하건대 사람이 살피지 못할 뿐이 다.)

3. 今正音之作 初非智營而力素 但因其聲音而極其理而已 理旣不二 (이제 정음(正音)을 만드는 것도 애초부터 슬기로써 마련하고 애씀으로 써 찾은 것이 아니라 다만 그 **소리[聲音]**를 바탕으로 하여(소리 : 성음의 원리에 따라서) 그 이치를 다한 것뿐이다. 이치는 이미 둘이 아니다.)

위 〈예문1〉에 의하면, 어음 즉 소리는 '문자'와 과 대립되는 개념이 다. 소리가 다르기 때문에 문자가 통하지 않는다는 것은 소리와 문자 가 평행적으로 존재해야 한다는 의식의 발로이다. 문자와 대립되는 실 존으로서의 '소리'는 〈예문2〉에 의하면 음양의 이치를 가지고 있는 것이고, 〈예문3〉에 의하면 소리의 이치와 문자의 이치가 동일하기에 소리의 이치를 밝혀 문자를 만들었다는 것이다.

3.1.2. 개화기에서의 '소리'

개화기 당시 국문정리 운동을 주도하고, 한글맞춤법 통일안의 기본 정신을 구축하는 데 결정적인 역할을 하는 주시경 선생의 '소리'에 대한 개념을 보기 위해 관련된 내용을 인용해 보면 다음과 같다.

가 ▌〈國語文典音學〉

주시경 선생의 '國語文典音學'에 의하면, 아래의 예문에서 보듯이, 형상이 없어서 눈으로 볼 수는 없지만, 천지에 스스로 존재하는 '실재체'이다.

音은 天地에 自在흔 者라. 故로 何人이든지 能히 加減도 못흐고 變易도 못흐느니라.
音은 形象이 無흔 者라. 是以로 形象을 感흐는 眼으로는 音을 見치 못흐고 耳로만 廳흐느니 耳는 形의 感官이 안이요 無形흔 音의 感官임이니라.
音은 空氣의 波動이니 空氣가 無흐면 音도 無흐니라. 故로 眞空에서는 鍾을 打흐여도 聲이 無흐니라.
(이하 생략, 띄어쓰기와 구두점은 필자가 첨가)

나 ▌〈조선어문법〉

주시경 선생의 '조선어문법'의 첫머리에 실려 있는 다음의 내용에 의하면, '소리'는 문자로 표기할 대상으로 존재하는 것으로, 문자와 소리의 대립관계를 형성하는 것이다. 그리고 '소리'란 문자의 사용 즉 표기를 결정하는 '학문'으로 존재하는 것이다.

> 조선문의 소리
> (此는 言語를 記用하는 文字의 音學인 故로 그 規模가 律呂나 物理의 音學과 不同하되 其理는 一般이니라)

3.1.3. 정리

'소리'란 자연에서 존재하고 있는 실재를 그대로 일컫는 개념이다(훈민정음, 주시경). 그리고 그것은 스스로의 이치를 가지고 있다(훈민정음, 주시경). 그 이치에 따라 문자를 만들고(훈민정음), 그 이치에 따라 표기를 결정하는 것이다.(주시경)

3.2. '어법'의 개념

'어법'이란 단어를 풀이하면 '말의 법칙(혹은 규칙)'이 될 것이다. 그러면 '어법에 맞게 적는다'라는 개념은 '말의 법칙에 맞게 적는다'라는 뜻이 된다. '말의 법칙에 맞게'라는 개념은 현재 사용하고 있는 말에 존재하는 규칙에 맞게'라는 개념이 될 것이다. 이 개념은, 생성문법식의 표현을 빌면, 〈공시적 규칙의 타당성 여부〉와 관련된다. 그러므로 규칙의 공시성과 통시성과 관련된 몇 가지의 기준으로 '어법에 맞게'라는 개념을 검토해 볼 수 있을 것이다.

3.2.1. 규칙의 자연성

화자의 직관에 의해 자연스러운 규칙은 공시적이고 그렇지 못한 것은 통시적이라고 할 수 있는데, 변화나 삽입, 탈락, 축약 등의 음운 현상이 자연스러운 것은 기본형을 밝혀 적고, 그렇지 못한 것은 소리 나는 대로 적는다.

예를 들어 '값만'의 경우 한국의 정상적인 사람이라면 자연스럽게 '감만'으로 발음할 것이다. 한국어의 음절구조제약에 의해 'ㅄ'은 'ㅂ'으로 간소화되고, 음소연결제약에 의해 'ㅁ' 앞의 'ㅂ'은 'ㅁ'으로 조음된다. 반면에 '덥-'에 '-어라'가 결합할 경우 'ㅂ'이 원순성 경과음으로 변화하는 것은 자연스러운 현상이 아니다. '잡아라'에서처럼 모음과 모음 사이에 있는 'ㅂ'은 제 음가대로 실현되는 경우가 있기 때문이다.

3.2.2. 규칙의 생산성

화자의 직관에 의해 언어 단위가 분석될 수 있고, 그것이 현재 상태에서 생산적이라고 할 수 있을 정도일 때, 기본형을 밝혀 적고 그렇지 못할 경우에는 소리 나는 대로 적는다.

예를 들어 '먹이'의 '이'는 용언 어간에 붙어 명사형을 만들게 되는데, 이는 한국어의 다른 용언 어간에 붙어서 많은 어휘를 생산할 수 있는 규칙이다. 반면에 '이파리'의 '아리'는 '잎'에만 붙지 다른 어휘에 생산적으로 결합하지 못한다.

3.2.3. 정리

어법에 맞게 표기한다는 것은 공시적 규칙의 타당성으로 고려하여 현재 상태에서 생산적인 것은 기본형이나 어원을 밝혀 적고, 그렇지 못한 것은 밝히지 않고 소리 나는 대로 적는다는 것을 의미한다. 즉 음소적 표기(표면형 표기)와 형태소적 표기(기저형 표기)를 적절히 조화시켜, 언어(소리)의 모습을 있는 그대로 제대로 표기한다는 뜻이다.

4. 표기의 실제

실질적인 표기를 어떻게 할 것인가 하는 문제의 대부분은 기저형과 표면형이 차이가 날 경우[3] 기저형을 밝혀 적을 것인가 아니면 표면형 대로 적을 것인가 하는 문제이다. 이해를 돕기 위해 몇 예를 제시하고, 북쪽의 규정과 비교해 보기로 한다.

4.1. 기저형 표기

4.1.1. 구개음화

제6항 'ㄷ, ㅌ' 받침 뒤에 종속적 관계를 가진 '― 이(―)'나 '― 히 ―'가 올 적에는, 그 'ㄷ, ㅌ'이 'ㅈ, ㅊ'으로 소리 나더라도(1) 'ㄷ, ㅌ'으로 적는다.(ㄱ을 취하고, ㄴ을 버림.)

---

3) 기저형의 표기와 표면형의 표기가 같을 경우도 많다. 예를 들어 '오기'는 기저형도 '오기'이고, 표면형도 '오기'인 것이다.

ㄱ	ㄴ	ㄱ	ㄴ
맏이	마지	핥이다	할치다
해돋이	해도지	걷히다	거치다
굳이	구지	닫히다	다치다
같이	가치	묻히다	무치다
끝이	끄치		

이들은 소리 나는 대로 적는 것이 아니고, 기저형을 밝혀 적는 것이다. 'ㄷ'이나 'ㅌ'이 'ㅣ' 모음과 결합하는 깃이 현대국어에서는 '디디다, 견디다, 느티나무, 불티'에서처럼 자연스러운 현상이기 때문에 소리 나는 대로 적는 것이 예상되지만 그렇지 못한 규정이다. 이것은 구개음화 규칙을 형태론적인 범주에 따라 공시적으로 인정한 결과이다.

이 항과 관련된 북쪽의 규정은 찾아 볼 수 없다. 그 이유는 북쪽에 구개음화 현상 자체가 없기 때문이다. 결과적으로 남쪽과 북쪽의 표기는 동일하다.

4.1.2. 모음의 발음

제8항 '계, 례, 메, 폐, 혜'의 'ㅖ'는 'ㅔ'로 소리나는 경우가 있더라도 'ㅖ'로 적는다.

(ㄱ을 취하고, ㄴ을 버림.)

ㄱ	ㄴ	ㄱ	ㄴ
계수(桂樹)	게수	혜택(惠澤)	헤택
사례(謝禮)	사레	계집	게집
연몌(連袂)	연메	핑계	핑게
폐품(廢品)	페품	계시다	게시다

이들 역시 기저형을 밝혀 적은 것이다. 제9항의 '의'에 대한 표현도 기저형을 밝혀 적는다는 의미이다. 자음과 'ㅖ'가 결합하는 발음이 소멸해 버렸기 때문에 기저형을 밝혀 적더라도 발음이 충분히 예견될 수 있기 때문이다

이와 관련된 북쪽의 규정도 대동소이하다.

조선말규범집의 〈문화어발음법〉

제4항 ≪ㄱ, ㄹ, ㅎ≫ 뒤에 잇는 〈ㅖ〉는 각각 〈ㅔ〉로 발음한다.

  례 : 계속[게속], 계시다[게시다], 관계[관게], 례절[레절], 사례[사례], 차례[차레], 혜택[헤택], 은혜[은헤]

4.1.3. 접미사가 붙어서 된 말

제19항 어간에 '-이'나 '-음/-ㅁ'이 붙어서 명사로 된 것과 '-이'나 '-히'가 붙어서 부사로 된 것은 그 어간의 원형을 밝히어 적는다.

1. '-이'가 붙어서 명사로 된 것

길이	깊이	높이
다듬이	땀받이	달맞이
먹이	미닫이	벌이
벼훑이	살림살이	쇠붙이

19항의 본문에서 이어지는 규정들은 모두 기저형을 밝혀 적는 것이다. 접미사 '이, 히' 등으로 만들어지는 단어들은 현대에서 공시적으로 생산성이 있기 때문에 모두 기저형을 밝혀 적는 것이다.(단서 조항은 이와 다르다.)

이에 대응되는 북쪽의 규정도 대동소이하다.

<u>조선말규범집의 〈맞춤법〉</u>

제23항. 모음으로 된 뒤붙이가 말쏘리와 어울릴적에는 다음과 가티 갈라 적는다.

    1) 말뿌리와 뒤붙이를 밝혀 적는 경우

      (1) 명사나 부사를 만드는 뒤붙이 ≪이≫

      례 : ① 길이, 깊이, 높이, 미닫이, 벼훑이, 살림살이, 손잡이, 해돋이,

        ② 네눈이, 삼발이

        ③ 같이, 굳이, 깊이, 많이, 좋이

        ④ 곳곳이, 낱낱이, 샅샅이, 집집이

4.2. 표면형 표기

4.2.1. 두음 법칙

제10항 한자음 '녀, 뇨, 뉴, 니'가 단어 첫머리에 올 적에는 두음 법칙에 따라 '여, 요, 유, 이'로 적는다. (ㄱ을 취하고, ㄴ을 버림.)

ㄱ	ㄴ	ㄱ	ㄴ
여자(女子)	녀자	유대(紐帶)	뉴대
연세(年歲)	년세	이토(泥土)	니토
요소(尿素)	뇨소	익명(匿名)	닉명

제10항과 이어지는 제11항과 제12항의 두음법칙에 관한 규정은 모두 소리 나는 대로 즉 표면형 대로 표기하는 것을 규정한 것이다. 남쪽의 음운 현상을 고려하면 표기의 원칙에 맞지 않는 표기라고 할 수 있다. 이와 관련된 북쪽의 규범은 남쪽과 다르다. 그렇지만 표기의 원칙은 동일하다. 남쪽과 북쪽이 공통적으로 음소적 표기 즉 발음하는 대

로 표기를 하고 있는 것이다. 북쪽의 규범은 다음과 같다.

<u>조선말규범집의 〈문화어발음법〉 제2장 첫 소리 자음의 발음</u>
제5항, ≪ㄹ≫은 모든 자음 앞에서 ≪ㄹ≫로 발음하는것을 원칙으로 한다.
레 : 라지오, 려관, 론문, 누각, 리론, 레루, 용광로
제6항, ≪ㄴ≫은 모음앞에서 ≪ㄴ≫으로 발음하는 것을 원칙으로 한다.
레 : 남녀, 냠냠, 녀사, 뇨소, 뉴톤, 니탄, 당뇨병

4.2.2. 불규칙 활용

제18항 다음과 같은 용언들은 어미가 바뀔 경우, 그 어간이나 어미가 원칙에 벗어나면 벗어나는 대로 적는다.

1. 어간의 끝 'ㄹ'이 줄어질 적

갈다 :	가니	간	갑니다	가시다	가오
놀다 :	노니	논	놉니다	노시다	노오
불다 :	부니	분	붑니다	부시다	부오
둥글다 :	둥그니	둥근	둥급니다	둥그시다	둥그오
어질다 :	어지니	어진	어집니다	어지시다	어지오

18항에서 설명되고 있는 불규칙활용 어간과 어미에 대한 표현은 모두 표면형 대로 적는다는 것을 규정한 것이다. 'ㄹ'이 탈락한 대로 표기하지 않고 원형을 밝혀 적을 경우 발음에 혼선이 올 수 있기 때문이다.
이와 관련된 북쪽의 표기도 남쪽과 동일하고, 표기의 원칙도 남쪽과 북쪽이 공통적으로 〈발음하는 대로 적기〉이다. 관련된 내용을 옮기면 다음과 같다.

<u>조선말규범집의 〈맞춤법〉</u>

제10항. 일부 형용사, 동사에서 말줄기가 토와 어울릴적에 말줄기의 끝소리가 일정하게 바뀌어지는 것은 바뀐대로 적는다.

1) 말줄기의 끝을 ≪ㄹ≫로 적거나 적지 않는 경우

례 :　　　갈다 － 갈고, 갈며, 갈아

　　　　　　　　가니, 갑니다. 가시니, 가오

　　　　돌다 － 돌고, 돌며, 돌아

　　　　　　　　도니, 돕니다. 도시니, 도오

　　　　불다 － 불고, 불며, 불어

　　　　　　　　부니, 붑니다. 부시니, 부오

4.2.3. 제19항의 단서 조항들

다만, 어간에 '－이'나 '－음'이 붙어서 명사로 바뀐 것이라도 그 어간의 뜻과 멀어진 것은 원형을 밝히어 적지 아니한다.

굽도리	다리[?]	목거리(목병)	무녀리
코끼리	거름(비료)	고름[膿]	노름(도박)

[붙임] 어간에 '－이'나 '－음' 이외의 모음으로 시작된 접미사가 붙어서 다른 품사로 바뀐 것은 그 어간의 원형을 밝히어 적지 아니한다.

(1) 명사로 바뀐 것

귀머거리	까마귀	너머	뜨더귀
마감	마개	마중	무덤
비렁뱅이	쓰레기	올가미	주검

접미사 구성에 있어서 현대적인 의미에서 생산성이 없다고 판단되는 것들은 기저형을 밝혀서 생기는 실익이 없기 때문에, 모두 표면형대로 표기하는 것이다.

이와 관련된 북쪽의 규정도 표현에 약간의 차이가 있을 뿐 동일하다. 모두 발음하는 대로 적는 방식을 취하고 있는 것이다. 북쪽의 규범은 다음과 같다.

조선말규범집의 〈맞춤법〉의 제23항에서

그러나 본딴말에 붙어서 명사를 이루는 것은 밝혀 적지 않는다.
    례 : 누더기, 더퍼리, 두드러기, 무더기, 매미, 깍두기, 딱따기
    (중략)

2) 말뿌리와 뒤붙이를 밝혀 적지 않는 경우
    (1) 말뿌리에 ≪이≫, ≪음≫ 이외의 뒤붙이가 붙어서 이루어진 명사나 부사
    례 : ① 나머지, 마감, 마개, 마중, 바깥, 지붕, 지푸레기, 끄트머리, 뜨더귀, 싸래기, 쓰레기, 올가미
        ② 너무, 도로, 바투, 비로소, 자주, 뜨덤뜨덤
        ③ 거뭇거뭇, 나붓나붓, 쫑긋쫑긋, 오긋오긋, 울긋울긋

5. 표기법의 기본 정신 − 조화와 균형4)

개화기 이래 몇 십 년간의 토론 끝에 1933년 한글 맞춤법 통일안이

---

4) 이 글은 필자의 이전 원고에서 옮겨 온 것이다.

만들어지는데, 이 한글맞춤법 통일안의 원리는, 훈민정음 창제 후「한
글맞춤법 통일안」이 만들어지기까지 몇 백 년 동안 사용되던 표기의
원리를 전면적으로 바꾸는 것이었다. 표기 방법을 바꾸기 위한 맞춤법
의 원리는 한글맞춤법 통일안의 총론의 제1항에 기술되어 있는데, 그
내용은 앞에서 언급한 대로 다음과 같은 것이다.

≪한글맞춤법은 표준말을 그 소리대로 적되, 어법에 맞도록 한다.≫

5.1. 표기의 방식과 실제

소리를 문자로 표기하는 방법에는 기본적으로 두 가지의 방식이 있
다. 기본적으로 한 음성에 하나의 문자가 대응하게끔 표기하는 음소적
표기(표면형 표기)와 형태소의 기본형을 밝혀 표기하는 형태소적 표기
(기저형 표기)[5]가 그것인데, 이를 다른 말로 전자를 표음주의적 표기
라 하고 후자를 표의주의적 표기라 할 수도 있을 것이다. 이러한 방식
과 실제 한글맞춤법에서 사용하고 있는 표기의 방식에 따라 표기하여
비교해 보면 다음과 같다.

(1) ㉮ 값만 비싼 것을 값도 모르고, 값을 생각하지 않고, 값없이 행동한다.

　　 ㉯ 도움이 될 테니까, 만든 사람의 이어지는 얘기를 들어라.

　　 ㉰ 냇가에 앉아, 다 못한 회포를 풀자.

---

5) 형태소적 표기(기저형 표기)는 형태음소적 표기(기저형 표기)라고 할 수도 있
   을 것이다. 이 표기에 주로 관련되는 것이 형태소의 끝자음을 어떻게 표기할
   것인가 하는 문제이므로, 이것을 형태음소론의 차원에서 보면 형태음소적 표
   기(기저형 표기)가 될 것이고, 형태론의 차원에서 보면 형태소적 표기(기저형
   표기)가 될 것이다.

(2) ㉮ 감만 비싼 거슬 갑쓸 생가카지 안코 가볍씨 행동한다.
　　㉯ 도우미 될 테니까, 만든 사라믜 이어지는 얘기를 드러라.
　　㉰ 내까에 안자 다 모탄 회포를 풀자.

(3) ㉮ 값만 비싼 것을 값을 생각하지 않고, 값없이 행동한다.
　　㉯ 돕음이 될 테니까, 만듦(만들은) 사람의 잇어지는 얘기를 들어라.
　　㉰ 냇가에 앉아, 다 못한 회포를 풀자.

(1)은 현행 표기법대로 적어본 것이고, (2)는 현대 한국에서 사용하는 문자로써 발음에 가깝게(음소적 표기(표면형 표기)와 연철 표기로) 적어본 것이고, (3)은 기본형을 밝혀(형태음소적 표기(기저형 표기)와 분철로) 표기해 본 것이다.

이로써 현행 표기법의 (1)은 ㉮ 문장의 경우 형태소적 표기(기저형 표기)법으로 나타낸 (3)과 가깝고, ㉯ 문장의 경우 음소적 표기(표면형 표기)법으로 나타낸 (2)와 가깝다는 것을 알 수 있다. 그리고 ㉰의 경우는 음소적 표기(표면형 표기)도 아니고, 그렇다고 형태소적 표기(기저형 표기)라고 할 수도 없다는 것을 알 수 있다.

그러면 현행 한글맞춤법은 왜 이도 저도 아닌 어정쩡한 표기법 — 음소적 표기(표면형 표기)와 형태음소적 표기(기저형 표기)를 절충한 표기법을 채택하고 있는가? 이 속에 들어 있는 원리는 무엇인가? 이에 대한 논의를 해 보기로 한다.

5.2. 언어(음운규칙)와 문자의 조화

/값만/이라는 음소들의 연결을 한국인이 발음할 때 [값만]이라고 발음하거나 [갑만]이라고 발음하는 한국인이 존재하지 않는다. 반면, [도움]이라고 발음하는 형태소 '돕-'과 '-음'의 연결을 '돕음'이라고 표기했을 경우 한국인은 철자를 의식하여 [도븜/도붐]이라고 발음하거나 혹은 실제 단어의 뜻을 고려하여 [도움]이라고 발음할 것이다.[6] 전자는 한국어의 음운규칙으로 당연히 예견될 수 있는 것이고, 그래서 달리 발음될 가능성이 없어서 발음이 혼란될 위험이 없기 때문에 그 기본형을 밝혀 적은 것이다. 반면에 후자는 모음과 모음 사이에 'ㅂ'은 얼마든지 발음될 수 있기 때문에(예: 잡음, 접음 등) 공시적인 음운규칙으로 예견될 수 없는 것이다.(한글맞춤법은 기본적으로 이러한 원칙에 따랐기 때문에 그 예는 많다.)

공시적인 음운규칙으로 설명될 수 있는 것은 형태음소적 표기(기저형 표기)를 하고, 공시적으로 설명될 수 없는 것은 음소적 표기(표면형 표기)를 함으로써, 언어 속에 내재되어 있는 규칙과 언어를 표기하는 문자의 표기방법을 조화시키고자 한 것이 현행 한글맞춤법의 기본정신이 된다.

음소적 표기(표면형 표기)는 발음하는 대로 즉 표면 구조를 표기하는 것이고, 형태소적 표기(기저형 표기)가 기본형 내지는 기저형을 즉 기저구조를 표기에 반영하는 것이라면, 두 원칙은 상반된 결과를 초래

---

6) '잇어지는'과 '듣어라'도 동일할 것이다. 철자식 발음을 하여 [이서지는], [드더래]으로 발음하거나, 문맥상의 의미를 고려하여 [이어지는], [드러래]로 조음할 것이다.

하게 되는데, 그러면 무엇을 원칙으로 삼고 무엇을 예외로 인정할 것인가.[7]

5.3. 상반된 원칙의 균형

음소적 표기(표면형 표기)가 그 나름대로의 장단점을 가지고 있고, 형태소적 표기(기저형 표기) 역시 그 나름대로의 장단점을 가지고 있다면, 개별 사항의 표기는 언어를 사용하고 있는 그 시대의 사람들이 결정할 사항이 될 것이다. 그런데 현행 한글맞춤법에서는 두 원칙의 균형을 고려하여 안배한 흔적이 역력하다. 총론에서는 '소리대로 적되, 어법에 맞도록'으로 선언하고, 실질적인 표기에서 '기본형을 밝히는 것을 원칙으로 하고 소리나는 대로 적는 것을 예외로' 인정하고 있는 것이다.

때로는 음소적 표기(표면형 표기)를 하고 때로는 형태소적 표기(기저형 표기)를 한다는 것은 상반된 원칙을 적절히 혼용하는 것인데, 이것은 언어현실과의 조화를 꾀하고자 한 것이고, 또한 상반된 규칙이 힘의 균형을 유지하는 것은 경쟁적 발전 내지는 논쟁점의 끊임없는 발아 가능성을 의미하는 것이라고 할 수 있을 것이다.

그러면 상반된 두 원칙이 그 지향하는 바가 상반된다고 하여 모든 경우를 다 포괄할 수 있느냐 하는 문제가 제기될 수 있을 것이다.

앞에서 예를 들었던 '냇가', '못하다' 등의 표기는 음소적 표기(표면형 표기)인가, 아니면 형태소적 표기(기저형 표기)인가 하는 문제가

---

7) '현행 한글맞춤법은 형태소적 표기(기저형 표기)를 원칙으로 하고, 음소적 표기(표면형 표기)를 예외로 인정하고 있다'는 것이 지금까지의 해석이었다.

제기될 수 있는 것이다. 이들은 현대의 공시적인 상태에서 볼 때 'ㅅ'으로 표기해야 할 이유를 찾기 어렵다. 그렇다고 하여 다른 문자로 표기하는 것도 마땅하지 않다. 이들을 'ㅅ'으로 표기한 것은 이전부터 해 오던 관습을 존중한 것으로 해석할 수 있다. 이전의 관습적인 표기를 그대로 따르는 것을 역사주의적 표기라고 하는데, 한글 맞춤법에는 형태소적 표기(기저형 표기)와 음소적 표기(표면형 표기) 외에 역사주의적 표기를 채택하여 세 원칙이 균형을 이루도록 하고 있는 것이다.

6. 맺는 말

6.1. 지금까지 본 장에서 논의한 내용을 정리하면 다음과 같다.

1. 남북한에서 사용하는 있는 맞춤법의 기본 원리는 동일하다. 한글맞춤법 통일안에 나오는 '소리대로'의 '소리'는 '문자'에 대립되는 개념으로, 표기의 대상을 지칭하는 개념이고,

2. '—대로'의 의미는 문자 그대로 '있는 그대로'의 의미가 된다.

3. '어법에 맞게'는 언어 상황에 따라, 음소적 표기(표면형 표기)를 표기를 하기도 하고 형태소적 표기(기저형 표기)를 하는, 절충에 의한 두 원칙의 조화를 의미한다.

4. 상이한 표기 방식의 절충을 하기 위한 기준은 음운 규칙의 공시적 타당성 여부이다.

5. 절충에서 보여 주고 있는 우리 조상들의 정신문화 유산은 조화와 균형의 정신이다.

6.2. 이러한 정신을 바탕으로 총칙의 통일도 가능하다.

1. 남쪽의 총칙 제1항은 초기 〈한글맞춤법통일안〉의 그것과 동일하고, 그것의 의미는 우리의 전통적인 학문을 계승하기 위한 표현이었다. 북쪽의 변화는 그 의미를 제대로 파악하기 어려운 상황에서 구체적인 내용을 담기 위해 변화한 것이다.

2. 총칙 제1항은 〈한글맞춤법통일안〉대로 하고, 북쪽의 내용은 해설용으로 제시하면 될 것이다. 즉 총칙 제1항은 다음과 같이 하면 될 것이다.

≪한글맞춤법은 표준어를 소리대로 적되, 어법에 맞도록 함을 원칙으로 한다.≫

6.3. 규범과 관련하여 명심할 사항은 '실용적인 규범은 순수학문적 연구 성과의 반영이다'라는 것인데, 이와 관련하여 유의할 점은 다음의 두 가지가 될 것이다.

1. 실용적인 언어 규범은 그 사회의 학문 결과를 반영한 것이다.

2. 언어 규범의 남북 통일을 위해서는 상이한 남북 국어문법의 근간
   을 통일시키는 작업이 이루어져야 한다.

제3장
외래어의 된소리 표기

외래어 표기는 문자와 문자의 대응, 문자와 음운의 대응, 음운과 음성의 대응 등 복합적인 관계를 고려해야 하고, 동시에 고유어의 표기이든 외래어의 표기이든 한글의 표기는 발음 부호가 아니라는 인식을 가져야 한다. 표기에서 음운과 문자 그리고 발음이 1 : 1 : 1로 대응되기를 바라는 것은 무리이다. 그래서 외래어의 표기는 어원이 되는 언어와 한국어의 음운이 체계적으로 대응될 수 있도록 해야 하고, 가능하면 문자도 1 : 1로 대응하는 것이 좋다.

1. 서론

본 장은 〈외래어표기법〉의 여러 조항 중 된소리 표기에 관련된 사항을 점검해 보고, 된소리 표기를 외래어 표기에 사용하는 것이 합당한가 하는 문제를 논의하기 위한 것이다.

이 장의 논의 순서는 다음과 같이 한다.

첫째, 현재 사용하고 있는 외래어 표기법의 규정 중 된소리와 관련된 항목들을 부분적으로 재해석하여 본 논의의 발판을 만든다.

둘째, 외래어 표기법과 관련하여 생기는 많은 오해와 문제 제기는 음운과 문자의 상관관계를 고려하지 않는 데서 오는 것이므로, 이에 관한 약간의 의견을 개진하고자 한다. 여기서 논의하고자 하는 문제는 음운과 그것의 표기는 일 대 일로 대응하지 않는 경우가 많다는 것이다. 그리고 또 다른 문제는 표기법과 발음의 관계에 관련되는 것인데 이 문제 역시 표기된 문자는 다양한 발음을 가질 수 있다는 것을 보여주기 위한 것인데, 고유어의 표기가 그러한데 외래어 역시 동일한 양상을 보일 수 있다는 것이다.

셋째, 외래어의 표기를 실질적으로 어떤 원칙으로 해야 하는가에 대한 필자 나름대로의 원칙과 기준을 제시하고, 구체적으로 논의하고자 한다.

2. 규정과 해설

2.1. 규정

현재 사용되고 있는 외래어 표기법은 1986년 언중의 외래어 사용에 편의를 제공하기 위하여 제정되었다. 전체 4장으로 되어 있는데, 제1장은 '표기의 기본 원칙'을 언명한 것이고, 제2장에서는 '표기 일람표'를 제시하고 있고, 제3장에서는 '표기 세칙'을, 제4장에서는 '인명·지명 표기의 원칙'을 제시하고 있다. 제1장에 제시되고 있는 표기의 기본원칙은 다음과 같이 다섯 항으로 되어 있다.

> 제1항 외래어는 국어의 현용 24자모만으로 적는다.
> 제2항 외래어의 1음운은 원칙적으로 1기호로 적는다.
> 제3항 받침에는 'ㄱ, ㄴ, ㄹ, ㅁ, ㅂ, ㅅ, ㅇ'만을 쓴다.
> 제4항 파열음 표기에는 된소리를 쓰지 않는 것을 원칙으로 한다.
> 제5항 이미 굳어진 외래어는 관용을 존중하되, 그 범위와 용례는
>   따로 정한다.

이 조항들은 곳곳에 문제점을 가지고 있고, 세부적인 해석이 필요한 사항들도 많지만, 제정 당시의 시대적인 상황을 고려하고 또 언어의 역사적인 변화를 감안한다면, 현재도 충분히 실효적인 규정이라고 할 수 있다. 본 조항들 중 된소리의 표기와 직접 관련되는 것은 제4항이지만, 제1항의 규정과 제2항의 규정도 된소리 표기와 밀접하게 관련되므로, 이에 대한 간단한 검토부터 해 보기로 한다.

2.2. 국어의 현용 24자모

제1항에서 제시하고 있는 '현용 24자모만으로 적는다'라는 표현은 외래어를 표기하는 수단 즉 문자의 유형과 사용 문자의 숫자 및 그 한계를 제시한 것이다. 문자의 종류는 '국어를 표기하기 위해 현재 사용하고 있는 문자'인 '한글'을 사용한다는 것이고, 한글 자모의 숫자는 '24자'라는 것이고, 그 24자 외에 다른 자모는 사용하지 않는다는 것이다. 여기서 '다른 자모'는 한글 이외의 다른 자모 즉 특수기호나 종류가 다른 문자를 사용하지 않는다는 것이다. 이에 대해, "현재의 외래어 표기

는 24자모 외에 다른 자모도 많이 사용하고 있다."는 반론을 제기하면서 현용 외래어표기법의 문제점을 지적한다면, 그것은 어문 규범의 전체적인 균형과 자모에 대한 해석을 잘 못했기 때문에 저지르게 되는 실수에 불과한 것이다.

논의의 편의를 위해 현행 한글맞춤법에서 이에 관한 규정을 옮겨 보면 다음과 같다.

〈한글맞춤법 제4항〉 한글 자모의 수는 스물넉 자로 하고, 그 순서와 이름은 다음과 같이 정한다.

ㄱ(기역)	ㄴ(니은)	ㄷ(디귿)	ㄹ(리을)	ㅁ(미음)
ㅂ(비읍)	ㅅ(시옷)	ㅇ(이응)	ㅈ(지읒)	ㅊ(치읓)
ㅋ(키읔)	ㅌ(티읕)	ㅍ(피읖)	ㅎ(히읗)	
ㅏ(아)	ㅑ(야)	ㅓ(어)	ㅕ(여)	ㅗ(오)
ㅛ(요)	ㅜ(우)	ㅠ(유)	ㅡ(으)	ㅣ(이)

〈붙임 1〉 위의 자모로써 적을 수 없는 소리는 두 개 이상의 자모를 어울러서 적되, 그 순서와 이름은 다음과 같이 정한다.

ㄲ(쌍기역)	ㄸ(쌍디귿)	ㅃ(쌍비읍)	ㅆ(쌍시옷)	ㅉ(쌍지읒)	
ㅐ(애)	ㅒ(얘)	ㅔ(에)	ㅖ(예)	ㅘ(와)	ㅙ(왜)
ㅚ(외)	ㅝ(워)	ㅞ(웨)	ㅟ(위)	ㅢ(의)	

이에 의하면 제1항의 '자모'라는 개념은 훈민정음을 창제할 당시의 문자론적인 개념으로 사용하고 있음을 확인할 수 있는 것이다. 훈민정음을 창제할 당시와 비교하면 자모의 음가가 바뀌어, 자모의 모양과

그 음가가 평행하지 않아 현대적인 관점에서는 혼선을 초래할 수는 있지만 즉 현대국어의 음운체계와 평행하지 아니한 점이 부분적으로 존재하지만, 창제 당시의 상황과 창제 당시부터 관습적으로 사용해 오던 관례를 존중하여, '문자소'의 개념으로[1] 자모를 사용하고 있는 것이다. 이렇게 '자모'를, 음운론적이거나 음성적인 단위가 아니라 '문자소'로서의 개념으로 사용하면 이 규정은 아무런 문제가 없는 것이다.

2.3. 외래어의 1음운 : 1기호

제2항인 이 조항의 '외래어의 1음운'이 무엇을 뜻하는가에 대해 우선 많은 문제를 제기할 수 있다. 외래어에 대한 상위 개념이 국어라면 제2항은 '국어의 1음운을 원칙적으로 1기호로 적는다'는 말과 통하게 되는데, 이것이 너무나 당연한 것이므로 규범으로서의 가치를 소멸하게 되는 것이다. 그러므로, 이 조항에 나타나는 '외래어'는 '외국어에서 외래어로 수용되는 과정에 있는 언어' 정도로 이해하면 될 것이다.[2] '기호'는 '자모'의 확대된 개념으로 이해하면 될 것이다.

외국어의 한 음운은 국어에서 외래어로 수용할 때 대체로 1음운으로 받아들이게 된다. 1음운이란 학술적인 성격을 지닌 음성음운적인 표현을 한 것이고, 1기호란 한글 낱자모 혹은 두 개 이상의 자모를 뜻하는 것이 될 것이다. 결국 외국어의 한 음운은 하나의 한글 자모로 표기한다는 의미가 된다. 이 규정의 '원칙적으로'라는 표현 속에는 예외가 있을 수 있다는 의미가 담겨 있는데, 그 경우는 논리적으로 여러

---

1) 여기서 '문자소'란 문자를 구성하는 기본 단위를 말한다.
2) 외국어와 외래어가 정학하게 구분될 수 있는 것이 아니기 때문에 개념상의 문제는 항상 제기될 수 있는 것이다.

가지 경우가 있을 것이다. 간단한 한두 예를 제시하면 다음과 같다.

첫째, 외래어의 1음운이 한글 자모의 2기호로 적히는 경우
둘째, 외래어의 2음운이 한글 자모의 1기호로 적히는 경우

이러한 경우 등은 음운체계와 문자체계의 공유성과 차별성에 의해 당연히 있을 수밖에 없고, 있어야 하는 것이므로 문제가 제기될 수 없는 것이다.[3]

3. 음운과 문자 그리고 표기법과 발음

3.1. 음운과 문자

한 언어의 음운체계와 그것을 표기하는 문자체계가 같으면 그보다 더 이상적인 상황이 있을 수 없겠지만, 실제는 일치하지 않는 경우가 오히려 보편적이다. 지구상의 넓은 지역에서 수많은 언어를 표기하고 있는 대부분의 문자(이들 문자는 로마 문자와 키릴 문자 둘 중의 하나이거나 이것을 약간 변형한 것이다.)는 하나의 문자체계에서 출발하여 비슷한 문자체계를 가지고 있는데 반해, 이것이 표기하고 있는 언어는 수백수천 종류의 각기 다른 체계를 가지고 있기 때문이다.

그래서 문자의 수와 음운의 수가 일치하면서, 문자체계와 음운체계가 일 대 일로 대응이 되는 경우를 상상할 수 있지만, 실제적인 언어에

---

3) 상이한 두 체계의 차용 관계에서, 실질적으로 어떻게 나타나는가 하는 문제는 다른 차원의 문제다.

서는 대단히 드문 일일 수밖에 없다. 그뿐만 아니라, 음운이란 끊임없이 변화해 가면서 생명을 부지하게 되는데, 이를 표기하는 문자는 음운의 변화를 맹종하지만은 않기 때문에 음운과 문자의 괴리는 항상 발생하게 되는 것이다. 그 결과 하나의 문자가 여러 음가를 가지기도 하고, 여러 문자가 하나의 음가를 가지게 되는 경우는 많은 언어에서 흔히 볼 수 있는 현상이다.

우리말을 적기 위한 한글도 창제 당시에는 문자와 음운이 거의 1 대 1로 대응되었을 것으로 추측되는데, 역사적인 변화의 흐름속에서 1 대 1로 대응되지 않는 경우가 많이 발생하게 된 것이다. 구체적인 경우의 수를 몇 가지 제시해 보면 다음과 같다.

가 | 제자의 원리에 의해 [다문자 : 1음가]되어 불일치하는 예

〈[w]를 표기하기 위해 'ㅗ'와 'ㅜ'가 사용되었다.〉

(예)   ㅘ, ㅙ, ㅝ, ㅞ

　　　비교 : ㅟ, ㅚ(모음조화의 대립짝)

나 | 음운의 변화로 인해 불일치 되는 예

〈단모음의 이중모음화로 [다문자 : 1음가]가 되었다.〉

(예)   외, 웨, 왜

〈이중모음의 단모음화로 '의'가 [1문자 : 다음가]로 되었다.〉

(예)   나의 살던 고향

　　　의사, 의논, 의의, 이의, 어의,

본의, 논의, 상의, 결의, 숙의, 각의, 협의, 합의

〈‘에, 애’의 합류로 [다문자 : 1음개가 되었다.〉
(예)　에, 애
　　　외, 웨, 왜
　　　예, 애

〈평음의 된소리화로 [1문자 : 다음개가 되었다.〉
(예)　과사무실
　　　효과, 성과 (비교: 결과, 빙과)
　　　高價의 옷, 高架道路

3.2. 표기법과 발음

가 | 표기법의 원리로 인해 문자와 발음이 일치하지 않는 예

한글맞춤법은 형태음소적 표기법을 채택하고 있어 기저형을 밝혀 표기하므로 발음되지 않는 문자가 표기된다.
(예)　값도, 값이, 값만

나 | 표기법의 약속 때문에 문자와 발음이 일치하지 않는 예

소리는 있으되, 표기하지 않은 맞춤법의 규정(표기법의 약속) 때문에 [무문자 : 유음개되는 경우가 많다.

(예)　　고유어 : 길가,

　　　　한자어 : 치과, 내과. 이과

　　　　　　　전세방

3.3. 정리

음운체계와 문자체계의 차이로 인해 음운과 문자가 1:1로 대응되지 않거나, 표기법 때문에 문자와 발음이 1:1로 대응되지 않는 것은 흔히 있을 수 있는 일이기 때문에, 외래어의 표기에 있어서 동등한 상황을 인정하면 될 것이다. 달리 표현하면, 고유어의 표기에 있어서는 다양한 경우를 인정하면서 외래어의 표기에서는 아주 엄격한 대응관계를 요구하는 것도 문제가 될 수 있고, 그 반대인 경우도 문제가 될 수 있는 것이다.

우리는 국어의 다음과 같은 단어들 즉 단어 구조가 다르기 때문에 상이한 음운 규칙이 적용되어 발음이 달라지는 '색연필, 목요일' 그리고 '값없이'와 같은 단어를 생각하면서 외래어의 표기에서도 융통성을 발휘할 수 있을 것이다.

4. 파열음의 표기와 발음

외국어를 수입하여 외래어로 수용하면서 우리 문자로 표기할 경우 당연히 표기의 원칙을 세워야 할 것이고, 세워진 원칙은 가능한 한 일관성 있게 지켜져야 할 것이다. 표기의 원칙이나 규칙으로 제시되어야 할 기본적인 사항은 대체로 '보편타당성'과 '수긍가능성'이 될 것이다.

원칙으로서 다른 규범과 혹은 표기의 기본 원칙에 보편성을 공유하면서 그 원칙대로 타당성을 가지고 있어야 할 것이다. 또한 사용자의 차원에서 한국어 사용자와 외국어 사용자 혹은 그 외국어를 배운 한국어 사용자 등이 고루 수긍할 수 있어야 할 것이다.

그리고 표기법은 그 언중들이 표기할 때 공유하고자 하는 약속이므로, 일관성을 가지고 있어야 할 것이다. 한 언어에서 일관성을 유지해야 할 것이고, 그 언어가 속한 언어권에서 두루 통할 수 있는 일관성을 유지해야 할 것이고, 또한 한국어 전체 표기법에서 원칙으로나 실제상으로 일관성을 유지해야 할 것이다.

일관성을 유지하는 것만큼이나 중요한 것이 예외를 합리적으로 인정하는 것인데, 예외를 인정하는 경우에도 역시 타당성과 보편성을 가질 수 있도록 해야 할 것이다.

이러한 생각으로 외래어의 파열음 - 무성파열음과 유성파열음을 어떻게 표기하는 것이 합리적인가 하는 문제에 대해 약간의 의견을 개진하기로 한다.

4.1. 논거

파열음의 표기와 관련된 규정 "파열음 표기에는 된소리를 쓰지 않는 것을 원칙으로 한다."에서는 논쟁이 필요한 논거가 세 가지 제시될 수 있는데, 그것은 '파열음', '된소리', '원칙으로' 등과 관련된 것이다.

가 ▎ 파열음

논의 대상을 파열음으로 한정한 이유는 조음 방법상의 개념인 파열음의 상위 개념인 '자음'에 속하는 하위 개념 세 가지 즉 '파열음, 파찰음, 마찰음' 중 '파열음'에 한정한다는 것이 된다. 그런데 실질적으로는 파열음과 파찰음을 포함하고 '마찰음'만 제외하고 있으므로 '파열음적인 성질을 가지고 있는 음'으로 해석해 주어야 한다. 파열음과 파찰음에 세 가지 종류의 문자를 가지고 있고, 마찰음에는 두 가지 종류의 문자밖에 없기 때문에 마찰음은 논의의 대상이 될 수 없는 것이다.

나 ▌ 된소리 표기 제외

여기에 표현된 '된소리를 쓰지 않는다.'는 '된소리를 표기하는 문자를 사용하지 않는다.'는 뜻이 된다.

이 규정에 의해 유성 : 무성의 음운 대립이 있는 파열음을 한글로 표기할 때 한글에 있는 된소리 표기 문자 즉 '쌍기역, 쌍디귿, 쌍지읒, 쌍비읍' 등을 사용하지 않고, 외국어의 유성파열음은 한글 자모의 평음 표기 문자(ㅂ, ㄷ, ㄱ, ㅈ)로 표기하고, 외국어의 무성파열음은 한글 자모의 격음 표기 문자(ㅊ, ㅍ, ㅌ, ㅋ)로 적도록 한 것이다.

이렇게 음운 대응 관계를 설정한 이유는, 첫째 국어의 무성 파열음에 음운론적으로 가장 가까운 외래어의 무성음을 대응시킬 경우, 외래어의 유성음을 표기할 수 있는 대응 문자가 없기 때문이고, 둘째 개개 음소의 대응관계보다 우선적으로 고려할 사항이 전체 체계를 고려해서 체계적인 대응관계를 만들어 주는 것이 표기의 효과성을 더 살릴 수 있기 때문이다.

다 ▌ 원칙과 일관성

언어에 따라서는 음운론적으로 동일하게 처리되고 있는 하나의 무성파열음이 음성적으로 국어의 격음에 가깝게 발음되는 경우가 있기도 하고, 국어의 된소리에 가깝게 발음되는 경우도 있다. 영어와 이와 비슷한 언어의 어두 무성파열음은 국어의 유기음과 비슷하게 조음되고, 불어의 어두 무성음은 국어의 된소리에 가깝게 조음되기도 하는 것이다.

그런데 음운론적으로 동일하고, 음성적으로 차이나는 것은 언어에 따라 달리 표기할 경우, 즉 음성적인 변이음에 따라 표기하는 방법을 취할 경우이고 이는 더 많은 혼란이 초래될 수 있기 때문에, 음운적인 대응관계를 고려하고 문자 대 문자의 대응관계의 일관성을 유지하기 위해 선택한 표기법으로 이해되는 것이다.

4.2. 표기의 가능성

외래어를 수용하여 표기하는 방법은 여러 가지가 될 것인데, 그 중 한두 가지를 나열하면 다음과 같이 될 것이다.

1. 언어에 따라 음성적인 대응관계를 최대한 살려 주는 방안
2. 원음의 주된 변이음에 대한 청각적 영상에 따라 처리하는 방안
3. 원음의 음운론적 대응관계를 고려하는 방안

첫 번째와 같이 할 경우 영어의 paper, spring의 한글 표기는 '페이버, 스쁘링'이 될 것이다. 한 언어의 음성적 변이음을, 수용하는 언어에서 음운론적인 변별력으로 표기하는 것은, 두 언어 사이의 음성적 유사성은 확보할 수 있겠지만, 언어적인 현실이나 체계적인 대응과는 무관한 상황이 발생하게 되고, 또한 이러한 외래어 표기가 낭비적인

요소가 많게 된다는 것은 쉽게 판단할 수 있는 일이다.

두 번째와 같이 할 경우 영어 등의 무성파열음은 거센소리로 표기하고, 프랑스 등의 무성파열음은 된소리로 처리할 수 있을 것이다. 이렇게 할 경우 프랑스의 무성파열음의 실제 음가에 가깝게 한국어 표기를 할 수 있고, 영어의 무성파열음에 가깝게 한국어 표기를 할 수 있을 것이다.

세 번째와 같이 할 경우 외국어의 모든 무성파열음은 국어의 거센소리나 된소리 중 하나로 표기하고, 유성파열음은 국어의 평음으로 표기하여, 언어에 상관없이 표기의 일관성을 확보할 수 있을 것이다.

위의 세 가능성 중 어떠한 표기법이 가장 적당할 것인가 하는 문제는 논의하기 위해 몇 가지 기준을 설정해 보기로 하자.

4.3. 표기의 기준과 선택

가 ▎음운 대 음운의 체계적인 대응

외국어를 수입하여 외래어로 수용할 경우에는, 해당 언어의 원음에 가장 유사한 음으로 수용해야 할 것이다. 그러나 이때 가장 유사한 음이란 음성적인 차원에서 변이음을 고려하는 것이 아니라, 음운 체계의 비교대조를 통한 체계적인 대응을 통한 유사한 음이 되어야 할 것이다. 즉 개개 음운의 유사성이 아니라, 해당언어의 음운체계와 한국어의 음운 체계를 고려하여 그 체계적인 대응관계를 고려하여야 할 것이다. 물론 음성적인 청각적인 인상에 의해 개개 어휘를 수용하는 것도 하나의 방법이겠지만, 그렇게 하는 것은 표기법 자체를 포기하는 것이 될 것이다.

나 ▌ 문자 대 문자의 체계적인 대응

표기의 기준으로 또 하나 생각할 문제는, 본래의 언어를 표기하던 문자와 한국어가 표기하고자 하는 문자의 대응관계이다. 잘 알려져 있듯이, 서구와 동구에서 사용하고 있는 문자 체계는 기원적으로 그리스 문자에서 발전한 것으로 동일한 기원을 가지고 동일한 체계를 가지고 있다. 그리고 표기하는 문자는 문자끼리 상호 연관성을 가지고 있어야 한다. 그러므로 표기하고자 문자와 표기되는 문자는 상호 대응관계를 이루는 것이 바람직하다.[4]

다 ▌ 언어간 대응의 불균형

언어간 대응의 문제에 있어서도 비슷한 문제가 발생한다. 한국어에서 된소리로 조음되기도 하는 것은 영어의 경우 유성음이고, 프랑스어의 경우 무성음이고, 중국어의 경우 탁음인데, 이러한 현상을 모두 수용하는 것은 언어의 체계적인 이해에 치명적인 오해가 초래될 수 있는 것이다. 세계의 범언어적인 문제를 한국어가 중심(?)이 되어 해결하고자 할 경우 치명적인 오류가 발생할 수 있다.

이로써 다음과 같은 중간 결론을 내릴 수 있다.

> 〈중간결론〉
> 음운 대 음운의 체계적인 대응을 고려할 때 외래어 특히 인구어의 무성파열음은 된소리나 거센소리 중 한 종류로 표기하고, 유성파열음은 평음으로 표기하는 것이 가장 나은 방법이 될 것이다.

---

4) 문자의 종류 자체가 다를 경우 이 기준은 달리 설정되어야 할 것이다.

라 ▌ 표기법 전체의 균형

〈중간결론〉에 이어 두 표기 중 어느 것을 선택할 것인가 하는 문제에 대해서는 표기법 전체의 균형에서 답을 찾을 수 있다. 현재 우리가 사용하고 있는 어문규범은 4가지이다. 이 4가지 어문 규범은 각기 독립적이면서 상호 연관성을 가지고 있으므로, 관련되는 부분은 서로 유기성을 가지고 있어야 한다. 외래어표기법과 직접 연관이 되는 것은 로마자표기법이다. 로마자표기법에 의하면 국어의 유기음은 무성자(p, ι, k 등)로 표기하고, 평음은 유성자(b, d, g 등)로 표기하도록 하고 있다. 두 규범이 상호 유기적인 연관성을 가지기 위해서는 로마자 무성파열음에 해당되는 것을 국어의 유기음으로 표기하는 것이 옳다.

마 ▌ 현재까지의 관용

외래어 표기법을 만든 후 지금까지 거센소리와 된소리의 표기 중 거센소리로 표기해 왔다. 현재까지 사용하던 관습을 존중하고, 거센소리 표기와 된소리 표기 중 하나를 선택한다면, 거센소리 표기로 선택하는 것이 좋다.

〈최종결론〉

음운 대 음운의 체계적인 대응, 문자 대 문자의 대응, 언어 전체의 균형, 표기법 전체의 균형 그리고 현재가지의 관행을 고려할 때, 외래어의 유성파열음은 평음으로 표기하고 무성파열음은 거센소리로 표기하는 것이 바람직하다.

4.4. 남은 문제들

가 ▌ 현실 발음의 변화

영어 계통의 유성파열음은 두 종류의 발음을 가지고 있다. 초기에 들어온 단어들, 예를 들어 'game, dam, bus' 등은 한국어 표기를 '게임, 댐, 버스' 등의 평음으로 표기하고 있지만 된소리로 발음하고 있고, 'google, demo, Obama' 등은 한국어 표기를 '구글, 데모, 오바마' 등의 평음으로 표기하고 평음으로 발음하고 있는 것이다. 이들의 경우 전자의 표기를 바꿀 것인가 하는 문제가 남는다.

나 ▌ 규범의 규범성

영어의 세계화와 역비례하게 영어에 대한 반감이 커지면서, 영어의 발음체계와 다른 비영어권 전공자 그리고 비영어권 모국어 화자의 한국어 학습자는 된소리 표기를 아주 선호하는 경향이 있고, 더 나아가 프랑스어나 이탈리아어의 특색을 반영할 수 있는 사안에 대해서는 경쟁적으로 된소리 표기를 사용하여 된소리 표기를 금지하고 있는 규정은 거의 사문화될 실정이다. 이 문제를 어떻게 해결할 것인가 하는 문제도 숙제로 남는다.

다 ▌ 1 대 1 대응의 예외들

음운의 1 : 1 대응에는 예외처럼 보이는 것이 숱하게 나올 수 있는데, 그것은 주로 언어간의 발음 관습이 다르거나 음운 체계가 다르기 때문에 야기될 수 있는 것이다. 예를 들어 어두나 어말에서 자음군을 구성할 때와 그렇지 않는 다음의 경우,

spring   strike   next   pink
sing   type   king

s, k, t, p 등은 하나의 음소 '스, ㅋ, ㅌ, ㅍ' 등으로 표기되기도 하고, 모음이 있는 두 개의 음소 '스, 크, 트. 프' 등으로 표기되기도 하는 것이다. 이러한 예외는 자음군 허용 대 자음군 불허, 외파적 발음 대 미파적 발음 등과 관련된 언어간의 차이에 기인하는 것이므로 음운의 1 : 1 대응에 대해 정당한 예외가 되는 것이라고 힐 수도 있시반, 그 허용의 범위에 대한 기준점 설정은 논의를 필요로 하는 것이다.

5. 맺는 말

5.1. 외래어 표기는 문자의 대응과 음성·음운의 대응 등 복합적인 관계를 고려해야 하고, 동시에 한글의 표기는 발음 부호가 아니라는 인식에서 출발해야 한다. 그래서 고유어의 표기에서나 외래어의 표기에서나 음운과 문자 그리고 발음이 1:1:1로 대응되기를 바라는 것은 무리이다라는 생각에서 출발하여 외래어의 표기는 어원이 되는 언어와 한국어의 음운적인 체계 대응을 고려해야 한다고 하였다.

그 결과 우리가 내리는 결론은 외래어의 표기에는 체계적인 대응관계를 고려하여 유성음과 무성음의 대립관계에 있던 외래어는 평음과 유기음의 표기를 사용하면 된다는 것이었다.

5.2. 이와 관련된 논의를 하면서 스스로에게 다짐한 사항들을 몇 가지 적어 두고자 한다.

가 ▌ 한글 표기를 단순한 발음 부호의 표기로 보거나 유사한 인식에서 행해지는 논의들은, 한글을 한자와 대립시키면서 한글을 하나의 문자로 인식하지 못하고 표음적 발음 부호로만 인식하는 대단히 옳지 못한 논의로 머물 수밖에 없다.

나 ▌ 외래어 표기법은 외래어로 수용할 당시에만 적용되는 표기법으로 머물러야 한다. 한 언어가 외래어로 수용된 후에는 국어의 한 식구로서 고유어와 더불어 동일한 변화를 할 수 있도록 자연스럽게 두어야 한다. 외래어라는 족쇄에 묶어 고정불변의 상태로 있게 해서는 안된다.

다 ▌ 국어에 들어 온 외래어는 시간차를 두고 다양하게 변화해 가기도 하므로, 이것을 보는 시각도 다양해져야 할 것이다.

제 **2**부
한국어의 세계화

한국어의 미래는 어떻게 될까? 존재할 것인가 아니면 사멸할 것인가? 존재한다면 확산될 것인가 축소될 것인가? 존재를 지속시키고 확산하기 위해서는 어떻게 해야 하는가? 이러한 것과 관련된 문제를 중심으로 한국어의 역사를 과거, 현재, 미래로 나누어 약간의 의견을 개진하는 것이 제2부의 목표가 된다.

제4장
한국어의 역사

우리 민족은 반만년 가까이 한반도와 만주 일대에서 단일민족의 정체성을 확보하면서 다국가 혹은 일국가를 형성하면서 살아 왔다.
이와 관련하여 현재 우리가 사용하고 있는 언어의 정체성은 어떤 과정을 거쳐 형성되었는가 하는 문제에 대한 대강을 짚어 보면서 그 속에 내재된 우리 언어의 특징에 대해 약간의 의견을 보태는 것이 본 장의 목적이다.

1. 언어공동체의 생성과 분화*

1.1. 언어공동체의 생성 – 고조선어

오늘날 우리 민족이 사용하고 있는 한국어는 언제 그 정체성이 확보되었을까? 우리 민족의 최초의 지도자는 단군으로 나타나는데, 이와 관련된 언어적인 기록은 아무 것도 없다. 이 당시에는 문자가 없었기

---

* 이글은 2008년 11월 27일 경남대학교 인문과학연구소가 주관한 학술대회 및 다른 학술대회에서 필자가 구두로 발표한 것들을 주로 하여, 약간의 수정보완을 꾀한 것이다.

때문에 그 기록을 남기지 못했을 것으로 짐작된다. 즉 아득한 옛날 우리 조상이 되는 종족의 언어 공동체의 정립이 어떻게 이루어졌는지 확인할 수 있는 길이 없는 것이다.

하지만 당시의 정황적인 증거로 몇 가지 추론은 가능하다. 즉 고조선[1]의 실체에 대해서는 달리 증명할 문제이지만, 그 언어에 대해서는 증거로 남아 있는 것이 없기에, 국가로서 존재했다는 사실을 확인하고 국가와 관련된 고유명사나 관직명 혹은 관련 자료 등을 통해 언어에 관한 추론을 할 수 있다는 의미이다. 그 언어적인 자료는 삼국유사에 편린으로 남아 있다. 그것은 고조선의 시조 왕이 '檀君 王儉'이고, 도읍지가 '阿斯達'이며 나라 이름이 '朝鮮'이라는 것이다. 이런 정도의 고유 명사로 고조선의 언어 상태를 짐작하는 것은 불가능한 일이지만, 상상의 나래는 펼쳐 볼 수 있다. '檀'의 훈 '박달나무'의 첫 부분과 신라 시조의 성 '박'을 관련지어 볼 수 있고, '왕검'의 '儉'은 역시 신라어의 '금'(尼師今)과 관련지어 생각해 볼 수 있다. '아사달'의 '달'은 고구려어의 '달(山)'과 관련지어 생각해 볼 수 있고, '아사'는 일본어의 '아사'(아침)와 관련지어 볼 수 있다. 이로써 상상의 나래를 펴면 고조선어는 한반도의 북부와 만주 지방에 있던 고구려어, 한반도의 남쪽에 있던 신라어, 그리고 일본어의 기원이 되는 어떤 언어가 아니었을까 하는 짐작을 해 볼 수 있는 것이다.

고조선은 뒤에 지배 계층이 바뀌면서 위만 조선과 기자(箕子) 조선

---

1) 옛날 국가의 이름은 고조선이 아니라 조선이었을 것이다. 단군조선, 위만조선, 기자조선 등으로 불리는데 이들은 왕조의 변화를 일컫는 것이고, 고조선이라는 이름은 14세기에 건국하는 국가의 이름과 비교하여 '고'자를 붙인 것이다. 본고에서는 통상 부르는 국가명을 편의상 따르는 것이다.

으로[2] 이어지게 되는데, 한반도와 만주 일대에 그 영향을 행사하였을 것으로 짐작되는 이 세력은 중국의 세력에 밀려 일부는 남쪽으로 이동하고, 일부는 만주에 남아 언어 분화의 길을 가게 된다. 지금의 평양 부근에 한사군의 핵심 세력이었던 낙랑군이 위치하여 남쪽과 북쪽의 교류를 막게 되고, 이것은 바로 언어의 분화로 직결된다. 즉 서남부 만주 지역과 한반도의 평양을 중심으로 한 부근에 중국의 식민 통치가 이어지면서, 한강 이남의 남부 지역과 압록강 이북의 만주 지역 사이에는 서로 간의 교류가 약 400년 정도[3] 방해받게 되는 것이다.

1.2. 언어 공동체의 분화 – 부여계 제어와 한계 제어

서력 기원 전후에 고대 한반도와 만주의 일대에 존재했던 종족의 언어 상황을 말해 주는 중국측의 기록에 의하면 당시에 이 일대에는 대체적으로 세 개의 언어군이 있었다는 것을 알 수 있다. 중국에서 편찬된 삼국지 위지 동이전(289년 경)에 의하면 부여계, 한계, 숙신계의 세 언어가 있었다.

가 ┃ 부여계

한반도의 북쪽이자 고구려의 북쪽, 읍루의 서쪽, 그리고 선비의 동쪽에는 부여가 있었는데, '마가, 우가, 저가, 구가' 등의 가축이름으로 관직

---

2) 기자(箕子) 조선의 '箕子'는 백제어에서 왕을 뜻하는 '吉支'와 통할 수 있는 말이다.
3) 한사군이 설치되는 B.C. 108년부터 평양 부근에 있던 낙랑군이 멸망하는 A.D. 313년까지 이 상황은 지속되었을 것으로 추정된다.

명을 사용하였다고 한다.

夫餘在長成之北 去玄도千里南與高句麗 東與挹婁 西與鮮卑接 北有
弱水 方可二千里 戶八萬云云 國有君王 皆以六畜名官 有馬加牛加猪
加狗加　　　　　　　　　　　　　　　　　　　　　(三國志 魏志 東吏傳)

　고구려는 요동반도의 동쪽, 옥저의 서쪽, 부여의 남쪽에 위치하였는
데, 고구려의 언어는 부여와 많은 것이 일치하였다고 한다.

高句麗在遼東之東千里 男女朝鮮濊貊 東與沃沮 北與夫餘接 都興丸
都之下 方可二千里 戶三萬云云 東夷舊語 以爲夫餘別種 言語諸事多
與夫餘同　　　　　　　　　　　　　　　　　　　(三國志 魏志 東吏傳)

　그리고 개마고원의 동쪽, 읍루부여의 남쪽, 예의 북쪽에는 동옥저가
있었는데, 동옥저의 언어는 고구려와 대동소이하였다고 한다.

東沃沮在高句麗蓋馬大山之東 濱大海而居 其地形東北狹西南長 可
千里 北與挹婁夫餘 南與濊貊接 戶五千 云云 其言語與句麗大同 時
時小異　　　　　　　　　　　　　　　　　　　　(三國志 魏志 東吏傳)

　고구려와 옥저의 남쪽, 진한의 북쪽에는 예가 있었는데, 예의 언어도
고구려와 대체적으로 같았다고 한다.

濊南與辰韓 北與高句麗沃沮 云云 戶二萬 云云 其耆老舊自謂 與句
麗同種 云云 言語法俗大抵與句麗同　　　　　(三國志 魏志 東吏傳)

　이러한 기록에 의하면 부여, 고구려, 동옥저, 예가 하나의 어군을 형
성하고 있었음을 알 수 있다.

나 ┃ 숙신계

이 어군 외에 인근지역에는 다른 어군이 있었다고 한다. 이 지역의 동쪽, 고구려의 북쪽에는 숙신계의 언어가 있었다고 한다. 이 중 고대 숙신에 대해서는 "其人形似夫餘 言語不與夫餘句麗同(삼국지 위지 동이전 읍루)"라는 기록이나, 물길에 대해 "在高句麗北 ··· 言語 獨異(北史 물길전)"라는 기록으로 미루어 이들은 부여나 고구려의 언어와는 그 계통을 달리 하는 것으로 짐작할 수 있다.

다 ┃ 한계

한반도의 남쪽에는 마한, 진한, 변한으로 묶여지는 여러 소국들이 있었던 것으로 전한다. 이들에 대해서는 역사서의 서술이 일치하지 않는 면이 많지만, 전체적인 윤곽을 파악하기는 어렵지 않다. 한반도의 남부에 일찍 세력을 구축하여 토착화한 세력이 있었을 것이고, 뒤이어 바다 건너 남쪽에서도 소수의 이주민이 도래했을 것이다. 또한 북쪽으로부터도 정쟁을 피하여 혹은 목숨을 부지하기 위해 이주하는 세력이 있었을 것이다.

이러한 세력들 - 기존의 세력들과 이주한 세력들에 관한 시각의 차이에서 역사서의 서술이 갈라지겠지만 기본적으로 이들 지역에는 동일한 조상에서 분화한 단일어가 사용되었을 것으로 추정된다. 세월의 흐름에 따라 분화의 정도가 심화되었을, 가야와 백제 그리고 신라의 언어가 보여주는 친소 관계를 비추어 보면, 그보다 훨씬 이전의 단계인 한계어는 당연히 하나의 언어권이었을 것으로 추정되기 때문이다.

라 ▌부여계와 한계의 관계

국어의 역사를 논의함에 있어서 아주 중요한 문제 중의 하나가 이 시기에 부여계 제어와 한계 제어의 관계는 어떠했을까 하는 문제인데, 당시 동아시아의 유일한 기록인 중국의 역사책에는 이 문제에 대해 아무런 언급을 하지 않고 있다. 이는 지리적으로 떨어져 있는 국가들의 언어는 다른 언어를 사용하는 것이 당연하다는 전제로 작용하였다고 볼 수도 있다. 그러나 이들의 후예가 되는 고구려, 백제, 가야, 신라의 언어 상황을 비교해 보면 다른 결론이 나오게 된다. 뒤에서 설명하는 바와 같이 부여계를 대표하는 고구려어와 한계를 이어가는 백제어와 신라어 그리고 가야어를 비교하면 이들은 하나의 기원에서 유래한 동일한 계통의 언어였다는 결론이 가능하다.

1.3. 4국 방언의 정립 - 고구려어 · 백제어 · 가야어 · 신라어

가 ▌고구려어

한반도의 북쪽과 만주의 일대에서는 고구려가 부여계 제어를 대표하게 된다. 현존하는 언어자료가 고구려의 언어 모습을 보여주는 것밖에 없다는 사실과 이 일대의 영역을 고구려가 통치하게 되는 상황에서 빚어지는 것이다. 오늘날 남아 있는 고구려의 자료는 국내외의 역사서에 나오는 지명들인데, 그중에서도 삼국사기 지리지 권 35와 권 37에 남아 있는 고구려의 지명이 고구려의 언어 모습을 가장 잘 보여주는 자료라고 할 수 있다. 이 자료에서 고구려어의 편린을 보면 다음과 같다. 앞에 제시되는 것은 음차자로 당시의 언어 모습을 보여 주는 것이고, ( ) 안의 형태는 이에 대응되는 훈을 한자로 적은 것이다.

(1) 於斯(橫)   也次(母)   皆次(王)
     齊次(孔)   骨衣(荒, 豊)   波兮, 波衣, 巴衣(巖)
     別(重)   首(牛)   古次(口)
     功木(熊)   波利(海)   也尸(狌)
     阿兮(下)

(2) 休(金)   屈火(曲)

  위의 예들은 고구려어가 신라어를 근간으로 하는 중세국어와 현저하게 일치했음을 보여 준다. 이것은 부여계 제어와 한계 제어가 동일한 계통의 언어였음을 보여주는 것이다. '於斯'는 15세기의 '엇'에 대응되는 것이고, '也次'는 '어시'에 연결되는 것이다. '皆次'는 백제어의 흔적으로 보이는 '기즈'의 고구려 시대 음이라고 할 수 있다. '齊次'는 15세기의 '조수-'에 대응되는 것이고, '骨衣'의 훈은 '荒' 또는 '豊'이 되는데 전자의 경우 15세기의 '거츨-'에 후자의 경우 15세기의 '걸-'에 대응되는 것으로 역시 동일한 계통임을 암시하는 것이다. '波兮, 波衣, 巴衣'는 15세기의 '바회'에 대응될 것이고, '別'은 '별'에, '首'는 '쇼'에 연결되고, '古次'는 '곶'에 대응될 수 있는 것이다. '功木'은 '곰'에 대응되는데 '고마'나 '고무'로 재구될 수 있을 것이다. '波利'는 15세기의 '바룰'에 해당되고, '也尸'는 15세기의 '여슷'에 대응될 것이다. 그리고 '阿兮'는 '아래'에 대응될 것이다. 그리고 '休'를 훈으로 읽으면 '쉬-'가 되는데 이것은 '쇠(金)'에 대응될 것이고, '屈火'의 경우 '屈'은 음으로 읽

고, '火'를 훈으로 읽으면 '曲'의 뜻을 가진 '굽' 혹은 '구불-'과 연결될
것이다.

그러나 이러한 유사성만 있는 것은 아니다. 다음의 예들은 고구려
의 언어가 한계의 언어와 상당히 차이가 났을 것임을 암시한다.

(3) 忽(城)   達(高)   達(山)
     於乙(泉)   乃勿(鉛)

(4) 買, 米, 彌(水) 內米(池, 長)
     難隱(七)   內, 那, 奴(壤. 土)

(5) 旦, 頓, 呑(谷) 密(三)   于次(五)
     烏斯含(兎)   屈於(紅)   難隱(七)
     德(十)

(3)의 예에 나타나는 '忽'은 '재'로, '達'은 '높-, 뫼'에 대응된다. 그리
고 '於乙'은 '심, 우물' 등에 대응되고, '乃勿'은 '납'으로 나타난다. 그리
고 (4)의 '買, 米, 彌' 등은 15세기의 '믈'에 대응되고, '內米'는 '날믈'에,
'難隱'은 '닐굽'에 대응되고, '內, 那, 奴' 등은 '흙, 쌓'에 대응되는 것이
다. (5)의 '旦, 頓, 呑'은 '골, 실'에 대응되고, '密'은 '셋'으로, '于次'은
'다섯'에, '烏斯含'은 '톳기'에, '屈於'는 '붉-'에 '難隱'은 '닐굽'에, '德'은
'열'에 대응되는 것이다.

이들은 15세기 국어의 형태와 상당히 달라서, 한계와 관련해 그 기

원을 정확하게 언급할 수 없는 어휘들인 것이다. 이러한 차이가 어휘의 소멸과 변화에 의한 것인지 기원적인 차이를 보여주는 것인지 아직은 결론을 내릴 수 없다.

그런데 이들 중 상당한 어휘가 알타이어 혹은 일본어와 동일한 모습을 보여주는 것이 주목된다. 우선 (4)의 예들은 고구려어가 북방계 언어 즉 알타이와의 공통성을 보여주는 어휘로 지목되어 왔다. 이기문(1972, 국어사 개설)에 의하면, '內米'는 '海'를 뜻하는 퉁구스 제어의 namu, lamu와 비교될 수 있고, '七'을 뜻하는 '難隱'은 퉁구스 제어의 nadan과 비교된다. 그리고 '土, 壤'을 뜻하는 '內, 那, 奴' 등은 '地'를 뜻하는 만주어의 na와 비교될 수 있다.

(5)는 고구려어가 일본어와 유사한 점을 보여 주는 어휘로 지목되어 왔다. 즉 '谷(골)'을 뜻하는 '旦, 頓, 呑' 등은 같은 뜻을 가진 일본어 tani와 비교되었고, '三(셋)'을 뜻하는 '密'은 일본어의 mi와 비교되었고, '五(다섯)'을 뜻하는 '于次'는 일본어의 itsu와 비교되었다. '兎(톳기)'의 뜻을 가진 '烏斯含'은 일본어 usagi와 비교되었고, '紅(붉ー)'의 뜻을 가진 '屈於'은 일본어의 kurenawi와 비교될 수 있다. 그리고 '七(닐굽)'의 뜻을 가진 '難隱'은 일본어의 nana와 비교될 수 있고, '十(열)'의 뜻을 가진 '德'은 일본어의 toewe와 비교되었다.

결론적으로 고구려어는 신라어와 동일한 계통이면서, 알타이어 혹은 일본어와 공통적인 요소도 가지고 있는 것이다. 이들 중 어느 것이 차용에 의한 것이고, 어느 것이 고유어인지는 밝힐 수 있는 단계는 아니지만, 고구려어가 신라어와 알타이 제어 그리고 일본어와 유사한 관계 내지는 친족관계를 가지고 있었다는 결론은 내릴 수 있을 것이다.

나 ┃ 백제어

백제언어의 모습을 보여 주는 최대의 자료인 삼국사기 지리지의 경우 고구려의 지명과 달리, 훈독과 음독의 모습을 보여 주는 자료가 적기 때문에 고구려의 언어 모습을 보는 것보다 더 어려움이 따른다.

백제의 언어에 대해서는 양서에서 "언어와 복장이 고구려와 비슷하다"(今言語服裝略與高句麗同 : 양서 제이전 백제조)"라고 하고 있다. 이에 의하면 백제는 고구려와 동일한 언어를 사용하였던 것으로 추정된다. 그런데 이러한 중국측의 기록은 백제의 건국자가 고구려 주몽의 아들이고, 이의 추종 세력이 남하하여 마한의 지배권을 박탈하여 백제를 건국한 것을 감안하면 백제의 지배층은 마한의 언어에 동화되지 않고 일정기간 상층을 형성하였던 것으로 추정할 수 있다. 백제의 지배층(부여계 제어)과 피지배층(한계 제어)의 언어에 차이가 있었을 것이라는 추정은 주서에서 "왕의 성은 부여 氏이고, (이들이)'王'을 지칭할 때에는 '於羅瑕'라고 하는데, 백성들은 '鞬吉支'라고 한다"(王姓夫餘氏 號於羅瑕民呼爲鞬吉支 夏言並王也 妻號於陸夏言妃也 : 周書 異域傳 百濟條)는 기록에 의해 주장되었다.

그러나 왕의 호칭에 관련된 위의 기록은 이전의 해석과 전혀 다른 추정도 가능하다. 위 기록에 의하면 '於羅瑕'는 부여계의 언어라 할 수 있고, '鞬吉支'는 한계의 언어라고 할 수 있는데, 부여계의 '瑕'는 부여의 관명인 '馬加, 牛加, 狗加' 등의 '가'와 통할 수 있는 것이고, 이것은

신라어의 '각간, 대각간' 등의 '한, 간' 등에 통할 수 있다는 것이 지적
된다. 즉 '瑕'는 남방계와도 통하고 북방계와도 통하면서 방언적인 차
이를 보여 주는 어휘라는 것을 알 수 있다. 그리고 남방계의 '吉支'는
북방계 내지는 고조선에 존재했을 것으로 추정되는 '箕子朝鮮'의 '箕
子'와 통할 수 있는 것으로 이 역시 남방계와 북방계의 기원적인 상사
성을 확인시켜 주는 것으로 이해할 수 있다. 그러므로, '於羅瑕'와 '鞬
吉支'의 차이는, 신라에서 왕을 지칭할 때 '次次雄, 麻立干, 居西干'
등 여러 가지 호칭이나 지칭어가 사용되듯이 왕의 신분이나 옹립과정
과 관련된 그 무엇을 반영하는 것이지 한계와 부여계의 언어의 본질적
인 차이를 보여주는 것이 아님을 알 수 있다.

백제와 신라의 언어가 동일한 혹은 의사소통에 지장이 없는 언어였
다는 사실은 중국인이 백제인을 대동하고 신라 사람과 의사 소통을 했
다는 중국측의 기록(新羅··· 語言待百濟而後通焉 : 南史 夷貊傳)
을 통해서도 알 수 있고, 예가 많지는 않지만 삼국사기의 지명 자료에
서도 확인해 볼 수 있다. 백제어와 관련된 지명 자료에서는 음독만을
보여주는 경우가 많아 당시 언어의 음과 훈을 파악하기가 쉽지 않은
데, 몇몇 예에서는 훈독을 보여 주기 때문에 이들로 백제어의 한 편린
을 볼 수 있다. 그 중 몇 예는 다음과 같다.

翰(大)　　　　　沙(新)
珍惡(石)　　　　勿居(淸)　　　　毛良(高)

'翰'은 15세기에 '大, 多'의 뜻을 가진 '한'을 나타내는 것으로 볼 수

있고, '沙'는 15세기의 '새'에 직결된다. ('새'의 '애'는 15세기 당시에 ai 나 aj의 음가를 가진 이중모음이었다) '珍惡'의 '珍'은 馬突一云馬珍에서 볼 수 있듯이, 15세기의 '돌ㅎ'에 직결된다.('珍'의 초성은 당시에 'ㄷ'이었다.) '勿居'은 15세기의 '묽-'에 연결된다. '毛良'은 15세기의 'ᄆᆞᄅᆞ'에 대응하는 것이다. 이렇듯 기초적인 어휘에 속한다고 할 수 있는 이러한 예들은 백제어와 신라어가 하나의 기원에서 유래한 유사한 언어였음을 보여준다.

한편, 백제어가 신라어와 방언적인 차이가 있었다는 것도 지명 자료로써 확인해 볼 수 있다. 두 지역의 방언차를 보여주는 것 중의 하나가 어말 모음의 유무이다. 백제어의 지명에서 자주 등장하는 '夫里'(夫餘郡本百濟所夫里郡 등)은 신라어의 '火'(블)에 대응되는 것인데, 신라어에서 어말 모음이 없는 1음절로 나타나는 반면에 백제어에서는 어말 모음이 있는 2음절로 나타난다. 이러한 현상은 '웅진'의 지명이 15세기에 '고마ᄂᆞᄅᆞ'(현대어로 번역하면 '곰나루')로 나타나는데, 이것의 15세기에 단독으로 나타나는 형태는 '곰'인 것과 비교해 보면 동일한 결론을 내릴 수 있다. 그리고 어말 자음의 유무로서 두 지역의 방언차를 보여 주는 것도 존재한다. '水'의 뜻을 가진 고유어가 고구려나 백제 지역에서는 '米, 彌' 등으로 나타나는 반면에 신라지역에서는 '勿' 등으로 나타나는 것은 어말 자음이 고구려나 백제 지역에서는 탈락하고 신라 지역에서는 유지되고 있는 것으로 볼 수 있다.

백제 지역에서 신라 지역과 다른 음운 현상이 생기고 있었다는 추정은 다음의 자료로 알 수 있다.

加知奈一云加乙乃　　居列城一云居陁

　이들은 'ㄷ'과 'ㄹ'이 교체되는 현상을 보여주는 것인데, 이러한 현상이 백제 지역에서 발생하고 있었음을 보여 주는 것이라고 추정해도 좋을 것이다.

　결론적으로 말하면, 백제어는 신라어와 기본적으로 동일한 언어에서 분화하여 의사소통이 가능한 언어였지만, 신라와는 다른 음운 현상의 발생으로 인하여 방언차가 커지고 있었다고 말할 수 있다.

다 ▎ 가야어

　가야어를 하나의 대방언권으로 설정할 수 있을까 하는 문제는 국어의 형성 과정에서 중요하게 다루어야 할 문제 중의 하나가 된다. 그것은 남부지방에 존재했던 언어의 역학관계를 파악하는 데 대단히 중요한 초점의 하나가 되기 때문이다. 그런데 아직까지 가야어가 독자적으로 연구된 것은 별로 없다. 가야의 전신이라고 할 수 있는 변진 내지는 변한이 진한과 섞여 살았다는 기록(弁辰與辰韓雜居)은 가야어의 독자성에 대해 문제를 아예 제기하지 않게 했는지도 모른다.

　가야어가 신라어와 의사 소통에 불편이 없는 방언 차이였을 것이라는 추정은 위의 기록으로 충분히 할 수 있지만, 이같은 동질성외에 개별적인 독자성을 가지고 있었을 것이라는 추정을 가능하게 해 주는 기록도 있다는 사실을 주목해야 한다. 가야어에서는 신라어와 달리 '문'을 '梁'이라고 했다는 기록(旃檀梁城門名加羅語謂門梁云 : 삼국사기 권 44)은 신라어와 가야어가 기원적으로 달랐다는 것을 증언해 주지는

않지만 적어도 두 언어 내지는 방언이 독자적인 변화의 과정을 겪었다는 것을 증언하기 때문이다.[4]

가야어가 가지고 있는 위치에 대해서는 몇몇의 어휘로 추정해 볼 수 있다. 백제나 고구려의 언어보다 신라어에 더 가까웠을 것이라는 추정은 '높은 신분의 족장' 정도의 의미를 가졌을 것으로 추정되는 '加'와 '干'의 교체에서 추론할 수 있다.[5] 고구려나 부여지역에서는 '加'(고구려의 '古鄒大加', 부여의 '馬加, 牛加, 狗加' 등)로 나타나고, 백제지역에서는 '瑕'(於羅瑕)로 나타나고, 신라지역에서는 '干, 翰'('居西干, 麻立干, 舒發翰' 등) 등으로 나타나는데, 가라지역에서는 족장의 의미를 가지고 있는 이 어휘가 '干'(越有我刀干 汝刀干 彼刀干 五刀干 留水干 留天干 五天干 神鬼干 等 九干者 是酉長)으로 나타나는 것은 신라어와 더욱 가까웠을 것을 암시하는 것이다.

그러나 신라어와 동일하기 않았을 것이라는 추정은 '水'의 뜻을 가진 고유어의 분포로써 가능하다. 현대국어에서 '물'(중세국어에서는 '믈')로 나타나는 이 어휘는 고대국어의 중부지역이나 서남지역에서는 '買, 米, 彌, 馬' 등으로 나타나는 반면에, 신라지역에서는 '勿, 密' 등으로 나타나고, 가야 지역에서는 '勿, 彌' 등으로 나타난다. 어간 말 자음이

---

4) 신라어에서는 '門'이라는 사물을 '門'이라고 이름했다는 것은 중국으로부터 신라어에 '門'이 차용될 당시에 신라에 그러한 사물이 없었거나 이미 존재했다면 고유어를 차용어 '門'으로 교체했다는 것을 의미한다. 그리고 가야어에서 '門'을 '梁'이라고 이름했다는 사실은, 가야어에 한자어 '門'이 차용될 당시에 그러한 사물과 이름이 이미 존재했고, 그 이름을 기록될 당시까지 사용하고 있었다는 증언이 된다.

5) 잘 알려진 몽고족의 '징기스칸'의 '칸'이 이와 동일한 기원의 단어가 된다.

있는 지역과 없는 지역으로 구분하면 신라지역에서는 유지하는 형태로 나타나고, 가야 지역에서는 있는 형태와 없는 형태가 둘 다 나타나고, 그 외 지역에서는 없는 형태가 나타나는 것이다.

이로써 가야어는 신라어와 동질성을 가지고 있지만 신라어와 다른 독자성을 가지고 있었고, 또한 백제어 내지는 고구려와도 동질성과 이질성을 가지고 있었기에, 독자적이면서 변이지역적인 성격을 가지고 있었던 것이 아닌가 하는 주정을 해볼 수 있다.

라 ▎ 신라어

약 6세기 내지 7세기 동안 지속되었던 4국의 분할 상태에 따른 언어의 분화 상황에서 이들 언어가 공통점과 차이점을 가지고 있었던 것으로 나타나는데, 이를 신라어 중심으로 간략하게 다시 정리해 보기로 한다.

〈4국의 공통성〉

신라어와 백제어가 통했을 것이라는 추론은 앞의 기록 외에도 양서의 "無文字刻木爲信 言語待百濟而後通焉(양서 제이전 신라조)"라는 기록으로도 가능하다. 즉 중국인이 신라 사람과 통하기 위해서 백제 사람을 대동했다는 것은 신라인과 백제인의 의사소통이 가능하기 때문인 것이다. 그리고 신라어와 가야어가 공통점을 가지고 있었다는 가능성은 신라인(진한)과 가야인(변한)이 섞여 살았다는 기록에서 찾을 수 있다. 언어가 소통되지 않을 경우 '섞여 산다'는 것은 불가능하기 때문이다. 신라인과 고구려인의 언어가 소통 가능했을 것이라는 추정은 신라 태종 무열왕과 관련된 기록에서 찾을 수 있다. 즉 고구려에 볼모로 가 있을 당시 신라인이 고구려의 감옥으로 찾아가 의사소통하는 기록은 이들 두 언어의 소통 가능성을 확인시켜 주는 것이다.

한편 이들 언어가 방언적인 큰 차이를 가지고 있었을 가능성도 여러 가지 사실에서 추론할 수 있다.

〈음운 규칙 발생의 불일치〉

모든 지역에 공통으로 나타나는 어휘를 추출하는 것이 쉬운 일은 아니지만, 몇몇의 어휘는 대비할 수 있는 자료를 제공한다. 족장 등의 의미를 가진 '加', '干', '翰' 등이 동일한 뜻으로 지역에 따라 달리 나타나는 것은 발생한 음운 규칙 내지는 규칙의 전파가 서로 달랐다는 것을 의미한다. 유사하게 '水'를 뜻하는 어휘의 중성이 차이가 나고, 종성이 있는 지역과 없는 지역으로 분화되는 것은 발생한 음운 규칙이 상이했다는 것을 의미한다. '火'를 뜻하는 어휘의 분화도 역시 동일하다. 이것은 기원적인 동일성에도 불구하고 방언 분화가 크게 발생했다는 것을 의미함과, 동시에 현대국어에 이어지는 것은 신라어 계통이라는 것을 확인시켜 준다.

〈외래어 수용 속도의 불일치〉

가야어와 신라어에 대한 논의에서 인용하였던, 가야어에서는 신라어와 달리 '문'을 '梁'이라고 했다는 기록(旃檀梁城門名加羅語謂門梁云

:삼국사기 권 44)은 신라어와 가라어가 당시의 외래어 즉 한자어 '門'을 수용하는 속도가 달랐다는 것을 의미한다. 현대국어에까지 '돌쩌귀'와 같은 단어가 있는 것을 감안하면 가야어에 나타나는 어휘는 전국적인 분포를 가진 기원적인 것이었다는 것을 추정할 수 있게 한다.

그러므로, 위의 기록은 '門'을 뜻하는 어휘가 단독형으로 사용될 경우 신라어에서는 이미 어휘의 대체 현상이 발생했지만, 가야어에서는 아직 고유의 형태가 남아 있었다는 것을 의미함을 추정할 수 있다. 이는 외래어 수용의 속노가 방언에 따라 차이가 났음을 증언하는 것으로 볼 수 있다.

〈기초 어휘의 불일치〉

앞에서 보았듯이 고구려의 어휘 중에는 신라어 계통과 일치하는 것도 존재하지만, 기초 어휘 특히 수사와 같은 기초 어휘 중에서 신라어와 전혀 다른 것이 발견된다는 것은 앞으로 주목해서 해명되어야 할 것이다. 예를 들어 '密(三)', '于次(五)', '難隱(七)', 등의 어휘는 아주 기초적인 것인데, 이들이 고구려어와 신라어에서 전혀 다른 모습을 보인다는 것은 심각한 문제를 제기한다.(이에 관한 섣부른 추정은 삼가고, 다음의 기회를 기다리기로 하겠다.)

2. 언어의 재통일과 중앙어의 재정립

6세기 후반 가야 제국을 완전히 통합한 신라가 7세기에 이르러 백제와 고구려를 차례로 통합한 후 고려에 나라를 넘겨주기 전까지 약

250여 년 동안 한반도를 지배하는 시기를 통일신라 시대(서력 기원 676-936)라고 부른다. 이 시대에는 4국의 언어 가운데 경주 서라벌을 중심으로 하는 신라의 언어가 한반도의 공용어로 등장하여 분화의 과정에 있던 민족어를 하나로 통일시키는 과업을 수행하게 된다. 즉 단일어였던 고조선의 언어가 중국 한나라의 침범 후 부여계와 한계로 분화되어 여러 지역으로 나뉘어 방언 분화 현상이 가속되다가 고구려, 백제, 가야, 신라의 네 지역으로 통합되고, 다시 신라에 의해 하나로 통합되는 민족어의 재통일 과업이 수행되는 것이다.[6)

통일신라의 말기 후삼국으로 분열되었다가 개경에 중심을 둔 고려에 의해 다시 한반도의 통일작업이 수행되는데, 이러한 사실은 우리 민족어의 재정립을 의미하는 것이 된다. 즉 신라의 경주와 아주 먼 위치에 있는 지역 방언이었던 개경의 방언이 한반도의 중앙어의 위치를 차지하는 사건이 되는 것이다. 다시 말해, 고려의 건국으로 인해 중앙어의 지리적 이동이 수행되는 상황이 발생하게 된다.

한편 고려의 멸망과 조선의 건국은 중앙어 형성의 주체를 교체하는 양상으로 발전했을 것으로 짐작되는데, 아직 구체적인 인맥의 구성 및 이에 의한 언어적 효과에 대한 추정 등은 하기 어려운 상황이다. 단지 훈민정음 창제 후 복수로 존재하던 어휘가 단일화되는 경우 거의 예외 없이 신라어 계통으로 단일화되는 현상을 볼 수 있다. 이러한 현상으로 미루어 짐작할 수 있는 사항은 최소한 다음의 두 가지이다. 첫째,

---

6) 이러한 현상을 이기문 선생은 조그만 도시 로마의 지역어가 로마 제국의 공용어로 되는 과정으로 비유한 바 있다.

개경이나 한양을 비롯한 옛 고구려나 백제의 영역에는 신라의 통일 이후에도 고구려식의 어휘나 백제식의 어휘가 부분적이든 전체적이든 지속적으로 사용되었다. 둘째, 그러나 이들의 어휘는 신라어 계열의 어휘로 지속적으로 교체 현상이 발생하였다.

3. 남북의 방언 분화

20세기 후반 세계 제2차대전이 끝난 후 한국은 강국들의 이해관계에 휘말려 남쪽과 북쪽으로 분단되는 사태를 맞이하게 되어 21세기 초반기인 현재까지 이어지고 있다. 이러한 상황에서 한국어는 과거와는 전혀 다르게 언어의 내용과 형식의 두 측면에서 지금까지 경험하지 못한 새로운 경험을 하고 있다.(구체적인 내용은 다음 장에서 하도록 하고 여기서는 제목과 간단한 설명만 하기로 한다.)

가 ▌ 내용의 공통성과 이질화 — 체제와 사상의 불일치

한반도와 만주 일대에 살고 있는 우리 민족은 수천 년 동안 하나의 언어공동체를 형성하면서 동일한 가치관에 의한 동일한 인식을 바탕으로 살아 왔는데, 현재 남과 북은 인식의 기본 틀을 이루는 가치관을 달리 하면서 사상의 이질성 속에 언어 생활을 영위하고 있는 것이다.

나 ▌ 형식의 공통성과 이질화 — 규범의 이질화

현재 남한과 북한에서 사용하고 있는 언어 규범은 둘 다 동일한 규

범 즉 조선어학회에 만든 〈한글맞춤법통일안〉에 기초하고 있다. 그리
하여 큰 원칙에 있어서 표현은 상이하지만 동일한 내용을 담고 있는데,
구체적인 사항의 표기에 있어서는 상이한 표기 방식을 취하고 있다.

4. 국어 역사의 기본 특징

한반도 언어공동체의 생성에서부터 현대국어에 이르기까지 민족어
의 형성과 관련하여 간략하게 그 특징을 정리하면 다음과 같다.

4.1. 언어공동체의 분화와 통일

현재 우리 민족이 사용하고 있는 언어는 지금으로부터 대략 5,000년
전쯤에 하나의 언어공동체를 구성한 이후 분화와 통일을 계속하였다.
최초의 분화는 중국 한나라 무제가 고조선을 멸망시킨 후 평양을 중심
으로 한 지역에 한사군을 설치하면서[7] 시작된다. 한반도의 북부에 낙
랑군을 중심으로 한 중국 한나라의 군현이 설치되면서 우리 민족어는
그 북쪽의 부여, 고구려를 중심으로 하는 언어군과 그 남쪽의 마한, 진
한, 변한에서 발달하는 신라, 백제, 가야 등의 언어군으로 분화하게 된다.
이러한 초기의 분화 현상으로 신라의 통일에 의해 남쪽 방언권이었
던 지금의 경주를 중심으로 하는 신라어 중심으로 언어공동체가 다시
형성되고, 이 언어에 의해 우리 민족어가 다시 통일된다.

---

7) 한사군의 영역은 우리 민족이 건국한 최초의 국가인 조선의 영역이라고 보아
도 크게 무리가 없을 듯하다. 다시 말해 한사군의 영역 추정은 옛 조선의 영역
추정과 평행해지는 것이다.

경주 언어(말)을 중심으로 재정립된 우리 민족어는 문화의 중심이
되는 중앙어 형성에서 지리적인 이동(경주에서 개성으로 이동)과 사용
자의 변화(새로운 지배 세력의 형성)가 있었지만, 20세기 중반기까지
단일한 언어공동체를 형성하였다.

20세기 후반에는 자체적인 독립의 기회를 놓치고 다시 언어적 분열
의 시기로 접어들게 되는데, 우리 민족어 최초로 언어의 내용과 형식
을 달리히는 초유의 사태에 빠져들게 된다.(이에 대해서는 뒤에서 재
론함.)

4.2. 외국어의 접촉과 수용

우리 민족은 조상되는 어떤 언어로부터 분화된 이래, 하나의 언어공
동체를 형성하지만, 주변에 있는 외국 문화와 접촉하면서 그 문물을
언어와 함께 수용하였을 것으로 짐작된다. 이러한 최초의 교류는 우리
민족의 북쪽 혹은 북서쪽에 살았던 만주족이나 몽고족 혹은 터어키족
의 조상들이었을 것으로 짐작되지만 이에 대한 기록이 없다. 그래서
우리의 교류사는 중국 한족과의 교류사로부터 출발하고 있으며, 언어
의 접촉과 수용 역시 중국어의 수용으로부터 그 역사가 시작된다.

중국과 최초로 접촉한 것이 언제인가 하는 문제는 아직도 수수께끼
이지만 중국으로부터 이주한 기자가 기자조선으로 건국하는 것이나,
중국 연왕의 부하 위만이 고조선의 준왕을 축출하고 위만 조선으로 건
국하는 일, 그리고 전한의 무제가 위만 조선을 멸망시키고 한사군을
설치하는 일 등을 통해 중국의 문물이 일찍부터 전래되고 그 문물과
더불어 언어가 수용되었을 것으로 짐작할 수 있다.

중국식 문물의 수입과 한자어의 확산은 삼국시대 이래 조선시대에까지 지속적으로 이루어진 것으로 확인된다. 고구려의 소수림왕이 중국식 교육기관을 설치하고 한문과 유학을 가르치는 것이나, 백제에서 중국의 한문과 유교를 수입한 것, 신라에서 국학을 설치하여 중국의 경전을 교육하는 것은 모두 민족의 고유어 속에 한자어의 수용을 의미한다. 통일신라 시대 독서출신삼품과라는 과거제도를 실시하고, 당나라에 유학생을 보내는 것 역시 한자어의 수용과 확산을 의미하고, 고려 광종 때 본격적인 과거 제도를 실시하는 것 역시 한자어의 수용과 확산으로 이어지게 된다. 그리하여 민족 고유어와 때로는 역할 분담을 하거나 때로는 민족 고유어를 사멸하게 하는데, 한자어에 의한 이 현상은 조선말까지 지속되게 된다.

개화기에 이르러 외국어와의 접촉은 전혀 새로운 양상으로 변호하게 되는데 그것은 한자어 중심의 외국어 접촉에서 서구어 중심의 외국어 접촉으로 그 양상이 변모하게 된다. 특히 20세기 말이나 21세기 현재의 상황에서는 세계가 하나의 네트워크를 구성하면서 영어 중심으로 재편되는 상황이 벌어져 민족 고유어가 이전과 전혀 다른 새로운 도전을 맞게 되는 것이다.(이에 대해서는 뒤에서 설명함)

4.3. 영역의 확산과 축소

우리 민족어는 단일한 언어공동체를 구성한 이래 많은 영역에서 확산과 축소의 과정을 겪어 왔다. 언어 외적인 차원에서는 고유어를 사용하는 사용자가 거주하는 영역에서 확산과 축소의 과정을 반복하였고, 언어 내적인 차원에서는 문법 형태소나 문법 범주, 음운 목록과 체계, 어휘 의미 등 언어의 모든 분야에서 역사의 흐름 속에서 생성과 소멸 그리고 영역의 확산과 축소를 반복해 온 것이다.

고유어 사용자의 거주 영역의 차원에서 보면, 고조선의 멸망 후 한반도의 북부 지역을 빼앗겼다가 고구려에 의해 그 영역을 확보했으며, 고구려의 멸망 이후 만주 지역을 빼앗겼다가 19세기나 20세기에 와서 한반도인의 이주에 의해 부분적으로 복구되었고, 중앙 아시아 등지는 구 소련의 강제 이주에 의해 우리 민족 고유어의 활동 영역으로 부분적으로 편입되었다가 실질적인 차원에서는 거의 소멸하는 단계에까지 이르게 된다. 21세기 초반기인 지금은 한국인의 적극적인 해외 진출로 인해, 그리고 한국어를 배우고자 하는 사람들의 확산으로 인해, 한국어를 사용하는 영역은 거의 지구 전 지역으로까지 확산되고 있는 상황이다.

언어 내적인 차원에서 보면 가장 특기할 사항은 외래어의 침투와 고유어의 사멸이다. 이러한 현상은 초기에는 한자어에 의해 발생했었는데, 지금은 서구어 특히 영어에 의해 가속화되고 있는 상황이다.(영어의 침투 현상에 대해서는 뒤에서 설명함.)

제5장
한국어의 현재

세세화 내지는 국제화 혹은 지역지구화 시대라고 일컬어지는 현 시대에 한국어는 새로운 상황을 맞게 되는데, 그것은 한국어 내적인 문제와 외적인 문제 그리고 다른 언어와의 관계에서 빚어지는 문제[1]로 압축할 수 있다. 한국어의 내적인 문제는 분단된 남북 언어의 이질성 축소 및 동질성 확대의 문제이고, 외적인 문제는 한국어의 세계화와 관련된 한국어의 해외 보급에 관련된 문제이다. 그리고 다른 언어와의 관계에서 빚어지는 문제는 다문화 사회의 도래와 관련하여 다른 언어를 '어떻게 어느 정도'로 수용할 것인가 하는 문제와 세계어로서의 위치로 확보한 영어의 압박을 어떻게 방어할 것인가 하는 문제로 나누어 볼 수 있다.

1. 한국어 사용자의 현 상황

한국어 사용의 외연적 상황을 전체 인구, 해외 동포, 국내 이주민 등으로 나누어 살펴 보기로 한다.

---

1) '내적인 문제', '외적인 문제', 그리고 '내외의 관계에 관한 문제' 등으로 분류하는 것이 개념상 명확한 것은 아니지만 대체적으로는 수긍할 수 있는 분류 방법이기에 선택한 것이다.

1.1. 한국어 사용 인구

21세기 현재 지구 상에는 약 55억 내외의 인간이 대략 3,000개에서 6,000개에 이르는 언어를 사용하고 있는데, 그 중 한국어를 사용하는 인구는 다음과 같이 10위권에서 조금 벗어난 위치를 차지하고 있다.

세계의 20대 언어와 사용자의 수 (단위: 1,000,000인)

1. 북경어 (Mandarin Chinse   762)
2. 영어 (English 427)
3. 스페인어 (Spanish 266)
4. 힌디어 (Hindi 182)
5. 아랍어 (Arabic 181)
6. 포르투갈어 (Portuguese 162)
7. 벵갈어 (Bengali 162)
8. 러시아어 (Russian 158)
9. 일본어 (Japanese 124)
10. 독일어 (German 121)
11. 프랑스어 (French 116)
12. 자바어 (Javanese 75)
13. 한국어 (Korean 66)
14. 이탈리아어 (Italian 65)
15. 판잡어 (Panjabi 60)
16. 마라티어 (Marathi 58)
17. 월남어 (Vietnamese 57)
18. 텔루구어 (Telugu 55)
19. 튀르크어 (Turkish 53)
20. 타밀어 (Tamil 49)

〈D. Crystal(1992), *The Cambridge Encyclopedia of Language* 에서 인용한 것임〉

1.2. 해외 한국어 동포 인구

이 중 한반도 이외의 지역에 살고 있는 재외 동포의 수는 2007년도 현재 대략 704만(7,044,716)명 정도가 되는데, 외국 시민권자와 영주권자가 합치면 5,499,280명이 되고, 단순 체류자는 1,545,436명이다. 지역별 현황은 다음과 같다.(이 자료는 2008년 1월 현재 통계청 자료에 나와 있는 것으로 내용은 그대로 하되 제시방식을 약간 변형한 것임.)

1.2.1. 아시아 지역

아시아 지역은 276만 명 정도가 거주하는 중국을 비롯하여 다음과 같이 거주하고 있다.

국가명	총계	시민권자+영주권자	체류자
바레인	95	1	94
방글라데시	1,067 −	1,067 1,053 −	1,053
브루나이	99	5	94
중국	2,762,160	2,247,510	514,650
인도	7,367	20	7,347
인도네시아	30,700	296	30,404
이란	423	42	381
이스라엘	566	16	550
일본	893,740	795,721	98,019
요르단		337 −	337

카자흐스탄	102,280	100,095	2,185
말레이시아	14,934	34	14,900
파키스탄	449	—	449
필리핀	86,800	662	86,138
카타르	1,035	—	1,035
사우디아라비아	1,287	9	1,278
싱가포르	12,656	1,358	11,298
스리랑카	865	—	865
대만	3,454	543	2,623
타이	19,500	130	24,870
터키	1,058	26	1,032
아랍에미리트	1,770	—	1,770
우즈베키스탄	184,600	183,300	1,300
예멘	49	—	177

1.2.2. 북아메리카 지역

북아메리카 지역에는 미국의 200만 정도를 비롯하여 다음과 같이 거주하고 있다.

국가명	총계	시민권자+영주권자	체류자
캐나다	216,628	173,559	43,069
멕시코	12,070	1,896	10,174
미국	2,016,911	1,557,749	459,162

1.2.3. 남아메리카 지역

남아메리카에는 브라질의 5만 명 정도를 비롯하여 다음과 같이 거주하고 있다.

국가명	총계	시민권자+영주권자	체류자
아르헨티나	21,592	20,974	618
볼리비아	629	587	42
브라질	50,523	49,619	904
칠레	1,858	1,803	215
콜롬비아	613	201	412
코스타리카	443	267	176
도미니카공화국	435	243	192
에콰도르	825	760	65
엘살바도르	270	31	239
과테말라	9,944	2,788	7,156
온두라스	491	387	104
자메이카	99	3	96
파나마	315	100	215
파라과이	5,431	5,331	100
페루	788	509	345
수리남	71	36	35
트리니다드토바	13	6	7
우루과이	144	135	9
베네수엘라	306	195	111

1.2.4. 유럽 지역

유럽 지역에는 러시아의 21만 명 정도를 비롯하여 다음과 같이 거
주하고 있다.

국가명	총계	시민권자+영주권자	체류자
오스트리아	1,998	473	1,525
벨기에	683	162	521
덴마크	269	192	77
핀란드	178	75	103
프랑스	13,981	2,553	11,428
독일	31,966	14,776	15,024
그리스	315	64	251
헝가리	809	53	756
아이슬란드	10	10	—
아일랜드	1,127	163	964
이탈리아	5,502	514	4,988
네덜란드	1,751	719	1,032
노르웨이	453	302	151
포르투갈	153	54	99
러시아	209,025	201,900	7,125
스페인	3,606	3,116	490
스웨덴	1,223	1,064	159
스위스	1,980	746	1,234
우크라이나	13,131	12,731	400
영국	41,995	8,565	33,430

1.2.5. 아프리카 지역

아프리카 지역에는 남아프리카의 3,480명을 비롯하여 다음과 같이 거주하고 있다.

국가명	총계	시민권자+영주권자	체류자
보츠와나	149	144	5
카메룬	119	–	119
콩고민주공화국	101		101
코트디부아르	164	–	164
이집트	932	26	906
에티오피아	180	–	180
가봉	93	2	91
가나	507	–	507
케냐	729	9	720
리비아	605		605
말라위	47	20	27
모리타니	40	–	40
모로코	300	–	300
세네갈	175	–	175
남아프리카공화국	3,480	1,131	2,349
스와질란드	20	5	15
튀니지	100	–	100

1.2.6. 오세아니아 지역

오세아니아 지역에는 오스트레일리아의 10만 명 정도를 비롯하여 다음과 같이 거주하고 있다.

국가명	총계	시민권자+영주권자	체류자
오스트레일리아	105,558	54,632	50,926
뉴질랜드	32,972	23,877	9,095

1.3. 한국으로의 이민자 현황

한국과 한국어의 위상이 높아지면서 국제 결혼(특히 한국 남성과 결혼)을 하여 한국에 거주하는 외국 출신 여성의 수가 매년 급증하고 있는 상황이다. 외국인과의 혼인에 관련된 통계청 보도 자료를 그대로 인용해 보면 다음과 같다.[2]

▌외국인과의 혼인 증가

- 2005년 외국인과의 혼인은 43,121건으로 2004년 35,447건 대비 21.6%의 높은 증가율을 보임
- 외국인과의 혼인은 총혼인건수 중 13.6%로 2005년 한 해 동안 혼인한 부부 100쌍 중 13.6쌍이 외국인과 혼인한 셈임
- 외국인 신부의 국적은 중국, 베트남, 일본 순이며, 외국인 신랑의 국적은 중국, 일본, 미국 순임
- 2005년에 혼인한 농림어업종사자(남자) 중 외국 여자와 혼인한 비율은 35.9%로 전년 27.4%보다 8.5% 증가함

이러한 결론에 대한 참고 자료로 다양한 통계 자료들을 제시하고 있는데, 그 중 일부를 옮겨 보면 다음과 같다.

◈ 외국인과의 혼인

> 외국인과의 혼인은 43,121건으로 2004년 대비 21.6% 증가

---

2) 이 자료는 2007년도에 통계청에서 옮겨 온 것인데, 필자의 부주의 탓인지 이어지는 자료를 찾지 못했다. 번호가 들쭉날쭉하는 것은 관련된 분야를 발췌하여 그대로 옮겨 왔기 때문이다. 국제 결혼한 이민자의 추세는 대략 읽을 수 있지만, 최근의 통계 자료를 제시하지 못한 점은 독자에게 양해를 구한다.

가 ▐ 외국인과의 총 혼인

○ 2005년 외국인과의 혼인은 총 43,121건으로 전년 35,447건에 비해
   7,674건(21.6%) 증가하였음
─ 한국 남자와 외국 여자의 혼인은 31,180건으로 전년대비 21.8% 증가
   하였고, 한국 여자와 외국 남자의 혼인은 11,941건으로 전년대비
   21.2% 증가하여 비슷한 증가세를 보임
○ 외국인과의 혼인은 매년 증가하여, 2005년에는 총 혼인 중 13.6%에
   달함

〈표 11〉 외국인과의 혼인

(단위 : 건, %)

	2000	2001	2002	2003	2004	2005
총혼인건수	334,030	320,063	306,573	304,932	310,944	316,375
외국인과의 혼인	12,319	15,234	15,913	25,658	35,447	43,121
총혼인건수대비 구성비	3.7	4.8	5.2	8.4	11.4	13.6
증 가	1,749	2,915	679	9,745	9,789	7,674
증 감 률	16.5	23.7	4.5	61.2	38.2	21.6
■한국남자+외국여자	7,304	10,006	11,017	19,214	25,594	31,180
증 감 률	26.5	37.0	10.1	74.4	33.2	21.8
■한국여자+외국남자	5,015	5,228	4,896	6,444	9,853	11,941
증 감 률	4.6	4.2	−6.4	31.6	52.9	21.2

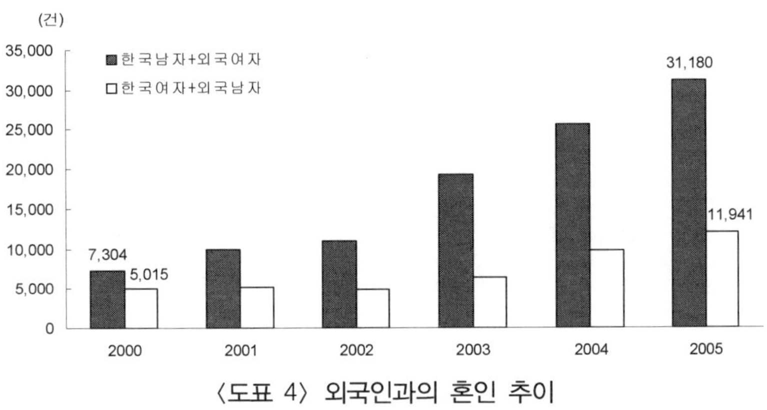

〈도표 4〉 외국인과의 혼인 추이

나 ▌ 한국 남자와 외국 여자와의 혼인

> 한국 남자와 중국 여자와의 혼인이 가장 많음

○ 한국 남자와 외국 여자와의 혼인은 총 31,180건으로, 중국 20,635건
  (66.2%), 베트남 5,822건(18.7%), 일본 1,255건(4.0%) 순으로 나타남.
 ─ 베트남 여자와의 혼인은 2004년에 비해 136.5%의 높은 증가율을 보임

〈표 12〉 한국 남자와 혼인한 외국 여자의 국적별 혼인

(단위 : 건, %)

	2000	2001	2002	2003	2004	2005	구성비	전년대비 증감률
계	7,304	10,006	11,017	19,214	25,594	31,180	100.0	21.8
중국	3,586	7,001	7,041	13,373	18,527	20,635	66.2	11.4
베트남	95	134	476	1,403	2,462	5,822	18.7	136.5
일 본	1,131	970	959	1,242	1,224	1,255	4.0	2.5
필리핀	1,358	510	850	944	964	997	3.2	3.4
몽 골	77	118	195	318	504	561	1.8	11.3
우즈베키스탄	43	66	183	329	247	333	1.1	34.8
미 국	235	265	267	323	344	285	0.9	−17.2
태 국	270	185	330	346	326	270	0.9	−17.2
기 타	509	751	716	936	996	1,022	3.3	2.6

○ 2005년에 혼인한 농림어업종사자(남자) 8,027명 중 2,885명이 외국 여자와 혼인하여 전년에 비해 1,071건 증가함

─ 이는 전체 외국 여자와의 혼인 31,180건의 9.3% 수준으로 전년 7.1%에 비해 2.2%p 증가함

─ 2005년 전체 혼인 건수 316,375건 중 농림어업종사자(남자)의 혼인 비중은 2.5%임

○ 농림어업종사자(남자)의 혼인 중 외국 여자와의 혼인비중은 35.9%로 전년 27.4%에 비해 8.5%p 높아짐

○ 농림어업종사자(남자)와 혼인한 외국 여자의 국적은 전년에는 중국, 베트남, 필리핀 순이었으나 2005년에는 베트남, 중국, 필리핀 순으로 나타남

〈표 14〉 농림어업종사자(남자)와 혼인한 외국 여자의 국적별 혼인 건수

(단위 : 건)

국적	2004					2005				
	계	베트남	중국	필리핀	기타	계	베트남	중국	필리핀	기타
건수	1,814	560	879	195	180	2,885	1,535	984	198	168

이러한 국제 결혼의 추세는 앞으로도 지속될 것으로 보이는데, 한국에 살고 있는 이들에 대한 한국어 보급은 무엇보다 시급한 사항이다. 한국어의 보급이 한국이 잘 살기 위한 하나의 수단이자 목적이 된다면, 이들과 더불어 살기 위해 한국어를 보급하여 한국 문화 속에서 조화롭게 살게 하는 것은 국가적인 사업이 될 수밖에 없다. 국제 결혼 이주자에 대한 국가별 한국어 교육 방법, 그리고 지역별 현황 파악에 따른 대책 마련 등이 시급히 이루어져야 할 것이다.

2. 당면 과제들

21세기 현재 우리가 당면한 문제들을 대략 세 가지로 나누어 살펴보기로 한다. 첫째, 20세기 중반 해방과 더불어 야기되어 지금까지 해결하지 못하고 있는 문제는 남북 분단으로 남북 언어의 동질성 확대에 관한 문제이다. 둘째, 지구지역의 세계화와 관련하여 급속히 확산되고 있는 문제는 영어의 세계 제패화와 관련된 것으로 우리 민족어의 보존과 생존의 문제이다. 셋째, 20세기의 막바지에 한국이 비약적으로 발전하면서 대두된 새로운 문제는 해외 동포의 급증과 국내 이민자의 급증과 관련된 것으로, 이들에 대해 한국어 교육을 어떻게 할 것인가 하

는 문제이다.

2.1. 남북의 언어 분단

현재 한국어는 그 사용의 바탕이 되고 있는 한반도에서 맞이하고 있는 분단의 상황에서 이전의 경험과는 전혀 다른 새로운 경험을 하고 있다. 아득한 옛날, 한자를 차용한 이래로 한자를 그대로 사용하거나 혹은 그것을 변용하여 사용하든 그 경우에 관계없이 언어를 표기하는 방식은 동일하였고, 15세기 훈민정음을 창제한 이래로 그것을 사용하는 계층상의 차이는 있었을지언정 한글을 사용하는 경우에는 동일한 표기 방식을 사용하였는데[3], 20세기 중엽에 분단된 이래 대략 60여 년이 지나도록 남과 북은 언어의 내용과 형식의 두 측면에서 지금까지 한국어가 경험하지 못한 새로운 경험을 하고 있는 것이다.

가 ▌ 내용의 공통성과 이질화 — 체제와 사상의 불일치

한반도와 만주 일대에 살고 있는 우리 민족은 수천 년 동안 하나의 언어공동체를 형성하면서 때로는 여러 국가로 나뉘어져 살기도 하고 때로는 하나의 통일된 국가로 살기도 했지만, 사상과 이념과 관련하여 언어의 문제가 생기는 일이 없이 공통된 내용을 담은 동일한 언어를 사용하면서 살아 왔다. 그런데 남쪽과 북쪽은 언어의 내용을 이루는 사상과 이념을 달리 하면서 동일한 단어가 상이한 의미를 가지고, 인식의 기본 틀을 이루는 가치관을 달리 하면서 사상의 이질성 속에 언어 생활을 영위하고 있는 것이다.

---

3) 시대나 개인에 따라 표기의 차이가 생기는 것은 본 논의와 무관하다.

나 ▌형식의 공통성과 이질화 - 규범의 이질화

현재 한국과 북한에서 사용하고 있는 언어 규범은 둘 다 동일한 규범 즉 조선어학회에 만든 〈한글맞춤법통일안〉에 기초하고 있다. 그리하여 큰 원칙에 있어서 표현은 상이하지만 동일한 내용을 담고 있다. 구체적인 내용은 다음과 같다.

남쪽과 북쪽에서 사용하고 있는 규범의 원조가 되는 한글맞춤법통일안의 제1항은 "… 한글 맞춤법(綴字法)은 표준말을 그 소리대로 적되, 語法에 맞도록 함으로써 原則을 삼는다."라고 하고 있는데, 남쪽에 현재 사용하고 있는 규범의 제1항도 "한글 맞춤법은 표준어를 소리대로 적되, 어법에 맞도록 함을 원칙으로 한다."라고 되어 있어 원래의 내용과 동일하다. 한편, 북쪽에서 현재 사용하고 있는, 1987년에 공표된 〈조선말규범집(1987)〉에서는 표현이 상당히 다르다. 1987년 이전의 규범에서 제시하였던 형태주의를 수용하면서, 실질적으로 '소리나는 대로 적거나 관습을 따르는' 경우를 고려하여 그 내용을 추가한 것인데, 구체적인 내용은 "조선말맞춤법은 단어에서 뜻을 가지는 매개 부분을 언제나 같게 적는 원칙으로 기본으로 하면서 일부 경우 소리나는대로 적거나 관습을 따르는 것을 허용한다."라고 되어 있다. 이렇게 표현은 상이하지만, 세 규범이 원칙으로 삼고 있는 내용은 첫째 형태소의 기본형을 밝혀 적는 것으로 원칙으로 하고 둘째 밝혀 적는 것이 어법에 무리가 있을 경우 소리나는 대로 표기한다는 것이다.

그러나 이러한 공통성 외에 남과 북은 표기상 이질적인 표현들을 많이 가지고 있다. 한두 가지 예를 제시하면, 두음법칙과 관련된 표기, 사잇소리와 관련된 표기 그리고 띄어쓰기에 관련된 것들이다. 두음법칙은 남과 북이 서로 다른 발화를 하면서 동일한 표기 원칙 즉 음소적 표기를 하고 있기 때문에, 사잇소리와 관련된 표기는 동일한 발화를 하면서 표기의 규칙을 달리하였기 때문에, 띄어쓰기의 문제는 남쪽과 북쪽의 문법관이 다르기 때문에 야기된 현상이다.

2.2. 영어의 도전

현재 한국인이 사용하고 있는 언어는 지난 2000년 내외 기간 동안 간섭을 했던 중국어나 한자와는 여러 가지 측면에서, 언어의 주체와 객체 그리고 매체에 이르기까지 이전과 다른 차원의 도전을 받고 있다. 중국어나 한자가 간섭했던 것과 대비하면 다음과 같다.

가 │ 사용 계층

옛날에는 고유어 외에 외국어나 외래어를 사용하는 계층은 역관에 한정되었던 것으로 추정된다. 하지만 현재 영어를 사용하기를 원하거나 사용하고 있는 계층은 외교관에 한정되지 않고, 일정 수준 이상의 교육을 받은 거의 모든 계층으로 확산된 상황이다.

나 │ 매체

옛날 한자를 매개한 중국어가 우리 민족에게 전해진 것은 주로 문자의 형태로 종이에 의해서 전달되었지만, 지금의 매체의 발달로 인해 문자뿐만 아니라 음성 언어가 동시에 전달되는 양상을 보이고 있다.

다 ▌ 일상 언어

옛날 한자의 침투는 문헌 자료에 한정되면서 소수의 고급 언어에 한정되었지만, 지금의 영어가 침투하는 양상은 일반인의 일상 언어에 침투하여 언어 자체를 바꾸어 버리는 양상으로 확산되고 있는 상황이다.

라 ▌ 언어단위

위와 같은 상황의 결과 옛날에 한자어나 몽고어, 만주어, 일본어 등의 차용은 전부 단어 차원의 차용에 한정되었는데, 지금은 문장 단위로서 언어 전체를 차용하는 결과가 빚어지고 있는 상황이다. 그 과정을 넘어 특정한 학문 분야에 따라 한글 혹은 한국어로 작성된 학술 논문을 보기 어려운 사정이 야기되고, 구어에서는 영어 단어가 포함된 이두식 문장이 분야에 따라 상용되고 있는 상황이다.

2.3. 다문화 사회의 도래 – 언어의 공존

21세기 현재 한국 사회는 한국적 다문화의 생성되고 있는 상황이다. 중국, 필리핀, 베트남, 태국, 인도네시아, 라오스, 캄보디아 등 다양한 나라의 언어를 모국어로 하는 화자들이 한국어의 언어공동체에 들어와 같이 생활하고 있는 것이다. 그리하여 한국어는 지금까지 겪어보지 못했던 새로운 과제를 부여받게 되는데, 그것은 바로 언어와 문자에 대한 새로운 가치관을 창조해야 하는 일이다. 즉 문화를 상호 인정하면서 언어의 공존을 어떻게 확보하여 민족의 발전과 국가의 부흥에 연결시킬 것인가 하는 과제를 새로 떠안게 된 것이다.

그리하여 국내 이주민에게는 생존권으로서 언어(한국어 혹은 모국어)를 말할 수 권리를 확보할 수 있게 해 주어야 하고, 그를 통해 외국을 대상으로 한 경제적 부의 가치 창조로서의 언어가 기능을 다할 수 있도록 방법을 모색해야 하는 상황이 대두된 것이다.

3. 세계화의 걸림돌들4)

앞에서 제기한 당면과제들을 해결할 수 있는 가장 확실한 방법은 (남쪽의 어문 규범에 의하면) 서울말을 중심으로 한 한국어를 세계화하는 것이다. 이와 관련하여 현재 한국어는 양적으로 급속하게 팽창하고 있다. 국내 예산 및 관련 기관이 급속하게 증가하고 있고, 한국어 교육과 관련된 인구 역시 폭발적으로 증가하고 있다. 이에 발맞춰 국내 대학에서는 관련 학과의 증설 및 신설이 이어지고 있을 뿐만 아니라, 관련 대학원과 언어교육원 역시 폭발적으로 증가하고 있다.

이러한 긍정적인 면 외에, 부정적인 측면도 곳곳에 도사리고 있다. 앞으로의 발전 방향을 잡기 위해 여기서는 부정적인 측면을 주로 지적해 보기로 한다.

---

4) 이 글은 졸고(2006)의 해당 부분을 약간 수정 보완 한 것이다.

3.1. 지역적 편중

한국어를 학습하고자 하는 열풍이 지구상 곳곳에 확산되고 있다고 하지만, 실질적으로 그러한 바람이 불고 있는 지역은 한국을 중심으로 그 주변국 몇몇 나라에 한정되어 있는 실정이다. 즉 중국, 일본, 필리핀을 비롯한 동남아시아의 몇몇 나라들에 한정된다고 할 수 있다. 미국을 비롯한 아메리카 대륙의 여러 나라들, 영국, 독일, 프랑스를 비롯한 유럽의 선진국들에서는 한국어를 배우고자 하는 열풍은 전혀 찾아볼 수 없다.

단일기관으로는 한국어 교수가 최고로 많고, 한국어를 배우는 학습자의 숫자도 한국어 이외의 언어를 배우는 학습자의 숫자보다 많은 미국 DLI의 경우도 그 실상을 알면 가히 냉소적이다. 군에서 필요한 한국어 능통자를 일반 사회로부터 조달할 수 없기 때문에(그 이유는 미국의 중등학교나 대학에서 한국어를 배우거나 전공한 학생이 적기 때문이다.) 군에서 직접 한국어를 가르치고 있는 것이다. 일본어나 중국어 학습 교육이 DLI에서 덜 필요한 이유는, 일본어나 중국어가 불필요해서가 아니라, 일반 사회에서 배운 학습자로 거의 대부분을 충당할 수 있기 때문인 것이다. 이러한 현상은, 다시 말해 고등학교나 대학교에서 한국어를 선택하여 공부하는 학습자가 별로 없기 때문에 야기되는 것이다.

이는 선진국이 많이 포진하고 있는 서유럽의 경우도 동일하다. 영국이나 프랑스, 독일, 이탈리아 등에서 한국어를 배우고자 하는 학습자나 한국어를 가르치고자 하는 교육기관은 별로 이전과 상황이 달라지지 않고 있다.

3.2. 학습 동기의 편중

외국인이 한국어를 배우는 학습의 동기는 아주 편중적이다. 민현식 교수가 이에 대한 조사를 한 바 있는데 그것을 인용해 보면 다음과 같다.

【문6】 한국어를 배우고 싶거나 혹은 계속 배우고 싶은 이유는 무엇입니까? 다음 보기 중에서 있는 대로 모두 골라주십시오. (문5에서 '매우 많다.', '어느 정도 있다.'고 답한 109명 대상)

	빈도	비율(%)
좋은 직업을 갖기 위해	52	46.43
수입을 늘리기 위해	5	4.46
일 또는 사업과 관련해서 필요하기 때문에	11	9.82
최신 지식 또는 정보를 얻기 위해	7	6.25
국제어이기 때문에	5	4.46
중요한 언어이기 때문에	3	2.68
조상의 언어이기 때문에	3	2.68
한국 문화를 이해하기 위해	9	8.04
한국을 좋아하기 때문에	5	4.46
한국을 방문했을 때 좀 더 즐거운 여행을 하기 위해	1	0.89
재미있어 보여서	4	3.57
친구, 애인 또는 가족과의 의사소통을 위해	1	0.89
배우기 쉬워서	0	0
이미 배운 적이 있어서	1	0.89
기타만 기재	3	2.68
무응답	2	1.79
합계	112	100

〈한국어를 배우는 이유(민현식(2005)에서 인용)〉

위 응답에 따르면 한국어 학습 동기도 일반적으로 언어 학습 동기가 그러하듯 실용적인 취직, 수입과 관련한 것임을 보여 준다. '좋은 직업을 갖기 위해'와 '일 또는 사업과 관련해서 필요하기 때문에'라는 두 항목에 대한 응답 비율이 56%로 항목비율 12.5%보다 5배 가까이 된다는 것은 경제적인 여건 때문에 한국어를 배운다는 것을 여실히 보여 준다. 그나마 한국 문화를 이해하기 위해 배운다는 이들도 8%가 되고 한국이 좋아서 배운다는 이도 4.6%가 되는 것도 고무적이다. 그런데 한국어 학습의 열기가 지속적으로 유지되고, 확산되기 위해서는 '한국어가 중요한 언어'이기 때문에 혹은 '한국 문화를 이해하기 위해서'라는 대답이 대폭 확대될 수 있는 기반을 조성해야 할 것이다.

3.3. 한국어 교육이론 정립의 부실 및 한국어 교재의 편중적 남발

20세기(의 거의) 말까지, 한국어를 제1언어인 모국어로 사용하는 환경이 아닌 지역에서 한국어를 모르는 사람에게 한국어를 가르치는 작업은 아주 산발적으로 지역적인 특수성에 따라 소규모로 이루어졌다. 외국인이 한국을 별로 찾지 않던 시기에 국내에서는 몇몇 대학의 언어교육원(혹은 이와 유사한 성격의 기관)에서 영세한 규모로 한국어 교육이 이루어져 왔다. 만주 지역에 거주하는 중국의 동포들은 대부분 중국어와 한국어를 이중 언어로 사용해 왔고, 일본이나 미국 등 선진국에서는 2세에게 한국어를 거의 가르치지 않는 상황에서 한국어를 지키겠다는 몇몇 뜻있는 가정에서만 한국어가 유지되고 그 외의 지역에서는 한국어가 거의 사용되지 않은 상황이라고 해도 과언이 아닐 것이다.

이러한 상황은 20세기 말, 대체적으로 1990년에 들어오게 되면 상황이 급변하게 된다. 한국의 경제 발전이 한국의 해외 진출을 촉진하자, 이에 따라 한국의 국제적 위상이 급상승함에 따라 외국에서 한국어를 배우고자 하는 열풍이 일기 시작하고, 한국에 와서 한국어를 배우고자 하는 사람들이 급격하게 늘어나게 되었다. 그러나, 이를 소화할 수 있는 한국어 교육 분야의 역량은 일시에 늘어 날 수 없어서 교육의 질적인 면과 양적인 면의 괴리가 증폭되게 된다.

질적인 성장 없이 증폭된 양적인 외양은 교육자 각자 상대편 능력에 대해 크게 인정하지 못하는 상황이 초래된다. 이러한 상황에서 야기되는 현상 중의 하나가 각 기관에서 사용하는 교재는 스스로 개발해서 사용하는 폐쇄적 공명심의 발로이다. 그러나 교재 개발의 능력이 한정되어 있기 때문에, 고급 교재의 개발이나 새로운 이론을 검증하고 확인하는 데에 있어서 교재의 개발은 엄두도 내지 못하고 비슷비슷한 초급 교재가 남발되는 현상이 초래된다.

3.4. 한국어 교사 및 교수의 무자격성

국내에서 한국어를 가르치는 교사는 정규 대학의 교수에서부터 언어교육원이나 사설 학원 등의 강사, 그리고 각종 봉사단체류의 강사에 이르기까지 다양한 계층을 이루고 있다. 외국에서 한국어를 가르치는 교사 역시 정규 대학의 교수에서부터 중등학교 교사, 그리고 사설 학원이나 한글학교 등의 강사에 이르기 다양한 신분의 사람들이 한국어 교육에 종사하고 있는 셈이다.

이러한 사람들 중 한국어를 가르칠 수 있는 한국어 교육 능력을 제대로 갖춘 사람이 몇 퍼센트나 될까 하는 문제를 생각해 보면 심각한 고민에 빠지지 않을 수 없다.

국어기본법에는 문화관광부 장관이 한국어 교사 능력을 검증하고 그 자격증을 주도록 되어 있으며, 타 부처의 관련기관이 국가예산으로 한국어교육에 종사하는 사람들을 선발하기도 한다. 예를 들면 국제교류재단과 같은 기관에서 해외에 파견할 한국어 교육자를 선발하는 경우이다. 전문적 기관을 활용하여 우수한 한국어 교육자를 개발하는 데 있어서 적극적으로 제도적 모색을 해야 할 것이다.

3.5. 제도 정비의 부실

한국어 교육과 관련된 내용이 담겨 있는 법규로는 '국제교육진흥원법'이 있고, 이외에 문화예술진흥법과 문화예술진흥법시행령에 한국어 발전 및 보급에 관한 조항이 있다. 2004년 말에 제정되어 공표된 국어기본법에도 이에 관련된 조항이 있다. 법 조항과 관련된 이러한 사정이 암시하듯이 한국어 교육 및 보급에 관해서는 국가기관에서 특별한 관심을 기울이지 못한 상황이었다. 그 결과 한국어 교육 내지는 한국어 해외보급 업무는 그때그때 필요에 따라 관련 기관이 부수적으로 수행하여 다음과 같은 기관들에 그 업무가 분산되어 있다. 그 결과 한국어 교육을 총괄하는 국가기관이나 이 방면에 총체적인 권위를 가지고 있는 기관이 없는 상황이다.(기관의 활동 등이 여러 곳에서 정리되었으므로 중요한 기관 이름만 나열하고, 조금 상세한 내용은 제6장에서 제시함)

3.5.1. 국내 국가 기관

(ㄱ) 教育部 관련 기관: 국제 교육 협력관 산하의 재외 동포 교육 담당관실
　　〈국제 교육 진흥원〉, 〈한국 학술 진흥 재단〉, 〈한국교육과정평가원〉,
　　〈한국학중앙연구원〉

(ㄴ) 文化觀光部 관련 기관: 문화정책국 국어민족문화과
　　〈국립국어원〉

(ㄷ) 外交通商部:
　　〈재외동포재단〉(Teen Korean 학습 프로그램 개발), 〈한국국제교류
　　재단〉, 〈한국국제협력단〉(한국어 교육자 파견),

(ㄹ) 그외

　노동부에서는 외국인 노동자에 대한 고용허가제를 실시하면서 일정 수준 이상의 한국어 능력을 한국 내 노동 조건으로 내세울 수 있게 되었기 때문에, 한국산업인력관리공단 내에 한국어시험과 관련된 부서를 만들고 이에 관한 업무를 2006년 현재 수행하기 위한 준비 작업을 하고 있다. 정보통신부에서는 한국정보문화진흥원으로 IT 청년봉사단 파견 사업을 하고 있는 중이다.

　위의 국가기관(소속기관, 산하기관을 포함) 중에는 그 설립목적이나 활동에서 드러나듯이 본래의 목적이 한국어의 세계화이거나 한국어 해외 보급 등인 기관은 하나도 없고, 한국어 교육이 업무의 중심축을 이루는 기구도 없다. 이들은 모두 다른 업무를 보면서 부수적으로 한국어 교육을 곁가지로 담당하고 있을 뿐이다. 그리고 이러한 업무를 한국어 교육 혹은 국어에 관련된 전문가가 담당하는 것이 아니라 국어학 내지는 한국어 교육과 무관한 공무원들이 담당하다 보니 주먹구구식으로 행정이 진행될 수밖에 없고 한국어교육에 필요한 사항 중 무엇

이 우선적으로 이루어져야 하는지를 판단하기 어려운 상황이 된다. 그뿐만 아니라 각 부처에서 각자 필요에 의해서 투자를 하다 보니 초기 투자는 모두 대동소이하여 그나마 부족한 예산이 중복 투자되고 국고가 낭비되는 현상까지 초래할 위험성이 있다.

3.5.2. 정부 투자 국외 한국어 교육 기관

(ㄱ) 한국학교

(ㄴ) 기타

미국과 일본을 중심으로 한글학교가 활발하게 활동하고 있는 중인데, 이들에 대한 국가의 지원은 거의 없다고 할 수 있을 정도로 미미한 상태이다. 해외 대학들도 한국어과를 신설하거나 한국어 교육 과정을 신설하고자 하는 곳은 많으나 이들에 대한 지원도 거의 할 수 없는 상황이다. 여기에는 복잡한 문제가 얽혀 있으므로 자세한 논의는 생략하기로 한다.

3.5.3. 국내 민간 기구

(ㄱ) 한국어 세계화 재단

한국어 세계화 내지는 한국어 해외 보급을 목적으로 설립한 국내 유일의 민간 기구이다. 2006년 현재 한국어 해외 보급을 위한 교재와 사전 등을 개발하고, 한국어 교육 총서를 간행 중이며, 해외 한국어 교수를 위한 연수도 부분적으로 수행하고 있는 중이다. 그리고 문화 유산의 정비와 보급을 위해 디지털한글박물관을 개발하고 있으며, 100대 한글 문화유산을 정비하여 해외에 보급하기 위한 준비도 하고 있다. (2007년부터 대부분의 사업이 중지되거나 다른 부서로 이관되었다.)

제6장

한국어의 세계화
─ 실천적 대안들

세계의 언어 중 소수 언어 내지는 약소 언어는 현재에도 소멸 과정을 겪고 있다. 이러한 상황에서 한국어가 세계 공용어의 일원이 되느냐 아니면 사어가 되느냐 하는 문제는 현재의 당면과제를 어떻게 해결하는가에 달려 있다. 이는 물론 한국어를 사용하는 주체의 미래적 역량에 의해 결정될 텐데, 그 방향은 적극적이면서 도전적으로 한국어의 세계화를 위해 나아가는 길일 것이다.

내부적인 위축과 외부적인 확산이라는 모순적 갈등 속의 한국어는 때로는 표류하기도 하고 때로는 정상적인 항해를 하면서 존재하고 있다. 한국어의 세계적 공용어화 내지는 한국어의 세계화를 위해서는 무엇을 해야 하는가 등등의 문제에 대해서 논의하기로 한다.

1. 개념의 재정립과 목표 설정

1.1. 과거의 개념

1999년에 국립국어원(당시 국립국어연구원)에서 편찬한 〈표준국어대사전〉에서는 '세계화'에 대해 다음과 같이 정의하고 있다.

> [세계화] 세계 여러 나라를 이해하고 받아들임. 또는 그렇게 되게
> 함. ¶전통 문화의 세계화 지향/이번 호 특집란에서는 세계화를 보
> 는 다양한 시각을 제시한다.　　　(국립국어원 간행 표준국어대사전)

세계화에 대한 이러한 정의에 의하면, '한국어의 세계화'란 '한국인
이 세계 여러 나라의 언어를 이해하고 받아들여, 한국어에 세계의 수
많은 언어가 뒤섞이게 하는 것'이라는 의미가 될 것이다.

1.2. 수정된 개념

위와 같은 정의는, 동일한 사전에서 '화化'의 개념을 고려하면 수정
하여 정의내릴 수 있다. 표준국어대사전에 나오는 '화'의 개념을 부분
적으로 옮겨 보면 다음과 같다.

> [화하다]
>
> 1. [――으로] 어떤 현상이나 상태로 바뀌다. //뱀이 용으로 화하다./
>   큰 비로 온 세상이 바다로 화했다. 〈이하생략〉
> 2. [――에] 어떤 일에 아주 익숙하게 하다. //그 외국인 신부는 우리
>   문화에 흠뻑 취하고 화하였기 때문에 사고방식이 우리와 전혀 다
>   름이 없었다.
>
> 　　　　　　　　　　　　　(국립국어원 간행 표준국어대사전)

이에 의하면 '세계화'란 위의 1번의 개념에서 '세계적인 현상이나 상
태로 바뀐다'는 개념이 되고, 2번의 개념에 의하면 '세계적인 일에 익
숙하게 된다'는 개념이 된다. 즉 내부적인 것을 외부적으로 세계화적
인 것으로 바뀌게 하는 개념과 외부적인 것을 내부적으로 소화하는 개

념을 복합적으로 지칭하는 것으로 이해할 수 있다. 이에 의해 세계화의 개념을 다음과 같이 대충 정리할 수 있다.

[세계화란] 첫째, 내부적인 수용의 측면에서 외국의 문화를 받아들여 그것에 익숙하게 하는 방향과 둘째, 외부적인 전파의 측면에서 외국인이 한국의 문화를 받아들여 한국의 문화에 익숙하게 하는 방향 등 두 가지가 있다.

이러한 개념으로 한국어의 세계화를 논의하면 첫째의 방향에서 외국의 문화나 문물을 충분히 받아들일 수 있을 정도로 한국어의 어휘를 정비하고 창출할 뿐만 아니라 한국어의 표현 방식 등을 갈고 닦아 한국어를 발전시켜야 할 것이고, 둘째의 방향에서 한국어를 외국에 전파하여 외국인이 한국어를 배우고 익히도록 해야 할 것이다. 즉 한국어의 세계화란 내부적인 방향과 외부적인 방향을 동시에 지향하는 개념이 된다. 그 개념을 다음과 같이 정리할 수 있다.

❚ 한국어의 세계화란 ❚

첫째, 외국의 모든 문물과 문화를 효과적으로 표현할 수 있도록 한국어를 정비하고,
둘째, 좀더 많은 외국인이 한국어를 배워 세계의 넓은 지역에서 한국어가 통용되게 하는 것이다.

1.3. 세계화와 관련된 목표

이러한 개념 설정과 관련하여 그것을 달성하기 위해 구체적인 목표 설정은 어떻게 할 것인가가 문제로 제기될 수 있는데, 이러한 의문은

대체로 다음과 같은 내용이 된다.

첫째와 관련해서는

(1) 세계 주요 언어의 어휘에 대응되는 한국어의 어휘를 새로이 창조할 것인가?

(2) 사물과 사상을 쉽고 효과적으로 표현할 수 있는 한국어를 어떻게 정비할 것인가?

(3) 인간이 구축한 가장 심오한 진리와 풍부한 정서를 한국어로 어떻게 효과적으로 담을 것인가?

등등의 문제가 제기될 수 있을 것이다.

그리고 둘째와 관련해서는

(1) 한국어를 세계의 공용어로 만드는 것이 목표인가?

(2) 외국에서 한국어를 제1외국어 혹은 제2외국어로 채택하게 하는 것이 목표가 될 수 있는가? 외국의 대학 입시에서 필수과목, 필수적 선택과목, 단순 선택과목으로 채택하게 하는 것이 목표인가?

(3) 그 외, 어느 정도로 많은 국가에서 어느 정도의 인간이 한국어를 사용하게 하는 것을 목표로 설정할 것인가?

(4) 국내에 거주하는 이주민과 외국인 노동자 그리고 해외에 거주하는 한국인과 교포들에 대한 교육은 어떤 목표로 어떻게 진행할 것인가?

등등의 문제가 제기될 수 있을 것이다.

2. 한국어 세계화의 대상과 선결 조건

2.1. 한국어 세계화의 대상

한국어 세계화의 대상은[1] 일차적으로 한국어를 모국어로 사용하는 한국인이 대상이 될 것이다. 이것은 한국어 세계화의 첫 번째 개념과 관련되는 것으로 한국인이 세계의 문물과 문화를 충분히 이해할 수 있게 한국어 사용 능력을 신장시키는 것이 된다. 둘째로는 외국에 살고 있는 동포들이나 동포들의 자녀가 한국어 세계화의 대상이 될 것이다. 이들 중 특히 교포 자녀들이 한국어를 배워 한국어를 계속 사용할 수 있게 하는 일이 한국어의 확산에 아주 중요한 초점이 된다. 셋째로는 한국에 살고 있는 외국인 혹은 한국에 이주한 외국 출신 한국인이 한국어 세계화의 대상이 된다. 이들은 한국에 살고 있다는 사실만으로도 한국어 세계화의 중요한 대상이 된다. 네 번째로는 외국인과 결혼하여 외국에 살고 있는 사람들의 자녀가 한국어 세계화의 대상이 될 것이다. 이들은 부모 중 한 명이 한국인이기 때문에 이들이 가지고 있는 정체성의 일부를 한국적인 것으로 채워 주는 것이 중요하기 때문이다. 다섯 번째로는 북한에서 이주한 한국인이 한국어 세계화의 대상이 될 것이다. 이들은 한국어를 알고 있다 하더라도 한국과 상이한 가치관과 세계관을 가지고 있기 때문이 이 부분을 바꿔 한국에 적응할 수 있도록 한국어를 가르쳐야 한다. 여섯 번째로는 외국인 중 한국어를 배울

---

[1] 언어란 인간이 사용하면 살아 남고, 그것을 사용하는 사람이 없으면 소멸하게 되는 것이므로, 언어의 생존은 철저하게 그것을 사용하는 주체인 인간에 종속되는 것이기에, 한국어의 세계화를 위해서는 구체적으로 한국어 교육의 대상을 누구로 할 것이냐 하는 문제가 우선적으로 제기되고, 이에 따라 구체적인 교육의 방향이 설정될 것이다.

가능성이 있는 잠재적 한국어 학습자가 한국어 세계화의 대상이 될 것이다.

앞에서 언급한 대로 한국어를 모국어로 사용하는 인구는 세계 12나 13위 정도가 되는데, 이 언어들 중 힌디어, 벵갈어, 자바어 등은 거의 자국내에서만 사용되므로 국제어로서의 한국어의 위상은 10위 정도가 되는 셈이다. 이 언어 즉 한국어를 갈고 다듬어 세계어의 위상에 맞게 조율하는 것은 우선적으로 그리고 지속적으로 수행되어야 할 과제이다.

2.2. 한국어 세계화의 선결 조건

▌ 개관 ▌

한국어의 세계화는 한국이 선진국의 대열에 끼거나 초강대국의 위치에 서야 가능한 일이다. 선진국이란 정치, 경제, 문화, 국방, 과학 기술 등 사회의 제반 분야에서 다른 나라보다 앞선 나라를 지칭하는 것이라면, 한국이 정치적으로 안정되고 경제적으로 부흥하며, 외세에 독립적이고 문명이 발달하면서, 정치인을 비롯한 공무원과 민간인이 각기 올바른 가치관을 가지고 미래지향적인 협동 정신으로 더불어 잘 살아 가는 사회를 이룩하여 한국에 대해 배울 점이 있다는 인식을 세계인에게 심어 주는 것이 한국어 세계화의 선결 조건이 될 것이다.

실질적으로 1995년에 1만 달러 국민소득을 달성한 이래, 1997년 11월 외환 위기에서 6,600달러로 추락한 뒤(물론 이 계산은 1달러 당 환율이 800원 대에서 1,600원 대로 상승한 것과 직접 관련된다), 2003년에 1만 달러를 회복하였지만 이 과정에서 호주나 뉴질랜드 그리고 유럽 등지에서 한국어 교육에 관한 관심이 급격히 줄어들어 아직 회복하지 못한 한국에 대한 세계인의 인식이 어떻게 변화할 수 있는가를 있는 그대로 보여 준다.

▌부국강병▌

나라이 경제력을 넉넉하게 히고 민족과 국가를 지킬 수 있는 군사력을 튼튼하게 하는 것은 한국어를 배우기 위한 직접적인 동기가 된다. 아래 민현식(2005)의 조사에서 드러나듯 외국인이 한국어를 배우는 이유는 경제적인 문제가 가장 우선적으로 대두되기 때문이다. 물론 이것은 조사자의 국가별 분포에 따라 달리 나타나겠지만, 예를 들어 동남아나 중국에서 한국어를 배우는 이유는 거의 대부분이 경제적인 이유에서 한국어를 배울 것으로 예상되는데, 직업을 구하거나 교역을 하는 등 경제적인 관계가 언어를 배우는 가장 우세한 동기가 되는 것은 두말할 필요가 없는 것이다.

국제적인 관계에서는 강대국이 되는 것이 한국어를 배우는 동기가 될 수 있다. 한국과 외교적인 국제 관계를 직접 강화할 필요가 있을 정도로 한국이 강대국이 될 경우 한국어를 배워 한국인과 직접 대화해야할 필요성이 확대될 것이기 때문이다.

▌선진 문명과 문화▌

부국강병과 직결되는 문제이지만, 이와 다른 차원에서 한국어 학습의 동기 유발을 할 수 있는 것이 한국이 본받을 만한 문화 수준을 이루고, 배울 만한 전문 지식이 한국어로 적성되어 있을 경우이다.

위의 부국강병은 외국인이 한국어의 구어를 배우기 위한 동기에 주로 관여된다면, 이것은 외국인이 한국어의 문어를 배우기 위한 동기 유발에 더 관련되는 것이다. 한국의 문화를 배워 삶의 질을 높일 수 있거나 한국의 과학 기술을 배워 선진 문명에 더 다가갈 수 있는 기회가 된다면 이것은 한국어를 좀더 고급 단계의 차원에서 한국어를 배울 수 있는 동기 유발이 된다. 예를 들어 동양 문화와 서양 문화의 조화 속에서 새로운 가치관과 윤리관을 창조하여 미래 지향적인 인간의 모습이나 좀더 인간다운 삶의 모습을 보여 주는 정신 문화를 이루고 또한 한글로 작성되어 있다면 이를 배우기 위해 한글과 한국어를 배우게 될 것이고, 자연과학의 한 분야이든 인문과학이나 사회과학의 한 분야이든 특정한 분야가 세계적인 연구 업적을 이루고 해당 분야에서 최고의 지식을 구축하고 있다면 이것은 바로 고급 한국어의 확산에 결정적으로 기여하게 될 것이다.

3. 제도 구축과 인식 전환

3.0. 도입

한국어의 세계화를 위해서는 이를 달성하기 위한 제도적인 정비를 하고, 한국어 세계화를 수행해야 할 직위에 있거나 수행에 참여하는 사람들이 목표 의식과 방법론에 관한 고민을 하여야 한다. 제도적인 정비와 관련하여 현 제도의 상황을 알아보고 보완해야 할 부분에 대

한 언급을 먼저하고, 관여되는 사람들의 인식에 관한 언급을 하도록
한다.

3.1. 제도의 현 상황

한국어 교육과 관련된 내용이 담겨 있는 법규로는 '국제교육진흥원
법'이 있고, 이외에 문화예술진흥법과 문화예술진흥법시행령에 한국어
발전 및 보급에 관한 조항이 있다. 2004년 말에 제정되이 공표된 국어
기본법에도 이에 관련된 조항이 있다. 법 조항과 관련된 이러한 사정
이 암시하듯이 한국어 교육 및 보급에 관해서는 국가기관에서 특별한
관심을 기울이지 못한 상황이었다. 이처럼 한국어 교육 업무 수행은
그때 그때 필요에 따라 관련 기관이 부수적으로 수행하여 다음과 같이
그 업무가 분산되어 있다.

3.1.1. 국내 국가 기관

(ㄱ) 敎育部 관련 기관: 국제교육협력관 산하의 재외 동포 교육 담당관실

〈국제교육진흥원〉
　　재외동포의 교육, 해외 귀국학생 국제성유지 교육, 국제교육 교류·
협력, 교원 및 대학생 등의 국외 연수, 국비 유학생 지도·관리, 외국인
유학생 유치 업무 등을 주된 사업으로 하고, 재외 동포에 대한 한국어
교육을 실시하는 것을 주요 목적으로 하고 있다.

〈한국학술진흥재단〉
　　한국 학술진흥의 전반적인 업무를 수행하면서 한국학 교수 파견 사업

을 실시하였는데, 2006년 현재는 그 업무를 한국학중앙연구원(한국정신문화연구원의 후신임)에 이관하였다.

〈한국교육과정평가원〉

  국내의 교육과정의 전반적인 평가 사업을 위주로 하면서 한국어 교육의 교재개발사업 및 한국어 능력시험을 실시하고 있다.

〈한국학중앙연구원〉

  한국학 진흥을 위해 한국학 학술대회, 한국학자 초청 연수 등을 실시하고 있다.

(ㄴ) 文化觀光部 관련 기관: 문화정책국 국어민족문화과

〈국립국어원〉

  국어에 관한 기반 조성 업무를 위주로 하고, 사업의 일부로 한국어 교육 연구 자료 개발, 초청 파견 연수 등을 소규모로 수행하고 있는데, 2006년도부터 외국인 노동자, 국내 이주민 등에 관한 한국어 교육에 관심을 기울이고 사업을 시작하고 있는 중이다.

(ㄷ) 外交通商部

〈재외동포재단〉(Teen Korean 학습 프로그램 개발)

  재외동포들이 민족적 유대감을 유지하면서 거주국 안에서 그 사회의 모범적인 구성원으로 살아갈 수 있도록 이바지함을 목적으로 설립한 재외동포재단은 세계 각국에 산재한 600만 재외동포의 역량을 결집하고 '동북아경제중심국가건설'의 기반을 마련하기 위한 동포사회와 모국간 Network를 유지, 발전해 가도록 「한민족네트워크운영사업(Korean.net)」,

실질적인 경제적 이익을 창출할 수 있는 「한상(韓商)네트워크 운영사업」 및 재외동포 자산화의 구체적인 구심점으로 「재외동포센터건립」을 중점적으로 추진해 오고 있는데, 그 사업의 한 부분으로 한국어 학습에 관심을 기울이고 있다.

〈한국국제교류재단〉

일정 수준의 한국학 기반이 조성되어 있고 앞으로 발전 가능성이 높은 해외대학의 한국학, 한국어 분야 교수직 설치를 지원하고, 해외에서의 한국연구와 한국소개 활동을 돕기 위해 해외 대학, 국·공립 도서관, 주요정책연구기관, 문화예술기관 등에 국내외에서 출판된 한국어/외국어 출판물과 시청각 및 멀티미디어 자료 등을 지원하고 있는데, 그 사업의 일환으로 한국학 교류, 한국어 교육 사업 지원 등을 하고 있다.

〈한국국제협력단〉(한국어 교육자 파견)

한국국제협력단은 개도국의 빈곤해소 지원을 통해 경제 사회 문화 발전에 기여하고, 개도국 및 ASEAN, SICA(중남미 통합체제) 등 지역협력체와의 우호협력관계 및 상호 교류 증진을 위해 연도별 원조 계획을 수립하여 여러 가지 사업을 펼치고 있는데, 그 중의 하나로 한국어 교사 파견 사업을 하고 있다.

(ㄹ) 그외

노동부에서는 외국인 노동자에 대한 고용허가제를 실시하면서 일정 수준 이상의 한국어 능력을 한국 내 노동 조건으로 내세울 수 있게 되었기 때문에, 한국산업인력관리공단 내에 한국어시험과 관련된 부서를 만들고 이에 관한 업무를 2006년 현재 수행하기 위한 준비 작업을 하고 있다. 정보통신부에서는 한국정보문화진흥원으로 IT 청년봉사단 파견 사업을 하고 있는 중이다.

위의 국가기관(소속기관, 산하기관을 포함) 중에는 그 설립목적이나 활동에서 드러나듯이 본래의 목적이 한국어의 세계화이거나 한국어 해외 보급 등인 기관은 하나도 없고, 한국어 교육이 업무의 중심축을 이루는 기구도 없다. 이들은 모두 다른 업무를 보면서 부수적으로 한국어 교육을 곁가지로 담당하고 있을 뿐이다. 그리고 이러한 업무를 한국어 교육 혹은 국어에 관련된 전문가가 담당하는 것이 아니라 국어학 내지는 한국어 교육과 무관한 공무원들이 담당하다 보니 주먹구구식으로 행정이 진행될 수밖에 없고 한국어 교육에 필요한 사항 중 무엇이 우선적으로 이루어져야 하는지를 판단하기 어려운 상황이 된다. 그뿐만 아니라 각 부처에서 각자 필요에 의해서 투자를 하다 보니 초기 투자는 모두 대동소이한 것에 투자되어 그나마 부족한 예산이 중복 투자되어 국고가 낭비되는 현상까지 초래할 위험성이 있다.

3.1.2. 정부 투자 국외 한국어 교육 기관

〈한국학교〉

주요 동포 지역에 설립한 한국어 교육기관으로, 국가에서 직접 투자하여 운영하고 있는 거의 유일한 해외 교육 기관으로, 중국과 일본을 중심으로 전 세계적으로 약 20곳 남짓 설립하여 운영하고 있는 중이다.

〈기타〉

미국과 일본을 중심으로 한글학교가 활발하게 활동하고 있는 중인데, 이들에 대한 국가의 지원은 거의 없다고 할 수 있을 정도로 미미한 상태이다. 해외 대학들도 한국어과를 신설하거나 한국어 교육 과정을 신설하고자 하는 곳은 많으나 이들에 대한 지원도 거의 할 수 없는 상황이다. 여기에는 복잡한 문제가 얽혀 있으므로 자세한 논의는 생략하기로 한다.

3.1.3. 국내 민간 기구

〈한국어 세계화 재단〉

한국어 세계화 내지는 한국어 해외 보급을 목적으로 설립한 국내 유일의 민간 기구이다. 한국어 해외 보급을 위한 교재와 사전 등을 개발하고, 한국어 교육 총서를 간행 중이며, 해외 한국어 교수를 위한 연수도 부분적으로 수행하고 있는 중이다. 문화 유산의 정비와 보급을 위해 디지털한글박물관을 개발하고 있으며, 100대 한글 문화유산을 정비하여 해외에 보급하기 위한 준비도 하고 있다.(2007년부터 대부분의 사업이 중지되거나 이관되었으며, 2009년 현재 그 장래가 불투명한 상황이다.)

3.2. 제도적인 정비

3.2.1. 한국어 국외보급 사업협의회

2005년 국무총리실 주관으로 '한국어 국외보급 사업협의회'라는 조정 협의체가 만들어졌다. 이를 뒷받침하는 내부 운영 규정도 2005년 7월 1일자로 만들어져 업무 조정이 이루어질 수 있게 되었다. 여기에 참여한 기관은 국무조정실, 교육부 국외인적자원정책과, 외교부 문화협력과, 문화부 국어민족문화과의 4개 정부 부처와 학술진흥재단, 국제교육진흥원, 교육과정평가원, 국립국어원, 한국국제교류재단, 재외동포재단 등 6개 사업기관이다. 그런데 이들 기구의 예산 편성이나 업무 조정에 관한 사항 등은 여전히 각각의 기구에서 담당하고 있어서 중복적인 사항이 발생할 수밖에 없는 상황이다.

이를 해소하기 위해서는 부처 간의 이해관계를 고려하지 않고 실제적인 예산과 기구를 조정할 수 있는 기구의 설립이 필요하다. 이들 부처의 한국어 교육관련 예산과 인원을 통폐합하여 하나의 부서로 묶거

나 독립된 부서의 역할을 실질적으로 조정할 수 있는 제도적인 뒷받침
이 필요하다.

3.2.2. 한국어 국외보급을 위한 특별법

한국어 국외 보급을 효과적으로 수행하기 위해서는 이와 관련하여
필요한 내용을 충분히 담은 특별법의 제정이 필요하다. 이 특별법에는
한국어 교육의 주무부서를 명시하고, 관련된 부서의 협력을 의무화하
는 내용을 반드시 담아야 할 것이다. 그리고 예산 편성의 부서별 독립
성을 인정하되 부서간 통합성을 명시하고, 사업 계획의 전체 내용과
분담 내용을 명시하여 국가간 협력체제로서 한국어 교육을 수행하도
록 해야 할 것이다.

그리고 한국어 해외 보급이라는 분야는 국가 기관만으로 수행할 수
있는 사항이 아니므로 민간 기구와의 협력 사항에 대해서도 가능한 한
구체적으로 명시하여 지나치게 정부 주도로 사업이 진행되지 않기 위
한 장치 마련도 해야 할 것이다.

3.3. 인식 전환

가 ▎ 국어학자 및 한국어 교육자의 인식 전환

지금까지 국어학자는 순수 국어학을 표방하고, 국어 정책이나 국어
교육에 대해 폄하하는 인식을 가져 온 것이 사실이다. 이러한 인식을
불식하고, 이론은 실제와 실천과 더불어 성장할 수 있으며, 현실적인
효용성을 가지지 못할 경우 그러한 분야 자체가 도태될 수밖에 없다

는 인식을 해야 할 것이다. 그리하여 순수학문이 실용적인 측면에서 어떻게 효율적으로 활용될 수 있을 것인가 하는 문제도 고민해야 할 것이다.

한편으로 한국어 교육에 종사하는 사람들은 분야에 대한 폐쇄적 인식을 탈피할 필요가 있다. '이 분야는 이 분야에 종사하고 있는 몇몇 사람들의 영역이다.'라는 인식은 '영역의 폐쇄성'으로 이어지고, 이것은 곧바로 '영역의 후진성'으로 귀착된다. 대외적으로 한국어 교육 분야가 민족과 국가의 발전에 도움이 되기 위해서는 대외적인 업무를 담당할 국가기관과 그 담당자의 도움이 필요하고, 학문적인 완성도를 높이기 위해서는 국어학자의 도움이 필수적이고, 교육적인 완성도를 높이기 위해서는 국어교육자의 도움이 필수적이라는 인식을 해야 할 것이다. 다시 말해 한국어 교육은 몇몇 학자들의 전유물이 아니라, 한국인 전체의 관심과 사랑속에 관련자들의 총체적인 접근이 필요하다.

나 ▌ 공무원의 인식 전환

공무원 특히 언어 교육 혹은 국어 교육과 관련된 기관에 근무하는 공무원은 언어의 중요성과 기능에 관한 기본적인 지식을 가지고 있어야 할 것이고, 동시에 외국인 혹은 외국 기관과 관련되는 업무를 수행하는 공무원은 개인의 한 마디나 행동이 국가 전체의 이미지에 중요한 영향을 미칠 수 있다는 인식을 해야 한다.

한국어의 세계화에 관련될 수 있는 업무를 수행하는 공무원은[2] 한

---

2) 참으로 유감스러운 것은 '한국어의 세계화'와 관련된 업무가 제도적으로 안정되지 않아 이와 관련된 전문지식을 갖춘 공무원이 거의 없다는 점이다. 한국어의 세계화와 관련된 일을 추진하고 있는 민간인의 도움을 받아야 하는 것은 필수적인 상황이다.

국어의 세계화가 민족의 생존과 번영에 직결되는 업무를 수행하고 있다는 자부심을 가지고 있어야 하고, 동시에 한국어 세계화와 관련된 일을 수행하고 있는 민간인에 대해서는 감사의 마음을 가지고 동반자적인 관계를 구축하면서 일을 추진하여야 한다.

4. 자료 정비와 활용 계획

4.0. 도입

한국어의 세계화를 위해서는 이를 수행할 수 있는 도구로서 한국어 교육이라는 응용 분야를 제대로 수행하기 위해서는 언어학적인 기초 연구가 이루어져야 하고, 한국의 문화가 교육 내용으로 제대로 전달되기 위해서는 우선적으로 문화 유산의 정비가 이루어져야 하며, 이를 교육 현장에서 활용할 수 있게 갈무리되어야 한다.

이와 관련된 일은 지금까지 거의 이루어지지 않았거나 아직 초보적인 단계에 있으므로 필요한 사항들을 개괄적으로 제시해 보기로 한다.

4.1. 대비언어학적 자료 정비 및 활용

4.1.1. 인간 언어의 보편성 연구

한국어, 중국어, 일본어, 영어, 불어, 독일어 등의 개별언어의 음성, 음운, 형태, 통사, 의미, 화용에 대한 심도 있는 연구를 통해 언어의 보편적인 특성을 밝혀야 한다.

4.1.2. 언어에 대한 보편성과 개별성 연구

한국어와 중국어, 일본어, 영어, 불어, 독일어 등을 대비언어학적으로 연구한 결과가 나와야 한다. 이를 통해 일반 언어학 이론의 수립에도 간접적으로 도움을 받고 언어유형론 연구를 심화하며, 외국어 교육과 외국어로서의 한국어 교육의 이론적인 기반도 마련할 수 있게 된다.

4.1.3. 응용 언어 분야에의 활용 계획

개별 언어의 연구와 이들 언어 간의 대비언어학적 성과를 바탕으로 언어전문가 및 언어교육자를 양성할 수 있고, 나아가 이 결과를 바탕으로 이중 언어 사전(bilingual dictionary) 편찬·실용 또는 참고용 문법서 등 실용적인 교재를 저작하는 장기적인 활용 계획을 수립해야 할 것이다.

이와 관련하여 구체적으로 수행해야 할 작업 내용은 대체로 다음과 같다.

(1) 언어전문가 양성: 출판, 편집, 언론, 통역/번역, 국제무역 등의 분야에서 능동적으로 활동할 수 있는 언어전문가 양성
(2) 언어교육자 양성: 중국어, 일본어, 영어, 불어, 독일어, 외국어로서의 한국어 등을 가르치는 교사, 교수, 강사 등 유능한 언어교육자 양성
(3) 단순히 낱말의 발음과 의미만 보여주는 현재의 사전과는 달리 각 어휘 항목에 대한 음운, 통사, 의미, 화용 등 총체적인 행태(behaviour)를 보여주는 사전의 편찬
(4) 실용적인 교재의 편찬

4.1.4. IT 분야에 활용 계획

한국어 교육과 직접적인 관련은 없지만, 응용 분야로서는 공통적인 효율성을 가질 수 있는 다음의 활용 계획도 짜져야 한다.

(1) 음성 인식 기술의 개발　　(2) 기계 번역 기술의 개발
(3) 자동 문서 요약 기술의 개발　(4) 효율적인 검색 엔진의 개발
(5) 인공 지능의 개발 등에 기여하게 한다.

4.2. 한국어 교육용 자료 정비

4.2.1. 한국어 학습자의 중간언어 연구

외국인들이 자신의 모국어로부터 생기는 간섭을 최소화하고 목표어인 한국어의 지식을 체계화하기 위해서 대비언어학의 연구 결과를 참조하고 아울러 학습자의 한국어(중간언어)를 고찰, 오류 양상과 발달 단계를 추적한다.

4.2.2. 학습자 오류 사전 개발 및 DB 구축

학습자의 중간언어 자료가 수집되면 이를 토대로 학습자의 오류 사전 개발이 가능하고 아울러 이를 데이터베이스로 구축하면 연구자의 연구 정보로도 활용이 가능할 것이다.

4.2.3. 해외 한국어 교육 연구자 정보 DB 구축

해외 한국어 교육자 및 연구자 정보를 체계적으로 구축하여, 한국내의 한국어 교육용 자료를 제공하고, 외국의 한국어 교육 수요에 효과

적으로 대처하게 한다.

4.3. 한글 문헌의 정비

4.3.1. 한글 문헌의 선별 및 정비

한글 문화유산 중 대표적인 업적을 현대국어로 번역하고, 해제할 뿐만 아니라 이를 한국어의 문화 교육에 활용할 수 있도록 정비한다. 현재 한국어세계화재단에서 시행하고 있는 100대 한글 문화유산의 해제, 해설 작업은 이 단계로 끝날 것이 아니라 한국 문화 교육용으로 재창조하는 작업도 병행하여야 할 것이다.

4.3.2. 디지털 한글 박물관의 정비

세계적인 디지털 한글 박물관을 건립하고, 이를 한국어 교육용 및 한국 문화유산의 교육장으로 활용한다. 우리 문화의 가장 큰 유산 중에 하나가 문자의 창제와 관련된 것이므로 이것을 토대로 세계 문자사를 정립하고, 세계 문자사를 교육하는 과정에서 한글 및 한글 문화유산을 보급하도록 한다.

4.4. 문화유산의 콘텐츠화

우리 민족의 언어 활동이나 문학 활동을 통해 남긴 문화유산을 되돌아보고, 이를 현대적인 감각으로 되살리고, 또 한편으로는 이를 세계적으로 널리 알리기 위해 일차적으로는 문화유산을 체계적으로 정리하고, 이를 정보화하는 동시에 산업용 내지는 교육용으로 재구성하여 민족의 문화유산을 창조적으로 되살리는 것이 필요하다.

이와 관련하여 다음과 같은 작업들을 선별적으로 기획한다.

4.4.1. 교육용 교재개발을 위한 기초 어휘를 단계별로 개발

* 어린이용 만화영화, 게임 등 모든 문화적 가치 창조물의 어휘를
  순화
* 장기적으로는 한국인의 국어 능력을 신장

4.4.2. 한국어 학습용 프로그램의 개발

* 한글 학습용 프로그램
* 문화 유산 학습용 프로그램

4.4.3. 상업용 케릭터 개발

* 게임에서 활용
* 연하장, 행사 축하 등 각종 인사카드 등에서 사용

5. 학문의 정체성 확립

5.0. 도입

외국어로서의 한국어 연구와 한국어 교육 연구가 독자적인 학문 영역으로 성립되고, 이 발전이 교수 방법 개발과 교재 개발 등으로 이어져 이러한 방법론이 외국에 수출될 수 있도록 한다.

5.1. 인접 학문과의 차별성

5.1.1. 영역상의 차별성

외국어로서의 한국어 연구와 외국어로서의 한국어 교육 연구를 국어학과 국어교육과는 다른 학문으로 독자성을 가지고 있음을 확인한다. 즉 외국어로서의 한국어와 외국어로서의 한국어 교육의 관계는 국어학과 국어 교육의 관계와 같다. 국어학과 국어 교육이 분리되듯이 외국어로서의 한국어 연구와 외국어로서의 한국어 교육은 분리되는 것이고, 국어 교육에 대한 이론가와 실제 교육자가 분리되듯이 외국어로서의 한국어 교육을 연구하는 사람과 외국어로서의 한국어 교육을 실질적으로 수행하는 사람은 분리될 수 있어야 한다. 물론 국어학적인 지식이 국어 교육의 이론 구축에 필요 조건이 되고, 또한 국어 교육을 잘 하기 위한 필요 조건이 되듯이 외국어로서의 한국어 교육의 이론 구축이나 실제 현장에서 필요 조건이 되는 것은 동일하다. 그러나 이것은 필요 조건이지 충분 조건이 되지 못한다는 것은 분명히 인식해야 한다.

외국어로서의 한국어 연구는 순수 학문적인 성격과 단일 학문적인 성격을 띄는 것이고, 외국어로서의 한국어 교육 연구는 응용 학문적인 성격과 종합 학문적인 성격을 띄게 된다.

외국어로서의 한국어 연구는 구축되어 있는 언어 체계와 구조를 밝히는 것이 목적이고, 외국어로서의 한국어 교육 연구는 새로운 언어를 효율적으로 습득하게 하는 것이 목적이 된다.

5.1.2. 언어습득으로 본 차별성

모국어로서 제1언어를 습득하는 과정과 모국어를 배운 후 제2언어로서 외국어를 습득하는 과정은 아주 큰 차이가 나는 언어적 인지 과정이다. 그 차이를 간단하게 표현해 보면 다음과 같이 된다.

▌제1언어 습득 ▌

제1언어의 습득은 주로 언어에 의해 이루어진다. 물론 추상적이고 범주화된 사고의 형성과 이의 언어로의 전환 혹은 언어에의 반영 등은 문자 즉 문어로 이루어지는 면이 있지만 기본적으로 모국어의 습득 과정인 제1언어의 습득은 음성 언어를 통해 이루어진다. 이 과정에 문제로 제기되는 것은 다음의 두 부류와 관련된 것들이다.

1. 학습 가능성의 문제 – 어떻게 습득 장치가 문법을 구성하는가
2. 언어 발달의 단계 문제 – 문법의 단계적 출현과 단계별 오류의 유형

▌제2언어 습득 – 문법성에 관한 문제 ▌

제1언어의 습득과 달리 제2언어의 습득은 통상적으로 음성과 문자에 의해 이루어진다. 습득하고자 하는 언어가 사용하는 문자를 익히고 이 문자를 통해서 음성 언어를 익히게 되는 것이 일반적이다. 제2언어 습득에서 주로 관련되는 문제는 다음의 문제와 관련된다.

1. 적형문과 비적형문의 구분
2. 비적형문에 나타나는 오류의 유형과 정정
3. 오류에 대한 문법적인 설명

국어학 내지 국어 교육은 단일한 제1언어 습득과 관련된 사항이다. 반면에 외국어로서의 한국어 연구는 복합적인 제1언어 습득과 관련된 사항이 되고, 외국어로서의 한국어 교육 연구는 제2언어 습득에 관련된 사항이 주된 것이 된다. 이러한 차이를 인식하고 각각의 학문 분야의 개념적 정체성을 확립하는 것이 필요하다.

5.2. 학문 영역의 정체성 확보

학문으로서의 개념적 정의가 확보되면 다음으로 할 일은 학문의 외연적 대상 영역을 확립하는 일이다. 이에 대해서는 아직 연구가 일천한 상황이다. 이에 관한 몇 학자들의 논의를 우선 보기로 하자.

손성옥(2003)에서는 한국어 교육의 학문 영역을 제시하고 있다.

> (1) 일반언어학 이론
> (2) 언어교육론 및 교수법 이론
> ① 언어교수법과 문법교육
> ② 언어습득론
> ③ 언어능력 측정 평가론 및 통계학
> (3) 응용언어학
> ① 담화분석론
> ② 말뭉치언어학

한편, 민현식(2005)에서는 한국어 교육학의 영역을 다음과 같이 제시하고 있다.

(1) 한국어학

① 이론언어학: 음운론, 문자론, 어휘론, 문장론, 의미론, 담화론(텍스트언어학, 화용론, 담화분석), 언어규범학(맞춤법, 표준어, 표준화법, 언어예절 등), 언어사(국어사), 언어학사(국어학사), 언어연구방법론

② 응용언어학:

ㄱ. 습득 영역: 언어습득(모어습득, 외국어습득), 대조언어학, 오류분석론, 이중·다중언어론, 언어교육학(외국어교육학)

ㄴ. 기능 기초 영역: 독서론, 화법론, 작문론

ㄷ. 학제간 영역: 사회언어학, 심리언어학, 전산언어학(국어정보학, 말뭉치언어학), 인류언어학(민족지학), 문화인류학(국어문화론), 매체언어학, 소통학(커뮤니케이션학), 언어논리학, 언어철학, 사전편찬론(국어사전론), 응용언어연구방법론

(2) 한국어교과론

① 기능교육 영역: 말하기·듣기교육론, 읽기교육론, 쓰기교육론

② 문법교육 영역: 발음교육론, 문자교육론(한글 한자교육론), 어휘교육론, 문장교육론, 의미교육론, 담화(텍스트론, 화용론)교육론, 규범교육론

③ 문화교육 영역: 한국어문학교육론, 한국어문화교육론(한국학교육론)

(3) 한국어 교육과정론

　① 교육 기본 영역: 한국어교수요목론, 한국어교수학습론
　　(교수학습방법론, 다매체교육론), 한국어교재론, 한국어
　　교육평가론,

　② 교육 정책 영역: 한국어교육정책론, 한국어교사론, 한국
　　어교육사, 한국어교육학사

　③ 실습 영역: 교육실습(참관, 모의수업, 강의실습)

이렇게 다양한 영역이 외국어로서의 한국어 교육학의 영역이 된다는 사실 자체가 아직 이 분야가 학문적 정체성을 확립하지 못하고 있다는 사실을 환기시켜 주는 것이라고 할 수 있다. 학제간 연구 영역으로 외국어로서의 한국어 교육이 존재하는 게 아니라, 복합적인 성격과 응용적인 성격을 가지지만 단일한 독자적인 학문 영역을 가지기 위해서는 이 분야에서 무엇인가를 정립해야 할 단계에 이른 것이다.

5.3. 한국어교육학 이론 개발

앞에서 언급한 문제들을 넘어서기 위해서는 한국어 교육학의 독자적인 이론 구축이 필요하다. 하나의 학문 분야가 자기 나름대로의 정체성을 확보하기 위해서는 영역의 고유성과 이론의 고유성을 겸비해야 한다. 외국어로서의 한국어 교육의 경우 영역의 고유성은 확보되었지만, 이론의 고유성을 아직 확보되지 않은 것으로 판단된다. 외국어교육이라는 일반 이론을 바탕으로 한국어 교육이라는 개별성을 반영하는 이론적인 성숙이 시급한 상황이다.

6. 교육 실천

6.0. 개관

외국어로서의 한국어 교육을 효과적으로 실천하기 위해서는 구체적으로 어떠한 요소들을 어떻게 접근해야 할 것인가. 현재의 상황이나 앞으로 해야 할 문제 등에 대해 간단하게 의견을 제시하기로 한다.

6.1. 교육 과정의 표준화와 맞춤화

전 세계 한국어 교육기관에서 이루어지고 있는 교육 과정은 그 목적과 필요에 따라 다양하게 이루어지고 있다. 대학원의 한국어 교육자 양성과정에서부터 대학의 한국어 전공 과정, 중등학교에서의 교육 과정, 초등학교에서의 교육 과정, 유치원에서의 교육 과정, 한글학교에서의 교육 과정 등 상황에 따라 다양한 교육이 이루어지고 있는데, 각각의 경우를 위한 표준적인 교육 과정이 하루 빨리 만들어져야 한다. 그뿐만 아니라 외국인 노동자나 탈북자, 해외 이주자 등을 대상으로 한 교육도 이루어져야 하는데 이를 위한 교육 과정 역시 필요하다.

6.1.1. 한글학교에서의 교육 과정

한글학교에서의 교육 과정은 전 세계적으로 필요한 상황이다. 정규학교에서 한국어를 배우지 못하는 상황에서, 혹은 이를 보충하기 위한 상황에서 한글을 익히고 한국어를 배우기 위해서는 어떠한 교과 과정이 가장 효과적인가 하는 문제가 연구되어야 한다.

6.1.2. 유치원에서의 교육 과정

유치원에서 한국어가 필요한 경우는 주로 중국과 일본, 미국 등지에서의 일이다. 이들은 주로 동포의 자녀 혹은 해외 주재 상사원의 자제가 대상이 된다. 이들을 대상으로 한 교육과정은 이들이 모국어를 알고 있는 경우와 모국어가 익숙하지 못한 경우로 나누어 개발하여야 한다.

6.1.3. 중등학교에서의 교육 과정

중등학교에서의 교육 과정 역시 두 가지 유형으로 구분되어 개발되어야 한다. 중국 등 조선족 학교에서의 교육 과정과 일본이나 미국 등 제2외국어로 한국어를 채택하고 있는 국가를 위한 한국어 교육 과정을 구분하여 그 교육 과정을 개발되어야 한다.

6.1.4. 대학에서의 교육 과정

대학에서의 교육 과정은 그 목표부터 분명하게 설정할 필요가 있다. 즉 한국어를 대화하기 위해 배우는 것인지 아니면 한국어와 한국문학 내지는 한국학을 전공하기 위해 한국어를 배우는 것인지 목표를 분명하게 설정한 후에 한국어 교육 과정이 작성되어야 한다.

6.1.5. 대학원에서의 교육 과정

대학원에서의 교육 과정은 한국어 교육자 내지는 전공자를 양성하는 것이므로 이 목적에 맞게 교육 과정이 작성되어야 할 것이다.

6.1.6. 기타의 교육 과정

위에서 언급한 것 외에 별도의 교육 과정이 필요한 상황 중 중요한 몇 가지를 더 제시하면 다음과 같다.

탈북자를 위한 교육 과정
국내 외국인 노동자를 위한 교육 과정
국내 이주민을 위한 교육 과정
국내 이주민 자녀를 위한 교육 과정
해외 입양아를 위한 교육 과정
해외 입양아 자녀를 위한 교육 과정

6.2. 교재의 표준화와 맞춤화

현재 한국어 교재는 여러 종류가 있지만 대동소이한 내용을 담고 있으면서 정작 같아야 할 부분에서는 이질성을 가지고 있다. 또한 교재의 종류만큼이나 필요에 부응하는 다양한 내용이 평행적으로 이루어져야 하는데, 현 상황은 그렇지 못하다. 앞으로 해야 할 과제를 제시하면 다음과 같다.

6.2.1. 문법 용어의 통일

한국어 교육에서 사용되고 있는 문법 용어는 국어학에서 가져 온 것이 되는데, 국어학자 간 문법 용어가 일치하지 않을 경우 한국어 교육에서 용어가 다양하게 사용될 수밖에 없다. 이런 경우 한국어 교육자가 모여 용어의 통일을 꾀하거나 학교 문법의 용어로 통일하는 것이 좋을 것이다.

6.2.2. 기초 어휘의 등급별 배치에 관한 표준안

어휘를 등급별로 나누어 이를 교재의 등급에 따라 배치하고, 어휘의 반복되는 횟수를 어휘 등급별로 구분한다는 것은 교재 작성의 가장 기본이 되는 요구 사항이 될 것이다. 그런데 이에 관한 기초적인 연구가 아직 덜 된 상태에서 비슷비슷한 교재가 양산되고 있는 실정이다. 따라서 어휘 배치에 관한 학술적인 연구가 이루어져야 한다.

6.2.3. 문형 배치의 표준안

어떤 문형을 어느 단계에서 제시하고, 하나의 교재속에서는 어떠한 종류의 문형을 제시할 것인가 혹은 제시해야 하는가 하는 문제가 연구되고, 목적별 교재에 따라 가장 효과적인 문형 제시의 표준안이 만들어져야 한다.

6.2.4. 목적에 따른 교수 요목의 표준안 작성

한국어를 학습하는 목적은 앞으로 더 다양해질 것으로 예상된다. 즉 한국에 취직을 원하기 때문인가, 한국어를 배워 한국으로의 유학을 원하기 때문인가 아니면 한국인과 사업상의 문제를 해결하기 위한 것인가 등등으로 한국어 학습의 목적은 다양해 질 것이다. 이들은 공통성을 가지고 있으면서 각기 다른 필요성을 요구하는 것이기 때문에 이에 맞춘 교수 요목의 표준안도 시급히 만들어야 한다.

6.2.5. 국가별 문형 배치의 다양성

제2언어의 학습이란 제1언어의 간섭을 받을 수밖에 없다. 따라서 문형의 난이도 역시 언어권에 따라 달리질 수밖에 없다. 새로운 것을 먼저 배우게 할 것인지, 중간에 배우게 할 것인지, 아니면 나중에 배우게 할 것인지에 대한 답은 없지만 각각의 경우의 수를 충족시킬 수 있는 다양한 문형 배치의 표준안도 만들어야 할 것이다.

6.3. 교사의 양적 확보 및 질적 상향화

한국어 해외 보급의 성패 여부는 앞으로 양질의 교사와 전문가의 확보에 달려 있다고 해도 과언이 아니다. 이에 관련된 기본적인 사항을 몇 가지 짚어 보기로 한다.

6.3.1. 한국어 전문가의 양성

[한국어 전문가 양성]

외국어로서의 한국어를 전공 분야로 인정하고, 이를 전공하는 학자가 성장할 수 있는 발판을 마련해야 한다.

[한국어 교육자 양성]

교육 현장에서 한국어를 실질적으로 가르칠 수 있는 교육 요원의 양성도 시급한 형편이다. 즉 제2언어로서의 한국어 교육 및 연구자를 양성함으로써 국내외 한국어 교육 기관의 수요를 충족하고 한국어 교육학의 산실이 되도록 한다.

이를 위해 정부에서는 한국어교원 자격 취득에 필요한 영역별 필수이수학점 및 이수시간을 다음과 같이 정하고 있는데(제13조제1항 관련),

번호	영역	과목 예시	대학의 영역별 필수이수학점		대학원의 영역별 필수이수 학점	한국어교원 양성 과정 필수이수시간
			주전공 또는 복수전공	부전공		
1.	한국어학	국어학개론, 한국어음운론, 한국어문법론, 한국어어휘론, 한국어의미론, 한국어화용론(話用論), 한국어사, 한국어어문규범 등	6학점	3학점	3~4학점	30시간
2.	일반언어학 및 응용언어학	응용언어학, 언어학개론, 대조언어학, 사회언어학, 심리언어학, 외국어습득론 등	6학점	3학점		12시간
3.	외국어로서의 한국어 교육론	한국어교육개론, 한국어교육과정론, 한국어평가론, 언어교수이론, 한국어표현교육법(말하기, 쓰기), 한국어이해교육법(듣기, 읽기), 한국어발음교육론, 한국어문법교육론, 한국어어휘교육론, 한국어교재론, 한국문화교육론, 한국어한자교육론, 한국어교육정책론, 한국어번역론 등	24학점	9학점	9~10학점	46시간
4.	한국 문화	한국민속학, 한국의 현대문화, 한국의 전통문화, 한국문학개론, 전통문화현장실습, 한국현대문화비평, 현대한국사회, 한국문학의 이해 등	6학점	3학점	2~3학점	12시간
5.	한국어 교육 실습	강의 참관, 모의 수업, 강의 실습 등	3학점	3학점	2~3학점	20시간
	합계		**45학점**	**21학점**	**18학점**	**120시간**

과목의 설정이나 비율이 적당하다거나 부적당하다거나 하는 논의를 하기 이전에, 왜 이렇게 해야 하는가에 대한 기준점을 만들기 위한 기초적인 논의를 해야 할 것이다. 언어 교육이란 언어에 대한 지식과 언

어에 대한 교수법으로 크게 구별될 수 있는데, 이러한 두 영역이 어떤 비율이 되어야 할 것인가 혹은 총론과 각론에서는 어떤 비율로 배분되어야 할 것인가 하는 문제부터 논의를 해야 할 것이다.

[외국인 한국어전공자(한국어 지도자) 양성]
　　외국인으로 구성되는 한국어전공자를 양성한다. 이를 위한 개요는 다음과 같다.
　　(1) 목표: 외국인 한국어 전문가 양성으로 한국어 세계화의 목표 달성에 외국인이 직접 참여할 수 있도록 한다.
　　(2) 내용: 한국어－자국어 번역, 통역사 양성
　　　　한국어 교육 및 연구자 양성
　　　　한국어－자국어 대비언어학 전공자 양성
　　　　기타 취업을 위한 한국어 전문가 양성
　　(3) 과정: 1,2학년에서는 일반한국어능력 함양을 위한 강의 수강(언어교육원 활용), 3,4학년에서는 전공 강의(대비언어학, 한국어 교육학, 통번역학) 수강

6.3.2. 교사의 자질 향상

현재 중국, 일본, 미국 등지에서 한국어를 가르치고 있는 한국어 교사의 일부분은 자질이 문제될 수 있다. 이들은 자체적으로 학회의 모임이나 주위 사람들의 도움으로 자질 향상에 노력을 기울이고 있는 상황이다. 한국에서는 능력있는 새로운 교사의 확보를 위해 노력하는 만큼 기존 교사의 능력을 향상시킬 수 있는 프로그램을 개발하여 운영하여야 한다.

6.4. 교육 공간과 피교육자의 확보

교육 공간과 피교육자를 확보하는 문제는 국내의 상황이나 국외의 상황 모두 아직 무엇이라고 말할 수 없을 정도로 열악하다. 국내 이주민을 위한 한국어 교육 공간의 확보는 아직 정부나 국가 차원에서 시작도 하지 않은 단계라 할 수 있고, 외국에서의 상황 역시 국가적인 차원에서의 투자는 인근 국가와 비교해 보면 창피할 수준에 머물러 있다. 우선 교육기관과 학생 수의 현황을 보면 다음과 같다.

6.4.1. 재외 동포 교육 기관 현황

<2003년 재외동포 교육기관 현황>(조항록 2005)

지역별	한국학교			한국교육원			한글학교		
	학교수	교원수	학생수	교육원수	파견교원수	동포수	학교수	교원수	학생수
일 본	4	170	1,682	14	22	638,546 (640,234)	57(46)	155(123)	2536 (1,552)
아 주	12	496	3,820	1	1	2,341,190 (2,030,489)	133(111)	1,323 (1,111)	11,754 (10,243)
북 미	–	–	–	7	8	2,327,619 (2,264,063)	1,096 (1,085)	8,891 (8,758)	63,554 (64,363)
중 남 미	3	99	657	3	3	105,643 (111,462)	52(54)	363(410)	3,169 (3,561)
구 주, CIS	1	17	70	10	12	652,131 (595,073)	625(593)	1,511 (1,467)	32,981 (30,590)
아·중 동	4	38	106	–	–	11,654 (12,488)	31(24)	202(215)	969(994)
계	14개국 24개교	807	6,335	14개국 35개원	46	6,065,129 (5,653,809)	96개국 1,963개교 (96개국 1,923개교)	12,243 (12,084)	113,994 (111,303)

6.4.2. 재외 한국어 교육기관

[대학교 국가별 한국어·한국학 운영 대학](서아정 2004)(이하 민현식
(2005)에서 재인용)

동북아 (중국, 일본, 몽골, 대만, 홍콩) 5개국 384개 대학 * 일본2년제 단기대학 75개 별도	유럽　　　　　　12개국 37개 대학
북미　　　　2개국　131개 대학	대양주　　　　2개국　8개 대학
동유럽/CIS 14개국 54개 대학	아프리카·중동 8개국 10개 대학
동서남아　9개국 31개 대학	중남미　　　　3개국　3개 대학
계: 55개국 658개 대학	

[고등학교 이해]

○ 미국: 2004년 1월 현재 39개 중·고등학교에서 약 3,800명 수강

○ 일본: 2000 일본문부과학성 통계에 따르면 163개 고등학교에서 4,587
  명이 수강

○ 중국: 조선족 초·중·고등학교(1,200여 곳), 그리고 2003년부터 상
  해지역 일부 고등학교에서 한국어 강좌 운영

○ 중앙아시아: 고려인 community를 중심으로 다수 중·고등학교에서
  한국어강좌 운영 중 (타슈켄트 시 60개 중학교/ 교사 150명)

○ 호주: 37개 high school, 26개 primary school에서 약 2,000명 한국어
  수강

○ 뉴질랜드: 1997년 Intermediate School에 한국어 도입. 1999년에는
  2,790명이 수강하여 정점에 달했으나 2000년부터 급감하여 현재 600
  ~700명 수준으로 파악됨.

[지역별 KFL 학습인구 현황 (학기당)]

지역/국가	학습자수		비고
	대학교	고등학교 이하	
동북아	28,000	일본 163개 고교에서 4,587명* 중국 동북지방 조선족 community 초중고 약 1,200여 개 처에서 한국어강좌 운영 중.	* 2000 일본 문부성 통계
동서남아	3,000	0	베트남 일부 고등학교에서 개설 검토중
북미	5,000*	미국 39개 중고교 약 3,800명 **	* 2001 통계 ** 2004. 통계
대양주	500	약 2,600명	
동유럽	2,000	NA*	*－폴란드 세종고등학교 － 우즈베키스탄 타슈켄트에 60개 중학교, 교사 50여명
서유럽	700	0	
아중동	180	0	
중남미	50*	0	* 대학 내 외국어연수원에서 운영
계	39,430	10,987	

6.4.3. 대책

교육 공간과 교육자 수를 확보하는 방안은 무엇보다도 정부 예산의 확보에서부터 출발하는 것이다. 이것보다 더 좋은 방안은 한국이 지구 상에서 가장 잘 살고 가장 강한 나라여서 한국으로부터 배울 것이 많을 때 혹은 한국어를 배워 유익한 일이 있을 때이겠지만, 이러한 단계에 가기 전까지는 적극적으로 한국어를 배우게 하고 또한 한국어를 배우고자 하는 사람에게는 교육시킬 수 있는 여건을 마련하는 것이 중요하다.

한국어 해외 보급 및 확산은 한국의 생존과 번영에 직결되고, 한국어 교육에 대한 투자는 수년 내에 그 몇 배로 되돌아 올 수 있다는 정부 당국의 인식 전환이 필요한 부분이다.

6.5. 한국어 능력 평가의 개선

외국인을 위한 한국어능력시험이 1997년에 만들어져 한국교육과정평가원에서 1–6급 시험 체제로 시행하고 있다. 이와 별도로 한글학회가 주관하는 '세계말인증시험'이 시행되고 있다. 그러나 이러한 시험 등이 평가 목적의 타당성과 신뢰도에 바탕을 둔 문제 개발의 결과라고 하기는 어려운 실정이다. 이러한 한국어 능력 평가의 개선 방안으로는 김유정(2005)에서 제시되고 있는데 그 결론의 일부를 그대로 옮기면 다음과 같다.

1. 한국어능력시험의 평가 목적 및 활용에 대한 검토와 고찰이 필요하다.
2. 한국어능력시험에 말하기 능력 평가를 도입하는 데 대한 검토와 고찰이 필요하다.
3. 한국어능력시험의 타당도와 신뢰도를 높이기 위한 방안이 고찰되어야 한다.
   1) 평가 세부계획서(Test specifications)와 이원분류표, 문항점검표의 개발과 활용이 필요하다.
   2) 평가에 관련한 전문 인력 양성과 개발 인력의 확충이 필요하다.
   3) 채점자 훈련(marker training)이 필요하다.
   4) 한국어능력시험에 대한 다양한 연구가 활성화되어야 한다.
4. 한국어능력시험의 컴퓨터 평가 실시 및 전산화 방안이 고찰되어야 한다.

5. 한국어능력시험이 수험자에게 친근한 평가가 될 수 있는 방안이 고찰되어야 한다.

7. 결론

7.1. 지금까지 한국어의 세계화를 위해 논의한 사항 중 몇 가지는 다음과 같이 정리될 수 있다.

1. 부국 강병, 고급 문명과 문화의 발달로 인한 국가 발전

한국어 학습의 수요 창출은 무엇보다도 국가와 민족의 번영이라는 기초 위에서 이루어질 수 있다. 이를 위해 외국인에게 일자리를 제공할 수 있는 경제적인 힘이 있어야 하며, 경제적인 여건을 지킬 수 있는 국가적인 힘이 있어야 하며, 각각의 관련 분야에서 전문 지식을 습득할 수 있는 지적재산이 확보되어 있어야 한다.

2. 국가 기관 정비와 예산 확보, 공무원의 인식 전환

한국어 교육을 위한 제도적인 정비와 지원 부대의 구축 또한 한국어 세계화의 필수적인 상황이다. 세계화를 위해서는 효율적이고 능동적인 제도와 인적 자원의 확보가 갖추어져야 한다.

3. 한국어 교육을 위한 거점 확보

한국어의 세계화를 위해서는 국내에서뿐만 아니라 국외에서 실질적으로 교육을 수행할 수 있는 공간이 확보되어야 한다. 한국에서 관련되는 사항을 파견하거나, 현지에서 필요한 여건을 조성하여 교육 공간을 확보하고 교육 기관을 구축하는 것이 필요하다.

4. 교육자의 확보 및 상향 조정화

교육이란 교육의 주체가 있어야 하고, 교육 주체의 능력에 의해 교육의 승패가 결정되므로, 교육의 다양한 수요에 부응할 수 있는 다양한 능력을 갖춘 교사의 확보는 한국어의 세계화를 위한 가장 기초적인 필수 조건 중의 하나가 된다.

5. 등급별, 지역별, 목적별 수요에 따른 교재 개발

현재 한국어 교재는 다양하게 나와 있지만 수준에 따른 교재 개발이나 학습자 언어에 따른 교재 개발 혹은 학습 목적에 따른 교재 개발은 아직 미미한 상황이다. 언어의 보편성과 개별성에 바탕을 둔 학습 이론과 교재의 개발과 학습자의 수준에 따른 어휘와 문장 유형의 단계 개발 그리고 학습의 목적에 따른 교재의 개발 등이 시급하게 이루어져야 한다.

7.2. '한국어'라는 상품은 그것이 상품적 가치를 가지고 있어야 살 사람이 생긴다는 가장 평범한 사실을 다시 한 번 언급하고자 한다. 그리고 한국어의 '상품적 가치'는 한국어 속에 들어 있는 내용이라는 사실도 항상 기억하고 있어야 함을 강조하고자 한다. 그러면 우리가 할 일은 한국어 속에 상품적 가치가 있는 내용이 담기도록 노력해야 하는 것임이 저절로 밝혀진다. 한국어의 세계화에 관련된 모든 일은 '한국어의 상품적 가치 향상'이라는 기본 명제의 토대 위에서 한 부분을 차지하는 것이다.

이와 관련해서 본고의 서론에서 제시한 '한국어 세계화'의 개념을 옮기고 끝맺도록 한다.

[한국어의 세계화란]
첫째, 외국의 모든 문물과 문화를 효과적으로 표현할 수 있도록 한국어를 정비하고,
둘째, 좀더 많은 외국인이 한국어를 배워 세계의 넓은 지역에서 한국어가 통용되게 하는 것이다.

제3부

남북의 언어 정비

반만년 가까이 우리 민족은 한반도와 만주 일대에서 단일한 언어공동체를 이루며 살아왔다. 때로는 언어공동체의 분화와 통일을 반복하면서, 외국어와 끊임없는 접촉속에서 그것을 때로는 수용하고 때로는 변용하면서 살아 왔다. 그 와중에 우리 민족은 삶의 영역을 넓히기도 하고 좁히기도 하였다. 21세기인 지금 우리 민족어는 남북의 분단, 영어의 압박, 한국어의 확장이라는 상황속에서 생존전략을 모색해야 할 상황에 처해졌다.

여기서는 남북의 언어 순화에 관해 논의해 보기로 한다.

175

제7장
남북한 공동 언어 순화의 기초(1)
― 순화대상어의 선정과 순화의 원칙 정립을 위하여

순화어는

① 인지도
② 용이성과 간편성
③ 개념의 동일성과 가치의 동질성한다.
④ 개념의 차별성과 예견성
⑤ 조어 방식의 적격성
⑥ 통사 기능의 동질성
⑦ 단어족의 호응성

등이 고려되어야 한다.

1. 서론

우리가 사용하는 말을 좀더 우리말답게 만들고자 하는 국어 순화 운동의 역사는 개화기 혹은 구한말로 소급해 간다. 그리고 일제 강점 기를 거쳐 해방 후 지금까지 국어 순화는 계속되고 있다. 그런데 순화 의 목표나 대상은 시대적인 상황에 따라 약간씩 차이를 보이게 되는데, 그것은 대체로 다음의 세 단계로 나누어 볼 수 있다. 순화의 첫 단계는 그동안 관행적으로 써 오던 어려운 한자어를 쉬운 우리말로 바꾸거나 문어와 구어를 일치하기 위한 운동이었고, 그 다음의 순화는 강제적으로 유입된 일본어나 일본식 한자어나 서구어를 몰아 내거나 국어식으로 바꾸는 것이었다. 마지막 순화 운동은 물밀 듯이 밀려오는 서구의 외국어 혹은 외래어를 좀더 국어답게 만들고자 하는 운동이었다.[1]

주시경으로 대표될 수 있는 초기의 국어 순화 운동은 문어체의 문장을 구어체로 바꾸고, 학술용어를 순수한 우리말로 바꾸는 것으로 압축될 수 있다. 한문투가 많이 섞인 문어체의 문장을 구어체의 문장으로 바꾸는 노력은 개화기 당시 국어에 관계한 모든 사람들의 글에서 찾아 볼 수 있다. 국어학에 관련되는 학술용어를 토박이말로 바꾸는 작업은 주시경 선생에 의해 주로 이루어졌다. 일제 강점기의 말기에는 한국어 말살 정책으로 국어가 역사상 최대의 위기를 맞게 되지만, 그 이전에는 방언 중 표준어를 선정하는 작업이 이루어진다. 이른바 '사정한 표준말 모음'은 이러한 작업의 결과로 나온 것이다.(구체적인 내용은 생략한다.)

일제 강점기에 들어온 일본어 중 적어도 일상 용어는 현재 거의 다 청산된 단계에 이르렀다. 해방 이후 현재에 이르기까지 일본어의 잔재를 일소하려는 순화 운동을 벌이거나, 국어학자나 국어정책 당국에 의해 바르고 고운말 쓰기 운동을 꾸준히 벌인 결과인 것이다. 일본어의

---

1) 국어 순화 운동의 역사에 대해서는 다음 기회에 상론하기로 한다.

흔적을 없애고자 하는 노력은 여러 가지 방향으로 나타났는데 그 첫 번째의 방향은 어휘 자체를 고유어로 대체하는 것이었다. 예를 들어 '벤또, 스메끼리, 우와기' 등 근래까지도 세력을 잃지 않고 사용되던 것들도, 지속적인 국어 순화 운동의 결과로 이러한 어휘들이 일본어의 잔재라는 인식이 언중들에게 확산됨으로써 소멸하게 되었다. 그리하여 고유어인 '도시락, 손톱깎이, 웃옷' 등이 그 자리를 대체하게 되었다. 한편 고유어로 대체할 수 없는 경우에는 영어를 차용하여 대체하였다. 예를 들어 '에리, 조시' 등이 '칼라(collar), 컨디션(condition)' 등의 영어로 대체되는 것이다. 또 다른 순화의 과정은 일본어의 음절 구조에 맞게 차용된 외래어를 한국어의 외래어 표기법에 맞게 교정하는 것이었다. 일제 강점기에 일본어화한 것이 들어와서 사용되던 '빠꾸(back), 추리닝구(training), 난닝구(running), 도라꾸(truck), 스게또(skate), 도라무(drum)' 등이 '백, 추리닝, 런닝, 트럭, 스케이트, 드럼' 등으로 바뀌는 것이다.

그러나 아직까지도 일부 특수 분야, 예컨대 복식 분야를 비롯한 제조업 분야나 건축, 인쇄, 기계 등 기술 분야를 비롯하여, 법률과 관계되는 전문적인 분야 심지어는 이발소, 미장원 등에서 쓰이는 용어들에 이르기까지 넓은 분야에서 일본어가 아직도 많이 남아 있다. 이렇게 국어 순화의 지속적인 노력에도 불구하고 일본어의 흔적은 그 생명력을 꽤 끈질기게 이어오고 있다.

그리고 남한과 북한은 해방 후 각기 다른 외국어를 받아들이고, 각기 다른 순화 운동을 펼쳐 순화 작업 자체가 남한과 북한의 언어를 이질화하는 요인이 되기도 하였다. 이러한 결과가 확산되는 것을 막고 민족어의 동질성을 확대하기 위해서는 공동으로 순화 작업을 펼칠 필요가 대두되었다. 본고는 이를 위한 약간의 제안을 하기 위한 것이다.

2. 순화 대상어의 공동 선정

국어 순화를 하기 위해서는 순화의 대상이 되는 어휘가 선정되어야 한다. 순화의 목적이 일차적으로는 민족어로서의 정체성을 확립하고, 다음으로는 좀더 아름답고 곱고 쉬운 우리말을 실질적으로 사용하는 데 있으므로, 정체성을 훼손할 위험성이 있는 말, 거칠고 상스러운 말, 그리고 어려워서 학습이나 사용에 지장이 초래될 수 있는 말들은 순화의 대상어가 된다고 할 수 있을 것이다. 그런데 이러한 기준점은 보는 시각이나 가치관에 따라 달라질 수 있으므로 남한이나 북한이 공동으로 순화 대상어를 선정하기 위한 기준점을 우선 정립할 필요가 있다. 대상어를 선정하는 기준점을 설정하고 이에 따라 개개 어휘나 문장 혹은 문체를 검토해야 실질적인 작업이 효과적으로 수행될 수 있을 것이기 때문이다. 여기서는 어휘의 차원에서 공동으로 순화대상어를 선정하기 위한 기준점을 제시해 보기로 한다.

2.1. 순화의 대상이 되는 한자어 혹은 외래어

가 | 국어로 인정되지 못한 외국어

순화의 일차적인 대상은 국어에 정착하지 못한 외국어이다. 서구 문물과 사상의 무분별한 유입과 함께 들어온 서구어로서 국어에서 특수한 계층에서 부분적으로 사용되고 있다 하더라도 완전히 정착한 단계가 아닌 외국어는 고유어나 쉬운 한자어로 번역하거나 순화하도록 한다.

(예)
조인트
체인^스티치
정크^아트,
카-폰
카-풀

위의 예들은 국어 생활에서 제한적으로 사용되고 있기는 하지만 쉬운 우리말로 순화할 수 있으므로 순화하도록 한다. 한 예를 들어 공구의 이름으로 사용되는 '조인트'는 '이음새'라는 고유어로 충분히 그 의미를 드러낼 수 있으므로 순화하여 사용하도록 한다.

나 | 고유어나 쉬운 한자어로 바꿀 수 있는 서구 어원의 외래어

순화의 대상이 되는 주된 어휘는 서구 어원의 외래어와 어려운 한자어들이다. 이 중 서구 어원의 어휘는 국어 어휘를 풍부하게 해 주는 긍정적인 기능 외에 국어의 단어족을 파괴하는 부정적인 기능이 있으므로, 후자의 기능이 강하게 작용하는 것들은 가능한 한 순화하여 사용하도록 한다.

어렵거나 생소한 한자어 혹은 외래어가 아니더라도, 고유어와 동일한 의미를 가지고 있는 외래어나 한자어는 국어로 대체할 수 있으므로 이들은 순화의 대상이 된다.

(예)
제스처
재킷
징크스
조크 등등

위에서 제시한 예는 일상 생활에서 흔히 들어 볼 수 있는 외래어이지만, 고유어나 쉬운 한자어로 바꿀 수 있으므로 순화하여 사용하도록 한다. 한 예를 들어 '조크' 는 '우스개' 혹은 '우스개 소리' 등의 고유어가 있고, '농담'이라는 한자어도 흔히 사용되는 것이므로 의미 전달에 지장을 초래하지 않는 한 순화하여 사용하도록 한다.

다 ▎ 생소하거나 어려운 한자어

일상적으로 사용되는 한자가 아닌 어려운 한자로 이루어진 한자어로 그 의미를 쉽게 파악할 수 없는 한자어는 순화의 대상이 된다. 즉 한자 자체가 어려워서 의미 파악이 곤란한 경우에 순화의 대상이 된다.

(예)
가압추공(加壓錐孔)

가웅예(仮雄蕊)
각수(脚鬚)
간극감합(間隙嵌合)
자융(煮絨)
자예(雌蕊) 등등

위의 어휘들은 어려운 한자로 구성된 한자어들이어서 그 의미 파악이 쉽지 않다. 이러한 어휘는 모두 순화의 대상이 된다.

어려운 한자는 아니더라도 생소한 한자여서 그 의미파악이 쉽지 않을 경우에도 순화의 대상이 된다.

(예)
추공(椎孔)
刻刀(각도) 등등

위의 예들은 쉬운 한자로 구성되어 있지만 어휘 자체가 생소하거나 어려운 것이다. 그러므로 이러한 어휘는 순화의 대상으로 삼는다.

라 ▌ 고유어로 대체할 수 있는 한자어

어려운 한자로 구성되거나 생소한 한자어가 아니더라도 고유어와 경쟁의 상대가 되는 한자어는 순화의 대상으로 한다.

(예)
석교(石橋)
좌대(座臺)

위에서 예로 든 '석교, 좌대' 등의 한자어는 그렇게 생소한 편은 아니지만, '돌다리, 깔판' 등의 고유어 혹은 고유어로 인식되는 어휘가 있고 이들과 의미가 동일하므로 순화의 대상으로 한다.

마 ▎ 중의적 한자어

한자를 많이 쓰지 않기 때문에 한글로 적었을 경우 그 의미가 다양하게 되거나 혹은 그 의미를 파악하기 어려운 경우에는 순화의 대상이 된다. 이는 몇 가지 유형으로 나누어 볼 수 있다. 우선 같은 음을 가진 한자어가 많아서 그 의미 파악이 어려운 경우 순화의 대상으로 한다.

(예)
상전
가교

위의 예 중 '상전'은 '윗사람'인지 '뽕밭'인지 알 수 없으므로 순화의 대상이 된다. 마찬가지로 '가교'의 경우 '임시다리'인지 '다리놓기'인지 알 수 없으므로 순화의 대상이 된다.

이런 경우 두 가지 이상의 의미를 구분하기 위하여 중의적인 의미를 모두 순화의 대상으로 삼을 수 있다. 그러나 그 모두를 순화의 대상으로 삼을 수 없을 경우 그 의미에 따라 순화의 대상으로 삼을 수 있고 그대로 사용할 수도 있을 것이다. 이 경우 의미의 빈도가 낮은 것을 순화의 대상으로 삼고 언어생활에서 기능부담량이 많은 것은 그대로 두는 것이 좋다.

(예)

대상(對象)	대상(大祥)
대상(大賞)	대상(帶狀)
대상(臺上)	대상(貸上)
대상(隊商)	대상(代償)
대상(大商)	대상(大喪)
대상(大常)	대상(大相)

위의 예는 한글과 컴퓨디사의 워드 프로세서에 기본적으로 실려 있는 '대상'의 한자어들이다. 이들을 모두 고유어로 고치는 것은 현실적으로 불가능할 뿐만 아니라 불필요한 일이기도 하므로 무엇을 순화하고 무엇을 순화하지 않을 것인지에 대한 판단이 필요하다. 이러한 판단의 한 기준이 될 수 있는 것이 같은 문맥에서 사용될 수 있는지의 여부와 의미의 사용 빈도수이다. 즉 이들 중 특정한 문맥에서만 사용되어 의미 해석에서 오해의 소지가 없는 것은 순화의 대상에서 제외하고, 같은 문맥에서 사용되는 것 중 가장 많이 사용되는 것은 가능한 한 그대로 사용하고 빈도수가 적은 것을 순화의 대상으로 삼는 것이다.

바 ▌ 일본어의 잔재

일제 강점기에 유입되었을 것으로 추정되는 일본어의 잔재는 모두 순화의 대상이 된다. 다음의 예들은 이에 속한다.

(예)

"가리방"	"가케-우동"
"곤냐쿠"	"가라(가짜, 헛)"

"가라오케"   "고데"
"가라테"   "가마보코"
"소라빛"

이들은 민족적인 정서와 관련될 뿐만 아니라, 모두 이미 존재하고 있는 우리말로 대체할 수 있으므로 순화의 대상이 되는 것이다.

사 ▌ 일본식 한자어 혹은 일본식 외래어

일본과 한국의 특수한 역사적인 관계로 인하여 일본식 한자어 발음 혹은 일본식 외래어 발음이 국어에 사용되는 경우가 있다. 이들은 모두 순화의 대상이 된다. 일본식 외래어는 일본어의 음절 구조와 한국어의 음절 구조 차이로 인해, 한국의 외래어 표기법에 어긋나게 된다. 이러한 외래어는 순화의 대상이 된다. '그라스(glass), 추리닝구(training), 난닝구(running)' 등은 일본식 발음을 반영한 외래어로서 한국어의 외래어 발음과 맞지 않으므로 순화의 대상이 된다. 몇 예를 더 추가하면 다음과 같다.

(예)
가이당(階段)   고뿌(cup)
곤색(紺色)   게라(galley)
가라(collar)   간데라(kandelaar)
고로케(chrockette)   공구리(concrete)

아 ▌ 국적 불명의 외국어

현재 통속적으로 사용되고 있는 어휘 중에는 그 어원을 추적하는 것이 불가능하거나 어원을 추적할 수 있더라도 그 어형이 왜곡되어 정체를 밝힐 수 없는 것들이 있다. 이러한 것들은 모두 순화하여 국어다운 표현이 사용되도록 해야 할 것이다.

자 ▌ 국어의 감각에 맞지 않는 신조어

외국어와 국어를 섞어서 새롭게 만든 신조어 중에서 국어의 감각으로 받아들이기 어려운 것들은 모두 순화의 대상으로 삼아야 할 것이다. 예를 들어 '소개'와 'meeting'을 섞어서 만든 '소개팅' 류의 어휘들은 순화의 대상이 되어야 할 것이다. 요사이 통신언어에서 젊은이들을 중심으로 많이 사용되고 있는 은어나 속어와 같은 어휘들도 순화의 대상으로 삼아야 할 것이다.

그런데 이러한 어휘들은 순화의 대상으로 삼아야 하는가 하는 자체가 문제로 제기될 소지가 있다. 새로운 문화에 대한 욕구에서 새로운 조어법을 선택하여 새롭게 만들어지는 어휘도 있으므로 이를 긍정적으로 검토하여 필요한 어휘를 선별하여 국어다운 어휘로 수용해 가는 자세도 필요하기 때문이다.

2.2. 순화의 대상에서 제외되는 한자어 혹은 외래어

순화의 대상이 되는 어휘는 기본적으로 외래어나 한자어이다. 이들 중 순화의 대상에 제외하고 국어의 일부로서 인정해야 할 것들도 있다.

가 ▌ 토착어가 되어 버린 외래어나 한자어

국어에 차용된 지 오래되어 고유어처럼 되어 버린 외래어는 순화의 대상에서 제외된다. 고유어처럼 되어 버렸다는 것은 그 의미 영역을 담당하는 고유어가 존재하지 않아서 독자적인 영역을 가졌을 뿐만 아니라, 그 사용이 일상어처럼 되었다는 것을 의미한다. 언중의 언어 생활에서 한자어로 인식할 수 없을 정도로 친숙한 어휘는 순화의 대상에서 제외된다.

이를 몇 가지 유형으로 분류해 볼 수 있다.

(1) '총각, 처녀, 천지' 등과 같이 한자로 표기할 수 있지만 우리의 필요에 의해 우리식으로 의미를 만들어낸 어휘는 순화의 대상에서 제외된다.

(2) '수염, 비단' 등과 같이 한자어로 인식할 수 없을 정도로 언중에게 친숙한 어휘는 순화의 대상에서 제외된다.

(3) '학교, 수업, 문과, 이과' 등과 같이 한자어로 인식되지만, 이들이 고유어로 대체할 수 없는 영역을 가지고 있고, 일상어처럼 사용되고 있으므로 순화의 대상에서 제외된다.

(4) '남포, 라디오' 등 서구어 기원도 대체할 수 있는 고유어가 없고 일상어로 사용되고 있으므로 순화할 필요가 없는 것이다.

(5) '-적, -성, 비-, 불-' 등과 같이 한자어로 인식되지만 국어의 접두사나 접미사처럼 사용되어 생산성을 가지고 있는 것은 순화의 대상에서 제외된다.

나 ▍ 사용되지 않는 한자어

순화는 현재 사용하는 언어를 대상으로 하는 것이므로 이미 죽어 버린 한자어나 외래어는 설사 사전에 실려 있다 하더라도 순화할 필요가 없다. 옛날의 관직명 또한 마찬가지이다. 관직명이 어려운 한자로 이루어져 있어서 의미 파악이 어렵다 하더라도 이것은 당시의 사회제도를 나타내는 것이므로 순화하는 것 자체가 불가능할 뿐만 아니라 해서는 안 되는 일에 포함될 것이다.

다 ▌ 국어로 대체하기 어려운 외래어

새로 유입되는 외래어 중 순화의 대상에서 제외해야 할 것들이 있다. 언어는 지칭하는 대상인 문물이나 정서, 사상의 존재와 관련된 것이므로, 외국과의 접촉에 의해 외래의 문물이나 정서, 사상이 유입되면 언어도 같이 유입된다. 그런데 한국에 존재하는 모든 것이 외국에 존재하는 모든 것을 다 포괄할 수 없는 것이므로 한국어에 대응되는 짝을 찾을 수 없는 어휘가 외국으로부터 유입될 수밖에 없다. 이러한 종류의 어휘는 고유어로 대체할 수 없는 것이므로 이를 그대로 국어에 수용할 수밖에 없는 것이다. 이미 통용되고 있는 '아스피린'이나 생물학이나 화학에서 사용되는 '게놈'이라는 단어는 이에 대응될 수 있는 고유어가 없으므로 그대로 국어로서 인정하게 된다.

라 ▌ 세계적인 공용어로 인정할 수 있는 외래어

국어는 고유어로서의 개별성과 언어로서의 보편성을 가지는 것이다. 고유어로서의 정체성을 확보하는 것만큼이나 일반 언어로서의 보편성을 공유하는 것도 중요한 사항이다. 그 중 후자의 영역을 공유하기 위해서 세계적인 공용어로 사용하고 있거나 사용할 수 있는 어휘는 순화의 대상에서 제외하여야 한다. 이러한 유에 속하는 어휘를 개별적으로 나열하는 것은 어려울 것이다. 그러나 태권도에 관련된 용어는 지구상에 한국어가 공용어로 사용될 수 있는 상황과 관련하여, '슛, 리바운드, 헤딩, 스트라이크, 볼' 등 스포츠 용어에 관련된 것이나 앞에서 예로 들었던 '게놈'이나, '디엔에이, 알엔에이' 등과 같은 전문적인 학술 용어 등은 보편언어의 한 부분으로 공유하게 하여 순화의 대상에서 제외하는 것이 좋을 것이다.

3. 순화 원칙의 공유

순화의 원칙을 정하기 위해서는 다음과 같은 순화어가 갖추어야 할 요건을 고려해야 한다. 순화어가 갖추어야 할 요건으로는 첫째 순화대상어와 비교하여 상대적인 우위에 있는 것이어야 한다. 다시 말해 좀 더 인지도가 높고 쉽고 간편한 것이어야 한다. 둘째 순화대상어와 동일적인 것이어야 한다. 순화대상어와 순화어는 지칭되는 개념의 내포와 외연은 동질적인 것이어야 한다. 그리고 순화어는 기존의 순화대상어가 가지고 있는 단어족(單語族) 안서의 위치를 승계할 수 있어야 하고 또 그것만을 승계해야 한다. 셋째 순화어는 기존의 언어 질서를 깨뜨리지 말아야 한다.

이런 원칙들과 관련하여 순화어와 관련해서 여러 가지 이론들이 제기된 바 있다. 박철우(미간)에서는 Moskv(1976, p.6)을 인용하여 언어 수정을 위해서는 '어감(語感), 정밀(精密), 표현(表現), 순수(純粹), 풍부(豊富), 정자(正字)'의 요구가 지켜져야 한다고 말한 바 있다. 순화의 원칙을 정하기 위해서는 이런 여러 요구를 고려해야 함은 당연한 것이다.

순화를 위한 이런 요구들은 언어사용자로서의 언중을 고려해야 한다는 측면과 언어 자체의 구조적인 측면을 고려해야 한다는 측면으로 나누어 생각해 볼 수도 있다. 순화의 성패가 궁극적으로 언중들의 사용 여부에 의해 결정된다는 측면을 고려하면 언중을 가장 우선적으로 고려해야 한다는 것은 너무도 당연한 것이다. 따라서 순화어는 언중에게 친숙하고 인지도가 높은 방식으로 이루어져야 할 것이다. 또한 순화어는 구조적으로 적합한 것이어야 한다. 이런 측면에서 순화어는 용이성과 간편성, 개념의 동일성과 가치의 동질성, 다른 어휘와의 개념의 차별성과 예견성, 단어족의 호응성, 문법적인 적격성, 발화의 경제성 등의 원리가 만족되어야 할 것이다.

이제 순화의 원칙과 관련하여 이들 각각의 기준에 대해서 간략하게 살펴보기로 하자.

3.1. 인지도

이미 언급한 것처럼 순화어의 성패가 언중들의 사용 여부에 의해 결정되는 것이므로 인지도 우선의 원칙은 순화의 첫 번째 원칙으로 고려되어야 한다. 순화어는 순화대상어에 비해 언중의 인지도가 높은 것이어서 생소하지 않아야 한다. 언어라는 것은 언중이 사용하면 살아남아 생명력을 유지하고, 사용하는 사람이 없으면 사라지게 되는 것이다. 자주 사용하는 것은 그만큼 생명력이 강한 것이 되고, 덜 혹은 자주 사용되지 않는 것은 소멸의 위험성을 가지게 되는 것이다. 순화어가 생명력을 가지기 위해서는 순화어 자체가 평소에 언중들에게 익숙하여 생소하지 않아야 한다. 그래야 순화어에 쉽게 익숙해져 그것이 생명력을 가지게 되는 것이다. 예를 들어 '인터체인지interchange'를

‘나들목’이라고 순화하였는데, 이 경우는 ‘나들이’한다는 개념과 ‘목’이
라는 개념이 이미 언중에게 익숙해 있기 때문에 언중들이 이것의 복합
어 ‘나들목’에 쉽게 친숙해 질 수 있는 것이다. 그리고 그것의 개념 역
시 ‘자동차’와 ‘원거리 나들이’라는 개념이 호응을 일으켜 쉽게 언중들
에게 자리매김할 수 있게 되는 것이다. 인지도의 문제는 순화어의 효
과적인 교육과 홍보와도 밀접한 관련을 갖는 것으로 이와 관련하여 다
음과 원칙을 제시할 수 있을 것이다.

〈순화의 원칙 1〉 ⟹ 인지도 우선의 원칙

3.2. 용이성과 간편성

순화어는 순화대상어보다 쉬운 것이어야 한다. 쉽다는 개념은 두루
두루 알고 있는 개념이든지 아니면 쉽게 배울 수 있는 것이어야 한다.
따라서 순화어에 사용되는 어휘 요소는 한자어보다는 고유어, 어려운
한자어보다는 쉬운 한자어를 선호하게 되고, 고유어의 경우도 언중들
에게 익숙한 어휘가 선호되는 것이다. 이로써 다음과 같은 원칙을 제
시할 수 있을 것이다.

〈순화의 원칙 2〉 ⟹ 용이성의 원칙

한편 순화어는 어휘 구조의 측면에서 좀더 간편한 것이어야 한다.
그리하여 순화어로는 구보다는 단어, 복합어보다는 단일어가 선호되
어야 한다. 그런데 실제로 순화어를 만드는 과정에서 의미의 정확성을
위해서 단어보다 구의 구조를 가지는 경우도 종종 있다.

① ㉮ 가록 → 추가로 적어 넣음
　㉯ 가사 → 아름다운 말과 글
　㉰ 가수금 → 임시 받은 돈
　㉱ 가차 → 임시로 빌림

①의 예는 순화대상어인 단어를 순화어로 고칠 때 구의 구조로 고친 것들이다. 이런 예는 북한의 ≪조선말대사전≫에서보다 남한의 ≪표준국어대사전≫의 순화어에서 더 많이 나타난다.

단어를 구로 순화하는 것에 대해서 부정적으로만 볼 필요는 없다는 주장도 있을 수 있다. 이는 구로 표현하게 되면 아무래도 더 정확한 의미를 가질 수 있을 것이기 때문이다. 하지만 구로 순화된 어휘는 사전의 표제어가 되기 어렵고 언중들에게 한 단어로 인식되기 어려워 결국 어휘 목록에서 사라지기 쉽다.

물론 구의 형식을 가지더라도 순화어가 명명적인 특징을 강하게 가지는 경우는 언중들에게 단어로 기억되게 되고 사전에 표제어로 남을 수도 있다. 다음에서 볼 수 있듯이 동물이나 식물의 학명은 구의 형식을 가지고 있으면서도 성공적인 순화어로 자리잡고 있다.[2]

② 검은얼굴원숭이, 흰줄박이물돼지, 검은머리흰죽지, 긴발톱할미새,
　나비꼬리금붕어, 검은반날개베짱이, 알락수염긴하늘소……

---

2) 동식물명 순화어의 성공 사례에 대한 지적은 민현식(2002)에서도 언급된 바 있다. 동식물의 학명이 구 형식을 가지면서도 순화어로 성공적인 정착이 가능했던 것은 명명성이 강하다는 점과 전문 분야에만 쓰인다는 점이 작용했을 것으로 생각된다.

이와 같은 예를 제외하면 대체로 구의 형식보다는 단어의 형식을 갖는 것이 성공적인 순화어로 정착에 도움이 되는 것으로 생각된다. 이로써 다음과 같은 원칙을 제시할 수 있을 것이다.

〈순화의 원칙 3〉 ⇒ 간편성의 원칙

3.3. 개념의 동일성과 가치의 동질성

순화대상어가 지칭하는 개념과 순화어가 지칭하는 개념이 동일해야 한다. 다음과 같은 예들은 순화대상어와 순화어가 개념상 일치하지 않는 모습을 보여준다.

③ ㉮ 가든 파티 → 마당 잔치
　　㉯ 가십 → 촌평
　　㉰ 가필 → 고쳐 씀
　　㉱ 갈색 → 밤색
　　㉲ 게임 메이커 → 주도 선수
　　㉳ 경음기 → 나팔
　　㉴ 가루우유 → 가루젖

③의 예들은 순화대상어와 순화어가 개념상 정확하게 일치하지 않은 모습을 보인다. 이 경우 순화대상어와 순화어를 모두 쓰거나 순화어에 새로운 의미를 부여하는 수밖에 없는 듯하다.

순화어와 순화대상어가 개념상 일치하지 않기 때문에 순화대상어 한 개에 순화어를 여러 개를 대치시키기도 한다.

④ ㉮ 가가호호 → 집집마다, 집집이
   ㉯ 가라오케 → 녹음 반주, 노래방
   ㉰ 감안 → 생각, 고려, 참작
   ㉱ 건면 → 마른국수, 말린국수
   ㉲ 검온 → 온도 재기, 체온 재기

이로써 다음과 같은 원칙을 제시할 수 있을 것이다.

〈순화의 원칙 4〉 ⇒ 개념 동일의 원칙

한편 순화대상어와 순화어는 중심 의미뿐 아니라 정서적인 의미 내지 연상적인 의미도 동일해야 한다. 즉, 순화대상어와 순화어의 가치 개념은 동일해야 한다. 예를 들어 컴퓨터의 '마우스'는 '쥐돌이'라고 순화했을 경우 이것은 성공할 수 없는 순화의 방향이 될 것이다. 왜냐하면 컴퓨터에서 '마우스'는 컴퓨터 사용의 편리성을 더해주는 소중한 도구 중의 하나인데, 한국어에서 '쥐'라는 개념은 단순한 생물체적인 개념을 넘어서서 인간에게 해롭고 지저분한 연상적인 의미를 가지고 있기 때문에 이런 방향의 순화는 성공할 수 없는 것이다.[3] 그리하여 다음과 같은 원칙을 추가할 수 있을 것이다.

〈순화의 원칙 5〉 ⇒ 가치의 동질성 원칙

---

3) 만약 '쥐'에 대한 연상적인 의미가 바뀌면, 예를 들어 '쥐'가 '깜찍하고 귀여운 애완 동물' 쯤으로 바뀌면 이러한 류의 순화어도 성공할 수 있을 것이다.

3.4. 개념의 차별성과 예견성

실질적인 생명력을 가지고 사용되는 어휘는 모두 제 나름의 의미영역을 가지고 다른 것과 차별성을 가지는 것이다. '같은 말'이라고 지칭되는 '아버지'와 '부친'도 그 사용되는 환경과 개념이 약간의 차이는 있게 마련이다. 순화 대상인 어휘가 실질적인 언어 생활에서 사용되고 있는 것이라면, 이들은 모두 제 나름의 의미 영역을 가지는 것이므로, 이들을 순화한 어휘 역시 어망 내지는 어휘체계에서 개념이 정확해 다른 것과 충돌하지 않아야 한다. 다시 말해 순화어는 자신의 의미 영역을 가지고 있어 유사한 의미를 갖는 어휘와 차별적인 개념을 가져야 한다.

그런데 각기 다른 순화 대상어를 하나로 순화하는 것은 분화되었던 개념을 통합시키는 작업이 되기 때문에 순화어가 성공할 가능성이 줄어들게 된다. 예를 들어 '가마보코'와 '오뎅'을 모두 '어묵'으로 순화하는 것은 각기 다른 순화대상어를 동일한 순화어로 순화하는 경우가 되므로, 이들을 구분해서 사용하던 계층에서는 받아들여질 수 없는 순화어가 되는 것이다. 그리하여 다음과 같은 원칙을 추가할 수 있을 것이다.

〈순화의 원칙 6〉 ⇒ 개념 차별성(독립)의 원칙

순화어가 다른 개념과 충돌하지 않아야 할 뿐만 아니라, 어휘소 내지는 단어의 구성요소로써 그 개념이 예견될 수 있어야 한다. 이를 위해서는 생산성이 있는 접사를 사용한 파생법을 활용하거나 자주 쓰이는 어휘가 포함되는 합성법을 이용하는 것도 효과적이다.

⑤ ㉮ 가계약 → 임시계약
  ㉯ 가교 → 임시다리
  ㉰ 가교사 → 임시교사
  ㉱ 가등기 → 임시등기

⑥ ㉮ 가사 → 가짜죽음
  ㉯ 가근 → 가짜뿌리
  ㉰ 가화 → 가짜꽃

⑤와 ⑥의 예는 한자어 접두어 '가(假)−'를 상황에 따라 '임시' 혹은 '가짜'를 이용하여 효과적으로 순화어를 만든 예를 보여주고 있다. 순화대상어가 접사를 가지지 않는 경우라도 순화어에 접사나 접사적으로 쓰일 수 있는 어휘를 효과적으로 이용하면 의미가 예측되는 순화어를 만드는 데에 도움이 된다. 그리하여 다음과 같은 원칙을 추가할 수 있을 것이다.

〈순화의 원칙 7〉 ⇒ 개념 예견의 원칙

3.5. 조어 방식의 적격성

순화어는 국어의 조어법에 맞도록 만들어져야 한다. 그러므로 국어에서 가장 자연스러운 조어 방식으로 만들어져야 한다.

⑦ ㉮ 가감법 → 더덜기(법)
  ㉯ 가스청정 → 가스맑히기
  ㉰ 가축성 → 줄음성

㉣ 각질층 → 뿔질층

⑦-㉠의 경우 한자어 '가감'을 이른바 '비통사적 합성어' '더덜-'에 대응시켜 고유어로 순화한 것이다. 이런 태도는 고유어의 사용을 우선적인 과제로 생각했던 북한에서의 순화어에 많이 나타나는데, 동사어간끼리의 비통사적 합성법은 현대국어에서는 이미 생산적인 단어 형성의 방법이 아니다.[4] ⑦-㉡는 자연스럽지 않은 사동형을 이용하여 순화한 것으로 역시 북한에서 이루어진 순화어에서 많이 나타나는 특징이다. 현대국어에서 사동사나 피동사를 만드는 '이, 히, 리, 기' 등의 접미사는 공시적인 생산성이 거의 없다. 따라서 이런 사동형이나 피동형을 이용한 조어법은 자연스러운 방식으로 보기 어렵다. ⑦-㉢의 경우 주로 한자어 어근과 결합하는 접사 '-성(性)'을 고유어와 결합함으로써 어색하게 된 순화어이다. ⑦-㉣는 ⑦-㉢보다는 쉽게 받아들여지지만 고유어와 한자어를 조합한 합성어이어서 그리 자연스럽지 못하다.

⑦과 같은 자연스럽지 못한 조어법을 이용한 순화어의 형성은 고유어 사용을 최우선 과제로 삼았던 북한에서의 순화어에 많이 나타나는 특징이다. 이런 경향은 순한글로의 순화에 집착했던 한글학회의 ≪쉬운말 사전≫에서도 많이 발견되는 특징이다. 최근에는 북한에서도 필요한 순화어를 만드는 데에 한자어를 사용하는 등 고유어 사용만을 고집하지 않는 경향을 보여준다. 그리하여 다음과 같은 원칙을 추가할

---

4) '가감 → 더덜', '가감법 → 더덜이'와 같은 방식의 순화어는 남한에서도 한글학회의 ≪쉬운말 사전≫에도 나온다. 한글학회의 ≪쉬운말 사전≫에 대해서도 지나치게 고유어로의 순화가 무리가 된다는 비판도 이루어진 바 있다.

수 있을 것이다.

〈순화의 원칙 8〉 ⇒ 자연스러운 조어 방식의 원칙

3.6. 통사 기능의 동질성

순화어는 순화대상어와 문법적인 기능이 동질적이어야 한다. 언어가 인간에 의해 사용됨으로써 그 생명력을 가지는 것과 마찬가지로, 어휘는 분상의 구성 성분이 됨으로써 실질적인 의미를 가지게 되는 것이다. 순화대상어가 사용되는 문법적인 기능과 순화어가 사용되는 문법적인 기능이 다를 경우 순화어는 순화대상어를 대체하지 못한다. 실질적으로 언어를 사용하는 사람은 개개의 단어를 기억하는 것만큼이나 그 단어가 사용되는 화용론적 의미나 문법적인 의미 내지는 기능을 동시에 기억하기 때문이다. 이러한 점에서 한자식 조어로 된 복합어를 고유어의 명사형으로 순화하는 경우에 그 문법적인 기능이 달라서 실질적으로 사용할 수 없는 경우가 생길 수 있다. 아래의 예를 보자.

⑧　㉠　감내 → 견딤
　　㉠'　감내하다 → 견딤하다
　　㉡　감축 → 줄이기
　　㉡'　감축하다 → 줄이기하다
　　㉢　객혈 → 피 토하기
　　㉢'　객혈하다 → 피 토하기하다

‘어려움을 감내하자’라는 문장이 사용되는데, ‘감내’의 순화어인 ‘견딤’은 ‘감내’의 문법적인 기능을 다할 수 없고, 또 ‘견딤’은 ‘감내’가 가지고 있지 못한 문법적인 영역 즉 동명사적인 기능을 가지고 있기 때문에 이러한 식의 순화는 성공할 수 없는 것이다.

그리고 다음과 같은 순화어의 경우,

군비의 감축은 ⇒ 군비의 줄이기는
군비를 감축하기는 ⇒ 군비를 줄이기는

'감축'과 '줄이기'가 품사 분류상으로는 동일한 명사에 속한다 하더라도, 이 둘이 가지고 있는 통사적인 기능은 다른 것이다. 명사는 그 기능이 동작적인 기능을 가지고 있는 것이 있는가 하면, 정태적인 기능을 가지고 있는 것이 있어서 이러한 기능이 실질적인 문장 내에서는 각기 다른 기능을 담당하게 되므로 이것이 순화어에서 고려되어야 한다는 것이다. 그리하여 다음과 같은 원칙을 추가할 수 있을 것이다.

〈순화의 원칙 9〉 ⇒ 통사 기능 동질성의 원칙

3.7. 단어족의 호응성

한편 순화어는 단어족의 일부로서 자연스럽게 쓰일 수 있어야 한다. 순화어는 가능하다면 연어의 형성이나 숙어의 형성 등이 가능하여 순화대상어가 쓰이는 모든 문맥에서 자연스럽게 쓰일 수 있어야 하고, 순화대상어의 반의 관계, 상하위어 관계 등에서도 만족스럽게 대치될 수 있어야 한다. 그런데, 실제 순화어 중에는 그렇지 못한 경우가 많다.

⑨　㉮　감내 → 견딤
　　㉮'　감내하다 → 견딤하다

ⓔ 감축 → 줄이기
ⓔ′ 감축하다 → 줄이기하다
ⓕ 객혈 → 피 토하기
ⓕ′ 객혈하다 → 피토하기하다

  '감내하다'의 경우를 보면, '감내'는 명사로 사용되면서 '감내하다'라
는 복합어를 만든다. 이들은 하나의 단어족을 형성하는 것이다. 그럴
경우 '감내'의 순화어인 '견딤'은 이 기능을 대체할 수 있어야 한다. 그
뿐만 아니라 '감내'는 '인내', '견디다', '참다' 등과도 하나의 단어족을
이룬다. '감내'가 '견딤'으로 순화될 경우 '견딤'은 '감내'가 가지고 있던
단어족과의 호응관계를 그대로 이어갈 수 있어야 하는 것이다. 그리하
여 다음과 같은 원칙을 추가할 수 있을 것이다.

〈순화의 원칙 10〉 ⇒ 단어족 호응의 원칙

3.8. 발화의 경제성

  외국의 다양한 언어는 다양한 음운체계와 음절 구조 및 조음 현상
을 가지고 있다. 이들이 국어에 그대로 유입될 경우 원발음에 대한 인
식 때문에 한국어의 발화 현상에 어긋날 경우가 있다. 이런 경우 순화
어는 한국어의 음절 구조를 우선적으로 고려해야 하고, 가능한 한 보
편적인 쉬운 구조가 되도록 해야 할 것이다. 그리고 한국어의 음소 결
합과도 부합하여 조음에 무리가 가지 않도록 순화해야 할 것이다. 초
성과 종서의 결합이 복잡한 중국어의 경우나 음절 연절이 복잡한 언어
일 경우 한국인의 발음 관습을 고려하여 순화어가 만들어져야 할 것이

다. 그리하여 다음과 같은 원칙을 추가할 수 있을 것이다.

〈순화의 원칙 11〉 ⇒ 발화 편이의 원칙

4. 요약과 제언

4.1. 요약

지금까지 논의한 내용을 간략하게 요약하면 다음과 같다.

1) 순화대상어의 선정

① 국어로 인정되지 못한 외국어는 순화의 대상으로 삼아야 한다.
② 고유어나 쉬운 한자어로 바꿀 수 있는 서구 어원의 외래어는 순화의 대상으로 삼아야 한다.
③ 생소하거나 어려운 한자어는 순화의 대상으로 삼아야 한다.
④ 고유어로 대체할 수 있는 한자어는 순화해야 한다.
⑤ 중의적 한자어는 부분적으로 순화해야 한다.
⑥ 일본어 혹은 일본어의 잔재는 순화의 대상으로 삼아야 한다.
⑦ 일본식 한자어 혹은 일본식 외래어는 순화의 대상으로 해야 한다.
⑧ 국적 불명의 외국어는 순화의 대상으로 삼아야 한다.
⑨ 국어의 감각에 맞지 않는 신조어는 순화해야 한다.
⑩ 토착어가 되어 버린 외래어나 한자어는 순화의 대상에서 제외해야 한다.
⑪ 현재 사용되지 않는 한자어는 순화할 필요가 없다.
⑫ 국어로 대체하기 어려운 외래어는 순화할 필요가 없다.

⑬ 세계적인 공용어로 인정할 수 있는 외래어는 순화할 필요가 없다.

2) 순화 원칙의 정립

① 인지도 : 순화어는 순화대상어에 비해 언중의 인지도가 높은 것이어서 생소하지 않아야 한다.

② 용이성과 간편성 : 순화어는 순화대상어보다 쉬운 것이어야 하고, 어휘 구조의 측면에서 좀더 간편한 것이어야 한다.

③ 개념의 동일성과 가치의 동질성 : 순화대상어가 지칭하는 개념과 순화어가 지칭하는 개념이 중심의미뿐만 아니라 연상적인 의미도 동일해야 한다.

④ 개념의 차별성과 예견성 : 순화어는 자신의 의미 영역을 자지고 유사한 의미를 갖는 어휘와 차별적인 개념을 가져야 하고, 어휘소 내지는 단어의 구성요소로써 그 개념이 예견될 수 있어야 한다.

⑤ 조어 방식의 적격성 : 순화어는 국어의 조어법에 맞도록 만들어져야 한다.

⑥ 통사 기능의 동질성 : 순화어는 순화대상어와 문법적인 기능이 동질적이어야 한다.

⑦ 단어족의 호응성 : 순화어는 가능한 한 연어의 형성이나 숙어의 형성 등이 가능하여 순화 대상어가 쓰이는 모든 문맥에서 자연스럽게 쓰일 수 있어야 하고, 순화대상어의 반의 관계, 상하위어 관계 등에서도 만족스럽게 대치될 수 있어야 한다.

⑧ 발화의 경제성 : 순화어는 한국어의 음절 구조를 우선적으로 고려해야 하고, 가능한 한 보편적인 쉬운 구조가 되도록 해야 할 것이다. 그리고 한국어의 음소 결합과도 부합하여 조음에 무리가 가지 않도록 순화해야 할 것이다.

4.2 제언

남한과 북한이 공동으로 국어 순화를 위한 안을 만드는 것은 너무나 상식적인 차원의 판단이 필요한 상황이다. 정부 당국의 양해 아래 비정치적인 문제를 다루는 것을 전제로 자유롭게 만날 수 있게 하는 일이 무엇보다도 우선적인 과제이다. 즉 공동 순화를 위해서는 통일전인 현재 북한의 국어학자와 만나는 통로를 개설하고, 공동으로 협의할 수 있는 공식적인 기구를 만들어야 한다. 그리고 통일된 후에 갑작스럽게 상이한 단어가 충돌하는 사태를 막기 위해 서로가 공동 순화안이 남한이나 북한에서 공통적으로 사용되도록 해야 한다. 이를 위해 추진해야 할 과제를 몇 가지 정리해 본다.

1) 남북한 국어학자 협의회 구성

남한과 북한의 학자 전공 영역별로 자유롭게 심의회나 학회 혹은 협의회를 결성하여 자유롭게 토론하고, 공동으로 학문적인 결과를 내는 것이 중요하다. 남한이나 북한이나 국어정책만을 전공으로 하는 학자는 없기 때문에 국어 정책의 문제를 다루기 위해서는 학자적인 관점이나 취향을 알고, 서로 간에 이해할 수 있는 인간적인 유대감을 만드는 것이 필요하다.

인간적인 유대감을 가지고서 국어 정책에 관한 공동의 이론을 도출하거나 참여한 학자가 개인별로 국어 정책에 관한 이론을 제시하는 것이 필요하다. 마치 개화기에 학부의 국문연구소에서 여러 안건을 놓고 심의한 후 각자의 의견을 개진하고 공동의 안을 도출하기 위해 노력하는 것과 유사한 논의가 필요한 것이다.

2) 남북한 국어정책 심의회 구성

남북한의 공동안을 만들기 위해서는 국어정책심의회가 공동으로 만들어져야 한다. 남한과 북한이 각각 국어정책심의회(가칭)를 둘 경우에는 이 기구보다 상위의 기구로서 구성원을 달리 하여 최고 결정기구로서의 심의회를 두어야 한다.

이보다 더 우선적인 방법은 처음부터 남북한 공동의 안건을 가지고, 별도의 심의기구를 구성하여 협의하는 것이다. 이 기구에서는 남북한 언어의 동질성 회복이나 이질성을 줄이기 위한 협의에서 결정권을 가지도록 해야 한다.

이 협의회는 남북한 국어학자가 제출한 안건을 검토하여 최상의 안을 선택하도록 해야 할 것이다.

3) 남북한 공동연구 공간의 확보

남북한 학자가 자유롭게 만날 수 있는 공간의 확보가 필요하다. 남한이나 북한 혹은 중국에 연구소를 두고, 자유롭게 연락할 수 있는 방법을 확보한 후 필요한 경우 언제든지 만날 수 있도록 하여야 한다.

4) 상대편 순화안의 수용

앞에서 언급한 대로 전체 순화대상어 중 공통되는 어휘는 약 200개에 불과하기 때문에 상대편의 순화 용어를 수용하면 바로 그것이 공통 순화어가 되고, 특별한 사유가 없는 한 순화어를 수용하면 이 역시 남북한 공통 순화어가 될 수 있으므로 상대편의 작업을 적극적으로 수용하는 자세가 필요하다.

5) 쟁점의 도출과 토론

남북한 학자들이 모여 공동으로 논의할 수 있는 쟁점을 찾아내고, 좀 더 합리적인 결론에 도출하기 위한 토론을 벌이는 것이 필요하다. 예를 들어 국어 순화의 방법에서 문제되는 것이 무엇인가, 그러한 방법론이 옳은가, 구체적으로 어떤 어휘는 어떻게 순화할 것인가, 이렇게 순화했을 경우 한국인의 언중들에게 받아들여질 수 있을 것인가 등등의 문제가 토론되고, 그 결과로 결론이 도출되어야 할 것이다.

제8장
남북의 순화대상어 대비

수천의 순화대상어 중 남북한에서 공통되는 순화대상어는 200어휘가 채 되지 못한다. 이 원인은 남한과 북한에서 순화의 대상으로 삼은 어휘 자체가 달랐기 때문일 수도 있고, 순화 작업의 문제가 아니라 남한과 북한의 사전이 남북한 순화의 실정을 사전 표제어로 제대로 싣지 않았기 때문일 수도 있다. 이 문제는 앞으로 당사자들이 심각하게 고민해야 할 것이다.

1. 서론

1.0. 남북이 분단된 이후 남한과 북한은 각각 국어 순화에 관심을 가지고 순화 작업을 계속해 왔다. 순화한 내용을 다시 순화하는 경우도 있기 때문에 순화의 과정을 역사적으로 비교해 볼 필요가 있으나 (이것은 다음의 과제로 남겨 둔다.) 여기에서는 남한의 대표적인 사전과 북한의 대표적인 사전에 실려 있는 순화대상어를 대상으로 그 현황을 비교해 보고자 한다. 남한의 순화대상어는 [표준국어대사전]에 실려 있는 것을 대상으로 하고, 북한의 순화대상어는 [조

선말대사전]에 실려 있는 것을 대상으로 한다.

1.1. 본고에서 사용하는 '순화대상어'라는 개념은 'A를 B로 순화한다(혹은 말 다듬는다)'에서 A를 지칭하는 것이다. B는 순화어로 지칭한다.

1.2. 순화대상어를 비교하기 위해서 기본적으로 수행해야 할 사항[1]에 대해 간단하게 논의하면 다음과 같다.

첫째, 전체 목록의 작성

남한의 순화대상어와 북한의 순화대상어를 비교하기 위해서는 우선 남한과 북한에서 순화대상어로 삼은 전체적인 목록을 작성해야 할 것이다. 이 사항은 너무나 당연한 것으로 재론의 여지가 없으나 남한과 북한의 순화 목적이 다를 수 있고[2], 남한과 북한의 순화 주체가 다를 수 있으므로 약간 부언할 필요가 있다. 북한에서의 순화 주체는 북한의 체제 때문에 항상 공공기관에서 하게 된다. 반면에 남한에서는 정부기관에서 하기도 하지만 민간기구에서도 순화 운동을 하기도 한다. 그래서 북한의 순화는 통일성을 가지고 있지만, 남한에서의 순화는 정부기관과 민간기구가 각기 다른 순화안을 내놓을 수도 있다. 여기서 남한과 북한의 공동 순화안을 만들기 위한 기초 작업으로 순화대상어

---

1) 방법과 대상, 내지는 내용은 엄격히 구분되어야 하겠지만, '순화론'이 아직 학문적으로 성숙되어 있지 않아 엄격한 구분이 불가능하므로 '두루뭉실하게' 기술하기로 한다.
2) 예를 들어 북한에서는 '사상, 체제 수호' 등이 국어 순화의 목적이 되고 있으나, 남한에서는 그러한 것이 순화의 목적이 된 적이 없다.

를 정리하고자 할 때 무엇을 대상으로 할 것인가 하는 문제가 대두될 수 있는 것이다. 이러한 문제 때문에 본 책에서는 남한과 북한의 대표적인 사전에 실려 있는 표제어를 대상으로 한 것인데, 일반론으로서는 다음과 같이 언급할 수 있을 것이다.

남한과 북한의 순화대상어를 비교하기 위해서는 남한과 북한에 순화대상어로 삼은 어휘의 목록을 총체적으로 작성하되, 공공기관에서 공적으로 수행한 것과 민간기구에서 사적으로 수행한 것을 구분하여 형평을 맞추어야 한다.

둘째, 음소별 비교

국어의 어휘는 조음 방법과 조음 위치를 달리 하는 초성의 종류에 따라 사용 빈도수 내지는 의미 분화의 기능부담량이 큰 차이를 보인다. 조음 방법을 달리 하는 평음('ㄱ, ㄷ, ㅂ, ㅅ, ㅈ' 등)과 거센소리('ㅋ, ㅌ, ㅍ, ㅊ' 등), 된소리('ㄲ, ㄸ, ㅃ, ㅆ, ㅉ' 등)의 기능부담량에 큰 차이가 있고, 조음 위치를 달리 하는 연구개음 계열('ㄱ, ㅋ, ㄲ' 등)과 경구개음 계열('ㅈ, ㅊ, ㅉ' 등), 치조음 계열('ㄷ, ㅌ, ㄸ, ㅅ, ㅆ' 등), 순음 계열('ㅂ, ㅍ, ㅃ' 등), 후음 계열('ㅎ'과 종성의 'ㅇ') 등의 기능부담량이 큰 차이가 있는 것이다. 기능부담량은 대체적으로 평음 계열이 가장 크고, 된소리 계열이 가장 적다.[3] 그리고 평음 계열 중에서는 연

---

3) 이러한 현상은 계열 생성의 상대적인 연대 순서과 관련된 것이다. 즉 된소리 계열은 국어사에서 기원적으로 존재했던 것이 아니라 후대에 생긴 것이다. 이로 말미암아 기능부담량이 적을 수밖에 없다.

구개 평음인 'ㄱ'의 기능부담량이 가장 크다.[4)]

그런데 외래어의 음소별 빈도수는 국어와 일치하지 않을 것으로 예상된다. 예를 들어 영어에서 /k/와 /g/가 사용되는 빈도수가 국어에서 'ㅋ'과 'ㄱ'이 사용되는 빈도수[5)]와 같을 수가 없고, 영어의 /k/와 /p/에서 나타나는 차이가 국어의 'ㅋ'과 'ㅍ'에서 나타나는 차이와 일치할 수 없기 때문이다.

이러한 결과로 국어의 어휘에는 초성의 빈도수 내지는 기능 부담량이 고유어만을 대상으로 했을 경우와 외래어를 포함했을 경우가 차이날 수밖에 없다. 영어에서 'k'는 빈도수가 큰 음소이지만, 국어에서 'ㅋ'은 빈도수가 아주 낮은 음소이기 때문에 'ㅋ'으로 시작하는 어휘를 조사했을 경우 외래어의 비율이 다른 음소에서보다 커지게 되는 것이다.

그러므로 순화대상어를 비교할 경우에는 음소별로 남한의 순화대상어와 북한의 순화대상어를 비교해야 한다.

셋째, 어종별 비교

국어 순화에 대한 연구는 궁극적으로 '무엇을' '어떻게' '왜'에 대한 연구이다. 이 중 '무엇을'에 해당하는 것이 '순화대상어'인데, 이것은 '왜'와 밀접한 관련이 있는 것이다. 국어에 대한 순화 작업은 개화기 이래 지금까지 끊임없이 이어져 왔다. 순화한 내용 중 일부는 언중의

---

4) 이 현상은 국어에서 'ㅋ, ㄲ' 등이 가지고 있는 기능부담량이 작기 때문이다. 이 역시 통시적으로 생성의 시기와 관련된 것이다.
5) 영어의 'k'와 국어의 'ㅋ'을 비교하는 것은 외래어 표기법에서 초성의 'k'는 'ㅋ'으로 적기 때문이다. 영어를 예를 한 것은 외래어 중 영어를 어원으로 하는 것이 가장 많기 때문이다.

언어생활에 적극적으로 반영되기도 하고, 일부는 순화했다는 사실만으로 끝나는 경우도 있어 왔다. 여기서 중요한 문제는 순화한 내용이 언중들의 언어 생활에 적극적으로 반영되면 순화대상어는 언중들의 언어 생활에 사라지게 된다는 사실이다. 그러므로 순화대상어가 무엇인가 하는 내용은 언중들의 실질적인 언어 생활을 어떻게 하고 있는가 하는 현실을 보여 주는 동시에 순화한 결과 즉 순화어가 얼마나 언어 생활에 반영되었는가 하는 문제를 보여 주는 것이다.

그런데 국어에서 실질적으로 순화의 대상이 된 것은 서구어, 한자어, 일본어 및 이와 관련된 것이므로 언어 생활에 순화어가 반영된 결과를 파악하기 위해서는 순화대상어를 어종별로 분류해야 한다.

1.3. 이러한 사항 외에 순화대상어를 문화적인 가치관과 관련하여 혹은 사회 인식의 변화와 관련하여 연구하는 방법도 찾아야 할 것이다. 그러나 그 필요성에도 불구하고 순화대상이나 순화어에 대한 학술적인 접근이 일천하여 본고에서 논의하기 어려우므로, 많은 부분들은 이 분야의 발전적인 미래에 남겨 두기로 한다.

1.4. 현재의 상황에서 할 수 있는 일은 기초적인 자료 정리의 차원에서 어휘의 종류를 대비해 보는 것에 한정되기에, 본 장에서도 순화대상어가 된 어휘를 어종별로 비교하는 데에 거의 한정하기로 한다.

2. 남한의 순화대상어

남한의 〈표준국어대사전〉에 실려 있는 순화대상어는 모두 2,687항목(주표제어 2,614항목, 부표제어 73항목)이다. 이 중 약 600여 항목[6]을 어원 내지는 어종별로 분류하면 다음과 같다.

우선 'ㄱ'으로 시작하는 순화대상어 약 300항목 중에는 서구어가 13단어로 약 4.3%를 차지한다. 그 예는 다음과 같다.

[순화대상어가 서구어인 예]

"게임"	'경기', '놀이', '내기'로 순화.
"개그-맨"	'익살꾼'으로 순화.
"게스트"	'손님', '특별 출연자'로 순화.
"가운02"	'덧옷'으로 순화.
"가든-파티"	'마당 잔치', '뜰 잔치'로 순화.
"갤러리"	'그림 방', '화랑(畵廊)'으로 순화.
"가디간"	'카디건'으로 순화.
"갭"	'간격', '차이', '틈'으로 순화.
"개런티"	'출연료'로 순화.
"개그"	'재담'으로 순화.
"골인02"	'득점'으로 순화.
"가십"	'촌평'으로 순화.
"게임-메이커"	'주도 선수'로 순화.

---

6) 600여 항목을 선정한 특별한 이유는 없다. 'ㄱ'과 'ㅈ'으로 시작되는 어휘를 선택한 결과가 약 600항목이 되었다.

그리고 일본어 내지는 일본식 어휘가 15개 항목을 약 5%를 차지한다. 그 예는 다음과 같다.

[순화대상어가 일본어 혹은 일본식 어휘인 예]

“가라03”   ‘깃’, ‘옷깃’, ‘칼라’로 순화.
“가리방”   ‘줄판’으로 순화.
“가케-우동”   ‘가락국수’로 순화.
“곤냐쿠”   ‘구약나물’, ‘구약 감자’로 순화.
“가라04”   ‘가짜’, ‘헛’으로 순화.
“가라05”   ‘무늬’로 순화.
“고로케”   ‘크로켓01’으로 순화.
“가라오케”   ‘녹음 반주’, ‘노래방’으로 순화.
“고뿌”   ‘잔’, ‘컵’으로 순화.
“게라02”   ‘교정쇄’, ‘활자판 상자’로 순화.
“고데”   ‘인두’, ‘인두질’, ‘머리 인두’, ‘머리 인두질’, ‘지짐 머리’
                  로 순화.
“가라데”   ‘당수’로 순화.
“가마보코”   ‘어묵’으로 순화.
“간데라”   ‘촉’, ‘촉광’으로 순화.
“공구리”   ‘양회 반죽’, ‘콘크리트’로 순화.

나머지 90.7%는 한자어가 그 대상이다. 한자어의 예는 가나다 순으로 약간만 제시하기로 한다.

[한자어의 예]

"검색"	'찾기', '검사'로 순화.
"감내"	'견딤'으로 순화.
"개함"	'엶', '함을 엶'으로 순화.
"결탁"	'짬', '서로 짬'으로 순화.
"결손"	'모자람'으로 순화. ≒흠손(欠損)
"경망01"	'바람', '삼가 바람'으로 순화.
"경신01"	'고침'으로 순화. ≒갱신02(更新)
"경악02"	'놀라움'으로 순화.
"경연07"	'겨루기'로 순화.
"경직04"	'굳음'으로 순화.
"경합"	'겨룸', '견줌', '경쟁', '다툼'으로 순화.
"계표01"	'셈함', '표를 셈함'으로 순화.
"고지10"	'알림'으로 순화.
"고충02"	'어려움'으로 순화.
"각하01"	'물리침'으로 순화.
"경심02"	'갈이깊이'로 순화.
"가감01"	'더하고 빼기'로 순화. =가감산. '더하기 빼기'로 순화.
"견적"	'어림셈'으로 순화.
"경어02"	'높임말', '존댓말'로 순화.
"곡척"	'곱자', '기역자'로 순화.
(이하 생략)	

다음으로 'ㅈ'으로 시작하는[7] 순화대상어 약 300여 항목 중에는 서

---

7) 'ㅈ'으로 시작하는 어휘가 특별한 의미를 가지는 것은 아니다. 북한식으로 가

구어가 31개의 단어로 약 10%를 차지한다. 그 예는 다음과 같다.

[서구어의 예]

“제스처”   ‘몸짓’으로 순화.
“조인트”   ‘이음새’로 순화.
“체인^스티치”   ‘사슬뜨기’로 순화.
“치킨”   ‘닭고기 튀김’으로 순화.
“재킷”   ‘웃옷’으로 순화.
“징크스”   ‘불길한 일’, ‘액(厄)’, ‘재수 없는 일’로 순화.
“찬스”   ‘기회(機會)’로 순화.
“장르”   ‘분야’, ‘갈래’로 순화.
“조크”   ‘농담’, ‘우스개’로 순화.
“카드”   ‘표’로 순화.
“저널”   ‘언론’으로 순화.
“저널리스트”   ‘언론인’으로 순화.
“저널리즘”   ‘언론’으로 순화.
“주니어”   ‘중급자’, ‘청소년’으로 순화.
“차트”   ‘도표’, ‘순위 도표’로 순화.
“챔피언”   ‘선수권자’, ‘으뜸 선수’로 순화.
“체크”   ‘대조’, ‘점검’으로 순화.
“추리닝”   ‘연습복’, ‘운동복’으로 순화.
“카탈로그”   ‘목록’, ‘상품 안내서’, ‘일람표’로 순화.

나다 순서를 매길 때 ‘ㅈ’ 앞까지가 대략 절반정도가 되기 때문에 반을 기준으로 하여 ‘ㄱ’과 ‘ㅈ’을 선택한 것이다. 즉, ‘ㄱ’으로 시작하는 어휘가 전반부의 앞에 나오는 예가 되고, ‘ㅈ’으로 시작하는 어휘가 후반부의 앞에 나오는 예가 되는 셈이다.

"카리스마"	'권위'로 순화.
"카르통"	'초본', '초본 그림'으로 순화.
"카운슬링"	'상담'으로 순화.
"카운터01"	'계산대'로 순화.
"정크^아트"	'폐물 예술'로 순화.
"카−폰"	'차 전화'로 순화.
"조깅"	'건강 달리기'로 순화.
"카운트다운"	'초 읽기'로 순화.
"카−풀"	'함께 타기'로 순화.
"점프−하다"	'도약하다', '뛰다', '뛰어오르다'로 순화.
"체인^측량"	'사슬자 측량', '줄 측량'으로 순화.
"체인−점"	'연쇄점'으로 순화.

일본어 내지는 일본식 어휘는 5개로 1.6%를 차지한다. 구체적인 예는 다음과 같다.

[일본어 내지는 일본식 어휘]

"카무플라주"	'거짓 꾸밈', '위장'으로 순화.
"지지미02"	'쫄쫄이'로 순화.
"짬뽕"	'초마면'으로 순화.
"조끼02"	'잔'으로 순화.
"지라시"	'선전지', '낱장 광고'로 순화.

나머지 88% 정도는 모두 한자어이다. 구체적인 예를 20항목 정도만 제시하기로 한다.

[한자어]

"질타"   '꾸지람', '크게 꾸짖음'으로 순화.
"추첨"   '제비뽑기'로 순화.
"초지04"   '종이뜨기'로 순화.
"증축"   '늘려 지음'으로 순화.
"충전-재"   '채움재'로 순화.
"촌음"   '짧은 시간'으로 순화.
"추징"   '추가 징수'로 순화.
"추천01"   '가을 하늘'로 순화.
"출영01"   '마중'으로 순화.
"충심02"   '속마음', '마음속 깊이'로 순화.
"죽림"   '대나무 숲'으로 순화.
"증10"   '드림'으로 순화.
"자괴-심"   자괴지심. '부끄러움'으로 순화.
"잔류01"   '남음'으로 순화.
"재배03"   '기름'으로 순화.
"전개02"   '펼침'으로 순화.
"절하01"   '내림'으로 순화.
"절상01"   '올림'으로 순화.
"절취01"   '자르기', '자름'으로 순화.
"접합"   '이음'으로 순화.
(이하 생략)

이들을 종합하여 표로 보이면 다음과 같다.

〈남한 순화대상어의 비율표〉

	'ㄱ'으로 시작하는 어휘	'ㅈ'으로 시작하는 어휘
서구어 혹은 이와 관련	4	10
일본어 혹은 이와 관련	5	2
한자어	91	88
전 체	100	100

〈소수점 이하는 반올림하였음.〉

3. 북한의 순화대상어

북한의 조선말대사전에 실려 있는 순화대상어 4,400여 개의 절대 다수는 한자어가 차지한다. 참고로 'ㄱ'으로 시작되는 어휘 100개와 'ㅈ'으로 시작하는 어휘 100개를 사전의 순서대로 순화대상어를 제시하면 다음과 같다.

〈'ㄱ'으로 시작하는 어휘〉

가감법 「명」 (다듬은 말로) 더덜기(법).
가감변 「명」 『기계』 (다듬은 말로) 조절변.
가골 「명」 『생리』 (다듬은 말로) 가짜뼈. 仮骨
가공삭도 「명」 (다듬은 말로) 공중삭도. 架空索道 ((북한))
가공선02 「명」 『전기』 (다듬은 말로) 공중선. 架空線 ((북한))
가공선로-설- 「명」 『운수』 (다듬은 말로) 공중선로. ((북한))

가공지 「명」 (다듬은 말로) 가공종이. 加工紙 ((북한))

가공지선 「명」 『전기』 (다듬은 말로) 공중접지선. 架空地線 ((북한))

가교02 「명」 (다듬은 말로) 다리놓기. 架橋 ((북한))

가교03 「명」 (다듬은 말로) 림시다리. 仮橋 ((북한))

가교도 「명」 『건설』 (다듬은 말로) 다리결합도. 架橋圖 ((북한))

가근 「명」 『생물』 (다듬은 말로) 가짜뿌리. 仮根 ((북한))

가계포 「명」 『농학』 (다듬은 말로) 씨앗갈래밭. 家系圃 ((북한))

가과 「명」 『생물』 (다듬은 말로) 가짜열매. 仮果 ((북한))

가관절 「명」 『의학』 (다듬은 말로) 가짜마디. 仮關節 ((북한))

가년륜 「명」 『림학』 (다듬은 말로) 가짜해돌이. 仮年輪 ((북한))

가동일 「명」 『경제』 (다듬은 말로 : 가동날자) 稼動日 ((북한))

가대02 「명」 (다듬은 말로) 집터.3 家垈 ((북한))

가루우유 「명」 (다듬은 말로) 가루젖. ((북한))

가륵 「명」 『생리』 (다듬은 말로) 가짜갈비(뼈). 仮肋 ((북한))

가사06 「명」 『의학』 (다듬은 말로) 가짜죽음. 仮死 ((북한))

가선02 「명」 『음악』 (다듬은 말로) 덧선. 加線 ((북한))

가선03 「명」 『체신』 (다듬은 말로) 줄늘이기. 架線 ((북한))

가성대 「명」 (다듬은 말로) 가짜목청. 仮聲帶 ((북한))

가성문 「명」 (다듬은 말로) 가짜성문. 仮聲門 ((북한))

가성비 「명」 『금속』 (다듬은 말로) 알카리비를. 苛性比 ((북한))

가성성－썽 「명」 『화학』 (다듬은 말로) 더하기성. 加成性 ((북한))

가성화 「명」 『화학』 (다듬은 말로) 알카리화. 苛性化 ((북한))

가수03－쑤 「명」 『수학』 (다듬은 말로) 더하는 수. @3加數 ((북한))

가수분해 「명」 『화학』 (다듬은 말로) 물분해 【2】 ((북한))

가스청정 「명」 『화학』 (다듬은 말로) 가스맑히기. ((북한))

가스타빈 「명」 『기계』 (다듬은 말로) 가스맑히개. 【2】 ((북한))

가스포집기 「명」 (다듬은 말로) 가스잡개. ((북한))

가스유 「명」 『화학』 (다듬은 말로) 가스기름. ((북한))

가시광선「명」(다듬은 말로) 보임광선.【6】((북한))

가식03「명」(다듬은 말로) 림시(옮겨) 심기. 仮植 ((북한))

가식법「명」(다듬은 말로) 림시심기법. 仮植法 ((북한))

가신수자-짜「명」『수학』(다듬은 말로) 믿을수자. 家信數字 ((북한))

가장집물-짐-「명」(다듬은 말로) 집세간. 세간01 ②. 家藏什物 ((북한))

가전자「명」(다듬은 말로) 값전자. 價電子 ((북한))

가종피「명」『생물』(다듬은 말로) 가짜씨껍질. 仮種皮 ((북한))

가철02「명」(다듬은 말로) 등매기. 仮綴 ((북한))

가철기「명」『기계』(다듬은 말로) 등매는 기계. ((북한))

가청주파수「명」『전기』(다듬은 말로) 들림주파수. ((북한))

가청한계「명」(다듬은 말로) 들림한계. ((북한))

가청음「명」『물리』(다듬은 말로) 들림소리. ((북한))

가축성「명」(다듬은 말로) 줄음성. 可縮性 ((북한))

가축성동발「명」(다듬은 말로) 줄음성동발. ((북한))

가탄03「명」『금속』(다듬은 말로) 덧탄. 加炭 ((북한))

가탄제「명」『금속』(다듬은 말로) 덧탄감. ((북한))

가판「명」『출판』(다듬은 말로) 판걸이. 架版 ((북한))

가판대「명」『출판』(다듬은 말로) 판걸이대. ((북한))

가피02「명」『의학』(다듬은 말로) 딱지①. 痂皮 ((북한))

가행손실「명」『지질』(다듬은 말로) 캐기손실. ((북한))

가행탄층「명」『지질』(다듬은 말로) 캐는 탄층. ((북한))

가화05「명」(다듬은 말로) 가짜꽃. 仮花 ((북한))

가압추공「명」(다듬은 말로) 가압 구멍. 加壓錐孔 ((북한))

가역접촉기「명」(다듬은 말로) 앞뒤접촉기. ((북한))

가엽「명」『생물』(다듬은 말로) 가짜잎. 仮葉 ((북한))

가요선「명」『전기』(다듬은 말로) 휨줄. 可撓線 ((북한))

가요성-썽「명」『전기』(다듬은 말로) 휨성. 可撓性 ((북한))

가용선「명」(다듬은 말로) 녹는줄. 可鎔線 ((북한))

가용성01-썽 「명」 (다듬은 말로) 풀림성. 可溶性 ((북한))

가용편 「명」 『전기』 (다듬은 말로) 녹음판. 可鎔片 ((북한))

가용안전기 「명」 『전기』 (다듬은 말로) 녹음안전기. ((북한))

가웅예 「명」 『생물』 (다듬은 말로) 가짜수꽃술. 仮雄蘂 ((북한))

가을채소 「명」 (다듬은 말로) 가을남새. ((북한))

가임02 「명」 『축산』 (다듬은 말로) 거짓새끼배기. 仮姙 ((북한))

각궁 「명」 (다듬은 말로) 뿔활. 角弓 ((북한))

각과02 「명」 『농학』 (다듬은 말로) 깍지열매. 殼果 ((북한))

삭과류 ' 명」 '농학』 (다듬은 말로) 깍지열매류. ((북한))

가담02 「명」 ① (다듬은 말로) 가래02 咯痰 #6각담하다 #$「동」(자) 각담
        ② ((북한))

각도03 「명」 (다듬은 말로) 각칼. 刻刀 ((북한))

가력02강- 「명」 (다듬은 말로) 씨름. 角力 ((북한))

각수02 「명」 『생물』 (다듬은 말로) 다리수염. 脚鬚 ((북한))

각자갈 「명」 (다듬은 말로) 깬 자갈. 角- ((북한))

각전01 「명」 ① (다듬은 말로) 잔돈. ② (다듬은 말로) 거스름돈. -錢
        ((북한))

각정 「명」 (다듬은 말로) 조가비꼭대기. 殼頂 ((북한))

각주01 「명」 (다듬은 말로) 각기둥. 角柱 ((북한))

각주시험체 「명」 『건설』 (다듬은 말로) 각기둥시험체. 角柱試驗體 ((북
        한))

각주키 「명」 (다듬은 말로) 각기둥키. 角柱key&영 ((북한))

각질01 「명」 『생물』 (다듬은 말로) 뿔질. 角質 ((북한))

각질층 「명」 『생물』 (다듬은 말로) 뿔질층. 角質層 ((북한))

각초 「명」 (다듬은 말로) 썬 담배. 刻草 ((북한))

각체01 「명」 『생물』 (다듬은 말로) 뿔몸. 角體 ((북한))

각판01 「명」 ① (다듬은 말로) 새김판. 各板 ((북한))

각피01 「명」 (다듬은 말로) 굳은 껍질. 角皮 ((북한))

각희-ㅋ「명」① = 태껸. ② (다듬은 말로) 씨름. 角戲. 脚戲 ((북한))

각연「명」『의학』(다듬은 말로) 다리맥없기. 脚軟 ((북한))

각인03「명」(다듬은 말로) 새김. 刻印 #6각인하다 #$「동」(자.타) ((북한))

간균「명」『생물』(다듬은 말로) 막대균. 桿菌 ((북한))

간극「명」(다듬은 말로) 틈. 쯤. 間隙 ((북한))

간극감합「명」『기계』(다듬은 말로) 틈맞춤. 間隙嵌合 ((북한))

간두렁「명」(다듬은 말로) 사이두렁. ((북한))

간반「명」(다듬은 말로) 검버섯. 肝斑 ((북한))

간벌「명」『림학』(다듬은 말로) 솎음베기. 間伐 ((북한))

간벽「명」(다듬은 말로) 사이벽. 間壁 ((북한))

간벽막이-병-「명」(다듬은 말로) 사이벽막이. ((북한))

간벽문-병-「명」(다듬은 말로) 사이벽문. ((북한))

간성02「명」『농학』(다듬은 말로) 사이성. 間性 ((북한))

〈'ㅈ'으로 시작하는 어휘〉

자11「명」(다듬은 말로) 가시. 刺 ((북한))

자가수정「명」『생물』(다듬은 말로) 제수정. ((북한))

자갈색-쌕「명」(다듬은 말로) 푸른밤색. 보라밤색. 紫褐色. 赭褐色 ((북한))

자견02「명」(다듬은 말로) 고치삶기. 煮繭 ((북한))

자궁01「명」(다듬은 말로) 새끼집. 子宮 ((북한))

자동적재기「명」(다듬은 말로) 지게차. ((북한))

자동하차「명」<다듬은 말로: 자동짐부림> ((북한))

자두02「명」(다듬은 말로) 자성머리. 磁頭 ((북한))

자리위반「명」(다듬은 말로) 자리어김. ((북한))

자모04「명」(다듬은 말로) 쏘는털. 가시털. 刺毛 ((북한))

자사01「명」(다듬은 말로) 쏠실. 가시실. 刺絲 ((북한))

자성선숙「명」『생물』(다듬은 말로) 암성먼저여물기. 雌性先熟 ((북한))

자속계「명」(다듬은 말로) 자기묶음재개. 磁束計 ((북한))

자수04「명」『미술』(다듬은 말로) 수놓이. 수. 刺繡 ((북한))

자승02「명」(다듬은 말로) 두제곱. 自乘 ((북한))

자색03「명」(다듬은 말로) 보라색. 자주색. 紫色 ((북한))

자세포「명」(다듬은 말로) 쏠세포. 刺細胞 ((북한))

자판수「명」(다듬은 말로) 고인물. ((북한))

자화수분「명」『생물』(다듬은 말로) 제(꽃)가루받이. 自花受粉 ((북한))

자화수정「명」『생물』(다듬은 말로) 제꽃수정. 自花受精 ((북한))

자엽「명」(다듬은 말로) 싹잎. 子葉 ((북한))

자엽초「명」(다듬은 말로) 싹잎집. ((북한))

자웅동주「명」(다듬은 말로) 암수한그루. 雌雄同株 ((북한))

자웅동체「명」『생물』(다듬은 말로) 암수한몸. 雌雄同體 ((북한))

자웅이주「명」(다듬은 말로) 암수딴그루. 雌雄異株 ((북한))

자웅이체「명」(다듬은 말로) 암수딴몸. 雌雄異體 ((북한))

자유투「명」(다듬은 말로) 자유던지기. 自由投 ((북한))

자융「명」(다듬은 말로) 천끓이기. 煮絨 ((북한))

자예「명」(다듬은 말로) 암꽃술. 雌蘂 ((북한))

작문01 장―「명」『교육』말로) (다듬은 말로) 글짓기. 【5】作文 ((북한))

자조03「명」(다듬은 말로) 이랑짓기. 골치기. 作條 ((북한))

작조기「명」(다듬은 말로) 이랑기계. 이랑짓개. 作條機. 作條器 ((북한))

작화증콰쯩「명」(다듬은 말로) 말짓기증. 作話症 ((북한))

잔구「명」(다듬은 말로) 남은언덕. 殘丘 ((북한))

잔적층「명」(다듬은 말로) 제바닥층. 殘積層 ((북한))

잔주03「명」(다듬은 말로) 남긴기둥. 殘柱 ((북한))

잔향01 「명」 (다듬은 말로) 뒤울림. 【2】 殘響 ((북한))

잠구 「명」 (다듬은 말로) 누에치기도구. 蠶具 ((북한))

잠령01 「명」 (다듬은 말로) 누에나이. 蠶齡 ((북한))

잠망 「명」 『잠학』 (다듬은 말로) 누에그물. 蠶網 ((북한))

잠복아 「명」 『생물』 (다듬은 말로) 묻힌눈. 潛伏芽 ((북한))

잠실 「명」 ① (다듬은 말로) 누에칸. 蠶室 ((북한))

잡어 「명」 (다듬은 말로:잡고기) 【5】 雜魚 ((북한))

장각과 「명」 (다듬은 말로) 긴뿔열매. 長角果 ((북한))

장과지 「명」 『농학』 (다듬은 말로) 긴열매가지. 長果枝 ((북한))

장력01 「명」 (다듬은 말로) 당길힘. 張力 ((북한))

장막04 「명」 『의학』 (다듬은 말로) 밸막. 腸膜 ((북한))

장모음 「명」 『언어』 (다듬은 말로) 긴모음. 長母音 ((북한))

장벽06 「명」 『의학』 (다듬은 말로) 밸벽. 腸壁 ((북한))

장상복엽 「명」 『생물』 (다듬은 말로) 손바닥겹잎. 掌狀複葉 ((북한))

장정기 「명」 『생물』 (다듬은 말로) 수짝씨집. 藏精器 ((북한))

장유01 「명」 ① 간장과 기름. ② (다듬은 말로) 간장. 醬油 ((북한))

장음01 「명」 (다듬은 말로)긴소리. 長音 ((북한))

장음부 「명」 (다듬은 말로)긴소리표. 長音符 ((북한))

장일성남새-썽- 「명」 『농학』 (다듬은 말로) 긴낮남새. ((북한))

장일성식물-썽싱- 「명」 『생물』 (다듬은 말로) 긴낮식물. ((북한))

장일성작물-썽장- 「명」 『농학』 (다듬은 말로) 긴낮작물. ((북한))

장의자 「명」 (다듬은 말로) 긴걸상. 長椅子 ((북한))

장의음 「명」 (다듬은 말로) 긴곁소리. 長倚音 ((북한))

쟈케트 「명」 (다듬은 말로) 뜨개덧저고리. jacket&영 【4】 ((북한))

저류04 「명」 (다듬은 말로) 감자(류). 藷類 ((북한))

저류지 「명」 (다듬은 말로) 물모이못. 貯溜池 ((북한))

저모음 「명」 (다듬은 말로) 낮은모음. 低母音 ((북한))

저서동물 「명」 (다듬은 말로) 바닥살이동물. 底棲動物 ((북한))

저서상태「명」(다듬은 말로) 바닥상태. ((북한))

저서식물－싱－「명」(다듬은 말로) 바닥살이식물. 底棲植物 ((북한))

저수답「명」『농학』(다듬은 말로) 물잡이논. 貯水畓 ((북한))

저작근「명」『의학』(다듬은 말로) 씹기살. 깨물기살. 咀嚼筋 ((북한))

저작위「명」(다듬은 말로) 씹는위. 咀嚼胃 ((북한))

저장근「명」『생물』(다듬은 말로) 저장뿌리. 貯藏根 ((북한))

적란운정－「명」(다듬은 말로) 소낙구름. 積亂雲 ((북한))

적린정－「명」(다듬은 말로) 붉은린. 赤燐 ((북한))

적석총「명」『고고』(다듬은 말로) 돌각담무덤. 積石塚 ((북한))

적설고「명」『기상』(다듬은 말로) 눈높이. 積雪高 ((북한))

적설척「명」(다듬은 말로) 눈자. 積雪尺 ((북한))

적작약「명」(다듬은 말로) 메함박꽃뿌리. 赤芍藥 ((북한))

적정어획량－횡－「명」(다듬은 말로) 맞춤한 어획량. 適正漁獲量 ((북한))

적재정량「명」(다듬은 말로) 짐실이정량. ((북한))

적채면「명」『농학』(다듬은 말로) 제철목화. 適採棉 ((북한))

적하수오－카－「명」(다듬은 말로) 붉은조롱(뿌리). 赤何首烏 ((북한))

적혈구－켤－「명」『생리』(다듬은 말로) 붉은피알【3】 ((북한))

적혈병－켤병 (다듬은 말로) 붉은피알병. ((북한))

적아03「명」『농학』(다듬은 말로) 눈따기. 摘芽 ((북한))

적운「명」(다듬은 말로) 더미 구름. 積雲 ((북한))

전각02「명」『출판』(다듬은 말로)옹근자. 全角 ((북한))

전거근「명」『의학』(다듬은 말로) 앞톱날살. 前鋸筋 ((북한))

전견량「명」(다듬은 말로) 통고치무게. 全繭量 ((북한))

전교02「명」(다듬은 말로) 전기다리. 電橋 ((북한))

전기영동「명」(다듬은 말로) 전기헤염. 電氣泳動 ((북한))

전곽분「명」(다듬은 말로) 벽돌무덤. 전@槨墳 ((북한))

위에서 보듯이 북한의 순화대상어 중 서구에서 들어온 외래어는 '가스, 쟈케트' 등 단 두 어휘에 불과하다.

<북한 순화대상어의 비율표>

	'ㄱ'으로 시작하는 어휘	'ㅈ'으로 시작하는 어휘
서구어 혹은 이와 관련	1	1
일본어 혹은 이와 관련	0	0
한자어	99	99
전 체	100	100

<소수점 이하는 반올림하였음.>

이러한 비율은 북한의 어휘 구성이 고유어와 한자어로 주로 구성되어 있다는 것을 의미한다. 북한어에 고유어와 한자어 이외에 영어 어원의 어휘와 러시아어 어원의 어휘가 전혀 없는 것은 아니다. 이러한 것들은 주로 특수한 분야의 용어에 한정되고, 전체에 비하면 극소수인 것이다.

해방 이후에 유입된 것으로 미루어지는 이러한 영어 어원의 어휘도 순화의 대상이 되는 것은 남한과 동일하다. 몇 예를 제시하면 다음과 같다.

나이프 「명」 (다듬은 말로) 밥상칼 knife&영 ((북한))
네트 「명」 『체육』 (다듬은 말로) 그물. net&영 ((북한))

네트타치 「명」『체육』(다듬은 말로) 그물다치기. nettouch&영 ((북한))
네트오버 「명」『체육』(다듬은 말로) 그물넘기. net over&영 ((북한))
쟈케트 「명다듬은 말로) 뜨개덧저고리. jacket&영【4】((북한))

위와 같이 서구어를 고유어나 한자어로 순화하기도 하지만, 이미 통용되고 있는 외래어의 경우 현실을 존중하여 그대로 사용하기도 한다. 'gas'를 예로 하면 다음과 같다.

가스타빈『기계』(다듬은 말로) 가스맑히개. ((북한))
가스청정『화학』(다듬은 말로) 가스맑히기. ((북한))
가스포집기 (다듬은 말로) 가스잡개. ((북한))
가스유『화학』(다듬은 말로) 가스기름. ((북한))

그리고 러시아 기원의 어휘도 순화의 대상이 되는데, 그 수는 많지 않다. 한 두 예를 제시하면 다음과 같다.

노르마 (다듬은 말로) 기준. 기준량. 책임량. ←Hopma&로 ((북한))
노메르 (다듬은 말로) 번호. ←Homep&로 ((북한))

4. 남북한 순화대상어의 비교

남한의 표준국어대사전에 실려 있는 순화대상어의 수는 북한의 조선어대사전에 실려 있는 순화대상어보다 어휘수에 있어서는 거의 절반밖에 되지 않지만, 대상어의 어종은 한자어와 서구어로 크게 양분된다. 어려운 한자어를 쉬운 한자어나 고유어로 바꾸고자 하는 것은 북한과 동일하다. 남한의 경우 표준국어대사전에서 2,600여 순화대상어 중 한자어 이외의 어휘가 1/3정도가 되는 약 900항목에 이르고, 이 중 서구어가 대종을 이루는 것을 감안하면 국어에 서구어가 얼마나 많이 침투해 있는가를 알 수 있는 것이다.

  남북한의 순화대상어를 'ㄱ'과 'ㅈ'으로 시작하는 어휘 외에 다른 예를 통해 비교해 보면 다음과 같다. 아래의 자료는 남한의 표준국어대사전과 북한의 조선말대사전의 순화어와 다듬은 말의 목록을 모은 것이다. 자료의 제시는 '모'로 시작하는 단어만 하였다.(북한의 순화대상어는 Tab 키를 한 번 눌러 들어가 있다.)

    모간   「명」『의학』(다듬은 말로) 털줄기 [毛幹] ((북한))
    모경04   「명」(다듬은 말로) 털줄기 [毛莖] ((북한))
모계02   '어미 닭'으로 순화.
    모계부화   「명」『축산』(다듬은 말로) 안겨깨우기 [母鷄孵化]
                  ((북한))
    모공   「명」(다듬은 말로) 털구멍 [毛孔] ((북한))
모관-수   '모세관수'로 순화.
    모근01   「명」(다듬은 말로) 털뿌리 [毛根] ((북한))
    모근02   「명」(다듬은 말로) 띠뿌리 [茅根] ((북한))
    모낭   「명」(다듬은 말로) 털주머니 [毛囊] ((북한))
모노-크롬 '단색화'로 순화.
모노-톤   '단색조'로 순화.
모니터   '논평자', '정보 제공자', '평자', '협찬 위원'으로 순화.
모델   '모형'으로 순화.
모델^하우스 '본보기 집'으로 순화.

모델링　　　‘모각’으로 순화.

모두02　　　‘털끝’으로 순화.

모드01　　　‘양식’으로 순화.

모리소바　　‘메밀국수’, ‘메밀사리’로 순화.

모멘트　　　‘계기’, ‘동기’로 순화.

　　모반02　　　「명」『의학』(다듬은 말로) 배내기미 [母斑] ((북한))

모빌　　　　‘흔들개비’로 순화.

모사02　　　‘털실’로 순화.

　　무사07　　　(다듬은 말로) 딜실 [毛絲] ((북한))

　　모색04　　　(다듬은 말로) 털색 [毛色] ((북한))

　　모세관　　　「명」(다듬은 말로) 실관 [毛細管] ((북한))

　　모세혈관　　　「명」『생리』(다듬은 말로) 실피줄 [毛細血管] ((북한))

　　모속　　　　「명」『축산』(다듬은 말로) 털묶음 [毛束] ((북한))

모수02　　　‘어미나무’로 순화.

　　모수02　　　「명」(다듬은 말로) 어미나무 [母樹] ((북한))

　　모수림　　　「명」(다듬은 말로) 어미나무숲 [母樹林] ((북한))

　　모수원　　　「명」(다듬은 말로) 어미나무밭 [母樹園] ((북한))

　　모액01　　　「명」(다듬은 말로) 어미약. [母液] ((북한))

　　모용종　　　「명」(다듬은 말로) 털종. [毛用種] ((북한))

　　모유01　　　「명」(다듬은 말로) 어머니젖. 어미젖. [母乳] ((북한))

　　모유영양　　　「명」(다듬은 말로) 어머니젖영양.((북한))

모자이크　　‘짜 맞추기’로 순화.

　　모자차　　　「명」(다듬은 말로) 애기어머니(차)칸 [母子車] ((북한))

　　모자칸　　　「명」(다듬은 말로) 애기어머니칸((북한))

　　모장03　　　「명」(다듬은 말로) 털길이 [毛長] ((북한))

모종02　　　‘어떤 종류’로 순화.

　　모지망　　　「명」『수산』(다듬은 말로) 짜내기그물 [毛地網] ((북한))

모찌　　　　‘떡’, ‘찹쌀떡’으로 순화.

모처   '어떤 곳', '아무 곳'으로 순화.
    모충02   「명」(다듬은 말로) 털벌레 [毛蟲] ((북한))
모티브   '동기'로 순화.
모포   '담요'로 순화.
모필   '붓'으로 순화.

위의 예에서 보듯이 북한의 순화대상어는 한자어가 위주이고, 남한의 대상어는 한자어와 서구의 외래어가 위주인 것이다. 이것을 표로 보이면 다음과 같다.

〈'모'로 시작하는 남북한 순화대상어 비교〉

	남한 순화대상어		북한 순화대상어	
어휘 수	22		25	
	회수	비율	회수	비율
서구어	11	50	0	0
일본어	2	9	0	0
한자어	9	41	25	100
계	22	100	25	100

[차이가 나는 이유]

남북한의 순화대상어가 이렇게 차이나는 것은 사전 편찬 당시의 언어를 기준으로 볼 때 남한에서는 서구의 외래어가 수없이 차용되고, 일본의 잔재가 아직 남아 있을 뿐만 아니라 해방 후에도 일본식의 어휘를 차용하였기 때문이라고 할 수 있다. 반면에 북한에서는 서구어를 어원으로 하는 어휘의 차용이 없었고, 있었다면 러시아어를 어원으로

하는 외래어가 부분적으로 차용되었기 때문이고, 일제의 잔재를 청산
하는 작업이 완수되었거나, 일본식 어휘의 청산을 시도할 필요가 없기
때문이다. 이러한 사정을 알 수 있는 예를 옮겨 보기로 하자.

> 우리말에서는 '궤' '궤짝' '상자' '함' '갑' '담배합' 이렇게 그 생긴 모양
> 이나 재료를 따라 구별하여서 딱딱 들어맞게 부르는 것인데, 어찌하여
> 두루 뭉수리로 된 '하야꼬'라는 왜말을 쓰는가.
> 　이와 똑같은 예를 또 하나 늘겠다. '바구니' '보구니' '소쿠리' '채롱'
> '광주리' '용수' 이렇게 각각 다른 것인데, 덮어놓고 '가고'라는 왜말만
> 사용하니 편해서 그러는가. 편한 것은 좋으나 어떻게 생긴 '가고'라는
> 말인지?

위에 인용한 구절은 단기 4289년이니 서력기원으로 1956년에 〈국어
연학회〉 편으로 나온 〈국어정화교본〉에 나오는 것으로 당시에는 '하야
꼬'나 '가고'가 두루 사용되고 있었다는 것을 증언한다. 그런데 이러한
어휘는 당시에는 순화의 대상이 되었지만, 이제는 순화의 대상이 되지
않는다. 그것은 이미 순화되어 없어져 버렸기 때문이다. 북한에서 일본
어의 잔재가 순화의 대상이 되지 않은 것은 이러한 이유 때문이다.

일본어식의 어휘가 순화의 대상이 되는 것은 해방 후 일본어의 유
입과 관련된다. 북한에서는 일본식의 어휘를 차용하지는 않지만, 남한
에서는 일제의 흔적을 없애고자 하는 일면에 일본식의 문물과 습속을
모방하고자 하는 풍조가 있었기 때문에 이러한 풍조와 더불어 일본식
의 어휘가 차용되었지만, 이러한 어휘 역시 순화의 대상이 된다. 그리
하여 다음의 예들은 남한에서는 순화의 대상이 되지만, 북한에서는 존
재하지 않기 때문에 순화할 필요가 없는 단어가 된다.

모리소바   '메밀국수', '메밀사리'로 순화.
모찌   '떡', '찹쌀떡'으로 순화.

한편 남한에서는 광범위하게 서구 특히 미국의 영향을 받게 된다. 그 결과 서구어에 어원을 둔 어휘가 무분별하게 사용되고, 이러한 어휘 역시 많은 부분이 순화의 대상이 된다. 'ㅍ'으로 시작되는 어휘를 예로 제시하여 다시 한번 보기로 하는데 우선 예를 제시하면 다음과 같다.

〈'ㅍ'으로 시작하는 남한의 순화 대상어〉
〈한자어〉
파종03
패각
패류01
편달
편람
편벌
편병
편석01
편성02
편승
편조03
편책01
폐수
폐-휴지

포란

포용

폭서01

폭염

표명

표상

표토01

품귀

품절02

풍식01

풍치-림

풍해01

풍향01

풍혈

피-교육자

피맥

피목

피복02

피-잣

피폐02

필생01

〈서구어〉

파스텔-컬러

파워

파이팅

파이프
파종-조림
파트너
파트-타임
파티
파피에^콜레
팔레트
팔레트^나이프
팝^아트
팡파르
패드
패션01
패스트-푸드
패스-하다
패치워크
패키지
패키지-여행
패턴
팬01
팬-레터
팬시-점
팸플릿
퍼레이드
퍼머넌트^프레스^가공
퍼블리시티
퍼스컴

퍼즐
펀드
펀치01
페달
페스티벌
페어-플레이
페이지
페인팅
페치카
포럼
포르노
포름
포맷
포수-대02
포스터01
포인트
포즈02
포지션
포커스
포켓
포테이토
폼01
퓌리슴
프라이
프라이드
프라이드-치킨

프라이버시

프라이팬

프라임^타임

프락치

프랜차이즈^시스템

프러포즈

프레임

프로03

프로그램

프로덕션

프로모션

프로세스

프로젝트

프로타주

프로필

프리랜서

프리미엄

프리뷰

프린트-기

플라스크

플래시

플래카드

플랜

플러그

플로라01

피날레

피리어드

피켓

피크

픽서티브

픽션

핀트

필터

핑거^페인팅

핑킹

〈'ㅍ'으로 시작하는 남한 순화대상어〉

서구어		한자어		전체	
어휘수	비율	어휘수	비율	어휘수	비율
89	72	35	28	124	100

위의 예에서 보듯이 전체 124항목 중 서구의 외래어가 약 72%인 89 항목이고, 한자어는 28%인 35항목에 불과한 것이다. 이것은 외국어에서 p, f 등이 차지하는 빈도수와 관련된 것이긴 하지만, 특정한 음소의 종류에 따라 고유어와 외래어의 빈도수가 심각한 불균형을 보이는 것은 국어 생활의 정상화 내지는 음운체계의 정상적인 발전을 위해서도 정비가 필요한 것이다.

5. 남북의 공통 순화대상어

남한의 순화대상어 2,600여 단어와 북한의 순화대상어 4,400여 단어 중 공통되는 것은 약 198개에 불과하다.[8] 이 중 한자어가 전체의 93% 정도를 차지하고, 서구 어원의 외래어가 6% 그리고 일본식 어휘 1%이다.

가 ▮ 공통 순화대상어의 어종별 빈도수

한자어		서구계		일본계		총계	
어휘수	비율	어휘수	비율	어휘수	비율	어휘수	비율
184	93	12	6	2	1	198	100

구체적인 예를 제시하면 다음과 같다.

[일본식 어휘]

일본식 어휘는 다음의 두 어휘에 불과하다. 이들의 비중은 1%이다.

예 : 게라　　　　　　　뎀뿌라

[서구 어원의 외래어]

서구 어원의 외래어 역시 다음의 12예에 불과하다. 이들의 비중은 6%이다.

---

8) 여기서 '약'이라는 수식어를 붙이는 것은 컴퓨터로 작업을 하는 도중에 몇몇의 어휘를 빠뜨렸을 가능성이 있기 때문이다. 검토되는 어휘의 수는 200개이다.

나이프	네트	드라마	마스크
마후라	스케일	스크린	스타트
스토리	스푼	크로스바 파이프	

[한자어]

나머지는 전부 한자어로 어휘 수로는 184개이다. 이들이 차지하는 비중은 93%이다. 구체적인 예는 다음과 같다.

가공선(架空線)	가교(假橋)	가교(架橋)
가선(加線)	가식(假植)	가철(假綴)
각주(角柱)	간벌(間伐)	간장(幹長)
간지석(間地石)	간척지(干拓地)	갈근(葛根)
개거(開渠)	개벌(皆伐)	갱목(坑木)
건면(乾麪)	건초(乾草)	경골(硬骨)
경내(境內)	경사(經絲)	계류부표(繫留浮漂)
계절풍(季節風)	계주(繼走)	고가교(高架橋)
고접(高接)	공극(空隙)	공차(公差)
과선교(跨線橋)	관목(灌木)	광견병(狂犬病)
괘도(掛圖)	구경(球莖)	구곡(舊穀)
구좌(口座)	굴착(掘鑿)	근경(根莖)
근모(根毛)	근해(近海)	기점(基點)
기포(氣泡)	내화-성(耐火性)	농양(膿瘍)
단안(單眼)	대기-실(待機室)	대생(對生)
대합실(待合室)	도료(塗料)	도수로(導水路)
도장지(徒長枝)	동령림(同齡林)	동해(凍害)
말구(末口:끝마구리)	매설공(埋設工)	맥고모자(麥藁帽子)
모사(毛絲)	모수(母樹)	목교(木橋)

목기(木器)	목책(木柵)	목탄(木炭)
묘목(苗木)	미조(迷鳥)	밀랍(蜜蠟)
방화선(防火線)	배수(排水)	백탄(白炭)
벌구(伐區)	벌근(伐根)	벌목(伐木)
변재(邊材)	변태(變態)	별표(別表)
복안(複眼)	복엽(複葉)	복토(覆土)
부석(浮石)	빙점(氷點)	사료(飼料)
사선(斜線)	산란(産卵)	산록(山麓)
살수기(撒水期)	삽목(揷木)	상고공(床固工)
상해(霜害)((북한))	생견(生絹)	선미(船尾)
선태ー류(蘚苔類)	설해(雪害)	소독ー저(消毒箸)
소ー하물(小荷物)	쇄목(碎木)	수관(樹冠)
수맥(水脈)	수취ー인(受取人)	수ー하물(手荷物)
순치(順治)	승차권(乘車券)	심재(心材)
언제공(堰堤工)	연맥(燕麥)	엽병(葉柄)
엽서(葉序)	엽신(葉身)	엽아(葉芽)
엽연(葉緣)	엽채(葉菜)	옹벽(擁壁)
왜림(矮林)	우량(雨量)	우수(偶數)
운재(運材)	원족(遠足)	원해(遠海)
유근(幼根)	유아등(誘蛾燈)	유약(帷藥. 釉藥)
유지(油紙)	유충(幼蟲)	유합(癒合)
육(肉)	육추(育雛)	음각(陰刻)
음수(陰樹)	의잠(蟻蠶)	익벽(翼壁)
인도(引渡)	인상(引上)	인수(引受)
인후(咽喉)	일류(溢流)	일부ー인(日附印)
일조(日照)	임차(賃借)	자엽(子葉)
잠구(蠶具)	절상(切上)	절접(切接)

절토(切土)　　　점파(點播)　　　접아(接芽)
접지(接紙)　　　접합(接合)　　　정식(定植)
정아(頂芽)　　　정지(整地)　　　제벌(除伐)
조미-료(調味料)　조파(條播)　　　족장목(足掌木)
주근(主根)　　　증해(蒸解)　　　지수벽(止水壁)
지주목(支柱木)　집수정(集水井)　채두(菜豆)
채석(採石)　　　청수(清水)　　　초지(草地)
추파(秋播)　　　출무(出務)　　　출하(出荷)
충영(蟲癭)　　　충전제(充填劑)　측각-기(測角器)
탁도(濁度)　　　탁엽(托葉)　　　토공(土工)
파종(播種)　　　편벌(編筏)　　　풍해(風害)
풍향(風向)　　　풍혈(風穴)　　　피목(皮目)
피복(被服)　　　하면(夏眠)　　　하조(夏鳥)
호과(瓠果)　　　혼탁(混濁)　　　혼파(混播)
화아(花芽)　　　화용(化蛹)　　　확산(擴散)
횡단구배(橫斷偏背)

　공통 순화대상어가 약 200개 정도밖에 되지 않는다는 것은 대단히 의아스러운 일인데, 이것은 남한과 북한의 외래어 수용 과정이 다르고, 순화의 역사와 성과가 달랐기 때문으로 해석할 수밖에 없다. 서구어와 일본어는 북한에서 이미 순화해 버렸기 때문에 순화의 대상이 되지 않는 반면에 남한에서는 새로운 서구어와 일본어를 받아들였기 때문에 순화의 대상으로 새롭게 등장하게 되는 것이다.

　그러나 한자어에서 공통으로 순화의 대상이 되는 어휘가 200어휘가 채 되지 못한다는 것은 문제로 삼아야 할 것이다. 이 원인은 남한과 북한에서 순화의 대상으로 삼은 어휘 자체가 달랐기 때문일 수도 있고, 순화 작업의 문제가 아니라 남한과 북한의 사전이 남북한 순화의 실정을 사전 표제어로 제대로 싣지 않았기 때문일 수도 있겠는데 어느 쪽인가 하는 문제와 왜 그러한가 하는 문제는 앞으로 검토되어야 할 것이다.

<참고 자료>

국립국어연구원(1999), 표준국어대사전, (주)두산동아.

사회과학출판사(1992), 조선말대사전 (1), (2), 평양: 사회과학출판사.

— 부록 —
〈조선어대사전〉의
순화대상어 목록과 다듬은 말

가감법 −뻡「명」 ① (다듬은 말로) 더덜기(법) ② = 가감소거법【6】((북한))

가감변「명」『기계』(다듬은 말로) 조절변【3】((북한))

가골「명」『생리』(다듬은 말로) 가짜뼈. 假骨 ((북한))

가공삭도「명」(다듬은 말로) 공중삭도. 架空索道 ((북한))

가공선02「명」『전기』(다듬은 말로) 공중선. 架空線 ((북한))

가공선로−설−「명」『운수』(다듬은 말로) 공중선로 ((북한))

가공지「명」(다듬은 말로) 가공종이. 加工紙 ((북한))

가공지선「명」『전기』(다듬은 말로) 공중접지선. 架空地線 ((북한))

가교02「명」(다듬은 말로) 다리놓기. 架橋 ((북한))

가교03「명」(다듬은 말로) 림시다리. 假橋 ((북한))

가교도「명」『건설』(다듬은 말로) 다리결합도. 架橋圖 ((북한))

가근「명」『생물』(다듬은 말로) 가짜뿌리. 假根 ((북한))

가계포「명」『농학』(다듬은 말로) 씨앗갈래밭. 家系圃 ((북한))

가과「명」『생물』(다듬은 말로) 가짜열매. 假果 ((북한))

가관절「명」『의학』(다듬은 말로) 가짜마디. 假關節 ((북한))

가년륜「명」『림학』(다듬은 말로) 가짜해돌이. 假年輪 ((북한))

가동일「명」『경제』로력자, 짐자동차, 뜨락또르 그밖의 기계설비들과 부림소들

이 실지 작업에 참가한 날자수. ‖ ~을 계산하다. § (다듬은 말로 : 가동날자) 稼動日 ((북한))

가대02「명」① (다듬은 말로) 집터. ② "집과 터밭"을 통털어 이르는 말. ‖ ~를 팔다. 농촌에 조그마한 ~를 마련하다. ∣ 된방망이에 후려맞은놈은 제 가대가 있는 부암이지만 좀해서는 나타나지 않았다. ≪장편소설 "유격구의 기수"≫§ (=) 가기04② 家垈 ((북한))

가루우유「명」(다듬은 말로) 가루젖. ((북한))

가륵「명」『생리』(다듬은 말로) 가짜갈비(뼈). 假肋 ((북한))

가사06「명」『의학』(다듬은 말로) 가짜죽음. 假死 ((북한))

가선02「명」『음악』(다듬은 말로) 덧선. 加線 ((북한))

가선03「명」『체신』(다듬은 말로) 줄늘이기. 架線 ((북한))

가성대「명」(다듬은 말로) 가짜목청. 假聲帶 ((북한))

가성문「명」(다듬은 말로) 가짜성문. 假聲門 ((북한))

가성비「명」『금속』(다듬은 말로) 알카리비를. 苛性比 ((북한))

가성성-썽「명」『화학』(다듬은 말로) 더하기성. 加成性 ((북한))

가성화「명」『화학』(다듬은 말로) 알카리화. 苛性化 ((북한))

가수03-쑤「명」『수학』(다듬은 말로) 더하는 수. @3加數 ((북한))

가수분해「명」『화학』(다듬은 말로) 물분해.【2】((북한))

가스청정「명」『화학』(다듬은 말로) 가스맑히기. ((북한))

가스타빈「명」『기계』(다듬은 말로) 가스맑히개.【2】((북한))

가스포집기「명」(다듬은 말로) 가스잡개. ((북한))

가스유「명」『화학』(다듬은 말로) 가스기름. ((북한))

가시광선「명」(다듬은 말로) 보임광선.【6】((북한))

가식03「명」(다듬은 말로) 림시(옮겨) 심기. 假植 ((북한))

가식법「명」(다듬은 말로) 림시심기법. 假植法 ((북한))

가신수자-짜「명」『수학』(다듬은 말로) 믿을수자. 家信數字 ((북한))

가장집물-짐-「명」(다듬은 말로) 집세간. 세간01 ②. 家藏什物 ((북한))

가전자「명」(다듬은 말로) 값전자. 價電子 ((북한))

가종피「명」『생물』(다듬은 말로) 가짜씨껍질 假種皮 ((북한))

가철02「명」① (책 같은것을) 림시로 대강 매는것. ‖ ~제본. § ② (다듬은 말로) 등매기. 假綴 #6가철하다 #$「동」(타) 가철02① ((북한))

가철기「명」『기계』(다듬은 말로) 등매는 기계. ((북한))

가청주파수「명」『전기』(다듬은 말로) 들림주파수. ((북한))

가청한계「명」(다듬은 말로) 들림한계. ((북한))

가청음「명」『물리』(다듬은 말로) 들림소리. ((북한))

가축성「명」(다듬은 말로) 줄음성. 可縮性 ((북한))

가축성동발「명」(다듬은 말로) 줄음성동발. ((북한))

가탄03「명」『금속』(다듬은 말로) 덧띤. 加炭 ((북한))

가탄제「명」『금속』(다듬은 말로) 덧탄감. ((북한))

가판「명」『출판』(다듬은 말로) 판걸이. 架版 ((북한))

가판대「명」『출판』(다듬은 말로) 판걸이대. ((북한))

가피02「명」『의학』(다듬은 말로) 딱지① 痂皮 ((북한))

가행손실「명」『지질』(다듬은 말로) 캐기손실. ((북한))

가행탄층「명」『지질』(다듬은 말로) 캐는 탄층. ((북한))

가화05「명」(다듬은 말로) 가짜꽃. 假花 ((북한))

가압추공「명」(다듬은 말로) 가압 구멍. 加壓錐孔 ((북한))

가역접촉기「명」(다듬은 말로) 앞뒤접촉기. ((북한))

가엽「명」『생물』(다듬은 말로) 가짜잎. 假葉 ((북한))

가요선「명」『전기』(다듬은 말로) 휨줄. 可撓線 ((북한))

가요성－썽「명」『전기』(다듬은 말로) 휨성. 可撓性 ((북한))

가용선「명」(다듬은 말로) 녹는줄. 可鎔線 ((북한))

가용성01－썽「명」(다듬은 말로) 풀림성. 可溶性 ((북한))

가용편「명」『전기』(다듬은 말로) 녹음판. 可鎔片 ((북한))

가용안전기「명」『전기』(다듬은 말로) 녹음안전기. ((북한))

가웅예「명」『생물』(다듬은 말로) 가짜수꽃술. 假雄蘂 ((북한))

가을채소「명」(다듬은 말로) 가을남새. ((북한))

가임02「명」『축산』(다듬은 말로) 거짓새끼배기. 假姙 ((북한))

각궁「명」(다듬은 말로) 뿔활. 角弓 ((북한))

각과02「명」『농학』(다듬은 말로) 깍지열매. 殼果 ((북한))

각과류「명」『농학』(다듬은 말로) 깍지열매류. ((북한))

각담02「명」① (다듬은 말로) 가래02 ② 가래를 뱉는것. 喀痰 #6각담하다 #$「동」
　　　(자) 각담②. ((북한))

각도03「명」(다듬은 말로) 각칼. 刻刀 ((북한))

각력02강-「명」① ⓧ 힘을 서로 겨루는것. ② (다듬은 말로) 씨름 角力 #6각력
　　　하다 #$「동」(자) 각력①((북한))

각수02「명」『생물』(다듬은 말로) 다리수염. 脚鬚 ((북한))

각자갈「명」(다듬은 말로) 깬 자갈. 角- ((북한))

각전01「명」① (다듬은 말로) 잔돈. ② (다듬은 말로) 거스름돈. -錢 ((북한))

각정「명」(다듬은 말로) 조가비꼭대기. 殼頂 ((북한))

각주01「명」(다듬은 말로) 각기둥. 角柱 ((북한))

각주시험체「명」『건설』(다듬은 말로) 각기둥시험체. 角柱試驗體 ((북한))

각주키「명」(다듬은 말로) 각기둥키. 角柱key&영 ((북한))

각질01「명」『생물』(다듬은 말로) 뿔질. 角質 ((북한))

각질층「명」『생물』(다듬은 말로) 뿔질층. 角質層 ((북한))

각초「명」(다듬은 말로) 썬 담배. 刻草 ((북한))

각체01「명」『생물』(다듬은 말로) 뿔몸. 角體 ((북한))

각판01「명」① (다듬은 말로) 새김판. ② 판목에 글씨나 그림을 새겨넣는 일.
　　　各板 #6각판하다 #$「동」(타) 각판②. ((북한))

각피01「명」(다듬은 말로) 굳은 껍질. 角皮 ((북한))

각희-크「명」① = 태껸. ② (다듬은 말로) 씨름. 角戱. 脚戱 ((북한))

각연「명」『의학』(다듬은 말로) 다리맥없기. 脚軟 ((북한))

각인03「명」① 도장을 새기는것 또는 새긴 도장. ②『금속』(다듬은 말로) 새김
　　　刻印 #6각인하다 #$「동」(자.타) ((북한))

간균「명」『생물』(다듬은 말로) 막대균. 桿菌 ((북한))

간극「명」(다듬은 말로) 틈. 쯤. 間隙 ((북한))

간극감합「명」『기계』(다듬은 말로) 틈맞춤. 間隙嵌合 ((북한))

간두렁「명」(다듬은 말로) 사이두렁. ((북한))

간반 「명」 (다듬은 말로) 검버섯. 肝斑 ((북한))

간벌 「명」 『림학』 (다듬은 말로) 솎음베기. 間伐 ((북한))

간벽 「명」 (다듬은 말로) 사이벽. 間壁 ((북한))

간벽막이－병－「명」 (다듬은 말로) 사이벽막이. ((북한))

간벽문－병－「명」 (다듬은 말로) 사이벽문. ((북한))

간성02 「명」 『농학』 (다듬은 말로) 사이성. 間性 ((북한))

간작 「명」 『농학』 (다듬은 말로) 사이그루. 間作 ((북한))

간장04 「명」 『농학』 (다듬은 말로) 줄기길이. 幹長 ((북한))

간조 「명」 가장 낮은 물높이까지 빠져나갔을 때의 썰물. ‖ ~아 만주. │ 바다에
　　만조와 간조가 생기는것은 달의 인력때문이라고 한다./ 이곳은 조수가 들
　　어오면 섬이 되고 간조때에는 반도가 된다오. § (=) 감물때 (다듬은 말로)
　　감물02. 감05 【2】 干潮 ((북한))

간종 「명」 『의학』 (다듬은 말로) 간붓기. 肝腫 ((북한))

간주03 「명」 (다듬은 말로) 사잇기둥. 間柱 ((북한))

간지석 「명」 (다듬은 말로) 뿔돌. 間地石 ((북한))

간직01 「명」 ① 잘 간수하여 두는 것. ② 마음속에 새겨두는것. #6간직하다 #$「동」
　　(타) │ 영광스러운 조선로동당의 당원증을 품에 간직하게 된 기쁨을 무엇
　　에 비기랴!/ 우리는 언제나 혁명의 위대한 수령 김일성동지의 전사된 높
　　은 긍지와 자부심을 심장깊이 간직하고 수령님의 교시와 그 구현인 당정
　　책을 철저히 옹호관철하기 위하여 모든것을 다 바쳐 투쟁할것이다. / 청
　　봉밀영의 사적물들은 도끼로 깎고 다듬은 흔적들을 지금도 그대로 간직
　　하고있다. § #6간직되다 #$「동」(자) │ 가슴속에는 전쟁의 불비속에서 보
　　탑을 잡고 농사를 지은 긍지가 간직되여있었다.≪장편소설 "생명수"≫ /
　　김일성장광장은 지리적으로 보아도 평양의 중심지일뿐아니라 만민의 마
　　음속에 소중히 간직되여있는 유서깊은곳이다. §【71】 ((북한))

간질03 「명」 『의학』 (다듬은 말로) 사이질. 間質 ((북한))

간척지 「명」 『지리』 간척지에 뚝을 막고 바다물이 들어오지 못하게 한 후 논,
　　갈밭, 소금밭 등으로 일군 땅. (다듬은 말로) 일군 삼각지. 干拓地 ((북한))

간혼작 「명」 (다듬은 말로) 사이섞음그루. 間混作 ((북한))

간후작 「명」 (다듬은 말로) 사이뒤그루. 間後作 ((북한))

간해03 「명」 (다듬은 말로) 사이바다. 間海 ((북한))

갈근 「명」 동약에서. (다듬은 말로) 칡뿌리. 葛根 ((북한))

갈반 「명」 (다듬은 말로) 밤색무늬. 褐斑 ((북한))

갈반병－뼝 「명」『농학』 (다듬은 말로) 밤색무늬병. 褐斑病 ((북한))

갈수년－쑤－「명」『기상』 (다듬은 말로) 가문해. ((북한))

갈색－쌕「명」 (다듬은 말로) 밤색. 【4】 褐色 ((북한))

갈색건초－쌕－「명」 (다듬은 말로) 밤색마른풀. ((북한))

갈색마연토기－쌕－「명」『고고』 (다듬은 말로) 갈색간그릇. 褐色磨姸土器 ((북한))

갈조－쪼 「명」『생물』 (다듬은 말로) 밤색마름. 褐藻 ((북한))

갈조류－쪼－「명」『생물』 (다듬은 말로) 밤색마름류. ((북한))

갈조식물－쪼싱－「명」『생물』 (다듬은 말로) 밤색마름식물. ((북한))

갈필01 「명」 ① (다듬은 말로) 마른붓 ② (다듬은 말로) 마른붓질 ③ 뻣뻣한 털
로 맨 그림붓 渴筆 ((북한))

갈화 「명」 (다듬은 말로) 칡꽃. 葛花 ((북한))

감과01 「명」 (다듬은 말로) 귤모양열매. 柑果 ((북한))

감동어 「명」『언어』 (다듬은 말로) 느낌말. 感動語((북한))

감력01 「명」 ① 어떤 힘의 정도를 낮추거나 줄이는것 또는 그런 힘. ② (다듬은
말로) 덜기 減力 #6감력하다 #$「동」(타)((북한))

감모02 「명」 (다듬은 말로) 감기03 【3】 感冒 ((북한))

감미 「명」 (다듬은 말로) 단맛 甘味 #7감미가 돌다 #%단맛이 입안에 느껴지다.
｜ 감초를 짓씹으면 감미가 돈다. § ((북한))

감미료 「명」 (다듬은 말로) 단맛감. ((북한))

감미제 「명」『의학』 (다듬은 말로) 단맛약. ((북한))

감법－뻡 「명」『수학』 (다듬은 말로) 덜기 【3】 減法 ((북한))

감법기호－뻡－「명」『수학』 (다듬은 말로) 덜기기호. ((북한))

감분01 「명」 (다듬은 말로) 감자농마. 농마 2│甘粉 ((북한))

감분국수 「명」 (다듬은 말로) 농마국수. ((북한))

감수07－쑤 「명」『수학』 (다듬은 말로) 더는수. 減數 ((북한))

감자작용「명」『전기』(다듬은 말로) 자기줄임작용. 減磁作用 ((북한))

감자환상부패병-뼝「명」『농학』(다듬은 말로) 감자가락지병. ((북한))

감자연부병-뼝「명」『농학』(다듬은 말로) 감자물컹병. ((북한))

감조01「명」(다듬은 말로) 밀썰물. 減潮 ((북한))

감조하천「명」『해양』(다듬은 말로) 미세기하천. ((북한))

감축01「명」①『운수』(다듬은 말로)줄이기 ② 덜고 줄이거나 덜리여 줄어지는
　　　　것. 減縮 #6감축하다 #$「동」(타) ‖ 무력을 감축하겠다던 공약을 헌신짝
　　　　처럼 집어던진 미제. § #6감축되다 #$「동」(자) ((북한))

감탄부「명」『언어』(다듬은 말로) 느낌표. ((북한))

감탄부호「명」『언어』(다듬은 말로) 느낌표. ((북한))

감탄표「명」『언어』(다듬은 말로) 느낌표. ((북한))

감풍「명」① 드러나보이지 않도록 대강 가리우거나 바람이나 가리울만큼 막는
　　　　것. ②『금속』(다듬은 말로)바람 줄이기. 減風((북한))

감합01「명」『기계』(다듬은 말로) 맞춤. 嵌合 ((북한))

감합공차「명」『기계』(다듬은 말로) 맞춤공차. ((북한))

감온성-썽「명」『농학』(다듬은 말로) 온도느낌성. ((북한))

감음02「명」『의학』(다듬은 말로) 소리느낌. 感音 ((북한))

감음침「명」안을 넣지 않은 옷 같은데서 혼솔기슭이 풀리는것을 막기 위하여
　　　　하는 바느질. 혼솔기슭을 가지런히 다듬은 다음 감치며 나간다. §((북한))

갑충「명」(다듬은 말로) 딱장벌레. 甲蟲. 甲虫 ((북한))

갑피「명」(다듬은 말로) 신울. 甲皮 ((북한))

갓돌「명」① 성벽의 흙막이벽, 울타리, 란간 같은것의 웃마감돌, 흔히 깨바위돌
　　　　이나 대리석으로 만드는데 두 면을 다듬은것과 세 면을 다듬은것, 곱새형
　　　　으로 다듬은것 등 여러가지가 있다. ‖ 울타리의~. ┃ 보도블로크를 깔고
　　　　길옆에 갓돌을 규모있게 놓아나갔다. § ②『건설』지붕면의 재료들이 마주
　　　　놓이는 부분에 덮는 작은 불로크. 주로 용마루부분이나 물매방향의 이음
　　　　부분에 씌운다. ((북한))

강교02「명」(다듬은 말로) 강철다리. 鋼橋 ((북한))

강군02「명」(다듬은 말로) 센벌떼. 强群 ((북한))

강권척 「명」 (다듬은 말로) 쇠도래자. 鋼卷尺 ((북한))

강모02 「명」 (다듬은 말로) 센털. 剛毛 ((북한))

강모상 「명」 (다듬은 말로) 센털모양. 剛毛狀 ((북한))

강모음 「명」 (다듬은 말로) 센 모음. 强母音 ((북한))

강삭 「명」 (다듬은 말로) 쇠바줄. 鋼索 ((북한))

강삭철도－또 「명」『운수』(다듬은 말로) 쇠바줄철도. ((북한))

강상04 「명」 (다듬은 말로) 서리. 降霜 ((북한))

강설01 「명」 (다듬은 말로) 눈, 눈내림. 降雪 ((북한))

강설량 「명」 (다듬은 말로) 눈내림량. ((북한))

강성02 「명」『물리』압력을 받아도 좀체로 변형하지 않는 고체의 단단한 성질.
　　　(다듬은 말로) 억셈. 强盛 ((북한))

강성기초 「명」『건설』(구부리거나 자르는것을 전혀 고려할 필요가 없는) 육중
　　　하고 튼튼한 기초. (다듬은 말로 :억센기초.) ((북한))

강소법－뻡 「명」『농학』(다듬은 말로) 벼겨털기. 糠掃法 ((북한))

강전정 「명」『농학』(다듬은 말로) 센자르기. 强剪定 ((북한))

강제비육 「명」 (다듬은 말로) 강제살찌우기. ((북한))

강제사 「명」『의학』(다듬은 말로) 강제죽음. ((북한))

강편 「명」 ① (다듬은 말로) 강철쪼각. ②『금속』강덩이를 압연하여 만든 자름면
　　　이 정방형인 반제품. 자름면치수는 150평방미리메터보다 작다. 형강 및 강
　　　판을 생산하기 위한 소재로 쓴다. 자름면이 보통 4각형이나 강판을 생산하
　　　기 위하여 원형으로도 든다. ‖분초를 다투어 ~을 밀어내는 압연공들. 분
　　　괴압연기에서 ~ 만톤 생산. │가열로에서 떨어진 시뻘건 강괴가 뽀얗게 김
　　　이 서린 압연기속으로 자취를 감추는듯싶더니 어느새 길다란 강편이 되여
　　　쭉쭉 뻗어나왔다.§【4】鋼片 ((북한))

강하02 「명」 ① 공중에서 아래쪽으로 향하여 내리는것. ‖락하산 ~.§ ②『물리』
　　　(다듬은 말로) 떨어짐. 降下 #6강하하다 #$「동」(자) #6강하되다 #$「동」
　　　(자) ((북한))

강하03 「명」 (다듬은 말로) 강아래. 江下 ((북한))

강하성－썽 「명」 (다듬은 말로) 강내림성. 江下性 ((북한))

강하성어류－썽－「명」『수산』(다듬은 말로) 강내림성물고기. ((북한))

강하회유「명」『수산』(다듬은 말로) 강내림회유. ((북한))

강하어「명」『생물』(다듬은 말로) 강내림물고기. 江下魚 ((북한))

강활「명」『약학』(다듬은 말로) 강호리(뿌리). 羌活 ((북한))

강압변압기「명」『전기』(다듬은 말로) 낮춤변압기【3】((북한))

강압약「명」『약학』(다듬은 말로) 혈압내림약. 强壓藥 ((북한))

강유01「명」(다듬은 말로) 쌀기름. 糠油 ((북한))

거담제「명」(다듬은 말로) 가래약. ((북한))

거담약「명」(다듬은 말로) 가래약. ((북한))

거리영「명」『체육』(다듬은 말로) 거리헤염. ((북한))

거석01「명」① 매우 큰 돌. ‖ ~을 폭파하다. ~을 깨다. ‖ ② (다듬은 말로)
　　　　큰돌 巨石 ((북한))

거종제「명」『축산』(다듬은 말로) 뒤올라간 발통. 뒤올라간 발쪽. 擧踵蹄 ((북한))

거치문「명」『미술』(다듬은 말로) 톱날무늬. 鋸齒紋 ((북한))

거치상해안선「명」『지리』(다듬은 말로) 톱날모양해안선. ((북한))

건가재미「명」(다듬은 말로) 말린가재미. ((북한))

건갈이「명」『농학』(다듬은 말로) 마른갈이. ((북한))

건강02「명」(다듬은 말로) 마른 생강. 乾薑 ((북한))

건견「명」(다듬은 말로) ① 마른고치. ② 고치말리기. 乾繭 ((북한))

건견기「명」『방직』(다듬은 말로) 고치말림기. ((북한))

건견률「명」(다듬은 말로) 고치말림률. ((북한))

건견실「명」(다듬은 말로) 고치말림칸. ((북한))

건곡01「명」(다듬은 말로) 잘 마른 낟알. 乾穀 ((북한))

건곡02「명」『지리』(다듬은 말로) 마른골. 乾谷 ((북한))

건구역「명」(다듬은 말로) 헛구역. 乾嘔逆 ((북한))

건과자「명」(다듬은 말로) 마른과자. ((북한))

건답「명」(다듬은 말로) 마른논. 乾畓 ((북한))

건답농법－답－뻡「명」『농학』(다듬은 말로) 마른논농법. ((북한))

건도크「명」『수리』(다듬은 말로) 마른도크. 乾dock&영 ((북한))

건막 「명」『생리』(다듬은 말로) 힘줄막. 腱膜 ((북한))

건면 「명」(다듬은 말로) 마른국수. 乾麵 ((북한))

건면기 「명」(다듬은 말로) 마른국수기계. ((북한))

건명태 「명」(다듬은 말로) 마른명태. 북어. ((북한))

·건물내구성－썽 「명」(다듬은 말로) 건물오래견딜성. ((북한))

건반사 「명」(다듬은 말로) 함줄반사. 腱反射 ((북한))

건사로 「명」『금속』(다듬은 말로) 모래가마. 乾砂爐 ((북한))

건사료 「명」(다듬은 말로) 마른먹이. 乾飼料 ((북한))

건선01 「명」(다듬은 말로) 마른돋이. 乾癬 ((북한))

건선거 「명」(다듬은 말로) 마른도크. 乾船渠 ((북한))

건성기침 「명」(다듬은 말로) 마른기침. 乾性－ ((북한))

건생 「명」(다듬은 말로) 마른살이. 乾生 ((북한))

건생동물 「명」(다듬은 말로) 마른살이동물. ((북한))

건조공기 「명」(다듬은 말로) 마른공기. ((북한))

건조공기욕 「명」『의학』(다듬은 말로) 마른공기욕. ((북한))

건조균렬 「명」『건설』(다듬은 말로) 말라터짐. ((북한))

건조기02 「명」(다듬은 말로) 가물철. 가물때. 乾燥期 ((북한))

건조대 「명」(다듬은 말로) 말림덕대. 乾燥臺 ((북한))

건조분지 「명」『지리』(다듬은 말로) 마른분지. ((북한))

건조탑 「명」(다듬은 말로) 말림탑. 乾燥塔 ((북한))

건조품 「명」(다듬은 말로) 말린제품. 乾燥品 ((북한))

건제품 「명」(다듬은 말로) 말린 제품. ((북한))

건초 「명」(다듬은 말로) 말린풀. 乾草 ((북한))

건토효과－꽈 「명」(다듬은 말로) 마른흙효과. 乾土效果 ((북한))

건태 「명」(다듬은 말로) 마른명태. 북어. 乾太 ((북한))

건포01 「명」(다듬은 말로) 마른 헝겊. 마른 천. 乾布 ((북한))

건포마찰 「명」(다듬은 말로) 마른 수건마찰. ((북한))

건현 「명」(다듬은 말로) 물우배전. 乾舷 ((북한))

건해 「명」(다듬은 말로) 마른기침. 乾咳 ((북한))

건어 「명」 (다듬은 말로) 마른 물고기. 乾魚 ((북한))

걸음반칙 「명」『체육』 (다듬은 말로) 걸음어김. ((북한))

검란 「명」『축산』 (다듬은 말로) 알검사. 檢卵 ((북한))

검량 「명」 (다듬은 말로) 량재기. 짐 재기. 檢量 ((북한))

검무 「명」『무용』 (다듬은 말로) 칼춤. 劍舞 ((북한))

검사사별 「명」『광업』 (다듬은 말로) 검사채질. 檢查篩別 ((북한))

검사인 「명」 (다듬은 말로) 검사도장. 檢査印 ((북한))

검조의 「명」『해양』 (다듬은 말로) 미세기재개. 檢潮儀 ((북한))

검척 「명」 ① 『림학』 통나무 같은것의 수량을 재는 자 또는 그것으로 수량을 재
는 일. 베여넘긴 통나무의 수량은 나무의 직경을 재는것으로 계산한다. ǀ
세 젊은이들은 골짜기 막바지의 벌목장에서 일하다가 감독의 검척까지 받
고 일손을 거두다나니 다른 벌목부들보다 한발 뒤늦게야 산판에서 내려왔
다. ≪장편소설 "한 자위단원의 운명"≫ § ② 천 같은것의 길이를 재는 기
구. ǁ ~으로 재다. § (다듬은 말로) 길이재기 檢尺 #6검척하다 #$「동」(타)
((북한))

검어 「명」 (다듬은 말로) 칼고기. 劍魚 ((북한))

검연기 「명」『방직』 (다듬은 말로) 빔재개. 檢撚器 ((북한))

검인02 「명」『약학』 (다듬은 말로) 가시련밤. 가시련꽃씨. ((북한))

격년결과경-「명」 (다듬은 말로) 해가리. 隔年結果 ((북한))

격리동화경-「명」『언어』 (다듬은 말로) 건너닮기. ((북한))

격막경-「명」 ①『화학』(다듬은 말로) 가름막02 ②『생물』(다듬은 말로) 사이
막 ② 隔膜 ((북한))

격막식경-「명」 (다듬은 말로) 가름막식. ((북한))

격막전해경-「명」『금속』 (다듬은 말로) 가름막 전해. ((북한))

격막조태기경-「명」 (다듬은 말로) 가름막 앉혀 고름기 隔膜조@汰機 ((북한))

격막압력계경-암-「명」『물리』 (다듬은 말로) 가름막 압력계. ((북한))

격벽 「명」 ① (다듬은 말로) 사이벽. ② 벽 하나를 사이에 둔것이라는 뜻으로
"매우 가까이에 있는것"을 비겨 이르는 말. 隔壁 #6격벽하다 #$「동」(자)
((북한))

격실「명」(다듬은 말로) 칸. 膈室 ((북한))

격세유전「명」『생물』(다듬은 말로) 세대건늠유전. ((북한))

격자01「명」① (나무오리나 참대오리, 쇠줄 같은것으로) 가로세로 일정한 사이를 두고 성기게 맞춰 짠 물건 또는 그런 형식. ‖ ~로 된 창문살 § ② 『전기』(다듬은 말로) 살창01④. 그물. ③ 참대로 만든 갓끈에서 참대 토막과 토막사이에 끼운 구슬. 格子 ((북한))

격자망「명」(다듬은 말로) 살창망. 格子網 ((북한))

격자무늬「명」(다듬은 말로) 살창무늬. ((북한))

격자식「명」(다듬은 말로) 살창식【2】((북한))

격자전극「명」『전기』(다듬은 말로) 살창전극. ((북한))

격자전류-절-「명」(다듬은 말로) 살창전류. ((북한))

격자직「명」【8】(다듬은 말로) 살창무늬천. ((북한))

격자창「명」(다듬은 말로) 살창창. ((북한))

격자판「명」(다듬은 말로) 살창판. ((북한))

격자편의전압「명」(다듬은 말로) 살창쏠림전압. ((북한))

격음「명」(다듬은 말로) 거센소리. 激音 ((북한))

견02「명」(다듬은 말로) 고치01. 繭 ((북한))

견갑골「명」(다듬은 말로) 어깨뼈, 죽지뼈. 肩胛骨 ((북한))

견갑골염「명」(다듬은 말로) 어깨마디주위염. ((북한))

견갑근「명」『생리』(다듬은 말로) 어깨뼈 힘줄. 肩胛筋 ((북한))

견갑관절「명」(다듬은 말로) 어깨뼈마디. ((북한))

견갑부「명」(다듬은 말로) 어깨뼈부. ((북한))

견과「명」(다듬은 말로) 굳은 열매. 堅果 ((북한))

견대「명」① ⊗ 전대03. ‖ 긴 ~속에 쌀을 넣어 메다. § ② (다듬은 말로) 팔죽지. ③『미술』절간에 시설한 종의 웃부분에 띠처럼 들린 무늬. 肩帶 ((북한))

견면01「명」(다듬은 말로) 고치겉솜. 繭綿 ((북한))

견방사「명」(다듬은 말로) 풀솜실. 絹紡絲 ((북한))

견방주「명」(다듬은 말로) 풀솜천. ((북한))

견병「명」(다듬은 말로) 고치꼭지. 繭柄 ((북한))

견봉「명」(다듬은 말로) 어깨마루. 肩峰 ((북한))

견비통「명」(다듬은 말로) 어깨팔아픔. 肩臂痛 ((북한))

견배통「명」(다듬은 말로) 어깨등아픔. 肩背痛 ((북한))

견사01「명」(다듬은 말로) 고치실. 繭絲 ((북한))

견사02「명」(다듬은 말로) 명주실. 絹絲 ((북한))

견절방적사「명」『방직』(다듬은 말로) 섬유띠방적실. ((북한))

견절사—싸「명」『방직』(다듬은 말로) 섬유띠실, 섬유띠방적실. ((북한))

견절식「명」『방직』(다듬은 말로) 섬유띠식. ((북한))

견절식방적「명」(다듬은 말로) 섬유띠식방적. ((북한))

견재봉사「명」(다듬은 말로) 명주재봉실. ((북한))

견층「명」(다듬은 말로) 고치실층. 繭層 ((북한))

견형「명」(다듬은 말로) 고치모양. 繭形 ((북한))

견여「명」(다듬은 말로) 가마04. 肩與 ((북한))

견우자「명」(다듬은 말로) 나팔꽃씨. 牽牛子 ((북한))

견인01「명」(다듬은 말로) 끌기【8】牽引 ((북한))

견인기「명」『운수』(다듬은 말로) 끌기관차. 牽引機 ((북한))

견인능력「명」(다듬은 말로) 끌능력【8】((북한))

견인력「명」『물리』(다듬은 말로) 끄는힘. ② (사람의 마음이나 사상을) 끌어당
　　기는 힘. ‖ 그의 고상한 품격이 가지는 ~. 주체사상의 위대한 ~. 커다란
　　감화력과 ~. 관중의 정서적흥분을 끌고나가는 영화의 ~. ㅣ 3대혁명붉은기
　　쟁취운동은 실로 거대한 견인력을 가지고 온 나라에 급속히 확대발전되여
　　갔다. §【15】牽引力 ((북한))

견인바줄—쭐「명」(다듬은 말로) 끌바줄. 牽引— ((북한))

견인봉「명」(다듬은 말로) 끌대① 牽引棒 ((북한))

견인선「명」(다듬은 말로) 끌배. 牽引船 ((북한))

견인전동기「명」(다듬은 말로) 끄는 전동기. ((북한))

견인정량「명」(다듬은 말로) 끌기정량. ((북한))

견인중량「명」(다듬은 말로) 끌무게【2】((북한))

견인차「명」(다듬은 말로) 끌차【9】((북한))

결각「명」(다듬은 말로) 에움. 缺刻 ((북한))

결구03「명」『농학』(다듬은 말로) 통앉기. 結球 ((북한))

결과01「명」①『농학』(다듬은 말로) 열매맺이 ②『철학』일정한 원인에 의하여 생기거나 변화된 현상. ‖ 원인과 ~. │ 일상적인 학습을 꾸준히 한 결과 최우등을 했다. ↔원인. § ▷ 어떤 일을 한 뒤에 얻어지는 상태나 현상. │ 자료를 분석한 결과에 대하여 간단히 설명했다.≪장편소설"생명수"≫ / 그는 자기가 실험한 결과를 알고싶었다. § ③ (끼움말로 쓰이여) 원인으로 되는 앞의 문장을 이어받는다. │ 반장은 로력을 딴 일에 돌렸다. 결과 강냉이모를 내는데 로력이 딸리여 그것을 풀기에 무진 애를 썼다. §【300】結果 ((북한))

결과기「명」(다듬은 말로) 열매맺이때. 結果期 ((북한))

결과목「명」『농학』(다듬은 말로) 열매맺는 나무. 結果木 ((북한))

결과수「명」『농학』(다듬은 말로) 열매맺는 나무. 結果樹 ((북한))

결과지「명」(다듬은 말로) 열매가지. 結果枝 ((북한))

결과원「명」『농학』(다듬은 말로) 열매(맺는) 과수원. 結果園 ((북한))

결박선「명」(다듬은 말로) 묶음줄. 동임줄. ((북한))

결박철사―싸「명」『기계』(다듬은 말로) 묶음쇠줄. ((북한))

결빙「명」(다듬은 말로) 얼음얼이. 結氷 ((북한))

결빙점―쩜「명」(다듬은 말로) 얼점. 얼음점. 結氷點 ((북한))

결석02―썩「명」『의학』(다듬은 말로) 돌02⑤ 結石 ((북한))

결승주―쭈―「명」『체육』(다듬은 말로) 결승대. 決勝柱 ((북한))

‖ 벼의 생육과 ~. § [다듬은 말로: 여물기. 열매맺이 ② 일끝을 보람있게 잘 맺는것. ▷ 노력과 투쟁의 보람으로 이루어진 성과. ‖ ~을 보다. ~을 맺다. 성공적인 ~. 창조적로동의 ~. 고귀한 ~. 대자연개조사업에서 이룩한 빛나는 ~. § 結實 #6결실하다 #$「동」(자) │ 오늘의 우리 행복은 항일무장투쟁의 깊은 뿌리에서부터 결실한 귀중한 열매이다. § #6결실되다. #$「동」(자) │ 제2단계사업도 대중의 창조적활동에 의해서 훌륭히 결실되었다. §【19】((북한))

결절01「명」① 맺어서 마디를 이루는것. ②『수산』그물의 매듭을 맺는것. ③ 『의학』(다듬은 말로) 매듭. 불루기. ④ 結節 #6결절하다 #$「동」(타) #6결절되다 #$「동」(자) ((북한))

결정유약-찡-「명」『화학』(다듬은 말로) 결정칠물. ((북한))

결주-쭈「명」『농학』(다듬은 말로) 빈그루. 빈포기. 缺柱 ((북한))

결찰「명」(다듬은 말로) 빠짐표. 缺札 ((북한))

결체조직「명」『생물』(다듬은 말로) 무음조직. ((북한))

결표「명」『운수』(다듬은 말로) 빠짐표. 缺票 ((북한))

결핍증「명」(다듬은 말로) 모자람증. ((북한))

결혼장식「명」『생물』(다듬은 말로) 짝무이장식. ((북한))

겹문직물겹-「명」(다듬은 말로) 겹무늬천. ((북한))

겹조직「명」『방직』(다듬은 말로) 겹짜임. ((북한))

겹풍삭매듭「명」(다듬은 말로) 겹고리매듭. ((북한))

경각04「명」(다듬은 말로) 구멍너비각. 傾角 ((북한))

경결01「명」① 굳고 단단하게 되는것. ②『의학』(다듬은 말로) 뜬뜬해지기. 硬結 #6경결하다 #$「동」(자) 경결01① ((북한))

경골02「명」『생리』(다듬은 말로) 굵은정갱이뼈. 脛骨 ((북한))

경골03「명」①『생물』(다듬은 말로) 굳은 뼈. ② "강직하여 남에게 좀처럼 굽히지 않는 기질 또는 그런 기질을 가진 사람"을 비겨 이르는 말. 硬骨 ((북한))

경골어「명」(다듬은 말로) 굳은 뼈물고기. 硬骨魚 ((북한))

경골어류「명」『생물』(다듬은 말로) 굳은 뼈물고기류. ((북한))

경구01「명」『체육』(다듬은 말로) 굳은공. 驚球 ((북한))

경구개「명」『생리』(다듬은 말로) 굳은 입천장. 硬口蓋 ((북한))

경구개음「명」『언어』(다듬은 말로) 앞천장소리. ((북한))

경구개음화「명」『언어』(다듬은 말로) 앞천장소리되기. ((북한))

경근1「명」(다듬은 말로) 목(힘)살. 頸筋 ((북한))

경내「명」① 일정한 지역이나 범위의 안. ‖ 조국~. ~가 그윽하다. 우리도의 ~에서 손꼽히는 명수. ~경외의 형편. ｜ 렬차의 중화를 지나 황주 경내에

들어섰다. ≪장편소설 "생명수"≫ / 그다음에 원님명색이라는게 손을 댄것
이 바로 경내에서 밥술이나 먹는다는 백성들을 차례로 잡아다 마구 족치
는 일이었다.≪장편소설 "갑오농민전쟁" 1≫ § ②『체육』(다듬은 말로) 안
쪽. 아낙. 境內 【7】((북한))

경내공 「명」『체육』(다듬은 말로) 안쪽공. ((북한))

경뇌막 「명」『생리』(다듬은 말로) 굳은뇌막. 硬腦膜 ((북한))

경도02 「명」(다듬은 말로) 굳기 【4】 硬度 ((북한))

경도04 「명」(다듬은 말로) 달거리. 經度 ((북한))

경동04 「명」『금속』(다듬은 말로) 기울임. 傾動 ((북한))

경동맥 「명」(다듬은 말로) 목동맥. 頸動脈 ((북한))

경동맥구 「명」『생리』(다듬은 말로) 목동맥토리. 頸動脈球 ((북한))

경동맥동 「명」『생리』(다듬은 말로) 목동맥굴. 頸動脈洞 ((북한))

경랍 「명」(다듬은 말로) 고래밀. 鯨蠟 ((북한))

경량벽돌 「명」(다듬은 말로) 가벼운 벽돌. ((북한))

경량블로크 「명」(다듬은 말로) 가벼운 블로크. ((북한))

경량콩크리트 「명」(다듬은 말로) 가벼운 콩크리트. ((북한))

경린 「명」『생물』(다듬은 말로) 굳은비늘. 硬鱗 ((북한))

경망간광 「명」(다듬은 말로) 굳은망간광. ((북한))

경바닥줄 「명」『수산』(다듬은 말로) 굳은바닥줄. ((북한))

경보02 「명」『체육』(다듬은 말로) 걷기경기. 競步 ((북한))

경부01 「명」(다듬은 말로) 목(부). 頸部 ((북한))

경비누 「명」『화학』(다듬은 말로) 굳은비누. 硬－ ((북한))

경사03 「명」(다듬은 말로) 날실. 經絲 ((북한))

경사04 「명」『화학공업』(다듬은 말로) 웃물찌우기. 傾瀉 ((북한))

경사법 「명」『화학』(다듬은 말로) 웃물찌우기법. 傾瀉法 ((북한))

경사전 「명」(다듬은 말로) 비탈밭. ((북한))

경사지 「명」(다듬은 말로) 비탈땅. 비탈밭 【17】 ((북한))

경석02 「명」『운수』(다듬은 말로) 일반석. 硬席 ((북한))

경석고 「명」『화학공업』(다듬은 말로) 굳은석고. 硬石膏 ((북한))

경석차「명」『운수』(다듬은 말로) 일반차. 硬席車 ((북한))

경성하감「명」『의학』(다듬은 말로) 굳은패움. 硬性下疳 ((북한))

경성암「명」『의학』(다듬은 말로) 굳은암. 硬性癌 ((북한))

경수01「명」(다듬은 말로) 센물. 硬水 ((북한))

경신경「명」(다듬은 말로) 목신경. 頸神經 ((북한))

경신경총「명」『생리』(다듬은 말로) 목신경덤불. 頸神徑叢 ((북한))

경실「명」『약학』(다듬은 말로) 어저귀씨. 苘實 ((북한))

경심01「명」『운수』(다듬은 말로) 기운중심. 傾心 ((북한))

경자성「명」『전기』(다듬은 말로) 굳은자성. 硬磁性 ((북한))

경자음「명」『언어』(다듬은 말로) 굳은자음. ((북한))

경작지「명」(다듬은 말로) 부침땅. ((북한))

경전02「명」『체육』(다듬은 말로) 가벼운 화살. 輕箭 ((북한))

경종02「명」(다듬은 말로) 곡식가꾸기. 耕種 ((북한))

경종체계「명」『농학』(다듬은 말로) 가꾸기체계. ((북한))

경지02「명」(다듬은 말로) 부침땅【5】耕地 ((북한))

경질01「명」(다듬은 말로) 굳은질. 硬質 ((북한))

경질고무「명」『화학』(다듬은 말로) 굳은고무. ((북한))

경쟁지「명」(다듬은 말로) 경쟁가지. ((북한))

경측02「명」(다듬은 말로) 목옆. 頸側 ((북한))

경침01「명」『생물』(다듬은 말로) 줄기가시. 梗針 ((북한))

경침03「명」(다듬은 말로) 일반침대. 硬寢 ((북한))

경토01「명」『농학』(다듬은 말로) 갈이흙. 耕土 ((북한))

경토층「명」『농학』(다듬은 말로) 갈이층. 耕土層 ((북한))

경통03「명」『방직』(다듬은 말로) 날실켐. 經通 ((북한))

경통기「명」『방직』(다듬은 말로) 날실켐틀. 經通機 ((북한))

경판「명」『체육』(다듬은 말로) 공막이판. 境板 ((북한))

경판지「명」(다듬은 말로) 굳은판지. 硬板紙 ((북한))

경포02「명」(다듬은 말로) 목천01 頸布 ((북한))

경화유「명」『화학』(다듬은 말로) 굳힌기름. 硬化油 ((북한))

경연02 「명」『화학』(다듬은 말로) 굳은연. 硬鉛 ((북한))

경엽01 「명」『생물』(다듬은 말로) 줄기잎. 莖葉 ((북한))

경엽시비 「명」『농학』(다듬은 말로) 잎덧비료주기. 莖葉施肥 ((북한))

경엽체 「명」『생물』(다듬은 말로) 줄기잎체. 莖葉體 ((북한))

경영02 「명」『체육』(다듬은 말로) 경기혜염. 競泳 ((북한))

경유02 「명」(다듬은 말로) 고래기름. 鯨油 ((북한))

경음기 「명」(다듬은 말로) 나팔③ 警音機 ((북한))

경외01 「명」① 일정한 경의 밖. ② 일정한 한계의 밖. ③『체육』(다듬은 말로)
　　　바깥공. 境外 ((북한))

경외공 「명」『체육』(다듬은 말로) 바깥공. 境外- ((북한))

고가교 「명」(다듬은 말로) 구름다리. 高架橋 ((북한))

고결01 「명」『지질』(다듬은 말로) 굳어지기. 固結 ((북한))

고결성01-썽 「명」『화학』(다듬은 말로) 굳어짐성. 固結性 ((북한))

고공02 「명」① (다듬은 말로) 머슴 ② ⇒ 품팔이 ③ 고용살이하는 직공.
　　　(=)고노① 雇工 ((북한))

고규04 「명」『농학』(다듬은 말로) 높은이랑 高규@ ((북한))

고규식 「명」『농학』(다듬은 말로) 높은이랑식. ((북한))

고기압 「명」『기상』지구를 둘러싸고있는 공기층의 압력이 주변보다 높은
　　　구역의 기압. 이것이 형성되면 공기의 내리흐름이 있어 일반적으로
　　　날씨가 좋은것이 특징이다. 〈다듬은 말로 : 높은기압〉【16】((북한))

고과02 「명」(다듬은 말로) 쓴박. 苦瓜 ((북한))

고두충 「명」(다듬은 말로) 쇠줄벌레. ((북한))

고막01 「명」(다듬은 말로) 귀청 【8】鼓膜 #7고막(을) 치다 #%강한 소리가 고막
　　　을 세게 자극한다는 뜻으로 "귀에 강하게 들리다"를 형상적으로 이르는
　　　말. ‖철을 두드리는 쇠된 소리가~. 열기띤 목소리가~.§ #7고막을 때리다
　　　= 고막을 치다. ┃기관차의 요란한 기적소리가 고막을 때린다.§ ((북한))

고모음 「명」『언어』(다듬은 말로) 높은 모음. 高母音 ((북한))

고목03 「명」『약학』(다듬은 말로) 소태나무줄기. 苦木 ((북한))

고무직 「명」(다듬은 말로) 고무천. ((북한))

고미02〈2:2〉「명」(다듬은 말로) 쓴맛. 苦味 ((북한))

고손목「명」(다듬은 말로) 강대나무. 枯損木 ((북한))

고장용액「명」사람의 체액보다 높은 스밈압을 가진 용액. (=) 고장액.
　　　고앞용액. (다듬은 말로: 스밈압높은액) 高張溶液 ((북한))

고저평행봉「명」『체육』(다듬은 말로) 높낮이평행봉. ((북한))

고적운「명」(다듬은 말로) 높은더미구름. 高積雲 ((북한))

고접「명」(다듬은 말로) 높이접. 高接 ((북한))

고정활차「명」(다듬은 말로) 고정도르래. ((북한))

고착기관「명」(다듬은 말로) 붙는기판. ((북한))

고추역병「명」『농학』(다듬은 말로) 고추돌림병. ((북한))

고층운「명」(다듬은 말로) 높은층구름. ((북한))

고체서슬「명」(다듬은 말로) 덩이서슬. ((북한))

고포01「명」(다듬은 말로) 누데기. 헌천. 낡은 천. 古布【2】 ((북한))

고형분「명」(다듬은 말로) 덩이분. 固形粉 ((북한))

고해도「명」『화학공업』종이원료를 찢어 풀어서 죽같이 만든 정도. ∣ 종이면을
　　　고르롭게 하고 질을 높이기 위하여 고해도를 높이는 문제를 해결하도록
　　　하였다. § (다듬은 말로: 찢어풀림도) 叩解度 ((북한))

고깔형리마「명」『기계』고깔모양의 구멍을 매끈하게 다듬은데 쓰는 리마. 거친
　　　리마와 중간리마, 정결리마의 세개를 한조로 하여 쓴다. ((북한))

고유기「명」『축산』(주로 젖소에서) 새끼 낳기전 젖을 짜지 않는 기간. (다듬은
　　　말로: 젖먹은 기간) 枯乳期 ((북한))

곡가01「명」(다듬은 말로) 낟알값. 穀價 ((북한))

곡기01「명」① (다듬은 말로) 낟알기①. ② 동의학에서, 음식물의 정기 곧 음식
　　　물을 소화하여 흡수한 영양물질. 穀氣 #6곡기하다 #$「동」(자) #7곡기를
　　　놓다 #%앓거나 또는 다른 일로 낟알기를 입에 대지 못하다. ‖ 곡기를 놓
　　　은지 닷새. § #7곡기를 끊다 #%앓거나 또는 일정한 의도로 낟알기를 아주
　　　입에 대지 않다. ∣ …한 보름전부터는 아주 자리에 몸져누워 일어나지 못
　　　하게 되였는데 곡기 끊은지가 한 댓새가 된다나봅니다. ≪장편소설 "갑오
　　　농민전쟁" 1≫§ #7곡기를 잃다 #%아프거나 속상한 일이 있어 낟알기를 입

에 대고싶은 생각이 없어진다. ((북한))

곡류02 공-「명」(다듬은 말로) 굽이흐름. 曲流 ((북한))

곡선교 「명」(다듬은 말로) 곡선다리. ((북한))

곡선주 「명」『전기』통신선로에서 방향이 변하는곳에 세우는 전기대. (다듬은
　　　말로: 모서리전기대) ((북한))

곡저 「명」『지리』(다듬은 말로) 골바닥. 谷底 ((북한))

곡중곡 「명」(다듬은 말로) 골안골. 谷中谷 ((북한))

곡지01 「명」(다듬은 말로) 골짜기. 谷地 ((북한))

곡옥 「명」『고고』(다듬은 말로) 굽은옥. 曲玉 ((북한))

골07 「명」①『의학』(다듬은 말로) 뼈 ② =골품 骨 ((북한))

골각01 「명」① 뼈 또는 뼈대. ② (다듬은 말로) 뼈뿔. 骨角 ((북한))

골각공예 「명」『미술』(다듬은 말로) 뼈공예. ((북한))

골각기 「명」『고고』(다듬은 말로) 뼈도구. 骨角器 ((북한))

골격근 「명」『농학』(다듬은 말로) 굵은 뿌리. 骨格筋 ((북한))

골관절 『생리』(다듬은 말로) 뼈마디. 骨關節 ((북한))

골관절결핵 「명」(다듬은 말로) 뼈마디결핵. ((북한))

골단-딴 「명」『생리』(다듬은 말로) 뼈끝. 骨端((북한))

골단선-딴-「명」『생리』(다듬은 말로) 뼈끝선. 骨端線 ((북한))

골돌-똘「명」(다듬은 말로) 쪽꼬투리. 蓇突 ((북한))

골돌과-똘-「명」(다듬은 말로) 쪽꼬투리열매. 蓇突果 ((북한))

골린 「명」『생물』(다듬은 말로) 뼈비늘. 骨鱗 ((북한))

골막 「명」『생리』(다듬은 말로) 뼈막. 骨膜 ((북한))

골막염 「명」(다듬은 말로) 뼈막염. ((북한))

골분 「명」(다듬은 말로) 뼈가루. 骨粉 ((북한))

골소강-쏘-「명」『생물』(다듬은 말로) 뼈세포집. 骨小腔 ((북한))

골절01-찔「명」(다듬은 말로) 뼈부러지기 【8】骨折 ((북한))

골종-쫑「명」(다듬은 말로) 뼈혹. 骨腫 ((북한))

골질02-찔「명」(다듬은 말로) 뼈질. 骨質 ((북한))

골촉 「명」『고고』(다듬은 말로) 뼈활촉. 骨鏃 ((북한))

골탄01 ① (다듬은 말로) 뼈숯. ② "콕스"를 이르던 말. 骨炭 ((북한))

골편 「명」 (다듬은 말로) 뼈조각. 骨片 ((북한))

공간02 「명」 ① (다듬은 말로) 지레 ② "일정한 활동이나 사업을 추진시키는데 작용을 하게 되는 수단이나 힘"을 비겨 이르는 말. ┃우리의 상업은 공업과 농업, 도시와 농촌 사이의 경제적련계를 강화하며 로농동맹을 강화하는데서 중요한 공간의 하나로 된다.§【5】槓杆 ((북한))

공극01 「명」 ① 빈큼이나 짬. ‖ 좁은 ~. (=)공극02②. ②『전기』 전기기계에서 고정자와 회전자사이의 간격. ③『건설』 (다듬은 말로) 잔구멍. ④『기계』 (다듬은 말로) 틈. 짬. 짬새. 【2】空隙 ((북한))

공극도 「명」『지질』 (다듬은 말로) 짬새도. ((북한))

공극률－긍－ 「명」『광업』 (다듬은 말로) 구멍률. ((북한))

공극성 「명」 ①『농학』 단위부피의 자연상태의 흙속에 들어있는 틈의 률. ② (다듬은 말로) 빈틈률. ((북한))

공극수 「명」『지질』 (다듬은 말로) 짬사이물. ((북한))

공기집합기－팝－ 「명」 (다듬은 말로) 공기모음통. ((북한))

공기침투 「명」『건설』 (다듬은 말로) 공기스며들기. ((북한))

공기혼화 「명」『광업』 (다듬은 말로) 공기섞음. ((북한))

공막 「명」『의학』 (다듬은 말로) 흰자위막. 鞏膜 ((북한))

공막염 「명」『의학』 (다듬은 말로) 흰자위막염. ((북한))

공목01 「명」『출판』 (다듬은 말로) 빈 글자. 空木 ((북한))

공비04 「명」『수학』 (다듬은 말로) 공통비 【3】公比 ((북한))

공비05 「명」『화학』 (다듬은 말로) 껴끓음. 共沸 ((북한))

공비점 －쩜「명」『화학』 (다듬은 말로) 껴끓음점. ((북한))

공서03 「명」『생물』 (다듬은 말로) 구멍살이. 孔棲 ((북한))

공서04 「명」『생물』 (다듬은 말로) 함께살이. 共棲 ((북한))

공차02 「명」 ①『수학』 (다듬은 말로) 공통차. ②『기계』 쓸수 있는 최대값과 최소값과의 차. 公差 ((북한))

공약수 「명」『수학』 (다듬은 말로) 공통약수. ((북한))

공융점－쩜 「명」『화학』 (다듬은 말로) 껴녹음점. 共融點 ((북한))

교각03 「명」『수학』(다듬은 말로) 사귐각. 交角 ((북한))

교구03 「명」『고고』(다듬은 말로) 띠고리. 鉸鉤 ((북한))

교근 「명」『생리』(다듬은 말로) 깨물기살. 씹기살. 咬筋 ((북한))

교목 「명」(다듬은 말로) 키나무. 喬木 ((북한))

교미01 「명」① (다듬은 말로) 쌍붙이기. ② ⇒ 흘레. 交尾 #6교미하다 #$「동」(자) ((북한))

교반01 「명」(다듬은 말로) 젓기. 攪拌 #6교반하다 #$「동」(타) * 젓다.【2】((북한))

교반기 「명」『기계』일정한 물건을 뒤섞어서 휘젓는 기계. ▷ 반죽을 이기는 기계. 〈다듬은 말로: 저음기〉((북한))

교시02 「명」『교육』(다듬은 말로) (공부)시간.【3】校時 ((북한))

교식01 「명」『출판』(다듬은 말로) 갈아꽂기. 校植 #6교식하다 #$「동」(타)((북한))

교잡 「명」(다듬은 말로) 섞붙임. 交雜 ((북한))

교점-쩜 「명」(다듬은 말로) 사귐점. 交點 ((북한))

교치성-썽 「명」『체육』(다듬은 말로) 재치성. 巧緻性 ((북한))

교합 「명」① =성교01. ② (뜻이) 서로 맞는것. ③ (다듬은 말로) 맞물기. 交合 #6교합하다 #$「동」(자) ((북한))

교형기중기 「명」(다듬은 말로) 다리형기중기 ((북한))

교환법칙 「명」(다듬은 말로) 바꿈법칙. ((북한))

교환칙 「명」『수학』(다듬은 말로) 바꿈법칙. 交換則 ((북한))

교원섬유 「명」『의학』(다듬은 말로) 갖풀섬유. 膠原纖維 ((북한))

구간쪽 「명」『체육』(다듬은 말로) 들대쪽. ((북한))

구갈01 「명」목이 몹시 마르는것. ‖~이 심하다. ~을 참다.§ ▷『의학』(다듬은 말로) 목마르기. 口渴 #6구갈하다 #$「동」(자) ((북한))

구강03 「명」(다듬은 말로) 입안. 口腔 ((북한))

구경03 「명」(다듬은 말로) 알줄기. 球莖 ((북한))

구곡01 「명」(다듬은 말로) 묵은 낟알 묵은 곡식. 舊穀 ((북한))

구기07 「명」『생물』(다듬은 말로) 입. 口器 ((북한))

구개 「명」 (다듬은 말로) 입천장 【2】 口蓋 ((북한))

구개골 「명」 (다듬은 말로) 입천장뼈. ((북한))

구개음 「명」 (다듬은 말로) 입천장소리. 口蓋音 ((북한))

구개음화 「명」『언어』 (다듬은 말로) 입천장소리되기. ((북한))

구과01 「명」 (다듬은 말로) 솔방울열매. 毬果 ((북한))

구관01 「명」『수학』 (다듬은 말로) 구면갓. 球冠 ((북한))

구내염 「명」 (다듬은 말로) 입안염. 口內炎 ((북한))

구두어 「명」『언어』 (다듬은 말로) 입말. 口頭語 ((북한))

구륜근 「명」『생리』 (다듬은 말로) 입둘레살. 口輪筋 ((북한))

구문05 「명」 (다듬은 말로) 주둥이⑤ 口吻 ((북한))

구상무역 「명」『경제』 (다듬은 말로) 맞물림무역. 求償貿易 ((북한))

구좌 「명」 (다듬은 말로) 돈자리. 口座 ((북한))

구치도가니 「명」 (다듬은 말로) 구멍바닥도가니. ((북한))

구토01 「명」 (다듬은 말로) 게우기. 【5】 嘔吐 ((북한))

구형강 「명」 (다듬은 말로) ㄷ(ㄷ)형강. 溝形鋼 ((북한))

구옥 「명」『고고』 (다듬은 말로) 굽은 구슬. 勾玉 ((북한))

군속도 「명」『물리』 (다듬은 말로) 무리속도. 群速度 ((북한))

군파01 「명」『해양』 (다듬은 말로) 무리파. 群波 ((북한))

굴광성 −썽「명」 (다듬은 말로) 빛굽힘성. ((북한))

굴신장 −썬−「명」『고고』 (다듬은 말로) 굽혀묻기. 屈身葬 ((북한))

굴착 「명」 굳은 땅이나 바위 등을 뚫어파는것. ‖ ~작업. (다듬은 말로: 파기)
　　　掘鑿 #6굴착하다 #$「동」(타) * 파다. 파들어가다. 【17】 ((북한))

굴촉성 「명」『생물』 (다듬은 말로) 닿아굽힘성. 屈觸性 ((북한))

궁선망 「명」 (다듬은 말로) 회그물. 弓扇網 ((북한))

궁술 「명」 ① 활을 쏘는 기술. ‖ 기마술과 ~. ▏그는 궁술과 검술이 신출귀몰할
　　　만치 절륜한 명장재목이였었다. § (=) 궁도03 ②『체육』 (다듬은 말로)활
　　　쏘기 【3】 弓術 ((북한))

궁지02 「명」 (다듬은 말로) 궁터01. 宮趾 ((북한))

궁형01 「명」 ① 활의 모양. ‖ ~을 이룬 달. § ②『수학』 (다듬은 말로) 활형.

弓形 ((북한))

규조01「명」(다듬은 말로) 규소마름. 硅藻 ((북한))

균렬수-쑤「명」(다듬은 말로) 틈사이물. ((북한))

균사「명」(다듬은 말로) 균실. 菌絲 ((북한))

균시차「명」『천문』(다듬은 말로) 해시간차. 均時差 ((북한))

균피「명」『생물』(다듬은 말로) 균막. 菌皮 ((북한))

균염「명」『방직』(주로 천에 물감을 들이는데서) 얼룩이 지지 않게 고루 들이거나
    또는 물감이 고루 드는것. (다듬은 말로) 고루(물) 들이기. 均染 ((북한))

균염성-썽「명」『방직』(다듬은 말로) 고루(물)들성. 均染性 ((북한))

균염제「명」『화학』(다듬은 말로) 고루물들임약. 均染劑 ((북한))

그람중「명」(다듬은 말로) 그람무게. ((북한))

그리쁘「명」(다듬은 말로) ① 종이끼우개. ② 머리말개. ③ 집개. 물개 clip&영
    ((북한))

극기02「명」『의학』(다듬은 말로) 된시기. 極期 ((북한))

극풍「명」『지리』(다듬은 말로) 극바람. 極風 ((북한))

극피동물「명」(다듬은 말로) 가시껍질동물. 棘皮動物 ((북한))

근경03「명」『생물』(다듬은 말로) 뿌리줄기. 根莖 ((북한))

근경04「명」『농학』(다듬은 말로) 그루갈이01. 根耕 ((북한))

근골건「명」『생리』(다듬은 말로) 발뒤축뼈힘줄. 跟骨腱 ((북한))

근교계수「명」『축산』(다듬은 말로) 가까운갈래곁수((북한))

근계01「명」(다듬은 말로) 뿌리갈래. 根系 ((북한))

근관「명」『생물』(다듬은 말로) 뿌리갓. 根冠 ((북한))

근류「명」『생물』(다듬은 말로) 뿌리혹. 根瘤 ((북한))

근류균「명」『림학』(다듬은 말로) 뿌리균. ((북한))

근막「명」(다듬은 말로) 힘살막. 筋膜 ((북한))

근모「명」(다듬은 말로) 뿌리털. 根毛 ((북한))

근사치「명」『수학』(다듬은 말로) 근사값. 近似値【7】((북한))

근사해「명」『수학』(다듬은 말로) 근사풀이. ((북한))

근상체「명」『생물』(다듬은 말로) 뿌리모양체. 根狀體 ((북한))

근섬유 「명」『생물』 (다듬은 말로) 힘살섬유. 筋纖維 ((북한))

근식 「명」『수학』 (다듬은 말로) 뿌리식. 根式 ((북한))

근생엽 「명」『생물』 (다듬은 말로) 뿌리잎. 根生葉 ((북한))

근절충 「명」 ① ⇒ 돗벌레 ②『림학』 (다듬은 말로) 줄풍뎅이. 根切蟲 ((북한))

근점년 －쩜－「명」『천문』 (다듬은 말로) 가까운 점 한해. 近點年 ((북한))

근점월 －쩜－「명」『천문』 (다듬은 말로) 가까운점 한달. 近點月 ((북한))

근접02 「명」『림학』 (다듬은 말로) 뿌리접. 根接 ((북한))

근지수 「명」『수학』 (다듬은 말로) 뿌리지수. 뿌리어깨수. 根指數 ((북한))

근지점 「명」『천문』 (다듬은 말로) 지구가까운 섬. 近地點 ((북한))

근지점조 「명」『해양』 (다듬은 말로)가까운 미세기. 近地點潮 ((북한))

근친 01 「명」 ① 촌수가 가까운 일가. │ 철종이 붕서하매 왕실 근친으로 승통할
        자격을 가진 이는 광목황제가 최근한지라.(작품집 "룡과 룡의 대격전")(=)
        근족. ②『생물』 (다듬은 말로) 가까운 갈래. 近親【4】 ((북한))

근친교잡 「명」『생물』 (다듬은 말로) 가까운 갈래섞붙임. ((북한))

근채01 「명」 (다듬은 말로) 뿌리남새. 根菜 ((북한))

근호 「명」『수학』 (다듬은 말로) 뿌리기호. 根號 ((북한))

근해01 「명」 (다듬은 말로) 가까운 바다. 近海 ((북한))

근엽 「명」『생물』 (다듬은 말로) 뿌리잎. 根葉 ((북한))

근일점 「명」『천문』 (다듬은 말로) 해가까운 점. 近日點 ((북한))

근외추비 「명」 (다듬은 말로) 잎덧비료. 根外追肥 ((북한))

근위03 「명」『생물』 (다듬은 말로) 살위. 筋胃 ((북한))

금속관 「명」①『전자』 (다듬은 말로) 쇠관. ② 껍데기를 금속으로 씌운 전자관.
    (=) 금속전자관. 金屬管 ((북한))

금환개기식 「명」『천문』 (다듬은 말로) 고리식 완전식. ((북한))

금환식 「명」『천문』 (다듬은 말로) 고리모양식. 金環蝕 ((북한))

급수주 「명」『운수』 (다듬은 말로) 수도기둥. 給水柱 ((북한))

급출발 「명」『체육』 (다듬은 말로) 갑작달리기. 急出發 ((북한))

급약 「명」 (다듬은 말로) 약주기. 給藥 ((북한))

기각04 「명」『생물』 (다듬은 말로) 지느러미발. 鰭脚 ((북한))

기공02 「명」 (다듬은 말로) ①『생물』숨구멍. 공기구멍. ②『금속』가스구멍.
　　氣孔 ((북한))

기근02 「명」『생물』(다듬은 말로) 공중뿌리. 氣根 ((북한))

기계배수 「명」『수리』(다듬은 말로) 기계물빼기. ((북한))

기계유 「명」 (다듬은 말로) 기계기름. 機械油 ((북한))

기단01 「명」『기상』성질이 비슷한 큰 규모의 공기뭉치. (다듬은 말로) 공기떼.
　　氣團 ((북한))

기단02 「명」『건설』(다듬은 말로) 밑단. 基壇 ((북한))

기류01 「명」 (다듬은 말로) 공기흐름. 氣流 ((북한))

기망01 「명」 ① 고기를 잡으려고 쳐두었던 그물을 추어올리는 일. ② 이름수의
　　단위로 쓰인다. ‖두~. 세~. ~당 어획량.§ (다듬은 말로) 그물추기 起網 #6
　　기망하다 #$「동」(자) ((북한))

기모02 「명」『방직』(다듬은 말로) 털내기. 起毛 ((북한))

기모기 「명」『방직』(다듬은 말로) 털내는 기계. 起毛機 ((북한))

기모내의 「명」 (다듬은 말로) 털낸내의. ((북한))

기문03 「명」『생물』(다듬은 말로) 숨문. 氣門 ((북한))

기밀 「명」 ① 외부에 함부로 드러내지 못하는 중요한 일. ‖군사~. ~재료, ~을
　　보장하다. ~을 지키다. 국가의 ~.§ ②『기계』(다듬은 말로) 틈막이 【9】
　　機密 ((북한))

기부생장 「명」 (다듬은 말로) 밑자라기. 基部生長 ((북한))

기산화서 「명」『생물』(다듬은 말로) 갈래꽃차례. 岐繖花序 ((북한))

기선02 「명」『건설』(다듬은 말로) 기준선. 基線 ((북한))

기성복 「명」 (다듬은 말로) 지은옷. 旣成服 ((북한))

기수09 「명」『수학』(다듬은 말로) 홀수. 奇數 ((북한))

기실04 「명」『생물』(다듬은 말로) 공기방. 氣室 ((북한))

기실05 「명」『기계』(다듬은 말로) 김칸. 汽室 ((북한))

기저상태 「명」『화학』(다듬은 말로) 바닥상태. ((북한))

기점01-쩜 「명」 ① (다듬은 말로) 시작점 ②『건설』(다듬은 말로) 기준점 起點
　　((북한))

기지수「명」(다듬은 말로) 아는수. 旣知數 ((북한))

기좌호흡「명」『의학』(다듬은 말로) 앉아숨쉬기. 起坐呼吸 ((북한))

기초심도「명」『건설』(다듬은 말로) 기초깊이. ((북한))

기포01「명」(다듬은 말로) 거품. 가스집. 가스구멍.【3】氣泡 ((북한))

기포방지제「명」『약학』(다듬은 말로) 거품막이약. ((북한))

기포제「명」(다듬은 말로) 거품약【4】起泡劑 ((북한))

기포콩크리트「명」(다듬은 말로) 거품콩크리트. ((북한))

기폭약포「명」『광업』(다듬은 말로) 기폭약봉지. 起爆藥包 ((북한))

기피제「명」『농학』(다듬은 말로) (벌레)쫓는약. 忌避劑 ((북한))

기화선「명」(다듬은 말로) 기계짐배. 機貨船 ((북한))

기음01「명」①『의학』(다듬은 말로) 공기소리 ②『언어』날숨이 목청을 스쳐
　　서 나는 말소리. 조선말에서 "ㅎ", 다른 나라 말에서 "h"같은 소리이다. 氣
　　흡 ((북한))

기음02「명」(다듬은 말로) 바탕소리. 基흡 ((북한))

기와부「명」『생리』(다듬은 말로) 허구리. 옆배. ((북한))

긴장〈22〉「명」① 팽팽하게 켕기는것. ‖힘살의~.§ ② 마음을 늦추지 않고 정신
　　이나 힘을 바싹 가다듬는것. ‖~을 견지하다. ~이 풀리다. ┃성과에 자만하
　　여 긴장을 늦출것이 아니라 계속 앞을 향하여 나아가야 한다.§ ③ 일을 순
　　조롭게 넘기기 어려울 정도로 바듯하게 되는것 또는 그러한 상태. ‖로력
　　의 ~을 풀다.§ ④ 정세나 분위기가 무슨 일이 터질듯이 평온하지 않은것.
　　‖정세의 ~상태.§ ⑤『의학』(다듬은 말로) 켕김【224】緊張 ((북한))

긴장도「명」① 긴장한 정도. ‖~가 심하다.§ ②『의학』(다듬은 말로) 캥김도
　　【2】((북한))

개각01「명」『생물』(다듬은 말로) 깍지① 介殼 ((북한))

개각충「명」(다듬은 말로) 깍지벌레. 介殼蟲 ((북한))

개간답「명」(다듬은 말로) 신풀이논. ((북한))

개거「명」『건설』(다듬은 말로) 열린도랑. 開渠 ((북한))

개견「명」『방직』(다듬은 말로) 고치섬유헤침. 開繭 ((북한))

개기식「명」『천문』(다듬은 말로) 옹근가림. 皆旣蝕 ((북한))

개기일식―씩 皆旣日蝕 「명」『천문』(다듬은 말로) 옹근일식. ((북한))

개기월식―씩 皆旣月蝕 「명」『천문』(다듬은 말로) 옹근월식. ((북한))

개과02 「명」『생물』(다듬은 말로) 뚜껑열매. 蓋果 ((북한))

개면기 「명」(다듬은 말로) 솜헤침기. 開綿機 ((북한))

개모음 「명」『언어』(다듬은 말로) 열린모음. 開母音 ((북한))

개방유관속 「명」『생물』(다듬은 말로) 열린관묶음. ((북한))

개벌02 「명」『림학』(다듬은 말로) 다베기. 皆伐 ((북한))

개성남대문 「명」 개성시 북안동에 있는 옛 성문. 1394년에 새로 내성을 쌓을 때 정문으로 세운것이다. 현재 개성남대문은 축대와 그우에 세운 문루로 이루어졌다. 축대는 길죽하게 다듬은 화강석으로 쌓았으며 복판에 무지개문길을 냈다. 문주는 앞면 3간, 옆면 2간이다. 문루에는 우리 나라 4대종의 하나인 연복사종이 있다. 1346년에 만들어 이곳에 옮겨놨던 종인데 1900년대초까지 개성사람들에게 시간을 알려주기 위하여 울리었다. ((북한))

개찰02 「명」『운수』(다듬은 말로) 표찍기 【3】 改札 ((북한))

개표01 「명」(다듬은 말로) 표찍기 【3】 改票 ((북한))

개페기 「명」(다듬은 말로) 여닫개 【4】 開閉器 ((북한))

개음절 「명」『언어』(다듬은 말로) 열린마디. 開音節 ((북한))

객토 「명」(다듬은 말로) 흙깔이. 깔이흙. 客土 ((북한))

객토작업 「명」(다듬은 말로) 흙깔이작업. ((북한))

갱목 「명」『광업』(다듬은 말로) 동발나무 【10】 坑木 ((북한))

갱목림―몽림 「명」『림학』(다듬은 말로) 동발나무숲. 坑木林 ((북한))

게라 「명」『출판』(다듬은 말로) 판그릇. ←galley&영((북한))

게라지 「명」(다듬은 말로) 교정지. ((북한))

계등부표 「명」『해양』(다듬은 말로) 등불떼. 繫燈浮標 ((북한))

계량01 「명」① 수량이나 무게를 재는것. ‖ 전력~. ~계측사업.§ ②『체육』(다듬은 말로) 무게달기. ③『수학』두 점사이의 거리를 일반화해서 얻는 개념. 기하학, 해석학에서 기초로 되는 개념이다. 【14】 計量 #6계량하다 #$「동」(타) #6계량되다 #$「동」(자) ((북한))

계류01 「명」①『해양』(다듬은 말로) 배대기. 배매기 ②『음악』한 화음으로부터 다른 화음에로 옮길 때에 그가운데의 어느 한 성음 또는 몇개 성음이 다른 화음에로 늦게 들어감으로써 불협화음을 이루는것. 繋留 #6계류하다 #$「동」(타) #6계류되다 #$「동」(자) ((북한))

계류부표 「명」『해양』 (다듬은 말로) 배매기떼. ((북한))

계류삭 「명」『해양』 배를 매여두는 바줄. 자연섬유나 화학섬유로 만든 바줄이다. (다듬은 말로) 배맬바줄. 繋留索 ((북한))

계류장 「명」『해양』 (다듬은 말로) 배맬터. ((북한))

계류열 「명」『의학』 (다듬은 말로) 끄는열. 稽留熱 ((북한))

계명초 「명」 (다듬은 말로) 깨묵. ((북한))

계벌장-짱 「명」 (다듬은 말로) 떼매기터. 繋筏場 ((북한))

계보 「명」 ① 조상때부터 내려오는 피줄관계와 집안의 간단한 래력을 적은 책. ∥~를 찾다. ~를 알아내다. │그의 처가가 그럭저럭 화족과 먼 친척벌이 된다는 아리숭한 계보를 들추어내여 하시모도를 귀족취급하자는 기운까지 없지 않다.≪장편소설 "고난의 행군"≫§ ②『축산』 (다듬은 말로) 래력표. 系譜 ((북한))

계사기 「명」『방직』 (다듬은 말로) 실잇개. 繼絲器 ((북한))

계선01 「명」 ① 일정한 한계 또는 그 한계를 나타내는 선 ∥~을 긋다. 사업의 ~을 가르다.§ ② 일정한 경계가 되는 선. ∥금강~에서 있었던 전투.§ ③ 『체육』 (다듬은 말로) 가름선. 테두리선 【40】 界線 ((북한))

계선말뚝 「명」『해양』 (다듬은 말로) 배말뚝. ((북한))

계선부표 「명」『해양』 (다듬은 말로) 배맬부표. 繋船浮標 ((북한))

계선장 「명」『해양』 (다듬은 말로) 배맬터 【3】 ((북한))

계선주 「명」『해양』 (다듬은 말로) 배말뚝. 繋船柱 ((북한))

계수06 「명」『수학』 (다듬은 말로) 곁수. 係數 ((북한))

계수기 「명」 어떤 물건의 수효를 계산할 때 쓰는 기구. 산판알 같은것을 이쪽에서 저쪽으로 옮김으로써 그 수효를 알아낸다. ∥~를 갖추어놓다.§ (다듬은 말로) 셈세개 【7】 計數器 ((북한))

계승03 「명」『수학』 (다듬은 말로) 차례곱. 階乘 ((북한))

계절조-쪼 「명」 (다듬은 말로) 철새. 계절새 【5】 季節鳥 ((북한))

계절풍 「명」『기상』 (다듬은 말로) 철바람. (=)계후풍 季節風 ((북한))

계주01 「명」 (다듬은 말로) 이어달리기. 繼走 ((북한))

계철 「명」『전기』 (다듬은 말로) 이음쇠. 繼鐵 ((북한))

계측 「명」 ① 계산하여 재는것. ②『자동화』 어떤 량을 재여서 사물을 량적으로 평가하고 처리하며 측정결과와 평가결과를 리용하는것. 計測 (다듬은 말로: 재기) #6계측하다 #$「동」(타) #6계측되다 #$「동」(자) 【3】 ((북한))

계안 「명」『의학』 (다듬은 말로) 티눈. 鷄眼 ((북한))

계영 「명」 (다듬은 말로) 이어헤기. 繼泳 ((북한))

괴경 「명」『생물』 (다듬은 말로) 덩이줄기. 塊莖 ((북한))

괴근 「명」『생물』 (다듬은 말로) 덩이뿌리. 塊根 ((북한))

괴상중합 「명」 (다듬은 말로) 덩이중합. 塊狀重合 ((북한))

괴상화물 「명」『운수』 (다듬은 말로) 덩이짐. 怪狀貨物 ((북한))

괴철 「명」『금속』 (다듬은 말로) 덩이쇠. 塊鐵 ((북한))

괴탄01 「명」 (다듬은 말로) 덩이탄. 塊炭 ((북한))

귀선01 「명」『체신』 텔레비죤화면을 전개할 때 주사선이 되돌아가는 사이에 그려지는 선. 수평전개할 때 나타나는 수평귀선, 수직전개할때 나타나는 수직귀선이 있다. 〈다듬은 말로: 도돌이줄〉 歸線 ((북한))

귀소본능 「명」『생물』 (다듬은 말로) 돌아오기본능. 歸巢本能 ((북한))

과경01 「명」 (다듬은 말로) 열매꼭지. 果梗 ((북한))

과동 「명」 (다듬은 말로) 겨울나이. 過冬 ((북한))

과동률 「명」『농학』 (다듬은 말로) 겨울나이률. ((북한))

과동사 「명」 (다듬은 말로) 겨울우리. ((북한))

과동성 －썽 「명」『농학』 (다듬은 말로) 겨울나이성. ((북한))

과동성작물 －썽장－「명」『농학』 (다듬은 말로) 겨울나이작물. ((북한))

과동지 「명」 (다듬은 말로) 겨울나이못. ((북한))

과대04 「명」 (다듬은 말로) 열매자리. 果臺 ((북한))

과류01 「명」『축산』 (다듬은 말로) 열매류. 瓜類 ((북한))

과린 「명」『생물』 (다듬은 말로) 열매비늘. 果鱗 ((북한))

과립 「명」『약학』 (다듬은 말로) 싸락. 알갱이. 顆粒 ((북한))

과립기「명」『약학』(다듬은 말로) 싸락기계. 顆粒機 ((북한))

과립제「명」『약학』(다듬은 말로) 싸락약. 顆粒劑 ((북한))

과병「명」(다듬은 말로) 열매꼭지. 果柄 ((북한))

과선교「명」(다듬은 말로) 철길건늠다리. 跨線橋 ((북한))

과수01「명」(다듬은 말로) 과일나무【8】果樹 ((북한))

과숙02「명」『생물』(다듬은 말로) 지내익기. 過熟 ((북한))

과숙림「명」『림학』(다듬은 말로) 지내자란숲. 過熟林 ((북한))

과적재「명」『운수』(다듬은 말로) 지내싣기. 過積載 ((북한))

과습수「명」(다듬은 말로) 과일단물. ((북한))

과채02「명」(다듬은 말로) 열매남새. 果菜 ((북한))

관건장치「명」(다듬은 말로) 쇠걸이. ((북한))

관근「명」『생물』(다듬은 말로) 마디뿌리. 冠根 ((북한))

관류02 괄−「명」① 관통하여 흐르는것. ②『림학』(다듬은 말로) 나무몰이. 貫
    流 #6관류하다 #$「동」(자) 관류02① ‖ 두 나라를 관류하는 강. 선진적인
    사상이 관류하고있는 작품. §((북한))

관모02「명」①『생물』(다듬은 말로) 우산갓. ② ⇒ 도가니머리. 冠毛 ((북한))

관목01「명」(다듬은 말로) 떨기나무. 灌木 ((북한))

관목림 −몽−「명」(다듬은 말로) 떨기나무숲. 灌木林 ((북한))

관상04「명」『생물』(다듬은 말로) 갓모양. 冠狀 ((북한))

관상로「명」『금속』(다듬은 말로) 관모양로. ((북한))

관상화관「명」『생물』(다듬은 말로) 관모양꽃갓. ((북한))

관석「명」(다듬은 말로) 물때. 罐石 ((북한))

관성륜「명」『기계』(다듬은 말로) 관성바퀴. 慣性輪 ((북한))

관절01「명」『생리』(다듬은 말로) 뼈마디【3】關節 ((북한))

관절강「명」『생물』(다듬은 말로) 뼈마디안. 關節腔 ((북한))

관절낭「명」『의학』(다듬은 말로) 뼈마디주머니. 關節囊 ((북한))

관족「명」(다듬은 말로) 자루발. 管足 ((북한))

관옥02「명」(다듬은 말로) 대롱구슬. 管玉 ((북한))

괄약근「명」『생물』(다듬은 말로) 오무림살. 括約筋 ((북한))

광02 「명」 ① 어른어른하게 비치는 윤기. ‖~을 내다.§ ② (다듬은 말로) 빛. ③ 연에 다는 장식의 종이. ‖~을 단 연.§【10】光 #7광(을) 치다 #%① 번쩍번쩍하게 빛을 내다. ② 남에게 드러내어 실지 이상으로 풍을 치다.((북한))

광05 「명」 (다듬은 말로) 너비. 넓이. 廣 ((북한))

광각02 「명」 (다듬은 말로) 빛느낌. 光覺 ((북한))

광견병-뼝 「명」 (다듬은 말로) 미친개병. 狂犬病 ((북한))

광골반 「명」 『생리』 (다듬은 말로) 넓은 골반. 廣骨盤 ((북한))

광궤 「명」 (다듬은 말로) 넓은 철길. 廣軌 ((북한))

광궤철도-또 「명」 ① (다듬은 말로) 넓은 철길 ② 넓은 철길을 놓은 철도.【3】 ((북한))

광니 「명」 『광업』 (다듬은 말로) 광석앙금. 鑛泥 ((북한))

광도01 「명」 광원의 세기를 표시하는 량. 광원에서 단위거리에 있는 광선에 수직인 단위면적이 단위시간에 받는 에네르기로 측정한다. (다듬은 말로) 빛세기. 光度 ((북한))

광대화물 「명」 『운수』 철도운수에서 짐 한개의 무게와 크기가 규정된 한계를 넘는 짐. 〈다듬은 말로: 크고 무거운 짐〉((북한))

광량02 「명」 (다듬은 말로) 빛량. 光量 ((북한))

광량자 「명」 『물리』 (다듬은 말로) 빛량자. 光量子 ((북한))

광속 「명」 『물리』 (다듬은 말로) 빛묶음. 光束 ((북한))

광속도 「명」 『물리』 (다듬은 말로) 빛속도. 光速度 ((북한))

광심 「명」 (다듬은 말로) 빛중심. 光心 ((북한))

광전기 「명」 (다듬은 말로) 빛전기. 光電氣 ((북한))

광조파 「명」 (다듬은 말로) 넓게 뿌리기. 廣條播 ((북한))

광축 「명」 『물리』 (다듬은 말로) 빛축. 光軸 ((북한))

광파02 「명」 『물리』 (다듬은 말로) 빛파. 光波 ((북한))

광화학 「명」 『물리』 (다듬은 말로) 빛화학. 光化學 ((북한))

광환 「명」 (다듬은 말로) 빛고리. 光環 ((북한))

광음극 「명」 『전기』 (다듬은 말로) 빛음극. 光陰極 ((북한))

권사02 「명」 (다듬은 말로) 실감기. 捲系 ((북한))

권사기 「명」 (다듬은 말로) 실감는 기계. 捲絲機 ((북한))

권삭기 「명」 『수산』 (다듬은 말로) 바줄감개. 捲索機 ((북한))

권산화서 「명」 『생물』 (다듬은 말로) 말린꽃차례. 卷繖花序 ((북한))

권선단부 「명」 『전기』 (다듬은 말로) 권선끝머리. 捲線端部 ((북한))

권수01 「명」 『생물』 (다듬은 말로) 감김손. 眷鬚 ((북한))

권적운 「명」 (다듬은 말로) 비단더미 구름. 卷積雲 ((북한))

권척 「명」 (다듬은 말로) 도래자. 卷尺 ((북한))

권축01 「명」 『미술』 (다듬은 말로) 가로말이. 券軸 ((북한))

권축섬유 「명」 (다듬은 말로) 곱슬섬유. 卷軸纖維 ((북한))

권축성 「명」 (다듬은 말로) 곱슬성 捲縮性 ((북한))

권층운 「명」 (다듬은 말로) 비단층구름 卷層雲 ((북한))

권취기구 「명」 『방직』 천을 천말대에 감는 직기의 한 기구. (다듬은 말로: 천감
    는 기구) ((북한))

권취지 「명」 (다듬은 말로) 퉁구리종이 ((북한))

권양력 「명」 기중기가 짐을 들어올릴수 있는 능력 곧 기중기의 갈구리에 달아올
    릴수 있는 짐의 정격질량. 짐실이장치의 무게가 크면 들어올리는 짐의 무
    게에 그 장치의 무게를 합한 무게로 된다. (다듬은 말로: 들 능력) 捲揚力
    ((북한))

권양로프 「명」 권양기에서, 짐을 들어올리는 쇠바줄. (다듬은 말로: 들바(줄))
    ((북한))

권양타항기 「명」 『건설』 (다듬은 말로) 들어올림식 말뚝박는 기계. ((북한))

권연 「명」 (다듬은 말로) 만담배 卷煙 #7권연마는 종이 인경을 싸려 한다 = 쥐
    구멍으로 소를 몰려 한다. ((북한))

권운 「명」 (다듬은 말로) 비단구름. ((북한))

괘덕 「명」 『수산』 생명태를 말리기 위하여 10~15마리씩 꿰여서 덕의 아래층에
    가로 건너지른 나무에 거는 일. (다듬은 말로: 덕걸기) 掛- #6괘덕하다
    #$「동」(타)((북한))

괘도 「명」 (다듬은 말로) 걸그림. 掛圖 ((북한))

궤간「명」『운수』(다듬은 말로) 철길너비. 軌間 ((북한))

궤간자「명」『운수』(다듬은 말로) 철길자. 軌間- ((북한))

궤적「명」(다듬은 말로) 자리길. 軌跡 ((북한))

나비영「명」(다듬은 말로) 나비헤염. -泳 ((북한))

나이프「명」(다듬은 말로) 밥상칼. knife&영((북한))

난청「명」『의학』(다듬은 말로) 가는귀먹기. 難聽 ((북한))

날쫏기「명」『건설』일정하게 다듬은 돌의 면을 다시 두날 또는 외날쫏 기정으
　　　로 잔무늬를 내면서 마감으로 쫏는것. 날정이나 날마치로 평행지게 한쪽
　　　방향으로만 쪼아 잔무늬를 내거나 두쪽방향으로 쪼아 돌겉면을 고르롭게
　　　다듬는다. ((북한))

남중02「명」『천문』(다듬은 말로) 자오선지나기. 南中 ((북한))

낭상모「명」『생물』(다듬은 말로) 주머니모양털. ((북한))

낭상체「명」(다듬은 말로) 주머니모양체. ((북한))

낭종「명」『의학』(다듬은 말로) 주머니혹. § 囊腫 ((북한))

낭충「명」『생물』(다듬은 말로) 주머니벌레. 囊虫 ((북한))

념주무늬「명」(다듬은 말로) 구슬무늬. ((북한))

념주상「명」(다듬은 말로) 줄구슬모양. ((북한))

념좌「명」『의학』(다듬은 말로) 시그러지기. 접질리기. 捻挫 ((북한))

노가「명」(다듬은 말로) 노걸개. ((북한))

노기02「명」『고고』(다듬은 말로) 쇠뇌. 弩機 ((북한))

노르마「명」(다듬은 말로) 기준. 기준량. 책임량. ←Hopma&로 ((북한))

노메르「명」(다듬은 말로) 번호. ←HOMEP&로 ((북한))

농괴「명」『의학』(다듬은 말로) 고름덩이. 膿塊 ((북한))

농뇨증-쯩「명」『의학』(다듬은 말로) 고름오줌증. 膿尿症 ((북한))

농독증「명」『의학』(다듬은 말로) 고름독증. 膿毒症 ((북한))

농무01「명」(다듬은 말로) 짙은안개. 濃霧 ((북한))

농신증-쯩「명」『의학』(다듬은 말로) 고름콩팥증. 膿腎症 ((북한))

농창「명」『의학』(다듬은 말로) 고름헌데. 膿瘡 ((북한))

농포03「명」(다듬은 말로) 진고름집. 膿疱((북한))

농혈 「명」『의학』(다듬은 말로) 고름피. 膿血 ((북한))

농후사료 「명」『축산』(다듬은 말로) 건먹이01. ((북한))

농흉 「명」『의학』(다듬은 말로) 고름가슴. 膿胸 ((북한))

농양 「명」『의학』(다듬은 말로) 고름집. 膿瘍 ((북한))

농액01 「명」(다듬은 말로) 짙은 액. 濃液 ((북한))

뇨관 「명」(다듬은 말로) 오줌관. 尿管 ((북한))

뇨도 「명」『생리』(다듬은 말로) 오줌길. 尿道 ((북한))

뇨독증 「명」『의학』(다듬은 말로) 오줌독증. 尿毒症 ((북한))

뇨막 「명」『의학』(다듬은 말로) 오줌막. 尿膜((북한))

뇨빈삭 「명」(다듬은 말로) 오줌잦기. 尿頻數 ((북한))

뇨실금 「명」(다듬은 말로) 오줌새기. 尿失禁 ((북한))

뇨폐 「명」『의학』(다듬은 말로) 오줌막히기. 尿閉 ((북한))

뇨혈 「명」(다듬은 말로) 피오줌. 尿血 ((북한))

누에사육학 「명」『잠학』(다듬은 말로) 누에치기학. ((북한))

내각03 「명」『수학』(다듬은 말로) 아낙각. 內角 ((북한))

내건성-썽 「명」(다듬은 말로) 마름견딜성. 가물견딜성. 耐乾性 ((북한))

내건성수종-썽-「명」(다듬은 말로) 가물견딜성나무(종류) ((북한))

내경동맥 「명」『생리』(다듬은 말로) 속목동맥. 內頸動脈 ((북한))

내구성-썽 「명」①『금속』(다듬은 말로) 오래견딜성. ②『방직』(다듬은 말로)
    질길성. 耐久性 ((북한))

내과02 「명」(다듬은 말로) 안쪽마디턱. 內踝 ((북한))

내과피 「명」『생물』(다듬은 말로) 열매속껍질. 內果皮 ((북한))

내광성-썽 「명」(다듬은 말로) 빛견딜성. 耐光性 ((북한))

내낭 「명」『생리』(다듬은 말로) 속주머니②. 內囊 ((북한))

내도복성 「명」『농학』(다듬은 말로) 넘어짐견딜성. 耐倒伏性 ((북한))

내동성-썽 「명」『생물』(다듬은 말로) 얼기견딜성. 耐凍性 ((북한))

내마모강 「명」(다듬은 말로) 닳음견딜강. ((북한))

내마모성-썽 「명」(다듬은 말로) 닳음견딜성. 耐磨耗性 ((북한))

내면 「명」① (다듬은 말로) 아낙면. ② 겉으로 나타나지 않은 속이나 속내. ｜

아버지는 내면으로는 기뻐하나 겉으로는 그 기색을 나타내지 않고 있었다. §【15】內面 ((북한))

내번족「명」『의학』(다듬은 말로) 안쪽굽은발. 內飜足 ((북한))

내벽「명」『건설』(다듬은 말로) 안벽. 內壁 ((북한))

내병성-썽「명」『생물』(다듬은 말로) 병견딜성. 耐病性 ((북한))

내복02「명」『의학』(다듬은 말로) 먹기. 內服 ((북한))

내복법「명」(다듬은 말로) 먹는법. ((북한))

내복약「명」(다듬은 말로) 먹는약. ((북한))

내배유 5「명」『생물』(다듬은 말로) 속눈젖. 內胚乳 ((북한))

내산성-썽「명」『화학』(다듬은 말로) 산견딜성. 耐酸性 ((북한))

내수성-썽「명」(다듬은 말로) 물견딜성. 耐水性 ((북한))

내습성「명」(다듬은 말로) 누기견딜성. 耐濕性 ((북한))

내식성「명」(다듬은 말로) 삭음견딜성. 內蝕性 ((북한))

내심「명」② 속마음이나 마음속 또는 속. ‖ ~에는 아주 불만이다. ~을 숨김없이 말하다. ~을 털어놓다. ~으로부터의 충동. │ 까밝히지는 않았지만 너는 좌경적이다 하고 비웃는듯한 그의 내심이 강하에 울려왔던것이다. ≪장편소설"1932"≫§ ②『수학』(다듬은 말로)아낙중심. 【11】內心 #7내심(이) 있다 #%속이 깊고 참을성이 많다. │ 뒤떨어진 사람을 내심있게 교양하였다. § ((북한))

내새「명」『생물』(다듬은 말로) 속아가미. 內鰓 ((북한))

내종피 #65「명」『생물』(다듬은 말로) 씨앗속껍질. 內種皮 ((북한))

내초「명」『생물』(다듬은 말로) 속집01. 內초@ ((북한))

내측슬상체「명」『생리』(다듬은 말로) 안쪽무릎체. 內側膝狀體 ((북한))

내측종속「명」『생리』(다듬은 말로) 안쪽세로묶음. 內側縱束 ((북한))

내층「명」(다듬은 말로) 안층. 內層 ((북한))

내파01「명」『언어』(다듬은 말로) 속터침. 內破 ((북한))

내파음「명」『언어』(다듬은 말로) 속터침소리. 內破音 ((북한))

내피「명」【3】①『생물』(다듬은 말로) 속껍질 ② (다듬은 말로) 속고무 內皮 ((북한))

내한발성—썽「명」『생물』(다듬은 말로) 가물견딜성. 耐旱魃性 ((북한))

내한성—썽「명」(다듬은 말로) 추위견딜성. 【5】耐寒性 ((북한))

내항01「명」『수학』(다듬은 말로) 아낙마디. 아낙항. 內項 ((북한))

내해「명」(다듬은 말로) 안바다. 內海 ((북한))

내화구조「명」『건설』(다듬은 말로) 불견딜구조. ((북한))

내화급—끕「명」『건설』불에 견디는 정도를 규정하는 등급. 〈다듬은 말로: 불
견딜급〉耐火級 ((북한))

내화도「명」『금속』(다듬은 말로) 불견딜도. 耐火度 ((북한))

내화몰탈「명」『건설』(다듬은 말로) 불견딜몰탈. ((북한))

내화성—썽「명」(다듬은 말로) 불견딜성. ((북한))

내호피복「명」『물리』높은 온도에 타지 않도록 재료의 겉면에 씌우는것. 로케
트, 원자로, 분사식배행기 등의 재료를 만드는데 쓴다. 〈다듬은 말로: 불견
딜씌움〉((북한))

내열강「명」『금속』(다듬은 말로) 열견딜강. 【4】耐熱鋼 ((북한))

내열강도「명」(다듬은 말로) 열견딜세기. ((북한))

내열성—썽「명」(다듬은 말로) 열견딜성. 【4】耐熱性 ((북한))

내열합금「명」『금속』(다듬은 말로) 열견딜합금. ((북한))

내열유리「명」『화학』(다듬은 말로) 열견딜유리. ((북한))

내염성—썽「명」『농학』(다듬은 말로) 소금기견딜성. 耐鹽性 ((북한))

내유성—썽「명」『화학』(다듬은 말로) 기름견딜성. 【3】耐油性 ((북한))

내음성—썽「명」『생물』(다듬은 말로) 그늘견딜성. 耐陰性 ((북한))

네트「명」『체육』(다듬은 말로) 그물. net&영 ((북한))

네트타치「명」『체육』(다듬은 말로) 그물다치기. nettouch&영 ((북한))

네트오버「명」『체육』(다듬은 말로) 그물넘기. net over&영 ((북한))

뇌좌상「명」『의학』(다듬은 말로) 뇌짓찧기. 腦挫傷 ((북한))

다가산—까—「명」『화학』(다듬은 말로) 여러값산. [多價酸] ((북한))

다공관「명」『건설』(다듬은 말로) 여러구멍관. [多孔菅] ((북한))

다공판「명」『건설』(다듬은 말로) 여러구멍판. [多孔板] 【4】((북한))

다뇨「명」(다듬은 말로) 오줌많기. [多尿] ((북한))

다다미 「명」 (다듬은 말로) 누비돗자리. tatami&영 ((북한))

다단분쇄 「명」『광업』 (다듬은 말로) 여러단 분쇄. ((북한))

다독 「명」 책이나 글을 많이 읽는 것. 〈다듬은 말로: 많이 읽기〉 [多讀] #6다독
하다 #$「동」(타) ((북한))

다듬다―따 「동」(타) ① 쓸모있거나 맵시있게 다스리거나 손질하다. ‖ 머리를
~. 깃을 ~. ∣ 상금이의 용모는 원래 해사하기때문에 이렇게 진화장으로 곱
게 다듬어놓으니 인물이 훨씬 뛰여났다. § ② (날짐승이 깃을) 고르게 바
로펴다. ‖ 참빗질이라도 한듯 곱게 다듬은 꿩의 깃. § ③ 필요없는 부분을
추려 없애고 쓸모있게 만들다. ‖ 나무가지를 ~. 푸성귀를 ~. § ④ (글이나
생각, 리론 등을) 빈 구석이 없이 잘째이게 고치고 정리하다. ‖ 글을 ~.
∣ 그것은 편집부장동무가 자자구구로 따져가며 다듬어 세련시킨 원고였
다. / 전봉준은 며칠동안 방안에 조용히 들어앉다 생각을 다듬은 다음 여
러 사람들과 의논하고 다음과 같이 결정하였다. § ⑤ (거친 거죽이나 바닥
을) 반듯하고 고르게 손질하다. ‖ 바닥을 고르롭게 ~. § ⑥ (옷가지 같은
것을) 다듬이하여 구김살이 펴지게 하다. ‖ 옷감을 ~. 모시를 ~. § ⑦ (사
람을) “단단히 다잡아 기를 꺽다”를 비겨 이르는 말. ∣ 아무래도 그놈을
다듬어가지구 만져야겠다.≪장편소설 “림꺽정” 4 ≫/ 먼저 다듬어놓고 문
초를 한다더군. ≪장편소설 “갑오농민전쟁” 2 ≫§ ⑧ (말소리나 노래소리
가 순하고 맑게 나도록) 목이 트이게 하다. ‖ 목소리를 ~. § 【38】 ((북한))
다듬은 말 한자말이나 외래어 가운데서 조선말로 토착화되지 않은 말을
우리 말로 알기 쉽게 다듬어서 고친 말. “가축”, “노크”란 말을 고친 “집짐
승”, “손기척”같은 말이다. ‖ ~을 묶은 책. ~을 쓰다. § ((북한))

다모증―쯩 「명」 (다듬은 말로) 털많음증. [多毛症] ((북한))

다북직기 「명」 (다듬은 말로) 여러북직기. ((북한))

다시증―쯩 「명」 (다듬은 말로) 여럿보이기증. [多視症] ((북한))

다실분 「명」 (다듬은 말로) 여러칸무덤. [多室墳] ((북한))

다작 「명」 (작품 같은 것을) 많이 창작하는것 (다듬은 말로) 많이짓기 [多作]
#6다작하다 #$「동」(타) ((북한))

다중중복권선 「명」 (다듬은 말로) 여려겹중복권선. ((북한))

다지성어족-썽-「명」『수산』 기름이 많은 물고기종류 〈다듬은 말로: 기름많은 물고기〉 ((북한))

다짐「명」① 다지는 일. ‖ 콩크리트~. § ② 마으이나 뜻을 굳게 다잡아 가다듬는 일 또는 굳게 다잡아 가다듬은 마음이나 뜻. ‖ 마음의 ~. ∣ 조국을 광복하고 장차 조선에 사회주의, 공산주의를 이룩하자면 우선 제국주의를 타도해야 하거든요. 이건 우리의 선언입니다. 끝장을 볼 때까지 싸우겠다는 다짐입니다. ≪장편소설"1932년"≫§ ③ ≪"두다.""받다"와 합께 쓰이여 ≫ 틀림이 없도록 아귀를 지어 단단히 하는 확언이나 앞으로의 행동에서 절대로 어기는 일이 없도록 하겠다는 굳은 약속. ④=다림장. ‖ ~을 쓰다 § #6다짐하다 #$「동」(자. 타) ∣ 그는 자기의 결심을 기어이 실현하리라 굳게 다짐하였다.§ #7다짐(을) 놓다 #%다짐을 하도록 억지로 요구하다.#7다짐(을) 두다#%틀림이없도록 단단히 다지다. ∣ 피하자구만 작정하시면 피할 꾀는 얼마든지 제가 다짐두고 마련할수 있습니다. ≪장편소설"림꺽정"3 ≫§ #7다짐(을) 받다#%틀림없이 하겠다는 확언이나 약속을 상대편으로부터 받다. ((북한))

다제「명」(다듬은 말로) 차약. [茶制] ((북한))

다층「명」① "여러층이나 여러개의 층"을 단층에 상대하여 이르는 말. (다듬은 말로: 여러층) ② "다층집"의 준말. ‖ 큰길옆에 늘어서 ~§ [多層] ((북한))

다층합판「명」 열장 또는 그이상의 단판들을 섬유방향이 서로 수직이 되게 묶어 가열압착한 판. (다듬은 말로: 여러층합판) ((북한))

다체웅예「명」(다듬은 말로) 여러몸수꽃술. [多體雄蘂] ((북한))

다한증-쯩「명」『의학』(다듬은 말로) 땀많은증. [多汗症] ((북한))

다우대「명」(다듬은 말로) 비많은 지대. [多雨帶] ((북한))

다육경「명」(다듬은 말로) 살진줄기. [多肉莖] ((북한))

다육과「명」(다듬은 말로) 살진열매. [多肉果] ((북한))

다육성-썽「명」(다듬은 말로) 살질성. ((북한))

다육엽「명」(다듬은 말로) 살진잎. ((북한))

다이야몬드겜「명」(다듬은 말로) 별꼬니. ((북한))

단골04「명」(다듬은 말로) 짧은뼈. [短骨] ((북한))

단구05 「명」 (다듬은 말로) 다락땅. [段丘] ((북한))

단과지 「명」 『생물』 (다듬은 말로) 짧은 열매가지. [短果枝] ((북한))

단당 「명」 (다듬은 말로) 하나당. [單糖] ((북한))

단도마연토기 「명」 『고고』 (다듬은 말로) 붉은간그릇. [丹塗磨研土器] ((북한))

단독무늬-동- 「명」 (다듬은 말로) 홑무늬. ((북한))

단락02달- 「명」 『물리』 (다듬은 말로) 맞닿이 [短絡] ((북한))

단리01 「명」 본전에만 붙이는 리자. ↔ 복리 〈다듬은 말로: 홑리자〉 [單利] ((북한))

단면01 「명」 ① (다듬은 말로) 자름면. ② 생활과 사물발전의 전반적 과정에서 구획지어지는 한 축면. ∥ 다른 사람이 보기에는 아무것도 아닌 평범한 새 이활세태의 한 단면마저도 그의 심중에서는 류다른 감회를 자아내는것이였다. [斷面] 【8】 ((북한))

단면적02 「명」 (다듬은 말로) 자름면면적. [斷面績] ((북한))

단묘박 「명」 (다듬은 말로) 외닻머물기. [單錨泊] ((북한))

단벽막장 「명」 『광업』 (다듬은 말로) 짧은막장. [短壁-] ((북한))

단부04 「명」 (다듬은 말로) 끝머리② [斷部] ((북한))

단사02 「명」 (다듬은 말로) 홑실. [單絲] ((북한))

단상접지단락-달- 「명」 (다듬은 말로) 단상접지맞닿이 [單相接地斷落] ((북한))

단선03 「명」 ① 줄이 끊어지거나 줄을 끊는 것.〈다듬은 말로: 줄끊어짐〉 ② 어떤 연줄이나 관계가 끊어져 통하지 못하게 되는 일. [斷線] #6단선하다 #$「동」(자. 타) #6단선되다 #$「동」(자) ((북한))

단실분 「명」 (다듬은 말로) 외칸무덤. [單室墳] ((북한))

단실자방 「명」 (다듬은 말로) 한칸자방 (=)단자방. [單室子房] ((북한))

단자엽 「명」 (다듬은 말로) 한싹잎. [單子葉] ((북한))

단작 「명」 (다듬은 말로) 외그루. [單作] ((북한))

단중중복권선 (다듬은 말로) 한겹중복권선. [單重重複捲線] ((북한))

단척레루 「명」 『운수』 (다듬은 말로) 짧은레루. 短尺←rail&영 ((북한))

단축분지 「명」 (다듬은 말로) 원대가지치기. [短縮分枝] ((북한))

단층02 「명」 (다듬은 말로) 땅끊임. [斷層] ((북한))

단체웅예 「명」 (다듬은 말로) 한몸수꽃술. ((북한))

단파 「명」 ①『물리』 파장이 10~100메터, 주파수는 3~30메가헤르쯔 범위안에
　　있는 전자기파. 이온층에 잘 반사되므로 먼거리통신에 널리 쓰인다. ②『
　　해양』 (다듬은 말로) 짧은물결. [短波] 【5】 ((북한))

단피화 「명」 (다듬은 말로) 홑울꽃. [單被花] ((북한))

단활차 「명」 (다듬은 말로) 홑도르레. [單滑車] ((북한))

단안02 「명」 (다듬은 말로) 홑눈. [單眼] ((북한))

단열 「명」 (다듬은 말로) 열끊음. [斷熱] ((북한))

단열기관 「명」『기계』 기관안의 열이 외부에 전달되여가거나 밖의 열이 기관안
　　에 전달되여오지 못하게 하여 높은 연소온도에서 작업하는 기관. 단열기
　　관의 재료는 사기재료이다. 〈다듬은 말로: 열끊음기관〉 ((북한))

단음01 「명」 (다듬은 말로) 짧은소리. [短音] ((북한))

단일성식물 「명」 (다듬은 말로) 짧은낮식물. #[短日性植物] ((북한))

단일화서 「명」 (다듬은 말로) 홑꽃차례. ((북한))

단의음 「명」 (다듬은 말로) 짧은 곁소리. [短倚音] ((북한))

담도 「명」 (다듬은 말로) 열물길. [膽道] ((북한))

담수욕 「명」 (다듬은 말로) 민물미역. [淡水浴] ((북한))

담즙 「명」 (다듬은 말로) 열물. [膽汁] ((북한))

담청색 「명」 (다듬은 말로) 연푸른색 |맑고 드높은 담청색하늘에는 얇은 구름장
　　들이 떠있고 해는 멀리 서쪽으로 기울어졌다. ≪중편소설 "병사의 심정"≫
　　§ [淡靑色] ((북한))

담파02 「명」『금속』 (다듬은 말로) 조절판. 조절문. [damper&영] ((북한))

담홍색 「명」 (다듬은 말로) 연붉은색. 분홍색 = 담홍빛① ((북한))

담황색 「명」 (다듬은 말로) 연노란색 【2】 ((북한))

당근 「명」 (다듬은 말로) 홍당무. ((북한))

당초무늬 「명」 (다듬은 말로) 넝쿨무늬. [唐草－] ((북한))

당초문 「명」 (다듬은 말로) 넝쿨무늬. [唐初紋] ((북한))

당침01 「명」 (다듬은 말로) 사탕절임. [糖浸] ((북한))

당의02 「명」(다듬은 말로) 사탕옷. 사탕입힘. [糖衣] ((북한))

당의기 「명」『약학』알약, 환약 또는 사락약에 사탕을 입히는데 쓰는 기계. (다듬은 말로) 사탕입히는 기계. [糖衣機] ((북한))

도강경기 「명」(다듬은 말로) 강건느기경기. ((북한))

도근점-쩜 「명」측량도면을 만들거나 건설물의 자리를 잡아주기 위하여 기계를 직접 세우고 측량하는 점. 〈다듬은 말로: 세부측량기준점〉 [圖根點] ((북한))

도개교 「명」『건설』(다듬은 말로) 젖힘다리. [跳開橋] ((북한))

도관01 「명」①『생물』(다듬은 말로) 끌관 ②『화학공업』액체, 가스 등을 통과시키는 관. ③ 심장이나 폐와 같은 내장의 생리정수를 재기 위한데 쓸수 있는 고분자재료로 된 관. 체액, 분비액의 채집, 조영제의 주입, 혈압, 혈류량의 측정과 장기의 전기자극 등에 쓰인다. [導管] ((북한))

도등01 「명」(다듬은 말로) 길잡이등. [導燈] ((북한))

도란형 「명」(다듬은 말로) 거꿀닭알모양. [倒卵形] ((북한))

도랑02 「명」(다듬은 말로) 기름분. ((북한))

도료 「명」(다듬은 말로) 칠감 【2】 [塗料] ((북한))

도류제 「명」(다듬은 말로) 물돌림뚝. [導流堤] ((북한))

도립02 「명」(바닥이나 기구우 에서) 거꾸로 서는것. 〈다듬은 말로: 거꾸로서기〉 [倒立] #6도립하다 #$「동」(자) ((북한))

도레스 「명」(다듬은 말로) 나리옷. [←dress&영] ((북한))

도복01 「명」(다듬은 말로) 넘어짐. [倒伏] ((북한))

도산도 「명」(다듬은 말로) 날음도. ((북한))

도상02 「명」① 길의 웃바닥. ② (다듬은 말로) 자갈층 【2】 [道床] ((북한))

도상다짐 「명」『운수』(다듬은 말로) 자갈다짐. [道上-] ((북한))

도상다짐기 「명」(다듬은 말로) 자갈다짐기. ((북한))

도서대출 「명」도관이나 도서실에서 책을 보도록 독자들에게 내주는것 또는 도서관에서 책을 빌려가지고 자기 일터나 집에 가서 보도록 하는 책의 리용형식. (=)= 도서대여 (다듬은 말로) 책빌리기. 책내주기. 【2】 ((북한))

도수06 「명」(다듬은 말로) 물뜀. [跳水] ((북한))

도수로 「명」(다듬은 말로) 끌물길. [導水路] ((북한))

도자기 「명」 "질그릇, 오지그릇, 사기그릇"을 통털어 이르는 말. ∥~공업. ㅣ매대
　　에는 가정주부들속에서 인기를 끌고있는 사기꽃단지를 비롯하여 갖가지
　　도자기와 유리, 늄 제품들이 진렬되여있었다.§ (다듬은 말로: 사기, 사기그
　　릇)【13】[陶磁器 陶瓷器] ((북한))

도장10 「명」 (다듬은 말로) 헛자라기. [徒長] ((북한))

도장지 「명」 (다듬은 말로) 헛가지. [徒長枝] ((북한))

도장재료01 「명」 (다듬은 말로) 칠감. ((북한))

도정맥 「명」 (다듬은 말로) 이끌정맥. [導靜脈] ((북한))

도찰01 「명」 『약학』 바르고 문지르는것. (다듬은 말로) 분실러바르기 [塗擦]
　　((북한))

도포약 「명」 (다듬은 말로) 바르는 약. [塗布藥] ((북한))

도표03 「명」 (다듬은 말로) 겨눔표. [導標] ((북한))

도열병 －뼝「명」 (다듬은 말로) 벼열병. [稻熱病] ((북한))

도유02 「명」 (다듬은 말로) 기름바르기. [塗油]((북한))

독도 「명」 (다듬은 말로) 지도읽기. [讀圖] ((북한))

독법 －뻡「명」 (다듬은 말로) 읽기. [讀法] ((북한))

독활 －콸「명」 (다듬은 말로) 따두릅뿌리. [獨活] ((북한))

독활주 －콸쭈「명」 『약학』 (다듬은 말로) 따두릅술. [獨活酒] ((북한))

돈복 「명」 (다듬은 말로) 한번먹기. [頓服] ((북한))

돌공이 〈2:32〉「명」 돌로 만든 공이. 길죽하게 다듬은 돌덩이에 구멍을 뚫고 자
　　류를 박았다. ∥ ~와 나무공이. § ((북한))

돌극극성 「명」 (다듬은 말로) 뾰족극성. [突極極性] ((북한))

돌다리〈2:32〉「명」 돌을 리용하여 놓은 다리. 작은 개울을 건느기 위하여 판돌을
　　걸쳐놓거나 띄염띄염 놓는 형식으로 만든다. ∥~를 건느다. ㅣ문득 정신을
　　가다듬은 그는 돌다리를 밟고 건너뛰였다. ≪장편소설 "1932년"≫§【1】#7
　　개구리 돌다리 건느듯#%☞개구리. #7돌다리도 두드려보고 건너라 #%돌다
　　리라도 무너질가 념려하여 내리 두드려보고 안전하면 건느라는 뜻으로
　　"비록 든든하고 믿을만한것이라 해도 만일의 경우를 생각하여 확실한가를
　　다시 알아보고 행동하려는것"을 교훈적으로 이르는 말. (=)삼년 벌던 전답

도 다시 돌아보고 산다. 죽은 게도 동여매고 먹으라. #7밥 먹기를 돌다리 뛰여넘는듯하다#%☞밥. ((북한))

돌멘「명」(다듬은 말로) 고인돌. dolmen&영 ((북한))

돌방02「명」『운수』(다듬은 말로) 밀어차기. [突放] ((북한))

돌벽〈2:3〉「명」① 돌로 쌓은 벽. 다듬지 않은 돌이나 또는 다듬은 돌로 쌓는다. ‖전사들은 가렬한 전투의 한고비가 지나가면 돌벽에다 위대한 수령님에 대한 불타는 충성의 글발을 새롭게 새겨넣군 하였다. ② "바람벽 같이 깎아지른듯한 산의 바위"를 벽에 비겨 이르는 말. 〈×석벽2〉【1】 ((북한))

돌출부두「명」(다듬은 말로) 내민부두. ((북한))

돌포장도로「명」돌을 깐 길. 일정한 규격으로 다듬은 돌을 깔거나 막돌로 깐다. ‖산뜻하고 깨끗한~.§ ((북한))

돌연변이「명」(다듬은 말로) 갑작변이. [突然變異] ((북한))

돌연비등「명」(다듬은 말로) 갑작끓기. [突然沸騰] ((북한))

동건법－뻡「명」(다듬은 말로) 얼말림법. [凍乾法] ((북한))

동경림「명」(다듬은 말로) 같은나이숲. [同庚林] ((북한))

동공산대「명」『의학』(다듬은 말로) 동자커지기. [瞳孔散大] ((북한))

동기05「명」(다듬은 말로) 겨울철 (=)동계6【13】[冬期] ((북한))

동동무「명」(다듬은 말로) 동동춤. [動動舞] ((북한))

동란02「명」(다듬은 말로) 겨울알. [冬卵] ((북한))

동령림「명」(다듬은 말로) 같은나이숲. [同齡林] ((북한))

동류근식「명」『수학』(다듬은 말로) 한또래뿌리식. 동류뿌리식. [同類根式] ((북한))

동류항「명」『수학』방정식에서 결수이외의 부분이 동일한 마디들. (다듬은 말로) 한또래마디【1】[同類項] ((북한))

동면02「명」(다듬은 말로) 겨울잠. [冬眠] ((북한))

동모03「명」(다듬은 말로) 겨울털. [冬毛] ((북한))

동물검색「명」(다듬은 말로)동물가려보기. ((북한))

동맥구「명」(다듬은 말로) 동맥홈. [動脈溝] ((북한))

동맥류－맹－「명」『의학』(다듬은 말로) 동맥불루기. [動脈瘤] ((북한))

동맥추「명」(다듬은 말로) 심장덧붙이. [動脈錐] ((북한))

동삭「명」(다듬은 말로) 움직(임)바줄. [動索] ((북한))

동상06「명」『운수』(다듬은 말로) 얼부풀이. [凍上] ((북한))

동상례「명」(다듬은 말로) 신랑달기. [東床禮. 東廂禮. 東牀禮] #6동상례하다
　　#$「동」(자) ((북한))

동심원「명」(다듬은 말로) 같은 중심원. [同心圓] ((북한))

동색02「명」(다듬은 말로) 구리색. [銅色] ((북한))

동세「명」(다듬은 말로) 움직임새. [動勢] ((북한))

동종이형「명」(다듬은 말로) 같은종 다른모양. [同種異形] ((북한))

동질지반「명」(다듬은 말로) 같은 질지반. ((북한))

동창03「명」『의학』(다듬은 말로) 언상처. [凍瘡] ((북한))

동파02「명」(다듬은 말로) 겨울씨뿌리기. [冬播] ((북한))

동해02「명」(다듬은 말로) 얼굼피해. [凍害] ((북한))

동안신경「명」(다듬은 말로) 눈돌림신경. [動眼神經] ((북한))

동유01「명」(다듬은 말로) 오동씨기름. [桐油] ((북한))

동위각「명」(다듬은 말로) 같은자리각. [同位角] ((북한))

두골「명」① (다듬은 말로) 머리뼈. ② "소대가리"를 음식의 거리로 이르는 말.
　　【3】[頭骨] ((북한))

두과-꽈「명」(다듬은 말로) 콩과. [荳科] ((북한))

두과식물-꽈 싱-「명」(다듬은 말로) 콩과식물. ((북한))

두과작물-과장-「명」(다듬은 말로) 콩과식물. [荳科作物] ((북한))

두과알곡작물-꽈-장-「명」(다듬은 말로) 콩과알곡작물. ((북한))

두상화「명」(다듬은 말로) 머리모양꽃. ((북한))

두상화서「명」(다듬은 말로) 머리모양꽃차례. ((북한))

두정골「명」『생리』(다듬은 말로) 웃머리뼈. [頭頂骨] ((북한))

두정안「명」『생물』(다듬은 말로) 머리꼭대기눈. [頭頂眼] ((북한))

두통「명」(다듬은 말로) 머리아픔 【6】[頭痛] #7두통을 앓다 ⇒골머리(를) 앓
　　다. ((북한))

두흉갑「명」『생물』(다듬은 말로) 머리가슴껍데기. [頭胸甲] ((북한))

두흉부「명」① (다듬은 말로) 머리가슴부. ② 머리부분과 가슴부분이 붙어서 하
   나로 된것. 거미나 새우 같은것에서 볼수 있다. [頭胸部] ((북한))

두어반복「명」(다듬은 말로) 머리말되풀이. [頭語反覆] ((북한))

두운01「명」(다듬은 말로) 머리운. [頭韻] ((북한))

두음「명」[頭音] (다듬은 말로) 첫소리② ((북한))

두음법칙「명」(다듬은 말로) 첫소리법칙. [頭音法則] ((북한))

둔각「명」(다듬은 말로) 무딘각. [鈍角] ((북한))

둔위「명」(다듬은 말로) 엉덩자리. [臀位] ((북한))

드라마「명」(다듬은 말로) 극01 [drama&영] ((북한))

드롭프스「명」(다듬은 말로) 알사탕. [drops&영] ((북한))

드리블「명」(다듬은 말로) 두번 몰기. [dribble&영] ((북한))

등간「명」(다듬은 말로) 등불대. [燈竿] ((북한))

등률색「명」(다듬은 말로) 누른 밤색. [橙栗色] ((북한))

등면엽「명」『생물』(다듬은 말로) 앞뒤같은 잎. [等面葉] ((북한))

등반봉「명」(다듬은 말로) 오름대. [登攀棒] ((북한))

등반줄 -쭐「명」(다듬은 말로) 오름줄. [登攀-] ((북한))

등비「명」(다듬은 말로) 같은비【3】 [等比] ((북한))

등비급수「명」『수학』(다듬은 말로) 같은비급수. [等比級數] ((북한))

등비수렬 -열「명」(다듬은 말로) 같은비수렬.【4】 [等比數列] ((북한))

등비중항「명」『수학』(다듬은 말로) 같은비가운데항. [等比中項] ((북한))

등비합렬 -함-「명」『수학』(다듬은 말로) 같은비합렬. [等比合列] ((북한))

등수화「명」(다듬은 말로) 같은수꽃. [等數花] ((북한))

등시성-썽「명」『물리』(다듬은 말로) 같은시간성. [等時性] ((북한))

등식「명」(다듬은 말로) 같기식【4】 [等式] ((북한))

등색01「명」(다듬은 말로) 감색. [橙色] ((북한))

등적「명」(다듬은 말로) 같은부피. [等積] ((북한))

등적색「명」(다듬은 말로) 붉은 감색. [橙赤色] ((북한))

등주문제「명」(다듬은 말로) 둘레같기문제. [等周問題] ((북한))

등질겯수 數|「명」『건설』(다듬은 말로) 같은질결수. [等質- ((북한))

등차 「명」 ① 등급의 차이 또는 대비관계에서 나타나는 정도의 차이. ‖ 수준의 ~. ㅣ 골고루 막 냇지 말구 집안형편을 봐서 등차있게 주도록 해라.≪장편소설“림꺽정”2≫ / 목사는 체면수습으로 상급이라는것을 내리는데 그 상급이 량반과 상놈의 등차가 엄청났다.≪장편소설“림꺽정”2≫ § ② (다듬은 말로) 같은차. [等差] ((북한))

등차급수 「명」『수학』 (다듬은 말로) 같은차급수. ((북한))

등차수렬－열 「명」『수학』 (다듬은 말로) 같은차수렬. [等差數列] 【3】 ((북한))

등차중항 「명」『수학』 (다듬은 말로) 같은차가운데항. [等差中項] ((북한))

등차합렬 「명」『수학』 (다듬은 말로) 같은차합렬. [等差合列] 【2】 ((북한))

등치선 「명」『지리』 (다듬은 말로) 값 같은 선. [等値線] ((북한))

등표 「명」 (다듬은 말로) 같기표. [等票] ((북한))

등호01 「명」 (다듬은 말로) 같기기호. [等號] ((북한))

등화관제 「명」 적의 공습의 목표가 되지 안도록 불빛이 밖에 비치지 않게 하는 것. ㅣ 행절의 지성을 등화관계속에 감금되였다가 조용히 문밖으로 새여나온 불빛마냥 사회의 모진 바람결에 바르르 떨면서도 꺼지지 않고 멀리까지 비쳐가려고 어둠속에서 가물거리는것 같았다.≪장편소설“철쇄를 마스라”≫ § [燈火管制] (다듬은 말로) 불가림 【6】 ((북한))

등황란 「명」 (다듬은 말로) 노란자위고른알. [等黃卵] ((북한))

등외선 「명」 (다듬은 말로) 이지러짐선. ((북한))

대각03 「명」『수학』 (다듬은 말로) 맞은각. [對角] 【5】 ((북한))

대공발파 「명」 (다듬은 말로) 큰구멍발파. [大孔發破] ((북한))

대구03 「명」 (다듬은 말로) 띠걸이. [帶鉤] ((북한))

대군02 「명」 ① 많은 사람의 무리. ‖ 실업자의 ~이 거리를 메우고있는 자본주의사회. § ② 동물의 큰 떼나 무리. ‖ 양의 ~. § 〈다듬은 말로: 큰무리〉 [大群] ((북한))

대극01 「명」 (다듬은 말로) 버들옷(뿌리). [大戟] ((북한))

대금03 「명」 (다듬은 말로) 큰꽹과리. [大金] ((북한))

대기실 「명」 (다듬은 말로) 기다림칸. [待機室] 【11】 ((북한))

대뇌겸 「명」 (다듬은 말로) 대뇌낫. [大腦鎌] ((북한))

대동맥궁「명」(다듬은 말로) 대동맥활. [大動脈弓] ((북한))

대목04「명」(다듬은 말로) 접그루. [臺木] ((북한))

대묘「명」(다듬은 말로) 큰닻. [大錨] ((북한))

대문자-짜「명」(다듬은 말로) 큰 글자. [大文字] ((북한))

대변04「명」(다듬은 말로) 맞변. [對邊] ((북한))

대분수01「명」『수학』1이 이상인 옹근수와 참분수의 합인 분수 3 1/2 같은것.
〈다듬은 말로: 데림분수〉[帶分數] ((북한))

대상산호조「명」(다듬은 말로) 띠모양산호무지. ((북한))

대소수「명」『수학』1이상의 오근수와 소수로 이루어진 수. 3.25, 5.37과 같은것
이다. 〈다듬은 말로: 데림소수〉[帶小數] ((북한))

대시증-쯩「명」(다듬은 말로) 크게 보이기. [大視症] ((북한))

대생「명」『생물』(다듬은 말로) 마주나기. [對生] ((북한))

대생엽서「명」(다듬은 말로) 맞선잎차례. [對生葉序] ((북한))

대적분포「명」(다듬은 말로) 따분포. [帶的分布] ((북한))

대정각「명」『수학』(다듬은 말로) 맞문각. [對頂角] ((북한))

대조차「명」『해양』(다듬은 말로) 사리차. [大潮差] ((북한))

대지10「명」①『출판』편성의 요구에 맞게 필림 또는 전사지를 배판하기 위해
표식선을 미리 그린 종이 또는 수지박판. ② (다듬은 말로) 받침종이. [臺
紙] ((북한))

대질「명」(다듬은 말로) 무릎맞춤. [對質] ((북한))

대차륜「명」① 큰 차바퀴. (=) 대차02 ⓧ 대차05. 기계체조의 한가지 [大車輪]
두손으로 철봉을 잡고 원을 그리듯이 공중을 크게 도는 운동. 〈다듬은 말
로: 휘돌기〉((북한))

대창03「명」(다듬은 말로) 받아부르기. [對唱] ((북한))

대치02「명」① 다른것으로 바꾸어넣는것. ② (다듬은 말로) 갈아넣기 [代置] #6
대치하다 #$「동」(타) * 바꾸다. 바꿔놓다. #6대치되다 #$「동」(자)((북한))

대체교잡「명」(다듬은 말로) 바꿔섞붙임. [對替交雜] ((북한))

대퇴골「명」(다듬은 말로) 넙적다리뼈. [大腿骨] ((북한))

대퇴근「명」(다듬은 말로) 넙적다리살. [大腿筋] ((북한))

대퇴사두근「명」(다듬은 말로) 넙적다리네머리살. 〔大腿四頭筋〕 ((북한))

대퇴이두근「명」(다듬은 말로) 넙적다리두머리살. 〔大腿二頭筋〕 ((북한))

대피「명」① 위험이나 피해를 막기 위하여 일시적으로 피하는것. ǁ 한참 부산을 피우며 부상병들의 대피를 끝마쳤을 때 앵ー하고 쌕쌔기편대가 하늘을 스칠듯이 넘어왔다.≪중편소설 "전사들"≫ §② (다듬은 말로) 비킴 〔待避〕 ((북한))

대피장「명」① 대피하도록 정하여놓은 장소. ②「운수」(다듬은 말로) 비킴 정거장 〔待避場〕 ((북한))

대하04「명」동의학에서, ① "성숙한 녀자의 생식기로부터 흘러나오는 흰빛 또는 붉은빛의 분비물"을 통털어 이르는 말. 〈다듬은 말로 : 이슬〉 ② 부인과질병 〔帶下〕 ((북한))

대합실「명」(다듬은 말로) 기다림칸. 〔待合室〕【6】 ((북한))

대항타격「명」『체육』(다듬은 말로) 맞받아치기. ((북한))

대흉근「명」(다듬은 말로) 큰가슴살. 〔大胸筋〕 ((북한))

대원근「명」(다듬은 말로) 큰둥근살. 〔大圓筋〕 ((북한))

뎀뿌라「명」① (다듬은 말로) 기름튀기. ② (말체)"엉터리"를 에둘러 이르는 말. ǁ ~시계.§tempero&뽀 ((북한))

라선문도관「명」『생물』(다듬은 말로) 라선무늬끌관. ((북한))

라자식물ー싱ー「명」『생물』(다듬은 말로) 겉씨식물. 裸子植物 ((북한))

라전「명」(다듬은 말로) 자개박이. 螺鈿 ((북한))

라전공예「명」(다듬은 말로) 자개(박이)공예. ((북한))

라전쟁반「명」(다듬은 말로) 자개(박이)쟁반. ǁ 사과화채 유리대접이 놓인 ~. §((북한))

라전칠공예「명」(다듬은 말로) 자개(박이)옻칠공예. ((북한))

라전칠기「명」(다듬은 말로) 자개(박이)칠그릇. ((북한))

라전칠함「명」(다듬은 말로) 자개(박이)칠함 ǁ 정교하게 가공한 ~. §((북한))

라텍스「명」『화학』(다듬은 말로) 고무즙 【2】 latex&영 ((북한))

라화「명」(다듬은 말로) 벗은꽃. 裸花 ((북한))

라이너「명」①『금속』(다듬은 말로)끼움판. 안붙임판②. ②『체육』야구에서

친 공이 일직선을 이루고 날아가는것. ③ 정기선. ④ 정기항공기. liner&영 ((북한))

락망02랑- 「명」『수산』 (다듬은 말로) 안고개덤장. 落網 ((북한))

락서02 「명」『농학』 (다듬은 말로) 실머리떨어지기. 落緒 ((북한))

락석01 「명」 ① 산에서 저절로 굴러떨어진 돌. ‖ ~감시원. ~방지. § ②『건설』 (다듬은 말로) 돌따내기. 落石 #6락석하다 #$「동」(자) 락석01②. 【5】 ((북한))

락수 「명」 ① ⇒ 기스락물. │ 어디선가 비쳐오는 전등불빛에 히뚝거리는 락수는 요란스레 철떡거리며 비발을 뿌린다. ≪장편소설 “평양시간”≫§②『농학』 (다듬은 말로) 물떼기. 落水 #7돌 뚫는 화살은 없어도 돌 파는 락수는 있다 #%☞ 돌. ((북한))

락종01 「명」『농학』 ① ⇒ 씨뿌리기. ②『림학』 (다듬은 말로) 씨떨어지기. 【3】 落種 ((북한))

락엽교목 「명」 (다듬은 말로) 잎지는 키나무. ((북한))

란각 「명」『생물』 (다듬은 말로) 알껍질① 卵殼 ((북한))

란낭 「명」『생물』 (다듬은 말로) 알주머니. 卵囊 ((북한))

란막 「명」 ①『생리』 태아를 싸고있는 막. 세개의 막이 있는데 탈락막이 자궁과 직접 맞닿아있고 가운데에 융모막이, 제일 안쪽에 약막이 있다. ②『생물』 (다듬은 말로) 알막. 卵膜 ((북한))

란중02 「명」『축산』 (다듬은 말로) 알무게. 卵重 ((북한))

란층운 「명」 (다듬은 말로) 비구름. 亂層雲 ((북한))

란형 「명」 (다듬은 말로) 알모양. 卵形 ((북한))

란핵 「명」『생물』 (다듬은 말로) 알핵. 卵核 ((북한))

란황 「명」 (다듬은 말로) 노란자위. 卵黃 ((북한))

란황낭 「명」『생물』 (다듬은 말로) 노란자위주머니. 卵黃囊 ((북한))

란황색 「명」 (다듬은 말로) 노란자위색. 卵黃色 ((북한))

란용종 「명」 (다듬은 말로) 알종. 亂用種 ((북한))

란원공 「명」『의학』 (다듬은 말로) 새알(모양)구멍. 卵圓孔 ((북한))

란원형 「명」 (다듬은 말로) 닭알둥근모양. ((북한))

람조소「명」『생물』(다듬은 말로) 남색마름색소. 藍藻素 ((북한))

랏치「명」『기계』(다듬은 말로) 걸톱. latch&영 ((북한))

랑탕자「명」(다듬은 말로) 사리풀씨. 莨菪子 ((북한))

략어「명」(다듬은 말로) 준말【3】略語 ((북한))

량묘망「명」『수산』(다듬은 말로) 두닻그물. 兩錨網 ((북한))

량성화「명」『생물』(다듬은 말로) 두성꽃. 兩性化 ((북한))

량수척「명」『해양』(다듬은 말로) 물높이차. 兩水尺 ((북한))

량순음「명」『언어』(다듬은 말로) 입술소리. 兩脣音 ((북한))

량체웅예「명」『생물』(다듬은 말로) 두몸수꽃술. 兩體雄蘂 ((북한))

량안시「명」『생리』(다듬은 말로) 두눈보기. 兩眼視 ((북한))

량예이숙「명」『생물』(다듬은 말로) 꽃술따로여물기. 兩蘂異熟 ((북한))

려과01「명」 (다듬은 말로) 거르기【9】濾過 ((북한))

려과기「명」(다듬은 말로) 거르개. 거르는 기계. 濾過機 ((북한))

려과면「명」(다듬은 말로) 거르기솜. 濾過綿 ((북한))

려과박「명」(다듬은 말로) 거른찌끼. 濾過粕 ((북한))

려과실「명」(다듬은 말로) 거르기칸. 濾過室 ((북한))

려과지01「명」『건설』(다듬은 말로) 거르기못. 濾過池 ((북한))

려과지02「명」(다듬은 말로) 거르기종이. 濾過紙 ((북한))

려과통「명」(다듬은 말로) 거르기통. ((북한))

려과포「명」(다듬은 말로) 거르기천. 濾過布 ((북한))

려포01「명」(다듬은 말로) 거르기천. 濾布 ((북한))

려액「명」『광업』(다듬은 말로) 거른액. 濾液 ((북한))

력적「명」『물리』(다듬은 말로) 힘덩이. 力積 ((북한))

력토「명」(다듬은 말로) 자갈땅. 자갈흙. 礫土 ((북한))

련락삭렬―「명」(다듬은 말로) 련락(바)줄. 連絡索 ((북한))

련쇄구균「명」『의학』(다듬은 말로) 사슬알균. 連鎖球菌 ((북한))

련작01「명」『농학』(다듬은 말로) 같은그루심기. 連作 ((북한))

련제품「명」(다듬은 말로) 고기떡. 練制品 ((북한))

련축「명」① 당기고 켕겨서 줄어드는것. ②『의학』(다듬은 말로) 죄여들기. #6

련축하다 #$「동」(자) #6련축되다 #$「동」(자)((북한))

련폭「명」① 천, 종이, 널판지, 자리 같은것을 폭으로 마주 이어서 붙이는것 또는 련이어 붙여놓은 폭. ②『수산』(다듬은 말로)맞붙이기 連幅 #6련폭하다 #$「동」(자.타) ‖ 마당에 련폭해 깔아놓은 돗자리. § ((북한))

련흔「명」『지질』(다듬은 말로) 물결자리. 連痕 ((북한))

련유「명」(다듬은 말로) 졸인젖. 煉乳 ((북한))

련음01「명」『언어』(다듬은 말로) 이음소리. 소리이음. 連音 ((북한))

렬과「명」『생물』(다듬은 말로) 터지는 열매. 裂果 ((북한))

령급01 −끕「명」『림학』(다듬은 말로) 나이급. 齡級 ((북한))

령모도「명」『미술』(다듬은 말로) 날짐승그림. 翎毛圖 ((북한))

로견「명」『건설』(다듬은 말로) 길섶. 路肩 ((북한))

로균병 −뼝「명」『농학』(다듬은 말로) 떡잎병. 露菌病 ((북한))

로봉방「명」(다듬은 말로) 말벌집. 露蜂房 ((북한))

로스똘「명」(다듬은 말로) 불판. roastor&영((북한))

로승춤「명」『민속』(다듬은 말로) 늙은 중춤. (=) 로장무. 로장춤 ((북한))

로점04 −쩜「명」『물리』(다듬은 말로) 이슬점. 露點 ((북한))

로정골「명」『생리』(다듬은 말로) 웃머리뼈. 顱頂骨 ((북한))

로탑「명」(다듬은 말로) 채흔들개. ((북한))

로화01「명」①『화학』시간이 감에 따라 물질의 성질이 변하는 현상. 고무나 수지 제품이 공기, 물기, 빛, 온도 충전제 등의 영향을 받아서 변형, 색날기, 실틈이 생기고 세기가 약해지는것, 교질계를 오래 놓아두면 교질알갱이들이 뭉쳐 앙금으로 갈라지는것, 전기절연물을 오래동안 쓰면 수명이 점차적으로 짧아지는것 등이 이에 속한다. ②『의학』(다듬은 말로) 늙기①. 老化 #6로화하다 #$「동」(자) #6로화되다 #$「동」(자) ((북한))

로황「명」『금속』(다듬은 말로) 로상태. 爐況 ((북한))

로안「명」(다듬은 말로) 늙은 눈【2】老眼 ((북한))

록각「명」(다듬은 말로) 사슴뿔. 鹿角 ((북한))

록각교「명」(다듬은 말로) 사슴뿔갓풀. 鹿角膠 ((북한))

록강병「명」『잠학』(다듬은 말로) 풀색가루병. 綠彊病 ((북한))

록니 롱-「명」『지질』(다듬은 말로) 풀색감탕. 綠泥 ((북한))

록색감탕「명」(다듬은 말로) 풀색감탕. ((북한))

록자색「명」(다듬은 말로) 연두보라색. 綠紫色 ((북한))

록조「명」(다듬은 말로) 풀색마름. 綠藻 ((북한))

록조식물 -싱-「명」『생물』(다듬은 말로) 풀색마름식물. ((북한))

령급01 -끕「명」『림학』(다듬은 말로) 나이급. 齡級 ((북한))

령모도「명」『미술』(다듬은 말로) 날짐승그림. 翎毛圖 ((북한))

로견「명」『건설』(다듬은 말로) 길섶. 路肩 ((북한))

로균병 -뼝「명」『농학』(다듬은 말로) 떡잎병. 露菌病 ((북한))

로봉방「명」(다듬은 말로) 말벌집. 露蜂房 ((북한))

로스똘「명」(다듬은 말로) 불판. roastor&영((북한))

로승춤「명」『민속』(다듬은 말로) 늙은 중춤. (=) 로장무. 로장춤. ((북한))

로점04 -쩜「명」『물리』(다듬은 말로) 이슬점. 露點 ((북한))

로정골「명」『생리』(다듬은 말로) 웃머리뼈. 顱頂骨 ((북한))

로탑「명」(다듬은 말로) 채흔들개. ((북한))

로화01「명」 ①『화학』시간이 감에 따라 물질의 성질이 변하는 현상. 고무나
　　수지 제품이 공기, 물기, 빛, 온도 충전제 등의 영향을 받아서 변형, 색날
　　기, 실틈이 생기고 세기가 약해지는것, 교질계를 오래 놓아두면 교질알갱
　　이들이 뭉쳐 앙금으로 갈라지는것, 전기절연물을 오래동안 쓰면 수명이
　　점차적으로 짧아지는것 등이 이에 속한다. ②『의학』(다듬은 말로) 늙기
　　①. 老化 #6로화하다 #$「동」(자) #6로화되다 #$「동」(자) ((북한))

로황「명」『금속』(다듬은 말로) 로상태. 爐況 ((북한))

로안「명」(다듬은 말로) 늙은 눈【2】老眼 ((북한))

록각「명」(다듬은 말로) 사슴뿔. 鹿角 ((북한))

록각교「명」(다듬은 말로) 사슴뿔갖풀. 鹿角膠 ((북한))

록강병「명」『잠학』(다듬은 말로) 풀색가루병. 綠彊病 ((북한))

록니 롱-「명」『지질』(다듬은 말로) 풀색감탕. 綠泥 ((북한))

록색감탕「명」(다듬은 말로) 풀색감탕. ((북한))

록자색「명」(다듬은 말로) 연두보라색. 綠紫色 ((북한))

록조 「명」 (다듬은 말로) 풀색마름. 綠藻 ((북한))

록조식물 −싱− 「명」『생물』 (다듬은 말로) 풀색마름식물. ((북한))

록액 「명」 (다듬은 말로) 풀색액. 綠液 ((북한))

룡담02 「명」 (다듬은 말로) 과남풀. 龍膽 ((북한))

룡봉탕 (다듬은 말로) 닭잉어탕. 龍鳳湯 ((북한))

루골 「명」『생리』 (다듬은 말로) 눈물뼈. 漏骨 ((북한))

루기02 「명」『생리』 (다듬은 말로) 눈물기관. 淚器 ((북한))

루관03 「명」『의학』 (다듬은 말로) 눈물관. 淚管 ((북한))

루낭 「명」『생물』 (다듬은 말로) 눈물주머니. 淚囊 ((북한))

루도02 「명」『의학』 (다듬은 말로) 눈물길. 淚道 ((북한))

루두01 「명」① (다듬은 말로) 깔때기 ②『건설』 배수를 위한 적은 관이 달린
   원추형의 장치 【2】 漏斗 ((북한))

루두상화관 「명」 (다듬은 말로) 깔대기모양꽃갓. ((북한))

루선01 「명」『의학』 (다듬은 말로) 눈물선. 淚腺 ((북한))

루설01 「명」① ⓧ 물이나 공기, 냄새 같은것이 밖으로 새여나가는것. ② 비밀
   같은것이 밖으로 새여나가는것. ③『전기』 (다듬은 말로)새기. 漏泄.漏洩
   #6루설하다 #$「동」(자.타) #6루설되다 #$「동」(자) *새다. 새여나가다. 【1
   1】 ((북한))

루설자속 「명」『전기』 (다듬은 말로) 새기자속. 漏洩磁束 ((북한))

루설유도기전력 −절− 「명」『전기』 (다듬은 말로) 새는유도기전력. 漏泄誘導起
   電力 ((북한))

루승 「명」 (다듬은 말로) 제곱 【3】 累乘 ((북한))

루승근 「명」 (다듬은 말로) 제곱뿌리. 累乘根 ((북한))

루승법−뻡 「명」 (다듬은 말로) 제곱법. 累乘法 ((북한))

루진교잡 「명」『축산』 (다듬은 말로) 내리섞붙임. 累進交雜 ((북한))

루풍02 「명」『광업』 (다듬은 말로) 바람새기. 漏風 ((북한))

루화 「명」『체신』 (다듬은 말로) 말새기. 새는말. 漏話 ((북한))

루위 「명」 (다듬은 말로) 새김위. ((북한))

류관 「명」『물리』 (다듬은 말로) 흐름관. 流管 ((북한))

류단면 「명」 (다듬은 말로) 흐름자름면. 流斷面 ((북한))

류동식 「명」 (다듬은 말로) 묽은 음식. 流動食 ((북한))

류량01 「명」 (다듬은 말로) 흐름량. 流量 ((북한))

류록색 「명」 (다듬은 말로) 초록색. 버들색 ((북한))

류밀 「명」 (다듬은 말로) 꽃꿀나기. 流蜜 ((북한))

류밀기 「명」 (다듬은 말로) 꽃꿀철. 流蜜期 ((북한))

류맥 「명」『수리』 (다듬은 말로) 흐름줄기. 流脈 ((북한))

류벌공 '넝」 (다듬은 말로) 떼몰이곳 【12】 ((북한))

류벌로 「명」 (다듬은 말로) 떼(몰이) 길. 流筏路 ((북한))

류벌부 「명」 (다듬은 말로) 떼몰이꾼 流筏夫 ((북한))

류빙 「명」 (다듬은 말로) 얼음흐름. 성에장. 流氷 ((북한))

류사01 「명」 (다듬은 말로) 흐름모래. 流砂 ((북한))

류산지 「명」 (다듬은 말로) 류산종이. ((북한))

류선 「명」『기계』 (다듬은 말로) 흐름선. 流線 ((북한))

류성01 「명」 (다듬은 말로) 별찌 【3】 流星 ((북한))

류성류 「명」『천문』 (다듬은 말로) 별찌흐름. 流星流 ((북한))

류성우 「명」 (다듬은 말로) 별찌비. 流星雨 ((북한))

류소성 「명」『생물』 (다듬은 말로) 둥지머물성. 留巢性 ((북한))

류수03 「명」『수학』 (다듬은 말로) 남는수. 留數 ((북한))

류조01 「명」 (다듬은 말로) 머물새. 留鳥 ((북한))

류주기 「명」 (다듬은 말로) 주철부음기. 流鑄機 ((북한))

류치선 「명」『운수』 (다듬은 말로) 세워두는 선. 留置線 ((북한))

류하식염전 「명」『화학공업』 (다듬은 말로) 내림식소금밭. ((북한))

류의어 「명」『언어』 (다듬은 말로) 뜻비슷한 말. 類義語 ((북한))

륙교 「명」 (다듬은 말로) 구름다리 【2】 陸橋 ((북한))

륙도02 「명」『지리』 (다듬은 말로) 륙지섬 【4】 陸島 ((북한))

륙대02 「명」『지질』 (다듬은 말로) 땅덕. 陸帶 ((북한))

륙성층 「명」『지질』 (다듬은 말로) 륙지쌓임층. ((북한))

륙생 「명」 (다듬은 말로) 륙지살이. 陸生 ((북한))

륜생 「명」 『생물』 (다듬은 말로) 돌려나기. 輪生 ((북한))

륜생화 「명」 『생물』 (다듬은 말로) 돌이꽃. 輪生花 ((북한))

륜생엽서 「명」 『생물』 (다듬은 말로) 둘러선 잎차례. 輪生葉序 ((북한))

륜적법 「명」 『고고』 (다듬은 말로) 테쌓기. 輪積法 ((북한))

륜주 「명」 『운수』 (다듬은 말로) 바퀴둘레. 輪周 ((북한))

륜좌 「명」 『운수』 (다듬은 말로) 바퀴자리. 輪座 ((북한))

륵간골 「명」 (다듬은 말로) 갈비사이뼈. 肋間骨 ((북한))

륵간근 「명」 (다듬은 말로) 갈비사이살. 肋間筋 ((북한))

륵간신경 「명」 『생리』 (다듬은 말로) 갈비사이신경. ((북한))

륵간신경통 「명」 『의학』 (다듬은 말로) 갈비사이신경통. ((북한))

륵골 「명」 ① (다듬은 말로) 갈비(뼈) ② 배의 룡골 좌우로 갈비뼈처럼 선체를
　　　둘러싼 골조. 배의 세기를 보장한다. ③『건설』 변형을 막고 억세기를 높
　　　이기 위해 판에 붙이는 가늘고 긴 돌출부. 【7】 肋骨 ((북한))

륵추관절 「명」 『생리』 (다듬은 말로) 갈비등뼈마디. 勒椎關節 ((북한))

륵연골 「명」 (다듬은 말로) 갈비삭뼈01. 肋軟骨 ((북한))

릉각기 「명」 『림학』 (다듬은 말로) 모따기톱기. 稜角機 ((북한))

릉실 「명」 (다듬은 말로) 마름열매. 菱實 ((북한))

리담제 「명」 『약학』 (다듬은 말로) 열물내기약. 利膽劑 ((북한))

리드련결판 「명」 『전기』 (다듬은 말로) 줄이음판. ((북한))

리드선 「명」 『전기』 (다듬은 말로) 이음줄. ((북한))

리병01 「명」 (다듬은 말로) 병걸림. 병듦. 罹病 ((북한))

리병률 「명」 『의학』 (다듬은 말로) 병걸린률. 罹病率 ((북한))

리생자예 「명」 『생물』 (다듬은 말로) 갈린암꽃술. ((북한))

리생웅예 「명」 『생물』 (다듬은 말로) 갈린수꽃술. 離生雄蘂 ((북한))

리테너 「명」 (다듬은 말로) 고무가락지. retainer&영 ((북한))

리판화 「명」 (다듬은 말로) 갈린꽃. 離瓣花 ((북한))

리판화관 「명」 (다듬은 말로) 갈린꽃갓. 離瓣花冠 ((북한))

리판화식물 －싱－ 「명」 (다듬은 말로) 갈린꽃잎식물. ((북한))

리환률 「명」 『의학』 (다듬은 말로) 병걸린률. 罹患率 ((북한))

린경02 「명」 (다듬은 말로) 비늘줄기 【2】 鱗莖 ((북한))

린모 「명」 『생물』 (다듬은 말로) 비늘털① 鱗毛 ((북한))

린분02 「명」 『생물』 (다듬은 말로) 비늘가루. 鱗粉 ((북한))

린상 「명」 (다듬은 말로) 비늘모양. 鱗狀 ((북한))

린설 「명」 『의학』 (다듬은 말로) 살비듬01 鱗屑 ((북한))

린접동화 「명」 『언어』 (다듬은 말로) 이웃닮기. 鄰接同化 ((북한))

린편 「명」 ① (다듬은 말로) 비늘쪽②. ② 비늘같이 작은 쪼각. 鱗片 ((북한))

린피 「명」 『생물』 (다듬은 말로) 비늘껍질. 鱗皮 ((북한))

린아01 「명」 (다듬은 말로) 비늘눈. 鱗芽 ((북한))

린엽 「명」 (다듬은 말로) 비늘잎. 鱗葉 ((북한))

림대 「명」 (다듬은 말로) 숲띠. 林帶 ((북한))

림령 「명」 (다듬은 말로) 숲나이. 林齡 ((북한))

림파결절 「명」 『생리』 (다듬은 말로) 림파매듭. 淋巴結節 ((북한))

림파절 「명」 (다듬은 말로) 림파매듭 【2】 ((북한))

림위 「명」 (다듬은 말로) 숲등급. 林位 ((북한))

립고도 「명」 『체육』 (다듬은 말로) 제자리높이뛰기. 立高跳 ((북한))

립고병 「명」 (다듬은 말로) 마름병. 立枯病 ((북한))

립군 「명」 『광업』 (다듬은 말로) 알무리. 粒群 ((북한))

립광 「명」 『광업』 (다듬은 말로) 알광석. 粒鑛 ((북한))

립광도 「명」 『체육』 (다듬은 말로) 제자리너비뛰기. 立廣跳 ((북한))

립도02 「명」 (다듬은 말로) 알굵기②. 粒度 ((북한))

립모근 −림 「명」 『의학』 (다듬은 말로) 털세움살. 立毛筋 ((북한))

립상02 「명」 (다듬은 말로) 알갱이모양. 粒狀 ((북한))

랭광 「명」 『물리』 (다듬은 말로) 찬빛. 冷光 ((북한))

랭동품 「명」 (다듬은 말로) 얼군제품. ((북한))

랭동어 「명」 (다듬은 말로) 얼군물고기. ((북한))

랭차 「명」 ① (다듬은 말로) 찬단물. ② 차게 한 차물. 【7】 冷茶 ((북한))

랭혈동물 「명」 『생물』 (다듬은 말로) 찬피동물. ((북한))

뢰문 「명」 (다듬은 말로) 번개무늬. 雷文 ((북한))

뢰문토기 「명」『고고』 (다듬은 말로) 번개무늬그릇. 雷文土器 ((북한))

뢰우 「명」 (다듬은 말로) 우뢰비. ‖ ~속을 헤쳐오다. §【2】 雷雨 ((북한))

마노유발 「명」『화학』 (다듬은 말로) 마노절구. 瑪瑙乳鉢 ((북한))

마다라스 「명」 (다듬은 말로) 침대깔개. Mamapc&로 ((북한))

마량 「명」 (다듬은 말로) 말먹이. 馬糧 ((북한))

마멸 「명」 ① 마찰되는 부분이 갈리여서 닳아없어지는것 또는 그렇게 되여 기계
나 설비 같은것이 아주 못쓰게 되는것. ‖ 기계의 ~. §②『방직』(다듬은 말
로) 해지기 磨滅 #6마멸하다#$「동」(자) #6마멸되다#$「동」(자)【2】((북한))

마방 「명」 ① (다듬은 말로) 말칸. ② 낡은 사회에서: 마구간을 가지고있는 주막
집. 馬房 ((북한))

마분지 「명」 (다듬은 말로) 판종이. 馬糞紙 ((북한))

마스크01 「명」 ① (숨을 쉴 때 차거나 몸에 나쁜 공기나 해로운 물질이 들어오
지 ○낳도록 하기 위하여) 코와 입을 가리우게 만든 물건. ‖ ~를 끼다.
가제~. § ②『체육』야구에서 포수가 얼굴에 쓰는 기구. ‖ ~를 벗다. 〈다
듬은 말로: 얼굴가리개〉§((북한))

마셀가공 「명」 (다듬은 말로) 알카리가공. ((북한))

마쇄 「명」 ① (다듬은 말로) 갈기. ②『광업』(다듬은 말로) 갈아바수기. 갈아깨
기. 麻碎 #6마쇄하다#$「동」(타) #6마쇄되다#$「동」(자)((북한))

마제석기 「명」『고고』 (다듬은 말로) 간석기. 磨製石器 ((북한))

마찰음 「명」『언어』 (다듬은 말로) 스침소리. 摩擦音 ((북한))

마치종 「명」 (다듬은 말로) 말이발종. 馬齒種 ((북한))

마편01 「명」『지리』 (다듬은 말로) 간쪼각. 磨片 ((북한))

마후라 「명」 (다듬은 말로) 목수건. 머리수건. 목도리. muffler&영【6】((북한))

마쓰 「명」『미술』 (다듬은 말로) 덩어리. mass&영 ((북한))

막시류 「명」『생물』 (다듬은 말로) 벌류. 膜翅類 ((북한))

만경식물―싱― 「명」 (다듬은 말로) 감는줄기식물. 蔓莖植物 ((북한))

만숙종 「명」 (다듬은 말로) 늦종. 晚熟種 ((북한))

만신02 「명」 (“만신의” 형으로 쓰이여) 온몸에 차서 가득한것. ‖ ~의 힘이 솟다.
Ⅰ 다시 이편으로 고개를 돌리는 허구장의 징글스러운 낯판대기를 만신의

증오를 모아 쏘아보던 금순이는 바르르 치를 떨며 내쏘았다. "당신도 사람
이요?" ≪장편소설 "한 자위단원의 운명"≫ § (다듬은 말로: 온몸) 滿身
((북한))

만형「명」(다듬은 말로) 순비기나무. 蔓荊 ((북한))

말구「명」『림학』① (다듬은 말로) 웃마구리. ② 둥글고 긴 재목의 끄트머리의
직경. ‖ ~ 15센치메터이상의 통나무. § 末口 ((북한))

망문도관「명」『생물』(다듬은 말로) 그물무늬끌관. 網紋導管 ((북한))

망사막「명」『문예』(다듬은 말로) 그물막. 網紗幕 ((북한))

망상02「명」(다듬은 말로) 그물모양. 網狀 ((북한))

망상맥「명」『생물』(다듬은 말로) 그물모양잎줄. 網狀脈 ((북한))

먹즙낭「명」『생물』(다듬은 말로) 먹물주머니. ((북한))

면기「명」『농학』(다듬은 말로) 잠자는 때. [眠期] ((북한))

면막01「명」『연극』(다듬은 말로) 앞막. [面幕] ((북한))

면실박「명」(다듬은 말로) 목화씨깨묵. [棉實粕] ((북한))

면잠「명」(다듬은 말로) 자는 누에. [眠蠶] ((북한))

면화01「명」(다듬은 말로) 목화. [棉花] ((북한))

면화약「명」(다듬은 말로) 솜화약. [綿火藥] ((북한))

명관03「명」『생물』(다듬은 말로) 소리관. [鳴管] ((북한))

명낭「명」『생물』(다듬은 말로) 울음주머니. [鳴囊] ((북한))

명시거리「명」『물리』눈에 피로를 주지 않는 상태에서 물체를 가장 똑똑하게
볼수 있는 거리. 정상적인 볼힘을 가진 사람의 명시거리는 25센치메터이
다.(다듬은 말로: 잘보임거리) ((북한))

모간「명」『의학』(다듬은 말로) 털줄기. [毛幹] ((북한))

모경04「명」(다듬은 말로) 털줄기. [毛莖] ((북한))

모공「명」(다듬은 말로) 털구멍. [毛孔] ((북한))

모근01「명」(다듬은 말로) 털뿌리. [毛根] ((북한))

모근02「명」(다듬은 말로) 띠뿌리. [茅根] ((북한))

모계부화「명」『축산』(다듬은 말로) 안겨깨우기. [母鷄孵化] ((북한))

모낭「명」(다듬은 말로) 털주머니. [毛囊] ((북한))

모반02「명」『의학』(다듬은 말로) 배내기미. [母斑] ((북한))

모사07「명」(다듬은 말로) 털실. [毛絲] ((북한))

모속「명」『축산』(다듬은 말로) 털묶음. [毛束] ((북한))

모수02「명」(다듬은 말로) 어미나무. [母樹] ((북한))

모수림「명」(다듬은 말로) 어미나무숲. [母樹林] ((북한))

모수원「명」(다듬은 말로) 어미나무밭. [母樹園] ((북한))

모색04「명」(다듬은 말로) 털색. [毛色] ((북한))

모세관「명」(다듬은 말로) 실관. [毛細管] ((북한))

모세혈관「명」『생리』(다듬은 말로) 실피줄. [毛細血管] ((북한))

모자차「명」(다듬은 말로) 애기어머니(차)칸. [母子車] ((북한))

모자칸「명」(다듬은 말로) 애기어머니칸. ((북한))

모장03「명」(다듬은 말로) 털길이. [毛長] ((북한))

모지망「명」『수산』(다듬은 말로) 짜내기그물. [毛地網] ((북한))

모충02「명」(다듬은 말로) 털벌레. [毛蟲] ((북한))

모용종「명」(다듬은 말로) 털종. [毛用種] ((북한))

모유01「명」(다듬은 말로) 어머니젖. 어미젖. [母乳] ((북한))

모유영양「명」(다듬은 말로) 어머니젖영양. ((북한))

모액01「명」(다듬은 말로) 어미약. [母液] ((북한))

목각01「명」(다듬은 말로) 나무새김. [木刻] ((북한))

목공예「명」(다듬은 말로) 나무공예. ((북한))

목교01「명」(다듬은 말로) 나무다리01 [木橋] ((북한))

목구조「명」『건설』(다듬은 말로) 나무구조. [木構造] ((북한))

목궁「명」(다듬은 말로) 나무활. [木弓] ((북한))

목기03「명」① (다듬은 말로) 나무그릇. ② 이름수의 단위로 쓰인다. ‖ 떡 한
　　~. § [木器] ((북한))

목곽묘－광－「명」『고고』(다듬은 말로) 귀틀무덤. [木槨墓] ((북한))

목관01「명」① (다듬은 말로) 나무관. ② 방직에서 실을 감는데 쓰는 나무로
　　만든 토리. [木管] ((북한))

목단피「명」(다듬은 말로) 모란뿌리껍질. [牧丹皮] ((북한))

목랍몽－「명」(다듬은 말로) 나무밀. [木蠟] ((북한))

목문몽－「명」(다듬은 말로) 나무무늬. [木紋] ((북한))

목밀01몽－「명」(다듬은 말로) 나무밀. [木蜜] ((북한))

목본경「명」『생물』(다듬은 말로) 나무줄기. [木本莖] ((북한))

목선반「명」(다듬은 말로) 목공선반. [木旋盤] ((북한))

목심「명」『건설』(다듬은 말로) 나무심. [木心] ((북한))

목정02「명」(다듬은 말로) 나무알콜. [木精]# ((북한))

목조02「명」(다듬은 말로) 나무조각. [木彫] ((북한))

목조각「명」『미술』(다듬은 말로) 나무조각. [木彫刻] ((북한))

목재「명」① 무엇을 만드는 재료로서의 나무. ‖ ~생산. § ② 가지와 초리를
　　　다듬은 통나무 또는 통나무를 길이방향으로 켠것. § [木材]【38】((북한))

목재증해「명」『화학』(다듬은 말로) 나무삶기. [木材蒸解] ((북한))

목제품「명」(다듬은 말로) 나무제품. [木製品]【6】((북한))

목제용기「명」(다듬은 말로) 나무용기. [木製用器] ((북한))

목초01「명」(다듬은 말로) 먹이풀. [牧草] ((북한))

목채02「명」(다듬은 말로) 구멍채. ((북한))

목채면「명」(다듬은 말로) 철늦은 목화. ((북한))

목책02「명」(다듬은 말로) 나무울타리. [木柵]【2】((북한))

목타르「명」(다듬은 말로) 나무타르. ((북한))

목탄「명」① (다듬은 말로) 숯. ② 그림을 그리는데 쓰는 숯으로 만든 붓. [木炭]
　　　((북한))

목탑「명」『건설』(다듬은 말로) 나무탑. [木塔] ((북한))

목통01「명」(다듬은 말로) 나무통02 [木桶] ((북한))

목형－켱「명」① (주물형타를 만드는데 쓰는) 나무로 만든 모형. ② (다듬은 말
　　　로) 나무실골. [木型] ((북한))

몽따쥬「명」① 영화, 사진 같은데서 여러가지 장면을 한 화면에 조화롭게 편집
　　　하는것 또는 그렇게 한 작품. ② 하나 또는 둘이상의 작품가운데서 빼낸 장면
　　　들과 받침그림들로 편성된 문학작품. ③ (다듬은 말로) 판조립. [Montage&프]
　　　#6몽따쥬하다 #$「동」(타) ((북한))

묘목01 「명」 (다듬은 말로) 나무모. [苗木] 【12】 ((북한))

묘박 「명」 『해양』 (다듬은 말로) 닻머물기. [錨泊] ((북한))

묘박장 「명」 『해양』 (다듬은 말로) 닻터. [錨泊場] ((북한))

묘준 「명」 (쏘아맞힐 대상을) 겨누는것. ‖ ~련습. ~사격. § (다듬은 말로) 겨누
기. [瞄準] #6묘준하다 #$「동」(타) ǀ 조준경장치가 있으면 묘준하기도 쉽
고 명중률도 아주 높다. § #6묘준되다 #$「동」(자) 【12】 ((북한))

묘제 「명」 (다듬은 말로) 무덤제사. [墓祭] ((북한))

묘포 「명」 (다듬은 말로) 나무모밭. [苗圃] ((북한))

무경촉 「명」 『고고』 (다듬은 말로) 뿌리없는 활촉. [無莖鏃] ((북한))

무관식물 「명」 (다듬은 말로) 끝관없는 식물. [無冠植物] ((북한))

무뇨 「명」 『의학』 (다듬은 말로) 오줌못누기. [無尿] ((북한))

무두동물 「명」 (다듬은 말로) 머리없는 동물. [無頭動物] ((북한))

무망종 「명」 『농학』 (다듬은 말로) 수염없는 종. [無芒種] ((북한))

무밀기 「명」 『농학』 (다듬은 말로) 꿀 없는 철. 꿀 아닌 철. [無蜜期] ((북한))

무병엽 「명」 『생물』 (다듬은 말로) 꼭지 없는 잎. [無柄葉] ((북한))

무배유종자 「명」 『생물』 (다듬은 말로) 눈젖없는 종자. [無胚乳種子] ((북한))

무수인등대 「명」 『해양』 (다듬은 말로) 사람없는 등대. ((북한))

무시증-쯩 「명」 『의학』 (다듬은 말로) 안개보임증. [霧視症] ((북한))

무적02 「명」 (다듬은 말로) 안개고동. [霧笛] ((북한))

무주화물 「명」 『운수』 (다듬은 말로) 임자모를 짐. [無主貨物] ((북한))

무중신호 「명」 『해양』 (다듬은 말로) 안개신호. [霧中信號] ((북한))

무피화 「명」 (다듬은 말로) 울없는 꽃. [無被花] ((북한))

무피화식물 「명」 (다듬은 말로) 울없는 꽃식물. ((북한))

무한증 「명」 『의학』 (다듬은 말로) 땀없기증. [無汗症] ((북한))

무한집합 「명」 『수학』 (다듬은 말로) 무한모임. ((북한))

무한화서 「명」 『생물』 (다듬은 말로) 열린꽃차례. [無限花序] ((북한))

무효분얼 「명」 (다듬은 말로) 헛아지치기. [無效分蘗] ((북한))

무효아지 「명」 『농학』 (다듬은 말로) 헛아지. ((북한))

무해차수리 「명」 『운수』 (다듬은 말로) 달고수리. [無解車修理] ((북한))

무황란「명」『생물』 알안에 극히 무시할 정도로 노란자위가 적게 들어있는 알 또는 성게알과 같이 원래 노란자위가 없는 알. (다듬은 말로) 노란자위 없는 알. [無黃卵] ((북한))

무연근「명」『수학』 방정식을 푸는 과정에 등장한 다른 방정식의 풀이 가운데서 원래의 방정식의 풀이가 아닌것. (다듬은 말로) 끼여든풀이. [無緣根] ((북한))

묵지「명」 (다듬은 말로) 먹종이. [墨紙] ((북한))

묵최「명」 전날의 상례에서, 아버지가 살아있을 때 돌아간 어머니의 담제뒤와 친부모의 소싱뒤에 다듬은 베로 만든 무관 웃옷에 묵립과 묵대를 갖추어 입은 차림. [墨衰] ((북한))

문미01「명」『건설』 문이나 또는 창우에 놓이여 그 웃부분의 벽체의 짐을 받아 주는 구조요소. 벽돌, 철근콩크리트, 나무 등 여러가지 재료로 만든다. 수평문미, 아치문미 등이 있다. 〈다듬은 말로: 문틀보〉 [門楣] ((북한))

문선04「명」①『출판』 (다듬은 말로) 활자주기. ② 많은 글자가운데서 좋은 글을 가려뽑는 것. [文選] ((북한))

문축「명」『체육』 (다듬은 말로) 문차기. [門蹴] ((북한))

문투02「명」『체육』 (다듬은 말로) 문던지기. [門投] ((북한))

미강박「명」 (다듬은 말로) 쌀깨묵. [米糠粕] ((북한))

미강유「명」 (다듬은 말로) 쌀기름. [米糠油] ((북한))

미골「명」 (다듬은 말로) 꼬리뼈. [尾骨] ((북한))

미모02「명」 (다듬은 말로) 꼬리털. [尾毛] ((북한))

미모03「명」 (다듬은 말로) 눈섭. [眉毛] ((북한))

미상핵「명」『생리』 (다듬은 말로) 꼬리핵. [尾狀核] ((북한))

미시류「명」『생물』 (다듬은 말로) 벼룩류. [微翅類] ((북한))

미신경02「명」『생리』 (다듬은 말로) 꼬리신경. [尾神經] ((북한))

미조「명」『생물』 (다듬은 말로) 길잃은 새. [迷鳥] ((북한))

미지수「명」① (다듬은 말로) 모르는 수. ② (어떤 대상에 대하여) 그수나 량이 얼마인지 알지 못하는것. ｜ "몇명이나 한격했다오?" "미지수요."§ ③ 속내를 가늠하거나 판단할수 없는 일. ｜ 그 사람이 그날 꼭 오겠는지 안 오겠

는지는 미지수야. § [未知數]【12】((북한))

미지항「명」(다듬은 말로) 모르는 마디. [未知項]((북한))

미하차「명」(다듬은 말로) 못부린차. [未下車]【8】((북한))

미안수「명」(다듬은 말로) 살결물. [美顔水]【3】((북한))

미우03「명」『축산』(다듬은 말로) 꼬리깃. [尾羽]((북한))

미익「명」(다듬은 말로) 꼬리날개. [尾翼]((북한))

밀개02「명」(다듬은 말로) 밀뚜껑. [蜜蓋]((북한))

밀랍「명」(다듬은 말로) 꿀밀. [蜜蠟]((북한))

밀봉02「명」(다듬은 말로) 꿀벌. [蜜蜂]((북한))

밀식－씩「명」(다듬은 말로) 배게 심기. [密植]((북한))

밀생－쌩「명」『생물』(다듬은 말로) 배게 나기. [密生]((북한))

밀파02「명」(다듬은 말로) 배게 뿌리기. [密播]((북한))

밀환「명」(다듬은 말로) 꿀알약. ((북한))

밀원「명」(다듬은 말로) 꿀원천. [蜜源]((북한))

밀원식물－싱－「명」(다듬은 말로) 꿀식물. ((북한))

매목「명」『운수』(다듬은 말로) 메우개. [埋木]((북한))

매몰「명」(다듬은 말로) 묻기. 메우기 [埋沒] #6매몰하다 * 묻다. 파묻다. 메우
다. #$「동」(자) #6매몰되다 #$「동」(자) *묻히다. 파묻히다.【5】((북한))

매복치「명」『의학』(다듬은 말로) 묻힌이. [埋覆齒]((북한))

매설공「명」『림학』(다듬은 말로) 묻힌구조물. [埋設工]((북한))

매수02「명」(다듬은 말로) 장수 [枚數]【3】((북한))

매초01「명」(다듬은 말로) 풀절임. 풀김치. [埋草]((북한))

매초강냉이「명」(다듬은 말로) 풀절임강냉이. ((북한))

매초고「명」(다듬은 말로) 풀절임탕크. [埋草庫]((북한))

매초절단기－딴－「명」(다듬은 말로) 풀써는 기계. ((북한))

매염제「명」『화학』(다듬은 말로) 색붙임약. [媒染劑]((북한))

매용제「명」(다듬은 말로) 풀림감. [媒熔劑]((북한))

맥고모「명」(다듬은 말로) 밀짚모자. [麥藁帽]((북한))

맥고모자「명」(다듬은 말로) 밀짚모자. ((북한))

맥고자「명」(다듬은 말로) 밀짚모자. [麥藁子] ((북한))

맥락막맹랑—「명」『생리』(다듬은 말로) 얽힘막. [脈絡膜] ((북한))

맥류맹—「명」(다듬은 말로) 밀보리. [麥類] ((북한))

맥아「명」(다듬은 말로) 보리길금. [麥芽] ((북한))

맹금「명」(다듬은 말로) 사나운 새. [猛禽] ((북한))

맹도「명」『광업』(다듬은 말로) 부딪칠힘. [猛度] ((북한))

맹점「명」『생리』(다듬은 말로) 어둠점. [盲點] ((북한))

맹아림「명」『림학』(다듬은 말로) 움숲. [萌芽林] ((북한))

맹어01「명」『생물』(다듬은 말로) 사나운 물고기. [猛魚] ((북한))

맹어02「명」『생물』시각기관이 없어진 물고기. 아메리카의 민물수역에 사는 눈
    먼고기. 수천메터이상의 깊은 바다에 사는 물고기들이 이에 속한다. 〈다
    듬은 말로: 사나운 물고기〉[盲魚] ((북한))

맹인「명」(다듬은 말로) 소경. [盲人] #7심봉사의 맹인잔치 #%☞심봉사 ((북한))

멜론「명」(다듬은 말로) 향참외. ←Melodie&독((북한))

바르한「명」주로 사막지대나 넓은 모래판에서 바람때문에 생기는 반달모양의
    모래언덕. (다듬은 말로) 반달형모래언덕〉бархаН&로((북한))

바스케트「명」①『문예』(다듬은 말로) 필림주머니. ②『체육』롱구대의 바퀴
    에 다는 그물. ③ "바스케트볼"의 준말. basket&영 ((북한))

바트「명」① (흔히 실험실에서) 기구 같은것을 담아두거나 들고다니는데 쓰는
    받치개. ② 사진현상액을 답는 그릇. (=)수반06. (다듬은 말로) 그릇 vat&
    영 ((북한))

박명02방—「명」『천문』(다듬은 말로) 어스름② 薄明【2】((북한))

박지02「명」(다듬은 말로) 얇은종이. 薄紙 ((북한))

박피02「명」(다듬은 말로) 껍질벗기기. 剝皮 ((북한))

박피기「명」『기계』(다듬은 말로) (나무) 껍질벗김기. ((북한))

박엽지「명」(다듬은 말로) 엷은종이. 薄葉紙 ((북한))

반08「명」(다듬은 말로) 얼루기. 얼룩 斑 ((북한))

반각02「명」① 어떤 각의 절반. ②『출판』(다듬은 말로) 반자(사이) 半角
    【3】((북한))

반감03 「명」 (다듬은 말로) 반줄음. 半減 ((북한))

반감기 「명」 『물리』 (다듬은 말로) 반 줄음시간. 半減期 ((북한))

반개모음 「명」 (다듬은 말로) 반열린모음. 半開母音 ((북한))

반개방홈 「명」 건설 (다듬은 말로) 반열린홈. ((북한))

반문02 「명」 (다듬은 말로) 얼룩무늬. 斑文. 斑紋 ((북한))

반맹증-쯩 「명」 『의학』 (다듬은 말로) 절반못보기증. 半盲症 ((북한))

반보02 「명」 (다듬은 말로) 반걸음. 半步 ((북한))

반사궁 「명」 『생리』 (다듬은 말로) 반사길. 反射弓 ((북한))

반삭 「명」 (다듬은 말로) 반달02 半朔 ((북한))

반삼투시설 「명」 『수리』 (다듬은 말로) 반스밈시설. ((북한))

반성02 「명」 『천문』 (다듬은 말로) 따름별. 伴星 ((북한))

반성유전 「명」 『생물』 (다듬은 말로) 성따름유전. 伴性遺傳 ((북한))

반소02 「명」 『법학』 (다듬은 말로) 맞소송. 反訴 ((북한))

반점병-쩜- 「명」 (다듬은 말로) 얼룩점병. 斑點病 ((북한))

반정01 「명」 『지질』 (다듬은 말로) 큰점결정. 斑晶 ((북한))

반조법-뻡 「명」 (다듬은 말로) 서리기. 反造法 ((북한))

반족세포 「명」 『생물』 속씨식물의 배낭안에 란세포의 반대쪽밑에 있는 세포. 보통 세개로 되여있고 수정된 극핵의 영양으로 된다. (다듬은 말로) 반대다리세포. 反足細胞 ((북한))

반추 「명」 (다듬은 말로) 새김질03 反芻 #6반추하다 #$「동」(자.타) ((북한))

반추동물 「명」 (다듬은 말로) 새김질동물. ((북한))

반추위 「명」 『생물』 (다듬은 말로) 새김위. 反芻胃 ((북한))

반페모음 「명」 『언어』 (다듬은 말로) 반닫긴모음. 半閉母音 ((북한))

반페쇄홈 「명」 『전기』 (다듬은 말로) 반닫긴홈. 半閉鎖- ((북한))

반함수호 「명」 『지질』 (다듬은 말로) 덜싼물호수. 半鹹水湖 ((북한))

반향01 「명」 『물리』 ① 음파 및 라지오파가 장애물에 부딪쳐 되돌아 반사되여 울리는 현상. ② (어떤 일이나 현상에 대하여) 사람들이 받아들이거나 느끼는 태도나 생각 또는 그것이 미치는 영향. ‖ 강연에 대한~ § 反響 #6반향하다 #$「동」(자.타) ∣ 열린 문이 벽에 부딪치는 소리가 탁하고 울타리에

반향하였다.≪"현대조선문학선집"1≫/ 절벽들은 발동기의 툭탁 소리와 전
신기의 짜릉짜릉 소리를 반향했다. § (다듬은 말로) 메아리 【12】 ((북한))

반흔 「명」 (다듬은 말로) 흠집. 瘢痕 ((북한))

반영03 「명」 (다듬은 말로) 겉그늘. 半影 ((북한))

반요음 「명」 (다듬은 말로) 아래꺾음소리. 反搖音 ((북한))

반우상근 「명」 (다듬은 말로) 반깃살. 半羽狀筋 ((북한))

반의어 「명」 (다듬은 말로) 뜻반대말. 反義語 ((북한))

반월도-또 「명」『고고』 (다듬은 말로) 반달칼. 半月刀 ((북한))

반월문01 「명」『농학』 (다듬은 말로) 반달무늬. 半月紋 ((북한))

반월조부동-쪼- 「명」『해양』 (다듬은 말로) 반달미세기안같기. 半月潮不同
((북한))

반월판 「명」『생물』 (다듬은 말로) 반달판. 半月瓣((북한))

발근02 「명」 (다듬은 말로) 뿌리내리기. 發根 ((북한))

발광02 「명」 (다듬은 말로) 빛내기. 發光 ((북한))

발광도료 「명」 (다듬은 말로) 빛내는 칠감. ((북한))

발광체 「명」 빛을 내는 물체. ㅣ 그것은 매일아침 늘 보아온 우주의 발광체가 아
니라 강태욱련대장이 언제인가 말한 방어전의 불바다우에 떠오른 눈부신
태양이였다. ≪장편소설 "돌파구"≫§ (다듬은 말로) 빛내는 물체. 發光體
((북한))

발묘 「명」『운수』 (다듬은 말로) 닻보이기. 拔錨 ((북한))

발문01 「명」 (다듬은 말로) 뒤글. 跋文 ((북한))

발삼 「명」『화학』 (다듬은 말로) 나무물진. балЬэам&로((북한))

발수02-쑤 「명」『의학』 (다듬은 말로) 이속빼기. 拔髓 ((북한))

발적-쩍 「명」『의학』 (다듬은 말로) 붉어지기. 發赤 ((북한))

발추 「명」『축산』 (다듬은 말로) 병아리까나오기. 發雛 ((북한))

발포고 「명」 (다듬은 말로) 물집고약. 發泡膏 ((북한))

발포제 「명」『화학』 (다듬은 말로) 거품약. 發泡劑 ((북한))

발한 「명」『의학』 (다듬은 말로) 땀나기. 發汗 ((북한))

발한제 「명」『약학』 (다듬은 말로) 땀내기약. ((북한))

발아01 「명」『생물』(다듬은 말로) 싹트기. 싹띄우기 【3】 發芽 ((북한))

발아기 「명」(다듬은 말로) 눈나는때. 싹트는때. 發芽期 ((북한))

발아력 「명」(다듬은 말로) 싹트는힘. 發芽力 ((북한))

발아률－율 「명」(다듬은 말로) 싹트는률. 發芽率 ((북한))

발아먹이 「명」(다듬은 말로) 싹틔운먹이. ((북한))

발안기 「명」『생물』(다듬은 말로) 눈 나는 때. 發眼期 ((북한))

발연류산 「명」『화학』(다듬은 말로) 내굴류산. 發煙硫酸 ((북한))

발염 「명」(다듬은 말로) 무늬빼기. 拔染 ((북한))

방녹도료 「명」『화학』(다듬은 말로) 녹막이칠감. 防－塗料 ((북한))

방류수 「명」『림학』(다듬은 말로) 물동물. 防流水 ((북한))

방모기 「명」『방직』털의 비교적 거친 섬유나 찌끼섬유 또는 재생섬유에서 비교
     적 굵은 실을 뽑을 때 쓰이는 빗질하는 기게. (다듬은 말로: 거친털빗질기)
     紡毛機 ((북한))

방부01 「명」(다듬은 말로) 삭음막이. 썩음막이. 防腐 ((북한))

방사03 「명」(다듬은 말로) 놓아기르기. 放飼 ((북한))

방사장 「명」『농학』(다듬은 말로) 놀이장. 放飼場 ((북한))

방사형 「명」(다듬은 말로) 해실형. 放射形 ((북한))

방선균 「명」『생물』실균과 세균과의 중간에 있는 미생물. 기본은 실모양이며
     어떤것은 막대기 또는 알모양이다. 동물체안에서 퍼질 때 사방으로 해살
     모양으로 퍼진다. (=) 방사균. 방사상균 (다듬은 말로) 해살모양균. 放線
     菌 ((북한))

방설01 「명」(다듬은 말로) 눈막이. 防雪 ((북한))

방설림 「명」(다듬은 말로) 눈막이숲. 防雪林 ((북한))

방설책 「명」(다듬은 말로) 눈막이바자. 防雪柵 ((북한))

방설턴넬 「명」(다듬은 말로) 눈막이굴. ((북한))

방수01 「명」(다듬은 말로) 물막이. 防水 ((북한))

방수02 「명」(다듬은 말로) 물빼기. 放水 ((북한))

방수로 「명」(다듬은 말로) 버림물길. 放水路 ((북한))

방수림 「명」(다듬은 말로) 물막이숲. 防水林 ((북한))

방수문「명」(다듬은 말로) 물빼기문. 防水門 ((북한))

방수벽「명」(다듬은 말로) 물막이벽. 防水壁 ((북한))

방수지「명」(다듬은 말로) 물막이종이. 防水紙 ((북한))

방수제방「명」(다듬은 말로) 물막이뚝. ((북한))

방수호「명」(다듬은 말로) 열린 호수. 放水湖 ((북한))

방식02「명」(다듬은 말로) 삭음막이. 防蝕 ((북한))

방식재「명」(다듬은 말로) 삭음막이감. 防蝕材 ((북한))

방적돌기「명」(다듬은 말로) 실뽑이도드리. ((북한))

방추상「명」(다듬은 말로) 실북모양. ((북한))

방추형「명」(다듬은 말로) 실북모양. ((북한))

방추유「명」『방직』(다듬은 말로) 가락기름. 紡錘油 ((북한))

방치02「명」① 내버려두는것. ②『화학』(다듬은 말로) 놓아두기 放置 #6방치
하다 #$「동」(타) * 버려두다. 놓아두다. 내버려두다. #6방치되다 #$「동」
(자) ‖ 길바닥에 ~. § ((북한))

방취「명」(다듬은 말로) 냄새막이. 防臭 ((북한))

방취제「명」(다듬은 말로) 냄새막이약. ((북한))

방취크림「명」(다듬은 말로) 냄새막이크림. ((북한))

방풍02「명」(다듬은 말로) 바람막이. 防風 ((북한))

방풍림「명」(다듬은 말로) 바람막이숲【4】 ((북한))

방풍막「명」(다듬은 말로) 바람막이막. ((북한))

방풍장「명」(다듬은 말로) 바람막이바자. ((북한))

방한03「명」(다듬은 말로) 추위막이. 防寒 ((북한))

방한모「명」(다듬은 말로) 겨울모자. 털모자【4】 ((북한))

방한모자「명」(다듬은 말로) 겨울모자. 털모자. ((북한))

방한화「명」(다듬은 말로) 겨울신. 털신. ((북한))

방현재「명」(다듬은 말로) 배전띠. 防舷材 ((북한))

방화문「명」『건설』(다듬은 말로) 불막이문. ((북한))

방화벽「명」(다듬은 말로) 불막이벽. ((북한))

방화선「명」(다듬은 말로) 불막이선. ((북한))

방화수「명」 불을 끄는데 쓰려고 마련해놓은 물. (다듬은 말로) 불끄는 물((북한))

번들번들「부」 ① 물체의 거죽이 몹시 윤이 나는 모양을 나타내는 말. │ 대충 거칠게 다듬은 발구채이건만 먼길에 닦이여 번들번들 대우가 났다. ≪장편소설 "준엄한 전구"≫ § ② 아무 하는 일 없이 멋없이 놀기만 하는 모양을 나타내는 말. │ 그 멀쩡한 사지를 가지고 아무 하는 일 없이 집안에서만 번들번들 논다는것은 생각조차 할수 없는 일이였다. § ③ 사람이 부끄러울만한 일을 하고도 부끄러운줄 모르고 뻔뻔스럽게 노는 모양을 나타내는 말. 〈참고: 반들반들. 뻔들뻔들〉 #6번들번들하다 #$「동」(자) 【5】 ((북한))

번분수 −쑤「명」『수학』 (다듬은 말로) 겹분수. 繁分數 ((북한))

번철「명」 (다듬은 말로)지침판. 볶음판. 燔鐵 ((북한))

벌구「명」『림학』 (다듬은 말로) 벨구역. 伐區 ((북한))

벌근「명」『림학』 (다듬은 말로) 그루터기. 伐根 ((북한))

벌근고「명」『림학』 (다듬은 말로) 그루터기높이. 벤그루높이. 伐根高 ((북한))

벌기령「명」『림학』 (다듬은 말로) 벨나이. 伐期齡 ((북한))

벌도 −또「명」 (다듬은 말로) 베여넘김. 伐倒 ((북한))

벌목「명」 (다듬은 말로) 나무베기 【14】 伐木 ((북한))

벌축「명」『체육』 (다듬은 말로) 벌차기. 罰蹴 ((북한))

벌축뽈「명」『체육』 (다듬은 말로) 벌차기공. ((북한))

벌투「명」『체육』 (다듬은 말로) 벌넣기. 罰投 ((북한))

범례「명」 (다듬은 말로) 일러두기. 凡例 ((북한))

벼대충 −때「명」 (다듬은 말로) 벼대벌레. ((북한))

벼엽장승「명」『농학』 (다듬은 말로) 벼잎파리. −葉長蠅 ((북한))

벽감「명」 (다듬은 말로) 우묵벽. 壁嵌 ((북한))

벽련01 병−「명」 ① 통나무를 네모지게 다듬은 목재. ② 대가리만 네모지게 다듬은 통나무로 무은 짧은 떼목. 劈鍊 ((북한))

벽지01「명」 (다듬은 말로) 도배종이 【12】 壁紙 ((북한))

변지체「명」『생리』 (다듬은 말로) 굳은살체. 胼胝體 ((북한))

변재02「명」(다듬은 말로) 나무겉살. 邊材 ((북한))

변태「명」① 정상이 아니게 달라진 상태 또는 그렇게 된 사람. ②『생물』생물
이 자라는 과정에 그 형태가 매우 달라지고 몸체의 기관도 작용도 모두
달라지는것. 올챙이가 개구리로 되는것 등이 이에 속한다. (다듬은 말로)
모습갈이 ③『화학』"화학조성은 같지만 물리적성질이 다른 물질"을 본래
물질에 상대하여 이르는 말. 【3】變態 ((북한))

변연계통「명」(다듬은 말로) 기슭계통. 邊緣系統 ((북한))

변온처리「명」『농학』(다듬은 말로) 온도바꿈처리. ((북한))

별갑「명」(다듬은 말로) 자라등딱지. 鱉甲 ((북한))

별표02「명」(다듬은 말로) 붙임표. 【3】別表 ((북한))

명목식「명」『농학』(다듬은 말로) 줄모. 竝木式 ((북한))

병해목「명」『림학』(다듬은 말로) 병든 나무. 病害木 ((북한))

보루지「명」(다듬은 말로) 판종이. ←board&영紙((북한))

보리수02「명」① 불교에서, 석가모니가 그아래에서 변함없는 진리를 깨달아 불
도를 이루었다고 하는 나무. 인도의 가야산에 있는데 해마다 석가모니가
죽은 날에는 잎이 시든다고 한다. (=)불수02. ② (다듬은 말로) : 구슬피나
무. ③ 뽕나무과에 속하는 넓은잎키나무의 하나. 인도, 인도네시아 지방의
원산으로서 높이 30메터 가량이고 잎은 심장모양인데 끝이 뾰족하고 광택
이 있다. 꽃은 마치 없는듯이 보이지 않고 무화과와 비슷하다. 불교에서는
인도 가야산에 나는것을 신성시한다. (=)보리수나무02. 【2】((북한))

보리수나무02「명」(다듬은 말로) 구슬피나무. ((북한))

보망「명」(다듬은 말로) 그물깁기. 補網 ((북한))

보상03「명」(다듬은 말로) 보짐장사. 褓商 ((북한))

보선02「명」『운수』(다듬은 말로) 철길보수. 補線 ((북한))

보속01「명」(다듬은 말로) 발걸음속도. 步速 ((북한))

보좌약「명」『의학』(다듬은 말로) 도움약. 保佐藥 ((북한))

보충사료「명」(다듬은 말로) 덧먹이 【4】((북한))

보체01「명」『생리』(다듬은 말로) 보탬체. 補體 ((북한))

보호목「명」① 갓 심거나 어린 나무가 흔들리거나 쓰러지지 않도록 버티여 대

는 나무말뚝. ②『운수』(다듬은 말로) 안전말뚝 ((북한))

보호책02 「명」『운수』(다듬은 말로) 안전울타리. 保護柵 ((북한))

보행자 「명」(다듬은 말로) 걷는 사람 【3】 ((북한))

보행인 「명」(다듬은 말로) 걷는 사람. ((북한))

보안잔주 「명」『광업』(다듬은 말로) 보호기둥. ((북한))

복고04 「명」(다듬은 말로) 짚덮기. 覆槀 ((북한))

복골01 「명」(다듬은 말로) 점뼈. 卜骨 ((북한))

복근01 「명」(다듬은 말로) 배살. 腹筋 ((북한))

복기01 「명」(다듬은 말로) 겹쓰기. 겹씀 【2】 復記 ((북한))

복과01 「명」(다듬은 말로) 모인열매. 複果 ((북한))

복내사근 봉-「명」(다듬은 말로) 배속비낌살. 腹內斜筋 ((북한))

복막 봉-「명」(다듬은 말로) 배막. 腹膜 ((북한))

복벽02 「명」(다듬은 말로) 배벽 【4】 腹壁 ((북한))

복벽근 「명」(다듬은 말로) 배살. 腹壁筋 ((북한))

복변리 「명」(다듬은 말로) 겹리자. 複邊利 ((북한))

복부01 「명」(다듬은 말로) 배(부). 腹部 ((북한))

복부점음부 「명」(다듬은 말로) 두점소리표. ((북한))

복분자 「명」동약에서, (다듬은 말로) 산딸기. 覆盆子 ((북한))

복비02 「명」(다듬은 말로) 겹비. 複比 ((북한))

복산형화서 「명」『생물』(다듬은 말로) 겹우산꽃차례. 複繖形花序 ((북한))

복수상화서 「명」『생물』(다듬은 말로) 겹이삭꽃차례. 複穗狀花序 ((북한))

복식호흡 「명」(다듬은 말로) 배숨. 배숨쉬기. ((북한))

복자03 「명」『출판』(다듬은 말로) 엎은 글자 복@子 ((북한))

복자음 「명」(다듬은 말로) 겹자음. 複子音 ((북한))

복장02 「명」(다듬은 말로) 옷차림. 【4】 服裝. 服章 ((북한))

복접 「명」『농학』(다듬은 말로) 허리접. 腹接 ((북한))

복주03 「명」『생리』(다듬은 말로) 눈알모임. 複珠 ((북한))

복지05 「명」(다듬은 말로) 누운가지. 匐枝 ((북한))

복직근 「명」(다듬은 말로) 배곧은살. 腹直筋 ((북한))

복진「명」『운수』(다듬은 말로) 밀림. 匐進 ((북한))

복층림「명」(다듬은 말로) 겹층숲. 複層林 ((북한))

복토「명」(다듬은 말로) 흙덮기. 씨묻기【3】覆土 ((북한))

복통「명」① (다듬은 말로) 배아픔. ② "ㅁ음이 상하고 아프거나 분격하는것"을 비겨 이르는 말. | 하여간 말마다 "송생원"을 들추면서 그냥 짓떠들어대니 이건 정말 복통을 할노릇이다. ≪장편소설"계명산천은 밝아오느냐"1≫ § 腹痛 #6복통하다 #$「동」(자) ‖ 복통할 일. § #7복통을 터뜨리다 #%=분통을 터뜨리다. #7복통이 터지다 #%=분통이 터지다 ((북한))

복합모음 -캅-「명」(다듬은 말로) 겹모음. ((북한))

복합자음 -캅-「명」(다듬은 말로) 겹자음. ((북한))

복합자예 -캅-「명」『생물』(다듬은 말로) 겹암꽃술. ((북한))

복합총상화서 -캅-「명」『생물』(다듬은 말로) 겹송이꽃차례. ((북한))

복합화서 -캅-「명」(다듬은 말로) 겹꽃차례. ((북한))

복횡근 -쾽-「명」(다듬은 말로) 배가로살. 腹橫筋 ((북한))

복띠「명」(다듬은 말로) 배띠. 腹- ((북한))

복아「명」『생물』(다듬은 말로) 겹눈02 複芽 ((북한))

복안02「명」『생물』여러개의 눈이 모여 이루어진 눈. 잠자리, 새우, 게의눈 같은것이 이에 속한다. (다듬은 말로) 겹눈. 複眼 ((북한))

복엽「명」①『생물』(다듬은 말로) 겹잎. ② (비행기 같은것의) 두개이상이 겹쳐서 이루어진 날개. ③ = 천엽 複葉 ((북한))

복용01「명」① 약으로 먹는것. (다듬은 말로) 먹기 ② 전날에, 옷으로 입는것. 服用 #6복용하다 #$「동」(타) ((북한))

본「명」① 근본 또는 본래. ‖ ~이 괄괄한 성질. | 본이 안팎인심이 까다로운데다가 할 참견, 안할 참견 다 맡아가며 매사에 짱알거리는 이 할미가 봉준에게는 제일 가시같이 보이던중에 요새 와서는 더욱 심해졌다. ≪"현대조선문학선집"5≫ § ② 다른 사물현상의 내용, 모양, 방식, 규격 등과 같은것을 바탕으로 하여 무엇을 할 때 그 본보기. ③『물리』주어진 물리적량과 기본량과의 관계를 나타내는 식. 물리적량들은 그의 단위 선택에는 관계없이 일정한 물리적법칙, 정의들로 이어지는데 이 련관관계를 리용하여

모든 물리적량을 기본량들의 결합으로 나타낸것이다. ④ (다듬은 말로) 대. 자루 ⑤ (다듬은 말로) 이. 우리. ⑥ 봉건적씨족관념에서, 일정한 성을 가진 사람들의 같은 조상이 난곳. ‖ ~은 김해. § 【25】 本 #7본(을) 따다 #%무엇을 본보기로 하여 그것을 따오거나 그대로 따라하다. ‖ 선생을 본따서 말하다. ┃ 새로운 선률이라고 생각하고 오선지에 올려놓고보면 어딘지 모르게 서양음악에서 본따온것 같은 느낌에 저절로 실망하지 않을수 없었다. § #7본(을) 뜨다 #%무엇을 본보기로 하여 그와 똑같이 하다. ┃ 자네두 곽두령의 본을 뜨네그려. ≪장편소설"림꺽정"4≫ §((북한))

본가02 －까「명」 (다듬은 말로)본값. 本價 ((북한))

본영01 「명」 ①『물리』 광원이 아주 큰 경우에 그것을 가진 물체의 뒤에 나타나는 그림자에서 전혀 광선이 다닫지 않는 부분. 일식이나 월식이 일어날 때 달이나 지구에 의하여 햇빛이 완전히 가리워지는 구역과 같은것이다. ② 『천문』 태양흑점에서 가운데의 새까만 부분. (다듬은 말로) 속그늘. 本影 ((북한))

본의01 「명」 ①『언어』 (다듬은 말로) 본뜻. ② ＝ 본정 本意 ((북한))

봉07 「명」『체육』 (다듬은 말로) 장대① 棒 ((북한))

봉고도 「명」『체육』 (다듬은 말로) 장대높이뛰기. 棒高跳 ((북한))

봉과직염 「명」 (다듬은 말로) 벌집염. 蜂窠織炎 ((북한))

봉독01 「명」 (다듬은 말로) 벌독. 蜂毒 ((북한))

봉소위 「명」 (다듬은 말로) 벌집위. 蜂巢胃 ((북한))

봉쇄 「명」 ① (문이나 통로 같은것을) 굳게 막아버리거나 잠그는것. ② 외부와의 련계를 가지지 못하게 고립시키기 위하여 길을 막아버리는것. ③ 일정한 목적을 이루기 위하여 다른 나라나 다른 지역과의 련계를 가지지 못하게 무력으로 막아치우는것. ‖ 적의 ~를 뚫고 전진하다. 경제적~. ④ 비행기들이 대상물상공에서 비행하거나 대상물을 타격함으로써 일정한 시간동안 적을 가두어놓는 비행대전투행동방법의 하나. ⑤『체육』 (다듬은 말로) 막기. 封鎖 #6봉쇄하다 #$「동」(타) ┃ 남조선의 군사파쑈도당은 정치인들의 민주화투쟁을 총칼로 봉쇄하는 천추에 용납 못할 죄악을 저질렀다.§ #6봉쇄되다 #$「동」(자)【12】 ((북한))

봉절「명」(다듬은 말로) 첫상영. 封切 ((북한))

봉합「명」(다듬은 말로) 물림. 꿰매기② 縫合 ((북한))

봉합사「명」(다듬은 말로) 꿰매는 실. 수술실. 縫合絲 ((북한))

봉황무「명」(다듬은 말로) 봉황새춤. 鳳凰舞 ((북한))

부각인쇄「명」『출판』(다듬은 말로) 돋을인쇄. ((북한))

부골01「명」(다듬은 말로) 발목뼈. 跗骨 ((북한))

부교「명」『운수』(다듬은 말로) 배다리. 뜬다리. 浮橋 ((북한))

부낭「명」(다듬은 말로) 뜰주머니. 浮囊 ((북한))

부니「명」(다듬은 말로) 떠돌이감낭. 浮泥 ((북한))

부두02「명」(다듬은 말로) 소리표머리. 符頭 ((북한))

부등호「명」『수학』(다듬은 말로) 안같기기호. 不等號 ((북한))

부란병-뼝「명」『림학』(다듬은 말로) 물커짐병. 腐爛病 ((북한))

부목01「명」①『의학』뼈가 부러졌거나 염증이 있을 때에 안정하거나 고정시키
　　　기 위하여 쓰는 재료. 판지, 나무판을 쓰거나 쇠줄로 그물처럼 만들어쓴
　　　다. 이밖에 신변기재로 나무껍질, 나무판 등으로 만들어쓰기도 한다. 치료
　　　용으로 석고부목, 크라메르부목, 부라운부목, 벨레르부목 등이 있다. ②
　　　(다듬은 말로) 덧대. 【2】副木 ((북한))

부미01「명」『음악』(다듬은 말로) 소리표꼬리. 符尾 ((북한))

부벽언제「명」『수리』(다듬은 말로) 버팀언제. 副壁堰堤 ((북한))

부봉「명」『음악』(다듬은 말로) 소리표대. 符棒 ((북한))

부비강「명」『의학』(다듬은 말로) 코곁굴. 副鼻腔 ((북한))

부빙「명」(다듬은 말로) 뜬얼음. 浮氷 ((북한))

부상04「명」(다듬은 말로) 등짐장사. 負商 ((북한))

부석01「명」①『지질』(다듬은 말로) 속돌. ② ⓧ 바위에서 떼낸 석재. 또는
　　　누른색을 띤 풀색이다. 浮石 ((북한))

부선02「명」『운수』(다듬은 말로) 끌림배. 艀船 ((북한))

부성02「명」(다듬은 말로) 뜰성. 浮性 ((북한))

부심02「명」『해양』(다듬은 말로) 뜰중심. 浮心 ((북한))

부생02「명」『생물』(다듬은 말로) 썩은데살이. 腐生 ((북한))

부전02「명」(다듬은 말로) 붙임쪽지. 附箋 ((북한))

부전마비「명」『의학』(다듬은 말로) 불완전마비. 不全痲痺 ((북한))

부전지「명」(다듬은 말로) 붙임쪽지. 符箋紙 ((북한))

부정근「명」『생물』(다듬은 말로) 막난뿌리. 不定根 ((북한))

부정제화「명」『생물』(다듬은 말로) 안바른꽃. 不整齊花 ((북한))

부정아「명」『생물』(다듬은 말로) 막난눈. 不定芽 ((북한))

부존「명」『지질』(다듬은 말로) 놓임. 賦存 ((북한))

부종01「명」『의학』(다듬은 말로) 붓기【4】浮腫 ((북한))

부증「명」(다듬은 말로) 붓기. 浮症 ((북한))

부착근「명」(다듬은 말로) 붙는뿌리. 附着根 ((북한))

부채02「명」(다듬은 말로) 빚【7】負債 ((북한))

부판01「명」『체육』(다듬은 말로) 뜰판. 浮板 ((북한))

부판02「명」『운수』(다듬은 말로) 깔판. 付板. 附板 ((북한))

부평초「명」① (다듬은 말로) 개구리밥. ② 낡은 사회에서:"정처없이 돌아다니
　　는것"을 비겨 이르는 말. ‖ ~의 신세. §【5】浮萍草 ((북한))

부표04「명」(다듬은 말로) 붙임표. 付票. 附票 ((북한))

부형02「명」『음악』(다듬은 말로) 이음꼬리. 符桁 ((북한))

부흉골선－썬「명」『생리』(다듬은 말로) 가슴뼈곁선. 副胸骨線 ((북한))

부화02「명」(다듬은 말로) 알까기. 알깨우기【2】孵化 ((북한))

부화기「명」『축산』닭, 오리, 메추리, 게사니 등 가금의 알을 인공적으로 깨우
　　는 기계. 알실, 알자리, 알자리를, 온도보장장치, 습도보장장치, 알굴리기
　　장치, 환기장치로 되였다. (다듬은 말로) 알깨우는 기계. 孵化器 ((북한))

부화률「명」(다듬은 말로) 알깨움률. ((북한))

부화실「명」(다듬은 말로) 알깨움방. ((북한))

부화장「명」(다듬은 말로) 알깨움터. ((북한))

부악「명」(다듬은 말로) 덧꽃받침잎. 副萼 ((북한))

부연02「명」『건설』(다듬은 말로) 덧서까래. 附椽. 婦椽 ((북한))

부유01「명」(다듬은 말로) 떠살이②【2】浮游 ((북한))

부유건조「명」(다듬은 말로) 띄워말리기. ((북한))

부유동물「명」『생물』(다듬은 말로) 떠살이동물. ((북한))

부유류사「명」『수리』(다듬은 말로) 뜬모래. ((북한))

부유식물-싱-「명」『생물』(다듬은 말로) 떠살이식물. ((북한))

부유생물「명」『생물』(다듬은 말로) 떠살이생물. ((북한))

분근「명」『림학』(다듬은 말로) 뿌리가르기. 分根 ((북한))

분근조림「명」(다듬은 말로) 뿌리가름조림. 分根造林 ((북한))

분기점「명」『운수』(다듬은 말로) 갈림점【3】分岐點 ((북한))

뷰광01「명」『광업』(다듬은 말로) 가루광석【8】粉鑛 ((북한))

분광비료「명」(다듬은 말로) 가루비료. ((북한))

분력축「명」『기계』(다듬은 말로) 힘나눔축. 分力軸 ((북한))

분마01「명」『기계』(다듬은 말로) 가루갈이. 粉磨 ((북한))

분만01「명」① ⇒ 몸풀이. ② (다듬은 말로) 새끼낳이. 分娩 #6분만하다 #$「동」
     (자. 타) ((북한))

분문01「명」『생리』(다듬은 말로) 들문. 噴門 ((북한))

분사05「명」『지질』(다듬은 말로) 가루모래. 粉砂 ((북한))

분산사육「명」(다듬은 말로) 헤쳐기르기. ((북한))

분상비료「명」(다듬은 말로) 가루비료. 粉狀肥料 ((북한))

분상질「명」『농학』(다듬은 말로) 가루질. 粉狀質 ((북한))

분상화물「명」(다듬은 말로) 가루짐. 粉狀貨物 ((북한))

분수문「명」(다듬은 말로) 나눔수문. 分水門 ((북한))

분생모「명」『림학』(다듬은 말로) 갈래모. 分生- ((북한))

분지03「명」(다듬은 말로) 가지01 分枝 ((북한))

분지성01-썽「명」(식물이) 원몸에서 가지를 치는 성질. (다듬은 말로) 가지치
     기. 分枝性 ((북한))

분출「명」① 내여뿜거나 또는 솟구쳐오르는것. ‖ 화산의 ~. ┃ …남패자의 깊
     디깊은 밀림속에 태동하고있는 력사의 용암이 분출직전에 있다는 느낌은
     그 어디에서도 느낄수 있었다.≪장편소설 "고난의 행군"≫§ ②『화학공업』
     (다듬은 말로) 불어내기. ③ "사상감정이나 지향, 요구 등이 힘차게 솟아일
     어나는것"을 비겨 이르는 말. ┃ 인민경제 모든 부문에서 늘 전투 목표를

높이 세우고 그것을 기어이 돌파하려는것은 당의 령도밑에 온 사회의 주
체사상화를 다그쳐나가려는 우리 인민의 불타는 열망의 분출이다. / 솟구
쳐오르는 감정의 분출을 가까스로 눌러가며 마음을 안정하려고 애썼다.
≪장편소설 "금천강"≫§ 噴出 #6분출하다 #$「동」(자.타) ┃ 력사의 폭풍은
아직 생활의 밑바닥에서 천천히 감돌며 일시에 분출할 그 어떤 시각을 기
다리고있었다.≪장편소설 "혁명의 려명"≫§ *내뿜다. 뿜다. 뿜어내다. 내솟
다. #6분출되다 #$「동」(자) ((북한))

분콕스 「명」 (다듬은 말로) 가루콕스. ((북한))

분아01 「명」『생물』 (다듬은 말로) 마름균. 실싹. 粉芽 ((북한))

분얼 「명」『농학』 (다듬은 말로) 아지치기. 分蘖 ((북한))

분얼기 「명」『농학』 (다듬은 말로) 아지치는 때. ((북한))

분얼절 「명」『농학』 (다듬은 말로) 아지마디. ((북한))

불경파종 「명」『농학』 (다듬은 말로) 생땅씨뿌리기. 不耕播種 ((북한))

불수정란 「명」『농학』 (다듬은 말로) 홀알. 不受精卵 ((북한))

불임 「명」 ① (주로 명사앞에 쓰이여)임신하지 못하는것. ②『축산』(다듬은 말
　　로) 둘지기. 不姙 ((북한))

불임증 －쯩「명」『의학』① 임신을 못하는 병적증세. 결혼하여 정상적인 생활
　　을 하나 3년이 지나도록 임신하지 못하는 상태이다. 한번도 임신해보지 못
　　한것을 원발성불임증, 임신하였던 녀성이 다시 임신하지 못하는것을 속발
　　성 불임증이라고 하며 불임의 원인이 녀성에게 있는것을 녀성불임증이라
　　하고 남성에게 있는것을 남성불임증이라고 한다. ②『축산』(다듬은 말로)
　　둘지기. 不姙症 ((북한))

불완전화 「명」『생물』 (다듬은 말로) 불완전꽃. ((북한))

불월년종 －련－「명」 (다듬은 말로) 제해누에알. 不越年種 ((북한))

붓슈 「명」 (다듬은 말로) 토시 bush&영 ((북한))

붓싱 「명」『기계』 (다듬은 말로) 토시 bushi&영 ((북한))

블로크게지 「명」『기계』 길이를 재는 정밀한 측정공구의 한가지. 길이와 두께는
　　같고 너비만 서로 다른 바른사각형의 여러개 강편들이 한조로 되여있는
　　측정공구이다. 그 너비로 길이를 정밀하게 잰다. 이것은 다른 맞춤재개들

의 표준으로 된다. (다듬은 말로) 묶음재개) block gauge&영 ((북한))

비강01 「명」『의학』(다듬은 말로) 코안. 鼻腔 ((북한))

비골01 「명」『생리』(다듬은 말로) 코뼈. 鼻骨 ((북한))

비골02 「명」『생리』(다듬은 말로) 가는 정갱이뼈. 腓骨 ((북한))

비공01 「명」『생리』(다듬은 말로) 코구멍. 鼻孔 ((북한))

비구관절 「명」『의학』(다듬은 말로) 넙적다리마디. ((북한))

비괴탄 「명」『지질』무연탄층에서 덩이로 나오는 석탄의 한가지. 매우 굳고 높
     은 온도에서 불이 당기며 많은 열을 낸다. 쇠를 녹여뽑는데 쓰인다. 무연
     탄을 가공하여 만들기도 한다. (다듬은 말로: 굳은탄) B塊炭 ((북한))

비등01 「명」① 액체가 끓어오르는것. ②『화학』(다듬은 말로) 끓음. ((북한))

비등점 -쩜 「명」(다듬은 말로) 끓음점. ((북한))

비등온 「명」『물리』(다듬은 말로) 끓음온도. 沸騰溫 ((북한))

비면02 「명」(다듬은 말로) 솜먼지. 飛綿 ((북한))

비방수호 「명」『지리』(다듬은 말로) 닫긴호수. 非放水湖 ((북한))

비석04 「명」(다듬은 말로) 코돌. 鼻石 ((북한))

비장근 「명」『생리』(다듬은 말로) 장딴지살. 腓腸筋 ((북한))

비점01 -쩜 「명」『물리』(다듬은 말로) 끓음점. 沸點 ((북한))

비체적 「명」『물리』단위질량인 1그람이 차지하는 체적 (다듬은 말로) 견줌부
     피. 比體積 ((북한))

비아 「명」『철학』맑스전 철학에서 "자아가 아닌것 곧 주관이외의 객관"을 이르
     는 말. (다듬은 말로) 나아닌것. 非我 ((북한))

비염01 「명」(다듬은 말로) 코염 【7】 鼻炎 ((북한))

비엽 「명」(다듬은 말로) 코주름. 鼻葉 ((북한))

비우01 「명」『생물』(다듬은 말로) 날개깃. 飛羽 ((북한))

비음03 「명」(다듬은 말로) 코소리. 鼻音 ((북한))

빈맥 「명」『의학』(다듬은 말로) 잦은맥. 頻脈 ((북한))

빈삭 「명」① 도수가 매우 잦은것. ②『의학』(다듬은 말로) 잦음. 頻數 ((북한))

빙기01 「명」① (다듬은 말로)얼음철 ② = 빙하시대 氷期 ((북한))

빙괴 「명」(다듬은 말로) 얼음덩이. 氷塊 ((북한))

빙과「명」(다듬은 말로) 얼음과자. 氷菓 ((북한))

빙낭「명」(다듬은 말로) 얼음주머니. 氷囊 ((북한))

빙당「명」(다듬은 말로) 얼음사탕. 氷糖 ((북한))

빙동「명」(다듬은 말로) 얼음굴. 氷洞 ((북한))

빙산「명」(다듬은 말로) 얼음산. 氷山 ((북한))

빙설「명」① (다듬은 말로) 얼음눈. ② (마음이) "깨끗하고 순결한것"을 비겨 이
  르는 말. ‖ ~의 성의 § 氷雪 #6빙설같다 #$(마음이) 깨끗하고 순결하다.
  ㅣ청춘 홍규의 빙설같은 지조를 소연히 알지라.≪고전소설 "옥루몽"≫((북
  한))

빙식곡「명」빙하에 깎이여 이루어진 골. (다듬은 말로) 얼음깎기골. 氷蝕谷
  ((북한))

빙점－쩜「명」(다듬은 말로) 얼점, 얼음점. 氷點 ((북한))

빙층「명」(다듬은 말로) 얼음층. 氷層 ((북한))

빙탑「명」『지질』(다듬은 말로) 얼음탑. 氷塔 ((북한))

빙판「명」(다듬은 말로) 얼음판. 氷－ ((북한))

빙하빙「명」『지리』(다듬은 말로) 빙하얼음. 氷河氷 ((북한))

빙하설「명」『지리』(다듬은 말로) 빙하혀. 氷河舌 ((북한))

빙하수「명」(다듬은 말로) 얼음밑물. 氷下水 ((북한))

빙하제방「명」(다듬은 말로) 빙하뚝. ((북한))

빙야「명」(다듬은 말로) 얼음벌. 氷野 ((북한))

빙원「명」(다듬은 말로)얼음벌. 氷原 ((북한))

배공「명」『생물』(다듬은 말로) 등구멍. 背孔 ((북한))

배근01「명」(다듬은 말로) 등살. 背筋 ((북한))

배뇨「명」① 오줌을 몸밖으로 내보내는것. ② 눈 오줌을 흘러서 빠지게 하는
  것. (다듬은 말로) 오줌누기, 오줌뉘우기. 排尿 #6배뇨하다 #$「동」(자) #6
  배뇨되다 #$「동」(자)((북한))

배사문「명」(다듬은 말로) 모래빼기문. 排砂門 ((북한))

배수02「명」① 안에 있거나 고이고있는 물을 밖으로 내보내거나 또는 딴데로
  뽑거나 돌리는것. ‖ ~갑문. 고인물 ~작업. § ② 물체의 무게로 말미암아

물에 잠길 때 그 잠긴 부분의 용적만큼의 물을 밀어내는것. § (다듬은 말로) 물빼기. 排水 #6배수하다 #$「동」(타) #6배수되다 #$「동」(자) ‖ 특별한 수문을 통하여~. §((북한))

배수갱「명」① 갱속의 물을 갱밖으로 내보내는 갱도. ② (일정한 고장의 물을) 딴데로 돌리거나 뽑기 위하여 뚫는 갱도. (다듬은 말로) 물빼기굴. ((북한))

배토02「명」(다듬은 말로) 북주기. 培土 ((북한))

배합사료「명」『축산』(다듬은 말로) 배합먹이. 【5】((북한))

배활근「명」『의학』(다듬은 말로) 등넙적살. 背闊筋 ((북한))

배아「명」『생물』앞으로 식물체로 자랄 종자에 있는 씨움. 수정된 란세포가 분화되어 생긴다. (다듬은 말로) 씨눈. 胚芽 ((북한))

배연기「명」(보이라나 용광로 같은데서) 내굴을 굴뚝밖으로 빼버리는 송풍기. (다듬은 말로) 내굴뽑개. ((북한))

배영「명」(다듬은 말로) 누운 헤염. 背泳 ((북한))

배우자02「명」(다듬은 말로) 짝씨. 配偶子 ((북한))

배유「명」『생물』(다듬은 말로) 눈젖. 胚乳 ((북한))

백강병「명」『잠학』(다듬은 말로) 흰가루병. 白殭病 ((북한))

백구01「명」(다듬은 말로)갈매기, 흰갈매기. 白鷗 ((북한))

백기01「명」(다듬은 말로) 흰기 또는 흰기발. 白旗 ((북한))

백과03「명」(다듬은 말로) 짠지참외. 白瓜 ((북한))

백도02「명」(다듬은 말로) 달길. 白道 ((북한))

백로02뱅─「명」(다듬은 말로) 해오라기. 白鷺 #7검은 구름에 백로 지나가기 #%☞검다. #7백로에 묻힌 까마귀 #%흰 해오라기의 무리속에 끼인 검은 까마귀 한마리라는 뜻으로 "어울리지 않게 끼인 존재"를 비웃어 이르는 말. (=)까마귀가 공작들사이에 끼인 격. ((북한))

백막뱅─「명」(다듬은 말로) 흰막. 白膜 ((북한))

백밀뱅─「명」『약학』(다듬은 말로) 흰밀. 白蜜 ((북한))

백반증─쯩「명」『의학』(다듬은 말로) 흰무늬증. 白斑症 ((북한))

백부근「명」(다듬은 말로) 백부뿌리. 百部根 ((북한))

백분병「명」『림학』(다듬은 말로)떡가루병. 白粉病 ((북한))

백사기 「명」『미술』(다듬은 말로) 흰사기. 白砂器 ((북한))

백숙병 「명」 술, 물, 꿀에 각각 반죽한 밀가루를 다시 함께 주물러서 넓게 민 쪼각을지짐판에 익힌 떡 (다듬은 말로) 단술지짐. 白熟餅 ((북한))

백색체 「명」『생물』(다듬은 말로) 흰색체. 白色體 ((북한))

백자색 「명」 (다듬은 말로) 흰보라색. 연보라색. 白紫色 ((북한))

백점 「명」 (다듬은 말로) 흰점. 白點 ((북한))

백질 「명」『생리』(다듬은 말로) 흰질. 白質 ((북한))

백출01 「명」 동약에서, (다듬은 말로) 흰삽주뿌리. 白朮 ((북한))

백탄 「명」 ① 빛이 희읍스름하며 화력이 몹시 센 참숯. ‖ ~과 검탄. ~을 피우다. ∣ 마루바닥에는 빈틈없이 양탄자가 깔려있는우에 두둑한 보료와 방석, 게다가 백탄불 이글거리는 청동화로들이 사방에 놓여있었다. ≪장편소설 “갑오농민전쟁” 1≫ § (다듬은 말로) 흰숯 ② 흰 석탄이라는 뜻으로 동력으로서의 “수력”을 비겨 이르던 말. 白炭 ((북한))

백토01 「명」 (다듬은 말로) 흰흙. 白土 ((북한))

백혈구－켤－「명」『생리』피안에 있는 피알의 하나. 색이 없는 단세포인데 핵과 원형질로 되여있다. 붉은피알보다 수량은 적으나 크다. 뼈속, 림파매듭, 기레 등에서 생기며 피 또는 다른 조직가운데 아메바모양으로 운동하면서 세균이나 그밖의 해독물질을 없애치운다. 알갱이로 된것과 아닌것이 있다. (다듬은 말로) 흰피알. 白血球 ((북한))

백일해 「명」 (다듬은 말로) 백날기침. 【2】百日咳 ((북한))

백액 「명」 (다듬은 말로) 흰액. 白液 ((북한))

사골03 「명」 (다듬은 말로) 채뼈. 篩骨 ((북한))

사교05 「명」 (다듬은 말로) 빗사귐. 斜交 ((북한))

사교08 「명」 비탈지게 놓인 다리 (다듬은 말로) 빗놓임다리. 斜橋 ((북한))

사구체 「명」『생리』(다듬은 말로) 토리체. 絲毬體 ((북한))

사관04 「명」『생물』(다듬은 말로) 채관. 篩管 ((북한))

사낭 「명」 (다듬은 말로) 모래주머니. 砂囊 ((북한))

사니질 「명」 (다듬은 말로) 모래감탕질. ((북한))

사락 「명」『금속』(다듬은 말로) 모래털기. 沙落. 砂落 ((북한))

사락기 「명」『금속』 (다듬은 말로) 모래떠는 기계. ((북한))

사렬-열 「명」 (다듬은 말로) 모래줄. 沙列 ((북한))

사롱03 「명」 (다듬은 말로) 돌자루. 沙籠 ((북한))

사롱견 「명」『잠학』 (다듬은 말로) 죽은 고치. 死籠繭 ((북한))

사롱란 「명」『잠학』 (다듬은 말로) 죽은 알. 死籠卵 ((북한))

사료01 「명」 (다듬은 말로) 먹이 【2】 飼料 ((북한))

사료단위 「명」 (다듬은 말로) 먹이단위. ((북한))

사료밭 「명」 (다듬은 말로) 먹이밭. ((북한))

사료분쇄기 「명」 (다듬은 말로) 먹이분쇄기. ((북한))

사료식물-싱- 「명」 (다듬은 말로) 먹이식물. ((북한))

사료작물-장- 「명」 (다듬은 말로) 먹이작물. ((북한))

사료전 「명」 (다듬은 말로) 먹이밭. 飼料田 ((북한))

사료절단기-딴- 「명」 (다듬은 말로) 먹이절단기. ((북한))

사모05 「명」『방직』 (다듬은 말로) 죽은 털. 死毛 ((북한))

사문09 「명」 (다듬은 말로) 모래무늬. 沙紋 ((북한))

사문조직 「명」 (다듬은 말로) 빗줄짜임. 斜紋組織 ((북한))

사방림 「명」 (다듬은 말로) 모래막이숲. 沙防林. 砂防林 ((북한))

사변02 「명」『수학』 (다듬은 말로) 빗변. ‖ 직각삼각형의 ~. §【4】 斜邊 ((북한))

사별02 「명」『광업』 여러가지 크기의 알갱이재료를 채로 쳐서 굵기별로 가르는 것. (다듬은 말로) 채질. 篩別 #6사별하다#$「동」(타) #6사별되다#$「동」(자) ((북한))

사별기 「명」『기계』 (다듬은 말로) 채. 篩別機 ((북한))

사사오취 「명」 (다듬은 말로) 반올림. 四捨五取 ((북한))

사상균 「명」 (다듬은 말로) 실균. 絲狀菌 ((북한))

사선04 「명」 (다듬은 말로) 빗선. 斜線 ((북한))

사지03 「명」 (다듬은 말로) 팔다리. 【18】 四肢 #7사지를 못쓰다 #%=사족을 못 쓰다. #7사지를 펴다 #%근심걱정 없이 마음을 놓다. ∣ 어느때 어느 구름 장밑에서 무엇이 떨어져 오곡을 진탕쳐놓을지 모르므로 목구멍까지 넘겨

놓아야 마음을 놓지 그전까지는 사지를 펴지 못한다. ≪"현대조선문학선집" 5≫ § ((북한))

사지05「명」(다듬은 말로) 모래땅. 沙紙. 砂紙 ((북한))

사질01「명」(다듬은 말로) 모래질. 砂質. 沙質 ((북한))

사질암「명」(다듬은 말로) 모래질바위. 沙質岩. 砂質岩 ((북한))

사출수01 -쑤「명」『수리』(다듬은 말로) 쏜물. (=) 수선11. 射出水 ((북한))

사취03「명」(다듬은 말로) 모래부리. 沙嘴. 砂嘴 ((북한))

사토01「명」『농학』(다듬은 말로) 모래흙. 모래땅. 砂土. 沙土 ((북한))

사태04「명」(다듬은 말로) 죽은 태아. 死胎 ((북한))

사하제「명」(다듬은 말로) 설사(내기)약. 瀉下劑 ((북한))

삭구「명」『수산』(다듬은 말로) 바즐설비. 索具 ((북한))

삭망월상 -「명」『천문』보름달이 된 때로부터 다시 보름달이 되는 사이의 기간. 그 기간은 약 29.5일이다. 〈다듬은 말로: 그믐한달〉 朔望月 ((북한))

삭목기상 -「명」『기계』나무를 깎는 기계. 자름칼날을 고정시킨 회전원판의 설치상태에 따라 수직형삭목기와 수평형삭목기로 나눈다. 〈다듬은 말로: 나무깎는 기계〉 削木機 ((북한))

삭발「명」ⓧ ① 머리를 빡빡 깎는것. ② (다듬은 말로) 막머리. ③ 머리를 깎고 중이 되는것. ∣ 그 사람은 여기에 와서 스승의 제자로 삭발을 했습니다. ≪장편소설 "림꺽정"4≫§ 削髮 #6삭발하다 #$「동」(자) 삭발①③.((북한))

삭서02「명」(다듬은 말로) 실머리찾기. 索緒 ((북한))

삭서취「명」『농학』(다듬은 말로) 실머리비. 索緒 - ((북한))

산가01 -까「명」『화학』(다듬은 말로) 산값. 酸價 ((북한))

산견량「명」(다듬은 말로) 고치생산량. 産繭量 ((북한))

산개성단「명」(다듬은 말로) 널린별떼. 散開星團 ((북한))

산도02「명」① 해산할 때에 태아와 거기에 달린것들이 지나나오는 길. ②『축산』(다듬은 말로) 새끼길. 産道 ((북한))

산란02살 -「명」(다듬은 말로) 알낳이. 알쓸이② 産卵 ((북한))

산란기01살 -「명」(다듬은 말로) 알낳이철. 알쓸이철. 産卵期 ((북한))

산란기02살 -「명」(다듬은 말로) 알낳이관. 알쓸이관. 産卵器 ((북한))

산란계살-「명」(다듬은 말로) 알낳이닭. 産卵雞 ((북한))

산란관살-「명」『생물』(다듬은 말로) 알쓸이관. 알낳이관. 産卵管 ((북한))

산란률살-「명」(다듬은 말로) 알낳이률. ((북한))

산란상살-「명」(다듬은 말로) 알낳이상자. 産卵箱 ((북한))

산란성살-썽「명」(다듬은 말로) 알낳이성. ((북한))

산록01「명」(다듬은 말로) 산기슭. 山麓 ((북한))

산록계「명」(다듬은 말로) 산기슭계. 山麓階 ((북한))

산모량「명」(다듬은 말로) 털내는 량. 털량. 産毛量 ((북한))

산방화서「명」(다듬은 말로) 고른꽃차례. 繖房花序 ((북한))

산사01「명」(다듬은 말로) 찔광이. 山査 ((북한))

산자고「명」동약에서, (다듬은 말로) 까치무릇뿌리. 山慈姑 ((북한))

산자성-썽「명」(다듬은 말로) 새끼낳이성. 産仔性 ((북한))

산적화물-콰-「명」(다듬은 말로) 더미짐② 散積貨物 ((북한))

산통02「명」『의학』(다듬은 말로) 몸풀이아픔. 産痛 ((북한))

산통03「명」『의학』(다듬은 말로) 치미는 아픔. 疝痛 ((북한))

산파03「명」(다듬은 말로) 흩어뿌리기. 散播 ((북한))

산패「명」술, 지방 같은것이 산화되여 색과 맛이 변하고 냄새를 내는 현상. (다
　　듬은 말로) 산썩음. 酸敗 ((북한))

산형화서「명」(다듬은 말로) 우산꽃차례. 繖形花序 ((북한))

산호사「명」(다듬은 말로) 산호모래. 珊瑚砂. 珊瑚沙 ((북한))

산호초「명」(다듬은 말로) 산호무지. 珊瑚礁 ((북한))

살사-싸「명」(다듬은 말로) 모래뿌리기. 撒砂. 撒沙 ((북한))

살사변-싸-「명」『운수』(다듬은 말로) 모래뿌림변. ((북한))

살수02-쑤-「명」(다듬은 말로) 물뿌리기. 撒水 ((북한))

살수구-쑤-「명」(다듬은 말로) 물뿌림구멍. ((북한))

살수기-쑤-「명」(다듬은 말로) 물뿌림기. ((북한))

살수관-쑤-「명」(다듬은 말로) 물뿌림관. ((북한))

살수변-쑤-「명」(다듬은 말로) 물뿌림변. ((북한))

살수장치-쑤-「명」(다듬은 말로) 물뿌림장치. ((북한))

살수차-쑤-「명」(다듬은 말로) 물뿌림차. ((북한))

살포약「명」(논밭에) 뿌려서 쓰는 농약 〈다듬은 말로: 뿌림약〉 ((북한))

삼각건「명」(다듬은 말로) 삼각천 三角巾. ((북한))

삼각근「명」『생리』(다듬은 말로) 삼각살. 三角筋 ((북한))

삼경체계「명」(다듬은 말로) 세벌갈이체계. ((북한))

삼륜차「명」① (다듬은 말로) 세바퀴차. ② ⇒ 세발자전거. 三輪車 ((북한))

삼릉촉「명」『고고』(다듬은 말로) 세모촉. 三稜鏃 ((북한))

삼릉형「명」(다듬은 말로) 세마름모양. 三稜形 ((북한))

삼면경「명」(다듬은 말로) 세면거울. 三面鏡 ((북한))

삼면장「명」(다듬은 말로) 석잠누에. 三眠蠶 ((북한))

삼승01「명」『수학』(다듬은 말로) 세제곱. 三乘 ((북한))

삼승근「명」『수학』(다듬은 말로) 세제곱뿌리. 三乘根 ((북한))

삼중모음「명」『언어』(다듬은 말로) 세겹모음. ((북한))

삼출복엽「명」『생물』(다듬은 말로) 세겹잎. 三出複葉 ((북한))

삼투「명」(다듬은 말로) 스밈. 滲透 ((북한))

삼투량「명」(다듬은 말로) 스밈량. 滲透量 ((북한))

삼투수「명」(다듬은 말로) 스밈물. 滲透水 ((북한))

삼투압「명」『물리』(다듬은 말로) 스밈 압력. 滲透壓 ((북한))

삼합사「명」(다듬은 말로) 세겹실. 三合絲 ((북한))

삽목삼-「명」영양번식의 한가지. 식물의 가지, 줄기, 잎, 뿌리 등을 흙속에 꽂
아서 뿌리가 내리게 하는것이다. ‖ 뿌리 내린 ~. § (다듬은 말로) 가지심
기. 挿木 #6삽목하다 #$「동」(타)((북한))

삽수「명」(다듬은 말로) 심을가지. 挿樹 ((북한))

삽지02「명」『출판』인쇄할 때에 기계에 종이를 섬기는것. (다듬은 말로) 종이
섬기기. 종이넣기. 挿紙 ((북한))

삽입「명」원줄거리나 내용 안에 끼워넣는것. ‖ 영화에 넣을 ~화면. § (다듬은
말로) 끼워넣기. 挿入 #6삽입하다 #$「동」(타) * 끼워넣다. 보태다. 끼우다.
#6삽입되다 #$「동」(자) * 끼이다. 끼여들다 【2】 ((북한))

삽입교잡「명」『축산』(다듬은 말로) 끼움섞붙임. ((북한))

상가03「명」『운수』(다듬은 말로) 배올림. 上架 ((북한))

상가대「명」(다듬은 말로) 배올림대. ｜ 로동자들은 상가대우에 웅장하게 앉아 있는 대형선미뜨랄선을 대견스럽게 바라보았다. § 上架臺 ((북한))

상감02「명」『미술』주어진 표면우에 일정한 무늬 또는 그림을 그리고 그것을 파낸 후 거기에 다른 색갈의 재료를 박아넣는것. 도자기나 나무, 금속제품 또는 공예품들의 장식에 리용된다. (다듬은 말로) 무늬박이. 象嵌 ((북한))

상감기법-뻡「명」『미술』공예기법의 하나. 기물의 표면을 파고 다른 재료를 넣어 장시하는 기법이다. 도자기, 목공예 등에 많이 적용한다. (다듬은 말로) 무늬박이기법. 象嵌技法 ((북한))

상감분장자기「명」『미술』상감기법과 분장기법이 한데 어울려 장식된 도자기. 그릇면전체를 자자분한 점과 꽃무늬를 규칙적으로 찍어서 거기에 색흙으로 무늬를 박은 밴 무늬자기와 무니를 굵직굵직하게 새기고 색흙으로 메꾸어 만들어낸 성근 무늬자기가 있다. (다듬은 말로) 무늬박이분장자기. ((북한))

상감청자「명」『미술』청자소지바탕에 흰 흙 또는 검은 색갈의 흙을 박아넣어 무느나 그림과 같은것을 형상한 도자기. 장식형상이 깊이있고 선명한것이 특징이다. 우리 나라에만 고유한것으로 고려 10세기말경에 창조되여 오늘에 이르기까지 계승발전되고있다. (다듬은 말로) 무늬박이청자. ((북한))

상고공「명」(다듬은 말로) 바닥다지. 床固工 ((북한))

상관성분「명」『언어』(다듬은 말로) 맞물림성분. ((북한))

상동기관「명」『생물』(다듬은 말로) 같은 기관. 上同氣管 ((북한))

상로교「명」(다듬은 말로) 웃길다리. 上路橋 ((북한))

상륙03「명」(다듬은 말로) 자리공뿌리. 商陸 ((북한))

상박골「명」『생리』(다듬은 말로) 웃팔뼈. 上膊骨 ((북한))

상박근「명」『생리』(다듬은 말로) 웃팔살【2】上膊筋 ((북한))

상박관절「명」『생리』(다듬은 말로) 어깨마디. ((북한))

상박삼두근「명」『생리』(다듬은 말로) 웃팔세머리살. 上膊三頭筋 ((북한))

상사02「명」①『생물』동식물에 있어서 이종의 기관이 그 구조는 서로 같지 않으나 그 작용이 서로 일치하는것. ②『수학』한 도형을 균등하게 늘이거나 줄이여 다른 도형과 꼭 합치할 때 이 두 도형의 관계를 이르는 말. (다듬은 말로) 닮음①. 相似 ((북한))

상선02 「명」 ① (다듬은 말로) 배짐싣기. ② 배를 수리하거나 이동시키기 위하여 끌어올리는것. 上船 #6상선하다 #$「동」(자.타) ((북한))

상소법-뻽 「명」 (다듬은 말로) 뽕주어털기. 桑掃法 ((북한))

상순03 「명」 ①『생물』(다듬은 말로) 웃시울. ②『의학』(다듬은 말로) 웃입술. 上脣 ((북한))

상실기 「명」 (다듬은 말로) 오디때. 桑實期 ((북한))

상족 「명」 (다듬은 말로) 누에올리기. 上簇 ((북한))

상주법 「명」 (다듬은 말로) 내리부음법. 上鑄法 ((북한))

상지06 「명」 (다듬은 말로) 팔. 上肢 ((북한))

상지근 「명」 (다듬은 말로) 팔힘살. 上肢筋 ((북한))

상차 「명」 (다듬은 말로) 짐싣기. 上車 ((북한))

상층화 「명」『림학』(다듬은 말로) 웃불. 上層火 ((북한))

상층운 「명」 (다듬은 말로) 웃층구름. 上層雲 ((북한))

상침02 「명」 박아서 지은 겹옷이나 방석 같은것의 가장자리를 실밥이 겉으로 드러나게 박는 일. 上針 #6상침하다 #$「동」(타) ǀ 회순네 어머니는 골무를 낀 손가락을 날래게 움직이면서 거지반 형태가 무어진 적삼깃을 상침하고 있었다.≪장편소설"광복의 해발"≫ § (다듬은 말로) 겉박이【2】 #7상침(을) 놓다 #%박아서 짓는 겹옷이나 방석 같은것의 가장자리를 실뜸이 겉으로 드러나게 박다. ‖ 깃에 곱게 상침을 놓은 녀자옷 §((북한))

상침저고리 「명」 상침을 놓아서 지은 저고리. (다듬은 말로) 겉박은 저고리. ((북한))

상토01 「명」 (다듬은 말로) 모판흙. 床土 ((북한))

상하차 「명」 (다듬은 말로) 싣고부리기【3】 上下車 ((북한))

상한04 「명」『기상』(다듬은 말로) 서리추위. 霜寒 ((북한))

상현01 「명」『천문』(다듬은 말로) 초생반달. 上弦 ((북한))

상현재 「명」『건설』지붕틀이나 보의 웃쪽에 있는 부재. 주로 누르는 힘을 받는다. (다듬은 말로) 웃테. 웃날개. 上弦材 ((북한))

상호등 「명」 (다듬은 말로) 손신호등. ((북한))

상해02 「명」 (다듬은 말로) 서리피해. 霜害 ((북한))

상행01 「명」 『운수』 (다듬은 말로) 올리방향. 上行 ((북한))

상회장식 「명」 (다듬은 말로) 겉그림장식. 上繪裝飾 ((북한))

상악골 「명」 『생리』 (다듬은 말로) 웃턱뼈. 上顎骨 ((북한))

상악동 「명」 『생리』 (다듬은 말로) 웃턱뼈굴. 上顎洞 ((북한))

샨데리야 「명」 (다듬은 말로) 장식등 ←chandelier&영 ((북한))

서산체 「명」 『언어』 (다듬은 말로) 편지체. 書簡體 ((북한))

서골 「명」 『생물』 (다듬은 말로) 보습뼈. 鋤骨 ((북한))

서관 「명」 (다듬은 말로) 벌레집. ((북한))

서론 「명」 책이나 론문에서 본론에 들어가기에 앞서 앞머리에 그 글의 내용과
　　관련하여 간단히 적은 글. ‖ ~과 본론. § (다듬은 말로) 머리말 【3】 序論
　　((북한))

서맥 「명」 『의학』 (다듬은 말로) 느린맥. 徐脈 ((북한))

서사체02 「명」 『언어』 (다듬은 말로) 글체. 書寫體 ((북한))

서정01 「명」 구체적인 생활계기에서 발현되는 인간의 감정과 정서. 문학예술작
　　품에서는 생활의 다양한 계기들에서 발전하는 등장인물들의 감정과 작가,
　　예술인들 자신의 정서 등을 묘사하는데서 나타난다. ｜ 나는 서정이 담뿍
　　담긴 이 노래를 떼를 몰아 물결을 타고 내리며 가다듬은 그 목청으로 힘껏
　　부르고 또 불렀다. ≪장편소설"은혜로운 품속에서"≫ § 【6】 敍情 ((북한))

서체01 「명」 (다듬은 말로) 글씨체. 書體 ((북한))

서한체소설 「명」 『문학』 (다듬은 말로) 편지체소설. ((북한))

석굴암 「명」 경상북도 경주군 토함산 중턱에 있는 동굴형식의 절. 다듬은 돌을
　　쌓고 그우에 흙을 덮어 만든것인데 751년에 세웠다. 그 규모, 형식, 내용,
　　예술성 등에서 당시 조각예술수준이 가장 높은 자리를 차지한다. 원형석
　　굴암굴실. 40개의 조각상, 14개의 수호신조각, 8각기둥문, 3메터 높이의
　　석가여래상, 11면관음상 등과 그리고 석굴의 모든 구조를 통하여 당시 슬
　　기로운 우리 인민의 높은 건축술과 예술적재능을 잘 보여준다. 石窟庵
　　((북한))

석등 「명」 (다듬은 말로) 돌등02 石燈 ((북한))

석면포성-「명」 (다듬은 말로) 돌솜천. 石綿布 ((북한))

석벽02 「명」 (다듬은 말로) 돌벽. 石壁 ((북한))

석상분 「명」 『고고』 (다듬은 말로) 돌상자무덤. 石箱墳 ((북한))

석수01 「명」 (다듬은 말로) 돌짐승. 石獸 ((북한))

석실봉토무덤 「명」 『고고』 (다듬은 말로) 돌칸흙무덤. ((북한))

석착 「명」 『고고』 (다듬은 말로) 돌끌. 石鑿 ((북한))

석창 「명」 『고고』 (다듬은 말로) 돌창02 石槍 ((북한))

석촉 「명」 『고고』 (다듬은 말로) 돌활촉. 石鏃 ((북한))

석총 「명」 (다듬은 말로) 돌무덤. 石塚 ((북한))

석침 「명」 『고고』 (다듬은 말로) 돌베개. 石枕 ((북한))

석판02 「명」 (다듬은 말로) 돌판. 石版 ((북한))

석판화 「명」 『미술』 (다듬은 말로) 돌판화. 石版畵 ((북한))

석함-캄 「명」 (다듬은 말로) 돌함. 石函 ((북한))

석호02-코 「명」 『지질』 (다듬은 말로) 바다자리호수. 潟湖 ((북한))

석화03-콰 「명」 『고고』 (다듬은 말로) 돌돈. 石貨 ((북한))

석인01 「명」 (다듬은 말로) 돌사람. 石人 ((북한))

선견04 「명」 고치를 품질별로 골라 가르는것. (다듬은 말로) 고치고르기. 選繭
    #6선견하다 #$「동」(자) ((북한))

선개교 「명」 『운수』 (다듬은 말로) 도는다리. 旋開橋 ((북한))

선과거 「명」 『언어』 (다듬은 말로) 앞선 과거. 先過去 ((북한))

선도륜 「명」 『운수』 (다듬은 말로) 길잡이바퀴. 先導輪 ((북한))

선돌 「명」『고고』 원시시대에 무엇을 기념하거나 신앙할 목적으로 길죽하게 다
    듬은 돌이나 길다란 바위돌을 곧추 세워놓은 청동기시대의 유적유물. ((북
    한))

선등02 「명」 (다듬은 말로) 배등불. 船燈 ((북한))

선대03 「명」 『기계』 (다듬은 말로) 배무이대 【3】 船臺 ((북한))

선대차 「명」 (다듬은 말로) 길잡이차. 先臺車 ((북한))

선루 「명」 (다듬은 말로) 배다락. 船樓 ((북한))

선류 「명」 (다듬은 말로) 이끼류. 蘚類 ((북한))

선미01 「명」 (다듬은 말로) 고물. 배꼬리. 船尾 ((북한))

선미루 「명」 (다듬은 말로) 고물다락. 船尾樓 ((북한))

선미묘 「명」 (다듬은 말로) 고물닻. 船尾錨 ((북한))

선미삭 「명」 (다듬은 말로) 고물바줄. 船尾索 ((북한))

선미재 「명」 (다듬은 말로) 고물감. 船尾材 ((북한))

선미창 「명」 (다듬은 말로) 고물짐칸. 船尾倉 ((북한))

선복화 괴 「명」 (다듬은 말로) 여름국화. 旋覆花 ((북한))

선상지 「명」『지리』 산지에서 급한 비탈을 이룬 골짜기어귀에 흙, 모래들이 쌓
　　여 부채모양으로 된 지형. (다듬은 말로) 부채모양땅. 扇狀地 ((북한))

선수05 「명」 (다듬은 말로) 이물. 배머리. 船首 ((북한))

선수루 「명」 (다듬은 말로) 이물다락. 船首樓 ((북한))

선수묘 「명」 (다듬은 말로) 이물닻. 船首錨 ((북한))

선수미면 「명」 (다듬은 말로) 이고물면. 船首尾面 ((북한))

선수미선 「명」 (다듬은 말로) 이(물)고물선. 船首尾線 ((북한))

선수삭 「명」 (다듬은 말로) 이물바줄. 船首索 ((북한))

선수재 「명」『해양』 (다듬은 말로) 이물감. 船首材 ((북한))

선수창01 「명」 (다듬은 말로) 이물짐칸. 船首倉 ((북한))

선수창02 「명」 (다듬은 말로) 이물창문. 船首窓 ((북한))

선저판 「명」 (다듬은 말로) 배밑판. ((북한))

선조04 「명」『의학』 (다듬은 말로) 줄무늬. 線條 ((북한))

선축01 「명」『체육』 (다듬은 말로) 먼저차기 【2】 先蹴 ((북한))

선태류 「명」 (다듬은 말로) 이끼땅밥류. 蘚苔類 ((북한))

선택<2:3> 「명」 ① 여럿가운데서 필요한것을 골라 뽑거나 골라잡는것. ②『축
　　산』 (다듬은 말로) 고르기. 選擇 #6선택하다 #$「동」(타) * 고르다. 골라잡
　　다. #6선택되다 #$「동」(자) 【55】 ((북한))

선택교배 「명」 (다듬은 말로) 고르기교배. ((북한))

선택지수법－뻡 「명」 (다듬은 말로) 고르기지수법. ((북한))

선행곡 「명」『지리』 (다듬은 말로) 앞선골. 先行谷 ((북한))

선화02 「명」 (다듬은 말로) 선그림. 線畵 ((북한))

선염01 「명」 『방직』 색천이나 색실을 생산할 때 원료상태에서 물들이는것. (다
　　　듬은 말로) 미리물들이기 先染 #6선염하다 #$「동」(타)((북한))

선예망 「명」 (다듬은 말로) 배후리. 旋曳網 ((북한))

설골 「명」 (다듬은 말로) 혀뼈. 舌骨 ((북한))

설단음－딴－「명」 『언어』 (다듬은 말로) 혀끝소리. 舌端音 ((북한))

설량계 「명」 (다듬은 말로) 눈량재개. 雪量計 ((북한))

설면음 「명」 『언어』 (다듬은 말로) 혀바닥소리. 舌面音 ((북한))

설상04－쌍 「명」 『생물』 (다듬은 말로) 혀모양. 舌狀 ((북한))

설상골－쌍－「명」 ① (다듬은 말로) 쐐기뼈. ② (다듬은 말로) 나비뼈. 楔狀骨
　　　((북한))

설상골동－쌍－「명」 『생리』 (다듬은 말로) 나비뼈굴. 楔狀骨洞 ((북한))

설상속－쌍－「명」 『의학』 (다듬은 말로) 쐐기묶음. 楔狀束 ((북한))

설상형－쌍－「명」 『생물』 (다듬은 말로) 혀모양. 舌狀形 ((북한))

설상연골－쌍－「명」 『생리』 (다듬은 말로) 쐐기삭뼈. 楔狀軟骨 ((북한))

설선02－썬 「명」 (다듬은 말로) 눈선. 雪線 ((북한))

설접 「명」 『농학』 (다듬은 말로) 혀접. 舌椄 ((북한))

설측음 「명」 『언어』 (다듬은 말로) 혀옆소리. 舌側音 ((북한))

설태 「명」 (다듬은 말로) 혀이끼. 舌苔 ((북한))

설하신경 「명」 (다듬은 말로) 혀밑신경. ((북한))

설하중 「명」 『건설』 (다듬은 말로) 눈하중. 雪荷重 ((북한))

설하제 「명」 (다듬은 말로) 설사약. 泄下劑 ((북한))

설형 「명」 (다듬은 말로) 쐐기모양. 楔形 ((북한))

설형문자－짜－「명」 (다듬은 말로) 쐐기글자. ((북한))

설해 「명」 『농학』 (다듬은 말로) 눈피해. 雪害 ((북한))

설유두 「명」 『생리』 (다듬은 말로) 혀꼭지. 舌乳頭 ((북한))

설원01 「명」 ① 눈이 덮인 벌판. ‖ ~같이 아득히 펼쳐진 수풍호. 막막한 ~. §
　　　② 『지리』 설선이상의 지역에서 만년설이 쌓여있는 벌판. 높은 산지대나
　　　극지방에서 볼수 있다. (다듬은 말로) 눈벌. 雪原 ((북한))

섬도01 「명」 섬유의 굵기를 표시하는 도수. (다듬은 말로) 가늘기. 纖度 ((북한))

섭합-팝 「명」 『기계』 (다듬은 말로) 쓸어맞춤. 拉合 ((북한))

성단01 「명」 (다듬은 말로) 별떼. 星團 ((북한))

성돌02-똘 「명」 『건설』 (다듬은 말로) 쌓은돌. 成- ((북한))

성대02 「명」 (다듬은 말로) 목청 【3】 聲帶 ((북한))

성령림 「명」 『림학』 (다듬은 말로) 나이든숲. 成齡林 ((북한))

성숙림-숭- 「명」 (다듬은 말로) 다 자란 숲. 成熟林 ((북한))

성전환 「명」 (다듬은 말로) 성달라지기. 性轉換 ((북한))

성좌 「명」 『천문』 (다듬은 말로) 별자리. 星座 ((북한))

성층 「명」 층을 이루는것. (다듬은 말로) 층이루기. 成層 ((북한))

성토02 「명」 흙을 쌓는것 또는 쌓는 흙. (다듬은 말로) 흙쌓기 盛土 #6성토하다
     #$「동」(자) | 높은 비탈의 흙을 파서 낮은 비탈에 성토하고 다락밭을 만들
     어갔다. § 【5】 ((북한))

성형련결 「명」 『전기』 (다듬은 말로) 별형련결. ((북한))

성운02 「명」 『천문』 (다듬은 말로) 별구름. 星雲 ((북한))

소건품 「명」 『수산』 수산물을 조리하거나 또는 조리하지 않고 그냥 말린 제품.
     날말린 명태, 날말린 낙지, 날말린 미역 같은것. (다듬은 말로) 날말린것.
     날말린제품. 素乾品 ((북한))

소결법-뻡 「명」 『금속』 광석을 소결하는 방법. (다듬은 말로) 구워엉금법. 燒
     結法 ((북한))

소극02 「명」 『연극』 (다듬은 말로) 어리광극. 笑劇 ((북한))

소근 「명」 『생리』 (다듬은 말로) 보조개살. 笑筋 ((북한))

소급화물-꽈- 「명」 『운수』 하나의 수송문건에 의하여 수송되는 짐의 무게나
     부피가 한개 짐차판이나 배에 차지 않는 짐. (다듬은 말로) 적은짐. 小扱
     貨物 ((북한))

소기08 笑氣 「명」 『화학』 (다듬은 말로) 웃음가스. ((북한))

소광04 「명」 『지질』 (다듬은 말로) 빛꺼짐. 消光 ((북한))

소낭 「명」 (다듬은 말로) 멱주머니. 嗉囊 ((북한))

소뇌겸 「명」 『생리』 (다듬은 말로) 소뇌낫. 小腦鎌 ((북한))

소독저 「명」 (다듬은 말로) 위생저. ((북한))

소등02 「명」 (다듬은 말로) 등불끄기. 전등끄기 ‖ ~시간. § 消燈 ((북한))

소란02 「명」 (다듬은 말로) 알뜯기. 搔卵 ((북한))

소립02 「명」 (다듬은 말로) 누에털기. 掃立 ((북한))

소모03 「명」『생물』 (다듬은 말로) 성긴털. 疏毛 ((북한))

소모04 「명」『방직』 (다듬은 말로) 털빗질. 梳毛 ((북한))

소모05 「명」 (다듬은 말로) 털태우기. 燒毛 ((북한))

소모방적 「명」『방직』 털섬유를 잔빗질하여 실을 뽑는 방식의 하나. 매끈하고
　　　비교적 가는 털실을 만드는 실낳이이다. (다듬은 말로) 털잔빗질방적. 梳
　　　毛紡績 ((북한))

소묘02 「명」 (다듬은 말로) 작은닻. 小錨 ((북한))

소문자−짜 「명」 (다듬은 말로) 작은 글자. 小文字 ((북한))

소벌 「명」『림학』 (다듬은 말로) 성글솎음베기. 疎伐 ((북한))

소배우자 「명」『생물』 (다듬은 말로) 작은 짝씨. 小配偶者 ((북한))

소선절연 「명」『전기』 (다듬은 말로) 날줄절연. 素線絶緣 ((북한))

소설05 「명」 (다듬은 말로) 작은혀. 小舌 ((북한))

소수03 「명」 (다듬은 말로) 씨수. 素數 ((북한))

소수08 「명」『농학』 (다듬은 말로) 쪽이삭. 少穗 ((북한))

소수가공 「명」 (다듬은 말로) 물꺼림가공. 疏水加工 ((북한))

소수성−썽 「명」『화학』 (다듬은 말로) 물꺼림성. 疏水性 ((북한))

소수성광물−썽− 「명」 (다듬은 말로) 물꺼림성광물. ((북한))

소수성섬유 「명」 (다듬은 말로) 물꺼림성섬유. ((북한))

소시증−쯩 「명」『의학』 (다듬은 말로) 작게 보이기(증) 小視症 ((북한))

소식기 「명」『잠학』 누에가 뽕을 비교적 적게 먹는 시기. [다듬은 말로 : 적게
　　　먹는 때. 小食期 ((북한))

소자04 「명」『전기』 (다듬은 말로) 자기지움. 消磁 ((북한))

소조차 「명」 (다듬은 말로) 조금차. 小潮差 ((북한))

소즐기 「명」 (다듬은 말로) 빗질기. 梳櫛機 ((북한))

소토01 「명」 (다듬은 말로) 구운흙. 燒土 ((북한))

소택성식물－싱－「명」 (다듬은 말로) 진펄식물. ((북한))

소택초지 「명」 (다듬은 말로) 진펄풀밭. 沼澤草地 ((북한))

소포제 「명」『화학』 (다듬은 말로) 거품지움감. 거품지움약. 消泡劑 ((북한))

소하물 「명」『운수』 (다듬은 말로) 잔짐. 小荷物 ((북한))

소하성－썽 「명」 (다듬은 말로) 강오름성. 溯河性 ((북한))

소화성어류－썽－「명」 (다듬은 말로) 강오름물고기. ((북한))

소하회유 「명」 (다듬은 말로) 강오름회유. 溯河回遊 ((북한))

소하어 「명」 (다듬은 말로) 강오름물고기. 溯河魚 ((북한))

소화02 「명」 (다듬은 말로) 불끄기. 消火 ((북한))

소악 「명」 (다듬은 말로) 작은턱. 小顎 ((북한))

소안01 「명」 (다듬은 말로) 작은 눈. 小眼 ((북한))

소양감 「명」 (다듬은 말로) 가려움. 搔痒感 ((북한))

소양증－쫑 「명」 (다듬은 말로) 가려증. 搔痒症 ((북한))

소염제 「명」『약학』 염증을 없애는데 쓰는 약. (다듬은 말로) 염증없앰약. ((북한))

소엽01 「명」『생물』 (다듬은 말로) 쪽잎. 小葉 ((북한))

소엽병 「명」 (다듬은 말로) 쪽잎꼭지. 小葉柄 ((북한))

소액성 「명」『화학』 (다듬은 말로) 액꺼림성. 疏液性 ((북한))

속맥송－「명」 (다듬은 말로) 빠른맥. 速脈 ((북한))

속생01 「명」 (식물이) 더부룩하게 나는것. (다듬은 말로) 모여나기 束生 #6속생하다 #$「동」(자) ((북한))

속지01 「명」 (다듬은 말로) 속종이. ((북한))

속영 「명」『체육』 (다듬은 말로) 빠른헤염. 速泳 ((북한))

송과 「명」 (다듬은 말로) 솔방울. 松果 ((북한))

송과체 「명」 (다듬은 말로) 솔방울체. ((북한))

송로 「명」 ① ⓧ 솔잎에 맺힌 이슬. ②(다듬은 말로) 알버섯. 松露 ((북한))

송사관 「명」 (다듬은 말로) 모래나름관. 送砂管 ((북한))

송필 「명」 (다듬은 말로) 붓가기. 送筆 ((북한))

송엽주 「명」 (다듬은 말로) 솔잎술. 松葉酒 ((북한))

수검 「명」 (다듬은 말로) 검사받기. 受檢 ((북한))

수견 「명」 ①『잠학』 (다듬은 말로) 고치따기. ②『방직』 (다듬은 말로) 고치받기. 收繭 ((북한))

수경법-뻽 「명」 (다듬은 말로) 물가꿈법. 水耕法 ((북한))

수경성-썽 「명」 (다듬은 말로) 물굳음성. 水硬性 ((북한))

수경성세멘트-썽- 「명」 공기속에서는 물론 물속에서도 굳어지는 세멘트. 포틀랜드세멘트, 알루미나세멘트 그밖의 여러가지 특수세멘트 등이 속하는데 땅우, 땅속 및 물속 건설물이나 구조물건설에서 없어서는 안될 귀중한 건설재료이다. (다듬은 말로) 물굳음성세멘트. ((북한))

수경재배방법 「명」 (다듬은 말로) 물가꿈법. ((북한))

수공06 「명」『생물』 (다듬은 말로) 물구멍. 水孔 ((북한))

수공후 「명」『음악』 (다듬은 말로) 선공후. 竪箜篌 ((북한))

수근04 「명」 (다듬은 말로) 손힘살. 手筋 ((북한))

수근골 「명」 (다듬은 말로) 손목뼈. 手根骨 ((북한))

수과02 「명」 (다듬은 말로) 여윈열매. 瘦果 ((북한))

수관01 「명」 (다듬은 말로) 물관. 水管 ((북한))

수관02 「명」 (다듬은 말로) 나무갓. 樹冠 ((북한))

수관접촉도 「명」『림학』 (다듬은 말로) 나무갓닿임도. ((북한))

수관화 「명」 (다듬은 말로) 나무갓불. 樹冠火 ((북한))

수광벌 「명」『림학』 가꿈베기의 한가지. 10년미만의 어린 숲에서 주요한 나무들이 빛을 잘 받도록 다른 나무들을 솎아베는것이다. (다듬은 말로) 빛받이 솎음베기. 受光伐 ((북한))

수단07 「명」『해양』 (다듬은 말로) 물뭉치. 水團 ((북한))

수두05 「명」 (다듬은 말로) 물키. 水頭 ((북한))

수로운재 「명」『림학』 물길로 통나무를 나르는것. 떼몰이, 물몰이, 수통운재 같은것이 여기에 속한다. (다듬은 말로) 물길(나무)나르기. ((북한))

수률-율 「명」『화학』 화학적과정에서 일정한 량의 출발물질로부터 리론적으로 얻을수 있는 물질의 량에 대한 실제 얻은 량의 비. 보통 백분률로 표시한다. (다듬은 말로) 거둠률. 收率 ((북한))

수랭식유압변압기 「명」『전기』(다듬은 말로) 물식힘식기름변압기. ((북한))

수면02 「명」(다듬은 말로) 물면【12】水面 ((북한))

수면제 「명」(다듬은 말로) 잠약【2】睡眠劑 ((북한))

수모03 「명」(다듬은 말로) 물모. 水- ((북한))

수목02 「명」(다듬은 말로) 나무. 접가지나무【4】樹木 ((북한))

수매화 「명」『생물』(다듬은 말로) 물나름꽃. 水媒花 ((북한))

수맥 「명」(다듬은 말로) 물줄기. 水脈 ((북한))

수분06 「명」(다듬은 말로) 꽃가루받이. 受粉 ((북한))

수상화 「명」(다듬은 말로) 이삭(모양)꽃. 穗狀花 ((북한))

수상화서 「명」(다듬은 말로) 이삭꽃차례. 穗狀花序 ((북한))

수서05 「명」(다듬은 말로) 물살이. 水棲 ((북한))

수서곤충 「명」(다듬은 말로) 물살이곤충. ((북한))

수서동물 「명」(다듬은 말로) 물살이동물. ((북한))

수서식물-싱-「명」(다듬은 말로) 물살이식물. ((북한))

수서생물 「명」(다듬은 말로) 물살이생물. ((북한))

수서조류 「명」『생물』(다듬은 말로) 물새류. 水棲鳥類 ((북한))

수선08 「명」(다듬은 말로) 손고르기. 手選 ((북한))

수성도료 「명」(다듬은 말로) 물칠감. ((북한))

수소하물 「명」(다듬은 말로) 손잔짐. 手小荷物 ((북한))

수수료 「명」(다듬은 말로) 수속값【手數料 2】((북한))

수심02 「명」(다듬은 말로) 물깊이【9】水深((북한))

수심04 「명」삼각형의 각 정점으로부터 그 맞은변에 그은 세 수직선이 서로 만
    나는 점. (다듬은 말로) 높이중심. 垂心 ((북한))

수심05 「명」(다듬은 말로) 나무속심. 樹心 ((북한))

수생 「명」『생물』(다듬은 말로) 물살이. 水生 ((북한))

수생곤충 「명」『생물』(다듬은 말로) 물살이곤충. ((북한))

수생동물 「명」『생물』(다듬은 말로) 물살이동물. ((북한))

수생동물학 「명」『생물』물속에서 사는 여러가지 동물들의 형태, 발육, 분류, 지
    리적분포, 경제적의의 등을 연구하는 동물학의 한 분과. (다듬은 말로) 물

살이동물학. ((북한))

수생식물-싱-「명」『생물』(다듬은 말로) 물살이식물. ((북한))

수생식물학-싱-「명」(다듬은 말로) 물살이식물학. ((북한))

수생생물「명」『생물』(다듬은 말로) 물살이생물. ((북한))

수생생물학「명」물속에서 사는 여러가지 생물들과 물환경의 유기적 및 무기적
요인들과의 호상관계를 연구하는 생물학의 한 분과. (다듬은 말로) 물살이
생물학. ((북한))

수세04「명」낡은 사회에서: 관개시설을 쓰거나 물을 쓴 값으로 내는 세금. (=)
세렴02. (다듬은 말로)물세. 水稅 ((북한))

수자03「명」ⓧ (다듬은 말로) 수놓이 繡刺 #6수자하다 #$「동」(자. 타) ((북한))

수자조직「명」(다듬은 말로) 뜀짜임. ((북한))

수장판「명」ⓧ 깎고 자르고 하여 다듬은 널판지. 修粧板 ((북한))

수저망「명」(다듬은 말로) 물밑덤장. 水底網 ((북한))

수저선「명」(바다, 강, 호수 등의) 물밑에 부설한 전화줄이나 전신줄. (다듬은
말로) 물밑선. 水底線 ((북한))

수전04「명」(다듬은 말로) 논. 水田 ((북한))

수중조약「명」(다듬은 말로) 물에 뛰여들기. ((북한))

수중취수「명」(다듬은 말로) 물속물잡이. 水中取水 ((북한))

수중형「명」『농학』(다듬은 말로) 이삭무거운형. 穗重型 ((북한))

수지상빙하「명」(다듬은 말로) 나무가지모양빙하. 樹枝狀氷河 ((북한))

수직발달운-딸-「명」『기상』(다듬은 말로) 수직더미구름. ((북한))

수제01「명」(다듬은 말로) 물뚝. 水堤 ((북한))

수제03「명」『약학』(다듬은 말로) 물약. 水劑 ((북한))

수차선「명」『운수』(다듬은 말로) 차수리선. 修車線 ((북한))

수철장「명」리조때: 무쇠로 여러가지 제품을 만드는 수공업자 (다듬은 말로) 무
쇠수공업자. 水鐵匠 ((북한))

수축공「명」『금속』쇠물이 굳어지면서 수축할 때 여기저기에 산발적으로 생긴
주물안의 작은 빈자리. 쇠물과 고체가 공존할 때 옆에서 쇠물의 보충이 없
이 굳어질 때 흔히 나타난다. (다듬은 말로) 준구멍. 收縮孔 ((북한))

수축관 「명」『금속』 쇳물이 굳어지면서 수축할 때 생긴 주물안의 빈자리. 주물
　　이 제일 마지막에 굳어지는곳에 생긴다. 크기는 합금의 종류와 조성, 주입
　　온도, 식힘속도 등에 따라 많이 달라진다. (다듬은 말로) 준관. 收縮管
　　((북한))

수취인 「명」 (다듬은 말로) 받는 사람. 受取人 ((북한))

수태04 「명」『의학』 (다듬은 말로) 물이끼. 水苔 ((북한))

수평시정거리 「명」 (다듬은 말로) 수평보임거리. ((북한))

수페01 「명」『생물』 (다듬은 말로) 물허파. 水肺 ((북한))

수하물 「명」『운수』 (다듬은 말로) 손짐【2】手荷物 ((북한))

수하물차 「명」『운수』 손님들의 손짐을 나르는 차. (다듬은 말로) 손짐차. ((북
　　한))

수회01 「명」『수산』 안강망이 수직으로 벌려져있도록 여러개의 참대를 묶어서
　　단것. (다듬은 말로) 웃가름대. ((북한))

수아 「명」 (다듬은 말로) 나비거두기. 收蛾 ((북한))

수아판 「명」『농학』 (다듬은 말로) 나비거두기판. 收蛾板 ((북한))

수역토지 「명」 (다듬은 말로) 물구역땅. ((북한))

수엽량 「명」『농학』 (다듬은 말로) 잎거둠량. 收葉量 ((북한))

수온 「명」 (다듬은 말로) 물온도. 水溫 ((북한))

수욕02 「명」 ① (다듬은 말로) 물미역. ②『화학』 물을 가열매질로 하는 가열욕.
　　물체를 373켈빈(K)까지 가열하거나 증발시키는데 쓴다. 水浴 ((북한))

수유02 「명」 (다듬은 말로) 젖먹이기. 授乳 ((북한))

수유실 「명」 (다듬은 말로) 젖먹임칸. 授乳室 ((북한))

수인02 「명」 (다듬은 말로) 알끓기. 水引 ((북한))

숙기03 「명」 (다듬은 말로) 여물 때. 熟期 ((북한))

숙석02 「명」 ⓧ 가공하여 다듬은 돌. 熟石 ((북한))

숙잠 「명」『잠학』 고치를 지을수 있게 완전히 다 자란 누에. (다듬은 말로) 다자
　　란누에. 熟蠶 ((북한))

숙지황 「명」 (다듬은 말로) 찐지황. 熟地黃 ((북한))

숙회－쾨 「명」 (다듬은 말로) 데친회. 熟膾 ((북한))

순렬01 「명」 ① 차례로 늘어선 줄. ②『수학』(다듬은 말로) 차례무이. 順列
　　((북한))

순막 「명」 (다듬은 말로) 깜빡막. 瞬膜 ((북한))

순서수사 「명」『언어』(다듬은 말로) 차례수사. ((북한))

순치02 「명」 ① 차차 변하여 어떤 상태에 이르게 하는것. ②『교예』(다듬은 말
　　로) 길들이기. 馴致 #6순치하다 #$「동」(타) ((북한))

순치음 「명」 (다듬은 말로) 입술이소리. 脣齒音 ((북한))

순형 「명」 (다듬은 말로) 입술모양. 脣形 ((북한))

순형화 「명」 (다듬은 말로) 입술모양꽃. 脣形花 ((북한))

순형화관 「명」 (다듬은 말로) 입술모양꽃갓. 脣刑花冠 ((북한))

순행동화 「명」『언어』(다듬은 말로) 내리닮기. 順行同化 ((북한))

순음02 「명」『언어』① (다듬은 말로) 입술소리 ② "순중음"을 순경음에 상대하
　　지 않고 단독으로 이르는 말. ㅂ, ㅍ, ㅁ, ㅃ 같은것이다. (=) 순성02 脣音.
　　脣音 ((북한))

슈크림 「명」 (다듬은 말로) 크림빵① ←chouala creme&프 ((북한))

스카트 「명」 (다듬은 말로) 양복치마 ←skirt&영 ((북한))

스크린 「명」 ① = 영사막 ② (다듬은 말로) 채눈 ③ 인쇄에서 그물. screen&영
　　((북한))

스크린선수 「명」『출판』(다듬은 말로) 채눈줄수. ((북한))

스케일 「명」 ① (다듬은 말로) 규모. ② = 음계. ③ = 도량 scale&영 ((북한))

스타트 「명」 ① (다듬은 말로) 출발. 떠나기. ② ⇒ 출발점① start&영 ((북한))

스타트라인 「명」 (다듬은 말로) 출발선. starting line&영 ((북한))

스토리 「명」 (다듬은 말로) 이야기줄거리. ‖ 영화~. 소설~.§ story&영 ((북한))

스톱 「명」 ① "중지","정지"라는 뜻. ② (다듬은 말로) 그만! stop&영 ((북한))

스티크01 「명」『출판』(다듬은 말로) 활자받이. stick&영 ((북한))

스푼 「명」 (다듬은 말로) 오목숟갈. spoon&영 ((북한))

슬개건 「명」『생리』(다듬은 말로) 무릎힘줄. 膝蓋腱 ((북한))

슬개건반사 「명」『생리』(다듬은 말로) 무릎힘줄반사. ((북한))

슬개골 「명」『생리』(다듬은 말로) 무릎뼈. 膝蓋骨 ((북한))

슬관절 「명」 (다듬은 말로) 무릎마디. 膝關節 ((북한))

습생 「명」 (다듬은 말로) 젖은살이. 濕生 ((북한))

습생동물－싱－「명」 (다듬은 말로) 젖은살이동물. ((북한))

습생식물 「명」 (다듬은 말로) 젖은살이식물. ((북한))

습포 「명」 ① (다듬은 말로) 찜질. ② 찜질에 쓰이는 헝겊. 濕布 #6습포하다 #
　　$「동」(자.타) 습포① ((북한))

습해－패 「명」 (다듬은 말로) 누기피해. 수렁피해. 濕害 ((북한))

습윤도 「명」 (다듬은 말로) 누기률. 濕潤度 ((북한))

습윤선 「명」『수리』 물기가 배여들어 가는 성실. (다듬은 말로) 적심선. ((북한))

습윤성－썽 「명」 (다듬은 말로) 적심성. ((북한))

습윤제 「명」『화학』 (다듬은 말로) 적심감. ((북한))

승02 「명」『수학』 ① (어떤 지수뒤에 쓰이여) "밑수를 지수가 나타내는 번수만
　　큼 곱함"을 이르는 말. ㅣ 21^6은 "21의 6승"이라고 읽는다. ② (다듬은 말로)
　　곱하기. ③『승법』의 준말. 乘 #6승하다 #$「동」(타) ((북한))

승개교 「명」 움직이는 다리의 한가지. 다리바닥 전체를 아래우로 움직여 배같은
　　것을 지나가게 한다. (=) 승강교. (다듬은 말로) 올림다리. 昇開橋 ((북한))

승망 「명」 (다듬은 말로) 고개그물. 昇網 ((북한))

승모근 「명」『의학』 (다듬은 말로) 고깔살. 僧帽筋 ((북한))

승무03 「명」『무용』 (다듬은 말로) 중춤. 僧舞 ((북한))

승법－뻡 「명」 (다듬은 말로) 곱하기. 乘法 ((북한))

승법기호－뻡 「명」 (다듬은 말로) 곱하기기호. ((북한))

승산02 「명」 (다듬은 말로) 곱셈. 乘算 ((북한))

승산회로 「명」 (다듬은 말로) 곱하기회로. ((북한))

승석문토기－성－「명」『고고』 (다듬은 말로) 멍석무늬그릇. 노끈무늬그릇. 繩
　　席紋土器 ((북한))

승선01 「명」 (다듬은 말로) 배타기. 乘船 ((북한))

승선권－꿘 「명」 (다듬은 말로) 배표. ((북한))

승수01－쑤 「명」 (다듬은 말로) 곱(하는)수. 乘數 ((북한))

승차01 「명」 (다듬은 말로) 차타기 【3】 乘車 ((북한))

승차권-꿘 「명」『운수』 (다듬은 말로) 차표. ((북한))

승차비 「명」『운수』 (다듬은 말로) 차비. ((북한))

승압변압기 「명」 (다듬은 말로) 높임변압기. ((북한))

시각04 「명」 ①『물리』 (다듬은 말로) 보는각. ② (사물을)보는 각도. ‖ 현실을
새로운 ~에서 관찰하다.§ 視角 ((북한))

시과 「명」 (다듬은 말로) 날개열매. 翅果 ((북한))

시롭 「명」 ① (다듬은 말로) 진단물. ② 시롭제로 만든 약. ←syrup&영 ((북한))

시맥 「명」 (다듬은 말로) 날개줄기. 翅脈 ((북한))

시비02 「명」 (다듬은 말로) 거름주기 【6】 施肥 ((북한))

시상봉합 「명」『생리』 (다듬은 말로) 화살(모양)물림. 矢狀逢合 ((북한))

시세포 「명」『생리』 "시각기관의 세포"를 줄여 이르는 말. (다듬은 말로) 보는
세포. 視細胞 ((북한))

시정10 「명」『축산』 (다듬은 말로) 암내찾기. 視情 ((북한))

시조01 「명」 ① 한 겨레의 맨 처음의 조상. ② 어떤 사상이나 주의주장. 학문이
나 기술 등을 처음으로 개척한 사람 또는 처음으로 개척된 그것. ③『축산』
(다듬은 말로) 시작대 【4】 始祖 ((북한))

시준선 「명」 ① (다듬은 말로) 겨눔선. ② 임의의 순간에 사격자 또는 폭격자의
눈과 목표를 련결하는 선. ▷임의의 순간에 비행사의 눈과 방위목표를 련
결하는 선. (=) 시준축 視準線 ((북한))

시준점-쩜 「명」 (다듬은 말로) 겨눔점. 視準點 ((북한))

시차01 「명」 (다듬은 말로) 보임차. 視差 ((북한))

시창구 「명」『금속』 (다듬은 말로) 불구멍. 視窓口 ((북한))

시초03 「명」 (다듬은 말로) 날개집. 翅초 ((북한))

시축02 「명」『체육』 (다듬은 말로) 첫차기. 始蹴 ((북한))

시체04 「명」 (다듬은 말로) 감꼭지. 柿蔕 ((북한))

시화02 「명」 (다듬은 말로) 시이야기. 詩化 ((북한))

식02 「명」『천문』 (다듬은 말로) 가림. 【7】 蝕 ((북한))

식균 「명」 (다듬은 말로) 균먹이. 食菌 ((북한))

식도02 「명」 (다듬은 말로) 식칼. 부엌칼. 食刀 ((북한))

식모가공싱—「명」(다듬은 말로) 털심기가공. 植毛加工 ((북한))

식물피복싱—「명」(다듬은 말로) 식물덮임. 植物被覆 ((북한))

식물피복도싱—「명」(다듬은 말로) 식물덮임도. ((북한))

식물회전기싱—「명」(다듬은 말로) 식물돌리개. ((북한))

식수02「명」(다듬은 말로) 나무심기【19】植樹 ((북한))

식수림「명」(다듬은 말로) 심은 숲. 植樹林 ((북한))

식수유「명」(다듬은 말로) 머귀나무열매. 食茱萸 ((북한))

식세포「명」『생물』(다듬은 말로) 먹는세포. 食細胞 ((북한))

식자03「명」『출판』(다듬은 말로) 판짜기. 植字 ((북한))

식전복용「명」(다듬은 말로) 끼니전먹기. ((북한))

식충류「명」『생물』주로 곤충류를 잡아먹고 사는 포유동물의 한 목. 대개 몸이
    작고 네발이 짧으며 주둥이가 뾰족하다. 고슴도치, 두더지 같은것이 이에
    속한다. (다듬은 말로) 벌레먹이류. 食蟲類 ((북한))

식충식물—싱—「명」『생물』벌레나 작은 동물을 잡아서 자기 영양의 일부로 하
    는 식물. 뿌리로부터 영양물을 흡수하기 곤난한곳들에서 부족되는 질소나
    린 등을 보충하기 위하여 이차적으로 형성된것이다. 끈끈이주걱, 통발 등
    이 이에 속한다.(다듬은 말로) 벌레먹는 식물. 食蟲植物 ((북한))

식토「명」(다듬은 말로) 질흙. 埴土 ((북한))

식포「명」(다듬은 말로) 먹이쌈. 食包 ((북한))

식용색소「명」(다듬은 말로) 먹는 물감. ((북한))

식용향료「명」(다듬은 말로) 먹는 향료. ((북한))

식용유「명」(다듬은 말로) 먹는 기름【5】((북한))

신경절「명」(다듬은 말로) 신경매듭. 神經節 ((북한))

신근04「명」(다듬은 말로) 펴기살. 伸筋 ((북한))

신관04「명」『생물』(다듬은 말로) 콩팥관. 腎管 ((북한))

신답「명」(다듬은 말로) 새 논. 新畓 ((북한))

신동02「명」『생리』(다듬은 말로) 콩팥굴. 腎洞 ((북한))

신문03「명」① (다듬은 말로) 숫구멍. ② ⇒ 정수리① 囟門 ((북한))

신미료「명」(다듬은 말로) 매운맛감. 辛味料 ((북한))

신산아 「명」 (다듬은 말로) 갓난아이. 新産兒 ((북한))

신상선 「명」『생리』(다듬은 말로) 콩팥웃선. 腎上腺 ((북한))

신성4 「명」 ① (다듬은 말로) 샛별01. ② "사물이 여기저기 흩어져 드문드문 있
　　　는 모양"을 비겨 이르는 말. 晨星 ((북한))

신장형 「명」 (다듬은 말로) 콩팥모양. 腎臟形 ((북한))

신전장 「명」『고고』(다듬은 말로) 펴묻기. 伸展葬 ((북한))

신재림 「명」 (다듬은 말로) 땔나무숲. 薪材林 ((북한))

신초02 「명」『농학』(다듬은 말로) 햇가지. 新梢 ((북한))

신체01 「명」 ① (다듬은 말로)몸. ② "시체"를 에둘러 이르는 말. ‖ 스승의 ~를
　　　모신 방. §【7】 身體 #7신체는 만사지본 #%몸이 건강한것이 모든 일을 해
　　　나가는데서 기본이라는 뜻으로 이르는 말. ((북한))

신호장 「명」『운수』단선철도에서 렬차가 어기고 피하는것을 보장하기 위하여
　　　본선밖에 두세개의 결선을 가진 정거장. 단선철도의 통과능력을 높이기
　　　위하여 설치한다. (다듬은 말로) 어김정거장. 信號場 ((북한))

신어01 「명」『언어』(다듬은 말로) 새말. 新語 ((북한))

실간주 「명」『광업』(다듬은 말로) 굴간사이기둥. 室間柱 ((북한))

실격반칙-격- 「명」 (다듬은 말로) 자격잃기반칙. ((북한))

실고02 「명」『건설』(다듬은 말로) 방높이. 室高 ((북한))

실근 「명」 (다듬은 말로) 실수뿌리. 實根 ((북한))

실내화-래- 「명」 (다듬은 말로) 방안신 【4】 室內靴 ((북한))

실면01 「명」 (다듬은 말로) 송이목화. 實綿 ((북한))

실생림-쌩- 「명」 (다듬은 말로) 씨앗숲. 實生林 ((북한))

실생묘-쌩- 「명」 (다듬은 말로) 씨앗모. 實生苗 ((북한))

실효치 「명」 (다듬은 말로) 실효값. 實效値 ((북한))

실행증-쯩 「명」『의학』(다듬은 말로) 행동잃음증. 失行症 ((북한))

실어증-쯩 「명」『의학』(다듬은 말로) 말잃기증. 失語症 ((북한))

실온 「명」 (다듬은 말로) 방온도. 室溫((북한))

심경02 「명」 (다듬은 말로) 깊은갈이. 深耕((북한))

심경세작 「명」 논밭을 깊이 갈고 작물을 세밀하게 가꾸는것. (다듬은 말로) 깊게

갈고 잘 가꾸기. 深耕細作 ((북한))

심근 「명」『생리』 (다듬은 말로) 심장살. 心筋 ((북한))

심근층 「명」『생리』 (다듬은 말로) 심장살층. ((북한))

심낭 「명」『의학』 (다듬은 말로) 심장주머니. 心囊 ((북한))

심상성좌창－썽－「명」『의학』 (다듬은 말로) 보통여드름. 尋常性挫創 ((북한))

심식충 「명」 (다듬은 말로) 속벌레. 心食虫 ((북한))

심재 「명」 (다듬은 말로) 나무속살. 心材 ((북한))

심피 「명」 (다듬은 말로) 암꽃술입. 心皮 ((북한))

심형02 「명」『생물』 (다듬은 말로) 신장모양. 엽통모양. 心形 ((북한))

심호흡 「명」① 될수 있는대로 허파속에 공기가 많이 드나들게 하는 호흡. ②
　　『의학』 (다듬은 말로) 깊은 숨쉬기. 깊은 숨 深呼吸 #6심호흡하다 #$「동」
　　(자) 【3】 ((북한))

심해대 「명」『지리』 (다듬은 말로) 깊은바다지대. 深海帶 ((북한))

심해파 「명」『지리』 (다듬은 말로) 깊은바다물결. 深海波 ((북한))

심빼기 「명」 (다듬은 말로) 속빼기. 心－ ((북한))

심약증 「명」『의학』 자그마한 자극으로도 마음이 몹시 상하기를 잘하는 병적증
　　상. 뇌동맥경화증 등에서 생긴다. (다듬은 말로) 마음 약한증. 心弱症 ((북
　　한))

심음 「명」 (다듬은 말로) 심장소리. 心音 ((북한))

심이 「명」『생리』 (다듬은 말로) 심장귀. 心耳 ((북한))

새궁 「명」『생물』 (다듬은 말로) 아가미활. 鰓弓 ((북한))

색각 「명」 (다듬은 말로) 색느낌. 色覺 ((북한))

색감02 「명」 (다듬은 말로) 색느낌. 色感 ((북한))

색소반 「명」『의학』 (다듬은 말로) 눈기미. 色素班 ((북한))

색이 「명」 (다듬은 말로) 먹이찾기. 索餌 ((북한))

색이회유 「명」 (다듬은 말로) 먹이회유. 索餌回遊 ((북한))

색인 「명」 (다듬은 말로) 찾아보기 【4】 索引 ((북한))

생견02 「명」 (다듬은 말로) 생고치. 生繭 ((북한))

생골세포 「명」『생물』 (다듬은 말로) 뼈될세포. 生骨細胞 ((북한))

생년월일「명」 난 해와 달과 날. ‖ ~을 적다. § (다듬은 말로) 난날【3】生年月
　　日 ((북한))

생사02「명」『방직』(다듬은 말로) 생명주실. 生絲 ((북한))

생식기탁「명」『생물』(다듬은 말로) 생식기받치개. 生殖器托 ((북한))

생지피물「명」(다듬은 말로) 푸른덮이. 生地被物 ((북한))

생칠「명」(다듬은 말로) 날옻. 生漆 ((북한))

생피03「명」(다듬은 말로) 날가죽. 生皮 ((북한))

생형「명」『금속』(다듬은 말로) 날겁. 生型 ((북한))

생활환「명」(다듬은 말로) 생활고리. 生活環 ((북한))

세근「명」(다듬은 말로) 잔뿌리. 細根 ((북한))

세관02「명」증기기관의 물때를 벗겨내는 일. (다듬은 말로) 보이라씻기. 洗罐
　　#6세관하다 #$「동」(자.타) ‖ 세관한 보이라. § ((북한))

세관03「명」(다듬은 말로) 가는 관. 細管 ((북한))

세광「명」『광업』광석을 물로 씻어서 흙성분을 없애는 일. (다듬은 말로) 광석
　　씻기. 洗鑛 #6세광하다 #$「동」(자.타) ((북한))

세광기「명」『광업』광석을 붙은 진흙이나 감탕을 씻어내는 기계. (다듬은 말로)
　　광석씻는 기계. ((북한))

세뇨관「명」『생리』(다듬은 말로) 콩팥잔관. 오줌잔관. 細尿管 ((북한))

세모02「명」(다듬은 말로) 털씻기. 洗毛 ((북한))

세모03「명」(다듬은 말로) 가는 털. 細毛 ((북한))

세모기「명」(섬유공업에서) 털을 씻는 기계. (다듬은 말로) 털씻음기계. 洗毛機
　　((북한))

세모래「명」(다듬은 말로) 가는 모래. ((북한))

세사04「명」(다듬은 말로) 가는모래. 細沙 ((북한))

세차03「명」① (다듬은 말로) 축돌이. ②『천문』달과 해 그리고 행성들의 끄는
　　힘으로 하여 지구자전축의 방향이 변하고 따라서 하늘우에서 적도와 해길
　　의 위치가 변화하는 현상. 歲差 ((북한))

세차장「명」(다듬은 말로) 차씻는곳. 洗車場 ((북한))

세척「명」깨끗이 씻는것. (다듬은 말로) 씻기. 洗滌 #6세척하다 #$「동」(타) *씻

다. 닦다. 빨다. #6세척되다 #$「동」(자) ((북한))

세척제「명」① 『화학』 더럽게 되거나 때가 앉은것을 씻어내는데 쓰는 재료. ②
    『의학』 점막이나 헌곳을 씻어내는데 쓰는 약재. (다듬은 말로) 씻음약.
    ((북한))

세출02「명」『수리』 (다듬은 말로) 씻어내기. 洗出 ((북한))

세출03「명」『광업』 (다듬은 말로) 새나기. ((북한))

세탄「명」 (다듬은 말로) 탄씻기. 洗炭 ((북한))

세안수「명」『야학』 (다듬은 말로) 눈씻는약. 洗眼水 ((북한))

쇄골「명」 (다듬은 말로) 꺾쇠뼈. 鎖骨 ((북한))

쇄광기「명」 (다듬은 말로) 광석깨는 기계. 碎鑛機 ((북한))

쇄목「명」 (다듬은 말로) 나무갈기. 碎木 ((북한))

쇄목팔프「명」 (다듬은 말로) 간(나무)팔프. ((북한))

쇄석「명」 (다듬은 말로) 깬돌. 깬자갈. 碎石 ((북한))

쇄석기「명」 (다듬은 말로) 돌바숨기. 碎石機 ((북한))

쇄파02「명」『해양』 (다듬은 말로) 부서짐물결. 碎波 ((북한))

쇄홍「명」 (다듬은 말로) 홍문막힘. 鎖肛 ((북한))

자11「명」 (다듬은 말로) 가시. 刺 ((북한))

자가수정「명」『생물』 (다듬은 말로) 제수정. ((북한))

자갈색─쌕「명」 (다듬은 말로) 푸른밤색. 보라밤색. 紫褐色. 赭褐色 ((북한))

자견02「명」 (다듬은 말로) 고치삶기. 煮繭 ((북한))

자궁01「명」① 녀성생식기의 한 부분으로서 수정된 란자가 자리잡으며 태아가
    다 자라면 낳게 하는 힘살기관. 골반안에서 방광과 직장사이에 있는데 모
    양이 앞뒤로 좀 납작한 조롱박 같다. ② (다듬은 말로) 새끼집. 子宮 ((북
    한))

자동적재기「명」 (다듬은 말로) 지게차. ((북한))

자동하차「명」 (차에 실은 짐을) 자동적으로 부리는것. <다듬은 말로: 자동짐부
    림>((북한))

자두02「명」① 록음기나 록화기에서 록음과 록화를 하거나 록음 또는 록화된것
    을 되살리기도 하고 지우기도 하는 자성을 가진 장치. ②『전자』 전자계산

기에서 기억장치로 쓰이는 자기원통이나 테프 같은것의 자성면에 정보를 기입하거나 읽거나 없애는 자성을 가진 장치. (=) 록음자두. (다듬은 말로) 자성머리 磁頭 ((북한))

자리위반「명」(다듬은 말로) 자리어김. ((북한))

자모04「명」(다듬은 말로) 쏘는털. 가시털. 刺毛 ((북한))

자사01「명」(다듬은 말로) 쏠실. 가시실. 刺絲 ((북한))

자성선숙「명」『생물』(다듬은 말로) 암성먼저여물기. 雌性先熟 ((북한))

자속계「명」(다듬은 말로) 자기묶음재개. 磁束計 ((북한))

자수04「명」『미술』여러가지 색실을 가지고 바탕천우에 형상을 창조하는 수예의 기본형식. 감상을 기본으로 하는 액틀자수나 병풍자수와 함께 책상보, 옷장보, 베개모, 방석 등 생활기물을 장식하는 실용적인 자수가 있다. (다듬은 말로) 수놓이. 수 刺繡 ((북한))

자승02「명」(다듬은 말로) 두제곱. 自乘 ((북한))

자색03「명」(다듬은 말로) 보라색. 자주색. 紫色 ((북한))

자세포「명」(다듬은 말로) 쏠세포. 刺細胞 ((북한))

자판수「명」(다듬은 말로) 고인물. ((북한))

자화수분「명」『생물』(다듬은 말로) 제(꽃)가루받이. 自花受粉 ((북한))

자화수정「명」『생물』(다듬은 말로) 제꽃수정. 自花受精 ((북한))

자엽「명」(다듬은 말로) 싹잎. 子葉 ((북한))

자엽초「명」(다듬은 말로) 싹잎집. ((북한))

자웅동주「명」(다듬은 말로) 암수한그루. 雌雄同株 ((북한))

자웅동체「명」『생물』(다듬은 말로) 암수한몸. 雌雄同體 ((북한))

자웅이주「명」(다듬은 말로) 암수딴그루. 雌雄異株 ((북한))

자웅이체「명」(다듬은 말로) 암수딴몸. 雌雄異體 ((북한))

자유투「명」(다듬은 말로) 자유던지기. 自由投 ((북한))

자융「명」(다듬은 말로) 천끓이기. 煮絨 ((북한))

자예「명」(다듬은 말로) 암꽃술. 雌蘂 ((북한))

작문01 장-「명」① 글을 짓는것 또는 그 글. ‖ ~을 짓다. ~을 읽다. § ②『교육』말로) (다듬은 말로) 글짓기. 【5】作文 ((북한))

작시미 「명」 세운 지게를 뻗치는데 쓰이는 알구지가 달린 작대기. ‖ 지게에 ~
을 받치다. 알구지가 든든하고 미끈하게 다듬은 소나무~. ㅣ 서리가 허옇게
내불린 돌바위우에 지게를 벗어놓고 작시미로 뻗치고는 그우에 손을 얹고
벼가마니를 만져보았다. ≪장편소설"대지의 아침"1≫ ((북한))

자조03 「명」 (다듬은 말로) 이랑짓기. 골치기. 作條 ((북한))

작조기 「명」 (다듬은 말로) 이랑기계. 이랑짓개. 作條機. 作條器 ((북한))

작화증꽈쯩 「명」 (다듬은 말로) 말짓기증. 作話症 ((북한))

잔구 「명」 (다듬으 말로) 남은언덕. 殘丘 ((북한))

잔적층 「명」 (다듬은 말로) 제바닥층. 殘積層 ((북한))

잔주03 「명」 (다듬은 말로) 남긴기둥. 殘柱 ((북한))

잔향01 「명」 (다듬은 말로) 뒤울림【2】殘響 ((북한))

잠구 「명」 (다듬은 말로) 누에치기도구. 蠶具 ((북한))

잠령01 「명」 (다듬은 말로) 누에나이. 蠶齡 ((북한))

잠망 「명」『잠학』 (다듬은 말로) 누에그물. 蠶網 ((북한))

잠복아 「명」『생물』 (다듬은 말로) 묻힌눈. 潛伏芽 ((북한))

잠실 「명」 ① (다듬은 말로) 누에칸 ② 봉건사회에서:중형에 처하게 되여있는 범
죄자를 가두는 옥. 바람이 전혀 통하지 않는 밀실로 되여있다 蠶室 ((북
한))

잡어 「명」 제철이 따로 없이 이것저것 여러가지가 뒤섞여 잡히는 자질구레한 물
고기 또는 이것저것 마구 섞인 잡스러운 고기. (다듬은 말로:잡고기)【5】
雜魚 ((북한))

장각과 「명」 (다듬은 말로) 긴뿔열매. 長角果 ((북한))

장군무덤 「명」 압록강류역 통구에 있는 고구려의 대표적인 돌각담무덤. 잘 다듬
은 화강암으로 규모있게 계단처럼 일곱단 올려쌓았는데 무덤무지 한변의
길이는 34메터, 무덤의 높이는 13메터나 된다. 무덤간은 4단과 5단사이에
있는데 문길과 주검간으로 이루어졌다. 주검간안의 벽면과 천장에는 회를
발랐으며 무덤간의 좌우측에 관대를 놓고 물을 뺄수 있도록 바닥에 도랑
을 냈다. 무덤두리에는 흙담을 둘러 무덤구역시설을 한 흔적이 있는데 흙
담안 동남쪽에는 제사때 쓰던 정자 같은 집자리가 있고 흙담밖의 동북쪽

과 북쪽에는 8기의 달림무덤이 있다. 크고 웅장한 장군무덤은 고구려의 왕
릉으로 인정되며 무덤은 고구려의 발전한 건축기술, 석조기술을 발 보여
준다. ((북한))

장과02『생물』「명」(다듬은 말로) 물열매. 漿果 ((북한))

장과지「명」『농학』(다듬은 말로) 긴열매가지. 長果枝 ((북한))

장대석「명」길게 다듬은 돌. 섬돌, 지대돌, 축대 같은것을 쌓는데 쓴다. (=) 장
대08 長臺石 ((북한))

장력01「명」① 당기는 힘 또는 당기여지는 힘. │ 하건만 곽바위는 원가 장력이
세기때문에 바줄에 딸려서 떠내려가지는 않았다.《장편소설 "땅"》§ ②
『물리』(다듬은 말로) 당길힘. ③ "(가열된 증기나 공기 등의)압력"을 달리
이르는 말. 張力 ((북한))

장막04「명」『의학』(다듬은 말로) 밸막. 腸膜 ((북한))

장모음「명」『언어』(다듬은 말로) 긴모음. 長母音 ((북한))

장벽06「명」『의학』(다듬은 말로) 밸벽. 腸壁 ((북한))

장상복엽「명」『생물』(다듬은 말로) 손바닥겹잎. 掌狀複葉 ((북한))

장정기「명」『생물』(다듬은 말로) 수짝씨집. 藏精器 ((북한))

장유01「명」① 간장과 기름. ② (다듬은 말로) 간장. 醬油 ((북한))

장음01「명」(다듬은 말로)긴소리. 長音 ((북한))

장음부「명」(다듬은 말로)긴소리표. 長音符 ((북한))

장일성남새ー썽ー「명」『농학』(다듬은 말로) 긴낮남새. ((북한))

장일성식물ー썽싱ー「명」『생물』(다듬은 말로) 긴낮식물. ((북한))

장일성작물ー썽장ー「명」『농학』(다듬은 말로) 긴낮작물. ((북한))

장의자「명」(다듬은 말로) 긴걸상. 長椅子 ((북한))

장의음「명」(다듬은 말로) 긴곁소리. 長倚音 ((북한))

쟈케트「명」털실로 짜거나 뜨개천으로 지어 겉에 덧입는 웃옷의 한가지. 앞부
분은 완전히 터있으며 쎄타보다 품이 넓고 길이가 깊다. (다듬은 말로) 뜨
개덧저고리. jacket&영【4】((북한))

저류04「명」(다듬은 말로) 감자(류). 藷類 ((북한))

저류지「명」(다듬은 말로) 물모이못. 貯溜池 ((북한))

저모음 「명」 (다듬은 말로) 낮은모음. 低母音 ((북한))

저서동물 「명」 (다듬은 말로) 바닥살이동물. 底棲動物 ((북한))

저서상태 「명」 (다듬은 말로) 바닥상태. ((북한))

저서식물―싱― 「명」 (다듬은 말로) 바닥살이식물. 底棲植物 ((북한))

저수답 「명」 『농학』 (다듬은 말로) 물잡이논. 貯水畓 ((북한))

저작근 「명」 『의학』 (다듬은 말로) 씹기살. 깨물기살. 咀嚼筋 ((북한))

저작위 「명」 (다듬은 말로) 씹는위. 咀嚼胃 ((북한))

저장근 「명」 『생물』 (다듬은 말로) 저장뿌리. 貯藏根 ((북한))

적란운정― 「명」 (다듬은 말로) 소낙구름. 積亂雲 ((북한))

적린정― 「명」 (다듬은 말로) 붉은린. 赤燐 ((북한))

적석총 「명」 『고고』 (다듬은 말로) 돌각담무덤. 積石塚 ((북한))

적설고 「명」 『기상』 (다듬은 말로) 눈높이. 積雪高 ((북한))

적설척 「명」 (다듬은 말로) 눈자. 積雪尺 ((북한))

적작약 「명」 (다듬은 말로) 메함박꽃뿌리. 赤芍藥 ((북한))

적정어획량―횡― 「명」 (다듬은 말로) 맞춤한 어획량. 適正漁獲量 ((북한))

적재정량 「명」 (다듬은 말로) 짐실이정량. ((북한))

적채면 「명」 『농학』 (다듬은 말로) 제철목화. 適採棉 ((북한))

적하수오―카― 「명」 (다듬은 말로) 붉은조롱(뿌리) 赤何首烏 ((북한))

적혈구―켤― 「명」 『생리』 피안에 있는 혈구의 하나. 사람과 짐승의 적혈구는 핵이 없고 가운데가 오목하며 동글납작하다. 새나 그 이하의 하등동물의 적혈구는 핵이 없다. 몸의 신진대사를 맡아하는데 그속에 들어있는 혈색소의 색이 붉다. (다듬은 말로) 붉은피알 【3】 ((북한))

적혈병―켤병 「명」 『의학』 적혈구의 피량이 몹시 많아지는 혈액종양성질병. 심한 머리아픔, 심장부아픔, 고알압, 위궤양, 살갗파래지기 등의 증상이 나타난다. 방사선이나 항암약으로 치료한다. (다듬은 말로) 붉은피알병. ((북한))

적아03 「명」 『농학』 (다듬은 말로) 눈따기. 摘芽 ((북한))

적운 「명」 (다듬은 말로) 더미 구름. 積雲 ((북한))

전각02 「명」 『출판』 (다듬은 말로) 옹근자. 全角 ((북한))

전거근 「명」『의학』(다듬은 말로) 앞톱날살. 前鉅筋 ((북한))

전견량 「명」(다듬은 말로) 통고치무게. 全繭量 ((북한))

전교02 「명」(다듬은 말로) 전기다리. 電橋 ((북한))

전기영동 「명」(다듬은 말로) 전기헤염. 電氣泳動 ((북한))

전곽분 「명」(다듬은 말로) 벽돌무덤. 전@槨墳 ((북한))

전광어로 「명」『수산』(다듬은 말로) 불빛고기잡이. ((북한))

전두골 「명」『생리』(다듬은 말로) 앞머리뼈. 前頭骨 ((북한))

전두근 「명」『생리』(다듬은 말로) 이마살. 앞머리살. ((북한))

전두동 「명」『생리』(다듬은 말로) 앞머리뼈굴. 前頭洞 ((북한))

전모03 「명」『축산』(다듬은 말로) 털깎기. 剪毛 ((북한))

전모음 「명」(다듬은 말로) 앞모음. 前母音 ((북한))

전모음화 「명」(다듬은 말로) 앞모음화. 前母音化 ((북한))

전박 「명」(다듬은 말로) 팔뚝【2】前膊 ((북한))

전박골 「명」(다듬은 말로) 팔뚝뼈. 前膊骨 ((북한))

전박근 「명」(다듬은 말로) 팔뚝힘살. 前膊筋 ((북한))

전박위 「명」(다듬은 말로) 팔뚝둘레. 前膊圍 ((북한))

전병02 「명」① 찹쌀가루나 찰수수가루 또는 밀가루를 묽게 반죽하여 동글납작
하게 기름에 지진 떡. ‖ ~처럼 납작한 모자. § (=)점병. ② (다듬은 말로)
바삭과자. ③ (말체) "일이나 물건이 제대로 되지 못하거나 제대로 쓸수 없
게 된 상태"를 비겨 이르는 말. ∣ 기껏 골라서 날을 잡았다는게 구질구질
비가 오지 그런데다 기다리는 사람은 오지 않지… 그야말로 전병이었다.
§ (=)점병 煎餠 ((북한))

전분박 「명」(다듬은 말로) 농마찌끼. 澱粉粕 ((북한))

전설음01 「명」『언어』(다듬은 말로) 혀앞소리. 前舌音 ((북한))

전설음02 「명」『언어』(다듬은 말로) 떨림소리. 顫舌音 ((북한))

전식01 「명」『전기』(다듬은 말로) 전기삭음. 電蝕 ((북한))

전색제 「명」『화학공업』인쇄잉크속에 들어있는 색감알갱이들을 인쇄되는 재료
에 옮겨주고 고착시키는 역할을 하는 인쇄잉크의 중요성분. 아마기름과 같
은 식물성기름을 열중합하여 만든 천연전색제와 합성수지를 변화시키거나

용매에 녹인 합성전색제가 있다. (다듬은 말로) 색퍼짐약. 展色劑 ((북한))

전자류 「명」『물리』(다듬은 말로) 전자흐름. 電子流 ((북한))

전자속 「명」『물리』(다듬은 말로) 전자묶음. 電子束 ((북한))

전작02 「명」『농학』(다듬은 말로) 앞그루. 前作 ((북한))

전장04 「명」『운수』(다듬은 말로) 옹근길이. 全長 ((북한))

전정03 「명」『농학』(다듬은 말로) 가지자르기. 【2】翦定 ((북한))

전정가위 「명」『농학』(다듬은 말로) 가지가위. ((북한))

전지02 「명」 다시 자르지 않고 공장에서 내보낸 원래 규격대로인 옹근장채로 있
는 종이. (다듬은 말로) 옹근장 【2】全紙 ((북한))

전지06 「명」『농학』(다듬은 말로) 가지자르기. 剪枝 ((북한))

전차대01 「명」『운수』(다듬은 말로) 차돌림대. 轉車臺 ((북한))

전초02 「명」 (한포기의 풀을 두고 말할 때) 잎, 줄기, 뿌리, 꽃 등을 가진 옹근포
기. ‖ ~를 약으로 쓰다. § (다듬은 말로) 옹근풀. 全草 ((북한))

전후사 「명」 ① 겪거나 지나온 처음부터 끝까지 있은 모든 사연. ‖ ~를 차근차
근 이야기하다. │ 공사마당에서 막봉이는 발명을 잘하지 못했으나 막봉이
의 장인이 전후사를 차근차근 설명했다.≪장편소설"림꺽정"1≫ § ② 이전
의 일과 장래의 일. ③ 먼저일과 후의 일. (다듬은 말로) 앞뒤일. 前後事
((북한))

전화실02 「명」 (다듬은 말로) 앞불칸. 前火室 ((북한))

전엽체 「명」『생물』(다듬은 말로) 원잎체. ((북한))

전요경 「명」『생물』(다듬은 말로) 감기는 줄기. 纏繞莖 ((북한))

전음03 「명」『언어』(다듬은 말로) 떨림소리. 顫音 ((북한))

전위03 「명」『축산』(다듬은 말로) 앞위. 前胃 ((북한))

절개각 「명」『금속』(다듬은 말로) 모딴각. 切開角 ((북한))

절두목─뚜─ 「명」『림학』(다듬은 말로) 토막나무. 截頭木 ((북한))

절대치─때─ 「명」 (다듬은 말로) 절대값 【5】絶對値 ((북한))

절상02─쌍「명」『광업』 급한 경사를 따라 치뚫는것 또는 그러한 갱도. (다듬은
말로) 올리갱. 切上 #6절상하다 #$「동」(타) ((북한))

절접─쩝 「명」『농학』(다듬은 말로) 깎기접. 切接 ((북한))

절족02 −쪽「명」 (다듬은 말로) 마디다리. 節足 ((북한))

절치02 「명」 ① (분하여) 이를 가는것. ‖ ~이 아픔으로 여기다. § ② (다듬은 말로) 끊는 이발. 切齒 #6절치하다 #$「동」(자) 절치02① ((북한))

절토 「명」 『건설』 (다듬은 말로) 흙파기. 切土 ((북한))

절연선 「명」 절연물을 겉에 씌운 전기줄. 에나멜선, 면권선, 포르마트선, 고무절연선, 비닐선 등 여러가지 종류가 있다. (다듬은 말로) 전기막이줄. ((북한))

절연포 「명」 『전기』 (다듬은 말로) 절연천. ((북한))

절음02 「명」 『언어』 (다듬은 말로) 소리끊음. 絶音 ((북한))

절이법−뻡 「명」 (다듬은 말로) 귀자르는 법. ((북한))

점결탄 「명」 (다듬은 말로) 찰탄. ((북한))

점차적채벌 「명」 『림학』 (다듬은 말로) 차츰베기. ((북한))

점파01 「명」 『농학』 (다듬은 말로) 띄여심기. 點播 ((북한))

점파기 「명」 『농학』 씨앗을 이랑이나 고랑에 일정한 거리를 두고 몇알씩 점점이 뿌리게 되여있는 파종기의 한가지. 땅을 파는 부분과 씨앗을 내보내는 부분이 있는데 튀김장치로 씨앗통을 여닫으며 일정한 거리를 두고 씨앗을 뿌리게 되여있다. (다듬은 말로) 띄여뿌리개. 點播機 ((북한))

점안 「명」 ① (다듬은 말로) 눈약넣기. ② = 점정01①. ③ 불교에서, 불상을 그린 뒤에 잡스러운 귀신이 붙지 못하게 한다고 하여 주문을 읽고 그다음에 불상의 눈에 점을 찍는것. 點眼 #6점안하다 #$「동」(자) ((북한))

점안약 「명」 『약학』 (다듬은 말로) 방울눈약. ((북한))

접두사 「명」 『언어』 (다듬은 말로) 앞붙이. 接頭辭 ((북한))

접류 「명」점−『생물』 (다듬은 말로) 낮나비류. 蝶類 ((북한))

접목01점−「명」 ① (다듬은 말로) 접붙이기. ② = 접나무 椄木 ((북한))

접묘점−「명」 『농학』 (다듬은 말로) 접모. 接描 ((북한))

접미사점−「명」 『언어』 (다듬은 말로) 뒤붙이. 接尾辭 ((북한))

접사01 「명」 『언어』 (다듬은 말로) 덧붙이 【2】 接辭 ((북한))

접사법−뻡 「명」 『언어』 (다듬은 말로) 붙임법. ((북한))

접지02 「명」 책을 배려고 인쇄한 종이를 접는것 또는 그렇게 접은 종이 (다듬은

말로) 종이접이. ―紙 #6접지하다 #$「동」(자.타) ((북한))

접지기 「명」 (다듬은 말로) (종이) 접는 기계. ((북한))

접촉각 「명」『물리』① 흐르지 않고 멎어있는 액체에 고체를 갔다대였을 때에 생기는 액체표면의 접선과 고체표면이 이루는 각. 물 같은것은 아래로 패이고 수은 같은것은 우로 불룩하게 된다. ② 접촉하는 두 물체가 서로 맞물릴 때 이루는 각. (다듬은 말로) 맞물림각. 接觸角 ((북한))

접합―팝「명」① 어울리여 맞붙는것. ② 이어서 맞붙임. ③『기계』(다듬은 말로) 붙이기. 잇기. 이음. ④ 유성생식에서 암수의 생식세포가 동형인 경우 두개의 세포가 맞붙는것. 원생동물의 섬모충류와 세균 등에서 볼수 있다. ▷균류식물에서 모양이 같거나 다른 짝씨 또는 말이 맞붙는것. ⑤『언어』단어결합이나 문장안에서 단어들이 맞물리는 관계의 한가지. 문법적형태에는 관계없이 어순이나 억양에 의하여 한 단어가 다른 단어에 의존되여 맺어지는 단어들의 문장론적관계이다. "우리 나라는 매우 아름답다"에서 "우리"와 "나라", "매우", 와 "아름답다"의 맞물림 관계와 같은것이다. ⑥『언어』일부 언어에서 "단어들의 결합관계가 문법적형태에는 관계없이 의미적으로만 종속관계에 있는 련결방식"을 "일치"나 "지배"에 상대하여 이르는 말. 接合 #6접합하다 #$「동」(자.타) #6접합되다 #$「동」(자) ((북한))

접형―평「명」 (다듬은 말로) 나비모양. 蝶形 ((북한))

접형화관―평―「명」『생물』(다듬은 말로) 나비꽃갓. 蝶形花冠 ((북한))

접아01 「명」 (다듬은 말로) 접눈. 棲芽 ((북한))

정각추 「명」『수학』밑면이 바른다각형이고 옆모서리들의 길이가 다 같은 각뿔. (다듬은 말로) 바른각뿔. 正角錐 ((북한))

정견04 「명」『방직』깨끗하고 흠집이 없는 좋은 누에고치. (다듬은 말로) 좋은 고치. 精繭 ((북한))

정경05 「명」 (다듬은 말로) 정상달거리. 正經 ((북한))

정경기 「명」『방직』(다듬은 말로) 날음기. 整經機 ((북한))

정근01 「명」『생물』(다듬은 말로) 제자리뿌리. 定根 ((북한))

정금미옥 「명」 ⓧ "어떤 사람의 인격이나 문장이 정교하게 다듬은 금붙이나 아름다운 옥과 같이 아름답고 깨끗한것"을 이르는 말. 精金美玉 ((북한))

정단세포 「명」『생물』(다듬은 말로) 끝세포. 頂端細胞 ((북한))

정단층 「명」『지질』(다듬은 말로) 내리끊임. 正斷層 ((북한))

정단아 「명」(다듬은 말로) 끝눈. 頂端芽 ((북한))

정류03 「명」① 바른 흐름. ‖ 혁명적~. § ②『수리』(다듬은 말로) 정상흐름.
　　　正流 ((북한))

정맥류—맹—「명」『의학』(다듬은 말로) 정맥불루기. 靜脈瘤 ((북한))

정방형 「명」네개의 변과 각이 모두 꼭 같은 사각형. (다듬은 말로) 바른사각형.
　　　【6】正方形 ((북한))

정상류 「명」(다듬은 말로) 정상흐름. 定常流 ((북한))

정선02 「명」『지리』(다듬은 말로) 물가선. 汀線 ((북한))

정소면기 「명」『방직』(다듬은 말로) (솜) 잔빗질기. 精梳綿機 ((북한))

정수지 「명」『수리』(다듬은 말로) 맑은물못 淨水池 ((북한))

정식03 「명」(다듬은 말로) ① 본밭심기. 본밭옮겨심기. ② 접모옮겨심기. 定植
　　　((북한))

정주05 「명」(다듬은 말로) 그루다듬기. 整株 ((북한))

정지04 「명」① 땅을 고르는 일. ② 농작물을 심기 위하여 땅을 고루고 흙을 부
　　　드럽게 하는 일. (다듬은 말로) (땅) 고루기. 整地 #6정지하다 #$「동」(자)
　　　((북한))

정자14 「명」(다듬은 말로) 가지다듬기. 整枝 ((북한))

정제02 「명」(다듬은 말로) 알약. 錠劑 ((북한))

정제화 「명」(다듬은 말로) 바른꽃. 整齊花 ((북한))

정치망 「명」『수산』(다듬은 말로) 덤장. 定置網 ((북한))

정아04 「명」『생물』(다듬은 말로) 제자리눈. 定芽 ((북한))

정온동물 「명」『생물』(다듬은 말로) 더운피동물. 定溫動物 ((북한))

정일성식물—썽싱—「명」『생물』(다듬은 말로) 정한낮식물. ((북한))

정일식물—싱—「명」『생물』(다듬은 말로) 정한낮식물. ((북한))

정의역 「명」『수학』(다듬은 말로) 뜻구역. 定義域 ((북한))

조갈소—쏘「명」(다듬은 말로) 밤색마름색소. 藻褐素 ((북한))

조강07 「명」『금속』(다듬은 말로) 띠형강. 條鋼 ((북한))

조기작물-장-「명」(다듬은 말로) 이른봄작물. ((북한))

조기체조「명」(다듬은 말로) 아침체조【4】((북한))

조도01「명」(다듬은 말로) 비침도. 照度 ((북한))

조도계「명」빛의 비침향을 재는 계기. 세렌빛전지와 검류계로 이루어졌다. 빛
이 비치면 빛의 량에 비례하여 세렌빛전지에서 기전력이 생기고 그것은
검류계에 의하여 축정되는데 그 측정값이 그 기전력의 비침량으로 된다.
사진촬영이나 영화촬영에서 많이 리용된다. (다듬은 말로) 비침도재개. 照
度計 ((북한))

조류01「명」(다듬은 말로) 새류【26】鳥類 ((북힌))

조류03「명」『생물』(다듬은 말로) 마름류. 藻類 ((북한))

조리실「명」집짐승에게 줄 여러가지 먹이를 구체적대상에 맞게 필요한 성분을
잘 섞어서 만들어내는곳. ‖ 먹이 ~. § (다듬은 말로) 먹이가공칸 ((북한))

조만성-썽「명」『농학』(다듬은 말로) 올늦성. 早晚性 ((북한))

조면01「명」(다듬은 말로) 거친면. 粗綿 ((북한))

조면기「명」『방직』(다듬은 말로) 씨아기계. 繰綿機 ((북한))

조모02「명」『축산』(다듬은 말로) 거친털. 粗毛 ((북한))

조미료「명」음식물이나 맛이나 냄새 또는 색을 좋게 만들기 위하여 두는 물질.
(다듬은 말로) 양념감. 양념【5】調味料 ((북한))

조매수분「명」『생물』(다듬은 말로) 새나름가루받이. 鳥媒受粉 ((북한))

조매화「명」『생물』(다듬은 말로) 새나름꽃. 鳥媒花 ((북한))

조방기「명」『방직』실꼬치를 만드는 방적기계. 꼬치 또는 굵은 실꼬치를 늘임
장치에서 보다 가늘게 늘인 다음 빔먹임 또는 비빔기구에서 실꼬치로 만
들어 토리에 감아준다. (다듬은 말로) 실꼬치기계. 粗紡機 ((북한))

조병01-뼹「명」『의학』기분상태를 비롯한 정신기능전반이 흥분고조되는것을
특징으로 하는 정신병. 이 병 한가지가 독자적으로 발병하는 경우도 있지
만 일반적으로 조울병의 한 병상으로 나타난다. (=) 조병상태 躁病 (다듬
은 말로) 기쁨병. ((북한))

조사25「명」『방직』(다듬은 말로) 실켜기【11】繰絲 ((북한))

조사량02「명」『의학』(다듬은 말로) 쪼임량. 照射量 ((북한))

조사료「명」『축산』(다듬은 말로) 거친먹이. 粗飼料 ((북한))

조사탕「명」『방직』삶은 고치로 생명주실을 켤 때 쓰는 더운물. 온도가 보통 30~40도인데 삶은 고치를 담가놓으면 고치의 세리신단백질과 기타무기물질이 풀린다. (다듬은 말로) 실켜는 가마물. 繰絲湯 ((북한))

조석부동「명」『수산』(다듬은 말로) 미세기안같기. 潮汐不同 ((북한))

조석파「명」『해양』(다듬은 말로) 미세기물결. 潮汐波 ((북한))

조석흐름-크-「명」『해양』(다듬은 말로) 미세기흐름. 潮汐- ((북한))

조속기「명」『기계』원동기의 출력이나 짐을 조절하며 그 회전속도를 자동적으로 조절하는기구. (다듬은 말로) 속도조절기. 調速器 ((북한))

조숙「명」① (다듬은 말로) 올익기. ② 남보다 성장이 빠르고 일찍 숙성하는것. (=) 조성06. 早熟 #6조숙하다 #$「동」(자)│"열다섯살입니다.""거참 숙성하구나. 아주 조숙했는데." ≪"현대조선문학선집" 15≫ / 어머니정을 모르고 자라난 그 역시 조숙하여 빨리 여물었으니 슬프면서도 다행하다고 해야 할것이었다. ≪장편소설"대지의 아침" 1≫§ ▷형용사로 쓰인다. │ 차광수와 기영동이는 너무나 조숙한 소년의 말에 기가 차서 눈길을 마주칠뿐 얼른 무슨 말을 하게 되지를 않았다. ≪장편소설"대지는 푸르다"≫§((북한))

조숙성「명」쉬 자라고 일찍 여무는 성질. ‖ ~벼종자.§ (다듬은 말로) 올성 ↔ 만숙성. ((북한))

조숙종「명」(다듬은 말로) 올종. 早熟種 ((북한))

조시06「명」『농학』(다듬은 말로) 줄거름주기. 줄비료주기. 條施 ((북한))

조색판「명」『미술』(다듬은 말로) 갤판. 調色板 ((북한))

조생종「명」『농학』(다듬은 말로) 올종. 早生種 ((북한))

조세포「명」『생물』(다듬은 말로) 도움세포. 助細胞 ((북한))

조쇄「명」『광업』(다듬은 말로) 굵게깨기. 粗碎 ((북한))

조정지「명」『수리』(다듬은 말로) 조절못. 調整池 ((북한))

조주07「명」『체육』(다듬은 말로) 밟아달리기. 助走 ((북한))

조제02「명」『약학』(다듬은 말로) 약짓기. 지은약【3】調劑 ((북한))

조차03「명」『수산』(다듬은 말로) 미세기차. 潮差 ((북한))

조차05「명」『운수』(다듬은 말로) 차가르기. 操車 ((북한))

조타「명」『운수』(다듬은 말로) 키잡이. 操舵 ((북한))

조태세포「명」(다듬은 말로) 도움세포. 助胎細胞 ((북한))

조파「명」『농학』(다듬은 말로) 줄뿌리기. 條播 ((북한))

조판01「명」『인쇄』(다듬은 말로) 판짜기. 組版 ((북한))

조향간「명」『기계』(뜨락또르나 불도젤, 땅크, 비행기 같은것의) 전진방향을 조
　　　종하는 운전장치. (다듬은 말로: 길잡이대) 操向桿 ((북한))

조향륜「명」『기계』(다듬은 말로) (방향) 손잡이. 操向輪 ((북한))

조혈「명」『의학』(다듬은 말로) 피만들기. 造血 ((북한))

조혈기관「명」『의학』(다듬은 말로) 피만드는 기관. ((북한))

조흔색「명」(다듬은 말로) 그음색. 條痕色 ((북한))

조해01「명」『화학』(다듬은 말로) 누기풀림. 潮解 ((북한))

조해성－썽「명」『화학』(다듬은 말로) 누기풀림성. 潮解性 ((북한))

조화03「명」(종이나 천, 비닐 같은것으로) 인공적으로 만든 꽃. (다듬은 말로)
　　　만든꽃. 造花 ((북한))

조야하다「형」① 매우 거칠고 막되다. ‖ 조야한 물품. 조야한 분노를 터뜨리
　　　다. ㅣ 최돼지의 성격은 그 비대한, 도끼로 막 다듬은것 같은 체구와 균형
　　　이 비슷이 잡히여서 매개 사물을 판단하고 처리하는데도 조야하지만 그래
　　　도 박력과 과단성을 가지고있었다. § ② 천하고 상스럽다. ‖ 조야한 언행
　　　을 삼가다. ㅣ 낮이나 밤이나 … 구국군 기마병들이 조야한 함성과 휘파람
　　　소리를 내지르며 달려나와서 근거지의 동정을 살피는가 하면 로골적인 적
　　　의를 드러내고 인민들에게 이것저것 트집을 걸다가 사라지군 하였다. ≪장
　　　편소설 “근거지의 봄”≫ § 粗野－ ((북한))

조울병－뼝「명」『의학』정신병의 한가지. 조병과 울병을 아울러 이르는 말이
　　　다. 조병은 기분이 매우 좋아서 말이 많고 무슨 일이든 하려하는 반면에
　　　을병은 반대로 기분이 억제되여 거의 움직이지 않고 말도 적다. (다듬은
　　　말로) 기쁨슬픔병. 躁鬱病 ((북한))

조위02「명」『해양』(다듬은 말로) 미세기높이. 潮位 ((북한))

족관절「명」『생리』(다듬은 말로) 발마디. 足關節 ((북한))

족답기「명」『기계』(다듬은 말로) 디딤기계. 足踏機 ((북한))

족반 「명」 (다듬은 말로) 발판. 밑판. 足盤 ((북한))

족사 「명」 『생물』 (다듬은 말로) 발실. 足絲 ((북한))

족장목 「명」 ① (다듬은 말로) (발)디디개 ② ⇒ 발판나무 足掌木 ((북한))

종간교잡 「명」 (다듬은 말로) 종사이섞붙임. 種間交雜 ((북한))

종격02 「명」 『생리』 (다듬은 말로) 세로벽. 縱隔 ((북한))

종견02 「명」 『잠학』 (다듬은 말로) 종자고치. 種繭 ((북한))

종견고 「명」 『잠학』 (다듬은 말로) 종자고치창고. 種繭庫 ((북한))

종곡03 「명」 『지리』 (다듬은 말로) 세로골. 縱谷 ((북한))

종근 「명」 『농학』 (다듬은 말로) 씨앗뿌리. 種根 ((북한))

종단구배 「명」 『운수』 (다듬은 말로) 세로물매. 縱斷勾配 ((북한))

종단면 「명」 (다듬은 말로) 세로자름면. 終斷面 ((북한))

종돈 「명」 『축산』 (다듬은 말로) 종자돼지. 種豚 ((북한))

종대차 「명」 『운수』 (다듬은 말로) 뒤대차. 따름대차. 從臺車 ((북한))

종란 「명」 『축산』 (다듬은 말로) 종자알. 種卵 ((북한))

종렬01 「명」 ① (다듬은 말로) 세로줄. ② 대렬에서의 세로줄. 縱列 ((북한))

종마 「명」 『축산』 (다듬은 말로) 종자말. 種馬 ((북한))

종모돈 「명」 『축산』 (다듬은 말로) 종자수돼지. 種牡豚 ((북한))

종부01 「명」 『축산』 (다듬은 말로) 쌍붙이기. 種付 ((북한))

종상화관 「명」 『생물』 (다듬은 말로) 종모양꽃갓. 鐘狀花冠 ((북한))

종자골 「명」 『생리』 (다듬은 말로) 종자뼈. ((북한))

종좌표 「명」 『수학』 (다듬은 말로) 세로자리표. 縱座標 ((북한))

종창 「명」 『의학』 (다듬은 말로) 불어나기. 붓기【2】腫脹 ((북한))

종축02 「명」 『림학』 (다듬은 말로) 세로축. 縱軸 ((북한))

종피 「명」 (다듬은 말로) 씨껍질. 種皮 ((북한))

종어01 「명」 『수산』 (다듬은 말로) 씨고기. 種魚 ((북한))

주각집 「명」 (다듬은 말로) 배집. 舟閣- ((북한))

주간05 「명」 (다듬은 말로) 포기사이. 株間 ((북한))

주간포 「명」 『건설』 (다듬은 말로) 기둥사이포. 柱間包 ((북한))

주고도 「명」 (다듬은 말로) 높이뛰기. 走高 ((북한))

주공07 「명」 『생물』 (다듬은 말로) 구슬구멍. 珠孔 ((북한))

주근02 「명」 『생물』 (다듬은 말로) 엄지뿌리① 主根 ((북한))

주관절 「명」 『생리』 (다듬은 말로) 팔굽마디. 肘關節 ((북한))

주광도 「명」 (다듬은 말로) 너비뛰기. 走廣跳 ((북한))

주동륜 「명」 (다듬은 말로) 주동바퀴. 主動輪 ((북한))

주두02 「명」 ①『생물』 (다듬은 말로) 꽃술머리 ②『건설』 (다듬은 말로) 기둥머
　　리. 柱頭 ((북한))

주맥 「명」 ① 갈래가 진 여러 줄기가운데서 주가 되는 줄기. ǀ 백두산의 주맥이
　　골짜기의 북부를 가로막아줌으로써 이곳은 마치 산수화를 그린 병풍을 두
　　른듯 풍치 아름답다. § ② (다듬은 말로) 엄지줄. 主脈 ((북한))

주방사 「명」 『방직』 명주실찌끼를 기본원료로 하여 만든 실. 일반적으로 실이
　　굵고 허분하며 약하다. 장식용천을 짜는데 많이 쓰인다. (다듬은 말로: 고
　　치찌끼방직실) 紬紡絲 ((북한))

주벌02 「명」 『림학』 (다듬은 말로) 주요나무베기. 主伐 ((북한))

주상03 「명」 『지질』 (다듬은 말로) 기둥모양. 柱狀 ((북한))

주선기 「명」 (다듬은 말로) 주철부음기. 鑄銑機 ((북한))

주작01 「명」 ① 일정한 농작물을 주되게 심는것 또는 그 심은 작물. ǀ 우리 나라
　　에서는 예로부터 벼를 주작으로 한다. ②『농학』 (다듬은 말로) 원그루 主
　　作 #6주작하다 #$「동」(타) 주작01①.((북한))

주토빛ㅡ삧 「명」 (다듬은 말로) 벽돌색. 붉은색 【2】 朱土ㅡ ((북한))

주풍01 「명」 ① 일정한 지역에 늘 불어오는 바람. ② (다듬은 말로) 기본바람.
　　主風 ((북한))

주행선 「명」 『운수』 (다듬은 말로) 달림선. 走行線 ((북한))

주행파 「명」 『물리』 시간이 지남에 따라 매질에서 전파되여나가는 파동. ‖ ~와
　　정상파. § (다듬은 말로) 달림파. 走行波 ((북한))

주아03 「명」 『생물』 (다듬은 말로) 구슬눈. 珠芽 ((북한))

주아04 「명」 『생물』 (다듬은 말로) 원눈. 主芽 ((북한))

주유01 「명」 (다듬은 말로) 기름치기. 注油 ((북한))

죽순 「명」 = 대순. ǀ 봄이 오면 황소의 억센 뿔같은 죽순이 검은 땅을 헤치고

수없이 돋아나 하늘을 떠받고 높이 솟아오르는 왕대밭.≪장편소설"해빛만
리"1≫ § (다듬은 말로) 참대순. 竹筍 ((북한))

준설 「명」 못이나 개울, 강 같은것의 메워진 바닥을 파내는 일. (=) 준첩 (다듬은
말로) 바닥따기. 浚渫 #6준설하다 #$「동」(타) ‖동해지구의 항들을~. §
((북한))

준숙림−숭−「명」 (다듬은 말로) 거의자란숲. 準夙林 ((북한))

중간모음 「명」 (다듬은 말로) 가운데모음. ((북한))

중경작물−장−「명」『농학』 (다듬은 말로) 후치질작물. ((북한))

중공강 「명」 (다듬은 말로) 속빈강. 中孔鋼 ((북한))

중공벽돌 「명」『건설』 (다듬은 말로) 구멍벽돌. 中孔甓− ((북한))

중공축 「명」『기계』 (다듬은 말로) 속빈축. 中空軸 ((북한))

중공판 「명」『림학』 (다듬은 말로) 속빈판. 中空板 ((북한))

중과지 「명」『농학』 (다듬은 말로) 어간열매가지. 中果枝 ((북한))

중과피 「명」『생물』 (다듬은 말로) 열매가운데껍질. 中果皮 ((북한))

중량화물 「명」『운수』 한개의 무게가 5톤이상 되는 무거운 짐. 〈다듬은 말로 :
무거운 짐〉((북한))

중련견인 「명」『운수』 (다듬은 말로) 겹끌기. 重連牽引 ((북한))

중령림 「명」『림학』 (다듬은 말로) 한창나이숲. 中齡林 ((북한))

중로교 「명」『건설』 (다듬은 말로) 어간길다리. 中路橋 ((북한))

중모음01 「명」『언어』 (다듬은 말로) 겹모음. 重母音 ((북한))

중모음02 「명」『언어』 (다듬은 말로) 가운데모음. 中母音 ((북한))

중사05 「명」『지질』 무거운 광물부스레기 또는 그것들의 모임. 자연상태의 흙이
나 모래 또는 부스러진 돌들을 물로 일거나 씻었을 때 얻을수 있는데 중사
광물이 많은곳은 산업적으로 캐낼 가치가 있으며 광상을 찾는데서 대단히
중요한 탐사징후로 된다. (다듬은 말로) 중모래. 重砂. 重沙 ((북한))

중수06 「명」『화학』 (다듬은 말로) 무거운물. 重水 ((북한))

중심상사 「명」『수학』 (다듬은 말로) 중신닮음. ((북한))

중심주 「명」『생물』 (다듬은 말로) 속기둥. 中心柱 ((북한))

중생동물 「명」『동물』 (다듬은 말로) 중간살이동물. 中生動物 ((북한))

중생식물－싱－「명」『생물』(다듬은 말로) 중간살이식물. 中生植物 ((북한))
중쇄「명」『광업』(다듬은 말로) 보통깨기. 中碎 ((북한))
중점02－쩜－「명」『수학』(다듬은 말로) 가운데점. 中點 ((북한))
중지06「명」『의학』(다듬은 말로) 가운데손가락. 中指 ((북한))
중층운「명」『기상』(다듬은 말로) 중층구름. 中層雲 ((북한))
중판화「명」『생물』(다듬은 말로) 겹잎꽃. 重瓣花 ((북한))
중흉「명」『생물』(다듬은 말로) 가운데가슴. 中胸 ((북한))
중황란「명」『생물』가운데에 노란자위가 몰켜있는 알. 곤충의 알에서 전형적으로 찾아볼수 있다. (다듬은 말로) 가운네 노린자위알. 中黃卵 ((북한))
중이「명」『생리』(다듬은 말로) 가운데귀. 中耳 ((북한))
증산02「명」『농학』(다듬은 말로) 물기날기. 蒸散 ((북한))
증체「명」『축산』(집짐승의) 몸무게가 늘어나는것. ｜ 닭을 자꾸 먹이면서 캄캄한곳에 가두어두고 활동을 못하게 하면 증체가 몹시 빠르단다. § (다듬은 말로) 몸무게늘기. 增體 #6증체되다 #$「동」(자) ((북한))
증해「명」『방직』(다듬은 말로) 삶기. 蒸解 ((북한))
증해가마「명」『림학』(다듬은 말로) 삶는가마. ((북한))
증열「명」① 찌는듯한 더위. (=) 증염01. ②『방직』(다듬은 말로) 쪄닦기. 蒸熱 ((북한))
증융「명」『방직』(다듬은 말로) 천찌기. 蒸絨 ((북한))
증융기「명」『방직』(다듬은 말로) 천찌는 가계. ((북한))
지간막「명」『생물』(다듬은 말로) 발가락사이막. 趾間膜 ((북한))
지고병－뼝「명」『림학』(다듬은 말로) 가지마름병. 枝枯病 ((북한))
지그자그재봉기「명」(다듬은 말로) 톱날식재봉기. ((북한))
지근01「명」『생물』(다듬은 말로) 가지뿌리. 枝根 ((북한))
지단비대증－쯩『의학』손이나 발의 뼈 불어나서 커지는 병. 일종의 만성병인데 피로를 느끼며 잘 조는것이 특징이다. (다듬은 말로) (손발) 가락끝커지기. ((북한))
지대04「명」(다듬은 말로) 종이자루. 紙袋 ((북한))
지루02「명」『의학』(다듬은 말로) 진버짐. 脂漏 ((북한))

지류02 「명」 (다듬은 말로) 종이류. 紙類 ((북한))

지상경 「명」 『생물』 (다듬은 말로) 땅우줄기. 地上莖 ((북한))

지석02 「명」 『고고』 (다듬은 말로) 고인돌. 支石 ((북한))

지선01 「명」 ① (철도선로, 통신선로, 물길 같은것에서) 본선이나 간선에서 곁가
지로 갈라져나간 선로나 수로. ‖ ~도로. 가선과~. 평남관개~. § ②『체신』
(다듬은 말로) 벌이줄. 支線 【4】 ((북한))

지소법－뻡 「명」 『잠학』 (다듬은 말로) 종이털기법. 紙掃法 ((북한))

지수06 「명」 ①『경제』 직접 통약할수 없는 여러가지 요소들로 이루어진 사회경
제현상들의 량적호상관계를 특징짓는 특수한 종류의 상대값. ②『수학』
"제곱지수"나 "뿌리지수"를 두루 이르는 말. (다듬은 말로) 어깨수 【4】 指
數 ((북한))

지수벽 「명」 『건설』 (다듬은 말로) 물막이벽. 止水壁 ((북한))

지신근 「명」 (다듬은 말로) 손가락펴기살. 指伸筋 ((북한))

지주근 「명」 『생물』 (다듬은 말로) 버팀뿌리. 支柱根 ((북한))

지주목 「명」 ① ⇒ 동발나무 ② (다듬은 말로) 버팀대 支柱木 ((북한))

지중수 「명」 『지질』 (다듬은 말로) 땅속물. 地中水 ((북한))

지중화 「명」 『림학』 (다듬은 말로) 땅속불. 地中火 ((북한))

지지구조 「명」 『건설』 건축물에서 짐을 받게 된 구조 또는 그렇게 만들어진 벽
체, 기둥, 보, 트라스, 아치, 라멘 등과 같은 구조물. (다듬은 말로) 힘받이
구조. ((북한))

지지도약 「명」 『체육』 (다듬은 말로) 짚고뛰기. ((북한))

지지벽 「명」 『건설』 (다듬은 말로) 힘받이 벽. ((북한))

지탑 「명」 『건설』 (다듬은 말로) 버팀탑. 支塔 ((북한))

지하결실－씰 「명」 『생물』 (다듬은 말로) 땅속열매맺이. ((북한))

지하경 「명」 『생물』 (다듬은 말로) 땅(속)줄기. 地下莖 ((북한))

지하보도 「명」 (다듬은 말로) 지하건늠길. ((북한))

지한제 「명」 『약학』 (다듬은 말로) 땀멎이약. 止汗劑 ((북한))

지화04 「명」 (다듬은 말로) 손가락말. 指話 ((북한))

지압흔 「명」 『의학』 (다듬은 말로) 손가락누른자리. 指壓痕 ((북한))

지유04 「명」 동약에서, (다듬은 말로) 오이풀뿌리. 地楡 ((북한))

직궁 「명」『고고』 (다듬은 말로) 곧은활. 直弓 ((북한))

직근 「명」『림학』 (다듬은 말로) 곧은뿌리. 直根 ((북한))

직립징－「명」 ① 꼿꼿이 바로 서는것. ‖ ~부동의 자세. ~보행. § ②『생물』 (다듬은 말로) 곧추서기. ③ (산 같은것이) 우뚝 솟는것. 直立 #6직립하다 #$「동」(자)【2】((북한))

직립경징－「명」『생물』 (다듬은 말로) 서는줄기. 直立莖 ((북한))

직수공사 「명」『건설』 (다듬은 말로) 물길펴기공사. 直水工事 ((북한))

직시류 「명」『생물』 (다듬은 말로) 메뚜기류. 直翅類 ((북한))

직장낭 「명」『생물』 곤충류의 곧은밸에 있는 끝이 막힌 주머니모양의 관. 배설물을 모아두었다가 내보내거나 공기를 넣어두는것. 곤충이 껍질을 빨리 벗기 위하여 그안에 물을 넣어 몸의 압력을 높이는것, 곤충이 날아다닐 때 몸의 균형을 잡는 역할을 하는것 등 여러가지가 있다. (다듬은 말로) 곧은 밸주머니. 直腸囊 ((북한))

직염성－썽 「명」 (다듬은 말로) 바로물들성. 直染性 ((북한))

진동02 「명」 ① 흔들리여 움직이는것. ‖ 자갈길을 달리는 자동차의 ~은 심하다. ｜ 강물은 어찌도 민감하던지 대동교를 건너는 뻐스의 진동에도 육중한 교각밑에는 잔물결이 살랑거렸다. § ② "냄새가 강하게 풍기는것"을 비겨 이르는 말. ③『물리』 어떤 물리적량(전류의 세기, 전압 등)이 주기적으로 변하는것. ④ 물체 또는 한 물체안의 각 부분의 자기의 비김자리를 중심으로 하여 이쪽 저쪽으로 오가는것. ⑤『의학』 (다듬은 말로) 흔들림 振動 #6진동하다 #$「동」(자.타) ‖ 산들바람이 불 때마다 향기가 ~. §【48】 ((북한))

진륵 「명」『생물』 (다듬은 말로) 진짜갈비. 眞肋 ((북한))

진륵골 「명」『생물』 (다듬은 말로) 진짜갈비. 眞肋骨 ((북한))

진면02 「명」『방직』 (다듬은 말로) 풀솜. 眞棉 ((북한))

진분수 「명」『수학』 (다듬은 말로) 참분수. 眞分數 ((북한))

진성02 「명」 ① 허식이 없는 참된 성품. ② 사물현상의 본래의 성질. ③『의학』 (다듬은 말로) 진짜. 眞性 ((북한))

진수벽 「명」『수리』(다듬은 말로) 물받이벽. 鎭水壁 ((북한))

진전05 「명」『의학』(다듬은 말로) 떨기02③ 振顫 ((북한))

진전마비 「명」『의학』(다듬은 말로) 떨림마비. ((북한))

진풍향 「명」『해양』(다듬은 말로) (진짜) 바람방향. 眞風向 ((북한))

진피02 「명」①『생리』(다듬은 말로) 속가죽 ②『농학』(다듬은 말로) 참껍질.
　　眞皮 ((북한))

진피03 「명」『약학』(다듬은 말로) 귤껍질. 陳皮 ((북한))

진피04 「명」『약학』(다듬은 말로) 물푸레껍질. 秦皮 ((북한))

진압 「명」① (적대세력을) 힘으로 쳐서 반항하거나 준동하지 못하게 하는 것.
② 적의 전투력을 림시적으로 잃게 하여 기동을 제한하거나 못하게 하며
지휘가 파탄되여 조직적인 저항을 하지 못할 정도로 격파하는것. ③『농학』
(다듬은 말로) 다지기. 鎭壓 #6진압하다 #$「동」(타) ｜ 우리는 프로레타리
아독재를 강화하여 전복된 착취계급의 반항을 철저히 진압하며 우리의 사
회주의제도를 파괴하려는 제국주의자들의 반혁명적기도를 제때에 소탕해
버려야 한다. § #6진압되다 #$「동」(자) ｜ 어느덧 적의 중기가 진압되자 습
격조원들은 번개와 같이 달려나가 무명고지정점에 공화국기를 꽂았다.
§【16】((북한))

진압로라－암－ 「명」『농학』(다듬은 말로) 다짐로라. ((북한))

진음01 「명」『음악』(다듬은 말로) 굴림소리. 震音 ((북한))

질주－쭈 「명」① 빨리 달리는것. ②『체육』(다듬은 말로) 달리기. 疾走 #6질주
하다 #$「동」(자) ‖ 쏜살같이 ~. ｜ 군마들이 뽀얀 먼지를 떠풍기며 질주해
오고있었다. / 승용차를 흩날리는 눈발속에 거침없이 평양을 향하여 질주
하였다. ≪장편소설"평양시간"≫§【14】((북한))

집서 「명」『방직』(다듬은 말로) 고치실모으기. 集緖 ((북한))

집서기 「명」(다듬은 말로) 고치실모음기. 集緖機 ((북한))

집수01 「명」『림학』(다듬은 말로) 물모이. 集水 ((북한))

집수정 「명」『건설』(다듬은 말로) 물모임우물. 集水井 ((북한))

집재 「명」『림학』(다듬은 말로) 나무모으기. 集材 ((북한))

집재기 「명」『림학』(다듬은 말로) 나무모음기. 集材機 ((북한))

집초기 「명」『농학』 (다듬은 말로) 풀모음기. 集草機 ((북한))

집합 －팝 「명」 ① 일정한 성원들이나 대오가 한군데로 모이는것 또는 모이게
하는것. ∥ ~시간. ~을 알리는 나팔소리가 울리다. § ②『수학』 (다듬은
말로) 모임. 集合 #6집합하다 #$「동」(자.타) ∥ 모든 성원들이 빠짐없이
~. 제정된 장소에 ~. § #6집합되다 #$「동」(자)【6】((북한))

집어등 「명」『수산』 (다듬은 말로) 고기모음등. 集魚燈 ((북한))

집유기 「명」 (다듬은 말로) 젖모음통. 集乳器 ((북한))

짚부채 「명」 잘 다듬은 짚의 줄기로 결어만든 부채. ∥ 모기를 ~ 로 날려주다.
§ ((북한))

재련 「명」 ① (쇠붙이를) 재벌로 달구어 불리는것. ② (초벌 다듬은 목재나 석재
를) 두번째로 다듬는것. 再鍊 #6재련하다 #$「동」(타)((북한))

재봉사02 「명」 (다듬은 말로) 재봉실01 裁縫絲 ((북한))

재식03 「명」『농학』 (다듬은 말로) 심기. 栽植 ((북한))

재식밀도－싱－또 「명」『농학』 단위면적안에 심는 식물의 수. (다듬은 말로) 심
는 밀도. ((북한))

재생산교잡 「명」『축산』 (다듬은 말로) 품종얻기섞붙임. ((북한))

제골02 「명」 (다듬은 말로) 줄기추리기. 除骨 ((북한))

제벌 「명」『림학』 (다듬은 말로) 거둠베기. 除伐 ((북한))

제법02－뻡 「명」『수학』 (다듬은 말로) 나누기【3】除法 ((북한))

제병04 「명」 (다듬은 말로) 발쪽병. 蹄病 ((북한))

제산제 「명」『약학』 (다듬은 말로) 위산누름약. 制酸劑 ((북한))

제선02 「명」『방직』 아마, 삼 모시, 어저귀 같은 마섬유줄기를 가공하여 방직섬
유를 얻어내는 공정. 마섬유줄기를 적당한 온도의 물에 잠그었다가 말리
워 부스러뜨린 다음 속대와 그밖의 불순물을 털어내고 섬유만을 얻어 낸
다. (다듬은 말로) 마섬유추리기. ((북한))

제수문 「명」 (다듬은 말로) 물문. 制水門 ((북한))

제제01 「명」『약학』 (다듬은 말로) 약만들기. 製劑 ((북한))

제판03 「명」『출판』 (다듬은 말로) 판만들기. 製版 ((북한))

제화 「명」 신발을 만드는것. ∥ ~공장. ~공업. § (다듬은 말로: 신발짓기) 製靴

#6제화하다 #$「동」(자) (다듬은 말로) 신발짓기. ((북한))

제환기 「명」『약학』(다듬은 말로) 알약기계. ((북한))

좌궁 「명」(다듬은 말로) 왼활. 左弓 ((북한))

좌변 「명」(다듬은 말로) 왼변. 左邊 ((북한))

좌현 「명」『해양』(다듬은 말로) 왼배전. 左舷 ((북한))

좌익 「명」① 자본주의사회에서: 반동적인 세력을 반대하고 근로대중의 리익을 옹호하는 경향 또는 그런 경향을 띤 세력. 18세기말 프랑스부르죠아 혁명 시기 국민공회에서 연단을 향하여 급진파가 왼쪽의 의석을 차지한데서 유래한 말이다. ∥ ~운동. ~로조. § ② (진을 치고있는 전투나 경기, 대형등에서의) 왼쪽 또는 왼편에 서는 사람. ∥ 공격대오의 ~ 을 엄호하다. 적의 ~을 치다. § ③ (다듬은 말로) 왼쪽날개. 左翼 【10】 ((북한))

차경착공기 「명」『기계』 직경이 서로 다른 계단식날이 돌아가면서 땅속에 큰 구멍을 뚫는 기계. (다듬은 말로) 턱진착공기. 差徑鑿孔機 ((북한))

차륜공전 「명」『운수』(다듬은 말로) 바퀴헛돌이. 차륜공전 「명」『운수』(다듬은 말로) 바퀴헛돌이. ((북한))

차륜답면－담－「명」『운수』 차바퀴의 레루와 닿는 면. (다듬은 말로) 바퀴디딤면. ((북한))

차륜활주－쭈 「명」『운수』(다듬은 말로) 바퀴지치기. ((북한))

차방01 「명」『경제』(다듬은 말로) 계산자리왼쪽. 借方 ((북한))

차상분지 「명」『생물』(다듬은 말로) 쌍가지치기. 叉狀分枝 ((북한))

차폐지대 「명」『체육』(다듬은 말로) 막힌지대. ((북한))

차입03 「명」『운수』(다듬은 말로) 차넣기. 車入 ((북한))

착발선 「명」『운수』 렬차가 와닿고 떠나는데 쓰이는 선로. (다듬은 말로) 나들선. ((북한))

착색 「명」(다듬은 말로) 색칠. 색들기. 着色 ((북한))

착색견로도 「명」『화학』(다듬은 말로) 색견딜도. 着色堅牢度 ((북한))

착생 「명」『생물』(다듬은 말로) 붙어살이. 着生 ((북한))

착생식물－싱－「명」(다듬은 말로) 붙어살이식물. ((북한))

착지02 「명」『체육』(다듬은 말로) 내려디디기. 着地 ((북한))

착유01 「명」 (다듬은 말로) 기름짜기. 搾油 ((북한))

착유02 「명」『축산』 (다듬은 말로) 젖짜기. 搾乳 ((북한))

착유기01 「명」 기름짜는 기계. (다듬은 말로) 기름틀. 搾油機 ((북한))

착유량02 「명」 (다듬은 말로) 젖짜는 량. 젖짠량. 搾乳量 ((북한))

찰절구 「명」『고고』 (다듬은 말로) 썰개. 擦切具 ((북한))

찰제-쩨 「명」『약학』 (다듬은 말로) 분지름약. 擦劑 ((북한))

창개구 「명」『건설』 (다듬은 말로) 창구멍. ((북한))

창미 「명」『건설』 (다듬은 말로) 창틀보. 窓眉 ((북한))

창이자 「명」 (다듬은 말로) 노쇠바리열매. ((북한))

처방전 「명」『의학』 (다듬은 말로) 처방종이. 處方箋 ((북한))

척골01 「명」 (다듬은 말로) 자뼈. 尺骨 ((북한))

척력01청- 「명」『물리』 (다듬은 말로) 밀칠힘. 斥力 ((북한))

척리02청- 「명」 (다듬은 말로) 물이끼. 陟里 ((북한))

척삭 「명」 (다듬은 말로) 등속줄. 脊索 ((북한))

척추기립근 「명」 (다듬은 말로) 척추펴기살. ((북한))

천경01 「명」 (다듬은 말로) 얕은갈이. 淺耕 ((북한))

천골03 「명」『의학』 (다듬은 말로) 엉덩뼈. 薦骨 ((북한))

천공판 「명」『생물』 (다듬은 말로) 채구멍판. 穿孔板 ((북한))

천신경총 「명」『의학』 (다듬은 말로) 엉덩신경덤불. ((북한))

천창 「명」『건설』 (다듬은 말로) 지붕창. 天窓 ((북한))

천포창 「명」『의학』 (다듬은 말로) 덧물집헌데. 天疱瘡 ((북한))

천홍색 「명」 (다듬은 말로) 연붉은색. ((북한))

천해파 「명」『해양』 (다듬은 말로) 얕은 바다물결. ((북한))

천해양식 「명」『수산』 (다듬은 말로) 바다가양식 【12】 ((북한))

천화분 「명」 (다듬은 말로) 하늘타리농마. 天花粉 ((북한))

천연빙 「명」 (다듬은 말로) 자연얼음. 天然氷 ((북한))

천일염 「명」 (다듬은 말로) 볕소금. 天日鹽 ((북한))

천일염전 「명」 (다듬은 말로) 볕소금밭. ((북한))

철갑 「명」 ① (다듬은 말로) 쇠갑옷. ② 적탄을 막기 위하여 전투기재에 둘러싼

강철판. ❘ 이윽고 철갑을 두른 선로감시용장갑차가 앞에 쌍불을 켜달고 씽하니 지나갔다.≪장편소설 "청년전위"1≫§ ▷"땅크 같은 전투기재"를 비겨 이르는 말. ❘ 길좌우로 늘어서서 가는 보병들은 이 장엄한 철갑의 행진에 그만 마음이 흐뭇했다.≪장편소설 "시대의 탄생"≫§ 【3】 鐵甲 ((북한))

철궁 「명」 『체육』 (다듬은 말로) 쇠활. 鐵弓 ((북한))

철근만곡기 「명」 『건설』 (다듬은 말로) 철근구부리개. ((북한))

철광석 「명」 (다듬은 말로) 쇠돌 【23】 鐵鑛石 ((북한))

철도교－또－ 「명」 (다듬은 말로) 철길다리. 鐵道橋 ((북한))

철망02 「명」 『수산』 (다듬은 말로) 덤장걷기. 撤網 ((북한))

철시판－씨－ 「명」 『건설』 (다듬은 말로) 철판말뚝. 鐵示板 ((북한))

철차02 「명」 『운수』 (다듬은 말로) 엇걸이. 轍叉 ((북한))

철판02 「명」 『인쇄』 (다듬은 말로) 볼록판. 凸版 ((북한))

철피 「명」 『금속』 (다듬은 말로) 철껍질. 쇠껍질 【3】 鐵皮 ((북한))

첨서기 「명」 (다듬은 말로) 실머리붙이개. 添緒機 ((북한))

첨성대 「명」 ① 7세기 전반기에 경상북도 경주시의 서쪽에 세운 우리 나라 천문기상관측대. 오늘까지 남아있는 천문기상관측대 건축유물가운데서 세계적으로 가장 오랜것이다. 네모형의 2층 받침대우에 네모나게 다듬은 화강암으로 우로 올라가면서 점차 허리가 가늘어지게 27돌기 쌓아올린 건축물은 밑대의 한변 길이가 약 6.3메터이며 세면은 실제적인 방위와 일치한다. 둥근첨성대의 높이는 약 9.1메터이고 몸체의 아래직경은 약 4.9메터, 웃직경은 약 2.9메터이다. 첨성대는 돌사이짬을 붙게 하는 아무런 점착제도 쓰지 않고 쌓아올린 건축물이지만 1,300여 년이 지난 오늘까지 그대로 남아있다. ② "옛날의 천문기상관측대"를 두루 이르는 말. 瞻星臺 ((북한))

첨족 「명」 『의학』 (다듬은 말로) 뾰족발. 尖足 ((북한))

첨탑 「명」 (다듬은 말로) 뾰족탑① 尖塔 ((북한))

청대03 「명」 (다듬은 말로) 쪽물감. 靑黛 ((북한))

청력01 「명」 『생리』 (다듬은 말로) 들을힘. 聽力 ((북한))

청매01 「명」 ① (다듬은 말로) 풋매화. ② 아직 익지 않은 매화나무의 열매. 靑梅 ((북한))

#6청봉1호체 #$붓글씨를 원형으로 한 우리 식의 고전적인 바른글씨체이다. 우리 인민의 감정과 기호에 맞을뿐아니라 서사생활에서 기본을 이루는 체이므로 제목글이나 본문글에 가장 많이 쓰인다. #6청봉2호체#$붓글씨를 원형으로 하여 우아하게 다듬은 글씨체로서 우리 민족의 감정과 기호에 맞는다. 주로 문예물이나 교양기사의 제목글로 쓰인다. #6청봉3호체 #$붓글씨를 원형으로 하여 한 우리 식의 고유한 바른글씨체를 약간 흘려서 쓴 반흘림체이다. 글씨가 힘있고 깨끗하며 서사생활에서 기본을 이루는 글씨체의 하나이다. 주로 정론, 문예물, 덕성기사 등의 제목글에 쓰인다. #6청봉4호체 #$가로획과 세로획의 굵기가 같으며 형태는 장방형이다. 획의 시작과 끝이 예리한 력점이 있으며 정교롭고 꾸김새 없는 느낌을 준다. 주로 부제목이나 토막기사제목 글에 쓰인다. ((북한))

청사료 「명」 (다듬은 말로) 푸른먹이. 靑飼料 ((북한))

청수01 「명」 ① (다듬은 말로)맑은 물. ② 천도교에서, 종교적의식을 할 때 떠놓는 맑은 물. 淸水 #7청수(를) 모시다 #%천도교에서, 청수를 떠다놓고 한울님에게 기도를 드리다. │ 이 하루는 류달리 마음이 어수선하고 뒤숭숭해져서 생각도 번거롭고 기분도 씨원치를 못했는데 오늘도 50년간 어느 하루 어기지 않고 지켜온 청수 모시는 시간을 용히 지킬수 있게 됐다는 장한 느낌때문인지…비로소 박인진은 기분이 펴이기 시작함을 느꼈다.≪장편소설 "압록강"≫§((북한))

청신경 「명」 (다듬은 말로) 듣는 신경. 聽神經 ((북한))

청자02 「명」 (다듬은 말로) 듣는 사람. 聽者 ((북한))

청채01 「명」 ① 통배추의 연하고 푸른 잎을 데쳐서 간장, 초, 겨자를 치고 무친 나물. ② (다듬은 말로) 풋남새. 靑菜 ((북한))

청채류 「명」 (다듬은 말로) 풋남새류. ((북한))

청피01 「명」 (다듬은 말로) 선귤껍질. 靑皮 ((북한))

청호반새 「명」 (다듬은 말로) 푸른호반새. 靑－ ((북한))

청화01 「명」 ① 높은 온도에서 강철이나 주철의 겉면에 탄소와 질소 성분을 동시에 스머들게 하는 화학적열처리. 강철이나 주철의 겉면이 잘 닳지 않고 깨지지 않도록 하기 위하여 한다. (다듬은 말로) 탄질소넣기. ② 복대기를

삭히는 일. 靑化 ((북한))

청열 「명」 동의학에서, 치료법의 한가지. 성질이 찬 약으로 열을 내리게 한다. (다듬은 말로) 열식힘. 淸熱 ((북한))

청열약 「명」 동의학에서, 열을 내리게 하는 약. (다듬은 말로) 열식힘약 ((북한))

청음01 「명」 ①『의학』 (다듬은 말로) 맑은소리. ②『언어』 중세어음론에서 "무성음"을 이르는 말. 淸音 ((북한))

초가02 「명」 『축산』 (다듬은 말로) 풀시렁. 草架 ((북한))

초경01 「명」 『의학』 (다듬은 말로) 첫달거리. 初經 ((북한))

초경03 「명」 (다듬은 말로) 애벌갈이. 初耕 ((북한))

초그물 「명」 『수산』 (다듬은 말로) 첫그물. 初- ((북한))

초두목 「명」 『림학』 (다듬은 말로) 초리나무. 梢頭木 ((북한))

초례 「명」 ⊗ 혼인을 지내는 례식. ‖ ~를 치르다.§ (다듬은 말로) 결혼례식 醮禮 ((북한))

초반 「명」 『건설』 (다듬은 말로) 기초바닥. 礎磐 ((북한))

초본경 「명」 (다듬은 말로) 풀줄기. 草本莖 ((북한))

초빙02 「명」 (다듬은 말로) 첫얼음. 初氷 ((북한))

초산01 「명」 ①『의학』 처음으로 아이를 낳는것. ②『축산』 (다듬은 말로) 첫배. 初産 #6초산하다 #$「동」(타) ((북한))

초시04 「명」 『생물』 (다듬은 말로) 날개집. 鞘翅 ((북한))

초시류 「명」 『생물』 (다듬은 말로) 딱장벌레류. 鞘翅類 ((북한))

초신성 「명」 『천문』 (다듬은 말로) 큰새별. 超新星 ((북한))

초장12 「명」 『농학』 (다듬은 말로) 키. 草長 ((북한))

초지02 「명」 『축산』 (다듬은 말로) 풀판. 草地 ((북한))

촌극01 「명」 『연극』 (다듬은 말로) 토막극. 【2】 寸劇 ((북한))

총경동맥 「명」 『의학』 (다듬은 말로) 온목동맥. 總頸動脈 ((북한))

총구인-꾸- 「명」 『의학』 (다듬은 말로) 총구멍자국. 銃口印 ((북한))

총괄어 「명」 『언어』 (다듬은 말로) 묶음말. 總括語 ((북한))

총담관 「명」 (다듬은 말로) 온열물관. 總膽管 ((북한))

총상화서 「명」 『생물』 (다듬은 말로) 송이꽃차례. 銃狀花序 ((북한))

총생 「명」 (다듬은 말로) 무데기나기. 叢生 ((북한))

추골 「명」 『생리』 (다듬은 말로) 등마디뼈. 椎骨 ((북한))

추공02 「명」 『광업』 (다듬은 말로) 구멍뚫이. 錐孔 ((북한))

추공막장 「명」 『광업』 (다듬은 말로) 구멍뚫이막장. 錐孔- ((북한))

추기03 「명」 (다듬은 말로) 덧씀. 덧쓰기. 追記 ((북한))

추광성-썽 「명」 『생물』 (다듬은 말로) 빛따를성. 趨光性 ((북한))

추동성-썽 「명」 『생물』 (다듬은 말로) 따를성. ((북한))

추목피 「명」 (다듬은 말로) 가래나무껍질. 楸木皮 ((북한))

추백리-뱅- 「명」 『축산』 (다듬은 말로) 병아리흰설사병. 추@白痢 ((북한))

추상05 「명」 『체육』 (다듬은 말로) 밀어올리기. 推上 ((북한))

추성05 「명」 『생물』 (다듬은 말로) 따를성. 趨性 ((북한))

추적기 「명」 『기계』 (다듬은 말로) 자국따르개. 追跡機 ((북한))

추지성-썽 「명」 (다듬은 말로) 땅따름성. 趨地性 ((북한))

추재01 「명」 『생물』 (다듬은 말로) 가을나무살. 秋材 ((북한))

추출 「명」 ① 추상해서 뽑아내는것. ② (다듬은 말로) 뽑기. 뽑아내기. 抽出 #6
　　추출하다 #$「동」(타) ｜ 어디까지나 객관적현실자체에 엄격히 기초하여 거
　　기로부터 특징들과 합법칙성을 추출하여야 한다. § #6추출되다 #$「동」(자)
　　((북한))

추파02 「명」 『농학』 (다듬은 말로) 가을심기. 가을씨붙임. 秋播 ((북한))

추열성-썽 「명」 『생물』 (다듬은 말로) 열따를성. 趨熱性 ((북한))

추위02 「명」 『축산』 (다듬은 말로) 주름위. 皺胃 ((북한))

축로01충-「명」 『금속』 (다듬은 말로) 로쌓기. 築爐 ((북한))

축로03충-「명」 『선박』 (다듬은 말로) 축길. 軸路 ((북한))

축수05 「명」 『의학』 병을 치료하거나 진단하기 위하여 특수하게 만든 주사기로
　　륵막안, 배안, 뼈속 등 몸안의 일정한곳을 찔러 삼출액이나 공기, 배물, 척
　　수액, 피, 오줌등을 뽑아내는것. (다듬은 말로) 물빼기. 縮水 #6축수하다
　　#$「동」(자. 타) ((북한))

축조01 「명」 (돌 같은것을) 쌓아서 벽이나 구조물을 만드는것. ｜ 보통문의 축대
　　만 가지고도 우리 선조들의 뛰여난 축조기술을 자랑할수 있다. § (=)축구0

    2. (다듬은 말로) 쌓기. 築造 #6축조하다 #$「동」(타) #6축조되다 #$「동」
(자) ㅣ 나는 토성랑의 옛 흔적을 찾아 화강석으로 축조된 유보도를 따라
걸었다. § 【22】 ((북한))

축추란 「명」『잠학』(다듬은 말로) 주름알. 縮皺卵 ((북한))

축엽병 「명」『농학』(다듬은 말로) 잎줄음병. 縮葉病 ((북한))

축융01 「명」『방직』모직천을 뜨거운 물속에서 두들기고 짓누르는것과 같은 기
계적작용을 주어 천조직이 서로 엉키게 하는 가공. 물막이천, 모자천 등을
만들 때 쓰인다. (다듬은 말로) 얽혀줄이기. 縮絨 ((북한))

춘재 「명」(다듬은 말로) 봄나무살. 春材 ((북한))

춘파 「명」(다듬은 말로) 봄씨붙임. 봄심기. 春播 ((북한))

춘앵무 「명」① (다듬은 말로) 꾀꼬리춤. ② = 춘앵전. 春鶯舞 ((북한))

축각견 「명」(다듬은 말로) 빈고치. 出殼繭 ((북한))

출광 「명」『광업』(광산에서) 막장에서 캔 광석을 굴밖으로 실어내는것. ‖ ~실
적. ~을 다그치다. § (다듬은 말로) 광석뽑기. 광석내기. 出鑛 #6출광하다
#$「동」(타) #6출광되다 #$「동」(자) ((북한))

출무 「명」『운수』맡은 직무를 수행하러 나가는것. ㅣ 기관사동무들에게 이런 사
정을 알려준 다음 출무를 시켜주세요. (다듬은 말로) 일나가기. 일나감. 出
務 #6출무하다 #$「동」(자) ((북한))

출수01-쑤 「명」『농학』(다듬은 말로) 이삭패기. 出穗 ((북한))

출수기-쑤- 「명」『농학』(다듬은 말로) 이삭팰 때. 出穗期 ((북한))

출생지-쌩- 「명」출생한곳. (다듬은 말로) 난곳 【2】 ((북한))

출저견 「명」(다듬은 말로) 구데기나온 고치. 出蛆繭 ((북한))

출찰 「명」『운수』(다듬은 말로) 표팔기. 出札 ((북한))

출하 「명」짐을 내여보내는 일. (다듬은 말로) 짐보내기. 出荷 #6출하하다 #
$「동」(자.타) #6출하되다 #$「동」(자) ((북한))

출아01 「명」① (다듬은 말로) 싹나기. ② 출아법으로 번식시키는 일. 出芽 #6출
아하다 #$「동」(타) 출아01①. ((북한))

출아02 「명」(다듬은 말로) 나비나기. 出蛾 ((북한))

출아견 「명」(다듬은 말로) 나비난 고치. 出蛾繭 ((북한))

출아법-뻡「명」『생물』(다듬은 말로) 싹나기법. 出芽法 ((북한))

출입복「명」(다듬은 말로) 나들이옷. 出入服 ((북한))

충격치「명」『금속』물체의 충격에 대한 저항력을 평가하는 지표값. 흔히 시편
    의 단위넓이당 작용하는 시편을 파괴하는데 든 일의 량으로 표시된다. (다
    듬은 말로) 때림값. 衝擊値 ((북한))

충매수분「명」『생물』(다듬은 말로) 벌레나름가루받이. 蟲媒受粉 ((북한))

충매화「명」『생물』(다듬은 말로) 벌레나름꽃. 蟲媒花 ((북한))

충전02「명」『광업』(다듬은 말로) 채우기. 充塡 ((북한))

충전물「명」『금속』(다듬은 말로) 채움감. 充塡物 ((북한))

충전제「명」(다듬은 말로) 채움약. 채움감. 充塡劑 ((북한))

충진제「명」『수리』(다듬은 말로) 채움감. ((북한))

충치01「명」『의학』(다듬은 말로) 삭은이. 蟲齒 ((북한))

충해「명」『농학』(다듬은 말로) 벌레피해. 蟲害 ((북한))

충영01「명」『생물』(다듬은 말로) 벌레혹. 蟲癭 ((북한))

측각01「명」『생물』(다듬은 말로) 옆다리. 側脚 ((북한))

측각02「명」『건설』(다듬은 말로) 각재기. 測角 ((북한))

측각기「명」『기계』(다듬은 말로) 각재개. 측 角器 ((북한))

측구「명」『운수』(다듬은 말로) 옆도랑. 測溝 ((북한))

측뇌실층-「명」『생리』(다듬은 말로) 옆뇌실. 側腦室 ((북한))

측두골「명」『생리』(다듬은 말로) 옆머리뼈. 側頭骨 ((북한))

측두근「명」『생리』(다듬은 말로) 옆머리살. 側頭筋 ((북한))

측력계층-「명」『물리』힘의 크기를 재기 위한 도구. (다듬은 말로) 힘재개. 測
    力計 ((북한))

측맥층-「명」『생물』(다듬은 말로) 곁줄. 側脈 ((북한))

측방01「명」『농학』(다듬은 말로) 옆쪽. 側方 ((북한))

측벽01「명」(다듬은 말로) 옆벽. 側壁 ((북한))

측변「명」『수학』(다듬은 말로) 옆변. 側邊 ((북한))

측백엽「명」(다듬은 말로) 측백나무잎. 側柏葉 ((북한))

측선「명」①『체육』경기장 량옆의 경기장구역을 표시하는 선. 〈다듬은 말로:

옆금〉 ②『운수』(다듬은 말로) 옆선. ③『생물』(다듬은 말로) 옆줄 側線 ((북한))

측심01「명」(다듬은 말로) 깊이재기. 測深 ((북한))

측심삭「명」(다듬은 말로) 깊이재기바줄. 測深索 ((북한))

측점「명」『기계』(다듬은 말로) 잴점. 測點 ((북한))

측정01〈22〉「명」① 길이나 무게 같은것을 재는것. ‖ ~과 실험. §〈다듬은 말로: 재기〉②『수학』어떤 량이 기준으로 잡은 량의 몇곱절인가를 알아내는것. ③『자동화』어떤 대상의 량에 대하여 기준량과 비교하여 수자 또는 부호로 나타나는것. 測定 #6측정하다 #$「동」(타) #6측정되다 #$「동」(자) * 재다. 【91】((북한))

측정치「명」『건설』(다듬은 말로) 잰값. 測定値 ((북한))

측판02「명」『기계』(다듬은 말로) 옆판. 側板 ((북한))

측아「명」『생물』(다듬은 말로) 곁눈. 側芽 ((북한))

측아제거「명」『농학』(다듬은 말로) 곁눈따기. 側芽除去 ((북한))

측엽「명」『생물』(다듬은 말로) 옆잎. 側葉 ((북한))

층간수「명」『지질』(다듬은 말로) 층사이물. 層間水 ((북한))

층상「명」(다듬은 말로) 층모양. 層狀 ((북한))

층서「명」(다듬은 말로) 층차례. 層序 ((북한))

층적운「명」(다듬은 말로) 층더미구름. 層積雲 ((북한))

층운「명」(다듬은 말로) 층구름. 層雲 ((북한))

치05「명」(다듬은 말로) 값. ▷ 단어만들기의 요소로 쓰인다. ‖ 극한 ~. 평균 ~. § 値 ((북한))

치강「명」『생리』(다듬은 말로) 이발안. 齒腔 ((북한))

치경01「명」『생리』이에서 이몸속의 부분과 이몸밖의 부분이 나뉘는 목. 〈다듬은 말로: 이목〉齒頸 ((북한))

치경03「명」거울의 반사를 리용하여 이발이나 입안을 볼수 있게 만든 기구. 〈다듬은 말로: 이거울〉齒鏡 ((북한))

치골01「명」『생리』(다듬은 말로) 이발뼈. 齒骨 ((북한))

치근막「명」(다듬은 말로) 이뿌리막. 齒根膜 ((북한))

치관01 「명」『의학』 (다듬은 말로) 이머리. 齒冠 ((북한))

치묘 「명」『림학』 (다듬은 말로) 제자리모. 穉苗 ((북한))

치매01 「명」『의학』 (다듬은 말로) 바보. 癡呆 ((북한))

치사량 「명」『의학』 (다듬은 말로) 죽는량. 죽임량. 致死量 ((북한))

치석01 「명」『건설』 (다듬은 말로) 다듬돌. 治石 ((북한))

치석02 「명」 (다듬은 말로) 이돌. 齒石 ((북한))

치수03 「명」『의학』 (다듬은 말로) 이속. 齒髓 ((북한))

치식 「명」 (다듬은 말로) 이발식. 齒式 ((북한))

치잠 「명」『잠학』 (다듬은 말로) 어린누에. 穉蠶 ((북한))

치조01 「명」『의학』 (다듬은 말로) 이틀. 이발집. 齒槽 ((북한))

치조농루 「명」『의학』 (다듬은 말로) 너리증① 齒槽膿漏 ((북한))

치조음 「명」『언어』 (다듬은 말로) 이몸소리. 齒槽音 ((북한))

치통 「명」『의학』 (다듬은 말로) 이쏘기. 齒痛 #7치통하는 모상이라 #%=치질
    앓는 고양이상 같다. ((북한))

치환 「명」 ①『수학』 차례로 늘어선 몇개의 물건의 모임에서 물건들의 차레만
    바꾸는 일. ②『화학』 유기화합물의 어떤 원자 또는 원자단을 다른 원자
    또는 원자단으로 바꾸어넣는것 또는 그 반응. ③『금속』 (다듬은 말로) 자
    리바꿈. 置換 #6치환하다 #$「동」(타) * 갈아넣다. #6치환된다 #$「동」(자)
    【6】 ((북한))

치아01 「명」 (다듬은 말로) 이. 이발. 齒牙 ((북한))

치음 「명」『언어』 (다듬은 말로) 이소리. 齒音 ((북한))

친화성-썽 「명」 ①『농학』 (다듬은 말로) 붙임성. ②『화학』 다른 종류의 물질
    들이 서로 화합하려는 성질. ‖ ~이 크다. § 親和性 ((북한))

칠기01 「명」 (다듬은 말로) 칠그릇. 漆器 ((북한))

칠성문-썽- 「명」 평양시 모란봉에 있는 고구려의 평양성내성의 북문. 6세기중
    엽에 처음 세우고 고려때 고쳤으며 문우에 있는 루정은 1712년에 고쳐세
    운것이다. 성문축대는 다듬은 돌로 선과 면을 맞추어 정연하게 쌓았고 가
    운데에 무지개문을 냈다. 옹성벽은 특이한 구조로 이루어졌는데 둥그렇게
    배가 나오게 하여 성문에서 약 5.6메터 도드라지게 하였으며 문밖의 폭을

3.8메터로 좁히고 그우에 성가퀴를 쌓았다. 문루는 앞면 3간, 옆면 2간, 12개의 두리기둥우에 막걸기식두공에 합각지붕을 이은 아담한 다락이다. 칠성문에는 16세기말 임진조국전쟁때의 우리 군인들과 애국적인민들의 투쟁력사를 비롯한 여러 고사가 깃들어있다. 칠성문은 오늘 우리 근로자들의 문화휴식터로 소중히 관리보존되고있다. 七星門 ((북한))

칠향계찜 「명」 닭찜의 한가지. 튀한 닭의 내장을 긁어내고 생강, 파, 천초, 간장, 기름을 섞어넣고 도라지 우린 물에 넣어 중탕하여 익힌다. (=) 칠향계증 (다듬은 말로) 닭쌈향찜. 漆香雞— ((북한))

침골 「명」 『생리』 두개골의 한 부분. 머리뒤의 아래쪽에 있어 누우면 베개가 닿는다. (다듬은 말로) 모루뼈. 枕骨 ((북한))

침사지 「명」 『수리』 (다듬은 말로) 모래잡이구조물. 沈砂池 ((북한))

침성란 「명」 『생물』 (다듬은 말로) 가라앉는 알. 沈性卵 ((북한))

침식지형 「명」 (다듬은 말로) 물패임땅. ((북한))

침자01 「명」 (다듬은 말로) 바돌. 沈子 ((북한))

침적01 「명」 가라앉아 물밑에 쌓이는것. (다듬은 말로) 앙금쌓이기. 沈積 #6침적하다 #$「동」(자) #6침적되다 #$「동」(자) *가라앉아 쌓이다. ((북한))

침전지 「명」 (다듬은 말로) 앙금못. 沈澱池 ((북한))

침전제01 「명」 『화학』 (다듬은 말로) 앙금약. 沈澱劑 ((북한))

침전제02 「명」 『약학』 (다듬은 말로) 우려달임약. 浸煎劑 ((북한))

침종 「명」 (다듬은 말로) 씨담그기. 浸種 ((북한))

침제 「명」 ①『약학』 (다듬은 말로) 우림약. ② 단단한 물질속의 성분을 녹여서 빼내는것 또는 그것. 浸劑 ((북한))

침탄 「명」 『금속』 (다듬은 말로) 탄소넣기. 浸炭 ((북한))

침판01 「명」 『기계』 (다듬은 말로) 바늘판. 針板 ((북한))

침포01 「명」 (다듬은 말로) 바늘띠. 톱날띠. 針布 ((북한))

침하01 「명」 ① 가라앉아내리는 것. ▷ 꺼지여 내려앉는것. ②『광업』 (다듬은 말로) 내려앉음. ③『건설』 (다듬은 말로) 내려앉기 沈下 #6침하하다 #$「동」(자) 【2】 ((북한))

침하02 「명」 『방직』 (다듬은 말로) 바늘박히기. 針下 ((북한))

침하량 「명」 『건설』 (다듬은 말로) 내려앉음량. 沈下量 ((북한))

침엽 「명」 (다듬은 말로) 바늘잎. 針葉 ((북한))

침엽수 「명」 『생물』 (다듬은 말로) 바늘잎나무 【3】 針葉樹 ((북한))

침엽수림 「명」 (다듬은 말로) 바늘잎나무숲. ((북한))

침엽수림대 「명」 (다듬은 말로) 바늘잎나무숲대. ((북한))

채과 「명」 (다듬은 말로) 남새과일. 菜果 ((북한))

채두 「명」 『농학』 (다듬은 말로) 나물당콩. 菜豆 ((북한))

채란 「명」 (다듬은 말로) 알받이. 採卵 ((북한))

채면 「명」 『림학』 (다듬은 말로) 나무베기면. 採面 ((북한))

채무노예 「명」 (다듬은 말로) 빚노예. ((북한))

채밀 「명」 (다듬은 말로) 꿀뜨기. 採蜜 ((북한))

채벌 「명」 산관에서 나무를 베내는 일. (다듬은 말로) 나무베내기. 採伐 #6채벌
    하다 #$「동」(타) 【5】 ((북한))

채석02 「명」 (돌자재로 쓸) 돌을 캐는 일. (다듬은 말로) 採石 #6채석하다 #$「동」
    (자,타) #6채석되다 #$「동」(자) 【5】 ((북한))

채수01 「명」 『수산』 (다듬은 말로) 물뜨기. 採水 ((북한))

채자 「명」 『인쇄』 (다듬은 말로) 활자추기. 採字 ((북한))

채전01 「명」 (다듬은 말로) 남새밭. 菜田 ((북한))

채종림 「명」 『림학』 질좋은 나무씨앗을 많이 받기 위하여 일정한 구역에 조성한
    숲. (다듬은 말로) 씨앗받이숲. ((북한))

채혈 「명」 『의학』 (다듬은 말로) 피뽑기. 採血 ((북한))

채운 「명」 (다듬은 말로) 색구름. 彩雲 ((북한))

체경01 「명」 (다듬은 말로) 몸거울 【2】 體鏡 ((북한))

체장 「명」 『농학』 (다듬은 말로) 몸길이. 體長 ((북한))

체절 「명」 (다듬은 말로) 몸마디. 體節 ((북한))

체중화물 「명」 『운수』 (다듬은 말로) 무게넘는 짐. 體重貨物 ((북한))

체팽창 「명」 『물리』 온도가 높아짐에 따라 물체의 부피가 커지는 현상. (다듬은
    말로) 부피불음. 부피팽창. 體膨脹 ((북한))

체환01 「명」 『생물』 (다듬은 말로) 몸고리. 體環 ((북한))

체위 「명」 ① 몸의 튼튼하고 약한 정도. ②『의학』“선 자세, 앉은 자세, 누운 자세 등 몸의 일정한 자세”를 통털어 이르는 말. (다듬은 말로) 몸단위. 몸위치. 體位 ((북한))

최면제 「명」『약학』(다듬은 말로) 잠약. 催眠劑 ((북한))

최소가청음 「명」『건설』(다듬은 말로) 최소들림소리. 最小可聽音 ((북한))

최종질주－쭈 「명」『체육』(다듬은 말로) 마감달리기. ((북한))

최청 「명」『잠학』(다듬은 말로) 알깨우기. 催靑 ((북한))

최토제 「명」『약학』(다듬은 말로) 게움약. ((북한))

최유 「명」 (다듬은 말로) 젖내기. 催乳 ((북한))

최유제 「명」 (다듬은 말로) 젖내기약. 催乳劑 ((북한))

취련 「명」『금속』(다듬은 말로) (쇠물)불기. 吹鍊 ((북한))

취비증－쯩 「명」『의학』(다듬은 말로) 코냄새증. 臭鼻症 ((북한))

취산화서 「명」『생물』(다듬은 말로) 고른살꽃차례. 聚繖花序 ((북한))

취성01 「명」『물리』(다듬은 말로) 바스러짐성. 脆性. 脆性 ((북한))

취수정 「명」『건설』(다듬은 말로) 물잡이우물. 取水井 ((북한))

취한제 「명」 (다듬은 말로) 땀내기약. 取汗劑 ((북한))

취오동 「명」 (다듬은 말로) 누리장나무. 臭梧桐 ((북한))

카라 「명」 ① 양복저고리나 와이샤쯔의 목을 여미는 것. ②『기계』(다듬은 말로) 턱고리. 축목턱. 【4】 ←collar&영((북한))

카바 「명」 ① (다듬은 말로) 덮개. 씌우개. 잇. 보 ② ⇒ 막기②. cover&영 #6카바하다 #$「동」(타) 카바②. 【3】 ((북한))

카브 「명」 (다듬은 말로) 굽이길, 굽인돌이. 【2】 ←curve&영((북한))

카트 「명」 ① (주로 글이나 사진, 필림 같은데서 어떤 부분이나 장면을) 떼여내거나 없애버리는것 또는 떼여냈거나 없애버린 한토막. ▷ 이름수의 단위로 쓰인다. ‖ 한~ 찍다. § ② (머리칼을) 자르는것. ‖ ~머리. ~를 치다. § ③ 촬영할 때에 촬영기의 회전을 멈추어 촬영을 중단하는 일 또는 그만 촬영하라는 뜻의 구령. ④『체육』(다듬은 말로) 깎아치기. cut&영 #6카트하다 #$「동」(자. 타) 【2】 ((북한))

카후스 「명」 (다듬은 말로) 소매기슭단 ←cuffs&영 ((북한))

칼파스「명」(다듬은 말로) 고기순대 【2】 колбаса&로 ((북한))

칼피스「명」(다듬은 말로) 신젖단물 【2】 calpis&영 ((북한))

캬라멜「명」(다듬은 말로) 기름사탕 【2】 ←caramel ((북한))

코너「명」(다듬은 말로) 구석. 모서리. corner&영 ((북한))

코너뽈「명」(다듬은 말로) 구석공. corner boll&영 ((북한))

콜드크림「명」(다듬은 말로) 기름크림. coldcream&영 ((북한))

콤마「명」① ⇒ 반점. ② ⇒ 점09. ‖ 삼~ 오. § ③ (다듬은 말로) 칸④. comma
&영 ((북한))

콤팍트「명」(다듬은 말로) 분첩갑. compact&영 ((북한))

콩크리트타입「명」(다듬은 말로) 콩크리트치기. ((북한))

크로바「명」(다듬은 말로) 토끼풀 ←clover&영 ((북한))

크로스바「명」『체육』(다듬은 말로) 가름대. crossbar&영 ((북한))

키퍼「명」『체육』(다듬은 말로) 문지기. keeper&영 ((북한))

케이프「명」(다듬은 말로) 날개옷. 【2】 cape&영 ((북한))

타가수정「명」『생물』 서로 다른 개체의 암수배우자에 의하여 수정되는것. 동물
에서는 널리 있는 현상이다. 식물의 나무들에서도 암나무와 수나무가 있
어 진행되는것이 적지 않다. (다듬은 말로) 남수정. 他家受精 ((북한))

타검「명」(다듬은 말로) 두드림검사 【3】 打檢 ((북한))

타구점「명」『체육』(다듬은 말로) 치는점. 打球點 ((북한))

타륜「명」(다듬은 말로) 키돌리개 【2】 舵輪 ((북한))

타면01「명」(다듬은 말로) 솜타기. 打綿 ((북한))

타면기「명」(다듬은 말로) 솜타는 기계. 솜틀 【2】 ((북한))

타모기「명」(다듬은 말로) 털타는 기계. 打毛機 ((북한))

타병「명」(다듬은 말로) 키손. 舵柄 ((북한))

타소법−뻡「명」(다듬은 말로) 때려털기. 打掃法 ((북한))

타포「명」(다듬은 말로) 천두드리기. 打布 ((북한))

타화수분「명」(다듬은 말로) 다른 꽃 가루받이. 他花受粉 ((북한))

타화수정「명」(다듬은 말로) 다른 꽃 수정. 他花受精 ((북한))

타액선「명」(다듬은 말로) 침선03 唾液腺 ((북한))

탁도「명」(다듬은 말로) 흐림도. 濁度 ((북한))

탁동갱「명」(다듬은 말로) 가새갱도. ((북한))

탁상식돌멘「명」『고고』(다듬은 말로) 오덕형고인돌. ((북한))

탁엽「명」『생물』(다듬은 말로) 받침잎. 托葉 ((북한))

탄사03「명」(다듬은 말로) 띔실. 彈絲 ((북한))

탄저병―뼝「명」『농학』(다듬은 말로) 검댕이병. ((북한))

탄저병균「명」『농학』(다듬은 말로) 검댕이병균. ((북한))

탄저열「명」(다듬은 말로) 검댕이병. 炭疽熱 ((북한))

탄주01「명」『광업』(다듬은 말로) 탄기둥. 炭柱 ((북한))

탈각01「명」① (식물의 줄기, 열매, 씨앗 등의) 껍데기를 벗기는것. ②『생물』
    (다듬은 말로) 허물벗기. 脫殼 #6탈각하다 #$「동」(자.타) ((북한))

탈곡「명」(다듬은 말로) 낟알털기【24】脫穀 ((북한))

탈구01「명」『의학』(다듬은 말로) 뼈어김. 脫臼 ((북한))

탈락「명」① 빠지거나 떨어져서 없어지는것. ②『언어』(다듬은 말로) 빠짐. #6
    탈락하다 #$「동」(자) ‖ 낡은 세포질이 ~.§ #6탈락되다 #$「동」(자) *떨어지
    다. 빠지다. ((북한))

탈리반응「명」(다듬은 말로) 떼내기반응. ((북한))

탈린「명」(다듬은 말로) 린빼기. 린떼기. 脫燐 ((북한))

탈립성「명」(다듬은 말로) 알튀여나기성. 脫粒性 ((북한))

탈모01「명」① 털이 빠지는것 또는 빠진 털. ② (다듬은 말로) 털뽑기. 脫毛
    #6탈모하다 #$「동」(자) ((북한))

탈모기「명」(다듬은 말로) 털뽑이기계. 脫毛機 ((북한))

탈모증―쯩「명」(다듬은 말로) 털빠짐증. 脫毛症 ((북한))

탈산―싼「명」『화학』(다듬은 말로) 산소빼기. 산소떼기. 脫酸 ((북한))

탈산법―싼뻡「명」『농학』(다듬은 말로) 산빼기. 脫酸法 ((북한))

탈산소「명」『화학』(다듬은 말로) 산소떼기. 脫酸素 ((북한))

탈산제―싼―「명」『금속』(다듬은 말로) 산소빼기감. 脫酸劑 ((북한))

탈수―쑤「명」(다듬은 말로) 물빼기. 脫水 ((북한))

탈수소「명」『화학』(다듬은 말로) 수소떼기. 脫水素 ((북한))

탈수소반응「명」『화학』(다듬은 말로) 수소떼기반응. 脫水素反應 ((북한))

탈수제－쑤－「명」(다듬은 말로) 물빼기약. 물빼기감. 脫水劑 ((북한))

탈색01－쌕「명」(다듬은 말로) 색빼기. 색날기. 脫色 ((북한))

탈색제－쌕－「명」(다듬은 말로) 색빼기약. 脫色劑 ((북한))

탈자01－짜「명」(다듬은 말로) 빠진 글자. 脫字 ((북한))

탈자02－짜「명」『전기』(다듬은 말로) 자기잃음. 脫磁 ((북한))

탈자기－짜－「명」『기계』(다듬은 말로) 자기힘떨구개. 脫磁器 ((북한))

탈기면－찌－「명」(다듬은 말로) 약솜【2】((북한))

탈지유－찌－「명」(다듬은 말로) 기름 뺀 젖. ((북한))

탈질「명」『화학』(다듬은 말로) 질소떼기. 脫窒 ((북한))

탈질균「명」『생물』(다듬은 말로) 질소떼기균. 脫窒菌 ((북한))

탈취02「명」(다듬은 말로) 냄새빼기. 脫臭 ((북한))

탈취제「명」(다듬은 말로) 냄새빼기약 냄새빼기감. 脫臭劑 ((북한))

탈피「명」① (다듬은 말로) 껍질벗기기. ②『생물』(다듬은 말로) 허물벗기기.
　　③ (일정한 상태나 처지에서) 완전히 벗어나는것. 脫皮 #6탈피하다 #$「동」
　　(자) 탈피③. ‖ 경제적예속에서 ~. 낡은 사고방식에서 ~.§ #6탈피되다 #
　　$「동」(자) 탈피③.【14】((북한))

탈염「명」①『화학』주로 액체시료속에 들어있는 염류를 없애는 일. 물을 높은
　　순도로 정제하거나 원유속에 들어있는 무기염을 증류하기 전에 없애기 위
　　하여 한다. (=) 염빼기. ②『수산』(절인 물고기에서) 소금기를 빼는 일.
　　③『농학』(다듬은 말로) 소금빠지기 脫鹽 #6탈염하다 #$「동」(자.타) #6탈
　　염되다 #$「동」(자) ((북한))

탈용기「명」『방직』생명주실을 켜고 남은 고치찌끼로부터 솜과 번데기를 갈라
　　내는 기계. 고치실막을 찢고 번데기와 허울이 갈라지게 한다. (다듬은 말
　　로) 번데기 빼는 기계. 脫蛹機 ((북한))

탈의실「명」(다듬은 말로) 옷 벗는 칸【2】脫衣室 ((북한))

탈의장「명」(다듬은 말로) 옷 벗는곳. ((북한))

탕제「명」(다듬은 말로) 달임약 湯劑 ((북한))

토공01「명」① 건설에서 흙을 파고 메우고 쌓는것과 같은 흙을 다루는 공사.

‖ ~로동. ~작업.§ (=) 토공사. (다듬은 말로) 흙일. ② = 토공로동자. ‖ 벽돌공, 철근공, ~들이 작업을 하다.§ 【3】土工 ((북한))

토련기 「명」 (다듬은 말로) 흙이기개. 土練機 ((북한))

토사방지림 「명」 (다듬은 말로) 흙모래막이숲. ((북한))

토심01 「명」『농학』 (다듬은 말로) 땅깊이. 土深 ((북한))

토장04 「명」 (다듬은 말로) 나무터. 土場 ((북한))

토적03 「명」 (다듬은 말로) 흙쌓기. 土積 ((북한))

토적장 「명」 (다듬은 말로) 흙쌓는터. 土積場 ((북한))

토주02 「명」 (다듬은 말로) 흙기둥. 土柱 ((북한))

토제01 「명」 (다듬은 말로) 게움약. 吐劑 ((북한))

토출관 「명」 양수기의 물을 내쏘는 관. ‖ 전동기의 우람한 음향과 함께 양수기가 청천강물을 뽑아올리기 시작하고 토출관에서는 폭포와 같은 물줄기가 뿜어나왔다.§ 〈다듬은 말로: 뽑는관〉 吐出管 ((북한))

토출수 「명」『수리』 (다듬은 말로) 뽑음물. 吐出水 ((북한))

토층 「명」 ① (다듬은 말로) 흙층. ② = 토양층. 土層 ((북한))

토표01 「명」 ① ⇒ 흙가마니. ② (다듬은 말로) 흙주머니닻. 土標 ((북한))

토피01 「명」 (다듬은 말로) 땅껍질 【3】 土皮 ((북한))

토안 「명」 ① 토끼눈이란 뜻으로 "동물이 눈을 뜨고 자는 현상"을 이르는 말. ② (다듬은 말로) 눈알나오기. 兎眼 ((북한))

토양립자 「명」 (다듬은 말로) 흙알갱이. ((북한))

토운차 「명」 (다듬은 말로) 흙차. 흙자갈차. 土運車 ((북한))

통상화관 「명」『생물』 (다듬은 말로) 관모양꽃갓. 筒狀花冠 ((북한))

통수폭 「명」『건설』 수리시설이나 구조물의 물이 통과하는 너비. (다듬은 말로) (물)흐름너비. 通水幅 ((북한))

통표 「명」 (다듬은 말로) 길표 【7】 通標 ((북한))

통풍구 「명」 바람이나 공기가 통하게 낸 구멍. ‖ 둥그런 천막의 통풍구로는 은은한 달빛이 흘러들었다. § (=) 통풍공. (다듬은 말로) 바람구멍 【4】 通風口 ((북한))

통풍관 「명」 통풍을 하기 위하여 설치해놓은 관. (다듬은 말로) 바람관. 通風管

((북한))

통유03 「명」 (다듬은 말로) 젖내기. 通乳 ((북한))

투과성―썽 「명」 ① 투과하는 성질. ‖ ~이 센 방사선. § ② (다듬은 말로) 나듬
　　　성. ③ (다듬은 말로) 뚫리는(것). ④『광업』 암석이 원유나 가스를 통과시
　　　키는 성질. 단위는 다르시이다. 透過性 ((북한))

투명지 「명」 환히 비쳐서 투명하게 꿰뚫어보이는 얇은 종이. (다듬은 말로)비침
　　　종이. 透命紙 ((북한))

투사02 「명」 ① (다듬은 말로) 넣기. ②『체육』 활을 쏘거나 창이나 포환을 던지
　　　는것. 投射 #6 투사하다 #$「동」(지.더)【4】((북한))

투사지 「명」 (다듬은 말로) 비침종이. 透寫紙 ((북한))

투석01 「명」 ① 돌을 던지는것 또는 던지는 그 돌. ‖ ~거리. ~싸움. § ② (다듬
　　　은 말로) 돌넣기. 投石 #6 투석하다 #$「동」(자)【4】((북한))

투석02 「명」『화학』 (다듬은 말로) 스밈가르기. 透析 ((북한))

투수01 「명」【11】(다듬은 말로) 넣는사람. 投手 ((북한))

투수성―썽 「명」 (다듬은 말로) 물스밈성. 透水性 ((북한))

투수층 「명」 (다듬은 말로) 물스밈층. 透水層 ((북한))

투창 「명」 ① 창을 던지는것. ② (다듬은 말로) 창던지기. 投槍 #6 투창하다 #
　　　$「동」(자) ((북한))

투척 「명」 ① (물건을) 후려 던지는것. ②『체육』 (다듬은 말로) 던지기. 投擲
　　　#6 투척하다 #$「동」(자) ((북한))

투탄02 「명」 (다듬은 말로) 탄퍼넣기. 投炭 ((북한))

투피스 「명」 양복저고리와 치마가 각각 따로 있으면서 한벌이 되는 녀자양복이
　　　나 어린이양복. (다듬은 말로) 나뉜옷. twopiece&영((북한))

투약구 「명」 (다듬은 말로) 약내주는 곳. 投藥口 ((북한))

태낭 「명」 (다듬은 말로) 새끼주머니. 胎囊 ((북한))

태류 「명」 (다듬은 말로) 땅밥류. 이끼류. 苔類 ((북한))

태모01 「명」 ① 태아를 가진 어머니라는 뜻으로 "임신부"를 이르는 말. ② (다듬
　　　은 말로) 배안새끼집. 胎母 ((북한))

태모02 「명」 (다듬은 말로) 배안새끼털. 胎毛 ((북한))

태좌01「명」(다듬은 말로) 태자리. 胎座 ((북한))

태포01「명」(다듬은 말로) 태아보자기. 胎胞 ((북한))

태향「명」『의학』태아가 놓인 방향. 〈다듬은 말로: 태아(놓인)방향〉 胎向 ((북한))

태음조「명」(다듬은 말로) 달미세기. 太陰潮 ((북한))

택란탱―「명」동약에서, 쉽싸리의 잎과 줄기를 약재로 이르는 말. 부인병과 외과치료에 쓰인다. 〈다듬은 말로: 쉽싸리〉 澤蘭 ((북한))

택벌「명」(다듬은 말로) 골라베기. 擇伐 ((북한))

탱석「명」(다듬은 말로) 고인돌. 撑石 ((북한))

퇴비간「명」(다듬은 말로) 두엄간.((북한))

퇴행「명」① 물러나 가는것. ② (일을) 다른 날로 미루어 하는것. ③ (다듬은 말로) 뒤걸음. 退行 #6퇴행하다 #$「동」(자.타)((북한))

파고01「명」(다듬은 말로) 물결높이. [波高] ((북한))

파고솜「명」(다듬은 말로) 헌솜. [破古―] ((북한))

파고지02「명」(다듬은 말로) 헌종이. [破古紙] ((북한))

파고품「명」(다듬은 말로) 헌것. 낡은것. 헌 물건. [破古品] ((북한))

파란03「명」(다듬은 말로) 깨진 알. [破卵] ((북한))

파랑계「명」『해양』(다듬은 말로) 물결재개. [波浪計] ((북한))

파렬―열「명」① 터지거나 깨지거나 짜개지는것. ‖ 포탄의 ~. § ② (다듬은 말로) 터지기. 찢어지기. [破裂] #6파렬하다 #$「동」(자) #6파렬되다 #$「동」(자) 【4】 ((북한))

파렬음―열―「명」① (다듬은 말로) 터침소리. ② (폭탄이나 포탄이) 파렬할때 나는 폭음. ‖ 귀청을 째는듯한 ~. § ((북한))

파면02「명」①『해양』(다듬은 말로) 물결면. ②『물리』진행파에서 어떤 순간에 떨기의 자리각이 같은 점들로 이루어진 면들. [波面] ((북한))

파면03「명」『금속』(다듬은 말로) 깬면. 깨진면. [破面] ((북한))

파사01「명」=파실 (다듬은 말로) 실밥. [破絲] ((북한))

파상01「명」① (다듬은 말로) 물결(모양). ② "파도가 밀려들듯이 어떤 일이 주기적으로 반복되면서 계속 들이밀거나 일어나는 모양"을 비겨 이르는 말.

‖ ~폭격. ~공격. § [波狀] ((북한))

파상운 「명」 (다듬은 말로) 물결구름. [波狀雲] ((북한))

파속01 「명」 ① (다듬은 말로) 물결속도. ② 파동이 전파되는 속도. [波速] ((북한))

파솜 「명」 (다듬은 말로) 헌솜. [破一] ((북한))

파쇠 「명」 (다듬은 말로) 헌쇠. [破一] ((북한))

파장01 「명」 ①『물리』 파동에서 같은 위상을 가지며 서로 이웃한 두 점사이의 기리 곧 파의 마루와 마루사이, 파의 골과 골사이의 거리. ②『해양』 (다듬은 말로) 물결길이. 【27】 [波長] ((북한))

파종01 「명」 (다듬은 말로) 씨뿌리기. 씨붙임. [播種] #6파종하다 #$「동」(자. 타) 【12】 ((북한))

파종기02 「명」 (다듬은 말로) 씨뿌리는 기계. [播種機] #((북한))

파찰음 「명」 (다듬은 말로) 터스침소리. [破擦音] ((북한))

파폭 「명」 (다듬은 말로) 심는너비. [播幅] ((북한))

파이프 「명」 ① (다듬은 말로) 관. ② 서양식 담배대나 물부리. [pipe영]((북한))

판새류 「명」 (다듬은 말로) 판아가미류. [瓣鰓類] ((북한))

판정승 「명」『체육』 레스링, 권투 경기 같은데서 점수의 판정으로 이기는 것. (다듬은 말로) 점수이김. [判定勝] #6판정승하다 #$「동」(자. 타) ((북한))

편각01 「명」『물리』 ① 지자기마당의 방향의 방위각. 지자기의 수평자력의 방향과 지평면의 북쪽방향과의 사이의 각. ② 프리즘에 의한 빛의 굴절 등에서 입사광선과 굴절광선이 이루는 각. ③『수학』 복소수 평면우의 한점에 대해서 "원점을 끝점으로 하고 그 점을 지나는 반직선이 실축의 점의 방향과 이루는 각"을 이르는 말. (다듬은 말로) 쏠림각. 【5】 偏角 ((북한))

편광 「명」『물리』 빛의 전파방향에 수직인 평면안에서 빛의 진동이 방향에 따라 떨기너비를 달리하는 일 또는 그러한 빛. ∣ 우리가 보통 보는 해빛이나 등불의 빛은 편광이 아니며 편광을 얻자면 편광기를 리용하여야 한다. § (다듬은 말로) 빛쏠림. 쏠림빛). 偏光 #6편광하다 #$「동」(자) ((북한))

편광기 「명」『물리』 (다듬은 말로) 빛쏠림개. 偏光器 ((북한))

편광면 「명」『물리』 (다듬은 말로) 빛쏠림면. 偏光面 ((북한))

편망「명」(다듬은 말로) 그물꾸미기. 編網 ((북한))

편모03「명」『생물』(다듬은 말로) 초리털. 鞭毛 ((북한))

편모충류「명」『생물』(다듬은 말로) 초리털벌레류. 鞭毛蟲類 ((북한))

편벌「명」(다듬은 말로) 떼무이. 編筏 ((북한))

편벌장-짱「명」(다듬은 말로) 떼무이터. 編筏場 ((북한))

편상화「명」(다듬은 말로) 목구두. 編上靴 ((북한))

편석「명」『금속』(다듬은 말로) 몰림. 偏析 ((북한))

편심누름부재「명」『건설』(다듬은 말로) 쏠림누름부재. ((북한))

편심누름하중「명」『건설』(다듬은 말로) 쏠림누름하중. ((북한))

편심당김하중「명」『건설』(다듬은 말로) 쏠림당김하중. ((북한))

편심하중「명」(다듬은 말로) 쏠림하중. ((북한))

편적운「명」(다듬은 말로) 쪼각더미구름. 片積雲 ((북한))

편절「명」(다듬은 말로) 쪼각마디. 片節 ((북한))

편직물「명」(다듬은 말로) 뜨개. 뜨개천. 뜨개옷.【4】((북한))

편평골「명」(다듬은 말로) 납작뼈. 扁平骨 ((북한))

편평체「명」(다듬은 말로) 원잎체. 扁平體 ((북한))

편운 片雲「명」(다듬은 말로) 쪼각구름. ((북한))

평규「명」(다듬은 말로) 평이랑. 平畦 ((북한))

평규식「명」(다듬은 말로) 평이랑식. ((북한))

평순모음「명」(다듬은 말로) 가로입술모음. 平脣母音 ((북한))

평조직「명」(다듬은 말로) 평짜임. 平組織 ((북한))

평영「명」(다듬은 말로) 가슴헤염. 平泳 ((북한))

평의자「명」(다듬은 말로) 보통걸상. ｜ 다른 보통교원의 의자는 평의자였으나
　　　교장의 의자만은 삥삥 돌아가는 안락의자였다. ≪"현대조선문학선집" 5≫§
　　　平椅子 ((북한))

포07「명」(다듬은 말로) 꽃싼잎. 苞 ((북한))

포경01「명」(다듬은 말로) 고래잡이. 捕鯨 ((북한))

포경02「명」(다듬은 말로) 꽃싼잎줄기. 抱莖 ((북한))

포경권양기「명」(다듬은 말로) 고래잡이권양기. ((북한))

포경선「명」(다듬은 말로) 고래잡이배. 捕鯨船 ((북한))

포경포「명」(다듬은 말로) 고래포. 捕鯨砲 ((북한))

포경어업「명」(다듬은 말로) 고래잡이어업. ((북한))

포낭「명」(다듬은 말로) 주머니. 包囊 ((북한))

포란수「명」(다듬은 말로) 알밴수. 包卵數 ((북한))

포린「명」『생물』(다듬은 말로) 꽃싸기비늘. 苞鱗 ((북한))

포막01「명」『생물』(다듬은 말로) 꽃싼잎막. 胞膜 ((북한))

포말부선「명」(다듬은 말로) 거품부선. 泡沫浮選 ((북한))

포말부유선광「명」(다듬은 말로) 거품부유선광. ((북한))

포복경「명」(다듬은 말로) 기는줄기. 匍匐莖 ((북한))

포복지「명」(다듬은 말로) 기는가지. 匍匐枝 ((북한))

포석01「명」『건설』길바닥에 돌을 깔아씌우는것 또는 그 깔아씌우는 돌. 크기
　　와 모양을 여러가지이다. (다듬은 말로) 길깔이돌 鋪石 #6포석하다 #$「동」
　　(자.타)【2】((북한))

포창01「명」(다듬은 말로)고래창. 砲槍 ((북한))

포충망「명」(다듬은 말로) 후리채. 捕蟲網 ((북한))

포충엽「명」(다듬은 말로) 벌레잡이잎. 捕蟲葉 ((북한))

포엽「명」(다듬은 말로) 꽃싸기잎. 苞葉 ((북한))

포엽막－염－「명」(다듬은 말로) 꽃싼잎막. 苞葉膜 ((북한))

포유01「명」(다듬은 말로) 젖먹이기. 哺乳 ((북한))

포유기「명」(다듬은 말로) 젖먹이시기. 哺乳期 ((북한))

포원세포「명」『생물』포자어미세포를 형성하는 시원세포. 다른 세포보다 원형
　　질이 많으며 분화하지 않는 상태의 세포이다. (다듬은 말로) 포자될 세포.
　　胞原細胞 ((북한))

표견「명」『방직』(다듬은 말로) 고치풀림처리. 漂絹 ((북한))

표견기「명」『방직』가둑누에고치에서 고치실을 푸는 기계. 실을 푸는 과정에
　　필요없는 색갈이 바래진다. (다듬은 말로) 고치푸는 기계. 漂絹機 ((북한))

표면파「명」①『해양』(다듬은 말로) 겉면물결. ②『물리』(다듬은 말로) 겉면
　　파. ((북한))

표백01 「명」 (다듬은 말로) 바래기. 【8】 漂白 ((북한))

표사01 「명」 바다가에서 물결에 따라 흘러움직이는 모래. (다듬은 말로) 겉면모래. 漂砂 ((북한))

표장03 「명」 (다듬은 말로) 겉붙이기. 表裝 ((북한))

표조 「명」 (다듬은 말로) 떠돌이새. 漂鳥 ((북한))

표준궤 「명」 (다듬은 말로) 표준철길. 標準軌 ((북한))

표음문자―짜 「명」 (다듬은 말로) 소리글자. ((북한))

표음자―짜 「명」 (다듬은 말로) 소리글자. 表音字 ((북한))

표의문자―짜 「명」 『언어』 (다듬은 말로) 뜻글자. 表意文字 ((북한))

표의자―짜 「명」 『언어』 (다듬은 말로) 뜻글자. 表意字 ((북한))

푸쟁 「명」 모시, 베 같은것으로 호아서 지은 옷을 뜯어서 빤 뒤에 풀을 먹여 발다듬이를 하거나 홍두께에 올려 다듬은 다음 다리미로 다리는 일. ((북한))

풍교01 「명」 (다듬은 말로) 바람다리. 風橋((북한))

풍관 「명」 (다듬은 말로) 바람관. 風管 ((북한))

풍도03 「명」 (다듬은 말로) 바람길. 風道 ((북한))

풍매수분 「명」 『생물』 (다듬은 말로) 바람가루받이. ((북한))

풍매식물―싱― 「명」 『생물』 (다듬은 말로) 바람나름식물. ((북한))

풍매화 「명」 『생물』 (다듬은 말로) 바람나름꽃. 風媒花 ((북한))

풍수년 「명」 (다듬은 말로) 물많은 해. 豊水年 ((북한))

풍수해 「명」 (다듬은 말로) 비바람피해. 風水害 ((북한))

풍향 「명」 (다듬은 말로) 바람방향. 風向 ((북한))

풍혈 「명」 ①『건설』바람구멍이라는 뜻으로 "공예품이나 건물의 면에 구멍을 뚫거나 음각을 한 장식부분"을 이르는 말. (다듬은 말로) 바람구멍. ② "산기슭이나 내가의 시원한 바람이 불어나오는 구멍이나 바위틈"을 이르는 말. 風穴 ((북한))

풍해01 「명」 (다듬은 말로) 바람피해. 風害 ((북한))

풍압 「명」 (다듬은 말로) 바람압력. 風壓 ((북한))

프롤로그 「명」 ①『문예』 (다듬은 말로) 머리이야기. ②『연극』 (다듬은 말로) 머리막. prologue&영((북한))

피가수「명」(다듬은 말로) 더해질수. 被加數 ((북한))

피감수「명」(다듬은 말로) 덜릴수. 被減數 ((북한))

피낭「명」(다듬은 말로) 가죽주머니. 皮囊 ((북한))

피낭동물「명」(다듬은 말로) 주머니동물. ((북한))

피낭류「명」(다듬은 말로) 가죽주머니류. ((북한))

피목「명」(다듬은 말로) 껍질틈. 皮目 ((북한))

피물02「명」 "짐승의 가죽이나 털가죽"을 통털어 이르는 말. ‖ 수달피, 범가죽,
    누루가죽 같은 ~. § (다듬은 말로) 가죽붙이, 가죽. 【2】 皮物 ((북한))

피복02「명」 겉을 덮어싸는것 또는 그 덮어싸는 물건. ‖ ~선. ~재. (다듬은 말
    로) 씌움. 덮임. 被覆 #6피복하다 #$「동」(타) #6피복되다 #$「동」(자)【4】
    ((북한))

피복재료「명」 피복을 하는데 쓰이는 재료. 천, 뜨개천, 실을 비롯한 섬유재료와
    수지, 고무, 금속 등으로 된 재료가 있다. (=) 피복재. (다듬은 말로) 씌움
    감) ((북한))

피복제「명」 피복을 하는데 쓰이는 물질. (다듬은 말로) 씌움감. 被覆劑 ((북한))

피사체01「명」 ① 사격의 대상으로 되는 물체. ②『전기』빛으로 비추는 대상이
    되는 물체. (다듬은 말로) 쪼임체. 被射體 ((북한))

피승수「명」(다듬은 말로) 곱해질수. 被乘數 ((북한))

피새02「명」(다듬은 말로) 껍질아가미. 皮鰓 ((북한))

피자기「명」(다듬은 말로) 열린자낭집. 被子器 ((북한))

피자식물「명」(다듬은 말로) 속씨식물. 被子植物 ((북한))

피지선「명」(다듬은 말로) 기름선. 皮脂腺 ((북한))

피질「명」 ① 가죽의 질. ② (다듬은 말로) 겉질. 皮質 ((북한))

피제수-쑤「명」(다듬은 말로) 나누일수. 被除數 ((북한))

피층「명」(다듬은 말로) 껍질층. 皮層 ((북한))

피케「명」(다듬은 말로) 가로누비천. ←piqué&프((북한))

피하주사「명」(다듬은 말로) 살가죽밑주사. 【3】 ((북한))

피혁정련제「명」(다듬은 말로) 가죽이김약. ((북한))

피형02「명」(다듬은 말로) 골씌우기. 皮型 ((북한))

피형기계「명」『기계』다듬은 말로 골씌우는 기계. 신울을 기슭쪽으로 잡아당겨 중창기슭에 고정시키는데 앞골씌우는 기계와 옆골씌우는 기계가 있다. ((북한))

필가01「명」『미술』(다듬은 말로) 붓걸이 (=) 필격. 筆架 ((북한))

필드「명」『체육』(다듬은 말로) (경기장)마당. field&영 ((북한))

패각분「명」(다듬은 말로) 조가비가루. 貝殼粉 ((북한))

패총「명」『고고』(다듬은 말로) 조개무지. 貝塚 ((북한))

폐각근「명」『생물』(다듬은 말로) 닫는살. 閉殼筋 ((북한))

폐곡선「명」『수학』(다듬은 말로) 닫긴곡선. 다문곡선. 【2】閉曲線 ((북한))

폐구항「명」『수산』(다듬은 말로) 닫힌항. 閉口港 ((북한))

폐과02「명」『생물』(다듬은 말로) 닫긴열매. 閉果 ((북한))

폐낭「명」『생물』거미 같은것의 호흡기. 주머니모양으로 우무러지고 주름이 많이 잡혀있다. (다듬은 말로) 허파집. 페집. 肺囊 ((북한))

폐모음「명」『언어』(다듬은 말로) 닫긴모음. 閉母音 ((북한))

폐설물「명」일정한 제품을 생산하기 위하여 원자재를 마르거나 베거나 할 때 생기는 자투리나 찌꺼기. ‖ 목재~을 리용하여 만든 훌륭한 가구들. § (다듬은 말로) 찌끼 【9】廢屑物 ((북한))

폐쇄유관속「명」(다듬은 말로) 닫긴관묶음. 閉鎖維管續 ((북한))

폐쇄음「명」『언어』(다듬은 말로) 닫김소리. ((북한))

폐첨「명」『생리』(다듬은 말로) 페끝. 肺尖 ((북한))

폐회로「명」『전기』(다듬은 말로) 닫긴회로. 閉廻路 ((북한))

폐화수정화「명」『생물』(다듬은 말로) 닫긴수정꽃. 閉花受精花 ((북한))

폐엽「명」『생리』(다듬은 말로) 페잎. 허파잎. 肺葉 ((북한))

폐음절「명」『언어』(다듬은 말로) 닫힌마디. 閉音節 ((북한))

폐위축「명」『의학』(다듬은 말로) 페졸아들기. 肺萎縮 ((북한))

하곡01「명」(다듬은 말로) 여름곡식. 夏穀 ((북한))

하곡02「명」『지리』(다듬은 말로) 강골. 河谷 ((북한))

하공정맥「명」『생리』(다듬은 말로) 아래큰정맥. ((북한))

하구만「명」『지리』(다듬은 말로) 강어구만. 河口灣 ((북한))

하계01 「명」 ① 종교적관념에서, "지상세계"를 하늘의 세계에 상대하여 이르는 말. ∥ 상계와 ~. ~의 미물. ⏐ 높고 넓은 하늘에 총총한 별만이 하계의 모든것을 엿보고있었다. § ②『수학』 "실수모임에 들어있는 어느수보다도 작은 수"를 그 실수모임에 대하여 이르는 말. (다듬은 말로) 아래한계. 下界 ((북한))

하로교 「명」『운수』 (다듬은 말로) 아래길다리. 下路橋 ((북한))

하륙 「명」 ① (배에서) 뭍으로 내리는것. ② (배나 비행기에서) 짐을 뭍으로 부리우는것. ∥ ~작업. § (다듬은 말로) (배)짐부리기. 내리기. 下陸 #6하륙하다 #$「동」(자.타) #6하륙되다 #$「통」(자) ((북한))

하림목 「명」『림학』 (다듬은 말로) 숲밑나무. 下林木 ((북한))

하면 「명」『생물』 (다듬은 말로) 여름잠. 夏眠 ((북한))

하박 「명」 (다듬은 말로) 팔뚝. ↔ 상박. 下膊 ((북한))

하박골 「명」 (다듬은 말로) 팔뚝뼈. ↔ 상박골. 下膊骨 ((북한))

하법-뻡 「명」 동의학에서, 설사를 시켜서 대장에 몰린 실열, 적체를 없애는 방법. 대변이 굳어졌거나 대장에 습이 몰렸거나 가슴과 배에 수음이 몰려있을 때 쓴다. (=) 통하. (다듬은 말로) 설사법. 下法 ((북한))

하부구조 「명」 ① = 토대. ↔ 상부구조. ②『건설』 일정한 건설물의 밑부분에 해당하는 구조. ∥ 다리의 ~. § (다듬은 말로) 아래구조. ((북한))

하비갑개 「명」『의학』 (다듬은 말로) 아래코조가비. 下鼻甲芥 ((북한))

하선항 「명」 배에 실은 짐을 부리우는 항구. ∥ 무역선의 ~. § (다듬은 말로) 짐부리는 항. ((북한))

하성층 「명」『농학』 (다듬은 말로) 강물쌓인층. 河成層 ((북한))

하성토 「명」『농학』 (다듬은 말로) 강물쌓인흙. 河成土 ((북한))

하수05 「명」『의학』 위 같은것이 내리드리우거나 처지는것. (다듬은 말로) 처지기. 下垂 ((북한))

하잠 「명」『잠학』 (다듬은 말로) 여름누에. 夏蠶 ((북한))

하적호-코 「명」『지질』 (다듬은 말로) 강자리호수. 河跡湖 ((북한))

하조01 「명」 (다듬은 말로) 짐꾸러기. 荷造 ((북한))

하조02 「명」『생물』 (다듬은 말로) 여름새. 夏鳥 ((북한))

하종벌 「명」『림학』(다듬은 말로) 씨받이베기. 下種伐 ((북한))

하지골 「명」『생리』(다듬은 말로) 다리뼈. 下肢骨 ((북한))

하지근 「명」『생리』(다듬은 말로) 다림힘살. 下肢筋 ((북한))

하차 「명」① 차에서 내리는것. ↔ 승차. ② (짐을) 차에서 부리우는것. ↔ 상차. (다듬은 말로) 짐부리기. 내리기. 下車 #6하차하다 #$「동」(자.타) #6하차 되다 #$「동」(자) 【3】 ((북한))

하차대 「명」짐을 부리우는데 쓰는 대. (다듬은 말로) 짐부림대. 下車臺 ((북한))

하차장 「명」짐을 부리우는곳. (다듬은 말로) 짐부림터. 【3】 ((북한))

하층화 「명」『산림』(다듬은 말로) 밑불. 下層火 ((북한))

하층운 「명」『기상』(다듬은 말로) 아래층구름. 하층구름. 下層雲 ((북한))

하퇴 「명」(다듬은 말로) 정갱이. 下腿 ((북한))

하퇴골 「명」(다듬은 말로) 정갱이뼈. 下腿骨 ((북한))

하퇴근 「명」『생리』(다듬은 말로) 정갱이힘살. 下腿筋 ((북한))

하퇴삼두근 「명」『생리』(다듬은 말로) 정갱이세머리살. 下腿三頭筋 ((북한))

하파 「명」『농학』(다듬은 말로) 여름심기. 여름씨붙임. 夏播 ((북한))

하항 「명」『운수』(다듬은 말로) 하천항구. 河港 ((북한))

하향채굴 「명」『광업』(다듬은 말로) 내리캐기. 下向採掘 ((북한))

하현 「명」『천문』(다듬은 말로) 그믐반달. 下弦 ((북한))

하현재 「명」『건설』(다듬은 말로) 아래네, 아래날개. 下弦材 ((북한))

하행 「명」① (다듬은 말로) 내리방향. ② 올리방향과 내리방향으로 구불구불하게 생긴 물건에서 "내리방향의것"을 이르는 말. ③ 올라갔다 내려갔다 또는 높아졌다 낮아졌다 하는 운동에서 "내려가는쪽"을 이르는 말. ④ 전날에, 시중을 들면서 따라가는것. 下行 #6하행하다 #$「동」(자) 하행①④. ((북한))

하아 「명」『생물』(다듬은 말로) 여름눈. 夏芽 ((북한))

하애 「명」(다듬은 말로) 여름베기. 夏刈 ((북한))

학슬02 「명」동약에서, "담배풀의 여문 열매"를 약재로 이르는 말. 회충증, 요충증, 촌백충증에 쓰며 악창에도 쓴다. 담배풀의 줄기와 잎도 구충약으로 쓴다. (=) 학슬초. (다듬은 말로) 담배풀뿌리. 鶴蝨 ((북한))

학슬풍 「명」 동의학에서, 무릎마디가 붓고 아프며 넙적다리와 정갱이살이 여위
     여 마치 학의 다리처럼 되는 병. 무릎마디를 굽혔다폈다 하지 못하여 걷지
     못하고 뼈마디에 물이 차기도 한다. (=) 슬유풍. 유슬풍. (다듬은 말로) 무
     릎마디결핵. 鶴膝風 ((북한))

한극02 「명」『지리』지구우에서 기온이 가장 낮은곳. 남극대륙의 내륙고원에 있
     는것으로 알려져있다. (다듬은 말로) 찬극. 寒極 ((북한))

한랭사할— 「명」『의학』(다듬은 말로) 얼어죽기. 寒冷死 ((북한))

한법 「명」 동의학에서, 땀내는 약을 써서 땀과 함께 표에 있는 사기를 밖으로
     내보내는 방법. 주로 외감에 의한 표증과 종처, 홍역, 봄웃노리의 붓기외
     초기에 쓴다. (다듬은 말로) 땀내기법. 汗法 ((북한))

한선01 「명」『생리』(다듬은 말로) 땀선. 汗腺 ((북한))

한성농양 「명」『의학』아픔이나 붉기, 열감과 같은 급성염증증상이 없는 "결핵
     성농양"을 달리 이르는 말. 이런 농양때는 고름이 조직의 사이를 따라 흘
     러내린다. (=) 류주농양. (다듬은 말로) 찬고름집. 閒性膿瘍 ((북한))

한지황원 「명」『지리』(다듬은 말로) 찬거친벌. 寒地荒原 ((북한))

한제 「명」『화학』차게 하는 물질. 얼음에 소금 같은것을 섞은것 같은것. (다듬
     은 말로) 얼굼약. 寒劑 ((북한))

할막 「명」『연극』(다듬은 말로) 가름막. 割幕 ((북한))

할복 「명」 ①『수산』(다듬은 말로) 밸따기. ② 배를 기르는것. ‖ ~자살. § 割腹
     #6할복하다 #$「동」(자. 타) *밸을 따다. 배를 가르다. #6할복되다 #$「동」
     (자) 【2】 ((북한))

할복기 「명」 (다듬은 말로) 밸따는 기계. ((북한))

할선—썬 「명」『수학』(다듬은 말로) 가름선①. 割線 ((북한))

할쇄—쐐 「명」『광업』(다듬은 말로) 짜개깨기. 割碎 ((북한))

함거03 「명」『건설』(다듬은 말로) 함도랑. 函渠 ((북한))

함기골 「명」『생리』(다듬은 말로) 공기뼈. 含氣骨 ((북한))

함진도 「명」 ⓧ 먼지가 섞여있는 정도. (다듬은 말로) 먼지섞인도. 含塵度 ((북
     한))

함치르르 「부」 윤이 함씬 흐르고 고운 모양을 나타내는 말. ｜ 백향천의 옥계수

로 함치르르 기름이 도는 머리채를 감고 살결고운 얼굴을 곱게 다듬은 처녀들은 아릿답기도 하였다. § ▷땀이나 이슬 같은것이 차분하게 돋은 모양을 나타내는 말. ∣ 꿈을 꾸는 그의 이마에는 맑은 이슬 같은 땀이 함치르르 돋았다. ≪장편소설 "유격구의 기수"≫§ 〈참고: 흠치르르〉 ((북한))

합생과 「명」『생물』 (다듬은 말로) 송이열매. 合生果 ((북한))

합생자예 「명」『생물』 (다듬은 말로) 합친암꽃술. ((북한))

합생웅예 「명」『생물』 (다듬은 말로) 합친수꽃술. ((북한))

합적차 「명」『운수』 (다듬은 말로) 모아실이차. 合積車 ((북한))

합접 「명」『농학』 (다듬은 말로) 맞접. 合接 ((북한))

합조02 「명」 (다듬은 말로) 꼬치모음. 꼬치모으기. 合條 ((북한))

합조기 「명」 (다듬은 말로) 꼬치모음기 合條機 ((북한))

합창식모판 「명」『농학』 (다듬은 말로) 맞창식모판. ((북한))

합판화 「명」『생물』 (다듬은 말로) 합친꽃. 合瓣花 ((북한))

합판화관 「명」『생물』 (다듬은 말로) 합친꽃갓. 合瓣花冠 ((북한))

합판화식물—싱— 「명」『생물』 (다듬은 말로) 합친꽃식물. ((북한))

합판악 「명」『생물』 (다듬은 말로) 합친꽃받침. 合瓣萼 ((북한))

합악 「명」『생물』 (다듬은 말로) 합친꽃받침. 合萼 ((북한))

합연사 「명」『방직』 (다듬은 말로) 겹꼰실. 合撚絲 ((북한))

항적01 「명」 비행기나 배가 지나간 자취. ‖ ~을 따르다. § (다듬은 말로) 배간길. 航迹 ((북한))

향기성—썽 「명」『생물』 생물체가 산소에 가까이 끌리거나 산소로부터 물러나는 성질. (다듬은 말로) 산소따름성. 向氣性 ((북한))

향린 「명」『생물』 (다듬은 말로) 향비늘. 香鱗 ((북한))

향미료 「명」 (약품, 음식물 같은것에) 향기로운 맛이 나게 넣는 물질. (다듬은 말로) 향맛감. 香味料 ((북한))

향설고 「명」 (다듬은 말로) 참배탕. 香雪膏 ((북한))

향수성—썽 「명」『생물』 (다듬은 말로) 물따름성. 向水性 ((북한))

향습성 「명」『생물』 (다듬은 말로) 누기따름성. 向濕性 ((북한))

향식 「명」『잠학』 (다듬은 말로) 첫밥주기. 餉食 ((북한))

향저병－뼝「명」『잠학』(다듬은 말로) 잎쉬파리병. 饗蛆病 ((북한))

향정「명」세개의 발과 두개의 귀를 달아 만든 향을 피우는 쇠그릇. (다듬은 말로) 알향. 香鼎 ((북한))

향지성－썽「명」『생물』(다듬은 말로) 땅따름성. 向地償 ((북한))

향일성－썽「명」『농학』(다듬은 말로) 해따를성. 向日性 ((북한))

현01「명」① 활의 시위. ② 활모양으로 된 반달. 매달 음력 7~8일 때나 22~23일 때의 달을 이른다. ③『수학』(다듬은 말로) 줄. 활줄.【5】弦 ((북한))

현02「명」가야금, 바이올린, 기타를 비롯한 현악기에서 소리를 내는 줄. ‖ 가야금의 ~. ~악기. § (다듬은 말로) 술01⑧. 絃 ((북한))

현기증－쯩「명」머리가 어지럽고 눈앞이 캄캄해지는 병적증세. ‖ 리철군이 다시 도끼를 들어올리려 할 때 눈앞이 아뜩해지고 별찌가 가로세로 나는것을 보게 되였다. 그는 얼른 나무통을 짚고 몸을 일으켜세웠다. 현기증을 또 일으킨것이다. ≪장편소설 "1932년"≫ § (다듬은 말로) 어지럼증. ((북한))

현등02「명」『해양』(다듬은 말로) 배전등. 舷燈 ((북한))

현맥「명」동의학에서, 맥상의 하나. 맥이 가야금줄을 누르는것 같고 세게 짚어도 힘이 약해지지 않는 맥이다. (다듬은 말로) 헤운맥. 弦脈 ((북한))

현상04「명」(다듬은 말로) 깨우기. 現像 ((북한))

현상그릇「명」『영화』현상액을 넣어서 그속에서 사진을 깨울수 있게 만든 수지나 불수강으로 만든 그릇. (다듬은 말로) 깨움그릇. ((북한))

현상바트「명」『영화』(다듬은 말로) 깨움그릇. ((북한))

현수보「명」『건설』당김줄로 달아맨 보. 줄다리 또는 바줄지붕에서 드림대로 달아맨 보이다. (다듬은 말로) 드림보. ((북한))

현수빙하「명」『지질』(다듬은 말로) 드림빙하. ((북한))

현수선「명」①『수학』(다듬은 말로) 처진선. ②『전기』(다듬은 말로) 드림줄. ((북한))

현수식「명」① 매달아서 하는 방식. ‖ ~기계체조. § ②『기계』(다듬은 말로) 드림식. ((북한))

현수애자「명」『전기』(다듬은 말로) 드림애자. ((북한))

현실04 「명」『고고』 (다듬은 말로) 무덤안칸. 玄室 ((북한))

현색 「명」『화학』 (다듬은 말로) 색깨우기. 顯色 ((북한))

현자지 「명」『체신』 (다듬은 말로) 글자종이. 現字紙 ((북한))

현창01 「명」 배의 현측에 낸 창문. (다듬은 말로) 배전창. 舷窓 ((북한))

현훈01 「명」 정신이 아뜩하여 어지러운것. ‖ ~이 나다. ~을 느끼다. § (다듬은
  말로) 어지럼. 眩暈 ((북한))

현화식물-싱- 「명」『생물』 (다듬은 말로) 꽃식물. ((북한))

혈구01 「명」『생리』 피의 구성성분의 하나. 적혈구와 백혈구가 있다. (=) 혈륜.
  (다듬은 말로) 피알. 血球 ((북한))

혈구02 「명」『고고』 (다듬은 말로) 피홈. 血溝 ((북한))

혈반 「명」『의학』 (다듬은 말로) 피얼룩. 血斑 ((북한))

혈장-짱 「명」『생리』 (다듬은 말로) 피진. 血漿 ((북한))

혈종-종 「명」『의학』 외상이나 염증으로 피줄벽이 터지면서 피가 살가죽밑이
  나 힘살에 흘러나와 몰켜 고인것. (다듬은 말로) 피고임. 血腫 ((북한))

혈청 「명」『생리』 피속에 있는 혈구, 혈소판, 혈장의 섬유소물질의 밖의 투명한
  액체. 주요조성성분은 물, 단백질, 염분 등이다. (다듬은 말로) 피물 【2】
  血淸 ((북한))

혈탄 「명」『화학공업』 (다듬은 말로) 피숯. 血炭 ((북한))

혈환란 「명」『축산』 (다듬은 말로) 피진알. 血環卵 ((북한))

혈우병 「명」『의학』 (다듬은 말로) 피나기병. 血友病 ((북한))

혐기성-썽 「명」 (다듬은 말로) 공기꺼림성. 산소꺼림성. 嫌氣性 ((북한))

혐기성미생물-썽- 「명」『생물』 산소가 없는데서 생활하는 미생물. (다듬은 말
  로) 산소꺼리는 미생물. ((북한))

협곡 「명」 ① 산과 산사이의 좁은 골짜기. ‖ 깊은 ~. 험한 ~. § ② 깊이 패여
  생긴 좁다랗고 긴 골짜기. ‖ ~에 놓인 줄다리. § (다듬은 말로) 골짜기 【1
  0】峽谷 ((북한))

협골반 「명」『생리』 (다듬은 말로) 좁은 골반. 狹骨盤 ((북한))

협과 「명」『생물』 (다듬은 말로) 꼬투리열매. 莢果 ((북한))

협궤 「명」『운수』 (다듬은 말로) 좁은 철길. 狹軌 ((북한))

협낭02혐－「명」『생물』(다듬은 말로) 볼주머니. 頰囊 ((북한))

협도01「명」① 『약학』(다듬은 말로) 약작두 ② ⇒ 가위 鋏刀 ((북한))

협막혐－「명」『생물』(다듬은 말로) 싸는 막. 夾膜 ((북한))

협식성형「명」『생물』(다듬은 말로) 좁은먹성형. 狹食性型 ((북한))

협조파「명」『농학』(다듬은 말로) 좁게 뿌리기. 狹條播 ((북한))

협통「명」동의학에서, 옆구리가 결리고 아픈 증. ‖ 어혈~. 식적 ~. § (다듬은
    말로: 옆구리아픔) 脇痛 ((북한))

협염성－썽「명」『생물』일부 물고기들이 조금 세진 소금기에도 견디는 힘이 약
    한 성질. (다듬은 말로) 좁은소금기성. 狹鹽性 ((북한))

협염성동물－썽－「명」『생물』소금기에 견디는 힘이 약하기때문에 소금기변화
    가 적은 물소에서만 사는 동물. 민물고기가 이에 속한다. (다듬은 말로) 좁
    은소금기성동물. ((북한))

협온성－썽「명」온도의 변화에 적응하는 능력이 약한 성질. (다듬은 말로) 좁은
    온도성. 狹溫性 ((북한))

협온성생물－썽－「명」『생물』온도의 변화에 적응하는 능력이 약하여 약간의
    온도변화가 있어도 큰 생리적장애를 받는 생물. (다듬은 말로) 좁은온도성
    생물. ((북한))

형광표백「명」『방직』(다듬은 말로) 흰색더내기. ((북한))

형잠「명」『잠학』누에의 하나 곧 가슴의 둘째와 셋째 마디 등쪽에 눈알모양의
    무늬가 있고 둘째 마디 배쪽에 반달모양의 무늬가 있는 누에. (다듬은 말
    로) 보통무늬누에. 形蠶 ((북한))

호05「명」『수학』(다듬은 말로) 등. 활등. 【18】 弧 ((북한))

호기06「명」숨을 내쉬는것 또는 날숨. ‖ ~와 흡기. § (다듬은 말로: 날숨) 呼氣
    #6호기하다 #$「동」(자. 타) #6호기되다 #$「동」(자) ((북한))

호기성－썽「명」공기 특히 산소를 좋아하는 성질. ‖ ~식물. ~균. § (다듬은 말
    로) 산소즐김성. 好氣性 ((북한))

호기성미생물－썽－「명」마른풀균, 초산균, 결핵균, 화학합성을 하는 미생물과
    같이 산소가 있는 조건에서 정상적인 생활을 하는 미생물. (다듬은 말로)
    산소즐기는 미생물. ((북한))

호과03 「명」 오이, 박, 수박과 같이 겉가죽이 단단하고 속살에 씨가 박힌 열매. (다듬은 말로) 박모양열매. 瓠果 ((북한))

호막 「명」 『생물』 (다듬은 말로) 보호막. 護膜 ((북한))

호부기 「명」 『방직』 (다듬은 말로) 풀먹임기. 糊付機 ((북한))

호분립－불－ 「명」 『생물』 식물종자의 세포속에 있는 단백질의 알갱이. (다듬은 말로) 단백질알갱이. 糊粉粒 ((북한))

호상동화 「명」 『언어』 (다듬은 말로) 서로닮기. 互相同化 ((북한))

호상운재 「명」 『림학』 (다듬은 말로) 호수나무나르기. 湖上運材 ((북한))

호성토 「명」 『농학』 (다듬은 말로) 호수쌓인흙. 湖成土 ((북한))

호숙기 「명」 『농학』 (다듬은 말로) 풋익은때. 糊熟期 ((북한))

호습성 「명」 『농학』 (다듬은 말로) 누기즐김성. 好濕性 ((북한))

호생엽서 「명」 『생물』 (다듬은 말로) 엇선잎차례. 互生葉序 ((북한))

호전림 「명」 (다듬은 말로) 논밭보호림. 護田林 ((북한))

호층 「명」 『지질』 (다듬은 말로) 엇바뀐층. 互層 ((북한))

호크 「명」 (다듬은 말로) 맞단추. 겉단추. ←hook영((북한))

호형수문 「명」 『수리』 (다듬은 말로) 반달수문. ((북한))

호흡근02 「명」 『생리』 (다듬은 말로) 숨살. 呼吸筋 ((북한))

호안림 「명」 『림학』 (다듬은 말로) 강기슭보호림. 護岸林 ((북한))

호양성－썽 「명」 『생물』 생물이 볕을 좋아하는 성질이나 특성. (다듬은 말로: 볕즐김) 好陽性 ((북한))

호유실 「명」 동의학에서, "고수의 열매"를 약재로 이르는 말. 특이한 향내가 있으며 건위, 구풍, 거담제로 쓴다. (다듬은 말로: 고수열매) 胡荽實 ((북한))

혼계영 「명」 『체육』 (다듬은 말로) 혼합이어헤기. 混繼泳 ((북한))

혼사망 「명」 (다듬은 말로) 섞음망. 混砂網 ((북한))

혼산 「명」 『화학』 ① 유기합성에서 니트로화반응에 자주 리용되는 질산과 류산의 혼합물. (다듬은 말로) 섞인산. ③ 두가지 이상의 산을 섞는것 또는 그런 산. 混酸 #6혼산하다 #$「동」(자.타) 혼산②. #6혼산되다 #$「동」(자) 혼산②. ((북한))

혼작 「명」 『농학』 (다듬은 말로) 섞음그루. 混作 ((북한))

혼적「명」『운수』(다듬은 말로) 함께싣기. 混積 ((북한))

혼종02「명」『농학』(다듬은 말로) 섞임씨앗. 混種 ((북한))

혼타기「명」방적설비의 하나로서 솜을 탈 때 다른 섬유를 섞으면서 타는 기계. 실을 뽑는 첫 공정에서 쓰이는데 공급솜섞음기, 원통솜헤침기 등 여러 기계들로 이루어진다. (다듬은 말로) 솜섞어타는 기계. 混打機 ((북한))

혼탁「명」① 순수하지 못하고 여러가지가 섞이여 흐리고 어지러운것. ②『화학』(다듬은 말로) 흐림. ② 사회적현상이 어지럽고 흐린것. ∣ 길림에서 벌어지는 복잡한 사회적인 혼탁, 이 혼탁속에서 시급히 대중적인 지반을 닦고 청년학생들을 공산주의후비대로 키우려넌 역시 합'법'적조지을 리용하지 않고는 안된다. ≪장편소설 "혁명의 려명"≫§【5】混濁 ((북한))

혼탁도「명」『화학』(다듬은 말로) 흐림도. ((북한))

혼파「명」『농학』(다듬은 말로) 섞어씨뿌리기. 混播 ((북한))

혼화성 －썽「명」(다듬은 말로) 섞임성. 混和性 ((북한))

혼아「명」『생물』(다듬은 말로) 섞인눈. 混芽 ((북한))

혼양「명」(한 장소에 두 종류이상의 동물을) 한데 섞어두고 기르는것. (다듬은 말로) 섞어기르기. 混養 #6혼양하다 #$「동」(타) ‖ 초어와 백련어를 ~. *섞어기르다. §#6혼양되다 #$「동」(자) ((북한))

혼인장식「명」『생물』(다듬은 말로) 수컷치레. ((북한))

홀닻「명」『수산』갈구리모양으로 생긴 두개의 닻손이 련결축주위를 따라 일정한 각도로 돌수 있게 되여있는 보통형의 닻. 단조한 닻대 한개와 주조한 닻손 두개로 이루어졌다. (다듬은 말로) 만능닻. ((북한))

홀딩「명」『체육』(다듬은 말로) 머물기. holding&영 ((북한))

홍등「명」불그레한 등. ∣ 배가는 홍등이 빨갛게 켜진 대문간에 앉아 졸고있는 황령감을 비칠거리는 발길로 건드려 깨워가지고 자가용인력거에 올라앉아 마을로 돌아왔다. ≪장편소설 "꽃파는 처녀"≫§(다듬은 말로) 붉은등. 紅燈 ((북한))

홍맥「명」동의학에서, 맥폭이 넓고 힘있게 뛰며 가볍게 짚어도 여유있는 감을 주는 맥. 사열이 성한 때 나타난다. 병후허약, 허로, 설사때 나타나면 병이 중한것으로 본다. (다듬은 말로) 넓은맥. 洪脈 ((북한))

홍반 「명」 붉은 얼룩점. ‖ 살갗에 ~이 생기다. § (다듬은 말로) 붉은꽃. 紅斑 ((북한))

홍사정 「명」 동의학에서, 손발에 상처가 나서 벌겋게 부어나면서 화끈 달고 아프다가 벌건줄이 뻗쳐올라가는 병. 중하면 오한이 나면서 열이 나고 머리가 아프다.(=) 홍선정. (다듬은 말로) 급성림파관염. 紅絲疔 ((북한))

홍색견 「명」『잠학』 고치의 맨 겉층이 붉은빛을 띠는 집누에고치의 한가지. (다듬은 말로) 빨간색고치. 紅色繭 ((북한))

홍조03 「명」『생물』 (다듬은 말로) 붉은마름. 紅藻 ((북한))

홍조소 「명」 (다듬은 말로) 붉은마름색소. 紅藻素 ((북한))

홍채 「명」『생리』 눈알에 각막과 수정체의 사이에 있는 둥근 부분. 이것이 늘고 주는데 따라 동공이 커지고 작아지고 한다. 색소에 따라 깜장눈, 파랑눈으로 보인다. (다듬은 말로) 무지개막. 虹彩 ((북한))

홍환무우 「명」 (다듬은 말로) 붉은봄무우. 붉은껍질무우. ((북한))

홍역내공 「명」『의학』 (다듬은 말로) 홍역꽃들기. [紅疫內攻] ((북한))

홍옥02 「명」 (다듬은 말로) 황주 (사과이름). [紅玉] ((북한))

후가지-까- 「명」『수산』 주낙으로 하는 고기잡이말에서 량채들이를 할 때 후에 설치하는 주낙부분. ↔ 선가지. (다듬은 말로) 뒤가지. ((북한))

후각선 「명」 (다듬은 말로) 냄새선. [嗅覺腺] ((북한))

후각신경 「명」『생리』 냄새를 가리는 신경. 코와 련결되여 있는 감각신경이다. 코구멍안의 점막에 분포되여있다. (다듬은 말로) 냄새신경. ((북한))

후각세포 「명」『생물』 주로 세포의 모서리부분이 두터워져서 생긴 기계적 견고성을 보장하는 세포. 잎꼭지나 풀줄기의 껍질층에 많다. (다듬은 말로) 모두꺼운 세포. [厚角細胞] ((북한))

후경01 「명」 ① ⓧ 목의 뒤편. ② (다듬은 말로) 뒤목. [後頸] ((북한))

후구02 「명」 ① ⓧ 몸뚱이의 뒤부분. ② (다듬은 말로) 뒤몸. [後軀] ((북한))

후두협착 「명」『의학』 (다듬은 말로) 울대좁아지기. ((북한))

후두연골 「명」 (다듬은 말로) 울대삭뼈. ((북한))

후대01 <2:2> 「명」 ① 피줄을 이어 태여나는 세대. ‖ ~가 태여나다. ~를 보다. ~를 남기다. § (=) 후손. ▷앞선 세대의 뒤를 이어 자라나는 세대. ❘ 우리는 후대들로 하여금 주체형의 피만이 차고넘치는 공산주의건설자로 튼튼히 준비해나가도록 후대교육교양사업에 더 큰 힘을 넣고있다. § ② 뒤에 오는 시대나 년대. │ 로동당시대에 우리가 쌓아올린 모든 빛나는 업적은 후대의 사람들에게 길이 전하여질것이다. § ③ 생물체에서 뒤를 이을 세대. (다듬은 말로) 뒤대. 【53】 [後代] ((북한))

후대검정 「명」 『축산』 집짐승 종축으로서의 가치가 있고 생산성이 높은 종자집짐승을 골라내기 위하여 그 후대의 품질을 검사하는것. 우수한 유전자형을 가지고있으며 그 어미아비를 종자집짐승으로 고른다. (다듬은 말로) 새끼검정. [後代檢定] ((북한))

후막엽식물─싱─ 「명」 (다듬은 말로) 두꺼운 잎식물.((북한))

후모음 「명」 『언어』 (다듬은 말로) 뒤모음. [後母音] ((북한))

후반신 「명」 (다듬은 말로) 뒤몸. [後半身] ((북한))

후산02 「명」 ① 『의학』 태아가 나온 다음 태, 란막, 모래집물이 나오는것. ② 『축산』 (다듬은 말로) 태낳이. [後産] #6후산하다 #$「동」(자) ((북한))

후설음 「명」 『언어』 (다듬은 말로) 혀뒤소리. [後舌音] ((북한))

후숙 「명」 『농학』 (다듬은 말로) 뒤익기. [後熟] ((북한))

후신02 「명」 (다듬은 말로) 뒤콩팥. [後腎] ((북한))

후신기 「명」 『생물』 (다듬은 말로) 뒤콩팥기관. [後腎器] ((북한))

후자01 「명」 (이미 알려진 두가지 가운데서) 후에 지적된 사물이나 사람. ↔전자01. (다듬은 말로) 뒤사람. 뒤동무. 뒤것 【2】 [後者]((북한))

후장02 「명」 『생물』 일부 동물의 장을 앞, 가운데, 뒤의 세 부분으로 나눌때의 맨 뒤부분. 소화되고 남은 찌끼가 모인다. (다듬은 말로) 뒤밸. [後腸] ((북한))

후진01 「명」 ① (일정한 발전수준을 기준으로 그보다) 뒤지거나 뒤떨어진것. ‖ ~ 국가. 제국주의자들에 의해서 압박받고 착취당하던 ~과 예속의 대륙. § ② 선배들의 뒤를 이어서 자라는 사람. ‖ ~을 키우다. ~을 꾸리다. ~들이 자라나다. § (=) 후배02. ③ 뒤쪽으로 나아가는것. ‖ 전진과 ~. 절삭기계에서 절삭날의 ~. § (다듬은 말로) 뒤걸음. 뒤서기. [後進] #6후진하다 #$「동」(자) #6후진되다 #$「동」(자) ((북한))

후프 「명」『체육』(다듬은 말로) 돌림틀. hoop&영 ((북한))

후엔다 「명」(다듬은 말로) 흙받이②. fender&영 ((북한))

훈광 「명」해무리나 달무리의 빛 또는 그와 같은 모양의 빛. ‖~ 방전.§ (다듬은
말로) 달무리빛. 暈光 ((북한))

훈증제 「명」『농학』(다듬은 말로) 냄새쐬임약. 薰蒸劑 ((북한))

훈제 「명」물고기나 육붙이 등을 소금에 절구고 연기에 그슬려서 오래 두고 먹
기에 알맞게 만드는것 또는 그런 제품. ‖오리 ~. 돼지고기 ~.§ (다듬은
말로) 내굴찜. #6훈제하다 #$「동」(타) 燻製【2】((북한))

훈제품 「명」훈제한 제품. (다듬은 말로) 내굴찜제품. 내굴찜한것. 【2】((북한))

훈연02 「명」(다듬은 말로) 내굴쏘임. 薰煙 ((북한))

휴경지 「명」부치다가 갈지 않고 내버린 땅. ‖~를 찾아내다. ~를 개간하다. §
(다듬은 말로) 묵인 땅. ((북한))

휴단 「명」『건설』(다듬은 말로) 쉼단. 休段 ((북한))

휴면 「명」『생물』(다듬은 말로) ① (식물에서) 쉼. ② (동물에서) 잠자기. 休眠
((북한))

휴면기 「명」『생물』(다듬은 말로) 잠자는 시기. 休眠期 ((북한))

휴면아 「명」『생물』(다듬은 말로) 잠눈. 休眠蛾 ((북한))

휴전03 「명」(다듬은 말로) 묵은 밭. 休田 ((북한))

흉강 「명」『생리』(다듬은 말로) 가슴안. 【3】胸腔 ((북한))

흉골 「명」『생리』(다듬은 말로) 가슴뼈. 【2】胸骨 ((북한))

흉근01 「명」『생리』(다듬은 말로) 가슴(힘)살. 胸筋 ((북한))

흉곽 「명」『생리』(다듬은 말로) 가슴통. 胸廓 ((북한))

흉벽 「명」① 가슴통을 둘러싸는 벽 같이 생긴 뼈와 살. ‖~ 하나를 사이에 둔
사람과 사람의 마음. ~을 치다. ~을 쾅쾅 두드리다. ~을 울리다.§ ② (전호,
포대 같은데서) 사람의 가슴높이만큼 쌓은 담이나 뚝. ‖전호의 ~에 엎드
리다.§ (=) 흉장01. ③『수리』(다듬은 말로) 가슴벽②. 【4】胸壁 #7흉벽
을 두드리다 #%=가슴을 두드리다. #7흉벽을 치다 #%=가슴을 치다. ⎮가
장 어려운 환경에서 절절하게 말하는 지휘관의 목소리는 그대로 대원들의

흉벽을 세차게 울리며 새로운 신심을 가다듬게 하였다.§ #7흉벽을 울리다
#%＝가슴을 울리다.((북한))

흉선 「명」 『생리』 (다듬은 말로) 가슴선. 胸線 ((북한))

흉심02 「명」 『축산』 (다듬은 말로) 가슴깊이. 胸深 ((북한))

흉쇄관절 「명」 『생리』 (다듬은 말로) 가슴꺾쇠뼈마디. 胸鎖關節 ((북한))

흉지01 「명」 (다듬은 말로) 가슴다리. 胸肢 ((북한))

흉형 「명」 (다듬은 말로) 가슴형. 胸型 ((북한))

흉위 「명」 『생리』 (다듬은 말로) 가슴둘레. 胸圍 ((북한))

흑두병—뼝 「명」 『축산』 (다듬은 말로) 검은수두병. 黑痘病 ((북한))

흑반병 「명」 『농학』 (다듬은 말로) 검은무늬병. 黑斑病 ((북한))

흑사탕 「명」 (다듬은 말로) 누렁사탕. [黑砂糖] ((북한))

흑산호 「명」 (다듬은 말로) 검은산호. [黑珊瑚] ((북한))

흑성병—뼝 「명」 『농학』 (다듬은 말로) 검은별무늬병. [黑星秉] ((북한))

흑질 「명」 『생리』 (다듬은 말로) 검정질. [黑質] ((북한))

흑화—콰 「명」 『생물』 모기와 같은 곤충류들에서 야생형보다 멜라닌을 몸겉면
    에 더 많이 포함하는 현상. 갑작변이에 의하여 생기는것도 있고 외부영향
    에 의하여 생기는것도 있다. (다듬은 말로) 검정꽃. [黑化] ((북한))

흘수량—쑤— 「명」 『해양』 (다듬은 말로) 잠긴량. ((북한))

흘수선—쑤— 「명」 『해양』 (다듬은 말로) 잠긴선. [吃水線] ((북한))

흡구01 「명」 『생물』 (다듬은 말로) 빨홈. [吸溝] ((북한))

흡구02 「명」 『생물』 (다듬은 말로) 빨입. [吸口] ((북한))

흡기01 「명」 ① 숨을 들이긋는것 또는 그런 숨. (다듬은 말로) 돌숨. ↔ 호기.
    ② 공기를 빨아들이는것. ↔ 배기. [吸氣] #6흡기하다 #$「동」(자. 타)((북
    한))

흡관 「명」 『생물』 (다듬은 말로) 빨관. [吸管] ((북한))

흡수구 「명」 ① (공기 같은것을) 발아들이는 구멍. ‖ 배풍기의 ~. § ②『생물』
    (다듬은 말로) 빨입. [吸收口] ((북한))

흡수위 「명」 『생물』 (다듬은 말로) 빨위. [吸收胃] ((북한))

흡출 「명」 (다듬은 말로) 빨아내기. ↔ 흡입. [吸出] ((북한))

흡연실 「명」 담배를 피우도록 따로 마련하여놓은 방이나 칸. (다듬은 말로) 담배
　　칸. ((북한))

흡유기02 「명」 『의학』 (다듬은 말로) 젖짜개. [吸乳器] ((북한))

흡유량 「명」 『화학』 기름을 빨아들이는량. 색감의 성능을 표시하는 지표의 하나
　　로서 색감이 고르로운 분산게로 되기 위하여 빨아들이는 기름량을 나타내
　　낸다. (다듬은 말로) 기름 빠는 량. ((북한))

흡인력 「명」 (다듬은 말로) 빨아당길힘. ((북한))

흡입 「명」 ① 빨아들이는것. ②『의학』 병을 치료하기 위하여 약품을 안개나 기
　　체의 상태로 만들어 입을 빨아들이는것. 흔히 호흡기의 병을 앓을 때 한
　　다. (=) 흡입치료. ③ 열기관 등에서 태우는 가스를 빨아들이는 행정. ④
　　『광업』 (다듬은 말로) 빨아들임. ↔ 흡출. [吸入] #6흡입하다 #$「동」(타) #6
　　흡입되다 #$「동」(자) 【3】 ((북한))

해교02 「명」 『화학』 교질알갱이가 응결되여 형성된 겔이 다시 졸로 넘어가는 과
　　정. (다듬은 말로) 교질풀리기. 解膠 #6해교하다 #$「동」(자. 타) #6해교되
　　다 #$「동」(자) ((북한))

해구06 「명」 『지리』 (다듬은 말로) 바다홈. 海溝 ((북한))

해권기 「명」 『방직』 실토리, 실꾸리 또는 실타래의 모양을 감긴 실을 천짜기에
　　쓸모있도록 고쳐감는 방직기계. (다듬은 말로) 풀어감는 기계. 解捲機
　　((북한))

해니 「명」 (다듬은 말로) 바다감탕. 海泥 ((북한))

해독02 「명」 (다듬은 말로) 독풀이. 解毒 ((북한))

해령01 「명」 『지리』 (다듬은 말로) 바다고개. 海嶺 ((북한))

해벌03 「명」 (다듬은 말로) 떼풀이. 解筏 ((북한))

해법02-뻽 「명」 『수학』 (다듬은 말로) 풀이법. 解法 ((북한))

해분02 「명」 (다듬은 말로) 바다분지. 海盆 ((북한))

해빙01 「명」 『지질』 (다듬은 말로) 바다얼음. 海氷 ((북한))

해빙02 「명」 (다듬은 말로) 얼음풀리기. 解氷 ((북한))

해사기 「명」 감겼거나 매여졌거나 얽힌 실모양의 물건을 푸는 기계. (다듬은 말
　　로) 실푸는 기계. 解絲機 ((북한))

해서률 「명」『방직』(다듬은 말로) 살풀림률. 헤침률. 解舒率 ((북한))

해서사장「명」『방직』삶은 고치로부터 풀어내는 고치실 한토막의 길이. 한알의 고치에서 풀어내는 고치실의 총길이를 그것을 풀어내는 과정에 고치실이 끊어진 회수로 나눈 값과 같은데 한알 고치실이 끊어지는 회수는 고치의 질과 삶은 정도에 따라 달라진다. (다듬은 말로) 풀림길이. 解舒絲長 ((북한))

해성층 「명」『지리』(다듬은 말로) 바다쌓임층. 海成層 ((북한))

해속03 「닁」『농학』나무가 얼어죽지 않게 줄기나 가지에다 감아두었던 새끼를 풀어내는것. (다듬은 말로) 가지지풀이. 解束 #6해속하나 #$「동」(타) #6해속되다 #$「동」(자) ((북한))

해식동굴 「명」『지질』(다듬은 말로) 바다굴.((북한))

해조류 「명」『생물』(다듬은 말로) 바다마름류. 【2】 ((북한))

해중합 「명」『화학』중합체가 단량체로 되는것. 열분해 및 접촉분해 공정에서 부차적으로 일어난다. (다듬은 말로) 중합풀리기. 解重合 ((북한))

해차 「명」 렬차편성에서 차량을 떼여내는 일. (다듬은 말로) 차떼기. 解車 #6해차하다 #$「동」(자. 타) #6해차되다 #$「동」(자) ((북한))

해충구제 「명」『농학』(다듬은 말로) 벌레잡이. #6해충구제하다 #$「동」(자. 타) ((북한))

해체 「명」 ① 단체 같은 조직체를 해산하는것. ② 여러가지 부속품으로 맞추어 이룬 기계의 몸체를 뜯어헤치는것. ③『운수』(다듬은 말로) 차풀이. 解體 #6해체하다 #$「동」(타) 해체되다 「동」(자) ∥ 해체된 기중기의 부분품들. §【14】 ((북한))

해판02 「명」『출판』(다듬은 말로) 판헐기. 解版 ((북한))

해항 「명」 (다듬은 말로) 바다항구. 海港 ((북한))

해안방풍림 「명」『림학』(다듬은 말로) 바다가 바람막이숲. ((북한))

해연02 「명」『지리』(다듬은 말로) 바다소. 海淵 ((북한))

해연풍 「명」 해륙풍의 한가지. 바다에서 뭍으로 불어오는 바람이다. (다듬은 말로: 바다가 잔바람.) 海軟風 ((북한))

해우03 「명」 (다듬은 말로) 바다소. 海牛 ((북한))

핵과「명」『생물』(다듬은 말로) 굳은씨열매. 核果 ((북한))

핵양체「명」『생물』새류의 세포안에 있는 굴절률이 높은 핵모양의 단백질구조
물. 유색체속에 파묻혀있기도 하고 겉면에 붙어있기도 하지만 드물게는
세포질속에 있는 경우도 있다. 진핵생물의 핵처럼 유전정보를 담고있으나
실갈림, 감수분렬은 하지 않는다. (다듬은 말로: 핵모양체.)【3】核樣體
((북한))

핸들링「명」『체육』(다듬은 말로) 손(으로)다치기. handing&영 ((북한))

행낭「명」『체신』(다듬은 말로) 주머니. 行囊 ((북한))

행혈「명」동의학에서, 약의 작용으로 피를 잘 돌게 하는것. (다듬은 말로: 피돌
림) 行血 #6행혈하다 #$「동」(자. 타) #6행혈되다 #$「동」(자) ((북한))

행인02「명」동약에서, "살구씨"를 약재로 이르는 말. 기침이 나고 숨이 찬데,
기관지염, 기관지천식, 폐결핵, 뒤굳기 등에 쓴다. (다듬은 말로: 살구씨.)
杏仁 ((북한))

회구01「명」『미술』(다듬은 말로) 색감. 繪具 ((북한))

회백질「명」뇌수나 척수의 한 부분을 이루는 회백색의 물질. 신경이 밀집되여
있다. ‖ ~과 백질. § (다듬은 말로: 재색질.) 灰白質 ((북한))

회선곡「명」주요주제가 3번이상 되풀이되고 그 사이사이에 서로 다른 내용을
가진 삽입구들이 바뀌여들어가는 음악작품. (다듬은 말로) 돌림곡. 回旋曲
((북한))

회장05「명」① ⓧ 마음속 충격이나 동요가 큰것 또는 생각이 깊은것. ②『생리』
배안에서 공장에 이어지는 가는밸의 한 부분. 소화된 음식물에서 영양분
을 흡수한다. (다듬은 말로) 구불밸. 回腸 ((북한))

회전문「명」『건설』문짝의 중심에 수직축을 세워 문짝을 돌려서 여닫도록 되여
있는 문. 흔히 문짝의 수평자름면형태가 "+"모양으로 되여있다. (다듬은
말로) 도는문. ((북한))

회전선「명」『운수』(다듬은 말로) (차)돌림선. 回轉線 ((북한))

회전창「명」『건설』창의 가로나 세로 면의 한가운데에 회전축이 있어 창의 아
래나 우에서 또는 좌우에서 밀어 돌려서 여닫게 된 창. (다듬은 말로) 돌이
창. ((북한))

회절 「명」『물리』 (다듬은 말로) 에돌이. 廻折 ((북한))

회절격자 「명」『물리』 (다듬은 말로) 에돌이살창. 廻折格子 ((북한))

회중전등 「명」 (다듬은 말로) 손전등. ((북한))

회충구충제 「명」『약학』 (다듬은 말로) 거위약. ((북한))

회화문자-짜 「명」『언어』 (다듬은 말로) 그림글자. ((북한))

회염 「명」『의학』 (다듬은 말로) 울대덮개. 會厭 ((북한))

횡격막-경- 「명」『생리』 (다듬은 말로) 가름막. [橫隔膜] ((북한))

횡곡 「명」『지리』 (다듬은 말로) 가로골. [橫谷] ((북한))

횡단구배 「명」 (다듬은 말로) 가로물매. ((북한))

횡단면 「명」 (다듬은 말로) 가로자름면. [橫斷面] ((북한))

횡문근 「명」『생리』 (다듬은 말로) 가로무늬살. [橫紋筋] ((북한))

횡서 「명」 ① ⇒ 가로글씨. ② (다듬은 말로) 가로쓰기. ↔ 종서. [橫書] ((북한))

횡선 「명」 (다듬은 말로) 가로줄. [橫線] ((북한))

횡성분 「명」『전기』 (다듬은 말로) 가로성분. [橫成分] ((북한))

횡자기마당 「명」 (다듬은 말로) 가로자기마당. ((북한))

횡좌표 「명」『수학』 (다듬은 말로) 가로자리표. [橫座標] ((북한))

횡축 「명」 ① (다듬은 말로) 가로축. ② 가로 기게 꾸민 족자. [橫軸] ((북한))

횡파 「명」『물리』 (다듬은 말로) 가로파. [橫波] ((북한))

횡폭 「명」 (다듬은 말로) 가로폭. [橫幅] ((북한))

횡획 「명」 (다듬은 말로) 가로획. [橫劃] ((북한))

횡압력-암- 「명」 (다듬은 말로) 가로압력. [橫壓力] ((북한))

횡일류언 「명」『수리』 (다듬은 말로) 가로무넘이. [橫溢流堰] ((북한))

횡위 「명」『의학』 (다듬은 말로) 가로자리. [橫位] ((북한))

횡와습곡 「명」『지리』 (다듬은 말로) 누운습곡. ((북한))

휘동광 「명」 (다듬은 말로) 류동광. [揮銅鑛] ((북한))

휘동은광 「명」 (다듬은 말로) 류동은광. ((북한))

휘창연광 「명」 (다듬은 말로) 류비무스트광. [輝蒼鉛鑛] ((북한))

휘탄 「명」『지질』 (다듬은 말로) 빛탄. [輝炭] ((북한))

화건 「명」 (다듬은 말로) 불말림. [火乾] ((북한))

화골 「명」 『생리』 뼈 또는 그와 비슷한 물질로 변하는것. 〈다듬은 말로: 뼈되기〉 [化骨] ((북한))

화개 「명」 『생물』 (다듬은 말로) 꽃술덮개. [花蓋] ((북한))

화관02 「명」 『생물』 (다듬은 말로) 꽃갓. [花冠] ((북한))

화농 「명」 『의학』 (다듬은 말로) 곪기. 【2】 [化膿] ((북한))

화농균 「명」 『의학』 (다듬은 말로) 고름균. 【3】 [化膿菌] ((북한))

화목림－몽－ 「명」 (다듬은 말로) 땔나무숲. [火木林] ((북한))

화물창 「명」 (다듬은 말로) 배짐칸. [貨物艙] ((북한))

화밀 「명」 『생물』 (다듬은 말로) 꽃꿀. [花蜜] ((북한))

화밀화 「명」 『생물』 (다듬은 말로) 꿀내는 꽃. [花蜜花] ((북한))

화법01－뻡 「명」 ① 말하는 방법. ②『언어』 일부 문법적견해에 동사의 범주의 하나인 법을 "말하는법"이라고 리해하면서 가리키는 말. 〈다듬은 말로: 말하기법〉 [話法] ((북한))

화사04 「명」 『생물』 (다듬은 말로) 꽃실. [花絲] ((북한))

화산력 「명」 『지질』 (다듬은 말로) 화산자갈. [火山礫] ((북한))

화산회 「명」 『지질』 (다듬은 말로) 화산재. [火山灰] ((북한))

화상정리 「명」 『운수』 (다듬은 말로) 불판재털기. [火床整理] ((북한))

화서02 「명」 『생물』 (다듬은 말로) 꽃차례. [花序] ((북한))

화성03 「명」 『농학』 (다듬은 말로) 깔성. [化性] ((북한))

화식03 「명」 『생물』 (다듬은 말로) 꽃식. [花式] ((북한))

화주02 「명」 (다듬은 말로) 꽃술대. [花柱] ((북한))

화재02 「명」 그림으로 그릴만한 소재. ‖ 조선화의 ~. § (다듬은 말로) 그림감. [畵材] ((북한))

화제02 「명」 ① (다듬은 말로) 그림제목. ② 그림의 주제. 【2】 [畵題] ((북한))

화축 「명」 (다듬은 말로) 꽃대01. [花軸] ((북한))

화침 「명」 (곪은 상처나 헌데 같은것을 터치거나 딸 때에) 불에 달구어 찌르는 침. ‖ ~을 맞다. ~을 놓다. § (다듬은 말로) 불침. [火鍼] ((북한))

화탁 「명」 (다듬은 말로) 꽃턱. [花托] ((북한))

화판01 「명」 (다듬은 말로) 그림판. [畵板] ((북한))

화판02 「명」 (다듬은 말로) 꽃잎. [花瓣] ((북한))

화포02 「명」 (다듬은 말로) 그림천. [畵布] ((북한))

화피01 「명」 (다듬은 말로) 꽃울. [花被] ((북한))

화필 「명」 (다듬은 말로) 그림붓. [畵筆] ((북한))

화학세탁 「명」 (다듬은 말로) 화학빨래. ((북한))

화형03 「명」『출판』 (다듬은 말로) 무늬. [花形] ((북한))

화아01 「명」『생물』 (다듬은 말로) 꽃눈. [花芽] ((북한))

화아분화 「명」『생물』 (다듬은 말로) 꽃눈생기기. [花芽分化] ((북한))

화염문 「명」『고고』 (다듬은 말로) 불꽃무늬. [火炎紋] ((북한))

화염소독 「명」 (다듬은 말로) 불소독. ((북한))

화엽 「명」 (다듬은 말로) 꽃잎. [花葉] ((북한))

화용03 「명」 (다듬은 말로) 번데기되기. [化蛹] ((북한))

화입 「명」 (다듬은 말로) 불넣기. [火入] ((북한))

화예01 「명」『생물』 (다듬은 말로) 꽃술. [花蘂] ((북한))

확도 「명」『운수』 (다듬은 말로) 덧너비. [擴道] ((북한))

확산 「명」 ① (사상이나 리념 등이) 사람들속으로 널리 퍼지는것. ②『물리』 물
    질알갱이들이 그 농도가 짙은쪽으로부터 옅은쪽으로 움직여가는 현상. 알
    갱이들의 열운동 또는 다른 알갱이들과의 부딪침에 의해 일어난다. ③ (빛
    이나 소리, 증기 등이) 사방으로 흩어져 널리 퍼지는것. (다듬은 말로) 퍼
    짐. [擴散] #6확산하다 #$「동」(자.타) #6확산되다 #$「동」(자) ((북한))

환대02 「명」『생물』 (다듬은 말로) 고리띠. [環帶] ((북한))

환력 「명」『지질』 (다듬은 말로) 둥근 자갈. [丸礫] ((북한))

환류 「명」 ①『지리』 (다듬은 말로) 고리흐름. ②『화학』 정류탑우에서 나오는
    김을 엉겨굳히여 액체모양으로 만들어 탑에 돌려보내는 조작. [還流] ((북
    한))

환모01 「명」『축산』 (다듬은 말로) 털갈이. [換毛] ((북한))

환문도관 「명」『생물』 (다듬은 말로) 고리무늬끌관. [環紋導管] ((북한))

환문총 「명」 (다듬은 말로) 둥근무늬무덤. [環紋塚] ((북한))

환부03 「명」 (다듬은 말로) 둥근 가마. [丸釜] ((북한))

환상근「명」『생물』(다듬은 말로) 고리살. [環狀筋] ((북한))

환상박피「명」『농학』(다듬은 말로) 껍질도려내기. [環狀剝皮] ((북한))

환상선02「명」(다듬은 말로) 가락지선. [環狀線] ((북한))

환상연골「명」『생리』(다듬은 말로) 고리삭뼈. [環狀軟骨] ((북한))

환수01「명」(다듬은 말로) 물갈기. [換水] ((북한))

환식「명」(다듬은 말로) 고리식. [環式] ((북한))

환식화합물「명」『화학』(다듬은 말로) 고리화합물. ((북한))

환절02「명」고리나 마디라는 뜻으로 ① "서로 뗼수 없이 관련되여 이어져 있는 사실들이나 현상들의 하나하나"를 이르는 말. ‖ 경제적~. § ② 어떤 체계나 계통에서 그것을 이루는 단위나 중간다리. ‖ 불필요한 ~을 정리하다. § ▷ 사업상 체계나 절차에서 그것을 이루는 단계나 중간단계. ‖ 문건수속에서 필요한 ~들을 다 거치다. § ③『생물』(다듬은 말로) 고리마디. [環節] ((북한))

환질법－뻡「명」『론리』(다듬은 말로) 질바꿈법. [換質法] ((북한))

환제기「명」『약학』(다듬은 말로) 둥근알약기계. 알약기계. [丸製機] ((북한))

환차기「명」『운수』(다듬은 말로) 차갈이기관차. [換車機] ((북한))

환창「명」『운수』(다듬은 말로) 둥근창. [環窓] ((북한))

환우01「명」(다듬은 말로) 깃갈이. 털갈이. [換羽] ((북한))

환위법－뻡「명」『론리』(다듬은 말로) 자리바꿈법. 換位法 ((북한))

활도조절기－또－「명」『전기』관성차를 축에 설치한 권선형비동기전동기에서 큰 부하가 걸릴 때에는 속도를 낮추어 관성차의 운동에네르기를 리용하고 부하가 작을 때에는 속도를 높여 관성차에 에네르기를 축적하기 위한 자동장치. 물저항기를 쓰는 액체식활도조절기와 금속저항기를 쓰는 접촉식 활도조절기가 있다. 비가역식압연기는 전기전동장치에서 널리 쓰인다. (다듬은 말로) 미끄럼조절기. ((북한))

활동환－똥－「명」『전기』(다듬은 말로) 미끄럼고리. 滑動環 ((북한))

활면「명」『지질』(다듬은 말로) 미끄름면. 滑面 ((북한))

활물기생「명」『생물』(다듬은 말로) 산생물기생. 活物寄生 ((북한))

활배근「명」『생리』(다듬은 말로) 등넙적살. 闊背筋 ((북한))

활성란－썽－「명」『잠학』(다듬은 말로) 잠깬알. 活性卵 ((북한))

활주01－쭈－「명」①『체육』(스케트나 스키 같은것이) 얼음판이나 눈판을 지치는것. (다듬은 말로) 지치기. ② (항공기 같은것이) 뜰 때나 내릴 때에 땅우에 바퀴가 닿아 빨리 미끄러지듯 내닫는것. 滑走 #6활주하다 #$「동」(자.타) #6활주되다 #$「동」(자)【3】((북한))

활지육「명」『농학』(다듬은 말로) 산가지치기. 活枝育 ((북한))

활제01「명」『광업』(다듬은 말로) 활성약. 活劑 ((북한))

활착률－장－「명」(다듬은 말로) 사름률. 活着率 ((북한))

활엽수「명」(다듬은 말로) 넓은잎나무. ‖ ~와 바늘잎나무. § 闊葉樹 ((북한))

활액「명」『생리』(다듬은 말로) 미끌액. 滑液 ((북한))

황갈색－쌕「명」(다듬은 말로) 검누른색. 누른 밤색. 黃褐色 ((북한))

황견「명」(다듬은 말로) 누렁고치. 黃繭 ((북한))

황곡01「명」(다듬은 말로) 노란 메주(누룩). 黃麴 ((북한))

황도02「명」『천문』(다듬은 말로) 해길. 黃道 ((북한))

황도면「명」『천문』해길을 포함하는 평면. (다듬은 말로) 해길면. 黃道面 ((북한))

황동색「명」(다듬은 말로) 구리색. 누런 구리색. 黃銅色 ((북한))

황랍「명」(다듬은 말로) 누른 밀. 黃蠟 ((북한))

황모필「명」(다듬은 말로) 족제비털붓. 黃毛筆 ((북한))

황반「명」(다듬은 말로) 누렁얼룩. 黃斑 ((북한))

황백색「명」① (다듬은 말로) 희누른색. ② "황색"과 "백색"을 아울러 이르는 말. 黃白色 ((북한))

황백피「명」(다듬은 말로) 황경피나무껍질. 黃栢皮 ((북한))

황백화－콰「명」『생물』(다듬은 말로) 희노래지기. 黃白化 ((북한))

황선「명」『의학』(다듬은 말로) 누렁버짐. 黃癬 ((북한))

황숙기「명」(다듬은 말로) 무르익는 때.【4】黃熟期 ((북한))

황색종02「명」『의학』(다듬은 말로) 누렁혹. 黃色腫 ((북한))

황적색「명」(다듬은 말로) 노라발간색. 黃赤色 ((북한))

황체「명」(다듬은 말로) 누렁체. 黃體 ((북한))

황화04 「명」『생물』 (다듬은 말로) 노래지기. 黃化 ((북한))

황화병 「명」『림학』 (다듬은 말로) 누렁병. 黃化病 ((북한))

황우 「명」 (다듬은 말로) 누렁소. 黃牛 ((북한))

꼬미씨야 「명」 (다듬은 말로) 위원회.협의회. КОМИССИЯ&로 ((북한))

꼼포트 「명」 (다듬은 말로) 과일사탕절임. compote&프 ((북한))

꽁떼 「명」『미술』 (다듬은 말로) 기름숯연필. conté&프 ((북한))

빵형배합먹이－함－ 「명」『축산』 (다듬은 말로) 덩이배합먹이 ((북한))

뾘찌 「명」 ① (다듬은 말로) 구멍따개 ② ⇒ 표집게 ③ 권투에서, 상대편을 주먹
    으로 타격하는것. ‖ ~가 센 선수. § ←punch&영 ((북한))

뿌라우 「명」 (다듬은 말로) 틀보습 ←plough&영 ((북한))

뽈돌쌓기－키 「명」『건설』 사각뿔모양으로 다듬은 돌로 돌담이나 돌벽을 쌓는
    것. ((북한))

빼솟구다 「동」(타) (몸이나 목을) 빼서 우로 솟게 하다. ǀ 곱게 비다듬은 몸뚱이
    를 드러내고있었던 장끼가 목을 빼솟구고 목갈린 소리를 질렀다. § ((북
    한))

싸이클론01 「명」『광업』 (다듬은 말로) 회리통. cyclone&영 ((북한))

어육01 「명」 ① (다듬은 말로) 물고기살. ② 물고기와 고기. ③ "물고기살이 란
    도질 당하듯이 무참히 죽게 되는것"을 비겨 이르는 말. 魚肉 ((북한))

언성 「명」 말하는 소리나 목소리. ‖ ~이 부드러다. 높은~으로 말하다. §(=)말소
    리② 〈다듬은 말로: 말소리〉【4】言聲 ((북한))

언정 「명」 (다듬은 말로) 동마루폭. 堰@ ((북한))

언주 「명」『건설』 (다듬은 말로) 무넘이기둥. 堰柱 ((북한))

언제공 「명」『건설』 (다듬은 말로) 물동구조물. 堰堤工 ((북한))

여각 「명」『수학』 (다듬은 말로) 남은각. 餘角 ((북한))

여수토 「명」『건설』 (다듬은 말로) 무넘이. 餘水土 ((북한))

여우버들 「명」 (다듬은 말로) 마른잎버들.((북한))

여울파 「명」 (다듬은 말로) 여울물결. －波 ((북한))

역격자 「명」『물리』 (다듬은 말로) 거꿀살창. 逆格子 ((북한))

역교잡 「명」 (다듬은 말로) 거꿀섞붙임. 逆交雜 ((북한))

역구배 「명」『림학』(다듬은 말로) 반대물매. 逆勾配 ((북한))

역단층 「명」『지질』(다듬은 말로) 올리끊임. 逆斷層 ((북한))

역류영－「명」① (다듬은 말로) 거꿀흐름. ② (세대의 흐름에) 거꾸로 거스르는 것. ∥파쑈의 ~를 짓부시다. 대결, 분렬의~를 단결, 통일의 승리로 되게 하다. § ↔ 정류03. 逆流 #6역류하다 #$「동」(자.타) ((북한))

역류수영－「명」(다듬은 말로) 거꿀흐름물. 逆流水 ((북한))

역병 「명」① (다듬은 말로) 돌림병. ②『농학』일정한 균류의 기생에 의하여 식물에 생기는 병의 한가지. 감자를 비롯하여 호박, 담배, 도마도, 오이같은 식물에 흔히 생긴다. 疫病 ((북한))

역산법－뻡「명」『수학』(다듬은 말로) 거꿀산법. 逆算法 ((북한))

역삼씨박 「명」(다듬은 말로) 역삼씨깨묵. －粕 ((북한))

역수02 「명」『수학』(다듬은 말로) 거꿀수. 逆數 ((북한))

역시격 「명」(다듬은 말로) 역사이시간. 驛時隔 ((북한))

역적정 「명」『화학』(다듬은 말로) 거꿀방울재기. 逆適定 ((북한))

역전03 「명」① (우리하거나 불리하거나 한 형세가) 그와 반대로 바뀌는것. ∥기울어진 형세의~. § ②『기상』대기중에서 대류와는 반대로 더운 공기가 내려오고 찬 공기가 올라가는 운동이 반복되는 현상. ③『기계』(다듬은 말로) 거꿀돌이. 逆轉 #6역전하다 #$「동」(자) #6역전되다 #$「동」(자) ∥역전된 정황에서 굴하지 않고 싸운용사들. §【2】((북한))

역지변 「명」『기계』(다듬은 말로) 한쪽변. ((북한))

역축 「명」(다듬은 말로) 부림짐승. 役畜 ((북한))

역출02 「명」(다듬은 말로) 역에 내가기. 역에 내오기. 驛出 ((북한))

역토장 「명」(다듬은 말로) 역나무터. 驛土場 ((북한))

역풍 「명」① (다듬은 말로) 맞바람. ② (갈 때에) 바람을 안는것. 逆風 #6역풍하다 #$「동」(자) ((북한))

역행동화－캥－「명」『언어』(다듬은 말로) 올리닮기. ((북한))

역온법 「명」『농학』(다듬은 말로) 거꿀온도법. 逆溫法 ((북한))

연강04 「명」『금속』(다듬은 말로) 무른강철. 軟鋼 ((북한))

연강판 「명」『금속』(다듬은 말로) 무른강판. 軟鋼板 ((북한))

연골막 「명」『의학』(다듬은 말로) 삭뼈막. 軟骨膜 ((북한))

연골환 「명」『생물』(다듬은 말로) 삭뼈고리. 軟骨環 ((북한))

연골어류 「명」『생물』(다듬은 말로) 삭뼈물고기. ((북한))

연구개 「명」『생리』(다듬은 말로) 무른입천장. 軟口蓋 ((북한))

연구개음 「명」『언어』(다듬은 말로) 뒤천장소리. 軟口蓋音 ((북한))

연구개음화 「명」『언어』(다듬은 말로) 뒤천장소리되기. ((북한))

연궁 「명」『체육』(다듬은 말로) 무른활. 軟弓 ((북한))

연납02 「명」(다듬은 말로) 연한 납. 軟― ((북한))

연도02 「명」(다듬은 말로) 내굴길. 煙道 ((북한))

연도04 「명」『고고』(다듬은 말로) 무덤안길. 羨道 ((북한))

연마돌―똘 「명」① 연마하는데 리용되는 돌. (=)연마석 ②『기계』연마하는 감
　　으로 만든, 연마에 쓰이는 공구의 한가지. 연마재료에 점착제를 섞어 100
　　도정도에서 말리운 다음 소결로에서 구워낸다. 주로 회전운동을 하면서
　　부분품을 연마한다. (=)연마석 〈다듬은 말로: 갈이돌〉((북한))

연막 「명」① (다듬은 말로) 내굴막. ② "앞이 보이지 않게 연기가 일정한 범위
　　에 쫙 퍼진 상태"를 막에 비겨 이르는 말. ‖굴뚝의 연기가~을 이루다. §
　　③ 적측으로 하여금 아군측을 못보게 하려는 목적에서 인공적으로 피우는
　　짙은 내굴. ‖~을 피우다. § ④ "어떤 사실을 숨겨가리우기 위하여 그럴듯
　　하게 수단을 부리는 일 또는 그런수단"을 비겨 이르는 말. ‖인민들을 속
　　이기 위한 ~에 지나지 않다. § 煙幕【4】#7연막을 치다 #%그럴듯하게 수
　　단을 써서 어떤 사실을 숨겨가리다. ((북한))

연무01 「명」(다듬은 말로) 내굴안개. 煙霧 ((북한))

연무기 「명」『기계』(다듬은 말로) 내굴분무기. 煙霧機 ((북한))

연맥 「명」(다듬은 말로) 귀밀. 燕麥 ((북한))

연바닥줄 「명」『수산』(다듬은 말로) 무른바닥줄. ((북한))

연변02 「명」『생물』(다듬은 말로) 변두리. 가장자리. 緣邊 ((북한))

연부병 「명」『농학』(다듬은 말로) 물컹병. 軟腐病 ((북한))

연사04 「명」『방직』(다듬은 말로) 실꼬기. 꼰실. 撚絲 ((북한))

연사기 「명」『방직』두올이상의 실을 합쳐 빔을 주거나 한올실에 보충적으로 빔

을 주어 꼰실을 생산하는 기계. 〈다듬은 말로: 실꼬는 기계.〉 撚絲機 ((북한))

연석차 「명」『운수』(다듬은 말로) 상급차. 軟席車 ((북한))

연성01 「명」『물리』(다듬은 말로) 늘음성. 延性 ((북한))

연수02 「명」(다듬은 말로) 연한물. 軟水 ((북한))

연시02 「명」『교육』(다듬은 말로) 보이기. 演試 ((북한))

연시03 「명」(다듬은 말로) 물렁감. 軟柿 ((북한))

연신01 「명」① 『금속』 달군 쇠붙이를 늘이여 펴는것. ② 『방직』(다듬은 말로) 켜기. 늘구기. 延伸 #6연신하다 #$「동」(타) #6연신되다 #$「동」(자) 【2】 ((북한))

연실03 「명」『운수』(다듬은 말로) 내굴칸. 煙室 ((북한))

연직선 「명」『수학』(다듬은 말로) 드림선. 鉛直線 ((북한))

연진 「명」① 내굴과 먼지. ② 내굴처럼 일어나는 먼지. ③ 『금속』(다듬은 말로) 내굴먼지. ④ = 병진. 煙塵 ((북한))

연질 「명」(다듬은 말로) 무른질. 연한질. 軟質 ((북한))

연침01 「명」(다듬은 말로) 상급침대. 軟寢 ((북한))

연통02 「명」(다듬은 말로) 굴뚝. 【2】 煙筒 ((북한))

연하04 「명」『생리』(다듬은 말로) 삼키기. 嚥下 ((북한))

연효성제제－썽－ 「명」『약학』(다듬은 말로) 효력오랜약. ((북한))

연화01 「명」① 단단하던 물건이 부드럽거나 무르게 되는것. (다듬은 말로) 무르게 하기. ② 굳은 성질의것이 연한 성질의것으로 되는것. (다듬은 말로) 연하게 하기. ③ 『화학』 센물을 연한 물로 만드는것. (=)연수화. ④ 『화학』 일정한 물기와 온도를 주어 원료를 유연하게 만드는 공정. 단백질, 탄수화물과 같이 고분자중합체들은 빚음성이 높아지게 된다. ⑤ 『의학』 수분이 많은 조직이 괴사되여 죽처럼 되는것. 뇌연화 같은것이 이에 속한다. ⑥ "굳세게 주장하던것을 버리고 타협적으로 나가는것"을 비겨 이르는 말. 軟化 #6연화하다 #$「동」(타) ｜ 물을 연화해서 보이라관에 물때가 끼지 않게 한다. § #6연화되다 #$「동」(자) ((북한))

연화병－뼝 「명」『농학』(다듬은 말로) 물렁병. 軟化病 ((북한))

연화온도「명」유리, 아스팔트 같은 모양 없는 물질을 류동성을 가지게 하는 온
　　도. (=)연화점. (다듬은 말로) 물러지는 온도. ((북한))

열탕「명」① 끓는 물. ｜ 웅뎅이에 담긴 물도 열탕과 같이 부글부글 끓어서 그속
　　에 있던 올챙이가 모두 데여죽었다. ≪단편소설"농부 정도룡"≫§ ② 끓는
　　국. ③『의학』(다듬은 말로) 끓는물. 熱湯 ((북한))

염료식물－싱－「명」(다듬은 말로) 물감식물. ((북한))

염료작물－장－「명」(다듬은 말로) 물감작물. ((북한))

염망「명」『수산』(다듬은 말로) 그물물들이기. 染網 ((북한))

염분02「명」① (다듬은 말로) 소금기. ② 봉건사회에서: 관아나 궁방에서 소금
　　장수에게 받는 세납. 【2】鹽分. 塩分 ((북한))

염수01「명」(다듬은 말로) 소금물. 鹽水 ((북한))

염색02「명」(다듬은 말로) 물들이기. 【10】染色　#7마전 염색 그릇닦기 #%☞
　　마전. ((북한))

염색성「명」(다듬은 말로) 물들성. ((북한))

염생식물－싱－「명」(다듬은 말로) 짠살이식물. 鹽生植物 ((북한))

염장02「명」소금에 절여 저장하는것. (다듬은 말로) (소금)절임. 鹽藏 #6염장하
　　다 #$「동」(자.타) ‖ 고등어를 ~. 무우를 ~. § 【2】((북한))

염장품「명」(다듬은 말로) 절인것. 鹽藏品 ((북한))

염장어「명」(다듬은 말로) 절인 물고기. 鹽藏魚 ((북한))

염착성「명」(다듬은 말로) 물들성. ((북한))

염침「명」(다듬은 말로) 설임. 鹽沈 ((북한))

엽기02「명」『생물』(다듬은 말로) 잎밑. 葉基 ((북한))

엽권수「명」『생물』(다듬은 말로) 감김손잎. 葉卷鬚 ((북한))

엽권충「명」『농학』(다듬은 말로) 잎말이벌레. 葉卷蟲 ((북한))

엽두「명」『생물』(다듬은 말로) 잎끝. 葉頭 ((북한))

엽맥염－「명」『생물』(다듬은 말로) 잎줄. 葉脈 ((북한))

엽병「명」『생물』(다듬은 말로) 잎꼭지. 葉柄 ((북한))

엽산「명」『화학』(다듬은 말로) 잎산. 葉酸 ((북한))

엽상「명」『생물』(다듬은 말로) 잎모양. 葉狀 ((북한))

엽상경 「명」 『생물』 (다듬은 말로) 잎모양 줄기. 葉狀莖 ((북한))

엽상시비 「명」 『농학』 (다듬은 말로) 잎덧비료주기. 葉上施肥 ((북한))

엽상체 「명」 『생물』 (다듬은 말로) 잎모양체. 葉狀體 ((북한))

엽상위 「명」 『축산』 (다듬은 말로) 잎위. 葉狀胃 ((북한))

엽서02 「명」 『생물』 (다듬은 말로) 잎차례. 葉序 ((북한))

엽신 「명」 『생물』 (다듬은 말로) 잎몸. 葉身 ((북한))

엽초01 「명」 (다듬은 말로) 잎담배. 葉草 ((북한))

엽초02 「명」 『생물』 (다듬은 말로) 잎집. 葉鞘 ((북한))

엽축 「명」 『생물』 (다듬은 말로) 잎대. 葉軸 ((북한))

엽침 「명」 『생물』 (다듬은 말로) 가시잎. 葉針 ((북한))

엽채 「명」 (다듬은 말로) 잎남새. 葉菜 ((북한))

엽편 「명」 『생물』 (다듬은 말로) 잎쪼각. 葉片 ((북한))

엽형 「명」 『생물』 (다듬은 말로) 잎모양. 葉形 ((북한))

엽흔 「명」 『생물』 (다듬은 말로) 잎자욱. 葉痕 ((북한))

엽아 「명」 『생물』 (다듬은 말로) 잎눈. 葉芽 ((북한))

엽연01 「명」 『생물』 (다듬은 말로) 잎변두리. 葉緣 ((북한))

엽육 「명」 『생물』 (다듬은 말로) 잎살. 葉肉 ((북한))

엽이 「명」 『생물』 (다듬은 말로) 잎귀. 葉耳 ((북한))

엽액 「명」 『생물』 (다듬은 말로) 잎아귀. 葉腋 ((북한))

영각03 「명」 『물리』 (다듬은 말로) 마중각. 迎角 ((북한))

영견02 「명」 『잠학』 (다듬은 말로) 고치짓기. 營繭 ((북한))

영견장 「명」 『농학』 (다듬은 말로) 고치짓는 자리. 營繭場 ((북한))

영구경수 「명」 (다듬은 말로) 영구센물. 永久硬水 ((북한))

영구욕초 「명」 『농학』 (다듬은 말로) 오래두는깃.((북한))

영과 「명」 『생물』 (다듬은 말로) 겨깍지열매. 穎果 ((북한))

영년 「명」 (다듬은 말로) 여러해. 긴세월. 永年 ((북한))

영로 「명」 『체육』 (다듬은 말로) 헤염길. 泳路 ((북한))

영양교잡 「명」 『생물』 (다듬은 말로) 영양섞붙임.((북한))

오공01 「명」 ① (다듬은 말로) 왕지네. ② 동약에서, "말린 왕지네"를 약재로 이

르는 말. 어린아이의 경풍중, 목부분의 림파선염, 륵막염 등에 쓰이고 헌
데에도 쓰인다. 蜈蚣 ((북한))

오공주 「명」『의학』(다듬은 말로) 왕지네술. 蜈蚣酒 ((북한))

오구01 「명」 곧은선, 굽은선, 같은높이선 등 도면의 선에 먹을 올리는데 쓰는
제도용기구. 두갈래로 된 쇠붙이로 끝을 까마귀부리모양으로 만들었다.
먹물이나 물감을 찍어서 선을 긋는데 쓴다. (다듬은 말로) 제도펜. 烏口
((북한))

오리온성좌 「명」 (다듬은 말로) 오리온자리. ((북한))

오면경 「명」 (다듬은 말로) 오목거울. 五面鏡 ((북한))

오면잠 「명」『잠학』(다듬은 말로) 다섯잠누에. 五眠蠶 ((북한))

오목구면경 「명」 (다듬은 말로) 오목구면거울. −球面鏡 ((북한))

오물01 「명」 ① (다듬은 말로) 쓰레기, 찌꺼기. ② "력사적으로 낡았거나 사회적
으로 버림받은 너절한 잔재"를 비겨 이르는 말. ‖ 종파의 ~을 쓸어버리
다. │ 우리는 바로 이러한 썩고 부패한 시대의 오물을 깨끗이 쓸어버리고
새세대의 공산주의핵심으로 이루어지는 전위조직을 가지고 조선청년운동
을 구원해내야 하겠습니다. ≪장편소설 "혁명의 려명"≫ / 식민주의잔재는
제국주의식민통치가 남겨놓은 력사적인 오물이다. §【16】汚物 ((북한))

오물장−짬 「명」 ① (다듬은 말로) 쓰레기터. ② "사회적으로 썩을대로 썩고 병
든것이 집결장소"를 비겨 이르는 말. │ 미국사회는 날이 갈수록 건전한 리
성과 미덕을 짓밟히우고 패륜과 패덕만이 지배하는 세계의 오물장으로 변
해가고있다. §【2】汚物場 ((북한))

오물적치장 「명」 (다듬은 말로) 쓰레기터. ((북한))

오물통 「명」 (다듬은 말로) 쓰레기통. 【5】 ((북한))

오미자시롭 「명」 (다듬은 말로) 오미자단물. ((북한))

오매02 「명」 매화나무의 익지 않은 열매. (다듬은 말로) 매화열매. 烏梅 ((북한))

오바부라우스 「명」 (다듬은 말로) 치마겉적삼. over−blouse&영 ((북한))

오바타임 「명」『체육』(다듬은 말로) 네번치기. over−time&영 ((북한))

오배자 「명」 (다듬은 말로) 붉나무벌레집. 五倍子 ((북한))

오배자나무 「명」 (다듬은 말로) 붉나무. ((북한))

오배자벌레「명」(다듬은 말로) 붉나무벌레. ((북한))

오배자충「명」(다듬은 말로) 붉나무벌레. 五倍子蟲 ((북한))

오송「명」『운수』(다듬은 말로) 잘못보냄. 誤送 ((북한))

오습「명」『의학』(다듬은 말로) 누기꺼림. 惡濕 ((북한))

오식03「명」『출판』(다듬은 말로) 잘못꽂기. 誤植 ((북한))

오심02「명」『의학』(다듬은 말로) 메스껍기. 惡心 ((북한))

오적골「명」(다듬은 말로) 오징어뼈. 烏賊骨 ((북한))

오지05「명」『의학』(다듬은 말로) 늦어지기. 五遲 ((북한))

오제제「명」(다듬은 말로) 약 잘못짓기. 誤製劑 ((북한))

오투약「명」(다듬은 말로) 약 잘못내기. 誤投藥 ((북한))

오풍02「명」(다듬은 말로) 바람꺼리기. 惡風 ((북한))

오풍증02-쯩「명」(다듬은 말로) 바람꺼리기증. 惡風症 ((북한))

오형03「명」① (다듬은 말로) 옥은다리. ② 피형의 하나. 피형을 판정하여 얻는
   다. 즉 오형, 에이형, 비형의 표준피를 한방울씩 유리판이나 피형검사접시
   에 넣고 검사하려는 사람의 피를 표준피물량의 10분의 1 정도 섞어서 세
   가지 피물에서 다 일어나지 않을 때의 피형이다. "O(I)"로 표시한다. O&라
   型((북한))

오화당「명」(다듬은 말로) 무지개사탕. 五花糖 ((북한))

오염견「명」『잠학』(다듬은 말로) 물든 고치. 汚染繭 ((북한))

오우01「명」『의학』(다듬은 말로) 올미줄기. 烏芋 ((북한))

오인도「명」『운수』(다듬은 말로) 잘못넘겨주기. 誤引渡 ((북한))

오예륜「명」『의학』(다듬은 말로) 더러운 고리. 汚穢輪 ((북한))

옥기「명」(다듬은 말로) 옥그릇. 玉器 ((북한))

옥개석「명」(다듬은 말로) 지붕돌. 屋蓋石 ((북한))

옥분「명」(다듬은 말로) 강냉이가루. 강낭가루. 玉粉 ((북한))

옥석공예「명」(다듬은 말로) 옥돌공예. 玉石工藝 ((북한))

옥잠「명」(다듬은 말로) 옥비녀. 玉簪 ((북한))

옥춘당「명」(다듬은 말로) 색구슬사탕. 玉春糖 ((북한))

옥환-콴「명」① (다듬은 말로) 옥고리. ② = 옥가락지. ③ "둥근달"을 비겨

이르는 말. 玉環 ((북한))

옥쌀성형기 「명」『기계』 (다듬은 말로) 옥쌀기계. 玉－ 成形機 ((북한))

옥외 「명」 (다듬은 말로) 바깥. 屋外 ((북한))

옥외등 「명」 (다듬은 말로) 바깥등. 屋外燈 ((북한))

온각 「명」『생리』 (다듬은 말로) 더운 느낌. 溫覺 ((북한))

온감 「명」『의학』 (다듬은 말로) 더운 느낌. 溫感 ((북한))

온난극 「명」『지리』 (다듬은 말로) 더운극. 溫暖極 ((북한))

온난기 「명」 (다듬은 말로) 더운철. 溫暖期 ((북한))

온난기단 「명」『기상』 (다듬은 말로) 더운공기떼. 溫暖氣團 ((북한))

온도하강 「명」『농학』 (다듬은 말로) 온도내려가기. ((북한))

온대과수 「명」『농학』 (다듬은 말로) 온대과일나무. ((북한))

온박 「명」 (다듬은 말로) 재벌깨묵. 鰮粕 ((북한))

온반죽 「명」 (다듬은 말로) 더운반죽. 익반죽. ((북한))

온법 －뻡「명」『의학』 (다듬은 말로) 덥힘법. 덮히기법. 溫法 ((북한))

온수관 「명」 더운물을 보내는 관. 〈다듬은 말로: 더운물관〉 溫水管 ((북한))

온수로 「명」『수리』 (다듬은 말로) 더운물길. 溫水路 ((북한))

온수성어류 －썽－「명」 = 온수성어족 〈다듬은 말로: 더운물물고기〉((북한))

온수성어족 －썽－「명」『생물』 더운물에서 잘 자라는 물고기. 물온도가 섭씨
    20도이상 되는 물에서 잘 자라는 민물고기와 바다물고기가 속한다. 잉어,
    기념어, 초어 같은것이 있다. (=) 온수성어류. 〈다듬은 말로: 더운물물고
    기〉((북한))

온습포 「명」『의학』 (다듬은 말로) 더운물찜질. 溫濕包 ((북한))

온색01 「명」 ① (다듬은 말로) 따스한색. 더운색. ② ⓧ 온화한 얼굴빛. 溫色
    ((북한))

온차 「명」 (다듬은 말로) 더운 단물. 溫茶 ((북한))

온침01 「명」 (다듬은 말로) 뜸침. 溫鍼 ((북한))

온침구 「명」 (다듬은 말로) 뜸침. 溫鍼灸 ((북한))

온혈동물 「명」 (다듬은 말로) 더운피동물. ((북한))

온훈 「명」『수산』 물고기를 높은 온도의 불에 그스르는것. 〈다듬은 말로: 더운

내굴찜〉 溫燻 #6온훈하다 #$「동」(타) ((북한))

온훈법 －뻡「명」『수산』 물고기를 온훈하여 가공하는 법. 〈다듬은 말로: 더운
내굴찜법〉 ((북한))

온훈품 「명」 온훈한 물고기제품. 〈다듬은 말로: 더운내굴찜제품〉 ((북한))

온엄법 －뻡『의학』더운 찜질로 치료하는 방법. 〈다듬은 말로: 더운찜질법〉 溫
罨法 ((북한))

올눌제 －룰째「명」(다듬은 말로) 물개신. 膃肭臍 ((북한))

올파종 「명」(다늠은 밀코) 올씨붙임. －播種 ((북한))

옵사이드 「명」『체육』(다듬은 말로) ① (축구에서) 공격어김. ② (루구에서) 가
리어김. obside&영 ((북한))

옹관장 「명」『고고』① 시체를 독널에 넣어서 하던 장례. ② (다듬은 말로) 독무
덤. 甕棺葬 ((북한))

옹벽 「명」『건설』(다듬은 말로) 흙막이벽. 擁壁 ((북한))

옹저 「명」『의학』(다듬은 말로) 뽀두라지몰림. 癰疽 ((북한))

요골 「명」『생리』(다듬은 말로) 노뼈. 橈骨 ((북한))

요다각형－켱「명」『수학』한개 또는 몇개의 대각선이 도형밖에 놓이는 다각형.
‖ ~과 철다각형. § 〈다듬은 말로〉 오목다각형. 凹多角形 ((북한))

요동채 「명」『기계』(다듬은 말로) 흔들채. 搖動－ ((북한))

요랜즈 「명」(다듬은 말로) 오목렌즈. 凹lens&영 ((북한))

요부05 「명」(다듬은 말로) 허리. 허리부. 腰部 ((북한))

요신경 「명」(다듬은 말로) 허리신경. 腰神經 ((북한))

요출 「명」『화학』(다듬은 말로) 가마내기. 窯出 ((북한))

요출기 「명」(벽돌, 기와, 사기 같은것을 구워서) 가마에서 꺼내는 틀. 〈다듬은
말로〉 가마내기틀. 窯出機 ((북한))

요통 「명」『의학』(다듬은 말로) 허리아픔. 腰痛 ((북한))

요판 「명」(다듬은 말로) 오목판. 凹版 ((북한))

요판스크린 「명」(다듬은 말로) 오목판채눈판. 凹版screen&영((북한))

요판인쇄 「명」(다듬은 말로) 오목판인쇄. ((북한))

요음 「명」『음악』(다듬은 말로) 꺾음소리. 搖音 ((북한))

요입 「명」『화학』(다듬은 말로) 가마넣기. 窯入 ((북한))

욕실 「명」(다듬은 말로) 목욕칸. 浴室 ((북한))

욕조 「명」①『건설』(다듬은 말로) 목욕통. ②『금속』= 탕그릇. 浴槽 ((북한))

용금 「명」『금속』(다듬은 말로) 쇠물. 鎔金. 熔金 ((북한))

용명02 「명」① ⓧ 어둡고 캄캄하던것이 조금씩 차츰 밝아지는것. ②『영화』
     (다듬은 말로) 새기. 溶明 #6용명되다 #$「동」(자) ᅵ 불길에 벌거우리하게
     용명된 중간속으로…≪장편소설 "한자위단원의 운명"≫ ((북한))

용무01 「명」(다듬은 말로) 볼일. 用務 ((북한))

용사02 「명」(다듬은 말로) 녹여뿜기. 熔射 ((북한))

용상01 「명」『체육』(다듬은 말로) 추켜올리기. 聳上 ((북한))

용수로 「명」『수리』(다듬은 말로) 댈물길. 用水路 ((북한))

용전04 「명」『영화』(다듬은 말로) 지새기. 溶轉((북한))

용제01 「명」『금속』(다듬은 말로) 녹임약. 鎔劑. 熔劑 ((북한))

용제02 「명」『화학』(다듬은 말로) 풀림약. 溶劑 ((북한))

용착 「명」『금속』(다듬은 말로) 녹여붙임. 鎔着. 熔着 ((북한))

용처 「명」(다듬은 말로) 쓸데. 쓸곳. 用處 ((북한))

용토 「명」『의학』(다듬은 말로) 게우기. 湧吐 ((북한))

용혈 「명」『생리』(다듬은 말로) 피알풀림. 피물림. 溶血 ((북한))

용암02 「명」① 밝고 환하던것이 조금씩 차츰 어두워져서 캄캄해지는것. ‖ 용
     명과~. ~에 잠기다. § ②『영화』(다듬은 말로) 지기02. 溶暗 ((북한))

용융물 「명」『금속』광석과 부원료, 연료들이 녹은 물질. (다듬은 말로) 녹은 물
     건. 熔融物. 鎔融物 ((북한))

우곡02 「명」(다듬은 말로) 비물골. 雨谷 ((북한))

우내공격수 「명」『체육』축구경기에서, 중앙공격수와 우익공격수사이에서 공격
     을 맡아하는 선수. (다듬은 말로) 오른쪽안공격수. 右內攻擊手 ((북한))

우담02 「명」(다듬은 말로) 소열. 牛膽 ((북한))

우량03 「명」(다듬은 말로) 비량. 雨量 ((북한))

우변 「명」① ⇒ 오른쪽. ② 오른쪽의 가녁. ‖ 강의 ~. § ③『수학』(다듬은
     말로) 오른변. ④ = 우변청. ↔좌변. 右邊 ((북한))

우빙 「명」 (다듬은 말로) 비얼음. 雨氷 ((북한))

우상03 「명」 (다듬은 말로) 깃모양. 羽狀 ((북한))

우상근 「명」『생리』(다듬은 말로) 깃살. 羽狀筋 ((북한))

우상단엽 「명」『생물』(다듬은 말로) 깃홑잎. ((북한))

우상맥 「명」『생물』(다듬은 말로) 깃줄. 羽狀脈 ((북한))

우상복엽 「명」『생물』(다듬은 말로) 깃겹잎. ((북한))

우상심렬 「명」『생물』(다듬은 말로) 깃모양깊은갈래. ((북한))

우상엽 「명」『생물』(다듬은 말로) 깃잎. 羽狀葉 ((북한))

우선03 「명」『생물』(다듬은 말로) 바른돌이. 右旋 ((북한))

우수06 「명」『수학』(다듬은 말로) 짝수. 偶數 ((북한))

우수함 「명」『건설』(다듬은 말로) 비물통. 雨水函 ((북한))

우심02 「명」 (다듬은 말로) 소염통. 소심장. 牛心((북한))

우축 「명」『체육』(다듬은 말로) 구석차기. 隅蹴 ((북한))

우측기 「명」『체육』(다듬은 말로) 구석기발. 隅側旗 ((북한))

우치03 「명」① (다듬은 말로) 이삭기. ② 너리먹은 이. 齲齒 ((북한))

우피 「명」 (다듬은 말로) 소가죽. 牛皮 ((북한))

우현 「명」 배의 오른쪽의 전. (다듬은 말로: 오른배전) 右舷 ((북한))

우현등 「명」 (다듬은 말로) 오른배전등. 右舷燈 ((북한))

우화02 「명」①『생물』(다듬은 말로) 엄지벌레되기. ② ＝ 우화등선. 羽化
    ((북한))

우역03 「명」 새의 보드라운 털이 배게 난 부분. 〈다듬은 말로: 털난데〉 羽域
    ((북한))

우익공격수 「명」『체육』(다듬은 말로) 오른쪽 공격수. 오른쪽 날개. ((북한))

운단 「명」 (다듬은 말로) 성게알젓. 雲丹((북한))

운문02 「명」 (다듬은 말로) 구름무늬. 【2】雲紋 ((북한))

운속 「명」『기상』(다듬은 말로) 구름속도. 雲速((북한))

운송장―짱 「명」『운수』(다듬은 말로) 짐부침표. 運送狀 ((북한))

운적층 「명」 (다듬은 말로) 옮겨쌓인층. 運積層 ((북한))

운재 「명」『림학』(다듬은 말로) 나무나르기. 運材 ((북한))

운항「명」『운수』(다듬은 말로) 배다니기. 運航 ((북한))

운항표「명」(다듬은 말로) 배다님표. 運航表 ((북한))

운형「명」『기상』(다듬은 말로) 구름모양. 雲形 ((북한))

운형자「명」(다듬은 말로) 구름자. 雲形- ((북한))

운형정규「명」『수학』(다듬은 말로) 구름자. 雲形定規 ((북한))

운해「명」(다듬은 말로) 구름바다. 雲海 ((북한))

운행표「명」『운수』(다듬은 말로) 다님표. 【4】 運行表 ((북한))

울증01-쯩「명」『의학』병적으로 기분, 사고, 운동이 억제되어 우울한 증상. 울
    병의 기본증상으로 나타난다. (=) 우울증. 〈다듬은 말로: 슬픔증〉鬱症
    ((북한))

울혈「명」①『의학』정맥내 피순환이 장애되여 정맥피가 많이 몰린것. 심장 판
    막장애, 정맥이 눌리우거나 정맥안이 좁아졌을 때 정맥피순환이 장애된다.
    페울혈, 간울혈 등이 있다. 〈다듬은 말로: 피몰림〉② "가슴속 깊이 맺혀있
    는 상처"를 비겨 이르는 말. | 쾅! 쾅쾅! 련이어 일어나는 발파소리가 가슴
    에 들어찼던 울혈을 시원스럽게 날려준다.≪장편소설 "시대의 탄생" 1≫§
    ③ 마음이 답답하거나 언짢아서 얼굴에 열기가 오르는것 또는 그런 열기.
    ‖ ~이 진 얼굴. | 울혈이 된 얼굴은 찌프려지고 약간 이지러진 입귀에는
    그 누구인가를 비웃는듯한 표정이 비끼였다.≪장편소설 "닻은 올랐다"≫§
    鬱血 ((북한))

웅성선숙「명」『생물』(다듬은 말로) 수성먼저여물기. 雄性先熟 ((북한))

웅정기「명」『생물』(다듬은 말로) 수포자씨집. 雄精器 ((북한))

웅핵「명」『생물』(다듬은 말로) 수핵. 雄核((북한))

웅화「명」『생물』(다듬은 말로) 수꽃. 雄化 ((북한))

웅화수「명」『생물』(다듬은 말로) 수꽃이삭. 雄花穗 ((북한))

웅예「명」『생물』(다듬은 말로) 수꽃술. 雄蕊 ((북한))

유간02「명」『운수』선로에서, 레루와 레루사이. 〈다듬은 말로: 놀틈.틈〉遊間
    ((북한))

유간자「명」(다듬은 말로) 틈자. 遊間- ((북한))

유감자「명」(다듬은 말로) 유감나무열매. 乳柑子 ((북한))

유경01 『생물』 (다듬은 말로) 싹줄기. 幼莖 ((북한))

유경02 『축산』 (다듬은 말로) 뒤젖몸. 乳鏡 ((북한))

유공판 「명」 『기계』 (다듬은 말로) 구멍판. 有孔板 ((북한))

유구촌백충 「명」 (다듬은 말로) 갈고리촌백충. 有鉤寸百蟲 ((북한))

유근 「명」 『생물』 (다듬은 말로) 싹뿌리. 幼根 ((북한))

유관02 「명」 『생물』 (다듬은 말로) 젖관. [乳管] ((북한))

유관속 「명」 『생물』 (다듬은 말로) 관묶음. [維管束] ((북한))

유당 「명」 『화학』 (다듬은 말로) 젖당. [乳糖] ((북한))

유당제 「명」 (화학) (다듬은 말로) 기름사딩약. [油糖劑] ((북하))

유두 「명」 (다듬은 말로) 젖꼭지①. 꼭지. [乳頭] ((북한))

유두종 「명」 『의학』 (다듬은 말로) 젖꼭지혹. [乳頭腫] ((북한))

유두체 「명」 (다듬은 말로) 젖꼭지체. [乳頭體] ((북한))

유둔 「명」 ⓧ 기름에 절인 두터운 종이. 이어붙여서 비옷으로 썼다. ｜ 갑옷, 활,
　　칼, 유둔, 말안장 등을 갖추고 출정할 준비를 다그쳤다.§ (=) 유둔지. (다듬
　　은 말로) 두터운 기름종이. [油芚] ((북한))

유대류 「명」 『생물』 (다듬은 말로) 주머니짐승류. [有袋類] ((북한))

유량 「명」 (다듬은 말로) 젖량. [乳量] ((북한))

유령림 「명」 (다듬은 말로) 어린숲. [幼齡林] ((북한))

유류02 「명」 (다듬은 말로) 기름(류). [油類] ((북한))

유류종 「명」 『생물』 화석으로 알려졌을뿐아니라 아직도 살아남아있는 생물의
　　종. (다듬은 말로) 남은종. [遺留種] ((북한))

유막02 「명」 『기계』 (다듬은 말로) 기름막. [油膜] ((북한))

유모차 「명」 (다듬은 말로) 애기차. [乳母車] ((북한))

유목원 「명」 (열매를 맺기전의) 어린 나무를 심어 기르는 곳. ‖ 과수원과 ~을
　　잘 관리하다.§ (다듬은 말로) 어린나무밭. [幼木園] ((북한))

유문02 「명」 『의학』 (다듬은 말로) 날문. [幽門] ((북한))

유문부 「명」 『생리』 (다듬은 말로) 날문부. ((북한))

유문수 「명」 『생물』 (다듬은 말로) 너스레밸. [幼門垂] ((북한))

유미01 「명」 『의학』 (다듬은 말로) 젖미음. [乳糜] ((북한))

유미류 「명」『생물』(다듬은 말로) 도롱룡류. [有尾類] ((북한))

유밀과 「명」(다듬은 말로) 기름꿀과자. [油蜜菓] ((북한))

유발02 「명」(다듬은 말로) 약갈이. [乳鉢] ((북한))

유방대 「명」(다듬은 말로) 가슴띠. [乳房帶] ((북한))

유비세포 「명」(다듬은 말로) 거름세포. ((북한))

유사분렬 「명」『생물』(다듬은 말로) 실갈림. [有絲分裂] ((북한))

유숙기 「명」『농학』(다듬은 말로) 물알들 때. [乳熟期] ((북한))

유시곤충 「명」『생물』(다듬은 말로) 날개있는 곤충. [有翅昆虫] ((북한))

유세포 「명」『림학』(다듬은 말로) 연한세포. [柔細胞] ((북한))

유잠 「명」『잠학』(다듬은 말로) 기름누에. [油蠶] ((북한))

유접02 「명」『생물』(다듬은 말로) 맞붙이기. [癒接] ((북한))

유정03 「명」『축산』(다듬은 말로) 젖홈. [乳井] ((북한))

유정맥 「명」(다듬은 말로) 젖정맥. [乳靜脈] ((북한))

유조02 「명」『축산』(다듬은 말로) 젖고임통. [乳槽] ((북한))

유주세포 「명」『생물』(다듬은 말로) 헤염세포. [遊走細胞] ((북한))

유주자 「명」『생물』(다듬은 말로) 헤염포자. [遊走子] ((북한))

유지05 「명」(다듬은 말로) 기름종이. [油紙] ((북한))

유지06 「명」『고고』옛날의 력사적자취가 남아있는 터나 자리. ‖ 대성산 안학
　　궁의 ~.§ (다듬은 말로) 터.자리. [遺址] ((북한))

유지공업 「명」(다듬은 말로) 기름공업. ((북한))

유지림 「명」『림학』(다듬은 말로) 기름나무숲. [油脂林] ((북한))

유지식물－싱－「명」(다듬은 말로) 기름식물. ((북한))

유지작물－장－「명」(다듬은 말로) 기름작물. 【2】 ((북한))

유제03 「명」『약학』(다듬은 말로) 젖제. [乳劑] ((북한))

유제04 「명」『농학』(다듬은 말로) 기름약. [油劑] ((북한))

유제먹임 「명」『방직』(다듬은 말로) 기름먹임. 기름약먹임. [油劑－] ((북한))

유차 「명」『운수』(다듬은 말로) 끼움차. [遊車] ((북한))

유첩로－첩－「명」(다듬은 말로) 기름튀기가마. [油煠爐] ((북한))

유청 「명」『의학』(다듬은 말로) 젖물③. [乳淸] ((북한))

유충01 「명」 (다듬은 말로) 새끼벌레. [幼蟲] ((북한))

유토 「명」 『미술』 (다듬은 말로) 기름흙. [油土] ((북한))

유포02 「명」 (다듬은 말로) 기름(먹인)천. [油布] ((북한))

유한화서 「명」 『생물』 (다듬은 말로) 막힌꽃차례. [有限花序] ((북한))

유합 「명」 『의학』 (다듬은 말로) 아물기. [癒合] ((북한))

유향음 「명」 『언어』 (다듬은 말로) 울림소리. [有響音] ((북한))

유효분얼 「명」 『농학』 (다듬은 말로) 이삭아지치기. ((북한))

유아03 「명」 『생물』 (다듬은 말로) 어린눈. [幼芽] ((북한))

유아과자 「명」 (다듬은 말로) 애기과자. ((북한))

유아등 「명」 『농학』 (다듬은 말로) 나비등. 【2】 [誘蛾燈] ((북한))

유아사탕 「명」 (다듬은 말로) 애기사탕. ((북한))

유암01 「명」 (다듬은 말로) 젖암. [乳癌] ((북한))

유약01 「명」 『화학공업』 (다듬은 말로) 칠물. [帷藥. 釉藥] ((북한))

유연세포 「명」 『생물』 (다듬은 말로) 연한세포. ((북한))

유연조직 「명」 『생물』 (다듬은 말로) 연한조직. [柔軟組織] ((북한))

유영01 「명」 ① (다듬은 말로) 헤염치기. ② 낡은 사회에서: 떠돌아다니는것. [遊
  泳] #6유영하다 #$「동」(자) ‖ 정계, 학계 등 사회의 각계로 유영하는 유지
  인사.§ ((북한))

유영력 「명」 『생물』 (다듬은 말로) 헤염칠힘. [遊泳力] ((북한))

유욕 「명」 『화학』 (다듬은 말로) 기름탕. [油浴] ((북한))

유용종 「명」 『축산』 젖을 얻기 위하여 기르는 집짐승의 품종. (다듬은 말로) 젖
  종. [有用種] ((북한))

유이화서 「명」 『생물』 (다듬은 말로) 드림꽃차례. [葇荑花序] ((북한))

유인목 「명」 『림학』 (다듬은 말로) 홀림나무. [誘引木] ((북한))

유입개페기 「명」 (다듬은 말로) 기름여닫개. ((북한))

육 「명」 ① 『의학』 (다듬은 말로) 살. ② "육체"를 이르는 말. ‖ ~과 령.§ [肉]
  ((북한))

육과 「명」 『생물』 (다듬은 말로) 살진열매. [肉果] ((북한))

육만두용― 「명」 (다듬은 말로) 고기만두. [肉饅頭] ((북한))

육모융－「명」『농학』(다듬은 말로) 모기르기. ((북한))

육모종융－「명」『축산』(다듬은 말로) 고기털종. [肉毛種] ((북한))

육분「명」(다듬은 말로) 고기가루. [肉紛] ((북한))

육수화서「명」『생물』(다듬은 말로) 살진대꽃차례. [肉穗花序] ((북한))

육잠「명」『농학』(다듬은 말로) 누에치기. [育蠶] ((북한))

육즙「명」(다듬은 말로) 고기즙. [肉汁] ((북한))

육질「명」(다듬은 말로) 고기질. [肉質] ((북한))

육청포「명」(다듬은 말로) 고기묵. [肉淸泡] ((북한))

육추「명」『축산』(다듬은 말로) 병아리기르기. [育雛] ((북한))

육추사「명」(다듬은 말로) 병아리우리. [育雛舍] ((북한))

육회－쾨「명」(다듬은 말로) 고기회. [肉膾] #7육회를 뜨다 #%고기회를 만들다.
  ㅣ무우 열개만 내다가 잘 다듬고 아까 들여온 고기로는 모두 육회를 뜨도
  록 하게! ≪"현대조선문학선집" 6≫§ ((북한))

육아낭「명」『생물』(다듬은 말로) 새끼주머니. [育兒囊] ((북한))

육아실「명」① 어린애를 기르기 위하여 특별히 꾸며놓은 방. ②『농학』(다듬은
  말로) 새끼방. ((북한))

육아종「명」(다듬은 말로) 새살혹. [肉芽腫] ((북한))

육용종「명」『축산』(다듬은 말로) 고기종. [肉用種] ((북한))

윤동운동「명」『생물』(다듬은 말로) 꿈틀운동.((북한))

윤충「명」(다듬은 말로) 꿈틀벌레. [蠕蟲] ((북한))

융모「명」『생물』(다듬은 말로) 부들털. [絨毛] ((북한))

융점02－쩜「명」『물리』(다듬은 말로) 녹음점. [融點] ((북한))

융제「명」『화학』(다듬은 말로) 녹임감. [融劑] ((북한))

융해「명」(다듬은 말로) 녹음. [融解] ((북한))

융해열「명」『화학』(다듬은 말로) 녹음열. [融解熱] ((북한))

은결03「명」(다듬은 말로) 숨긴땅. [隱結] ((북한))

은닉죄「명」『법학』(다듬은 말로) 숨긴죄.((북한))

은두화서「명」『생물』(다듬은 말로) 숨은꽃차례. [隱頭花序] ((북한))

은화식물－싱－「명」『생물』"꽃이 없는 식물"을 통털어 이르는 말. 포자로 번식

한다. 고사리, 버섯, 말풀류 같은것이 이에 속한다. (다듬은 말로) 꽃없는
식물. [隱花植物] ((북한))

을밀대－때「명」평양의 명산 모란봉마루에 있는 대와 그우에 있는 루정. 네모
지게 다듬은 작은 돌로 약간 안으로 오그라들게 쌓아올린 높이 11메터의
축대우에 앞면 3간, 측면 2간의 합각지붕을 한 루정이 있다. 지금 있는 축
대와 루정은 1714년에 고쳐쌓고 지은것이다. 오늘은 우리 근로자들의 좋
은 문화휴식터로 되고있다. [乙密臺] ((북한))

음가－까「명」(다듬은 말로) 소리값. [音價] ((북한))

음각「명」『미술』(다듬은 말로) 오목새김. [陰刻] ((북한))

음건「명」(다듬은 말로) 그늘말림. [陰乾] ((북한))

음건법－뻡「명」(다듬은 말로) 그늘말림법. [陰乾法] ((북한))

음독02「명」①『교육』글을 소리내여 읽는것. (다듬은 말로) 소리내읽기. ② 한
문글자를 음으로 읽는것. ∥ ~과 훈독.§ [音讀] #6음독하다 #$「동」(타)
((북한))

음료수「명」(다듬은 말로) 먹는물. 【4】 [飲料水] ((북한))

음성01「명」사람의 목소리나 말소리. ∥ 다정한 ~. 낯익은 ~. 약간 떨리는듯한
~. ~이 갈리다. ∣ 뭐라고 음성을 높여 떠들기도 한다.§ (다듬은 말로) 목소
리. 말소리. 【40】 [音聲] ((북한))

음성모음「명」『언어』(다듬은 말로) 어두운 모음. [陰性母音] ((북한))

음수01「명」음달을 좋아하는 나무. 그늘진곳에서 자라는 가라목, 비자나무, 목
란과 같은 나무들이다. (다듬은 말로) 그늘즐김나무. [陰樹] ((북한))

음절「명」『언어』(다듬은 말로) 소리마디. 【3】 [音節] ((북한))

음절문자－짜「명」(다듬은 말로) 소리마디글자. ((북한))

음천법－뻡「명」『의학』(다듬은 말로) 마시는 법. [飲泉法] ((북한))

음압「명」『물리』(다듬은 말로) 소리압력. 音壓 ((북한))

음엽「명」『생물』(다듬은 말로) 그늘잎. 陰葉 ((북한))

음영01「명」(다듬은 말로) 그림자. 그늘. 陰影 ((북한))

응결「명」① 한데 엉겨서 뭉치는것. ②『물리』기체가 엉기여 액체로 변하는
현상. 〈다듬은 말로: 엉겨뭉침〉③『화학』액체나 기체속에 흩어져있는 알

갱이가 엉켜모여서 큰 알갱이로 맺히는것. 〈다듬은 말로: 엉겨뭉침〉 凝結 #6응결하다 #$「동」(자.타) #6응결되다 #$「동」(자) ‖ 격침이 기름에 절어서 ~. 해묵고 응결된 완고한 견해를 깨뜨리다. 미제에 대한 겨레의 원한과 저주와 분노가 응결된 광주. ∣ 학수는 명우의 얼굴에서 응결된듯한 시선을 떼지 못하다가 어깨를 들먹거리며 입술을 실룩거리더니 주먹으로 눈물을 씻는다. § *엉겨맺히다. 【9】 ((북한))

응고01「명」『물리』(다듬은 말로) 엉겨굳기. 【5】凝固 ((북한))

응고점-쩜「명」『물리』(다듬은 말로) 엉겨굳음점. 【2】凝固點 ((북한))

응집「명」① 『물리』(다듬은 말로) 응겨붙기①. ② 찰흙과 같은 차진 물질이 서로 엉켜서 붙는것. 凝集 #6응집하다 #$「동」(자) *엉기다. 엉겨붙다. #6응집되다 #$「동」(자) ‖ 응집된 찰흙덩이. § ((북한))

응축「명」① 엉겨붙어 줄어드는것. ② (다듬은 말로) 엉기기. 엉김. 凝縮 #6응축하다 #$「동」(자) #6응축되다#$「동」(자) ‖ 수증기가 유리창에 이슬모양으로 ~. 골수에 사무친 교훈이 가슴속에 ~. ∣ 어머니조국! 이 짧은 한마디 말속에 인자함과 고마움과 은혜로움이 한데 응축되여있다. §【7】((북한))

응혈「명」① 『의학』(다듬은 말로) 엉긴피. ② "어떤 일에서 겪은 아픔이나 슬픔 또는 피맺힌 원한 같은것이 잊을수 없게 깊이 사무쳐있는것"을 비겨 이르는 말. 凝血 #7응혈이 들다 #%=응혈이 지다②. #7응혈이 지다 #%① 피가 몰켜 엉키여서 맺히다. ② 마음속에 쓰라린 고통이 있다. ∣ 꺼멓게 응혈이 졌을것 같은 그의 가슴을 부드럽게 어루만져주고 쓸어주고싶기도 했다. ≪장편소설 "유격구의 기수"≫§ (=)응혈이 들다. ((북한))

이각웅예「명」『생물』(다듬은 말로) 두개긴수술꽃. ((북한))

이계「명」(다듬은 말로) 다른계통. 異系 ((북한))

이관03「명」『생리』(다듬은 말로) 귀관. 耳管 ((북한))

이년사작「명」(다듬은 말로) 두해네그루. 二年四作 ((북한))

이년삼작「명」(다듬은 말로) 두해세그루. 二年三作 ((북한))

이년생「명」(다듬은 말로) 두해살이. 二年生 ((북한))

이두박근「명」(다듬은 말로) 팔두머리살. 二頭膊筋 ((북한))

이령림「명」(다듬은 말로) 다른나이숲. 二齡林 ((북한))

이료 「명」 (다듬은 말로) 먹이. 餌料 ((북한))

이루01 「명」『의학』 귀구멍으로 고름이 나오는 병. 〈다듬은 말로: 귀고름흐르기〉 耳漏 ((북한))

이륜01 「명」 (다듬은 말로) 귀테. 耳輪 ((북한))

이륜차 「명」 (다듬은 말로) 두바퀴차. 二輪車 ((북한))

이명01 「명」 (다듬은 말로) 딴이름. 異名 ((북한))

이명명법—뻽 「명」『생물』 (다듬은 말로: 두이름짓기법) 二命名法 ((북한))

이묘 「명」 (다듬은 말로) 모옮기기. 옮기모. 移苗 ((북한))

이성화01 「명」『생물』 (다듬은 말로) 성다른꽃. 異性花 ((북한))

이소기생 「명」 (다듬은 말로) 딴자리기생. 異所寄生 ((북한))

이수체 「명」『생물』 (다듬은 말로) 딴수체. 異數體 ((북한))

이수화 「명」『생물』 (다듬은 말로) 꽃잎수다른꽃. 異數花 ((북한))

이승03 「명」『수학』 (다듬은 말로) 두제곱. 二乘 ((북한))

이승근 「명」『수학』 (다듬은 말로) 두제곱뿌리. 二乘根 ((북한))

이적03 「명」 (다듬은 말로) 옮겨쌓기. 옮겨싣기. 移積 ((북한))

이종기생 「명」『생물』 다른것에 붙어서 거기서 영양물질을 받아먹고 사는 생물이 일생에 두가지이상의 생물에 붙어사는것. (다듬은 말로) 다른종기생. ((북한))

이즐 「명」 (다듬은 말로) 그림버티개. easel&영 ((북한))

이젤의자 「명」 (다듬은 말로) 그림걸상. ((북한))

이초재배 「명」『농학』 (다듬은 말로) 두벌담배재배. ((북한))

이치성 「명」『생물』 (다듬은 말로) 이발다를성. 異齒性 ((북한))

이타 「명」 ① ⇒ 귀불. ②『축산』 (다듬은 말로) 귀바퀴. 耳朶 ((북한))

이통 「명」『의학』 (다듬은 말로) 귀쏘기. 귀아픔. 耳痛 ((북한))

이편모충류 「명」『생물』 (다듬은 말로) 다른초리털벌레류. 二鞭毛虫類 ((북한))

이표기 「명」 이표를 달기 위하여 집짐승의 귀에 구멍을 내는 기구. (다듬은 말로) 귀표찍개. 耳標器 ((북한))

이피화 「명」『생물』 (다듬은 말로) 울다른꽃. 異被花 ((북한))

이하선 「명」『생리』 (다듬은 말로) 귀밑선. 耳下腺 ((북한))

이합사 「명」 (다듬은 말로) 두겹실. 二合絲 ((북한))

이형관 「명」 『금속』 "자름면의 모양이 둥글지 않은 관들"을 통털어 이르는 말. 원형소재판을 인발하거나 압출하는 방법으로 만든다. 자름면이 원형인 관 보다 더 큰 힘을 받을수 있으며 금속을 절약하고 제품의 무게를 가볍게 한다. (다듬은 말로) 딴모양관. 모양다른 관. 異形管 ((북한))

이형벽돌 「명」 『건설』 (다듬은 말로) 쭈그렁벽돌. ((북한))

이형화 「명」 『생물』 (다듬은 말로) 모양다른꽃. 異形花 ((북한))

이형화두 「명」 『생물』 (다듬은 말로) 다른형꽃술대. 異形花頭 ((북한))

이형엽 「명」 『생물』 (다듬은 말로) 모양다른잎. 異形葉 ((북한))

이행01 「명」 ① (어떤 상태로부터 다른 상태로) 옮아가는것. ‖ 공산주의에로의 ~. § ②『생물』(다듬은 말로) 옮겨가기. 移行 #6이행하다 #$「동」(타) ‖ 자본주의로부터 사회주의에로 이행하는 력사적시기. §＊ 옮겨가다. 옮겨지 다. #6이행되다 #$「동」(자) ‖ 점차적으로 ~. §【21】((북한))

이행시 「명」 『문학』 (다듬은 말로) 두줄시. 二行詩 ((북한))

이화01 「명」 ①『생물』 물질대사에서 화학적으로 복잡한 물질을 더 간단한 물질 로 분해하는 반응. ②『언어』(다듬은 말로) 달라지기. ↔ 동화. 【2】異化 ((북한))

이화02 「명」 『생물』 (다듬은 말로) 두꽃. 二花 ((북한))

이앙기01 「명」 (다듬은 말로) 모내는 기계. 移秧機 ((북한))

이엽 「명」 『생물』 (다듬은 말로) 두잎. 【8】二葉 ((북한))

익벽 「명」 『건설』 (다듬은 말로) 날개벽. 翼壁 ((북한))

익사 「명」 물에 빠져죽는것. 〈다듬은 말로: (물에)빠져죽기〉 溺死 #6익사하다 #$「동」(자)((북한))

익사자 「명」 물에 빠져죽은 사람. 〈다듬은 말로: (물에)빠져죽은 사람〉((북한))

익조01 「명」 (다듬은 말로) 리로운 새. 益鳥 ((북한))

익충 「명」 (다듬은 말로) 리로운 벌레. 益蟲 ((북한))

익판 「명」 『생물』 (다듬은 말로) 날개판. 翼瓣 ((북한))

인02 「명」 ① "지울수 없게 새겨진 자취"를 비겨 이르는 말. ② "도장을 치라는 표시"로 쓰이던 말. ‖ ~자우에 도장을 찍다. § ③ (다듬은 말로) 도장. 印

#7천자문도 못 읽고 인 위조하다 #%☞천자문. #7인(을) 맞다 #%락인을 찍
히우다. ㅣ 일어나라 저주로 인맞은 주리고 종된자 세계 우리의 피가 끓어
넘쳐 결사전을 하게 하네.≪가사 "인터나쇼날"≫ § #7인(을) 치다 #%① 도
장을 찍다. ▷ 동그란 흔적을 남기다. ㅣ 문구멍으로 흘러드는 별은 두사람
의 몸우에 똥그란 인을 쳤다.≪단편소설 "박돌의 죽음"≫ § ② 자취를 남기
다. ‖ 왜진 섬에 첫 자국을 ~. ㅣ 장백의 원시림속에는 항일유격대원들의
발자취가 인치지 않은곳이 없다. § #7인(을) 찍다 #%① =인(을) 치다. ㅣ
바로 김성주동지께서는 웅대한 포부와 새로운 결의를 안으시고 여기에 이
렇게 첫 발자욱을 인찍으시였다.≪장편소설 "혁명의 려명"≫ / 바로 저녀
시절의 조봉애가 이렇게 이집 문턱너머에서 첫 발자욱을 인찍은것이였다.
≪장편소설 "축원"≫ § ② 락인을 찍다.((북한))

인공02 「명」『건설』(다듬은 말로) 일굴. 人孔 ((북한))

인공부화 「명」(다듬은 말로) 인공알깨우기. ((북한))

인기08 「명」『고고』(다듬은 말로) 격지. 刃器 ((북한))

인도02 「명」 사물이나 권리 같은것을 넘겨주는것. 〈다듬은 말로: 넘겨주기〉 引
　　　渡 #6인도하다 #$「동」(타) ‖ 남조선의 수재민들에게 구호물자를 ~. § #6
　　　인도되다 #$「동」(자) 【2】 ((북한))

인도04 「명」『농학』(다듬은 말로) 덕성. 사과이름의 하나이다. 印度 ((북한))

인동덩굴 「명」(다듬은 말로) 겨우살이덩굴. 忍冬- ((북한))

인동무늬 「명」(다듬은 말로) 겨우살이무늬. ((북한))

인동문 「명」『고고』(다듬은 말로) 겨우살이무늬. 忍冬紋 ((북한))

인두03 「명」『생리』(다듬은 말로) 목안. 【3】 咽頭 ((북한))

인두강 「명」(다듬은 말로) 목안안. 咽頭腔 ((북한))

인두세 「명」(다듬은 말로) 사람세. 人頭稅 ((북한))

인두치 「명」『생물』(다듬은 말로) 목안이발. 咽頭齒 ((북한))

인력02 「명」『물리』(다듬은 말로) 끌힘①. 【1】 引力 ((북한))

인상02 「명」 ① 물건의 값이나 로임을 올리는것. ‖ 로인의 ~ 과 물가의 인하.
　　　§ ② 물건을 끌어올리는 일. ‖ 시뻘건 유리물의 ~을 구경하다. 현대적인
　　　~설비를 갖춘 유리공장. § ③『체육』(다듬은 말로) 끌어올리기. ④『운수』

(다듬은 말로) 끌어내기. 引上 #6인상하다 #$「동」(타) * 올리다. 끌어올리다. 높이다. #6인상되다 #$「동」(자) * 오르다. 높아지다. 【22】 ((북한))

인상선 「명」『운수』 (다듬은 말로) 끌어내기선. 引上線 ((북한))

인선02 「명」『운수』 (다듬은 말로) 끌배. 【5】 引船 ((북한))

인선03 「명」『체육』 (다듬은 말로) 금긋기. 引線 ((북한))

인성04 「명」『금속』 (다듬은 말로) 질김성. 【2】 靭性 ((북한))

인수01 「명」 딴 사람이 맡아보던 일이나 물건을 인계받거나 넘겨받는것. ∥ 물품의 인계와 ~. § (다듬은 말로) 넘겨받기. 引受 #6인수하다 #$「동」(타) * 넘겨받다. #6인수되다 #$「동」(자) 【6】 ((북한))

인수03 「명」 물을 끌어내는 일. 〈다듬은 말로: 물끌기〉 引水 #6인수하다 #$「동」(자.타) ∥ 논에 물을 ~. §((북한))

인수도 「명」『경제』 (다듬은 말로) 넘겨주고받기. 引受渡 ((북한))

인장01 「명」 ① (다듬은 말로) 도장. ② = 인발02. 印章 ((북한))

인장04 「명」 (다듬은 말로) 당김. 引張 ((북한))

인장력 「명」『물리』 (다듬은 말로) 당김힘. 引張力 ((북한))

인정미02 「명」 봉건사회에서: 나라의 창고를 감독하고 출납을 맡아보는 관리가 백성들의 사정을 보아준다는 조건밑에 뢰물로 받아먹는 쌀. (다듬은 말로) 뢰물쌀. 人情米 ((북한))

인조면 「명」 (다듬은 말로) 인조솜. ((북한))

인즙 「명」 (다듬은 말로) 도장즙. 印汁 ((북한))

인진호 「명」 (다듬은 말로) 생당쑥. 茵蔯蒿 ((북한))

인출02 「명」『운수』 (다듬은 말로) 차끌어내기. 引出 ((북한))

인피02 「명」『생물』 (다듬은 말로) 질긴껍질. 靭皮 ((북한))

인피섬유 「명」『생물』 (다듬은 말로) 껍질섬유. ((북한))

인후02 「명」 (다듬은 말로) 목구멍. 咽喉 ((북한))

인후강 「명」 (다듬은 말로) 목구멍안. 咽喉腔 ((북한))

인화성-썽 「명」 (다듬은 말로) 불당김성. ((북한))

인떼르 「명」『출판』 (다듬은 말로) 사이띠. 사이띄우개. ←inter line ((북한))

일교차 「명」『기상』 (다듬은 말로) 하루차③. 日較差 ((북한))

일급량－금－「명」(다듬은 말로) 하루먹이량. 日給量 ((북한))

일년생－련－「명」『생물』(다듬은 말로) 한해살이. ((북한))

일대02－때〈23〉「명」① 한 세상 또는 당대의 온 세상. ‖ 이름을 ~에 떨치다.
　　(=) 일세01. ② 사람의 한생 또는 한세대. ‖ ~에 끝나지 못할 일. § (=)
　　일세01. ③ 한 세대가 다음 세대가 바뀌는 동안. (=) 일세01. ④ 봉건사회
　　에서: 한 임금이 왕위에 있는 동안. (=) 일세01. ⑤ 동의학에서, 맥이 정상
　　적으로 뛰다가 한번씩 멎는것. ⑥『생물』(다듬은 말로) 한쌍. 一代 ((북
　　한))

일련운동「명」『체육』(다듬은 말로) 련결운동. 一聯運動 ((북한))

일류02「명」(다듬은 말로) 무넘이. 溢流 ((북한))

일류제「명」『건설』(다듬은 말로) 무넘이뚝. 溢流堤 ((북한))

일류언「명」『건설』(다듬은 말로) 무넘이. 溢流堰 ((북한))

일류언제「명」『수리』(다듬은 말로) 무넘이뚝. ((북한))

일몰「명」(다듬은 말로) 해지기. 日沒 ((북한))

일복02「명」『림학』(다듬은 말로) 해가림. 日覆 ((북한))

일부인「명」(다듬은 말로) 날자동장. 日附印 ((북한))

일사07－싸「명」(다듬은 말로) 해빛쪼임. 日射 ((북한))

일순간－쑨－「명」① 한순간. ‖ 눈깜빡하는 ~에 벌어진 일. § ② 부사로도 쓰
　　인다. ‖ ~ 멈춰서다. § (다듬은 말로) 한순간. 【4】一瞬間 ((북한))

일조04「명」『기상』(다듬은 말로) 해비침. 日照 ((북한))

일주시차「명」『천문』두 관측지점을 지구겉면과 지구중심에 취했을 때의 보임
　　차. 태양계안의 천체들과 같이 천체까지의 거리에 비해 크기를 무시할수
　　없는 경우에 지구우에서 관측자의 위치에 따라 천체의 시위치가 달라진다.
　　(다듬은 말로) 하루보임차. 日週視差 ((북한))

일차지「명」『농학』(다듬은 말로) 첫가지. ((북한))

일척선예망「명」『수산』(다듬은 말로) 홀배후리. 一隻船曳網 ((북한))

일출01「명」(다듬은 말로) 해돋이. 日出 ((북한))

일편01「명」① (다듬은 말로) 한쪼각. ② 둘로 가른 한쪽 곧 반쪼각. 一片 ((북
　　한))

일혈「명」『의학』(다듬은 말로) 피새나기. 溢血 ((북한))

일혈류「명」(다듬은 말로) 한구멍류. 一穴類 ((북한))

일환「명」① 잇달린 고리들가운데의 한 고리. ② (련관된 사물의) 한고리. ‖ 중요한 혁명과업의 ~으로 되다. ┃ … 국내혁명조직을 강화하기 위한 대책의 일환으로 마동회를 파견하였다. ≪장편소설 "잊지 못할 겨울."≫§ (다듬은 말로) 한고리. 【3】 一環 ((북한))

일웅일자―짜「명」(다듬은 말로) 한수한암컷. 一雄一雌 ((북한))

임가공「명」(다듬은 말로) 삯가공. 賃加工 ((북한))

임대「명」일정한 삯을 받고 빌려주거나 세를 주는것. ‖ ~ 계약. § (다듬은 말로) 세주기. 賃貸 #6임대하다 #$「동」(타) #6임대하다 #$「동」(자) ((북한))

임대료「명」물건을 빌려준 값으로 받는 돈. (다듬은 말로) 빌려준 값. 賃貸料 ((북한))

임신01「명」①『의학』아이를 배는것. 기간은 마지막달거리 첫날부터 280일 즉 한달을 28일(4주)로 계산하여 10달(40주)이다. ②『축산』(다듬은 말로) 새끼배기. 姙娠 #6임신하다 #$「동」(타) #6임신되다 #$「동」(자) 【6】 ((북한))

임신구토「명」(다듬은 말로) 입쓰리. ((북한))

임신오조「명」(다듬은 말로) 된입쓰리. 姙娠惡阻 ((북한))

임차「명」① 삯을 내고 물건을 빌어쓰는것. (다듬은 말로) 세내기. ②『경제』 자본주의사회에서 : 농업자본가가 토지소유자로부터 토지의 리용권을 얻어내는것. 그 대가를 토지소유자에게 물어야 한다. 賃借 #6임차하다 #$「동」(타) #6임차하다 #$「동」(자)((북한))

입수관「명」물이 들어오는 관. (다듬은 말로) 물들관. 入水管 ((북한))

입장표「명」(다듬은 말로) 나들표. ((북한))

잇놓다인―타「동」(타) 이어놓다. ┃ 옹이를 대수 다듬은 이깔나무서까래를 잇놓고 그우에 얹은 새초이영틈새로 하늘이 쳐다보이는 방이다. ≪중편소설 "영원한 봄"≫§((북한))

잉크스탠드「명」(다듬은 말로) 잉크대. inkstand&영((북한))

애추 (다듬은 말로) 벼랑돌무지. 崖錐 ((북한))

애역「명」(다듬은 말로) 딸꾹질. 呃逆 ((북한))

애엽 「명」 동약에서, "약쑥"을 약재로 이르는 말. 배가 차서 아픈데, 여러가지 출혈, 월경부조, 불임증에 쓰며 뜸쑥으로도 널리 쓰인다. (다듬은 말로) 약쑥잎. 艾葉 ((북한))

액각 「명」『생물』(다듬은 말로) 이마뿔. 額角 ((북한))

액모앵- 「명」 (다듬은 말로) 겨드랑털. 腋毛 ((북한))

액비 「명」『농학』(다듬은 말로) 물거름. 液肥 ((북한))

액비통 「명」『농학』(다듬은 말로) 물거름통. 液肥桶 ((북한))

애아 「명,『생물』(다듬은 말로) 아귀눈. 腋芽 ((북한))

앵속각 「명」 동약에서, "아편꽃열매깍지"를 약재로 이르는 말. 설사, 리질, 소대장염, 기침, 기관지염, 신경통, 배아픔 등에 쓴다. (=) 속각 (다듬은 말로) 아편열매깍기. 罌粟殼 ((북한))

앵속자 「명」 동약에서, "아편꽃씨"를 약재로 이르는 말. 진정약, 설사약으로 쓴다. (다듬은 말로) 아편(꽃)씨. 罌粟子 ((북한))

에프론 「명」 ① ⇒ 앞치마. ②『기계』⇒ 앞치마. ③ ⇒ 물받이. ④『연극』(다듬은 말로) 앞무대. apron&영 ((북한))

에이괴탄 「명」『지질』(다듬은 말로) 무른탄. A&영塊炭 ((북한))

예각03 「명」『수학』(다듬은 말로) 뽀족각. 銳角 ((북한))

예고기 「명」 ① 비행기의 뒤쪽을 경계하는 장치. 적추격기의 포착탐지기가 내보내는 전파를 받아 그 복사방향을 알아낸다. ②『방직』(다듬은 말로) (북자리) 알리개.((북한))

예농 「명」 고대노예사회말기에 자유민과 노예의 중간적인 처지에 있는 농민. (다듬은 말로) 매인 농민. 隸農 ((북한))

예두 「명」『생물』(다듬은 말로) 뽀족끝. 銳頭 ((북한))

예령02 「명」 (다듬은 말로) 준비종. 豫鈴 ((북한))

예망 「명」『수산』(다듬은 말로) 그물끌기. 끄는 그물. 曳網 ((북한))

외각03 「명」『수학』(다듬은 말로) 바깥각. 【3】外角 ((북한))

외감 「명」 ① (다듬은 말로) 병걸리기. ③동의학에서, "6음과 역려 등의 외사를 받은것, 주로 풍한에 감촉된것"을 이르는 말. 外感 ((북한))

외곡01 「명」 ① 비틀리여 구부러졌다는 뜻으로 "사실과 맞지 않게 그릇되게 꾸미는것 또는 그렇게 하여 말하는것"을 이르는 말. ‖ 현실에 대한 ~. 력사를 ~서술한 어용사가.§ ②『수학』(다듬은 말로) 이그러짐. 歪曲 #6외곡하다 #$「동」(타) ㅣ 인민의 력사는 그 누구도 날조하거나 외곡할수 없다.§ #6외곡되다 #$「동」(자)【31】((북한))

외공장「명」리조때:지방관청에 등록되어 관청수공업에 끌려가 무상로동을 강요당하는 수공업자. ‖ ~과 경공장.§ (다듬은 말로) 지방수공업자. 外工匠 ((북한))

외과피「명」『생물』(다듬은 말로) 열매겉껍질. 外果皮 ((북한))

외도리「명」『건설』(다듬은 말로) 바깥도리. ((북한))

외력「명」(다듬은 말로) 바깥힘. 外力 ((북한))

외륜「명」『운수』(다듬은 말로) 바퀴테. 外輪 ((북한))

외륜산「명」『지리』(다듬은 말로) 바깥둘레산. 外輪山 ((북한))

외막「명」『의학』(다듬은 말로) 겉막. 外膜 ((북한))

외방01「명」① 외진 지방 또는 중앙에서 떨어져있는 지방. ㅣ 조정의 권리를 주지 않으려 하여 괄을 외방으로 쫓았으나 수중에 병권이 있은 즉 이는 어느 때라도 리귀, 김류 등의 잠꼬대거리다.≪작품집 "룡과 룡의 대격전"≫§ ② "외지"를 달리 이르는 말. ‖ ~에 나가다.§ ③『운수』(다듬은 말로) 바깥. 外方 ((북한))

외변「명」①『림학』(다듬은 말로) 바깥모서리. ② 바깥의 둘레나 두리. 外邊 ((북한))

외선신경「명」『생리』(다듬은 말로) 바깥돌림신경. 外旋神經 ((북한))

외실「명」① "사랑방"을 달리 이르던 말. ‖ 내실과 ~. § ② (다듬은 말로) 겉칸. 外室 ((북한))

외생02「명」『생물』가지나 잎이 줄기나 가지의 겉껍질에서 생겨나는것. (다듬은 말로) 겉생김. 外生 #6외생하다 #$「동」(자) ((북한))

외점 -쩜「명」(다듬은 말로) 바깥점. 外點 ((북한))

외종피「명」『생물』(다듬은 말로) 겉씨앗껍질. 外種皮 ((북한))

외촉「명」『체육』(다듬은 말로) 바깥촉. 外鏃 ((북한))

외출복「명」밖에 나다닐 때에 입는 옷. (다듬은 말로) 나들이옷. ((북한))

외투강 「명」 『생물』 (다듬은 말로) 둘레안. 外套腔 ((북한))

외투막 「명」 『생물』 (다듬은 말로) 둘레막. 外套膜 ((북한))

외파 「명」 (다듬은 말로) 바깥터침. 外破 ((북한))

외파음 「명」 『언어』 (다듬은 말로) 바깥터침소리. 外破音 ((북한))

외판01 「명」 ① 거죽이나 바깥쪽에 댄 널. ②『의학』 (다듬은 말로) 겉판. 外板
  ((북한))

외해 「명」 (다듬은 말로) 난바다. 外海 ((북한))

외역봉 「명」 ⓧ 날아다니면서 꽃꿀을 모아들이는 꿀벌. (다듬은 말로) 바깥벌.
  外役蜂 ((북한))

외이02 「명」 『생리』 (다듬은 말로) 겉귀. 外耳 ((북한))

위강 「명」 (다듬은 말로) 위안01. 胃腔 ((북한))

위기10 「명」 (다듬은 말로) 바둑. 바둑두기. 圍碁 ((북한))

위권기 「명」 『방직』 북에 끼울 달랭이에 씨실을 감는 직포준비기계. (다듬은 말
  로) 씨실감이기계. 緯捲機 ((북한))

위령선 「명」 동약에서, "으아리뿌리"를 약재로 이르는 말. 뼈마디아픔, 팔다리마
  비, 각기, 신경통, 물고기뼈가 목에 걸렸을 때 등에 쓴다. (다듬은 말로)
  으아리(뿌리). 葳靈仙 ((북한))

위릉채 「명」 ① ⇒ 딱지꽃. ② 동약에서, (다듬은 말로) 딱지꽃뿌리. 萎陵茱 ((북
  한))

위막 「명」 『의학』 (다듬은 말로) 거짓막. 僞膜 ((북한))

위모02 「명」 ① ⇒ 화살나무. ② 동약에서, (다듬은 말로) 화살나무가지. 衛矛
  ((북한))

위반01 「명」 ① 법규, 명령, 약속 같은것을 어기거나 지키지 않는것. (=) 위배01.
  ②『체육』 (다듬은 말로) 어김. 違反 #6위반하다 #$「동」(타) ‖ 제정된 규
  칙을 위반하지 않다. *어기다.§ #6위반되다 #$「동」(자) * 어긋나다. 어그러
  지다. 【40】 ((북한))

위상01 「명」 ① 주기적으로 반복되여 나타나는 현상의 한주기가운데서 어느 한
  특정한 국면. ‖ 교류전압의 ~을 관찰하다. § ②『수학』 극한 또는 련속성
  을 정의할수 있을 정도의 수학적공간의 구조. 보통 일정한 조건을 만족시

키는 거리의 개념 또는 근방의 개념에 의해서 주어진다. ③『물리』(다듬은 말로) 자리각. 【6】位相 ((북한))

위상각 「명」『물리』(다듬은 말로) 자리각. 位相角 ((북한))

위새 「명」(다듬은 말로) 거짓아가미. 僞鰓 ((북한))

위색 「명」① (불순물이 들어있거나 하여) 본래의 것이 아닌 빛. ∥ ~이 나다. § ②『지리』(다듬은 말로) 거짓색. 僞色 ((북한))

위생면 「명」(다듬은 말로) 위생솜. ((북한))

위절제술 －쩨－「명」『의학』위의 일부를 잘라버리는 수술. 위 및 12지장궤양으로 인한 천공 또는 대출혈, 유문협착, 변지성위궤양, 위암 같은때에 진행한다. (다듬은 말로) 위잘라내기(수술). ((북한))

위조직 「명」(다듬은 말로) 가짜조직. 僞組織 ((북한))

위족 「명」『생물』(다듬은 말로) 가짜발. 僞足 ((북한))

위천공 「명」(다듬은 말로) 위뚫어지기. 胃穿孔 ((북한))

위통 「명」① (다듬은 말로) 위아픔. ② ＝ 위완통. 胃痛 ((북한))

위피 「명」동의학에서, (다듬은 말로) 고슴도치껍질. 蝟皮 ((북한))

위황병－뼝「명」(다듬은 말로) 누렁시듬병. 萎黃病 ((북한))

윈치 「명」(다듬은 말로) 권양기. winch&영 ((북한))

의미색채 「명」(다듬은 말로) 뜻빛갈. ((북한))

의미해석 「명」(다듬은 말로) 뜻풀이. ((북한))

의복01 「명」(다듬은 말로) 옷. 입성. 【16】衣服 ((북한))

의빈대 「명」『축산』(다듬은 말로) 홀리개틀. 擬牝臺 ((북한))

의사07 「명」『생물』(다듬은 말로) 거짓죽음. 擬死 ((북한))

의성어 「명」『언어』(다듬은 말로) 소리본딴말. 【2】擬聲語 ((북한))

의성의태어 「명」『언어』(다듬은 말로) 본딴말. 【2】擬聲擬態語 ((북한))

의잠 「명」(다듬은 말로) 개미누에. 蟻蠶 ((북한))

의장도 「명」『방직』천에서 날실과 씨실들이 서로 엮어진 상태를 의장지에 반영하여 천의 무늬를 나타낸 그림. (다듬은 말로) 무늬그림. 意匠圖 ((북한))

의장지 「명」『방직』의장도를 그리는 특수한 종이. 여러가지 규격의 형이 있는데 세로줄과 가로줄의 밀도비를 해당한 규격으로 하고있다. (다듬은 말로)

무늬짜임종이. 意匠紙 ((북한))

의태 「명」 ① 어떤 모양이나 상태를 흉내내여 그와 비슷하게 꾸미거나 만드는 것. ②『생물』(다듬은 말로) 모양닮기. 擬態 ((북한))

의태어 「명」『언어』(다듬은 말로) 모양본딴말. 擬態語 ((북한))

의음02 「명」『음악』(다듬은 말로) 곁소리. 倚音 ((북한))

와동 「명」『물리』(다듬은 말로) 소용돌이. 渦動 ((북한))

와류01 「명」① 소용돌이치는 흐름. ｜ 표면은 유유하게 흐르는것 같지만 그밑에는 와류라는것이 있지요.≪중편소설 "강물은 한곬으로"≫§ ② (어떤 사회적 세력이나 현상이) "무서운 힘으로 세자게 휘몰아끌이당기면서 마구 얽혀돌아가는것"을 비겨 이르는 말. ③『물리』(다듬은 말로) 회리(전류). 【2】 渦流 ((북한))

와상03 「명」『문예』(다듬은 말로) 누운 모습. 臥狀 ((북한))

와선 「명」『수리』(다듬은 말로) 회리선. 【4】 渦線 ((북한))

와우 「명」(다듬은 말로) 달팽이. 蝸牛 ((북한))

와우각 「명」『생리』(다듬은 말로) 달팽이. 蝸牛殼 ((북한))

와이야로프 「명」(다듬은 말로) 쇠바줄. ←wirerope&영((북한))

완간막 「명」『생물』(다듬은 말로) 다리사이막. 腕間膜 ((북한))

완곡어법－뻡 「명」『언어』 (다듬은 말로) 에두름법. 婉曲語法 ((북한))

완골 「명」『생물』(다듬은 말로) 앞발목뼈. 腕骨 ((북한))

완금 「명」『전기』(다듬은 말로) 쇠팔. 腕金 ((북한))

완다항식 「명」『수학』(다듬은 말로) 옹근다항식. 옹근여러마디식. 完多項式 ((북한))

완단항식 「명」『수학』(다듬은 말로) 옹근단항식. 옹근홑마디식. 完單項式 ((북한))

완동계전기 「명」『전기』(다듬은 말로) 느린계전기. 緩動繼電器 ((북한))

완동작 「명」『체육』(다듬은 말로) 옹근동작. 完動作 ((북한))

완목 「명」『전기』(다듬은 말로) 나무팔. 腕木 ((북한))

완수02 「명」『수학』(다듬은 말로) 옹근수. 【2】 完數 ((북한))

완수근 「명」『수학』(다듬은 말로) 옹근수뿌리. 完數根 ((북한))

완수부 「명」『수학』 (다듬은 말로) 옹근수부. 完數部 ((북한))

완수배 「명」『수학』 (다듬은 말로) 옹근수배. 完數倍 ((북한))

완숙 「명」 ①『농학』 (다듬은 말로) 다익기 ② (아이가 자라서)다 성숙하는것. ③ 완전히 삶는것. 完熟 #6완숙하다 #$「동」(자.타) ‖ 올벼가 ~. 닭알을 ~.§ #6완숙되다 #$「동」(자) ‖ 완숙된 닭알. ㅣ 참대는 정보당 600~800포기를 심어서 3~4년 지나면 완숙된 수만그루의 울창한 숲을 이룬다. §((북한))

완숙기 「명」『농학』 완숙하는 시기. (다듬은 말로) 다 여무는 때. 【2】完熟期 ((북한))

완식 「명」『수학』 (다듬은 말로) 옹근식. 完式 ((북한))

완전식 「명」 (다듬은 말로) 옹근가림. 完全蝕 ((북한))

완전엽 「명」『농학』 (다듬은 말로) 옹근잎. 完全葉 ((북한))

완철 「명」『운수』 (다듬은 말로) 쇠팔. 腕鐵 ((북한))

완하제 「명」『의학』 대변을 무르게 하거나 약하게 설사시키는 약. (다듬은 말로) 약한 설사약. 緩下劑 ((북한))

왕유01 「명」 (다듬은 말로) 왕벌젖. 王乳 ((북한))

원거리 「명」 (다듬은 말로) 먼거리. 遠距離 ((북한))

원구01 「명」『림학』 (다듬은 말로) 밑마구리. 元口. 原口 ((북한))

원로02 월― 「명」 (다듬은 말로) 먼길. 遠路 ((북한))

원뢰 「명」 (다듬은 말로) 먼우뢰. 遠雷 ((북한))

원목 「명」 ①『림학』 (다듬은 말로) 통나무. ② 기본이 되는 재목. 原木 【4】 ((북한))

원방신호기 「명」『운수』 (다듬은 말로) 덧신호기. 遠方信號機 ((북한))

원사06 「명」『방직』 (다듬은 말로) 원료실. 原絲 ((북한))

원사체 「명」『생물』 (다듬은 말로) 원실체. 原絲體 ((북한))

원순모음 「명」『언어』 (다듬은 말로) 둥근입술모음. 圓脣母音 ((북한))

원시군 「명」『고고』 (다듬은 말로) 원시무리. 原始群 ((북한))

원신기 「명」 (다듬은 말로) 원콩팥관. 原腎器 ((북한))

원생02 「명」 봉건사회에서: 서원에 소속된 선비. ‖ 향교의 교생과 서원의 ~.§

(다듬은 말로) 서원학생. 院生 ((북한))

원잠「명」『농학』(다듬은 말로) 원종누에. 原蠶 ((북한))

원장05「명」(다듬은 말로) 원밸. 原腸 ((북한))

원절「명」(다듬은 말로) 원마디. 原節 ((북한))

원족02「명」(다듬은 말로) 들놀이. 遠足【2】((북한))

원주01「명」① ⇒ 두리기둥. ②『수학』(다듬은 말로) 원기둥. 圓株【3】((북
     한))

원주06「명」『수학』(다듬은 말로) 원둘레. 圓周【3】((북한))

원주각「명」『수학』(다듬은 말로) 원둘레각. 圓周角 ((북한))

원주률-율「명」(다듬은 말로) 원둘레률. 圓周率 ((북한))

원지점-쩜「명」『천문』지구의 주위를 도는 천체가 그리는 궤도에서 지구로부
     터 제일 먼점. (다듬은 말로) 지구먼점. 遠地點 ((북한))

원창「명」『건설』(다듬은 말로) 둥근 창. 圓窓 ((북한))

원추근「명」『생물』(다듬은 말로) 고깔뿌리. 圓錐根 ((북한))

원추화서「명」(다듬은 말로) 고깔꽃차례. 圓錐花序 ((북한))

원친「명」① ⇒ 먼 일가. 먼 친척. ②『축산』(다듬은 말로) 먼붙이. ③『생물』
     (다듬은 말로) 먼 갈래. 遠親 ((북한))

원친교잡「명」『생물』(다듬은 말로) 먼갈래섞붙임.((북한))

원토「명」①『농학』(다듬은 말로) 제흙. ② 벽돌이나 질그릇 같은것의 원료로
     쓰이는 흙. ‖ 좋은 ~.§ 原土 ((북한))

원통형사조「명」『축산』(다듬은 말로) 둥근먹이그릇.((북한))

원피스「명」(다듬은 말로) 달린옷. 瀍one-piece&영【5】((북한))

원피층「명」『생물』(다듬은 말로) 원시껍질층. 原皮層 ((북한))

원호02「명」『수학』(다듬은 말로) 활등. 圓弧 ((북한))

원해「명」(다듬은 말로) 먼바다. 遠海 ((북한))

원해어선「명」(다듬은 말로) 먼바다고기배. ((북한))

원해어선대「명」(다듬은 말로) 먼바다어선대. ((북한))

원해어업「명」(다듬은 말로) 먼바다고기잡이.【2】((북한))

원엽「명」(다듬은 말로) 원잎. 原葉 ((북한))

원엽체 「명」 (다듬은 말로) 원잎체. 原葉體 ((북한))

원영 「명」 『체육』 (다듬은 말로) 멀리헤기. 遠泳 ((북한))

원일점—쩜 「명」 『천문』 (다듬은 말로) 헤먼점. 遠日點 ((북한))

월경선기 「명」 『의학』 (다듬은 말로) 잦은달거리. 月經先期 ((북한))

월경통 「명」 『의학』 (다듬은 말로) 달거리아픔. 月經痛 ((북한))

월계화 「명」 (다듬은 말로) 월계꽃. 月季花 ((북한))

월년성잠종—런씽 「명」 『농학』 (다듬은 말로) 해묵이누에알.((북한))

월동—똥 「명」 (다듬은 말로) 겨울나이. 越冬 ((북한))

월동남새—똥— 「명」 (다듬은 말로) 겨울나이남새. 越冬— ((북한))

월동력—똥— 「명」 (다듬은 말로) 겨울나이힘. 越冬力 ((북한))

월동성—똥씽 「명」 (다듬은 말로) 겨울나이성. ((북한))

월동준비—똥 「명」 (다듬은 말로) 겨울나이차비.((북한))

월동지—똥 「명」 (다듬은 말로) 겨울나이못. 越冬池 ((북한))

월동회유 「명」 (다듬은 말로) 겨울나이회유. ((북한))

월령01 「명」 ① 달수로 따지는 어린이들의 나이. ‖ 어린이식료품의 규격을~, 년령별 특성에 맞게 정하다. § ②『천문』 달이 지구와 해의 사이에 들어서 전혀 보이지 않게 된 때로부터 지나간 날자. ③『생물』(다듬은 말로) 달나이. 月齡 ((북한))

월몰 「명」 『천문』 (다듬은 말로) 달지기. 月沒 ((북한))

월상02—쌍 「명」 『천문』 (다듬은 말로) 달모습. 月相 ((북한))

월조간격 「명」 『해양』 (다듬은 말로) 달물사이. 越潮間隔 ((북한))

월출 「명」 『천문』 (다듬은 말로) 달돋이. 月出 ((북한))

왜림 「명」 (다듬은 말로) 키낮은 숲. 矮林 ((북한))

— 부록 —

국어기본법

[시행 2009. 3.18]
[법률 제9491호, 2009. 3.18, 일부개정]

제1장 총칙

제1조 (목적) 이 법은 국어의 사용을 촉진하고 국어의 발전과 보전의 기반을 마련하여 국민의 창조적 사고력의 증진을 도모함으로써 국민의 문화적 삶의 질을 향상하고 민족문화의 발전에 이바지함을 목적으로 한다.

제2조 (기본 이념) 국가와 국민은 국어가 민족 제일의 문화유산이며 문화창조의 원동력임을 깊이 인식하여 국어발전에 적극적으로 힘씀으로써 민족문화의 정체성을 확립하고 국어를 잘 보전하여 후손에게 계승할 수 있도록 하여야 한다.

제3조 (정의) 이 법에서 사용하는 용어의 정의는 다음과 같다.
1. "국어"라 함은 대한민국의 공용어로서 한국어를 말한다.
2. "한글"이라 함은 국어를 표기하는 우리의 고유문자를 말한다.
3. "어문규범"이라 함은 제13조의 규정에 의한 국어심의회의 심의를 거쳐 제정한 한글맞춤법, 표준어규정, 표준어발음법, 외래어표기법, 국어의 로마자표기법 등 국어사용에 필요한 규범을 말한다.
4. 삭제 〈2009.3.18〉

5. "국어능력"이라 함은 국어를 통하여 생각이나 느낌 등을 정확하게 표현하고
이해하는 데 필요한 듣기·말하기·읽기·쓰기 등의 능력을 말한다.

제4조 (국가와 지방자치단체의 책무) ① 국가와 지방자치단체는 변화하는 언어사
용환경에 능동적으로 대응하고, 국민의 국어능력의 향상과 지역어의 보전 등
국어의 발전과 보전을 위하여 노력하여야 한다.
② 국가와 지방자치단체는 정신·신체상의 장애에 의하여 언어사용에 어려움
을 겪고 있는 국민이 불편 없이 국어를 사용할 수 있도록 필요한 정책을 수립
하여 시행하여야 한다.

제5조 (다른 법률과의 관계) 국어의 사용과 보급 등에 관하여 다른 법률에 특별
한 규정이 있는 경우를 제외하고는 이 법이 정하는 바에 따른다.

제2장 국어발전기본계획의 수립 등

제6조 (국어발전기본계획의 수립) ① 문화체육관광부장관은 국어의 발전과 보전
을 위하여 5년마다 국어발전기본계획(이하 "기본계획"이라 한다)을 수립·시
행하여야 한다. 〈개정 2008.2.29〉
② 문화체육관광부장관은 기본계획을 수립하고자 하는 경우에는 제13조의 규
정에 의한 국어심의회의 심의를 거쳐야 한다. 〈개정 2008.2.29〉
③ 기본계획에는 다음 각호의 사항이 포함되어야 한다.
1. 국어정책의 기본방향과 추진목표에 관한 사항
2. 어문규범의 제정 및 개정의 방향에 관한 사항
3. 국민의 국어능력증진과 국어사용환경의 개선에 관한 사항
4. 국어정책과 국어교육의 연계에 관한 사항
5. 국어의 선양과 국어문화유산의 보전에 관한 사항
6. 국어의 국외보급에 관한 사항

7. 국어의 정보화에 관한 사항

8. 남북한 언어통일방안에 관한 사항

9. 정신·신체상의 장애에 의하여 언어사용에 어려움을 겪고 있는 국민 및 국내 거주 외국인의 국어사용 상의 불편 해소에 관한 사항

10. 국어발전을 위한 민간부문의 활동 촉진에 관한 사항

11. 그 밖에 국어의 사용·발전 및 보전에 관한 사항

제7조 (시행계획의 수립 등) ① 문화체육관광부장관은 기본계획을 실천하기 위한 세부계획(이하 "시행계획"이라 한다)을 수립·시행하여야 한다. 〈개정 2008.2.29〉

② 문화체육관광부장관은 시행계획의 수립·시행과 관련하여 필요한 경우 국가기관, 지방자치단체, 「공공기관의 운영에 관한 법률」에 따른 공공기관, 그 밖의 법률에 따라 설립된 특수법인(이하 "공공기관등"이라 한다) 중 관련 기관의 장에게 협조를 요청할 수 있다. 〈개정 2008.2.29, 2009.3.18〉

제8조 (보고) 정부는 2년마다 국어의 발전과 보전에 관한 시책 및 그 시행결과에 관한 보고서를 당해 연도 정기국회 개시 전까지 국회에 제출하여야 한다.

제9조 (실태조사 등) ① 문화체육관광부장관은 국어정책의 수립에 필요한 국민의 국어능력·국어의식·국어사용환경 등에 관한 자료를 수집하거나 실태를 조사할 수 있다. 〈개정 2008.2.29〉

② 문화체육관광부장관은 제1항의 규정에 의한 자료수집이나 실태조사를 위하여 필요한 경우에는 국가기관 및 국어 관련 법인·단체 등에 대하여 자료의 제출이나 의견의 진술 등을 요구할 수 있다. 〈개정 2008.2.29〉

③ 국어능력·국어의식·국어사용환경 등 실태조사의 실시에 관하여 필요한 사항은 대통령령으로 정한다.

제10조 (국어책임관의 지정) ① 국가기관 및 지방자치단체의 장은 국어의 발전
및 보전을 위한 업무를 총괄하는 국어책임관을 그 소속공무원 중에서 지정할
수 있다.
② 제1항의 규정에 의한 국어책임관의 지정 및 임무 등에 관하여 필요한 사항
은 대통령령으로 정한다.

제3장 국어사용의 촉진 및 보급

제11조 (어문규범의 제정 등) 문화체육관광부장관은 제13조의 규정에 의한 국어
심의회의 심의를 거쳐 어문규범을 제정하고, 그 내용을 관보에 고시하여야 한
다. 이를 개정하는 경우에도 또한 같다. 〈개정 2008.2.29〉

제12조 (어문규범의 영향평가) ①문화체육관광부장관은 어문규범이 국민의 국어
사용에 미치는 영향과 어문규범의 현실성 및 합리성 등을 평가하여 정책에 반
영하여야 한다. 〈개정 2008.2.29〉
② 제1항의 규정에 의한 평가의 항목·방법 및 시기에 관한 사항은 대통령령
으로 정한다.

제13조 (국어심의회) ① 국어의 발전과 보전을 위한 중요사항을 심의하기 위하여
문화체육관광부에 국어심의회(이하 "국어심의회"라 한다)를 둔다. 〈개정 2008.
2.29〉
② 국어심의회는 다음 각호의 사항을 심의한다. 〈개정 2008.2.29〉
1. 기본계획의 수립에 관한 사항
2. 어문규범의 제정 및 개정에 관한 사항
3. 그 밖에 국어의 발전과 보전에 관하여 문화체육관광부장관이 부의하는 사항
③ 국어심의회는 위원장 1인과 부위원장 1인을 포함한 60인 이내의 위원으로

구성한다.

④ 위원장과 부위원장은 위원 중에서 호선하고, 위원은 국어·언어학 또는 이와 관련된 분야에 전문지식이 있는 자 중에서 문화체육관광부장관이 위촉한다. 〈개정 2008.2.29〉

⑤ 제2항 각호의 사항을 심의하기 위하여 국어심의회에 분과위원회를 둘 수 있다.

⑥ 제1항의 규정에 의한 국어심의회의 구성 및 운영 등에 관하여 필요한 사항은 대통령령으로 정한다.

제14조 (공문서의 작성) ① 공공기관등의 공문서는 어문규범에 맞추어 한글로 작성하여야 한다. 다만, 대통령령이 정하는 경우에는 괄호 안에 한자 또는 다른 외국문자를 쓸 수 있다. 〈개정 2009.3.18〉

② 공공기관등이 작성하는 공문서의 한글사용에 관하여 그 밖에 필요한 사항은 대통령령으로 정한다. 〈개정 2009.3.18〉

제15조 (국어문화의 확산) ① 문화체육관광부장관은 바람직한 국어문화가 확산될 수 있도록 신문·방송·잡지·인터넷 또는 전광판 등을 활용한 홍보와 교육을 적극적으로 시행하여야 한다. 〈개정 2008.2.29〉

② 신문·방송·잡지·인터넷 등의 대중매체는 국민의 올바른 국어사용에 이바지하도록 노력하여야 한다.

제16조 (국어정보화의 촉진) ① 문화체육관광부장관은 국어를 통하여 지식·정보를 생산하고 활용하여 새로운 문화를 창조할 수 있도록 국어정보화를 위한 각종 사업을 적극 시행하여야 한다. 〈개정 2008.2.29〉

② 국가는 인터넷 및 원격정보통신서비스망 등 정보통신망을 활용하는 국민이 국어를 편리하게 사용할 수 있도록 필요한 정책을 시행하여야 한다.

③ 정보통신망이용촉진및정보보호등에관한법률 제2조제3호의 규정에 의한 정

보통신서비스제공자는 국민이 국어를 편리하게 사용할 수 있도록 필요한 조치
를 하여야 한다.

제17조 (전문용어의 표준화 등) 국가는 국민이 각 분야의 전문용어를 쉽고 편리
하게 사용할 수 있도록 표준화하고 체계화하여 보급하여야 한다.

제18조 (교과용 도서의 어문규범 준수) 교육과학기술부장관은 초·중등교육법
제29조의 규정에 의한 교과용 도서를 편찬하거나 검정 또는 인정하는 경우에
는 어문규범을 준수하여야 하며, 이를 위하여 필요한 경우 문화체육관광부장
관과 협의할 수 있다. 〈개정 2008.2.29〉

제19조 (국어의 보급 등) ① 국가는 국어를 배우고자 하는 외국인과 재외동포의
출입국과법적지위에관한법률에 의한 재외동포(이하 "재외동포"라 한다)를 위
하여 교육과정과 교재를 개발하고 전문가를 양성하는 등 국어의 보급에 필요
한 사업을 시행하여야 한다.
② 문화체육관광부장관은 재외동포나 외국인을 대상으로 국어를 가르치고자
하는 자에게 자격을 부여할 수 있다. 〈개정 2008.2.29〉
③ 제2항의 규정에 의한 자격요건 및 자격부여의 방법 등에 관하여 필요한 사
항은 대통령령으로 정한다.

제20조 (한글날) ① 정부는 한글의 독창성과 과학성을 국내외에 선양하고 범국
민적 한글사랑 의식을 고취하기 위하여 매년 10월 9일을 한글날로 정하고, 기
념행사를 행한다.
② 제1항의 규정에 의한 기념행사에 관하여 필요한 사항은 대통령령으로 정한다.

제21조 (민간단체 등의 활동 지원) 국가와 지방자치단체는 국어의 발전과 보급을
목적으로 활동하는 법인·단체 등에 대하여 예산의 범위 안에서 필요한 지원

을 할 수 있다. 〈개정 2008.3.28〉

제4장 국어능력의 향상

제22조 (국어능력의 향상을 위한 정책 등) ① 국가와 지방자치단체는 국민의 국
어능력향상을 위한 기회를 균등하게 제공하는 데에 힘써야 하며, 국어능력의
향상에 필요한 정책을 수립하여 시행하여야 한다.
② 제1항의 규정에 의한 정책을 효율적으로 추진하기 위하여 관계 중앙행정기
관 간의 협의기구를 구성·운영할 수 있다.
③ 협의기구의 구성 및 운영에 관하여 필요한 사항은 대통령령으로 정한다.

제23조 (국어능력의 검정) ① 문화체육관광부장관은 국민의 국어능력의 향상과
창조적인 언어생활의 정착을 위하여 국어능력을 검정할 수 있다. 〈개정 2008.
2.29〉
② 제1항의 규정에 의한 국어능력의 검정방법·절차·내용 및 시기에 관하여
필요한 사항은 대통령령으로 정한다.

제24조 (국어문화원의 지정 등 〈개정 2008.3.28〉) ① 문화체육관광부장관은 국
민들의 국어능력을 높이고 국어와 관련된 상담을 할 수 있도록 대통령령이 정
하는 전문인력과 시설을 갖춘 국어관련 전문기관·단체 또는 고등교육법 제2
조의 규정에 의한 학교의 부설기관 등을 국어문화원으로 지정할 수 있다. 〈개
정 2008.2.29, 2008.3.28〉
② 국가는 제1항의 규정에 따라 지정된 국어문화원에 대하여 운영에 필요한
경비의 일부를 예산의 범위 안에서 보조할 수 있다. 〈개정 2008.3.28〉
③ 문화체육관광부장관은 지정된 국어문화원이 전문인력과 시설을 유지하지
못하여 국어문화원으로서의 기능을 계속 수행하기 어렵다고 인정할 때에는 지

정을 취소할 수 있다. 〈개정 2008.2.29, 2008.3.28〉

④ 제1항의 규정에 의한 국어문화원의 지정방법 등에 관하여 필요한 사항은 대통령령으로 정한다. 〈개정 2008.3.28〉

제5장 보칙

제25조 (협의) 중앙행정기관의 장은 국어의 사용에 관한 내용이 포함된 법령을 제정하거나 개정하고자 할 때에는 미리 문화체육관광부장관과 협의하여야 한다. 〈개정 2008.2.29〉

제26조 (청문) 문화체육관광부장관은 제24조 제3항의 규정에 따라 국어문화원의 지정을 취소하고자 하는 경우에는 청문을 실시하여야 한다. 〈개정 2008.2.29, 2008.3.28〉

제27조 (권한의 위임·위탁) ① 문화체육관광부장관은 이 법에 의한 권한의 일부를 대통령령이 정하는 바에 따라 특별시장·광역시장 또는 도지사에게 위임할 수 있다. 〈개정 2008.2.29〉

② 문화체육관광부장관은 이 법에 의한 업무의 일부를 대통령령이 정하는 바에 따라 관련 기관·단체 등에 위임 또는 위탁할 수 있다.

부칙 〈제9491호, 2009.3.18〉

이 법은 공포한 날부터 시행한다.

참고 문헌

강승혜(2003), "한국어교육의 학문적 정체성 정립을 위한 한국어교육 연구 동향분석". 한국어교육 14-1. 국제한국어교육학회

강인선(1988), "일본의 국어 순화 정책", 국어생활 14, 국어연구소

고영근(1988), "남북한 언어·문자의 이질화와 그 극복 방안(1): 주로 동질성과 이질성의 확인을 중심으로", 주시경학보 2, 주시경연구소

______(1989), "남북한 언어·문자의 이질화와 그 극복 방안(2): 주체의 언어 이론에 대한 분석·평가를 중심으로", 주시경학보 3, 주시경연구소

______ 편(1989), "북한의 말과 글", 을유문화사

______(1994), "통일시대의 어문문제", 도서출판 길벗

______(1996), "우리말 가꾸기, 고등학교 국어(하)", 교육부

국립국어연구원(1990), 외래어 사용실태 조사(1990년도), 국립국어연구원

______________(1992), 북한의 언어 정책, 국립국어연구원

______________(1999), 표준국어대사전, (주)두산동아

______________(1999), 표준국어대사전, 서울: 국립국어연구원

______________(2000), 언론 외래어 순화 자료집, 국립국어연구원

______________(2001), 국어 순화 자료집, 국립국어연구원

국립국어원(2007), "외래어·외국어 사용 및 순화어 수용 실태 조사", 서울: 국립국어원

국어연구소(1988), 국어 순화 자료집, 국어연구소

국제한국어교육학회 편(2005), 한국어교육론1·2·3, 한국문화사

권인한(1994), "남북 맞춤법 어떻게 다른가", 말글생활 1, 말글사

기세관·최호철(1994), "남북한 통일 맞춤법을 위하여", 언어학 16, 한국

언어학회

김계곤(2000), "남·북한 한글 맞춤법", 〈교육한글〉 제 13호, 한글학회

김민수(1974), 국어정책론, 서울: 고려대 출판부

______(1973/1984), 국어정책론, 고려대출판부/탑출판사

______(1985가), "남북한 언어의 차이", 새국어생활 5-2

______(1985나), 북한의 국어연구, 고려대학교출판부

______편(1991), 북한의 조선어 연구사, 녹진

______편(1997), 김정일 시대의 북한 언어, 태학사

______(2002), 남북의 언어, 어떻게 통일할 것인가, 국학자료원

______(2003), "남북한 어문 규범과 그 통일 방안 ; 남북의 언어통합과
        공용어", 우리어문연구 20, 우리어문학회

김석득(1979), "국어 순화에 대한 반성과 문제점", 국어의 순화와 교육,
        한국정신문화연구원

김선철(2000), 차용어 형성의 음운론적 과정에 대한 한 검토(1) - 영어
        차용어를 중심으로-, 한글 250, 43-68. 한글학회

______(2008), 외래어 표기법의 한계와 극복 방안

김세중(1993), 외래어 표기 규범의 방향, 언어학 15, 61-75. 한국언어학회

김수현(2003), 외래어 표기법 연구, 이화여자대학교 박사학위논문

김영만(2005), "한국어 교재의 구성과 개발 방향", 한국어교육론1, 한국
        문화사

김완진(1991), 한국에서의 외래어 문제, 새국어생활 1(4), 2-12. 국립국
        어연구원

김왕규·김정숙·조항록·정구향·조지민·김수정(2002), 한국어능력
        시험의 평가기준 개발 연구, 한국교육과정평가원

김유정(2005), "한국어 능력시험의 과제와 발전 방향", 한국어교육론1,
        한국문화사

김정숙(2000), "학문적 목적의 한국어교육과정 설계를 위한 기초 연구",

한국어교육 11-2. 국제한국어교육학회

김정우(2002), "번역의 관점에서 본 국어 외래어 표기법", 국제어문 25, 1-28, 국제어문학회

김중섭(2005), 국내 한국어 교재의 과제와 발전 방향, 한국어교육론1, 한국문화사

김하수(1999), "한국어 외래어 표기법의 문제점", 배달말 25, 247-259, 배달말학회

김홍수(1993), "북한 사선의 다듬은 말", 새국어생활 3-4

남성우·정재영(1990), 북한의 언어생활, 고려원

남영신(2000), "국어순화정책방향모색", 21세기의 국어정책, 국립국어연구원·한국어문진흥회

류재택·이재기·김수정(2002), 재외동포용 한국어교재 개선을 위한 교육과정 개발 연구, 한국교육과정평가원

문교부(1988), 외래어 표기법 해설, 국어어문규정집, 356-377, 서울: 대한교과서주식회사

문화 체육부(1996), 국어 순화 용어 자료집(건설 용어 식생활 용어 임업 용어), 문화 체육부

__________(1997), 국어 순화 용어 자료집(생활 용어), 문화 체육부

민현식(1999), 국어 정서법 연구, 서울: 태학사

______(2000), "제2언어로서의 한국어교재의 실태 및 대안", 국어교육연구7, 서울대 국어교육연구소

______(2002), 남북 언어 동질성 회복을 위한 제1차 국제학술회의 논문집, 국립국어연구원

______(2004), "한국어 표준교육과정 기술 방안", 한국어교육 15-1, 국제한국어교육학회

______(2005), 한국어 세계화의 과제, 한겨레말글연구소 구두 발표

박갑수(1976가), "국어 순화의 의의", 국어 순화의 방안과 실천 자료, 세

운문화사

______(1976나), "국어 순화 운동의 현황과 전망", 국어 교육 29, 한국국어교육연구회

______(1979), "국어 순화의 이론과 방법", 국어 순화와 교육, 한국정신문화연구원

______(1984), 국어의 표현과 순화론 : 국어와 국어 교육의 제문제, 지학사

______(2005), 국어교육과 한국어교육의 성찰, 서울대출판부

박병채(1977), "국어 순화 운동의 실천 방안에 대한 연구", 민족문화연구 11, 고려대학교

박상훈·리근영·고신숙(1986), 우리나라에서의 어휘정리, 평양: 사회과학출판사

박영순(2001), 외국어로서의 한국어교육론, 월인

박용찬(2007), 외래어 표기법, 서울: 랜덤하우스

박창원(2002) 편, 남북의 언어와 한국어 교육, 태학사

______(2005), "남북의 공동 작업을 위한 제언", 〈Korean 연구와 교육〉 창간호

______(2005), "남북한 공동 언어순화(1)", Korean 연구와 교육, 창간호, Korean 교육연구 국제협의회·이화여자대학교 한국어문학연구소

______(2006), "한국어의 세계화와 관련된 제반 사항", 〈국학연구〉 제8집, 한국국학진흥원

______(2008), "한국어의 미래", 인문논총 22집, 경남대학교 인문과학연구소

______, 김수현(2004), 외래어 표기 양상의 변천, 새국어생활 14-2, 국립국어연구원

박철우(미간), 언어 순화와 언어 계획

백봉자(2001), "교재와 교수법을 통해 본 한국어교육의 역사와 과제", 외국어로서의 한국어교육 25·26, 연세대학교 언어연구교육원 한

　　　국어학당

사회과학출판사(1974), 단어 만들기 연구, 평양: 사회과학출판사

사회과학출판사(1992), 조선말대사전 (1), (2), 평양: 사회과학출판사

서아정(2004), 해외 각급학교별 KFL 교육 현황, 국제한국언어문화학회
　　　제1차 국제학술대회논문집

손호민(2005), "한국어교육의 발전 방향", 한국어교육론1, 한국문화사

신현숙(2005), "교육 정책의 과제와 발전 방안", 한국어교육론1, 한국문
　　　화사

안경화 · 김정화 · 최은규(2000), "학습자 중심의 한국어 교육과정 개발
　　　방향에 대하여", 한국어교육 11−1, 국제한국어교육학회

연규동(2006), "짜장면을 위한 변명−외래어 표기법을 다시 읽는다", 한
　　　국어학 30, 181−205, 한국어학회

유만근(1996), "외국어를 귀화시켜 국어다운 외래어로", 새국어생활 6(4),
　　　105−121, 국립국어연구원

유석훈(2005), "한국어교육의 발전 방향", 한국어교육론1, 한국문화사

이미혜(2002), "한국어 문법교육에서 '표현항목' 설정에 대한 연구", 한국
　　　어교육 13−2, 국제한국어교육학회

이상억(1982), "외래어 표기법 문제의 종합 검토", 말 7, 57−75, 연세대
　　　학교 한국어학당

이수열(1995), "국어 사전과 국어 순화", 새국어생활 10

이윤표(1991), "북한의 국어 순화사", 북한의 조선어 연구사 2, 녹진

이은정(1991), 국어 순화 자료집, 국어문화사

＿＿＿(1996), "[한글 맞춤법 통일안] 제정과 표준말 사정", 〈한힌샘주시
　　　경연구〉 9, 한글학회

이응백(1987), 외래어의 표기와 발음 문제, 국어교육 59, 249−254, 한국
　　　어교육학회

이익섭(2006), "국어 표기법의 두 원리", 국어사 연구 어디까지 와 있는

가(임용기·홍윤표 편), 333－345, 태학사

이현복·임홍빈·김하수·박형익(1997), 한글 맞춤법, 무엇이 문제인가, 태학사

이홍식(2001), "외래어 표기법에 대하여", 성심어문논집 23, 123－148, 성심여자대학교

임동훈(1996), "외래어 표기법의 원리와 실제", 새국어생활 6(4), 41－61, 국립국어연구원

임홍빈(1996), "외래어 표기의 역사", 새국어생활 6(4), 3－40, 국립국어연구원

임홍빈(1997), "외래어의 개념과 그 표기법의 형성과 원리", 이현복 외 (공저), 한글맞춤법, 무엇이 문제인가, 197－225, 서울:태학사

전수태·최호철(1989), 남북한 언어비교: 분단시대의 민족어 통일을 위하여, 도서출판 녹진

정 국(2002), "외래어 표기법과 발음법", 외국어교육연구논집 17, 185－214, 한국외국어대학교

정순기·리기원(1984), 사전편찬리론연구, 평양: 사회과학출판사

정유진(1997), "북한의 말다듬기", 김정일 시대의 북한 언어, 태학사

정희원(2004), "외래어의 개념과 범위", 새국어생활 14(2), 5－22, 국립국어연구원.

조남호(2003), 한국어 학습용 어휘 선정 결과 보고서, 국립국어연구원

조오현 외(2002), 남북한 언어의 이해, 역락

______ 외(2005), 북한 언어 문화의 이해, 경진문화사

조재수(1986), 북한의 말과 글, 한글학회

조항록(2004), "재외동포를 대상으로 하는 한국어교육정책의 실제와 과제", 한국어교육 제15권 2호, 국제한국어교육학회

______(2005), 한국어교육정책론, 한국어교육론1, 한국문화사

진동섭·윤여탁·모경환(2003), 재외동포교육 활성화 방안 연구, 교육

인적자원부 교육정책과제

진동섭·윤여탁·모경환(2003), 재외동포교육 활성화 방안 연구, 교육
　　인적자원부 교육정책과제

최은규(2005), "평가의 연구사와 변천사", 한국어교육론1, 한국문화사

최태영(1993), "남북한 언어순화 방안", 통일연구(숭실대) 창간호

최호철(1988), "북한의 맞춤법", 국어생활 15

＿＿＿(1991b), "남북언어 이질화 실태와 극복방안", 〈출판저널〉 92, 출
　　판저널

한국 교열 기자회 편(1982), 국어 순화의 이론과 실제, 일지사

한국 국어 교육 연구회 편(1976), 국어 순화의 방안과 실천 자료, 세운문
　　화사

한국정신문화연구원 편(1979), 국어의 순화와 교육, 한국정신문화연구원

＿＿＿＿＿＿＿＿＿ 편(1984), 국어의 순화와 교육, 한국정신문화연구원

한글 학회 엮음(1984), 고치고 더한 쉬운말사전, 한글학회

한글학회(1992), 우리말큰사전, 어문각

허 용 외(2005), 외국어로서의 한국어교육학개론, 박이정

허철구(1993), "남북한 국어 순화 비교", 말과 글 54

홍연숙 외(1984), 북한의 언어실태 연구, 국토통일원

홍종선·최호철(1998), 남북 언어 통일 방안 연구, 문화관광부 보고서

| 찾아보기 |

저자약력

박창원

경남 고성군 출생
서울대학교 국어국문학과 졸업
서울대학교 대학원 문학석사·문학박사
前 경남대학교, 인하대학교 국어국문학과 교수
現 이화여자대학교 국어국문학과 교수
국립국어연구원(現 국립국어원) 어문규범연구부장
한국어세계화재단 운영이사
문화체육관광부의 국어심의위원
방송통신위원회의 어문분과 위원 등 역임
現 전국국어문화원연합회장 겸하고 있음

〈저서〉「훈민정음」, 「고대국어연구(1)」 등 100편 내외의 논저가 있음.

〈연락처〉 ✉ wonpark@ewha.ac.kr // ☎ 02-3277-2141

이화다문화총서 언어 1

한국어의 정비와 세계화(Ⅰ)

초판인쇄 2009년 10월 28일
초판발행 2009년 11월 9일

지 은 이 박창원
발 행 인 윤석원
발 행 처 도서출판 박문사
책임편집 김진화
등록번호 제2009-11호

우편주소 서울시 도봉구 창동 624-1 현대홈시티 102-1206
대표전화 (02) 992 / 3253
팩시밀리 (02) 991 / 1285
전자우편 bakmunsa@hanmail.net

ⓒ 박창원 2009 All rights reserved. Printed in KOREA

ISBN 978-89-94024-14-1 93810   **정가** 30,000원